ज़ाहिर तौर पर यह अफ़साना महज़ एक सिरफिरे नवाब की दास्तान दिखाई देता है; लेकिन अस्ल में यह अपने दामन में एक पूरे दौर की दास्तान समेटे हुए है। नवाब नकबुल्ला इस कहानी का सिर्फ़ एक किरदार भर नहीं; बल्कि अपने जैसे तमाम जुनूनी, बेहूदा और वहशी नवाबों का मुमताज़ नुमाइन्दा है—चाहे वो किसी भी दौर में पैदा हुए हों या किसी भी मुल्क के हों...! सच पूछा जाय तो नवाब नकबुल्ला अपने जैसे असंख्य किरदारों का एक ऐसा कोलाज है जिसमें सत्ता की उन तमाम विद्रूपताओं और दमनकारी किरदारों की तस्वीरें उभरती हैं जो इन्सानी तहज़ीब पर अपने गहरे नक़्श छोड़ती हैं। उसकी सनक, उसकी वहशियाना ख़्वाहिशें और बेहिसाब फ़ैसले उस तशवीश का इज़हार करते हैं; जो न सिर्फ़ उसके दौर को बल्कि आने वाले ज़माने तक को तबाही के साये में डाल देती है।

यह अफ़साना एक आईना है, जो दरअस्ल हमें यह दिखाता है कि हुकूमत की बागडोर अगर किसी नालायक़ और वहशी शख़्स के हाथों में आ जाये तो वह महज़ अपनी रिआया के लिए ही नहीं, बल्कि अपने वजूद के लिए भी जानलेवा साबित हो सकता है। नवाब के बहाने से यह अफ़साना यह सवाल भी उठाता है कि क्या हुकूमत सिर्फ़ वंश और ख़ून की बुनियाद पर तै होनी चाहिए या फिर सलाहियत और क़ाबिलियत इसकी असली कसौटी होनी चाहिए।

उपन्यास का सबसे दिलचस्प हिस्सा इसका तमाम उतार-चढ़ाव वाला त्रिकोणात्मक इश्क़ है। यों तो यह दास्तान नवाब नकबुल्ला, राजा रहम सिंह और ठग ज़ालिम सिंह के इर्द-गिर्द घूमती है। लेकिन इसके मरकज़ में मछली मुहाल की एक हुस्न-ओ-जमाल की मल्लिका, तवाइफ़ हुस्ना बाई है। नवाब के हरम और मछली मुहाल की तवाइफ़ों की तफ़सीलात, अफ़साने को एक ख़ास तिलिस्माती दिलकशी से भर देती हैं। फिर इसके चरित्रों का क्या कहना...! नवाब नकबुल्ला समेत इस अफ़साने के सभी किरदारों का चरित्र-चित्रण इतनी बारीकी और फ़नकारी से किया गया है कि हर वाक़िया और मंज़र चलचित्र जैसा मालूम होता है; जो दिमाग़ और दिल पर गहरा असर छोड़ता है।

कहना यों कि *बादशाह सलामत हाज़िर हों...!* सिर्फ़ किसी जुनूनी नवाब की कहानी नहीं, बल्कि हर उस दौर का अक्स है जहाँ सत्ता की ग़लत ताबीरों और वहशत ने इन्सानी तहज़ीब को बरबादी की दहलीज़ पर ला खड़ा किया। यह अफ़साना न सिर्फ़ हमें गहरे सोचने पर मजबूर करता है, बल्कि एक ज़माने की सूरत-ओ-सीरत को भी बेपर्दा करता है।

बादशाह सलामत हाज़िर हों...!

बालेन्दु द्विवेदी

वाणी प्रकाशन
प्रकाशन के उत्कृष्टतम 62 वर्ष

पेपरबैक प्रथम संस्करण : 2025

vaniprakashan.com

वाणी प्रकाशन

4695, 21-ए, दरियागंज, नयी दिल्ली-110 002
फ़ोन : + 91 11 23273167, 23275710
शाखाएँ
अशोक राजपथ, पटना-800 004, बिहार
कॉफ़ी हाउस कैम्पस, महात्मा गांधी मार्ग, प्रयागराज-211 001, उत्तर प्रदेश
महात्मा गांधी अन्तरराष्ट्रीय हिन्दी विश्वविद्यालय, वर्धा-442 001, महाराष्ट्र
sales@vaniprakashan.in
vaniprakashan@gmail.com

Badshah Salamt Hazir Hon...!
by Balendu Dwivedi

ISBN : 978-93-6944-550-9
Novel

मूल्य : ₹ 499

आर. टेक ऑफ़सेट, दिल्ली-110 093 में मुद्रित

वाणी प्रकाशन का लोगो मक़बूल फ़िदा हुसैन की कूची से

1

ये दाग़ दाग़ उजाला ये शब-गज़ीदा सहर
वो इंतिज़ार था जिस का ये वो सहर तो नहीं।

-फ़ैज़ अहमद फ़ैज़

बात उस समय की है जब अवध की नवाबी धीरे-धीरे समाप्त हो रही थी। नवाबी तो ख़ैर कब की ख़त्म हो गयी थी लेकिन नवाब फिर भी ख़त्म होने का नाम नहीं ले रहे थे। एक-एक नवाब के सैकड़ों वंशज हो गये थे। और इस कारण उन्हें पहचानना लगभग मुश्किल-सा हो चला था। ख़ानदानी अलग और ग़ैर-ख़ानदानी अलग...! हरमों के अलग और नगरवधुओं के अलग...!! कितना बख़ान करें...! बस यूँ समझ लीजिए कि अपने अन्तिम समय में अवध में नवाबों की बाढ़-सी आ गयी थी। जितने मुहल्ले-उतने नवाब...! जितनी कोठियाँ-उतने नवाब...!! बल्कि एक-एक कोठी में कई-कई नवाब...!! एक कमरे से दूसरे कमरे तक फैला हुआ उनका शासन...!! तमाग नवाबों की स्थिति इतनी नाज़ुक कि अगर किसी दिन सुबह दो-कौर निवाले का इंतज़ाम हो जाये तो शाम के निवाले का इंतज़ाम हो पायेगा भी या नहीं, इसका कोई भरोसा नहीं...! जीवन में ऐसा कुछ भी नही जो क़ायदे से गिरवी न हो...!! उत्तराधिकार में मिली शाही तलवार से लेकर आत्मसम्मान तक सब कुछ...! कई नवाबों की स्थिति तो इतनी ख़स्ताहाल हो गयी थी कि अपनी शाहखर्ची को पूरा करने के लिये शाही बेगमों के सारे जेवरात सोनारों के यहाँ गिरवी रख डाले गये थे। बताते तो यहाँ तक हैं कि एक अवसर ऐसा भी आया जब रसद के अभाव में शाही चूल्हे में तीन दिन तक आग नहीं जली; और तब हरम की बेगमों को अपने गुज़ारे के लिये भेष बदलकर मज़बूरन, नगर में दूसरों के यहाँ चौका-बर्तन करने तक जाना पड़ा। कुल मिला कर, हरम अपनी दुर्व्यवस्था के निम्नतम स्तर पर पहुँच गया था। बावुजूद इसके, नवाब साहब का अंदाज़ ऐसा जैसे वे अभी भी पूरे आर्यावर्त्त पर हुक़्मफ़रमा हों...!!

बहरहाल, इन तमाम असहाय और बेसहारा नवाबों के इस दशा में पहुँचने के ठीक पहले, अवध क्षेत्र के ही दीनपनाह रियासत के एक बुल्ला राजवंश ने बमुश्किल अपना राजपाट बचा रखा था; और कदाचित् इसीलिये उसे राजशाही का थोड़ा-बहुत वैभव देखने को मिल सका। नवाब कलीमुल्लाह, नवाब सलीमुल्लाह, नवाब हबीबुल्लाह और नवाब नकबुल्लाह इसके प्रमुख नवाब हुए, जिसके बाद इस वंश के अप्रत्याशित ढंग से ख़ात्मे के साथ ही नवाबी का भी सम्पूर्ण ख़ात्मा हो गया। तत्कालीन इतिहासकार बताते हैं कि नवाब कलीमुल्लाह, नवाब सलीमुल्लाह और नवाब हबीबुल्लाह के ज़माने तक नवाबी फिर भी ठीक-ठाक चलती रही। लेकिन उसके बाद नवाबी इस क़दर बेपटरी हुई कि चाहकर भी फिर कभी पटरी पर न आ सकी। कहते हैं उगता हुआ सूरज धीरे-धीरे उदित होता है और ठीक वैसे ही डूबता हुआ सूरज बहुत तेज़ी डूबता है। बुल्ला वंश के साथ भी ऐसा ही हुआ। नवाब नकबुल्ला इस वंश का ऐसा अनोख़ा शासक था जिसने नवाबी को बाक़ायदा पटरी से उतारने में अहम् भूमिका अदा की और इसे उसके अन्तिम हश्र तक पहुँचाया।

कहानी कुछ यों है कि एक बार जब दीनपनाह रियासत के तीसरे नवाब हबीबुल्लाह की ख़ास बेगम गुल अफ़्शाँ महल गर्भ से थीं, ठीक उसी वक़्त नवाब पूरे लाव-लश्कर के साथ नुज़हत महल की ओर शिकार पर पर गये हुए थे। इसके पहले कि नवाब अपने शिकार से वापस लौट पाते; बेगम को प्रसव पीड़ा शुरू हुई। वक़्त की नज़ाकत देखिये...! उस समय शाही हकीम भी अपनी पूरी टीम के साथ नवाब हबीबुल्लाह के साथ शिकार करने गये हुए थे। ऐसे में प्रसव के समय हरम में कोई हकीम नहीं मिल सका। सो धाय माँ इज़्ज़त बेगम ने ही शाही हकीम की सारी ज़िम्मेदारी सम्भाली। प्रसव भी ठीक-ठाक तरीक़े से सम्पन्न कर लिया गया था। लेकिन इसी बीच एक वाक़या हुआ। जब इज़्ज़त बेगम ने नवजात को किसी भिन्न योनि का देखा तो वह बेसबब हो चिल्ला पड़ीं। नतीजा यह हुआ कि नवजात ने भी पल भर में ही लपककर इज़्ज़त बेगम का नकबुल्ला पकड़ लिया। इज़्ज़त बेगम सहसा दर्द से तड़पकर चिल्ला उठीं–'ओह मेरा नकबुल्ला...!' इतने में धाय माँ का नकबुल्ला सही सलामत देखकर वहाँ उपस्थित ख़वातीन भी तनिक अधिक ज़ोर से चिल्ला उठीं–'नकबुल्ला सलामत...!' फिर क्या था...! मारे ख़ुशी के क्षण भर में ही सारा वातावरण 'नकबुल्ला सलामत' शब्द से गुंजायमान हो गया।

लेकिन नियति की विचित्रता देखिये...! इस दुर्द्धर्ष समय में, शरीर से अत्यधिक रक्तस्राव के चलते नवजात की माँ गुल अफ़्शाँ बेगम को बचाया नहीं जा सका।

सो थोड़ी देर में ही, शाही परिवार के जिस नवागत सदस्य के आग़मन पर ख़ुशियाँ मनाये जाने की तैयारियाँ चल रही थीं, वह एक बार दुबारा से ग़मगीन हो गया। क्या ही विचित्र संयोग था जब एक तरफ़ गुल अफ़्शाँ बेगम का जनाज़ा उठ रहा था और दूसरी तरफ़ शाही महल के मुख्य द्वार पर, छोटे नवाब के आगमन और उसके इस अभिनव नामकरण की ख़ुशी में शहनाइयाँ बज रही थीं।

नवाब हबीबुल्लाह को अपनी इस असामयिक उपलब्धि की जानकारी शिकार क्षेत्र में ही मिली। उस समय वे अलग क़िस्म के मानसिक कष्ट से गुज़र रहे थे। अस्ल में वे यात्रा के अन्तिम दिन शेर का शिकार करने के लिये घने जंगल की ओर बढ़ गये थे लेकिन दुर्भाग्य से शिकार में चोटिल हो गये और छोटे नवाब का मुँह देखने के लिये शिकार क्षेत्र से ही सीधे राजधानी की ओर लौट पड़े। किन्तु रास्ते में लौटते समय अपनी बेगम की मौत की ख़बर सुनकर हृदयघात से उनका इंतेकाल हो गया। इस कारण चाहकर भी वे अपने छोटे नवाब का मुँह नहीं देख पाये। एक दूसरा विचित्र संयोग यह भी था कि छोटे नवाब के धरती पर आग़मन के दिन ही नवाब हबीबुल्लाह और उनकी बेगम की अर्थियाँ एक साथ सज़ाई जा रही थीं।

नवाब हबीबुल्लाह की मृत्यु की ख़बर फैलते ही राज्य में कुछ समय के लिये अराजकता फैल गयी। कहते हैं नवजात नवाब नकबुल्ला एक अस्ल ख्वाज़ासरा या हिजड़ा था। इस कारण भी इस अराजकता को अधिक बल मिला क्योंकि नवाब हबीबुल्लाह के राज्य के तमाम हिजड़े, नवजात नकबुल्ला को अपने समाज हिस्सा बनाना चाहते थे। अपने राज्य की तो बात ही छोड़िये जनाब...! आसपास के राज्यों के ख्वाज़ासराओं के तमाम संगठन भी अपने साथियों के समर्थन में विद्रोह पर उतारू हो गये। कुछ ने तो अपनी सीमित फ़ौज़ों के साथ नवाब की सेना के साथ युद्ध भी छेड़ दिया और शाही महल तक चढ़ आये। लेकिन शाही महल के सुरक्षाकर्मियों के विरोध के चलते उनके मंसूबे सफल नहीं हो सके। ऐसे में उन्हें रक्तपात से कौन रोक सकता था भला...! ऐसे न सही, वैसे सही। महीनों मार-काट मची रही। राजधानी लहूलुहान पड़ी रही। अंत में कुछ योग्य वज़ीरों और अंग्रेज़ अधिकारियों के हस्तक्षेप से रियासत को इस शर्त्त पर हिंसा से मुक्ति मिली कि नकबुल्ला ही नवाब का राजपद धारण करेगा। नतीजा यह हुआ कि कुल जमा अठारह दिन का नकबुल्ला अपने पिता के स्थान पर नवाब बना दिया गया। और उसकी देखरेख के लिये राजधानी में जॉर्ज बाक़र नामक एक अंग्रेज़ को डिप्टी रेज़िडेंट बनाकर बिठा दिया गया।

यही वह समय था जब ईस्ट इंडिया कंपनी उत्तर भारत के विस्तृत भू-भाग में

अपनी जड़ें जमाने का प्रयत्न कर रही थी। उनकी कूटनीतिक चतुराई का सबसे सरल और प्रभावी तरीक़ा यह था कि स्थानीय रियासतों के राजाओं, नवाबों और शाहजादों के दरबारों में अपने प्रतिनिधियों को रेजिडेंट की उपाधि देकर नियुक्त कर दिया जाये। ऊपर से देखने पर यह व्यवस्था इस प्रकार प्रतीत होती थी मानो कंपनी और रियासतों के बीच ये रेजिडेंट्स संवाद और सहयोग का माध्यम बनेंगे। किंतु वास्तविकता इससे कोसों दूर थी। धीरे-धीरे इन रेजिडेंट्स ने अपनी राजनीति और कूटनीति के जाल से रियासतों की स्वायत्तता पर इस प्रकार हमला किया कि स्वयं रियासतों को भी इसकी भनक नहीं लग सकी। अस्ल में कंपनी के ये रेजिडेंट्स केवल दरबार की रोज़मर्रा की गतिविधियों तक सीमित नहीं रहे; बल्कि वे रियासतों के ख़ज़ानों पर भी वक्र-दृष्टि रखने लगे और सबसे बढ़कर स्थानीय राजनीति में भी दखलंदाज़ी करने लगे। नतीजतन एक वक़्त ऐसा भी आया जब ये रेजिडेंट्स दरबारों में स्वयं सत्ता के केंद्र बन गये। उनके व्यवहार में नवाबों और शासकों जैसी अधिकारप्रियता और ठसक साफ़-साफ़ दिखायी देने लगी।

इस लिहाज़ से जॉर्ज बाक़र की स्थिति दूसरे रेजिडेंट्स से किंचित मायनों में भिन्न थी। चूँकि उसे दीनपनाह की रियासत में रेजिडेंट नहीं, बल्कि डिप्टी रेजिडेंट के रूप में नियुक्त किया गया था और इस भूमिका में उसका कोई प्रभावशाली महत्व नहीं था। यही नहीं, कंपनी ने उसके कार्यभार सँभालने के बाद उसकी ओर विशेष ध्यान देना भी उचित नहीं समझा था। अत: अपने पद की शुरुआती दिनों की निरर्थकता से उबरने के लिये वह धीरे-धीरे तमाम ख़्वाजासराओं के साथ, 'नवाबी' कहे जाने वाले फ़ैसलों के अमल में बढ़-चढ़कर हाथ बँटाने लगा।

वैसे भी अठारह दिन का नवाब क्या शासन करता भला...! इसलिये कुछ ही दिनों के भीतर दरबार में तमाम षड्यंत्रकारियों का बोलबाला हो गया और नवाब के वयस्क होने तक दरबार धाय माँ इज़्ज़त बेगम और ख़्वाजासराओं के आपसी षड्यंत्र का केंद्र बना रहा। जॉर्ज बाक़र भी किसी-न-किसी बहाने इस षड्यंत्र का हिस्सा बना रहा। कहते हैं नवाब की नवाबी के आरम्भिक दिनों में, धाय माँ ने अपना रुतबा इतना मज़बूत कर लिया कि उन्होंने आगे आने वाले कई वर्षों तक नकबुल्ला के नाम पर शासन चलाया। जब तक नकबुल्ला नवाब छोटा था तब तक धाय माँ ही नकबुल्ला की ओर से दरबार में बैठती, सुनवाई करती और फ़ैसले सुनाती। यही नहीं, वह छोटे-मोटे युद्धों में जाने लगी और युद्ध का नेतृत्व स्वयं करने लगी। युद्ध में हार-जीत के बाद नवाब की ओर से समझौता-पत्रों पर हस्ताक्षर भी वह स्वयं करती।

अबोध नकबुल्ला अपनी निरीह आँखों से यह सब कुछ घटित होता देखता रहता था। लेकिन वह कुछ कर नहीं सकता था। कुल मिला कर धाय माँ और उसके गुट के सदस्यों, नवाब के समर्थक ख़्वाजासराओं और अंग्रेज़ डिप्टी रेजिडेंट जॉर्ज बाक़र के आपसी संघर्ष के बदौलत, राज्य केवल षड्यंत्र का अड्डा भर बनकर रह गया था।

जब नवाब तनिक वयस्क होने को हुआ तो उसके हाथ में एक लुटी-पिटी रियासत थी जिसे उसे नये सिरे से सम्हालना था। लेकिन नवाब ने हमेशा ही अपनी रियासत से ज़्यादा स्वयं को सम्हालने पर ज़ोर दिया; क्योंकि एक ख़्वाजासरा आख़िर किसी रियासत को कितना सम्हाल सकता था; या कि उससे किसी रियासत को सम्हालने की कितनी अपेक्षा की जा सकती थी...! तत्कालीन इतिहासकारों की मानें तो यह दीनपनाह की रिआया का एक प्रकार से दुर्भाग्य ही था कि इसका नया-नवेला नवाब नकबुल्ला अधिकांश में एक ख्वाज़ासरा या हिजड़ा था। दीनपनाह के नवाबों के इतिहास में यह परिघटना पहली बार घट रही थी। हालाँकि इसे पूरी तरह से दुर्भाग्य केवल इसलिये नहीं कहा जा सकता था; क्योंकि स्वयं नवाब के लिये यह किसी रूप में दुर्भाग्य जैसा न था। नवाब इसे अपना परम सौभाग्य मानता था और गाहे-बगाहे ईश्वर को इसके लिये धन्यवाद भी देता रहता था कि 'अल्लाह ताला ने उसे एक अलहदा और नायाब इन्सान बनाकर इस धरती पर भेजा है जिसका अंदाज़-ए-बयाँ और जिस्मानी ज़रूरतें बाक़ी इन्सानों से अलग हैं...!' नवाब नकबुल्ला यह भी मानता था कि अल्लाह की इस कृति के पीछे उसकी ज़रूर कोई ऐसी मंशा होगी जो बाक़ी प्राणी पूरे नहीं कर पाते होंगे।

कहते हैं नवाब अपनी तमाम नपुंसकता के बावुजूद, ज़माने भर में अपने मर्दानगी का भरम बनाये रखना चाहता था। इसलिये वह अपने शयनकक्ष से लेकर दरबार तक चौतरफ़ा ख़ातूनों से घिरे रहने का दिखावा करता था। शायद इस बहाने से वह अपनी रिआया और बाक़ी दुनियाँ को यह दिखाना चाहता था कि वह 'और' मरदों की तरह हृष्ट-पुष्ट और असीमित मर्दाना-शक्ति से भरा हुआ है। उसके ख़्वाजासरा होने की जितनी भी चर्चाएँ हैं वह सब फ़िज़ूल हैं। इन तमाम आशाओं और आशंकाओं के बीच नवाब एक बात को लेकर बिलकुल दृढ़प्रतिज्ञ था। उसे अपनी बेअदबी किसी भी दशा में स्वीकार न थी। वह जानता था कि उसकी नपुंसकता को लेकर रिआया, आम दरबारियों या रियासत के दुश्मनों के बीच कभी भी उसका मख़ौल उड़ाया जा सकता है, उसकी बेअदबी की जा सकती है। इस बेअदबी को कैसे नियंत्रित करना है, और इसे कैसे कुचलना है–यह उसके शासन की सबसे बड़ी तरज़ीहात में से एक था।

इस अतिरिक्त सतर्कता का आलम यह था कि नवाब को सोते-जागते, उठते-बैठते किसी पर भरोसा न था। अपने साये पर भी नहीं...! कदाचित् इसलिये उसने जासूसों की एक पूरी श्रृंखला बना रखी थी जो पूरे समय रिआया के बीच घूम-घूमकर केवल इस बात की टोह लेते रहते थे कि आम जनता के मन में नवाब के प्रति क्या चल रहा है...! कहीं उनके मन में नवाब के प्रति असम्मान की कोई भावना तो नहीं पनप रही। उसने इन जासूसों के ऊपर भी जासूस बिठा रखे थे; और उनके ऊपर दूसरे जासूस...! स्थिति इतनी विकट हो गयी थी कि शाही महल में हर कोई एक-दूसरे की जासूसी करता ही नज़र आता था। दरबार एक तरह से जासूसों और मुख़बिरों के आपसी प्रतिस्पर्धा का केंद्र बन गया था; जिसमें सभी इस होड़ में लगे रहते कि वे कैसे भी करके नवाब की दृष्टि में स्वयं को बड़ा और वफ़ादार जासूस साबित कर सकें। लेकिन सल्तनत का सबसे बड़ा जासूस नवाब स्वयं था। वह समय-समय पर न केवल इनकी बाक़ायदा निगरानी करता था बल्कि कई बार वह देर शाम भेष बदलकर अकेले ही रिआया का हाल जानने शहर में निकल जाता था।

एक बार वाक़्या कुछ यों हुआ कि नवाब शहर में भेष बदलकर चहल-क़दमी कर रहा था तभी एकाएक उसके कानों में कुछ लड़कियों की बातचीत सुनाई पड़ी–'वो जा रहा है...! वो जा रहा है...!!' नवाब चौंककर यह सुनने के लिये तनिक ठहरा ही था कि इसी बीच उन लड़कियों के बीच से दूसरी आवाज़ आयी–'वो न होगा फिर...!' और इसके तुरन्त बाद तीसरी आवाज़ में ज़वाब आया–'बेशक...! वो होता तो वो न जाता...!' नवाब को ऐसी बातों का अर्थ समझते तनिक भी देर न लगती थी। उसे यह समझ में आया कि हो-न-हो यह गुफ़्तगू उसकी नामर्दगी के लिये कही जा रही हो। जैसा कि जगज़ाहिर था कि इस तरह की कोई भी गुफ़्तगू हमेशा से ही नवाब की शान में गुस्ताख़ी ही मानी जाती थी। अपनी जान की सुरक्षा की ख़ातिर नवाब की पैदाइश के बाद किसी ने भी जाने-अनजाने में उसकी जिन्सी कमज़ोरी के बारे में कभी ज़िक्र तक नहीं किया था। और आज रिआया की चंद लड़कियों की यह बिसात...! उसके अस्तित्व पर इतना बड़ा तंज़...!! एकबारग़ी तो उसकी इच्छा हुई कि वह खंज़र निकालकर उनका ख़ात्मा कर दे और इसके बाद अपने सीने में भी खंज़र उतार दे। वह क्रोध में बुरी तरह तप रहा था। लेकिन चाहकर भी कुछ नहीं कर सकता था। क्योंकि इससे उसे अपनी पहचान खुलने का डर था; जिसे वह अब तक छुपाता आया था।

वह बेहद ग़ुस्से की हालत में उलटे पाँव नादान महल में वापस लौट आया।

लेकिन बात यहीं ख़त्म नहीं हुई। अगले ही दिन उन तीनों लड़कियों को दरबार में तलब करने की हुक़्मेशाही ज़ारी हुई। चूँकि शाही फ़रमान था इसलिये इसे किसी भी दशा में ठुकराया नहीं जा सकता था। सो तीनों लड़कियाँ दरबार में हाज़िर हुईं। नवाब ने उनसे दो टूक कहा–'कल रात तुम तीनों आपस में जो दबी-छुपी गुफ़्तगू कर रही थीं उसकी इसी वक़्त तसरीह करो।' लड़कियाँ अजीब कश्मकश में पड़ गयीं कि आख़िर हम अपने घर की चहारदीवारी में जो बातें कर रहे थे उसे बाहर वालों के सामने क्यों ज़ाहिर करें...! जब नवाब ने तनिक ग़ुस्सा दिखाया तो तीनों ने पिछली रात की गुफ़्तगू का बयान कुछ यों किया। एक बोली–'हमें तो ये वो लगता है...!' दूसरी ने ज़वाब दिया–'जो वो होता तो क्या वो न होते...!' इस पर तीसरी बोल पड़ी–'ऐसे भी तो होते हैं जिनके वो नहीं होते...!'

यह पूरी गुफ़्तगू सरे-दरबार नवाब के सामने हो रही थी। इस गुफ़्तगू को सुनकर नवाब के सब्र का बाँध टूट गया। उसने सोचा कि कल इसी अजीबो-ग़रीब गुफ़्तगू की वजह से इन्हें यहाँ तलब किया गया; मगर ये गुस्ताख़ लड़कियाँ इस क़दर बेशर्म और मनबढ़ हैं कि इन्हें दरबार की शान का ज़रा भी लिहाज़ नहीं...!' नवाब ने तीनों लड़कियों से कहा कि 'या तो तुम तीनों इस पोशीदा गुफ़्तगू की तसरीह करो या फिर सज़ा भुगतने को तैयार रहो...!'

नवाब के ग़ुस्से को देख लड़कियाँ डर गयीं। वे जानती थीं कि संतोषजनक जवाब न देने की दशा में नवाब की सज़ा उन पर बेहद भारी पड़ सकती थी और यह भी संभव था कि उन्हें इस गुस्ताख़ी के एवज़ में अपनी जान भी गँवानी पड़ती। तीनों ने पहले एक-दूसरे की आँखों में देखा और आख़िर में उनमें से एक ने नवाब की ओर मुख़ातिब हो कर कुछ यूँ तसरीह किया–

'हुज़ूर...! हम पर रहम करें। हम आपकी शान में गुस्ताख़ी करें; हमारी ऐसी मजाल कहाँ...? हम वक़्त के मारे हुए हैं। बचपन में ही हमारे माँ-बाप का इन्तिकाल हो गया। हम तीनों बहनों के अलावा हमारा कोई दूसरा सगा नहीं, जो हमारी देखभाल कर सके। चिकनकारी करके जैसे-तैसे हम अपना गुज़ारा करते हैं। चिकनकारी का यह हुनर हमें इस दीनपनाह की मिट्टी से ही विरासत में मिला है। कल हुआ यह कि हम तीनों जब चिकनकारी कर रहे थे तभी पास में रखा चिराग़ बुझने लगा। इस पर छोटी बहन ने अपनी गुरबत को ज़बान पर न लाने की ग़रज़ से सिर्फ़ ये कहा कि 'वो जा रहा है मतलब चिराग़ बुझ रहा है।' इस पर मझली बहन भी उसी लहज़े में बिना तेल का नाम लिये बोली–'वो न होगा मतलब चिराग़ में तेल न होगा। फिर मैं

बोली कि 'बेशक वो होता तो वो न जाता मतलब चिराग़ में तेल होता तो चिराग़ न जाता...!' अब आप पता नहीं क्या-से-क्या समझ बैठे...!'

नवाब अभी इस अन्दाज़-ए-गुफ़्तगू पर ख़ुश हो ही रहा था तभी बड़ी बहन आगे बोली–'ये भी सुनिए कि अभी क्या बात हुई। हम परदे करने वाली लड़कियाँ हैं यहाँ आते हुए कितनी निदामत हुई हम ही जानते हैं। जब आपको देखा तो हमारी छोटी बहन ने कहा–'हमें तो ये वो लगता है। वो का मतलब था जानवर...!' इस पर मझली ने कहा कि–'वो होता तो क्या वो न होते...! मतलब जानवर होता तो सींग न होते...!' ये सुनकर मैं बोली कि 'ऐसे भी तो होते हैं जिनके वो मतलब सींग नहीं होते यानी कि गधा...!'

नवाब इन तीनों लड़कियों की तसरीह से बेहद ख़ुश हुआ। सच तो यह है कि यदि इन लड़कियों की जगह कोई पुरुष होता जो इस तरह की गुफ़्तगू कर रहा होता तो सुनवाई का मौक़े दिये जाने की तो बात ही छोड़िये; नवाब केवल ऐसी गुफ़्तगू सुनकर पता नहीं क्या-से-क्या कर डालता...! मगर न जाने क्यों नवाब की नवाबी उन लड़कियों की ज़हानत, नेकी और अन्दाज़-ए-गुफ़्तगू पर बिलकुल ही निसार हुई जाती थी। हालाँकि सच तो यह था कि नवाब के साथ ऐसा कम ही होता था। फ़िलहाल लड़कियों के अंदाज़ पर नवाब के निसार होने का नतीज कुछ यूँ हुआ कि नवाब ने उन्हें बाक़ायदा इनाम-इकराम देकर अपने दरबार से रुख़सत किया।

लेकिन इस घटना के चलते हुए नवाब को यह एहसास ज़रूर हुआ कि उसके नामर्दगी की अफ़्वाह सारे ज़माने में फ़ैलने लगी है। इसलिये उसने इसे ग़लत साबित करने के लिये और अपनी मर्दानगी साबित करने के लिये फारस के एक चित्रकार से अपना एक महँगा पोर्ट्रेट बनवाया जिसमें उसे एक कनीज़ के साथ भरे दरबार में यौन-क्रीड़ा करते हुए दिखाया गया था; और उसने इस पोर्ट्रेट को नादान महल के दीवाने-ख़ास में टंगवा दिया। ताकि न केवल उसके ख़ास दरबारी बल्कि दरबार में आने जाने वाले सभी गुणीजन और कलाकार उसकी मर्दाना ताक़त का अंदाज़ा लगा सकें; बल्कि बाहरी दुनिया में इसका विधिवत प्रचार-प्रसार भी करते रहे। उसे यह भ्रम था कि ऐसा करने से न केवल दीनपनाह बल्कि देश और बाहरी दुनिया में भी उसकी नपुंसकता और उसके ख़्वाजासरा होने की अफ़्वाहों पर विराम लग सकेगा।

अपनी मर्दानगी को साबित करने के लिये नवाब नकबुल्ला ने एक और भी नायाब युक्ति अपनाई। उसने इलाक़े की तमाम ख़ूबसूरत महिलाओं को बारी-बारी

से शीशमहल में आमन्त्रित किया और उनके साथ रातें बिताईं। इसके बाद उन्हें इस शर्त्त के साथ भारी इनाम देकर विदा किया कि वे अपनी सहेलियों के बीच जाकर नवाब की अद्‌भुत यौन-शक्ति का बख़ान करेंगी; ताकि धीरे-धीर यह बात रिआया में प्रचारित हो सके कि अस्ल में नवाब की नपुंसकता एक अफ़्वाह भर है। और उसकी बाक़ी जितनी स्त्रैण आदतें दिखायी देती हैं वे केवल उसके मनोरंजन का साधन मात्र हैं, और कुछ भी नहीं...!

2

जब चुना ही है उसे क़त्ल का हुनर देख कर
तो मायूस क्यों हो लाशों का शहर देख कर।

-अज्ञात

इन तमाम कोशिशों के बावुजूद, नवाब को इस बात का इल्म होने लगा था कि धीरे-धीरे उसकी नामर्दगी की ख़बरें रियासत में आम हो रही हैं। न जाने क्यों, तमाम ज़ुबानों के फरहंगों यानी शब्दकोशों में 'मर्द' का लफ़्ज़ अपनी एक अजीबो-ग़रीब कशिश लिये हुए आता है। जिसके पास ये दौलत हासिल है, वह चाहे इसे ज़ाहिर करने से गुरेज़ करे; लेकिन जिसके अन्दर इसका ज़र्रा बराबर भी फ़ुक़दान या अभाव है, वह इसे कुछ यूँ नुमायाँ करता है जैसे पूरी कायनात में सिर्फ़ उसी के पास यह नेमत मौजूद हो...! इस फ़ख्र और दिखावे के पर्दे में, वह शख़्स न जाने कितनी बेहूदगियाँ करता है और शायद उसे यह वहम भी बना रहता है कि इस राज़ की तस्लीमात सिर्फ़ उसी के पास हैं, और कोई इस पर मुत्तला नहीं। जबकि हक़ीक़त यह है कि दुनिया की तमाम कमज़ोरियाँ छुपायी जा सकती हैं, मगर जिन्सी कमज़ोरी का मामला ऐसा है जो लाख पर्दों के बावजूद बेपर्दा हो ही जाता है। इसका रुस्वा होना लाज़िमी है। और जहाँ तक नवाबों का तअल्लुक़ है, वहाँ तो यह बात और भी संगीन हो जाती है। अस्ल में नवाबी तहज़ीब में मर्दानगी महज़ एक तास्सुर या हक़ीक़त नहीं, बल्कि तख़्त-ओ-ताज की आबरू भी है। ऐसे हालात में, जिन्सी कमज़ोरी की ख़बर का फाश होना सिर्फ़ नवाब की शख़्सियत ही नहीं, बल्कि उनकी नवाबी का पतन की वज़ह भी बन सकता था। और यही वह ग़म-ओ-रंज था, जो नवाब की दिमाग़ी फिज़ा में हर वक़्त गूँजता रहता था।

शायद इसीलिये नवाब ने तय किया कि इसके पहले कि उसकी नामर्दी की चर्चा हर ज़बान पर होने लगे, इसे रोकना होगा। यदि समय रहते रिआया की बहकती

भावनाओं पर कठोर अंकुश न लगाया गया तो राजशाही के तिलिस्म के भरभराकर गिरने में तनिक भी समय नहीं लगेगा। फिर न तो नवाब बचेगा और न ही उसका वैभव...! इन तमाम आशंकाओं के बीच नवाब नकबुल्लाह ने अपनी नवाबी का तिलिस्म बनाये रखने का जतन शुरू किया। सबसे पहले उसने अपने पिता नवाब हबीबुल्लाह द्वारा बनवाये गये नक्कारख़ाने की रंगत बढ़ानी शुरू की। रंगत भी ऐसी कि आगे चलकर ये नक्कारख़ाने उसके पागलपन भरे फ़ैसलों के चश्मदीद गवाह बन गये। इस दिशा में उसका पहला क़दम था–नक्कारख़ानों की संरचना और ख़ूबसूरती में वृद्धि किया जाना। महल के मुख्य द्वारों पर स्थित इन नक्कारख़ानों को नवाब नकबुल्ला ने एक नयी शोभा प्रदान की। इन नक्कारख़ानों को नवाब ने अपनी देखरेख में दोबारा से बनवाया। कदाचित् इसीलिये उसे इन नक्कारख़ानों और यहाँ से जारी होने वाले फ़रमानों से अप्रतिम लगाव था। शायद ही कोई ऐसा दिन बीतता था जब नक्कारख़ाने से दंड या सज़ा का कोई आदेश प्रसारित न किया जाता हो...!

कहते हैं नवाब ने नक्कारख़ाने के मुख्य द्वार की मेहराब में एक तलवार लटकवा दी थी और एक शाही फ़रमान जारी कर दिया था कि जो भी इस दरवाज़े से गुज़रेगा, उसे इस तलवार को झुक कर बाअदब सलाम करन होगा। फ़रमान तो आख़िर फ़रमान था...! जो कोई भी नादान महल की ओर जाना चाहता, उसे इस दरवाज़े से गुज़रना ही पड़ता था। रिआया की तो ख़ैर बात ही छोड़िये...! दीनपनाह के तमाम जागीरदार, सूबेदार और दरबार के वज़ीर भी जब इससे हो कर गुज़रते तो उन्हें भी इस तलवार को सलाम बजाना होता था। ग़लती से ही सही, जो कोई भी इस तलवार की बेअदबी करना चाहता उसे रियासत का दुश्मन माना जाता और नवाब के हुक़्म के अनुसार उसे मुनासिब सज़ा दी जाती थी।

शहर के बीचों-बीच शाही महल स्थित था जो नवाब की तमाम नादानियों के चलते रिआया के बीच अब नादान महल के रूप में प्रसिद्धि पा चुका था। इसके चारों ओर मुख्यद्वार पर नक्कारख़ाने स्थित थे। नक्कारख़ाने शाही महल से तनिक दूर बनाये गये थे जिससे नवाब को इसकी आवाज़ से कष्ट न हो। साथ ही इन्हें अत्यंत ऊँचा भी बनाया गया था ताकि इसकी आवाज़ हर किसी तक पहुँच सके। यह एक ऐसी विरोधाभासी स्थिति थी कि दोनों बातों का एक साथ घटित होना मुमकिन न था। इसलिये सब कुछ के बावुजूद सदैव यही कोशिश की जाती थी कि रिआया तक शाही फ़रमान भले ही देर से पहुँचें या न पहुँचें; लेकिन यहाँ से जारी होने वाले फ़रमानों की आवाज़ से नवाब के कानों को तनिक भी कष्ट न

हो...! शायद इसीलिये इन नक्कारख़ानों की आवाज़ें आम जनता तक कम ही पहुँच पाती थीं। तभी से रियासत में 'नक्कारख़ाने में तूती की आवाज़' एक आम जुमला बन गया था।

इन तमाम सावधानियों के बावुजूद किसी-न-किसी माध्यम से सज़ायाफ़्ता तक समय से पूर्व फ़रमान पहुँचाना दरबारियों का दायित्व था। सबसे ख़ास बात यह कि सज़ा के ऐलान और उस पर अमल के समय नवाब स्वयं चलकर यहाँ आता था। नक्कारख़ाने में जब कभी नवाब का आगमन होता तो इसकी सूचना आम लोगों को नगाड़ा बजा कर दी जाती थी ताकि वे समय से वहाँ उपस्थित हो सके और नवाब के फ़रमान को न केवल अपने कानों से सुन सकें, बल्कि फटी आँखों से देख भी सकें। जब भी नवाब नक्कारख़ाने पहुचंने को होता उसके आगमन पर 'बादशाह सलामत हाज़िर हों...!' की गूँज सुनाई देने लगती थी। इसका अर्थ यह था कि 'बादशाह या नवाब की सलामती हमेशा बनी रहे और अब वे अपनी उपस्थिति दर्ज कराएँ या सामने आयें।' इस जयघोष के नवाब नक्कारख़ाने के खुले मैदान में प्रवेश करता था जहाँ उसके इशारे पर दोषियों को सज़ा सुनाने का ऐलान होता था। केवल यही एक स्थान था जहाँ सर्वसाधारण को नवाब के आगे शिरक़त करने का मौक़ा मिलता था। बाक़ी अवधियों के लिये वह अपनी प्रजा की पहुँच से लगभग बाहर था।

बताते हैं इन नक्कारख़ानों की छत पर सिपाही तैनात होते थे जो किले के अन्दर चारों ओर की चौकसी करते थे। नक्कारख़ाने में नगाड़ा-वादक मौजूद होते थे जो सज़ा के ऐलान के समय नवाब के आगमन पर मधुर ध्वनि बजाकर उसका अभिनन्दन करते थे। गुनहगार को फाँसी की सजा दिये जाने की दशा में जल्लाद बुलाया जाता था जो तुरही बजाकर फाँसी दिये जाने की प्रक्रिया के आरम्भ करने का संकेत देता था। नक्कारख़ाने के दरवाज़े के सामने सहन के आगे एक बड़ा दालान था, जहाँ नवाब अपने तख़्त पर आकर बैठता था। उसके दाएँ-बाएँ तमाम वज़ीर खड़े होते थे और ख़्वाजासरा या तो मोर्छल हिलाते थे या बड़े-बड़े पंखे हिलाते थे; या फिर नवाब का हुकुम बजा लाने के लिये हाथ-बाँधे खड़े रहते थे। तख़्त से कुछ दूर हटकर मनसबदार या छोटे-छोटे उमरा खड़े रहते थे। इसके अतिरिक्त जो स्थान ख़ाली बचता, उसमें बड़े-छोटे अमीर-ग़रीब सब तरह के लोग भरे रहते थे।

थोड़ी दूर पर नवाब के ख़ास दरबारी खड़े होते थे जो सरकारी फ़रमानों के प्रसारण के दौरान आपस में खुसुर-पुसुर करते देखे जा सकते थे। यों तो इन तमाम दरबारियों को नवाब के काम करने के तौर-तरीक़ों से कोई ख़ास दुश्वारी न थी;

लेकिन न जाने क्यों उन्हें नवाब के नाम को लेकर ख़ासी आपत्ति हुआ करती थी। और ऐसे अवसरों पर, वे आपसी बहसों में अपनी इस आपत्ति को दबी ज़ुबान से ही सही, उजागर करते रहते थे। उन्हें लगता था कि नवाब के इस पुकार नाम से तमाम पड़ोसी और दुश्मन राज्यों पर कोई ख़ास दबाव नहीं बन पाता था; उसके तमाम जागीरदार और मनसबदार भी उसे लेकर अधिक गम्भीर नहीं हो पाते थे और उसके व्यक्तित्वगत कमज़ोरियों के चलते अक़्सर ही विद्रोह करने में लगे रहते थे। लेकिन नवाब नकबुल्ला को अपने इस नाम से तनिक अधिक प्यार था। और उसे अपने नाम को लेकर किसी प्रकार की बेअदबी कत्तई स्वीकार न थी। इस सभी यह जानते थे कि ऐसी किसी भी बेअदबी की एकमात्र सज़ा, सज़ा-ए-मौत थी।

ख़ूबी यह कि नवाब के लिये किसी की मौत और उसके जन्म के बीच के किसी बारीक़ अन्तर का कोई मतलब न तो था और न ही हो सकता था। कदाचित् इसीलिये नवाब नकबुल्ला अपने हर कृत्य को एक प्रकार से ईश्वरीय आदेश बताकर ही पालन करने के लिये कहता था। कहते हैं जैसे ईश्वरीय विधानों में किसी संशोधन की कोई गुंजाइश नहीं होती; ठीक वैसे ही नवाब नकबुल्ला के आदेशों की नाफ़रमानी करना एक प्रकार से अपने लिये संकट को कई गुना बढ़ाने जैसा था। ऐसे गुस्ताख़ लोगों के लिये सज़ा का तुरंत ऐलान और फिर उसपर मौक़ा-ए-वारदात पर ही अमल की कार्यवाही इसका अन्तिम हश्र होता था। इस लिहाज़ से नवाब नकबुल्ला बिलकुल अंधा ही था।

अस्ल में अंधे होने से भी ज़्यादा बुरा है नेत्रसम्पन्न होने के बावुजूद संपन्न-दृष्टि का न होना। और नवाबों में यह बीमारी अधिकांश में देखने को मिल जायेगी। इस लिहाज़ से दरबारी इतिहासकारों द्वारा नवाबों की तीन श्रेणियाँ मानी गयी हैं–सने नवाब, बने नवाब और तने नवाब। पहली कोटि के नवाब हैं- 'सने नवाब' अर्थात वे नवाब जो तनिक सयाने होते हैं। ऐसा नहीं है कि ये नवाब अपने आसपास की चीज़ों को ढंग से देखना नहीं चाहते। भला ऐसा कौन होगा जो चीज़ों को यथातथ्य रूप में देखना नहीं चाहेगा...! लेकिन जब वे देखने चलते हैं तो इकाइयों के आगे आवरण का इतना झीना पर्दा डाल दिया जाता है या यों कहें कि नवाब की आँख की सुविधा को देखते हुए ऐसा प्रबन्ध करना एक प्रकार से दरबारियों की मज़बूरी हो जाती है कि वास्तविकता अपने मूल स्वरूप में सामने नहीं आती। ऐसे नवाबों के दृष्टि में कोई ख़ास खामी नहीं होती। बस इनकी आँखें हमेशा अनुकूलन की माँग करती हैं। इसलिये इस बात को विशेष ध्यान में रखकर दरबारी, चीज़ों को उसी रूप में प्रस्तुत

करते हैं जिस रूप में नवाब उन्हें देखना चाहता है। ऐसे सयाने नवाब जीवन भर केवल रिआया की ख़ूबियाँ ही देख पाते हैं।

दूसरी श्रेणी के नवाबों के साथ वस्तुस्थिति थोड़ी अलग होती है। वे अक़्सर मज़बूरी में नवाब बनाये गये होते हैं। इसलिये वे 'बने नवाब' कहे जाते हैं। उन्हें बने नवाब इसलिये कहा जाता है क्योंकि अपनी लाख मज़बूरी के बावुजूद, न चाहते हुए भी वे अपनी गद्दीनशीनी के लिये आसपास के लोगों को मना नहीं कर पाते क्योंकि इससे उनके आसपास के तमाम गुणीजनों का भला होने की प्रबल सँभावना होती है। ऐसे गुणीजन स्वयं नवाब बनकर वैसे अभूतपूर्व काम नहीं कर सकते जिसे वे बने नवाब के आगे-पीछे रहकर कर लेते हैं। इस परिस्थिति में ये गुणीजन पर्याप्त सफलता भी प्राप्त करते हैं; किन्तु वे सब कुछ इतनी सफ़ाई के साथ करते हैं कि नवाब के कार्यकाल का कोई दोष उनके माथे आरोपित नहीं किया जा सकता। अस्ल में, बने नवाब के व्यक्तित्व की असहायता उनके बहुत काम की होती है; और उनकी इस असहायता का सीधा प्रभाव नवाब की आँखों पर भी पड़ता है। चुनांचे अपने पूरे कार्यकाल के दौरान उनकी दृष्टि इतनी दुर्बल बनी रहती है कि वे सब कुछ देखकर भी कुछ नहीं देख पाते। चाहकर भी नहीं देख पाते।

तीसरी श्रेणी के नवाब 'तने नवाब' कहे जाते हैं। दुनिया के जितने भी सिरफिरे नवाब हुए हैं वे सभी इसी श्रेणी में गिने जाते हैं। इन नवाबों की दृष्टि का कोई भरोसा नहीं होता। बल्कि उन्हें स्वयं अपनी दृष्टि के उतार-चढ़ाव का कुछ ख़ास पता नहीं होता। कई बार उन्हें मुक़म्मल रोशनी में भी कुछ नहीं दिखायी देता और कई बार घुप्प अन्धेरे में भी साफ़-साफ़ दिखायी देने लगता है। ऐसे नवाबों के साथ योग्य दरबारियों और सबल चाटुकारों की आवश्यकता होती है जो समय-समय पर नवाब के मनोभाव को पढ़ सकें और इसमें विफल होने पर तत्काल ही उसकी उल्टी या सीधी, जैसी भी स्थिति हो, व्याख्या करके नवाब को सन्तुष्ट कर सकें। नवाब नकबुल्लाह इसी श्रेणी का शासक था।

श्रेणी तो ख़ैर अपनी जगह है...! अस्ल में ऐसे नवाबों का कोई मुक़म्मल श्रेणीकरण किया भी नहीं जा सकता। बस इतना समझ लीजिये कि नवाब नकबुल्लाह अपने पूरे जीवनकाल में अपने पागलपन, मानसिक दिवालियेपन और बेवकूफ़ाना हरक़तों के लिये जाना गया। और इस लिहाज़ से वह मानव-जाति के इतिहास में अपनी तरह का इक़लौता नवाब साबित हुआ। इतिहास के जानकार बताते हैं कि किसी भी मुल्क की रौनक़ वहाँ के अक़्लमंदों से होती है। इसके साथ यह भी एक

कठोर सत्य है कि हमेशा बादशाह ही अक़्लमंदों की नसीहत का मोहताज होता है; कोई अक्लमंद बादशाह की मेहरबानी का कत्तई नहीं। इसलिये जब बादशाह को अपनी हर बात को अपनी रिआया और दरबारियों से हर बात को ही सही मनवाने की आदत लग जाये और अपने पागलपन भरे फ़ैसलों से पर भी ख़ुद के कानों में 'जी हुज़ूर...!' सुनने की आदत पड़ जाय; तब ऐसे मुल्क का अल्लाह-ताला भी कुछ ख़ास भला नहीं कर सकता। और ऐसे मुल्क से अक़्लमंदों का सामूहिक पलायन अत्यंत स्वाभाविक ही है।

दीनपनाह में भी स्थिति कमोबेश ऐसी ही हो चली थी। नवाब नकबुल्ला के तमाम बेतुके और वहशीपन भरे फ़ैसलों के चलते दीनपनाह से अक़्लमंदों का पलायन होने लगा। और एक अवसर तो ऐसा भी आया जब दीनपनाह में गिने-चुने अक़्लमंद ही बचे रह गये थे। इनमें भी से अधिकांश ऐसे थे जो या तो अपनी शारीरिक अक्षमता के कारण कहीं अन्यत्र नहीं जा सकते थे; या फिर ऐसे जिनकी अक़्लमंदी की धार को कुचलकर इस क़दर कुंद कर दिया गया था कि उनकी मानसिक हालत लगभग विक्षिप्तों जैसी हो चली थी। इसके चलते सूबे में स्थिति पूर्ण नियंत्रण में थी और अब सारे दीनपनाह में नवाब के किसी आदेश पर कोई विरोध तो दूर, इसे लेकर किसी प्रकार की कानाफूंसी भी नहीं सुनाई देती थी। और दरबारियों के तो ख़ैर क्या ही कहने...! उनका तो जन्म ही केवल नवाब का हुक़्म बजाने के लिये हुआ था। कहते हैं कि नादान महल के भाग्य में एक अवसर ऐसा भी आया कि यदि नवाब अगर सपने में सोते हुए या कभी दरबार में बैठे-बैठे खाँसने या पादने की नीयत से, ग़लती से भी अपने हाथ हवा में लहरा देता था तो उसके हुक़्म की तामील के लिये दरबारियों में 'पहले मैं-पहले मैं' की भगदड़ मच जाती थी।

3

लगाकर आग शहर को ये बादशाह ने कहा
उठा है आज दिल में तमाशे का शौक़ बहुत
झुका के सर शाह-परस्त सब बोल उठे
हुज़ूर का शौक़ सलामत रहे शहर हैं और बहुत।

-अज्ञात

नवाब की अपने जीवन काल की सबसे बड़ी उपलब्धि थी–रिआया के चरम शोषण के बल पर शाही हरम को नया रूप और विस्तार दिया जाना और सत्ता के केंद्र को दरबार के चंगुल से बाहर निकालकर शाही हरम के केंद्र में स्थापित करना। अस्ल में नवाब नकबुल्लाह यौवनकाल से ही अपनी अय्याशी के लिये ख़ासा प्रसिद्द था। हालाँकि तत्कालीन नवाबों के लिये 'अय्याशी' शब्द का प्रयोग करना भी एक प्रकार से उनके मान-सम्मान के ख़िलाफ़ होता। सचाई तो यह थी कि नवाब नकबुल्लाह के पूर्वज नवाबों ने ही इसे अपने आम-ज़ीवन का हिस्सा बना लिया था। किसी ज़माने में जब दीनपनाह रियासत का यौवन अपने शबाब पर हुआ करता था; तो स्वाभाविक तौर पर शाही हरम का यौवन भी अपने शबाब पर ही हुआ करता था। तब यहाँ के हरम में मौजूद बेगमों की सुंदरता और उनके अमीरी के चर्चे दुनिया भर में होते थे। लेकिन धीरे-धीरे जब राज्य पर आर्थिक संकट गहराने लगा तो शाही हरम की शानो-शौक़त भी दिनों-दिन फीकी पड़ने लगी।

ख़ैर...! जब नवाब नकबुल्लाह दीनपनाह रियासत की गद्दी पर बैठा तो उसने फिर से शाही हरम के उद्धार का प्रण किया। इस प्रण के पीछे शायद बाक़ी दुनिया को स्वयं को मर्दाना दिखाना भी एक बड़ा कारण था। हालाँकि प्रण करना तो आसान था। सबसे मुश्किल सवाल यह था कि इसके लिये राजस्व कहाँ से आयेगा? नवाबों के लिये यह भी कोई बात हुई भला...! कहते हैं अगर किसी

बादशाह को अपने प्रत्येक दरबारी की हर उल्टी-सीधी बात सुनने की आदत हो और हर दरबारी की बात को सही मानकर उस पर अमल करने की लत हो तो फिर किसी भी काम का सुखद आरम्भ होना कत्तई असंभव नहीं होता; अंत उसका चाहे कितना भी तकलीफ़देह क्यों न हो...! और अगर संयोगवश दरबार में चाटुकारों की संख्या तनिक अधिक हुई तब तो फिर कहना ही क्या...! फिर तो ऐसी रियासत का ख़ुदा ही मालिक है...!! यहाँ भी नज़ारा कुछ ऐसा ही था। उस ज़माने में राजस्व भी नवाबों की चेरी हुआ करती थी। दरबार के चाटुकार वज़ीरों ने नवाब को सारी चिंता छोड़कर, रिआया पर अतिरिक्त कर लगाने के सुझाव दिये। नतीनजन पहले से ही करों के बोझ तले दबकर कराह रही जनता इस नये बोझ ज़िक्र भर सुनकर दम तोड़ने लगी।

लेकिन वह नवाब ही क्या जो रिआया के ख़िलाफ़ लिये गये अपने किसी फ़ैसले पर अडिग न रह सके...! सो इस बार भी रिआया को करों से कोई छूट नहीं दी गयी। करों के बदले रिआया का ख़ून तो पहले ही चूसा जा चुका था। इसलिये इस बार जिसने इस बिना पर कर चुकाने से इनकार किया, उनके शरीर के निरीह हड्डियों को भीतर तक तोड़कर इसे वसूल किया गया। इस उपक्रम में बहुतों की खालें उधेड़ ली गयीं; और जिनकी पहले से उधेड़ी जा चुकी थीं उनमें विधिवत भूसा भरने का नया रास्ता अख़्तियार किया गया। इसके चलते पशुओं के चारे के लिये उपयोग में लाये जाने वाले भूसे एवं उनकी अन्य खाद्य सामग्रियों में भारी गिरावट दर्ज़ की गयी; और कभी मुकम्मल तौर पर कृषि पर निर्भर रहने वाली दीनपनाह की रियासत में अल्प समय में ही इन्सान से ज़्यादा पशुओं की मृत्युदर में बढ़ोत्तरी होने लगी। नतीजा यह हुआ कि नवाब नकबुल्लाह के काल में दीनपनाह रियासत की अर्थव्यवस्था पूरी तरह से छिन्न-भिन्न हो गयी। चूँकि करों का दायरा बढ़ाया नहीं जा सकता था;और जिन पर कर थोपे गये वे पहले से ही इतना कर चुका रहे थे कि कर बढ़ाने के बाद भी राज्य की आमदनी में बहुत मामूली वृद्धि हुई। चुनांचे जो वृद्धि हुई उसे तयशुदा नीति के तहत शाही हरम में ही लगाया जाना था; सो लगा दिया गया।

शाही हरम तो ख़ैर धीरे-धीरे चमकने लगा था लेकिन इसके चक्कर में शाही फ़ौज की चमक फीकी पड़ने लगी। आलम यह हो गया था कि फ़ौज को कई महीने से वेतन दिया जाना मुश्किल हो रहा था। अस्ल में नवाब को ख़ुद भी फ़ौज का ज़्यादा शौक़ न था। इसके विपरीत उसे मौज़-मस्ती के लिये रुपयों की ज़्यादा ज़रूरत थी। लेकिन शाही ख़जाना तो कब से अपने पुराने वैभव की बाट जोह रहा

था...! इसलिये नवाब ने फ़ौज और लड़ाई की तैयारियों पर ख़र्च किया जाने वाला धन भी अपने वैभव-विलास, सज़ावट और संपन्नता के दिखावे में ख़र्च करना शुरू कर दिया। नतीज़ा यह हुआ कि अच्छी-ख़ासी फ़ौज को वेतन और रसद तक के लाले पड़ गये। कई नौजवान, जो अपनी ज़मीन-ज़ायदाद और घर-बार बेचकर, शौक़िया तौर पर बेहतर घोड़े ख़रीदकर इस आस में फ़ौज में भर्ती हो गये थे कि उन्हें अपने वतन की सेवा के साथ नियमित तौर पर माहाना वेतन भी मिला करेगा; आगे चलकर उनकी माली हालत कुछ ऐसी हो गयी कि उन्हें अपने लिये दो जून की रोटी की व्यवस्था करना तक मुश्किल हो गया। ख़ाली पेट कोई वतन की सेवा करे तो कैसे...! चुनांचे कई जगह फ़ौज ने खुला विद्रोह कर दिया। पहले तो फ़ौज की आवाज़ को हर तरीक़े से दबाने की कोशिश की गयी। लेकिन जैसा कि तय था; नतीज़ा सिफ़र ही रहा। कुछ समय बाद स्थिति नियंत्रण के बाहर हो गयी और चारों तरफ़ से विद्रोह की ख़बरें आने लगीं।

नवाब अब भी फ़ौज की इन गतिविधियों से बेख़बर था। अस्ल में दरबारियों की नज़र में नवाब 'बेख़बर' ही अच्छे होते हैं। क्योंकि बाख़बर नवाबों की सख़्ती उन्हें बहुत रुलाती है। वैसे भी रिआया और फ़ौज के संघर्ष की ख़बरें बादशाह तक अस्ल रूप में कहाँ पहुँच पाती हैं भला...! बताते हैं कि उस दौर में रिआया के दुख-सुख की परवाह न तो नवाब को हुआ करती थी और न ही उसके वज़ीरों को ही...! हालाँकि बाद में धाय माँ के बहुत कहने पर वज़ीरे आला ने एक घोड़े की पीठ पर दुम के क़रीब एक पीपा बँधवा कर उसे शहर में साइस के साथ गश्त करने के लिये ज़रूर छोड़ दिया था।

ऐसा कहते हैं कि उस दौर में ज़माने भर के पीड़ितों के लिये न्याय का यही इकलौता आसरा हुआ करता था। बेबस और मज़बूर लोग एक सादे कागज़ पर अपना नाम और पता लिखकर, अपनी शिकायतें उसी कनस्तर में डाल दिया करते थे। कई बार इस पीपे में नवाब को सम्बोधित बिना नाम-पते वाली चिट्ठियाँ भी डाली जातीं। हर शाम को घोड़ा जब वापस साइस लेकर लौटता था तो वह पीपा खोलकर दरे-दौलत में पहुँचा दिया जाता था जिस पर, ऐसा कहते हैं कि, सरकार-ए-दीनपनाह ग़ौर फ़रमाते थे। लेकिन अस्ल बात यह थी कि यह सब कुछ केवल दिखावे भर के लिये था। वाकई में नवाब के चमचे उन तक क़ोई मनहूस ख़बर पहुँचने ही नहीं देते थे। इसलिये बैठे-बिठाये नवाब को कदाचित् यह मुग़ालता हो चला था कि उसकी रियासत में सब कुछ अच्छा ही चल रहा है; वह दुनिया भर के सबसे अच्छे नवाबों में

से एक है बल्कि सर्वश्रेष्ठ है; और यह भी कि उसकी रियासत में रहने वाली रिआया से ज़्यादा सुखी इन्सान शायद ही इस धरती पर कहीं और मिलते होंगे।

अस्ल में ख़ुदा दो तरह के होते हैं। एक तो जो अस्ल में होते हैं और दूसरे जिन्हें हम मान लेते हैं। सारी समस्या इन मान लिये गये ख़ुदाओं के क़ारण जन्म लेती है। वह इसलिये कि जिन्हें हम मान लेते हैं उन्हें यह मुग़ालता होने लगता है कि वे सर्वशक्तिमान हैं; जो कि वे अस्ल में नहीं होते। लेकिन मान लेने के कारण उन पर यह साबित करने का दबाव रहता है कि चूँकि वे ख़ुदा हैं इसलिये उनके रहते धरती पर कोई दुख अस्तित्ववान नहीं हो सकता। अब यह भी असंभव है। लिहाज़ा इस तथ्य को स्वीकार करने का सबसे बड़ा तरीक़ा है कि दुख के वज़ूद को ही अस्वीकार कर दिया जाय। नवाब इस दूसरी श्रेणी का ख़ुदा था। इसलिये उसे यह तरीक़ा अधिक रास आता था।

ख़ैर...! फ़ौजियों ने भी इसके माध्यम से नवाब तक अपनी बात पहुँचाने की भरसक कोशिश की। जैसा कि प्रत्याशित था; आरम्भ में नवाब के वज़ीरों ने कोशिश की कि फ़ौज के विद्रोह की आवाज़ें नवाब तक न पहुँचें। एक दिन की बात है नवाब ग़ुस्लख़ाने में अपने ख़ास दरबारियों के साथ किसी गोपनीय मन्त्रणा में व्यस्त था। एक दरबारी ने कहा–

'जहाँपनाह आपकी हुकूमत में रिआया बेहद मुतमइन नज़र आती है...!'

दूसरे दरबारी ने थोड़ा मस्का लगाया–'हुज़ूर यह पहली दफ़ा है जब सारी रियासत में कहीं अकाल नहीं पड़ा। और आपकी फ़ौज के सभी सैनिकों को नियमित रूप से वेतन मिल रहा है...!'

तीसरे दरबारी ने कहा–'हुज़ूर सबसे बड़ी बात यह है कि रियासत के तमाम नौजवान फ़ौज में भर्ती होना चाहते हैं; क्योंकि इससे बेहतर सुविधा हिन्दुस्तान के किसी फ़ौज को मयस्सर नहीं है...!!'

उधर ग़ुस्लख़ाने में मन्त्रणा चल रही थी; इधर ठीक इसी वक़्त एक घुड़सवार उसके दरबार में पहुँचकर कर मौज़ूद दरबारियों से अपनी व्यथा कहने लगा–

'हुज़ूर...! मीर-बख़्शी ने हम फ़ौजियों की तनख़्वाह में भी घोटाला कर दिया है। वह हमारी तनख़्वाहें रोके बैठा है और क्या पता उन्हें हज़म भी कर गया है। जहाँपनाह...! हम अपना और अपने परिवार का पेट तो कैसे भी करके पाल लेंगे; लेकिन हमारे घोड़े भूखों मर रहे हैं। हम उनका क्या करें...? आख़िर हमारी कहीं सुनवाई होगी या नहीं...?'

घुड़सवार ने अपनी व्यथा सुनाते-सुनाते अपने बदन में आग लगा ली। फिर क्या...! चारों ओर हाहाकार मचा गया। दरबार में मौजूद दरबारियों को कुछ आगा-पीछा नहीं सूझ रहा था कि वे किस मुँह से नवाब को इत्तिला करें; करें भी या न करें। लेकिन सभी दरबारी जानते थे कि इत्तिला न करना, इत्तिला करने से भी अधिक घातक हो सकता था। इसलिये एक दरबारी भागते हुए ग़ुस्लख़ाने की ओर गया और बाहर खड़े हो कर चिल्लाया–

'हुज़ूर...! आग लग गयी...!'

कुछ ख़ास वजह से, नवाब तनिक ऊँचा सुनने का आदी था–ख़ासकर तनाव के क्षणों में। सो उसने सुना–'हुज़ूर धाय माँ भाग गयी...!'

नवाब ने चौंककर पूछा–'धाय माँ किसके साथ भाग गयी...?'

दरबारी ने उसके कान के तनिक क़रीब जाकर कहा–'आलमपनाह...! कोई किसी के साथ नहीं भागा...! किसी फ़ौजी ने दरबार में आग लगा ली है...!!'

चौतरफ़ा वैभव के मादक नशे में मस्त रहने वाले नवाब की अब जाकर कहीं तन्द्रा टूटी। दरअस्ल वज़ीर और तमाम दरबारी उसे दिन-रात ख़ुशहाली की ख़ुशफ़हमी वाली ढरकी पिलाते रहते थे जिसे पीकर नवाब चौबीसों घण्टे मदमस्त रहा करता था। इसमें उनका कोई ख़ास गुनाह भी न था। अपने बादशाह के प्रति हमेशा ही उनकी यह नैतिक ज़िम्मेदारी बनती थी कि वे भरसक कोशिश करके उसको सुबह-शाम केवल हरियाली की ढरकी पिलाएँ। कदाचित् इसीलिये अब तक नवाब को अपने सारी रियासत में सब कुछ हरा-हरा ही दीखता था। अब इसे यों कहें कि उसे केवल वही दीखता था जो उसके ख़ालिस दरबारियों द्वारा उसे दिखाया जाता रहा था; या फिर यों कि उसे देखते-देखते इसकी आदत-सी पड़ गयी थी। लिहाज़ा दोनों पक्ष एक दूसरे को ग़फ़लत में जीने-जिलाने के लिये प्रतिबद्ध थे।

लेकिन घुड़सवार के सरेआम आत्मदाह करने वाली घटना के बाद, अब सब कुछ नवाब के सामने था और इस कारण दिखावे के लिये ही सही, नवाब के सामने वज़ीरों और दरबारियों का शर्मसार होना भी लाज़िमी था। हालाँकि इस घटना से वज़ीर कम शर्मशार न थे; लेकिन इस बार शायद नवाब उनसे कई गुना ज़्यादा शर्मशार हुआ जाता था। कहते हैं कई बार शर्मसारी की ऐसी मनोदशा में बहुतेरे नवाब सख़्त निर्णय भी ले लेते हैं। फिर वे यह कतई नहीं देखते कि इस सख़्ती से उनकी आन-बान और शान पर क्या और कैसा प्रभाव पड़ेगा...! फ़िलहाल जैसा कि अंदेशा था; घटना के खुलासे के तुरंत बाद ही दरबार में कइयों को इस बात के

लिये सरेआम कोड़े मरवाये गये कि उन्होंने नवाब के सामने अस्ल बात क्यों नहीं आने दी; कइयों की दरबार से हमेशा के लिये की छुट्टी कर दी गयी और कुछ को देश निकाला भी दे दिया गया।

यही नहीं, आनन-फानन में फ़ौज को वेतन दिये जाने के फ़रमान जारी किये गये; साथ ही इस बात की भी ताक़ीद की गयी कि फ़ौज में विद्रोह की यह यह आग ज़्यादा न फैले और इस बात की भी कि रिआया के सामने शाही ख़ज़ाने की पोल न खुले। क्योंकि चाहें कोई दुश्मन देश के सत्ताधीश हों या फिर उसी रियासत की रिआया; वह शाही ख़जाने के भरे या ख़ाली होने से ही तख़्त पर बैठे बादशाह की हैसियत का अंदाज़ा लगाती है। केवल अंदाज़ा ही नहीं लगाती; बल्कि ख़जाने की माली हालत से बादशाह के प्रति उसकी सोच और उसके प्रति उसके व्यवहार में भी ज़बरदस्त तब्दीली दिखायी देती है। इसीलिये अनुभवी और ख़ानदानी बादशाह हमेशा इस बात की फ़िक्र में लगे रहते हैं कि कुछ भी हो जाय लेकिन रिआया को ख़जाने की असलियत का पता न लग सके। हालाँकि इस प्रकरण में चाहकर भी ऐसा न किया जा सका। क्योंकि शाही ख़ज़ाने की विपन्नता का आलम ही कुछ यों था कि ख़ज़ाने के तिजोरियों के दरवाज़े हर वक़्त खुले रहते और उनमें मुस्टंड चूहे उछल-कूद मचाया करते थे। चुनांचे मज़बूर हो कर आसन्न संकट के मद्देनज़र, फ़ौज को वेतन देने के लिये शाही सामानों की खुली बिक्री किये जाने तक का निर्णय लेना पड़ा।

लेकिन नवाब की ज़िद का आलम देखिये...! उसने फिर भी हार नहीं मानी और अंततः शाही हरम का उद्धार कराकर ही दम लिया। शाही हरम के पुनरुद्धार के बाद नवाब ने इसका नया नामकरण किया–'शीशमहल'...! जब इस शीशमहल का इफ़्तिताह किया गया तो न केवल हिन्दुस्तान के कोने-कोने से बल्कि ईरान, मिस्र, सीरिया, तुर्की, फारस और कुस्तुन्तुनिया तक के तमाम बादशाहों और कबीले के सरदारों को आमन्त्रित किया गया ताकि वे नवाब नकबुल्लाह के वैभव और उसकी शानो-शौक़त को नंगी आँखों से देख सकें और इस बहाने से पूरी दुनिया में उसका जलवा बिखर सके। इस उद्घाटन समारोह में इन सभी देशों के नवाबों और सरदारों ने नवाब नकबुल्लाह को अपनी तरफ़ से कई-कई सुन्दर स्त्रियाँ भेंटस्वरूप प्रदान कीं; और बदले में नवाब ने उन्हें मनचाही स्त्रियों संग हमबिस्तर होने का मौक़ा दिया। कुस्तुन्तुनिया का नवाब तो कई हिन्दुस्तानी स्त्रियों पर इस क़दर मोहित हो गया था कि वह उन्हें अपने साथ ले जाना चाहता था। लेकिन नवाब नकबुल्लाह

बड़ी मुश्किल से उसे यह समझाने में कामयाब हो सका कि यह स्वयं उसकी और उसके रियासत के शान के ख़िलाफ़ होगा।

ख़ैर...! जब यह जलसा समाप्त हुआ तो इसके कुछ दिनों के बाद ही एक नया अभियान चलाया गया। शीशमहल की शोभा बढ़ाने के लिये एक फ़रमान के तहत सारे राज्य से चुन-चुन कर ख़ूबसूरत महिलाओं को लाया गया और उन्हें तमाम तरह के ओहदे और ख़िताब देकर उन्हें अपना बना लिया गया। देखते–देखते नवाब ने जल्दी ही दीनपनाह में सारी दुनिया की धूम-धाम जमा कर ली; ताकि उसके किसी भी समकालीन शासक के दरबार का दबदबा, शानो-शौक़त दीनपनाह के दरबार से ज़्यादा न हो...! जब शीशमहल में चहुँओर ख़ूबसूरत स्त्रियों का बोलबाला हो गया तो एक दिन उसने चाँदनी रात में अपने नादान महल की छत पर खड़े हो कर शीशमहल की ओर देखा। उसे लगा जैसे वह जन्नत में हूरों को देख रहा हो...! वह बहुत ख़ुश था। आह्लादित मन से उसने अपने एक वज़ीर ख़लील खाँ से कहा–'आज मैं बेहद ख़ुश हूँ। मेरे जीवन का एक बड़ा सपना पूरा हो गया है। अगर ख़ुदा आज ही मुझे अपने पास बुला ले तो मुझे कोई ग़म न होगा...!'

कहते हैं कि आगे चलकर नकबुल्लाह एक ऐसा नवाब साबित हुआ जिसने अपने जीवन में देखे गये अपने सपनों की ख़ुशी पाने की ख़ातिर, अपने या अपने परिवार के मेम्बरान के मौत के ग़म को भी कोई ख़ास तवज्जोह न दी। ऐसे में रिआया के ग़म को तो ख़ैर कौन ही पूछने वाला था...!

4

शीश-महल में दो पल को मेहमान हुए थे हम
आईने में अब तक अपना चेहरा ढूँढ़ते हैं।

-राहत हसन

शीशमहल नवाब के नादान महल के एक ख़ास इलाक़े में अवस्थित था जहाँ नवाब की तमाम बेगमें रहा करती थीं। काबिले-ग़ौर यह कि ये बेगमें किसी ख़ास उम्र, ओहदे, हैसियत, कुल या ख़ानदान से नहीं आती थीं। उनके बेगम बनने की सबसे बड़ी क़ाबिलियत यह थी कि वे किसी तरह बेसाख़्ता नवाब की निगाहों में चढ़ जायें। नवाब की निगाहों का आलम तो कुछ यूँ था के दिल आने पर, नवाब ने अपनी बेगमों की कनीज़ों, मुलाज़िमों की ब्याहताओं और कई बच्चों की माँओं को भी अपनी बेगम बनाने से गुरेज़ नहीं किया। नवाब पर इस हुस्न की शोख़ी का असर इतना गहरा था कि इन बेगमों के रहने की जगहें हुस्नबाग बन गयीं और कब्रिस्तान ऐशबाग यानी आमोद-प्रमोद की जगहों की संज्ञा पाने लगे। यही नहीं, श्मशान घाटों तक को गुलेलाला कहा जाने लगा यानी वह स्थान जहाँ शोलों के फूल खिलते हैं। शीशमहल हो या कब्रिस्तान या कि श्मशान; नवाब की दृष्टि में हुस्न हर जगह मौजूद था और उसके शासनकाल में हर हुस्न के साथ जशन नुमायाँ था।

शीशमहल के क़ायदे और ख़ासकर कानून बेहद सख़्त हुआ करते थे। एक बार जो महिला शीशमहल में दाख़िल हो गयी, उसे फिर अपनी पूरी उम्र कड़ी सुरक्षा और चहारदीवारी के बीच ही गुजारनी पड़ती। जब कोई लड़की या महिला शीशमहल में प्रवेश करती तो उससे अपेक्षा की जाती कि उसका बाहरी दुनिया से कोई सम्बन्ध न रहे। बदले में नवाब की ओर से शीशमहल में हर क़िस्म की सहूलतें दी जातीं। उसके वृद्ध होने पर उसे हरम के एकांत हिस्से में ले जाया जाता, जिसे सुहागपुर कहते।

लेकिन हरम छोड़ने पर एकमात्र दंड सज़ा-ए-मौत थी। शायद इसीलिये यह जुमला चल निकला था कि 'यहाँ आते डोली में हैं और जाते हैं अर्थी में...!'

शीशमहल में नवाब नकबुल्लाह की सैकड़ों पत्नियाँ रहा करती थीं। इनमें कुछ के नाम के अंत में महल, बेगम और खिलावतिस लगा होता था। इन उपनामों का भी एक अपना दायरा और ख़ास महत्व हुआ करता था। जिन पत्नियों के नाम के आख़िरी में महल लगा होता था, वे बच्चों को जन्म देने के साथ पालन-पोषण करती थीं। वहीं, बेगम बच्चों को जन्म नहीं देती थीं और इन्हें घूंघट नहीं करना पड़ता था। इसके अलावे घर के कामकाज का ज़िम्मा खिलावतिस के कंधों पर हुआ करता था। हालाँकि आगे चलकर सभी के लिये बेगम नाम ही रूढ़ हो गया था। शीशमहल में बेगमों की संख्या अधिक होने के कारण कई बार नवाब का उन्हें पहचानना तक मुश्किल हो जाता था। नवाब बेगम, मिसाल बेगम, बहू बेगम, नायिका बेगम, नन्ही बेगम, उम्दा बेगम आदि न कितनी ही बेगमें और इज़्ज़त परी, सुल्तान परी, हूर परी, नूर परी, हुज़ूर परी, दिलदार परी, सरफ़राज़ परी, शाहरुख़ परी, माहरूख परी आदि न जाने कितनी परियाँ महीनों नवाब के इंतज़ार में अपने चौखटे पर ही दम तोड़ देती थीं; और बिचारे नवाब साहब इस अवधि में अपने शीशमहल की तमाम तवाइफ़ों और हुज़ूरवालियों की एक परिक्रमा भी पूरी नहीं कर पाते थे। कितनी ही बेगमें तो अपने प्रथम समाग़म के पूर्व, नवाब का मुँह देखे बग़ैर ही परलोक सिधार गयीं; नवाब को तब भी उनके लिये वक़्त न मिला। कुल मिला कर स्थिति कुछ ऐसी हो चली थी कि अगर सही मायनों में नवाब और उनकी तमाम बेगमों को एक साथ हश्र के मैदान में खड़ा होना पड़ जाता तो नवाब साहब, हाशिम अज़ीमाबादी का यह शेर दुहराते के–

बेगम भी हैं खड़ी हुई मैदान-ए-हश्र में
मुझ से मिरे गुनह का हिसाब ऐ ख़ुदा न माँग।

ख़ैर...! शाही हरम के अपने पुनरुद्धार के निर्णय को सही साबित करने के लिये नवाब नकबुल्लाह ने न केवल अपने लिये बल्कि अपनी रिआया के लिये भी विवाह के नये नियम बनवाये ताकि कोई उसके हरम-ख़याल पर उँगली न उठा सके; कोई यह न कह सके कि नवाब अपनी जनता को कष्ट में छोड़कर हरम में अकेले अय्याशी कर रहा है। नवाब ने अपनी रिआया को यह आदेशित किया कि 'हर व्यक्ति को चार औरतों से शादी करनी चाहिए–एक फ़ारसी पत्नी हो-जिससे बात और मोहब्बत की जा सके; दूसरी हो खुरासानी–घर के काम के लिये; पति की

देखभाल और बच्चों की परवरिश के लिये चाहिए–एक हिंदू महिला; चौथी पत्नी मावर-उन-नाहर यानी मध्य एशिया की होनी चाहिए, जो बाक़ी तीनों को क़ाबू में करके रख सके।'

रिआया तो इस शाही हुक़्म का ख़ैर क्या ही तामील करती; हाँ यह ज़रूर हुआ कि नवाब नकबुल्लाह स्वयं को इस फ़रमान का सबसे बड़ा क़द्रदान साबित करने के लिये सारा जीवन ख़ूबसूरत औरतों से घिरा रहा। बताते हैं नादान महल के बादशाही ड्योढ़ियों में पाँच परकाला क़िस्म की औरतें खवास के रूप में उसकी नौकर थीं जो हमेशा उसका हुक़्म बजाने के लिये तैयार खड़ी रहती थीं। इसके अलावा नवाब के सोने, जागने, उठने, बैठने, गुस्लखाने में जाने और वहाँ से वापस आने से लेकर कपड़े और जूते पहनाने से लेकर कपड़े उतारने तक के लिये पग पग-पर कनीजें, दासियाँ, महरिनें और बांदियाँ तैनात रहा करती थीं। बेगमों की संख्या तो इतनी हो गयी थी कि कई बार उनकी असल गिनती तक मुश्किल हो जाया करती थी।

नवाब का यह भोग-विलास भी कुछ ख़ास दरबारियों और वज़ीरों की प्रेरणा बन गया था। इस प्रेरणा का ख़ुमार कुछ ऐसा था कि किसी को भी यह सोचने की मोहलत तक न थी कि इसका अस्ल अंज़ाम क्या होगा। जहाँ रिआया के लिये अपने एक अदद परिवार का पेट पालना मुश्किल हो रहा हो; वहाँ इस तरह के आदर्श केवल नवाब या उसके जैसों को ही शोभा दे सकते थे। इसलिये जहाँ हमेशा की तरह रिआया अपने संघर्षों में हलकान रही; वहीं नवाब और उसके तमाम दरबारी अपने अय्याशी में मशगूल...!

हालाँकि सारे भोग-विलास के बावुजूद, शीशमहल में नवाब के अलावा किसी भी और पुरुष को प्रवेश करने की इज़ाज़त नहीं थी। दरअस्ल शीशमहल का दस्तूर था कि उसके भीतर बेरोक-टोक केवल नवाब ही घूम सकता था। नवाब के अलावे किसी और के यहाँ जाने की हिमाक़त करने भर के लिये मौत की सज़ा मुक़र्रर थी। शीशमहल में काम करने वाली महिलाओं के पास इतना अधिकार था कि वे शहंशाह को छोड़कर किसी को भी देहरी पर रोक दें...! यहाँ तक कि शाही फ़रमान लेकर आने वाला भी दरवाज़े पर ठिठक जाता। वहाँ से आगे फ़रमान ले जाना काम कनीज़ों का था। यदि कभी किसी दूसरी रियासत की कोई महिला मुग़ल शीशमहल में बतौर मेहमान आती, तो उसे पहले महिला अधिकारियों की इज़ाज़त का मुंतज़िर होना पड़ता था।

शीशमहल नवाब के लिये के एक प्रकार से आरामगाह हुआ करता था। दुनिया

के हर कोने में इन्सान के बनाये एक से बढ़कर एक, असंख्य शय मौज़ूद हैं जिसमें डूबकर पुरुष समाज नशा करना चाहता है; लेकिन इनमें से एक भी नशा ऐसा नहीं जो ईश्वर के बनाये इकलौते नशे 'हुस्न' के नशे का दूर से भी कोई मुक़ाबला कर सके। बहुतेरे तो हुस्न को एक नशा भर मानते हैं जबकि बहुतेरे इसे ईश्वर द्वारा उनके लिये बनाए गये उपभोग का साधन...! कुछ के लिये यह मनोरंजन का साधन भी है तो कुछ के लिये थकान दूर करने और स्फूर्ति प्राप्ति का माध्यम...! लेकिन हुस्न के इन तमाम व्यसनियों में से शायद ही कोई ऐसा हो जो हुस्न के आवरण के भीतर पैठी उस सत्ता का, उसके बराबरी के स्तर पर जाकर और उसकी आँखों-में-आँखें डालकर, उसके भीतर पल रहे दर्द का क्षण भर भी साक्षात्कार कर सके। ऐसे में तमाम हुस्नपरियों का सामने वाले के लिये स्वयं को नशे के रूप में प्रस्तुत होने देने में कोई ख़ास अफ़सोस न था। और नवाब नकबुल्लाह तो ख़ैर अपने ज़माने में न केवल हुस्न का सबसे बड़ा नशाख़ोर बल्कि यूँ कहें कि नशे का सबसे बड़ा पैग़म्बर हुआ करता था।

शीशमहल में नवाब नकबुल्लाह ज़्यादातर अपनी ख़ास बेगमों के साथ समय बिताने जाया करता। हरम में शाही ख़ज़ाना भी होता, जिसमें गुप्त और महत्वपूर्ण दस्तावेज़ और शाही मुहरें रखीं होतीं। ताकि अगर ज़रूरत पड़ जाये तो नवाब चाहे तो बिना किसी बाधा के यहीं से अपने काम निबटा सके। नवाब जब चाहे तब वहाँ जा सकता था। नवाब जब भी किसी ख़ास बेगम से मिलने की योजना बनाता, तो उस बेगम के कक्ष को बड़े पैमाने पर सजाया जाता। कक्ष को इत्रों के छिड़काव से सुगंधित किया जाता। वहाँ जाकर वह ख़ास तौर पर अपने लिये बने सिंहासन पर बैठ जाता था। उसके आसपास उसकी बेगमें बैठती। इसके अलावा चारों ओर कनीज़ें होती थीं। नवाब जब कक्ष में प्रवेश करता, तो वहाँ मौजूद कनीज़ें उसके कपड़े उतारकर चंदन और शीशम से बने अवलेह से उसके पूरे शरीर की मालिश करतीं। कुछ कनीज़ें रेशमी पंखों से हवा करतीं तो कुछ गुलाब जल का छिड़काव करती रहतीं।

इस दौरान उन सबों के बीच लगभग निर्वस्त्र बैठा हुआ नवाब शराब, अफ़ीम या अन्य उत्तेजित करने वाले पदार्थों का सेवन करता रहता। संगीत की धुन, नाच-गाना भी शीशमहल का एक प्रमुख अंग हुआ करता था। नाच-गाने और संगीत की धुनों के बीच पीने-पिलाने का सिलसिला चलता था, तब तक जब तक नवाब बिस्तर पर जाने की इच्छा प्रगट न करे। बेगम के अतिरिक्त कोई और कनीज़

अगर उसे पसन्द आ जाती तो वह उसके साथ ही पूरी रात बिताता। शीशमहल के स्थापित कानून के मुताबिक़ हमेशा से यह नवाब ही तय करता आया था कि उसका हमबिस्तर कौन होगा। चाहे वह नवाब की बेगम हो या फिर कोई कनीज़ या कोई और...! ख़ास बात यह कि नवाब की इच्छा के ख़िलाफ़ कोई नहीं जा सकता था। हो सकता था और ऐसा अक़्सर होता भी था कि बेगम के बजाय जहाँपनाह को उस घड़ी उनकी कोई कमसिन कनीज़ भा जाये। यदि ऐसा हुआ तो यह पहले से ही तय था कि ऐसी दशा में उस रात नवाब के साथ कनीज़ होगी। लेकिन इसके बावुजूद बेगम को यह हक़ कत्तई नहीं कि वह नवाब के इस निर्णय पर अपनी नाख़ुशी ज़ाहिर कर सकें। उन्हें उतना ही ख़ुश दिखना पड़ेगा जितना कि वह नवाब के आने पर हुई थीं। अगर वह नवाब को सन्तुष्ट कर पाती तो उसे बहुत सारा इनाम-इकराम मिलता। वह नवाब की चहेती बन जाती; उसे इसका अतिरिक्त फ़ायदा भी मिलता। अगर वह बादशाह को ख़ुश नहीं कर पाती तो उसे कहीं किनारे कर दिया जाता।

एक बार की बात है नवाब नकबुल्लाह बग़ैर किसी पेशगी-इत्तिला के शीशमहल की ओर निकल पड़ा। हालाँकि वहाँ पहले से ही इतने रंग, इतनी चमक, इतनी सुगंध और इतनी ख़ूबसूरती फैली थी कि कुछ और करने की ज़रूरत ही नहीं थी। फिर भी जब एक कनीज़ ने ख़बर दी कि 'जहाँपनाह इधर को आ रहे हैं...!' तो दर्जनों कनीज़ें इधर-उधर दौड़ने-भागने लगीं। सभी शीशमहल के सजावट की तैयारियों में और नवाब के स्वागत में जुट गये। ख़ूबसूरत फैले हुए रंगों में और रंग भरा जाने लगा। कुछ मादक-सी ख़ुशबूएँ और बिखेर दी गयी। ख़ूबसूरत चेहरों के बीच में से भी कुछ और ख़ूबसूरत चेहरे आगे आकर खड़े हो गये। जब नवाब ने शयनगाह में क़दम रखा, तो वहाँ का माहौल देखकर ऐसा लग रहा था मानों यहाँ ईद जैसे किसी उत्सव की तैयारी चल रही है।

बहरहाल नवाब ज्यों ही शीशमहल में दाख़िल हुआ, किसी को भी कुछ बोलने की ज़रूरत नहीं पड़ी। अगल-बग़ल से दो कनीज़ों ने आकर बादशाह के कपड़े उतारने शुरू कर दिये। कुछ कनीज़ें लगातार पंखा झल रही थीं, लेकिन फिर भी कुछ गर्मी थी। ख़ास बेगम की निगाहें थोड़ा हिलीं और तुरंत केवड़ा जल, सुगंधित तेल और गुलाब जल हाज़िर हो गया। नवाब शान से एक आसन पर बैठ गया। उसके बग़ल में बेगम साहिबा बैठी और उनके चारों ओर कम उम्र लड़कियों-युवतियों का जमावड़ा हो गया। खूशबूदार जल और तेल से बादशाह की मालिश होने लगी ताकि गर्मी काफ़ूर हो जाये और वह ख़ुद को ज़्यादा तरोताज़ा महसूस कर सके। संगीत की

धुन छेड़ दी गयी और बेगम साहिबा ख़ुद अपने हाथों से जाम बनाकर बादशाह को पिलाने लगीं। इस माहौल और सोहबत ने औरतों को भी शराब का तलबगार बना दिया था। तो जाम बेगम साहिबा के लिये भी बनाया गया। पीने-पिलाने का यह दौर तब तक चला जब तक कि दस्तर-ख़्वान की तैयारियाँ पूरी नहीं हो गयीं।

आमतौर पर नवाब शीशमहल में अपनी बेगमों के साथ ही खाना खाता। कुछ ऐसे भी मौक़े ज़रूर होते थे जब वह अपने दरबारियों या रईसों के साथ दस्तर-ख़्वान सज़ाता था। खाना आमतौर पर ख़्वाजासरा ही परोसते थे। लेकिन यह एक क्रमबद्ध तरीक़े से और सुनियोजित होता था। शाही हकीम रोज़ दिन का फ़हरिस्त-ए-त'आम तय करते थे। हकीम सुनिश्चित करते थे कि भोजन में औषधीय रूप से लाभकारी वस्तुएँ ज़रूर शामिल हों। उदाहरण के लिये पुलाव के चावल के हरेक दाने को चांदी के वर्क से लपेट दिया जाता। यह वर्क पाचन क्रिया में तो सहायता करता ही था; साथ ही यह कामोत्तेजक भी होता। इसके अलावा नवाब के खाने में युक्तिपूर्वक कद्दू और सूरजमुखी के बीज से बनी चीज़ें; बादाम, मूंगफली, अखरोट, सूखे मेवे और अंजीर को नियमित रूप से शामिल किया जाता था। शाही हकीम तय करते थे कि नवाब खाने में क्या खाएँगे। खाने में यख़नी, भुना हुआ भरवाँ मुर्ग़, दो प्याज़ा और धीमी आँच में पका हुआ गोश्त, दमपुख़्त नान, दही, नीबू और क़रीब तीस-पैंतीस तरह के अचारों और चटनियों के साथ परोसा जाता था। नवाब के दस्तरख़ान का एक ख़ास व्यंजन होता था-मुर्ग़ ज़मींदोज़; जिसमें मुर्ग़ को आटे में लपेट कर ज़मीन के नीचे पकाया जाता था। इसमें अदरक, दालचीनी, काली मिर्च, ज़ीरे, लौंग, इलायची और केसर का इस्तेमाल किया जाता था। मांस के साथ मछली भी नवाब का दस्तर-ख़्वान का अनिवार्य हिस्सा होती थी जिसे विविध मसालों से भुना और पकाया जाता था।

नवाब को दस्तर-ख़्वान पर समय बिताना पसन्द था; इसलिये यह खाना लम्बे समय तक चलता। कहते हैं नवाब का एक बावर्ची उनके लिये रोज़ छह पराठे पकाया करता था उसके यह ज़ायकेमन्द और सेहतबख़्श पराठे बहुत मशहूर थे। इसके लिये वह बावर्ची छह पराठों में तीस सेर देशी घी ख़र्च करता था। एक दिन वज़ीर को यह एहसास हुआ कि घी की खपत कुछ ज़्यादा ही हो रही है तो उसने बावर्चीख़ाने का दौरा किया और बावर्ची से अपने सामने पराठे बनवाये। वज़ीर ने देखा कि तीस सेर घी पका कर अपनी तरक़ीब से उसका भी सत खींचकर उससे केवल छह पराठे सेंके गये और बाक़ी घी फेंक दिया गया। जब पूछताछ हुई तो बावर्ची ने ज़वाब दिया–

'ज़नाब...! मैंने इस घी की जान निकाल ली है और अब ये नारियल का तेल रह गया है, इसलिये नवाब साहब के खाने के क़ाबिल नहीं रहा।'

वज़ीर ने हुक़्म दिया–'ज़ियादा क़ाबिलियत मत दिखाओ...! घी हमेश घी रहेगा; नारियल का तेल कभी नहीं बन सकता। आइंदा से एक सेर घी में सब पराठे बनाया करो।'

बावर्ची ने वैसा ही किया। फिर क्या...! अगले रोज़ से नवाब के दस्तर-ख़्वान पर निहायत मामूली क़िस्म के पराठे पहुँचने लगे। उन्होंने दरोगा-ए-दस्तर-ख़्वान को बुला कर शिकायत की। जब सारी बातें खुली तो वज़ीर की पेशी हुई। वज़ीर ने नवाब से अपनी सफ़ाई में कहा–

'जहाँपनाह...! घी हमने कम करवाया था; क्योंकि ये लोग ख़्वाह-मख़्वाह आपको लूट रहे हैं।'

वज़ीर की यह दलील सुनकर नवाब बहुत ग़ुस्सा हुआ; उसने वज़ीर को कड़ी धूप में खड़ा कराकर सरेआम कोड़े मरवाने का हुक़्म दिया और कहा–'कमबख़्त...! क्या तूने मुझे कम लूटा है...! सारी सल्तनत और सारे मुल्क़ को निचोड़ कर तुम खा गये और जो थोड़ा-सा घी मेरी ख़ुराक़ में लग जाता था वह तुम्हारी बर्दाश्त के बाहर हो गया...!' ख़ैर नवाब के हुक़्म के मुताबिक़, उस दिन वज़ीर की कोड़ों से विधिवत सेवा की गयी और उसी दिन से नवाब के दस्तर-ख़्वान में पहले की तरह फिर से घी का कारोबार शुरू हो गया।

बहरहाल नवाब के खाने के बाद उसके विश्राम की बारी आती थी। और नवाब किस बेगम या कनीज़ के साथ आराम फ़रमाएगा; शीशमहल में इसके चयन का भी तरीक़ा बहुत अद्‌भुत था। इसमें नवाब अपने गले का रत्नजटित हार सामने खड़ी बेगमों या कनीज़ों की ओर, जैसी भी उसकी मर्ज़ी होती, उछालता और संयोगवश यह हार जिस कनीज़ के शरीर को छू जाता या जिस किसी के गले में पड़ जाता, उस बेगम या कनीज़ को उस दिन नवाब के साथ बिताने के लिये तैयार होना पड़ता था। यदि हार एक से अधिक बेगमों या कनीज़ों के शरीर को छू जाता तो वहाँ नवाब को यह विशेषाधिकार प्राप्त था कि वह उनमें से किसी एक को चुन ले। कई बार नवाब एक से अधिक कनीज़ों को भी चुन लेता था और बाक़ी कनीज़ों को उसकी इस नाज़ुक अदा पर इस आस में मर मिटना होता था कि आने वाले वक़्त में उनको भी यह ख़ुशक़िस्मती हासिल हो सकती है है। फ़िलहाल जिन्हें यह सौभाग्य हासिल हो रहा है, उन्हें उनके जश्न में शामिल हो कर नवाब के जश्न को बढ़ाना चाहिए।

जो भी हो, दीनपनाह की रिआया को एक ऐसा ही नवाब विरासत में मिला था और नवाब विरासत में मिली अपनी रियासत के परम उपभोग में चौबीसों घण्टे लीन रहता था। रिआया को अपने ग़मों से फ़ुरसत न थी और नवाब को अपने ग़मों से...! इसलिये दोनों का आपस में मिल पाना लगभग असंभव-सा था। कदाचित् इसीलिये दोनों एक दूसरे के सुख दुःख से विरत रहकर, किसी नदी के दो पाटों की तरह बराबर दूरी बनाकर चलते चले जाते थे। यह एक आदर्श स्थिति थी जिसमें एक ओर रियासत का चरम वैभव था और दूसरी ओर रिआया का परम दारिद्र्य...! इन दो छोरों के बीच में ही नवाब के वैभव का साम्राज्य विस्तारित था जिसकी सघनता उसके पास सर्वाधिक थी; और रिआया के पास आते-आते लगभग शून्य होती जाती थी। हालाँकि दीनपनाह में रिआया की यह स्थिति कमोबेश सदियों से ऐसी ही थी; लेकिन नवाब नकबुल्लाह के काल में यह अपने पतन की चरमावस्था में पहुँच गयी थी और अब ग़लती से भी उनकी सुधि लेने वाला कोई न था।

5

मैं दैर ओ हरम हो के तिरे कूचे में पहुँचा
दो मंज़िलों का फेर बस ऐ यार पड़ा है।

-लाला माधव राम जौहर

हाज़िरीन अब ज़रा शीशमहल की संरचना और सुरक्षा की बुनियादी व्यवस्था पर ग़ौर फरमाएँ...! नादान महल के भीतरी भाग में स्थित शीशमहल सबसे सुंदर शाही निवास हुआ करता था। अपने नाम के अनुरूप ही इसे दर्पणों के महल के रूप में भी जाना जाता था। यह विशेष रूप से शाही परिवार के लिये डिज़ाइन किया गया क्षेत्र था। नवाब के पूर्वज ऐसे महलों के निर्माण में विशेष रुचि रखते थे जिनमें उनके डिजाइन में हजारों छोटे दर्पण होते थे। इसका प्रभाव नवाब नकबुल्लाह पर भी पड़ा। कदाचित् इसीलिये शीशमहल की सज़ावट में बेहतरीन गुणवत्ता वाले दर्पणों का उपयोग सफ़ेद पत्थर के साथ किया गया।

पूरा शीशमहल कई भागों में बंटा था। हर भाग में अलग-अलग कक्ष थे। बेगमों के रहने की अलग जगह, रखैलों की अलग...! नवाब की चहेती के लिये अलग कक्ष और जिस बेगम को यादों से मिटा दिया गया है, उसके लिये अलग...!! शीशमहल के अन्दर बाग-बागीचे, फ़व्वारे, चमकदार पर्दे, शमादान आदि बनाये गये थे। बागों में झाड़ियाँ न उगें, फ़व्वारे साफ़ रहें और शमएँ जलती रहें, इसके देखभाल के लिये वहाँ सैकड़ों कनीज़ें मौजूद थीं। एक-एक बेगम की देखभाल के लिये दर्जनों कनीज़ें होतीं। कई बार सैकड़ों भी; और यूँ शीशमहल में महिलाओं की संख्या गिनती के बाहर निकल जाती। इन कनीज़ों और बांदियों से काम कराने के लिये दर्जनों महिला अफ़सर और उन अफ़सरों पर भी नज़र रखने के लिये एक बड़ी अफ़सर...!

हरम के अन्दर का जीवन आलीशान होता था। हर सुबह शाही औरतों के लिये

नये कपड़े आते। उन्हें वे केवल एक बार पहनतीं और फिर कनीज़ों को दे दिया जाता। अपने को ख़ुश रखने के लिये औरतें खुली हवा में फव्वारे के पास चुपचाप लेटी रहतीं, आतिशबाजियाँ देखतीं, ग़ज़लें सुनतीं या संगीत का आनन्द लेतीं। कबूतर उड़ाना, मुर्गों की लड़ाई, ताश के खेल, तीरंदाजी, कहानी सुनना-यह सब उनकी रोज़ की ज़िन्दगी का हिस्सा थे।

लेकिन इस सारे ऐशो-आराम के लिये सबसे अहम थी–शीशमहल की सुरक्षा व्यवस्था का मज़बूत होना। जो जगह नवाब की नज़र में बाक़ी दुनिया से छुपाने वाली हुआ करती थी, उसकी सुरक्षा के इंतज़ाम भी उसी तरह के किये गये थे। हरम की सुरक्षा और देखभाल के लिये अलग से अफ़सर नियुक्त किये जाते। शीशमहल के मुख्य अधिकारी को नज़ीर-ए-महल कहा जाता था जो आम तौर पर कोई ख़्वाजासरा ही होता था। बहुत सम्मानित और कुलीन परिवारों की महिलाओं को शीशमहल के दारोग़ा का पद दिया जाता था। ज़रूरी सामानों के बन्दोबस्त के लिये मीर-ए-सामां और ख़ान-ए-सामां होते। बेगमों को बस हुक़्म करने की देर होती थी, उनकी ज़रूरतें पूरी हो जातीं।

हिन्दुस्तान के बाहर से आने वाली मज़बूत कद-काठी की तातारी औरतें हरम के भीतर तैनात की जातीं। इसके पीछे मुख्य वज़ह शायद यह थी कि इनको न देसी बोली आती और न इनमें कोई मेल-मिलाप वाली भावना होती। शीशमहल के सबसे भीतरी भाग की सुरक्षा ख़्वाजासराओं के हाथ में होती थी, ताकि महिलाओं पर किसी और की नज़र न पड़े; लेकिन शीशमहल के भीतरी भाग में दाख़िल होने से ख़्वाजासराओं को भी मनाही थी। बताते हैं जो ग़रीब माँ-बाप अपने लड़कों को बेच देते थे, सौदागर कम उम्र के इन लड़कों को ख़्वाजासरा बना देते थे। ये वे थे जिनके यौन अंग या तो काट दिये जाते थे या फिर जो नैसर्गिक रूप से नपुंसक थे। इनकी इसी विशेषता के चलते नवाब नकबुल्लाह ने एक समय शीशमहल की पूरी ज़िम्मेदारी इन्हें सौंप दी थी।

ये ख़्वाजासरा शीशमहल के अन्दर नवाब की सुरक्षा के प्रभारी होते थे क्योंकि शाही अंगरक्षकों को अन्दर जाने की अनुमति नहीं थी। इसलिये जब कभी भी नवाब शीशमहल में होता था तो ख़्वाजासरा उसके चारों ओर एक घेरा बना लेते थे। चूँकि नवाब के प्रति विद्रोह और तख़्तापलट को रोकने के लिये हर समय यह जानना महत्वपूर्ण था कि शीशमहल के अन्दर क्या चल रहा है; इसलिये शीशमहल में जासूसों के रूप में ख़्वाजासराओं को नियुक्त किया गया था। शीशमहल की

सुरक्षा के अलावा ये ख़्वाजासरा जासूसी का काम भी करते; महल के भीतर की हर काना-फूँसी पर बाक़ायदा नज़र रखते और पल-पल की ख़बर नवाब तक पहुँचाते थे। ज़रूरत पड़ने पर हरम में तैनात ख़्वाजासरा तलवारबाज़ी में भी अपने हुनर का प्रदर्शन करते थे। कुछ ख़ास ख़्वाजासराओं के पास सेना की एक टुकड़ी भी हुआ करती थी जो अवसर पड़ने पर युद्ध में प्रतिभाग किया करती थी।

हरम में ख़्वाजासरों की नियुक्ति के पीछे की ख़ास वजह यह शनाख़्त थी कि वे हरम की औरतों से सम्बन्ध नहीं बना सकते थे। हालाँकि यह शनाख़्त बिलकुल ग़लत थी। वास्तविकता तो यह थी कि शारीरिक रूप से अक्षम होने के बाद भी तमाम ख़्वाजासरा दिमाग़ से पुरुष थे। ऐसे में हरम की महिलाओं से उनके सम्बन्ध होने से कोई ताक़त उन्हें रोक नहीं सकती थी। ढेर सारे ख़्वाजासरा ऐसे भी थे, जो यों तो कहने के लिये नपुंसक थे, लेकिन उनकी नपुंसकता पूरी तरह से कृत्रिम या बनावटी थी; क्योंकि यह जन्मजात न थी। शायद इसीलिये आगे चलकर उनमें से न जाने ऐसे भी कितने ख़्वाजासरा हुए जो हरम की सुरक्षा के बहाने इसकी तथाकथित नैतिकता में निरंतर सेंध लगाते रहे। आगे चलकर इनमें से कई तो स्वयं नवाब के लिये ही संकट बनकर उभरे।

अस्ल में विधाता ने मनुष्यों में हमेशा से केवल दो योनियाँ बनाईं–स्त्री और पुरुष...! ख़्वाजासरा इनमें से किसी एक की विकृति का ही परिणाम बताया गया है। फिर यह विकृति भी दूसरों के लिये विकृति है, उनके लिये कत्तई नहीं जो स्वयं इस विकृति के शिकार हैं; बल्कि उन्हें उनकी यह विकृति उसी प्रकार प्रेय है जैसे दूसरों के लिये उनकी सुकृति...! अब यदि क्षण भर के लिये इसे विकृति मान भी लिया जाय तो भी यह विकृति चाहें जिस तरफ़ हो, वह निरपेक्ष और अनासक्त कदापि नहीं हो सकती। वह इस ओर या उस ओर अवश्य झुकेगी। यह प्रकृति का शाश्वत नियम है। यहाँ कोई वस्तु या जीवन अकारण नहीं है; सदैव सापेक्ष है। किसी की प्रतीक्षा में है, किसी की आस में है। कदाचित् इसीलिये इन ख़्वाजासराओं पर नवाबों के लाख भरोसे के बावुजूद, उनके व्यवहार में सदैव कुछ-न-कुछ ऐसा असंतुलन आता रहा जिसे चाहकर भी नवाब नियंत्रित नहीं कर सकता था।

यह ज़रूर हुआ था कि शाही हरम में किसी बेगम या कनीज़ के ख़्वाजासराओं के साथ इश्क़ फ़रमाते हुए पकड़े जाने पर कड़े दंड के प्रावधान बना दिये गये थे। लेकिन इतने भर से आपसी मेलजोल कहाँ रुकता है भला...! एक वाक़्या ऐसा हुआ जब एक अधेड़ कनीज़ को केवल इसलिये तीन दिनों तक धूप में बांधकर एक गड्ढे

में रखा गया था क्योंकि उसने एक साथी ख़्वाजासरा का सरेआम चुम्बन कर लिया था। बात निकली तो नवाब तक पहुँची। और जब पूरे मामले की गहरी छानबीन की गयी तो यह पता चला कि उस अधेड़ कनीज़ को ख़्वाजासरा से तनिक गहरा इश्क़ हो गया था। ख़्वाजासरा भी उसे चाहने लगा था। लेकिन उसे ख़तरे का एहसास था। इसलिये अधेड़ कनीज़ को इश्क़ के प्रदर्शन से मना करता रहता था। लेकिन अधेड़ उम्र का इश्क़ बहुत निर्लज्ज और बेहया-मिज़ाज़ हुआ करता है। कहते हैं लाख मना करने के बावुजूद, अधेड़ कनीज़ अपने प्रेमी ख़्वाजासरा को रास्ते चलते चूम लिया करती थी। बक़ौल हसन मिर्ज़ापुरी, अधेड़ कनीज़ की मानसिक हालत कुछ यूँ हुई जाती थी के–

हुस्न निखरा इस क़दर कि इश्क़ फ़रमाने लगे
मुझ को क्या मालूम था आफ़त को अपनाने लगे।

नवाब तक ख़बर पहुँचते ही पूरे नादान महल में कोहराम-सा मच गया। एक दरबारी ने सरे दरबार नवाब को बताया–

'हुज़ूर गज़ब हो गया...! बूढ़ी कनीज़ ने फिर से चूम लिया...!!'

नवाब इस वक़्त स्वयं किसी कनीज़ के साथ चुम्बन क्रिया में रत था। दरबारी के इतना कहते ही नवाब ने कनीज़ के चुम्बन से अपना मुँह हटाया और तमतमाकर बोला–'क्या कहा...? किसने तमीज़ को ढूँढ़ लिया...?'

'जनाब आपके रहते किसकी मजाल जो तमीज़ को ढूँढ़ ले...! मैंने कहा बूढ़ी कनीज़ ने चूम लिया...!'

'यह क्या बदतमीज़ी है...! तुम्हें यह कनीज़ बूढ़ी दिखती है...!! आँखें फूट गयी हैं क्या तुम्हारी...?'

'हुज़ूर कौन गुस्ताख़ इन्हें बूढ़ी कह सकता है...! मैं तो उस बूढ़ी कनीज़ के बारे में बताने आया था जो आजकल शीशमहल में ख़्वाजासरा से इश्क़ फ़रमा रही है...!'

नवाब का इतना सुनना था कि वह आपे से बाहर हो गया कि 'उसके आदेश की अवहेलना कैसे हुई? बिना उसकी अनुमति के अब तक यह चुम्बन-कार्यक्रम कैसे चल रहा है?' फिर क्या...! तातारी औरतों को आदेशित किया गया कि उस अधेड़ कनीज़ को एक गड्ढे में बाहों तक गाड़ कर रखा जाये और तीन दिनों तक उसे भूखा-प्यासा रखा जाये। यदि वह तीन दिनों तक ज़िंदा रह जाती है तो उसे माफ़ी दे दी जाय।

कनीज़ ने लाख मिन्नतें कीं कि 'उसे छोड़ दिया जाय...! वह सपने में भी न तो किसी को चूमेगी और न ही ख़ुद को किसी को चूमने का अवसर देगी।' लेकिन उसकी बात सुनने वाला कोई न था। नतीजा यह हुआ कि उसके इस अनाधिकारिक चुम्बन-कार्यक्रम के एवज़ में उसके शरीर को आधे हिस्से को ज़मीन में गाड़ दिया गया। फिर तीन दिन की कौन कहे; वह डेढ़ ही दिनों में अल्लाह को प्यारी हो गयी थी। हालाँकि ऐसे वाक़ये कम ही देखने को मिलते थे; क्योंकि यह शीशमहल में कभी-कभार अपने दुश्मन कनीज़ या बेगम से बदला लेने का एक महफ़ूज़ तरीक़ा भर था, जिसे बहुत कम ही आज़माया जाता था। सच्चाई यह भी थी कि अगर इसे हर बार आज़माया जाने लगता तो पूरा शीशमहल ही लाशों के ढेर से पट जाता।

बहरहाल, सारे जहाँ में नवाब नकबुल्लाह इकलौता वयस्क पुरुष था जो शीशमहल में स्वतंत्र रूप से प्रवेश करता था। नवाब के अलावे जो अन्य पुरुष अन्दर आ सकते थे, वे थे–शाही हकीम। इन्हें भी विशेष परिस्थिति में और विशेष सुरक्षा के साथ ही शीशमहल के भीतर प्रवेश करने की इज़ाज़त होती। वे भी भारी पर्दा करके और ढँके हुए भीतर आते थे। जब महल के भीतर एक हकीम को बुलाया जाता तो शीशमहल की सुरक्षा में तैनात ख़्वाजासरा के सिर को एक कपड़े से ढँक दिया जाता था जो उसकी कमर तक लटका होता था। फिर वे ख़्वाजासरा इसी अवस्था में हकीम को भी ढँककर मरीज के कमरे में ले जाते थे और इलाज़ करने के बाद उसे उसी तरह बाहर ले आते थे।

कई बार शीशमहल की ख़ातूनें जानबूझकर ख़ुद को बीमार बताती थीं, ताकि उनसे मिलने कोई मर्द हकीम आये और नब्ज टटोलने के बहाने उन्हें छुए और वो भी उन्हें छू सकें। इलाज़ के दौरान चूँकि ख़ातूनों को छूकर उनके नब्ज़ देखने की भी मनाही थी; इसलिये हकीमों ने एक तुर्की विधि ईजाद कर ली थी। हकीम मरीज के पूरे शरीर पर एक रूमाल रगड़ता था। इसके बाद इस रूमाल को पानी के एक जार में रखा जाता था और हकीम इसकी सुगंध से बीमारी का पता लगाता था। इलाज़ के लिये निर्धारित इतने कम समय में भी हरम के भीतर रह रही ख़ातूनों की कामेच्छा फूट पड़ती थी और कई बार जब कोई हकीम पर्दे के अन्दर अपना हाथ बढ़ाता था जहाँ ख़ातून लेटी होती थी तो या तो वह उसे पकड़ लेती थी; या फिर उसके हाथों को धीरे से चूम लेती थी अथवा अपने दांतों से काट लेती थी। कुछ ख़ातूनें जिज्ञासावश हकीम के हाथों को अपने स्तनों पर लगा लेती थीं। इस प्रकार जाने-अनजाने ही हरम में रहने वाली कई ख़ातूनों के हकीमों से अन्तरंग सम्बन्ध हो गये थे। और इसके

चलते शीशमहल की कई ख़ातूनें अक़्सर ही अपनी बीमारी का बहाना करतीं ताकि उनका मनचाहा हकीम शीशमहल के भीतर प्रवेश पा सके और प्रकारांतर से उनकी कामेच्छा को तृप्त कर सके।

कहते हैं नवाब नकबुल्लाह स्वयं कई बार अपनी बेगमों के पास अपने ख़ास हकीमों को भेजता था ताकि वह उनकी और प्रकारांतर से अपनी भी कामेच्छा-शक्ति का अस्ल पता लगा सके। लेकिन हकीम तो हकीम ठहरे...! वे भला नवाब को किसी सूरत में कमज़ोर क्यों बताने लगे...! लिहाज़ा वे हरम की बेगमों का इलाज़ भी करते; इलाज़ के बहाने अपनी और बेगमों की कामेच्छा को तृप्त भी करते और तमाम कमज़ोरियों के बावुजूद नवाब की काम-शक्ति का तनिक बढ़ा-चढ़ाकर गुणगान करते। ताकि नवाब उन पर प्रसन्न रहे और उनकी बतायी हुई औषधियों का सेवन कर उनको दरबार में शाही हकीम का दर्ज़ा और अन्य तमाम सुविधाएँ प्रदान करता रहे। उनका यह दाँव अक़्सर सफल रहता। नतीजतन नवाब कमज़ोर होने के बावुजूद, यौनेच्छा का मैदान न छोड़ता था और हकीमों द्वारा सुझाये गये नित नयी औषधियों और जड़ी बूटियों से अपनी मर्दाना ताक़त बढ़ाने और इस बहाने से अय्याशी की तमाम नयी-नयी कोशिशों में लगा रहता था।

एक बार नवाब को यौन-शक्ति में कुछ कमज़ोरी मालूम पड़ी। अस्ल में कमज़ोरी तो पैदाइशी थी। बस इसे दिमाग़ी तौर पर स्वीकार करने भर की बात थी। जिसे फिलहाल नवाब द्वारा इस जनम में स्वीकार करना नामुमकिन था। ख़ैर...! तत्काल शाही हकीम को तलब किया गया। शाही हकीम ने नवाब का पेट देखा। वह कुछ गुब्बारे-सा फूला मालूम पड़ता था। हकीम ने ठोड़ी के पास अपने अंगूठे को रखकर देर तक दबाया। कुछ ही पलों में नवाब को अपना पेट कुछ हल्का मालूम पड़ा। हकीम ने बताया–

'ज़नाब को कब्ज़ हो गयी है...!'

नवाब ने सुना–'ज़नाब की नफ़्स फिसल रही है...!'

नवाब बौख़ला गया–'ऐसे कैसे नफ़्स फिसल जायेगी...? रोकने-वोकने का कुछ तो इंतज़ाम करो भाई...! अभी तो ढेर सारे शौक़ पूरे करने हैं हमें...!'

'हुज़ूर कैसी बातें करते हैं...! आपकी नफ़्स आपसे पूछे बग़ैर कैसे फिसल जायेगी...? जो सारे दीनपनाह की सबकी नफ़्सों का ज़िम्मेदार है उसकी नफ़्स की इतनी मजाल कैसी हो सकती है भला...!'

'तो फिर...?'

'जनाब हम तो कब्ज़ियत की बात कर रहे हैं...!'

'हाँ तो ऐसा कहो न...! लेकिन एक बात बताओ–कब्ज़ का कामशक्ति से क्या लेना देना...?'

'परवरदिगार...! पेट की कब्ज़ियत और यौनेच्छा में कमी का आपस में बहुत गहरा नाता है। गुस्ताख़ी माफ़ हो...! अस्ल बात यह है कि सख़्त कब्ज़ ने आपके शरीर को बवासीर की दिशा में मोड़ दिया है। बवासीर होने के कारण आपका मानसिक संतुलन भटका हुआ है जिस कारण आपकी यौनेच्छा में कमी आ गयी है। इसलिये जब तक आपका पाचन तंत्र दुरुस्त नहीं हो जाता, आपकी यौनशक्ति दुर्बल बनी रहेगी।'

'अस्ल सवाल यह है कि मुझसे पूछे बग़ैर कमबख़्त यह कब्ज़ मेरे पेट में कैसे समा गयी...?

हकीम ने कहा–'आपकी कुछ पुरानी उधारी रह गयी होगी कब्ज़ियत के ख़ानदान वालों से...! अन्यथा किसकी मज़ाल जो आपकी इज़ाज़त के बग़ैर जहाँपनाह के पेट में समा जाय...!'

'उपाय बताओ उपाय...! तुम जानते हो बिना कामेच्छा के मैं एक पल नहीं जी सकता...!'

'उपाय है आलीजाह...!'

हकीम ने यूनानी दवाएँ बतायीं और इनमें कुछ कामशक्ति को बढ़ाने वाली जड़ी-बूटियाँ भी मिला दी। बस नवाब का पेट साफ़ क्या हुआ...! नवाब किसी नये शावक की तरह दरबार में छलांगे लगाने लगा; सारा दिन शीशमहल में बिताने लगा।

अब अय्याशी चाहे जितनी भी बड़ी हो, देह पर तो असर डालती ही है। सो एक वक़्त ऐसा भी आया जब नवाब की अय्याशी से उसकी देह पर ख़ूब असर हुआ। लेकिन नवाब अगर अपनी अय्याशियों से बाज आ जायें तो फिर ऐसी नवाबी किस काम की...!! नतीजतन ज्यों-ज्यों नवाब की कामेच्छा शिथिल होनी शुरू हुई त्यों-त्यों दरबार में हकीमों का जमावड़ा लगना शुरू हुआ और एक समय ऐसा आया जब नवाब का दरबार वज़ीरों के बजाय हकीमों की प्रतिस्पर्धा का केंद्र बनकर रह गया। नवाब अपनी कामशक्ति बढ़ाने के लिये सारा दिन और सारी रात तरह-तरह की जड़ी-बूटी के परीक्षण, उनके परिणाम और सेवन में लगा रहता। नवाब पर इन दवाओं का असर होता हो या ना होता हो, लेकिन सारे राज्य में इसकी चर्चा ख़ूब

होती। तब के एक देशी कवि मुल्ला नज़रअंदाज़ ने तो इस पर एक शेर तक कह डाला–

क़तरा एक अफ़ीम का, लगे बादशाह को अंग
जीतेंगे फिर आलीजाह, कामशक्ति की जंग।

चूँकि नवाब का जीवन विलासिता के घने साये में बीत रहा था। इसलिये नवाब धीरे-धीर नाजुक मिज़ाज़ और कमज़ोर हो चला था। वह किसी तरह की सर्दी, गर्मी या भूख प्यास बर्दाश्त नहीं कर सकता था। इसलिये वह रमज़ान के पाक महीने में भी रोज़ेदारी से दूर रहा करता था। एक साल रमजान के महीने में किसी मौलाना के कहने पर उसने रोज़ा रखने का कौल किया। सहरी के बाद अभी डेढ़ पहर ही बीता था कि नवाब भूख-प्यास से बेचैन होने लगा। यही नहीं, उसकी तबियत बिगड़ने लगी। यह ख़बर लगते ही नादान महल में चारों तरफ़ हलचल मच गयी। और फिर यह ख़बर उसके शाही हकीम तक पहुँची। फिर पल भर में ही शाही हकीम बारह गज का गिरन्ट का लगा टँका पैजामा पहन कर और उस पर लचके पटठेदार दुपट्टा ओढ़ कर सुलतानी ड्योढ़ी पर आ पहुँचा। पीनस से उतर कर सीधे बादशाह के गोशेखाने में दाख़िल हुआ। और फिर किसकी मजाल थी जो उसे रास्ते में रोक-टोक लेता। उसने बादशाह का जब ये हाल देखा तो फ़ौरन चटाचट बलायें लीं और फिर रेख़्ती में ये कहा–

मैं न कहती थी कि न रख, मैं तैरे वारी, रोज़ा
बन्दी रख लेगी, तेरे बदले हज़ारी रोज़ा।

इस तरह नवाब को अपनी जान से तनिक अधिक चाहने वाले तमाम गुस्ताख़ लोग नवाब के सेहत और ख़ासकर उसके चिर-युवा बने रहने को लेकर इस क़दर फ़िक्रमंद थे कि वे उसके बदले रमज़ान के महीने में रोज़ा रखने तक के लिये व्यग्र और तत्पर रहते थे। नवाब बस अपनी यौनेच्छा का मुतबादिल नहीं ढूँढ़ पा रहा था। लेकिन शीशमहल में इसके बहुतेरे मुतबादिल बिना किसी औपचारिक घोषणा के भरे पड़े थे।

6

जो ख़ुशामद करे ख़ल्क़ उस से सदा राज़ी है
सच तो ये है कि ख़ुशामद से ख़ुदा राज़ी है।

-नज़ीर अकबराबादी

उस समय के दरबारी इतिहासकार ऐसा लिखते हैं कि नवाब धीरे-धीरे वयस्क हो रहा था। हालाँकि रग-रग में नवाबी का अहंकार भरे होने के कारण, अभी तक उसके निर्णयों में तनिक भी वयस्कता नहीं आ पायी थी। मसलन नवाब होने के बावुजूद, उसकी राज-काज में किंचित रुचि विकसित न हो पायी थी। चूँकि नवाब के चारों और ख़ुशामदखोर जुटे हुए थे जो चौबीसों घण्टे उसकी झूठी तारीफ़ में लगे हुए थे; इसलिये अब उसे किसी की परवाह भी नहीं रह गयी थी। शासन चाहे ग़ुस्लख़ाने से चले चाहे मयखाने से...!

दरबार में हर तरफ़ साज़िशों के जाल बुने जा चुके थे। नवाब के क़रीबी जिनमें ख़्वाजासरा, तीसमारख़ाँ, और मसख़रों का झुंड शामिल था; ज़ाहिरा तौर पर ज़्यादा इल्म-ओ-फहम नहीं रखते थे, लेकिन अपनी ख़ुशामद की सलाहियत से नवाब की तबीयत को इस क़दर पढ़ लेते थे कि अपनी चालों से उसे उँगलियों पर नचाने में माहिर थे। ये लोग दरबार की फ़ज़ा में ख़ुशामद और अफ़वाहों का ज़हर घोलने में उस्ताद थे। अपने हम-ख़ेमों की तारीफ़ में क़सीदे पढ़ते और दुश्मन ख़ेमों की खामियों को उभार कर दरबार में अपनी सियासत का सिक्का जमाते। आपसी तक़रार में वे गालियों से लेकर हाथापाई तक पर उतर आते, मगर रात ढलते ही अपने झगड़ों को ऐसे घोलकर पी जाते जैसे कोई शिकंजबी शरबत हो।

दरबारी मसख़रों की फ़ितरत और भी अजीब थी। बे-सिर-पैर की बातों के क़िले बनाना, तसव्वुर के तोते उड़ाना और झूठ को सच साबित करने की हर मुम्किन कोशिश करना उनका शग़ल था। नवाब को गुमराह करना और अपनी मर्ज़ी से

चलाना उनका रोज़मर्रा का खेल था। इन ख़ास दरबारियों की ज़ुबान नवाब के सामने तो 'जी हुज़ूर...!' के तराने छेड़ती, मगर बाक़ियों के लिये यही ज़ुबान ज़हरीले नाग की फुँफकार बन जाती। ये जिसे अपना निशाना बनाते, उसे मिटा देना उनके लिये मामूली बात थी। इनकी नज़र में ख़ुदा का तसव्वुर तो कहीं पीछे छूट चुका था। उनके हर ग़लत काम को जायज़ ठहराने की सलाहियत उनके गुरूर का हिस्सा बन चुकी थी। मुफ़्तख़ोरी की आदत और बेहिसी ने उनके ज़ेहन को ज़ंग खाया बना दिया था और उनकी सोच पर ग़फ़लत की मोटी चर्बी चढ़ चुकी थी। वक़्त के साथ इन दरबारियों ने ऐसे रंग दिखाए कि मामूली बातों पर इज़्ज़तदारों को ज़लील करना, अहल-ए-इल्म के साथ ज़ाहिलाना सलूक करना और दो कौड़ी के मसख़रों को दरबार में सिर पर बिठा लेना उनकी रोज़मर्रा की मश्क़ बन गयी। इनका रुतबा दरबार में इतना बढ़ चुका था कि बड़े-बड़े जागीरदार और मनसबदार भी इनके गुरूर के सामने सर झुका देते। उधर नवाब को अपनी ख़ुशामदखोरी से ही फ़ुर्सत न थी। लिहाज़ा उसे बाक़ी चीज़ों से कोई फ़र्क़ नहीं पड़ने वाला था।

अस्ल में ख़ुशामदख़ोरी इन्सान को पागल बना देती है। और अगर यह नवाब जैसी शख़्सियत के साथ आज़माई जाय तो इसका आनन्द एकाएक सौ-गुना बढ़ जाता है। दरबार में ख़ुशामदख़ोरों की कत्तई कोई कमी न थी; और सारे ख़ुशामदख़ोर मिलकर नवाब को गाहे-बगाहे अलौकिक दृष्टि से युक्त बताया करते थे जिसे सुनकर नवाब भी अक़्सर ख़ुश होता रहता; और अपने आदेशों से चमत्कार की आस में दिन भर उल-जलूल हरकतें करता रहता। दरबारी उसकी इन हरक़तों पर वाह-वाही करने से बाज़ नहीं आते थे; और इस कारण ऐसे मौक़ों पर नवाब का उत्साह कई गुना बढ़ जाता था।

ख़ुशामदख़ोरी की पहली बानगी देखिये...! एक बार नवाब नकबुल्लाह अपने कुछ नायबों और मुसाहिबों के साथ घोड़े पर सवार हो कर अपने नादान महल से पश्चिम की तरफ़ गोमती के किनारे घूमने जा रहा था। तभी रास्ते में एक बड़ा-सा तन्दुरुस्त चूहा अचानक से नवाब के घोड़े के नीचे आ गया और पल भर में ही दबकर मर गया। चूहे के इस तरह असमय काल-कवलित हो जाने पर नवाब को बड़ा रंज हुआ। यह देखकर उसके मुसाहिबों को भी बेहद रंज हुआ, जो कि अत्यंत स्वाभाविक ही था। लेकिन इसके पहले कि नवाब और दुखी होता; मुसाहिबों ने फ़ौरन हालात को हवा दी और बोले–

'ग़रीब परवर...! दरअस्ल ये चूहा बेहद ख़ुशनसीब था जो आपके घोड़े की

शाही टापों के नीचे आकर शहीद हो गया है। इसकी इस ग़ैर-मामूली मौत का तकाज़ा है कि यहाँ इसकी मज़ार बनवाई जाये। इससे उस ग़रीब की रूह को सुकून मिलेगा और आपके नाम की शोहरत होगी।'

फिर क्या...! हुक़्मेशाही जारी हुई और उस मुए मूस की याद में सड़क के बीचों-बीच एक बेहतरीन मक़बरा तैयार हुआ, जिसे आसपास की जनता मूसा अली का मक़बरा कहकर पुकारने लगी। कालांतर में वहाँ बारहों महीने मत्था टेकने वालों और चादर चढ़ाने वालों की लाइन लग गयी और हर वर्ष मूसा अली की याद में उनके मज़ार पर सालाना उर्स और जलसा मनाया जाने लगा। यही नहीं, उनकी मज़ार से बँटने वाले जल के निरंतर सेवन से आसपास की तमाम रिआया रोगमुक्त होने लगी। सब छोड़िये...! इलाक़े की तमाम बाँझ कही जाने वाली ख़वातीन, जाति-धर्म का ख़याल किये बिना हर जुमेरात को हज़रत मूसा अली की दरगाह पर मत्था टेकने आने लगीं और यह कीर्ति दूर तक फ़ैली कि हज़रत मूसा अली, इन्सानी शरीर में प्रवेश कर ख़ातूनों के बांझपन को दूर कर देते हैं। फिर क्या...! देखते-ही-देखते हज़रत मूसा अली अनजाने में जैविक उर्वरता और क़ौमी एकता के प्रतीक बन गये; और उनके मक़बरे की ख्याति दूर देश में फ़ैल गयी।

अब पहले से कई गुना उच्च स्तर की ख़ुशामदखोरी की एक दूसरी बानगी...! एक बार शहर का एक भला आदमी दरबार में किसी काम के सिलसिले में आया। नवाब का किसी आम इन्सान से मिलना वैसे भी नामुमकिन था। लेकिन उसकी क़िस्मत अच्छी थी कि नवाब ने उसे देखते ही अपने पास बुला लिया। उस आदमी की बातें सुनकर नवाब उसके अदब और आचरण से बेहद ख़ुश हुआ। और उस वक़्त वज़ीर-ए-दाख़िला का काम देख रहे अपने ख़ास ख़्वाजासरा ख़लील खाँ से कहा कि उस आदमी को सरकारी सेवाओं पर रखा जाये। ख़लील खाँ जानता था कि उसके आने से तमाम वज़ीरों के काले कारनामे खुल सकते हैं; इसलिये बादशाह के बार-बार कहने के बावुजूद वह बड़ी ख़ूबसूरती से टाल गया और सबसे अंत में बहाने के रूप में यह कह दिया कि वह आदमी शहर से बाहर चला गया है। एक बार नवाब ने जब बहुत बेक़रारी से उसी आदमी का नाम लिया तो ज़वाब में ख़लील खाँ ने अचकन की जेब से मलमल का रुमाल निकाला और अपने दीदे पोंछने शुरू कर दिये। उसके बाक़ी साथी भी दिखावे के लिये अपनी-अपनी दीदे पोछने में लग गये। नवाब पहले तो घबरा गया फिर उसने इसका सबब पूछा तो ख़लील खाँ बोला–'हुज़ूर...! अच्छे आदमी को हर जगह पूछा जाता है। जिसकी पूछ आपके

दरबार में भी थी; और वह ग़रीब ख़ुदा को प्यारा हो गया...!' नवाब सुनकर दु:खी ज़रूर हुआ; लेकिन अब चाहकर भी कुछ नहीं किया जा सकता था।

ख़ैर बात आयी-गयी हो गयी। कुछ दिनों बाद जब नवाब अपने वज़ीर-मुसाहिबों के साथ शाही सवारी पर शहर घूमने निकला तो उसने दूर से ही उस आदमी को पहचान लिया और ख़लील ख़ाँ को यह हुक़्म दिया–'उस आदमी को बुलाओ जो बाग़ की तरफ़ जा रहा है।' ख़लील ख़ाँ ने उधर देखा तो उसका हल्क़ सूख गया; क्योंकि यह वही आदमी था जिसे वह नवाब को जन्नतनशीं बता चुका था। ख़लील ख़ाँ ने एक पल में मौक़े की नज़ाकत समझी और न जाने किन आँखों से अपने कुल मुसाहिबों को कैसा इशारा कर दिया कि पलक झपकते ही सब उसके पढ़ाये हुये तोते बन गये। अब ख़लील ख़ाँ ने बड़ी मासूमियत के अन्दाज़ से पूछा–

'आलीजाह...! वह कौन है और कहाँ है?'

नवाब ने ऊँगली उठाकर कहा–'अरे बेवकूफ़...! वो है...! वो है...!!'

इसके साथ सारे मुसाहिबों की सूरत पर सवालिया निशान खिंच गये और सब एक सुर में बोल उठे–'कहाँ-कहाँ हजूर-कहाँ-कहाँ हुज़ूर -कहाँ?'

जब 'कहाँ है-कहाँ है' के जुमले दो-तीन बार दुहरा लिये गये तब ख़लील ख़ाँ ने हँसकर नवाब को सलाम किया और कहा–

'हुज़ूर...! मैंने कितनी बार अर्ज़ किया है कि अल्लाह-ताला ने जनाब को लिबासे-करामात से आरास्ता फ़रमाया है। सरकार आपके पास चश्मे-गैब (अलौकिक दृष्टि) है; आपको इन्सान और रूहें सब कुछ दिख सकती हैं, मगर हम ग़रीबों को कहाँ...!!' अपनी शान में ऐसी तारीफ़ सुनकर नवाब आख़िरकार चुप हो गया और क़ाफ़िला आगे बढ़ गया।

नतीजा यह हुआ कि आगे चलकर सारे दरबारी अपनी हर बात को नवाब के इसी अलौकिक दृष्टि या चश्मे-ग़ैब से ही व्याख्यायित करने की कोशिश करने लगे और नवाब भी इसका इस क़दर आदी हो चला था कि वह रिआया के साथ घटने वाली किसी घटना या दुर्घटना को केवल इसी फ़लसफ़ियाना फ़िक्र के सहारे समझ सकने की स्थिति में था। नवाब की यह चश्मे-ग़ैब की अवधारणा आगे चलकर ग़ैब-ए-ग़ैब बन गयी। फिर न तो दरबारियों को नवाब के सामने अपने किसी अपराध को छिपाने का संकट रह गया और न नवाब को ही दरबारियों के समक्ष इसे देखने का लेकर कोई संकोच रह गया। इस ग़ैब-ए-ग़ैब का नतीजा यह था कि अब रियासत

में सब कुछ सही था; किसी चीज़ को लेकर ग़लत या अपूर्ण जैसी अवधारणा समाप्त हो गयी थी। ग़ालिब के शब्दों में नतीजा कुछ यूँ था कि–

है ग़ैब-ए-ग़ैब जिसको समझते हैं हम शुहूद
हैं ख़्वाब में हुनूज़ जो जागे हैं ख़्वाब में।

इस ग़ैब-ए-ग़ैब के छलावे में रिआया की लौकिक दशा दिन-प्रतिदिन छिन्न-भिन्न होती गयी लेकिन इसकी परवाह भला किसे थी...!

वैसे भी ख़ुशामदखोरी इन्सान को संयत कहाँ रहने देती है भला...! यह प्रकारांतर से सत्य को झूठ से ढँकने का बनावटी उपक्रम मात्र है। और सच पूछिए तो यह उपक्रम एक ऐसे जटिल तनाव का सृजन करता है जिसका इस दुनिया-ए-फ़ानी में इलाज़ मिलना फ़िलहाल असंभव है। लेकिन वह नवाब ही क्या जो हर दुनियावी मसाइल का अपने स्तर पर कोई हल न निकाल सके...! सो एक दिन नवाब नकबुल्लाह ने इसका भी रास्ता निकाल ही लिया। कहते हैं बेहद तनावपूर्ण होने की मनोदशा में नवाब को गुदगुदी कराने का शौक़ चढ़ गया। कई बार जब वह बहुत तनाव में होता और स्वयं को नियंत्रित करने की कोशिश करता; किंतु चाहकर भी अपनी आक्रामक भावनाओं पर नियंत्रण नहीं कर पाता था तो वह अपने कुछ ख़ास दरबारियों से स्वयं के शरीर में गुदगुदी करने के हुक़्म देता था। फिर वे उसके शरीर में गुदगुदी करना शुरू करते थे; और तब तक गुदगुदी करते रहते थे जब तक नवाब मारे ख़ुशी के चीख़ने-चिल्लाने न लग जाये; अपने कपड़े न फाड़ने लग जाय और नंगे हो कर दरबार में दौड़ने न लग जाय...!

कई बार इस प्रक्रिया में मारे ख़ुशी के वह गुदगुदी करने वाले ज़हीन दरबारियों के कपड़े भी फाड़ने लगता था और पल भर में ही अपने साथ उन्हें भी निर्वस्त्र कर डालता था। फिर वह दरबार में ही निर्वस्त्र हो कर दौड़ने लगता और इस क्रम में उसके निर्वस्त्र दरबारी उसके पीछे दौड़ लगाते रहते थे। जब नवाब दरबार में दौड़ते-दौड़ते थक जाता तो अपने सिंहासन के पीछे थककर बैठ जाता। फिर उसके सामने नये कपड़े लाए जाते। जब वह दोबारा अपने सिंहासन पर बैठता तब उसकी सहमति के बाद उसे बारी-बारी कपड़े पहनाए जाते। उसके कपड़े पहनने के बाद ही नवाब द्वारा नग्न दरबारी अपने कपड़े पहन सकते थे। धीरे-धीरे यह इस दरबार की एक परंपरा सी बन गयी थी।

बताते हैं नवाब ने अपने दरबार के बाहर बाक़ायदा गुदगुदी का वृक्ष भी लगवाया था। इस वृक्ष की ख़ासियत कुछ ऐसी थी कि तमाम दरबारी केवल उसे

छूकर ही नवाब की ज़ेहनियत भांप लेते थे। यदि गुदगुदी के वृक्ष को छूने से उसमें कोई हरक़त नहीं होती तो यह माना जाता था कि नवाब शोक और गुस्से में है और उसे तत्काल गुदगुदी किये जाने की आवश्यकता है। फिर दरबारी भीतर प्रवेश करते और नवाब का इशारा पाते ही उसके शरीर में गुदगुदी करना शुरू करते थे। इस शाही गुदगुदी की कई अवस्थाएँ थीं। पहली अवस्था में नवाब केवल मुस्कुराता था। दूसरी अवस्था में नवाब मुस्कुराहटों के बीच-बीच में थोड़ा खिलखिलाता भी था। और तीसरी अवस्था में वह ठठाकर तब तक हँसता था जब तक उसके आँखों से आँसुओं की धार न फूट पड़े। इसके बाद निर्वस्त्रीकरण की प्रक्रिया आरंभ हो जाती थी।

7

ऐ क़ाफ़िले वालों, तुम इतना भी नहीं समझे
लूटा है तुम्हें रहज़न ने, रहबर के इशारे पर।

-अज्ञात

गुदगुदी का आनन्द और गुदगुदी के वृक्ष, रिआया की अस्ल चिंताओं का कितना समाधान कर सकते थे भला...! रिआया तकलीफ़ में थी और नवाब उन्हें लेकर उतना ही बेतक़ल्लुफ़ था...! ऐसे में रिआया का अल्लाह ही मालिक था...! नवाब सारा दिन अपने सबसे प्रिय नादान महल बेसुध में पड़ा रहता। अजीर-वज़ीर, मन्त्री-संतरी राजकाज निपटाते और समय मिलने पर नादान महल के दरबार-ए-ख़ास में नवाब नकबुल्ला से शाही फ़रमानों पर ठप्पे लगवा लेते; और उसे यथावश्यक शाही हुक़्म के रूप में प्रसारित करते। कुछ मौक़ों पर, बल्कि ज़्यादातर मौक़ों पर नवाब नकबुल्ला वहीं बैठे-बैठे ही अपने शाही हुक़्म में तरमीम भी जारी कर देता था और वज़ीरों की हिम्मत न होती थी कि नवाब से उसके इस तरमीमशुदा हुक़्म में किसी प्रकार के संशोधन के लिये गुहार लगा सकें। हालाँकि यदि नवाब चाहे तो कई बार ऐसा भी होता था कि एक दिन में ही हुक़्म कई बार तरमीम हो जाते और किसे प्रभावी माना जाये और किसे अप्रभावी-इसे लेकर वातावरण में एक संशय-सा बन जाता। लेकिन नवाब के मन में अपने प्रतिक्षण बदलते निर्णयों को लेकर न तो कोई संशय था और न ही कभी हो सकता था। वह हुक़्म पर अमल करने के समय ही यह निर्णय लेता था कि उसके द्वारा जारी किस हुक़्म को प्रभावी माना जाये और किसे नहीं...!

लेकिन यहाँ एक संकट था। नवाब फ़ैसले तो ले लेता था। लेकिन ये फ़ैसले आगे चलकर दूरगामी महत्व वाले होंगे या नहीं इसका कत्तई निर्धारण नहीं हो पाता था। ख़ुशामदख़ोरी अलग बात है; नवाब के फ़ैसलों पर ठप्पे लगाना अलग बात;

और उसके सही या ग़लत होने के बारे में राय प्रकट करना बिलकुल अलग बात...! क्योंकि स्वयं नवाब अपने फ़ैसलों पर देर तक टिकता न था। इसलिये दरबारियों के सामने यह संकट अधिक मुखर था। हुआ यों कि एक बार नवाब ने एक मामले में अपना फ़ैसला सुनाया और न जाने क्यों, उसे स्वयं ही ऐसा महसूस हुआ कि उसने फ़ैसला ठीक नहीं किया है। बावुजूद इसके, उसके इस फ़ैसले पर दरबार में हमेशा की तरह ख़ामोशी छाई रही। नवाब ने चाहा कि उसका कोई भी दरबारी उसके इस फ़ैसले पर अपनी असहमति जता दे ताकि इसी बहाने से वह अपना निर्णय बदल सके। लेकिन नवाब के इस फ़ैसले पर वहाँ उपस्थित दरबारियों के कांखने या पादने की तो बात ही छोड़िये; 'चूं' तक नहीं किया और न ही ज़ोर से साँस तक ली। नवाब ने बहुत विनम्रतापूर्वक अपने सभी दरबारियों से कहा–

'आज मैं अपने जीवन में पहली बार यह चाहता हूँ कि आप सभी मेरे फ़ैसले के बारे में अपनी-अपनी राय रक्खें। राय रखने वाले को दस हज़ार अशर्फियाँ दी जायेंगी; और सबसे अच्छी राय को बीस हज़ार अशर्फियाँ दी जायेंगी। सबसे ख़राब राय देने वाले का सर कलम कर दिया जायेगा।'

बस इस आख़िरी शर्त्त के चलते किसी भी दरबारी की हिम्मत नहीं हुई कि वह नवाब के फ़ैसले के बारे में कोई राय रखने के बारे में सोच भी सके; क्योंकि यह निर्णय करने का अधिकार भी नवाब के पास ही था कि कौन-सी राय सर्वोत्तम है और कौन-सी सबसे ख़राब; और दरबारी यह बेहतर जानते थे कि नवाब के निशाने पर कब किसकी जान आ जाय; इसे नवाब तो क्या स्वयं ख़ुदा भी नहीं जानता...! इसलिये अशर्फियों के मोह से दूर सभी दरबारी चुप्पी साधे रहे। नवाब इस सामूहिक चुप्पी से बहुत आहत हुआ। उसने अपने जीवन में पहली बार यह महसूस किया कि ऐसे अहम मौक़ों पर ऐसी सामूहिक ख़ामोशी सल्तनत का बड़ा नुक़्सान कर सकती है। इसलिये नवाब ने तय किया कि वह अपने इस फ़ैसले का परीक्षण करेगा। नवाब ने अपने सुनाये गये फ़ैसलों की परख के लिये एक नयी तरक़ीब निकाली। फ़ैसले के परीक्षण के लिये पागलख़ाने से आधा दर्जन पागल बुलाए और फिर इन पागलों के अजब-ग़ज़ब इशारों के ज़रिये तय करना सुनिश्चित किया कि फ़ैसला रिआया के माफ़िक़ होगा या ख़िलाफ़...! उसने एक काम यह ज़रूर किया कि इन पागलपन्थियों के इशारों का तर्जुमा करने के लिये दरबार से एक दुभाषिया नियुक्त किया जो इनके इशारों को शब्दों में तर्जुमा करता था; और इस तर्जुमे के आधार पर नवाब अपने फ़ैसले लेता था।

उधर पागलख़ाने के पागलों का हाल सुनिए...! कहने के लिये ज़माने की नज़रों में ये सभी भले ही पागल हुआ करते थे। लेकिन अस्ल बात यह थी कि किसी समय ये समाज के वे लोग थे जो क़ायदे से बुद्धिजीवी हो सकते थे; लेकिन किंचित मानसिक दबावों के चलते बुद्धिजीवी होते-होते रह गये थे। और इसके पहले ही समाज के तमाम असामाजिक प्रवृत्ति के लोगों के दबाव में, पागल घोषित कर दिये गये थे। उनके साथ सबसे सकारात्मक बात यह थी कि कि अपने ऊपर लादे गये इस विशेषण को इन्होने ने न केवल नतमस्तक हो कर शत-प्रतिशत स्वीकार कर लिया था; गाहे-बगाहे अपनी हरक़तों से अपनी इस शिरोधार्य मेधा का प्रदर्शन करने से भी बाज़ नहीं आते थे। बल्कि सच कहा जाय तो वे अपनी इस मेधा का तब तक प्रदर्शन करते रहते थे जब तक मौक़े पर कोई असहज स्थिति उत्पन्न नहीं हो जाती थी और उन्हें बाक़ायदा ठेलों और गाड़ियों में लादकर दूर-दराज के जंगलों में न ले जाया जाता।

ख़ैर...! उनकी सामाजिकता को लेकर उन्हें कितना भी कोसा जाता लेकिन सच्चाई यह थी कि वे ज़माने के लिये अनुपयोगी रह गये थे या नहीं, यह कहना तनिक मुश्किल ज़रूर होता; लेकिन उनकी अपनी नज़र में यह बेदर्द ज़माना ही अब उनके किसी काम का नहीं रह गया था। ऐसी मनोदशा में चाहें उन्हें घर में रखा जाता या पागलख़ाने में; दरबार में रखा जाता या क़ैदख़ाने में–उनकी सेहत पर रत्ती भर भी फ़र्क़ नहीं पड़ने वाला था। वह तो भला हो नवाब नकबुल्ला का, जिसने सारे अन्तर्विरोधों के बावुजूद उनकी मेधा को पहचान लिया था और अब जाकर हर हाल में अपने दरबार में उन्हें सम्मानजनक स्थान देने पर आमदा हुआ जाता था।

बहरहाल आज इन पागलों को नवाब के फ़ैसलों पर अपनी राय देने के लिये उसके दरबार में सशरीर पेश होना था। उन्हें बड़ी मुश्किल से समझा-बुझाकर पेश किया जा सका। आज के इस राज़ को भी कुछ ख़ास दरबारियों को छोड़कर केवल नवाब ही जानता था। और देखा जाय तो आज सभी के बीच एक तरीक़े से इस नये पारदर्शी नीति-निर्धारण की प्रक्रिया का ख़ुलासा होना था। बहरहाल नवाब ने ज्यों ही ताली बजाकर उन्हें हाज़िर कराने का इशारा किया; थोड़ी देर में ही सामने से आधा दर्जन नये मेहमानों का प्रवेश होना शुरू हुआ। इस वक़्त उनके कपड़े काफ़ी गन्दे थे। उनके हाव-भाव विचित्र थे। वे कभी उँगलियाँ चूसते; कभी बदन खुजाते तो कभी ठहरकर नाचने लगते। जब नवाब ने उन्हें दरबार में अपनी ओर आते देखा तो उसकी ख़ुशी का ठिकाना न रहा। नवाब ने इन्हें अपने फ़ैसले की संवीक्षा के लिये

इसलिये भी चुना क्योंकि नवाब को यक़ीन था कि 'पागल बेधड़क राय दे सकते हैं और वे अपनी राय देते समय किसी की तरफ़दारी नहीं करेंगे।' हालाँकि ये पागल या तो बोलते नहीं थे या बहुत कम बोलते थे; या केवल इशारों में बात करते थे; लेकिन नवाब को भरोसा ही नहीं बल्कि पूर्ण विश्वास था कि वह उनके हाव-भाव और संकेतों के ज़रिये किसी-न-किसी फ़ैसले पर पहुँच सकता था। और जब स्वयं किसी नवाब का ऐसा भरोसा जम जाये तो किसकी मज़ाल जो उसके भरोसे पर सपने में भी उँगली उठा सके...! इनमें से जो बोलने वाले पागल थे, वे सीधे-सादे सवालों का बहुत आड़ा-तिरछा ज़वाब देते थे। लेकिन नवाब की ख़ूबी यह थी कि वह दुभाषिये के ज़रिए इनके भी माक़ूल अर्थ निकलवा लेता था।

फ़िलहाल ज्यों ही दरबार में पागलख़ाने के इन ख़ास मेहमानों का प्रवेश हुआ दरबार में एकाएक हलचल मच गयी। नवाब उनके स्वागत में अपना सिंहासन छोड़कर उठ खड़ा हुआ और नये मेहमान नवाब की ओर दौड़ पड़े। नवाब को सिंहासन छोड़कर खड़ा होता देख तमाम वज़ीर और दरबारी भी अपनी अपनी कुर्सियों से उठ खड़े हुए और इन मेहमानों के स्वागत में आदाब बजाने लगे। ज़वाब में इन नये मेहमानों ने भी अपने-अपने तरीक़े से सबका आदाब बजाया– मसलन किसी की चुम्मी ली; किसी का हाथ काट लिया; किसी को धक्का देकर नीचे गिरा दिया और किसी के कपड़े पकड़कर फाड़ डाले। नवाब उनके इस कृत्य पर खड़े हो कर ताली बजाता रहा और निरंतर हँसता रहा। ऐसे में जिन दरबारियों के साथ मेहमानों का यह सद्व्यवहार चल रहा था; वे भी नवाब के सम्मान में ताली बजाये और हँसे बिना नहीं रह सके। बड़ा ही अद्भुत और अभूतपूर्व नज़ारा था कि अपने शारीरिक कष्ट के चलते जिन दरबारियों को रोना और चिल्लाना चाहिए था; वे ठठाकर हँस रहे थे और उन्हें इस दशा में हँसता देख नवाब के पेट में बल पड़ रहे थे।

इन्हीं के बीच दीवान और खजांची सेहतबख़्श खाँ को हुक़्म हुआ कि वे ख़वातीन के भविष्य को लेकर नवाब के नये कानून के मसविदे को दोहराएँ। सेहतबख़्श खाँ ने तक़रीबन एक घण्टे अपनी दलीलें दोहराई। इसके बाद नवाब ने फर्श पर बैठे अपने इन ख़ास मेहमानों से उनकी राय पूछी। मेहमान तरह-तरह से मुँह बनाने लगे। दो-तीन ने इनकारी मुद्रा में हाथ हिलाए। दो-एक ख़ामोश रहे। एक के पास छड़ी थी। उसने खजांची सेहतबख़्श खाँ को पीटने का इशारा किया। नवाब थोड़ी देर इन पागलों की हरक़तें पढ़ने की कोशिश करता रहा और फिर एकाएक

अपने सिंहासन से उठकर खड़ा हो गया। इनमें से एक पागल, जो बहुत कुरेदने पर थोड़ा-बहुत कुछ बुदबुदा सकता था, उससे जब यह पूछा गया कि 'आपकी नज़र में इस मसविदे को कानून का रूप दिया जाना कितना मुनासिब रहेगा'; तो उसने दीनपनाह की एक बहुत प्रसिद्द नर्तकी रक्खन बाई का नाम लेकर ज़ोर-ज़ोर से चिल्लाना शुरू किया और पल भर में ही इस क़दर चीख़ने लगा कि उसे मिर्गी का दौरा पड़ गया। सो वह आगे कुछ न बोल सका; चक्कर खाक़र वहीं पलट गया और मुँह से फिंचकुर और ग़ाज फेंकने लगा।

इतने भर में वहाँ खड़े दुभाषिये ने नवाब को उसके सुझावों का अर्थ कुछ यूँ समझाया–

'नवाब के परदादा के शासन-काल में जो व्यवस्था रक्खन बाई के सौजन्य से अमल में लाई गयी थी फ़िलहाल उसी प्रकार की व्यवस्था बनाये रखना उचित होगा। किसी नये कानून को अमल में लाने पर सामाजिक संतुलन बिगड़ सकता है।'

अंत में नवाब ने अपना निर्णय सुनाते हुए यह कहा कि 'चूँकि उसके ख़ास सलाहकारों ने स्पष्ट रूप से मना कर दिया है; इसलिये वह इस नये कानून को लागू करने से पहले ही वापस लेता है।' केवल खजांची सेहतबख़्श खाँ को पीटने के सुझाये गये फ़ैसले पर तत्काल अमल किया गया और उसे सरेआम सौ कोड़े लगाए गये। इसके बाद सभा बेहद एहतराम के साथ मुल्तवी कर दी गयी।

बहरहाल, चाहें राजत्व के नये सिद्धांतों का प्रतिपादन हो या फिर रियासत की आय बढ़ाने के लिये नये स्रोतों की तलाश का मुआमला हो, नवाब पेशतर इन पागलपन्थियों द्वारा अद्‌भुत इशारों से लिये गये निर्णयों पर निर्भर रहने लगा। इन पागलों के सुझावों पर नवाब को इस क़दर विश्वास हो गया था कि वह आगे चलकर फ़ौजदारी, दीवानी और राजस्व के मुक़दमों का फ़ैसला भी इन्हीं की राय से करने लगा। कहते हैं आगे चलकर नवाब का यह तरीक़ा शाही घरानों में 'पागलपन्थ' के नाम से मशहूर हुआ और इसके मानने वाले 'पागलपन्थी' कहलाये।

एक दूसरे मौक़े पर नवाब ने यह जानने के लिये पागलपन्थियों को अपने दरबार में आमन्त्रित किया कि नवाबी का मुख्य मक़सद राजशाही सम्हालना और रिआया के कष्टों को दूर करना माना जाना चाहिए अथवा इसका प्रमुख उद्‌देश्य अपनी राजसत्ता का इस्तेमाल करके यौनसत्ता का चरम उपभोग करना होना चाहिए। पागलपन्थियों ने इस बार अपने इशारों से सर्वसम्मति से अपना अभिमत दिया जिसका दुभाषिये के अनुवाद के आधार पर यह अर्थ यह लगाया गया कि 'नवाबी

केवल राजशाही को सम्हालने भर के लिये नहीं होती; इसके लिये राजसत्ता के दूसरे अंग बहुत पर्याप्त होते हैं। बल्कि नवाब की ज़िम्मेदारियाँ इससे बहुत इतर और अधिक विस्तृत हैं। अस्ल में 'नवाबी का प्रथम मक़सद पृथ्वी पर यौवन का परम उपभोग है।'

दुभाषिये के भाषायी रूपांतरण के माध्यम से पागलपन्थियों के इस अभिमत से नवाब के पास असहमत होने का कोई ख़ास कारण नहीं था। इसलिये उसने पागलपन्थियों के इस मूल्यवान सुझाव को अपने शासन में सबसे ज़्यादा तरजीह देने का निश्चय किया। इसके लिये सबसे पहले उसने अपने राज्य में वेश्यावृत्ति को क़ानूनी शनाख़्त दी। स्त्रियों का व्यापार और उनका निर्यात राज्य का मुख्य धर्म बनाया गया। नतीजा यह हुआ कि राज्य में वेश्याओं की क़ीमत सेना में बिकने वाले घोड़ों से भी कम हो गयी। इस गिरावट को नियंत्रित करने के लिये वेश्यावृत्ति के शगल में लिप्त लोगों पर भारी टैक्स लगाए गये। तब जाकर राज्य की स्थिति इतनी पैदावारी हुई कि राज्य को कृषि और अन्य मदों से होने वाली आय से भी कई गुना आय इस नये कर से होने लगी और देखते-देखते राज्य अपने तमाम पड़ोसी राज्यों के साथ आर्थिक क्षेत्र में कड़ी प्रतिस्पर्द्धा करने लगा। उसके इस नवीन प्रतिस्पर्द्धी स्वरूप ने बाक़ी पड़ोसी राज्यों के सामने घोर नैतिक संकट खड़ा कर दिया और वे जल्दी ही उसके अधीन बन गये।

पागलपन्थियों के अबूझ सलाह के आधार पर नवाब ने एक अत्यंत उल्लेखनीय काम किया जिससे राज्य की आय में असीमित वृद्धि हुई। उसने दरबार में और अपने कारिंदों के बीच रिश्वतख़ोरी को क़ानूनी ज़ामा पहना दिया। अस्ल में उसने यह महसूस किया कि उसके पहले के नवाबों के सारे प्रयास चाहकर भी इसे रोकने में असफल ही हुए हैं। बल्कि इसे ज्यों-ज्यों रोका गया, हर बार रिश्वतख़ोरों ने इससे बचने के नये-नये तरीक़े ईज़ाद कर लिये। कई बार तो ऐसा भी हुआ कि स्वयं नवाब ने अपने सैनिकों को रिश्वत दी और एकाध ऐसा भी अवसर आया जब उसके किसी सैनिक ने उससे रिश्वत माँगे जाने की शिकायत की तो स्वयं नवाब ने उसे पैसे दिये ताकि वह रिश्वत देकर अपना काम करा ले।

रिश्वतख़ोर दरबारियों के इस हौसले का आलम यह था कि स्वयं अगर नवाब कोई हुक़्म दे दे तो उसकी तामील भी क़ायदे से इसलिये मुश्किल हो जाती थी कि नवाब से जाकर इसकी तस्दीक़ कौन करेगा...! और बिना तस्दीक़ के नवाब के हुक़्म की तामील करना एक नया अपराध करने जैसा होता...! इसलिये हुक़्म के

ताक़ीद से बेहतर था कि इसे चुपचाप रिश्वत देकर करा लिया जाय। इसका नतीजा यह हुआ कि कई बार नवाब के अत्यंत महत्वपूर्ण हुक़्म के तामील के लिये रिश्वत की गठरी अलग से चलने लगी थी। इस मामले में भी पागलपन्थियों द्वारा अपने इशारों से जो मत व्यक्त किया गया और दुभाषिये ने इसका जो अनुवाद किया उसके अनुसार नवाब ने यह फ़ैसला किया कि 'रिआया से उनके काम कराने के नाम पर खुलकर रिश्वत ली जाय और दलाली की जाय। इसे रोकने-टोकने का प्रयास नहीं किया जायेगा। बस रिश्वतख़ोर और दलाल को अपनी कुल रिश्वत और दलाली का पच्चीस प्रतिशत सरकारी ख़ज़ाने में जमा करना होगा और ख़ज़ाने से इसकी बाक़ायदा रसीद हासिल करनी होगी।' नवाब के इस आदेश का बहुत दूरगामी प्रभाव पड़ा। नतीजा यह हुआ कि जो खज़ाना अपने सन्नाटे के कारण अक़्सर 'सांय-सांय' करता था, वह धीरे-धीरे ही सही, 'कांव-कांव' करने लगा।

नवाब नकबुल्ला की सबसे बड़ी उपलब्धि थी-सूबे में में जगह-जगह चंडूखाने की स्थापना करना और अफ़ीम की खेती को विधिवत मान्यता दिया जाना। चंडूखाना यानी नशेड़ियों का अड्डा। सच पूछा जाय तो उसके इस क्रान्तिकारी निर्णय के पीछे, हमेशा से ही संकट के समय उसे रास्ता सुझाने वाले पागलपन्थियों का बड़ा योगदान था। ज़्यादातर पागलपन्थी स्वयं अफ़ीम के नियमित सेवक हुआ करते थे। इसलिये एक बार जब नवाब ने उनसे राज्य की आमदनी बढ़ाने के विषय में चर्चा करनी चाही तो अक़्सर हर बात का ज़वाब अलग-अलग इशारों में देने के लिये मशहूर पागलपन्थियों ने इस बार अपने शरीर के किसी हिस्से में खोंसे हुए अफ़ीम को निकालकर हवा में लहराना शुरू किया। नवाब ने लहराने वाले पागलपन्थियों की गिनती कराई तो वे बहुमत में निकले। राजशाही में ऐसी लोकतान्त्रिक विधि से सुझाये गये रास्ते की अवहेलना करना, एक तरह से रिआया की अस्ल भावनाओं का अपमान होता...! इसलिये नवाब ने तय किया कि चाहें जैसे भी हो, रियासत में अफ़ीम की खेती और चंडूबाज़ों की संख्या बढ़ाने के लिये नाक़ाबिल-ए-तलाफ़ी कोशिशें की जायेगी। स्वयं नवाब को शराब से पहले से ही कोई इनकार नहीं था। अफ़ीम वह केवल कभी-कभार अपनी मर्दानग़ी बढ़ाने के लिये लेता आया था; अन्यथा नहीं। लेकिन उसके इस फ़ैसले के बाद नामुराद अफ़ीम मुक़म्मल तौर पर उसके मुँह लग गयी। नवाब ने उसे भी शरीक़े-हयात कर लिया।

कहते हैं इसे चंडूखाने में बैठकर नवाब नकबुल्ला, अफ़ीम के नशे में अक़्सर चींटियों की क़तार से या मकड़ियों से खिलवाड़ किया करता। जब वह ऐसा कर

रहा होता तो उसके सारे दरबारी उसके इस खेल में उसका साथ दे रहे होते थे। कई बार इस खेल में सुबह से दोपहर और फिर दोपहर से शाम हो जाती। एक बार तो रियासत में अकाल पड़ा और जब नवाब को इस बात से अवगत कराया गया तो उसने अपने ख़ास दरबारियों को आश्चर्यजनक रूप से यह निर्देशित किया कि 'भूखी रिआया को उसके हाथ से अनाज का वितरण किया जायेगा।' फिर क्या...! नवाब के आदेशानुसार रिआया नादान महल के बाहर बुला ली गयी; लेकिन नवाब का चींटियों के साथ खेल ख़त्म होने का नाम ही नहीं ले रहा था। फिर एक ऐसा भी अवसर आया जब भूख के मारे तड़प रही रिआया ने नादान महल के बाहर इकठ्ठा किये गये अनाज को लूट लिया और ख़ुशी-ख़ुशी अपने घरों को लौट पड़ी। लेकिन नवाब का चीटियों के साथ का खेल फिर भी ख़त्म नहीं हुआ। अगले दिन जब उसे बताया गया कि उसकी अन्यत्र व्यस्तता के कारण रिआया के सब्र का बाँध टूट गया था और उसने अनाज लूट लिया था; तो नवाब ने रिआया के ऐसे सभी लोगों को चिन्हित कर सौ-सौ कोड़े मारने के लिये निर्देशित किया। हालाँकि अनाज लूटने वाली रिआया को चिन्हित करना इतना आसान नहीं था। सो फ़ौजियों ने जिसे भी राह चलते पाया, उसे पकड़ लिया और बेवज़ह सौ-सौ कोड़े मारे। नतीजतन जो लोग अनाज के लूट का हिस्सा नहीं भी थे; वे नवाब के इस कठोर दंडादेश का हिस्सा बन गये।

8

मेरी आवाज़ को तरसेगा तिरा रंग-महल
मैं तो इक बार सदा दे के चला जाऊँगा।

–मुज़फ़्फ़र 'रज़्मी'

नशा अफ़ीम का हो और शौक़ बटेरबाज़ी का, तो फिर क्या ही कहना...! अस्ल में हमेशा से ही नवाबों की तफ़रीह की दो ज़ोरें हुआ करती थीं–एक बाज़ी और दूसरी ग़ैरबाज़ी। बाजियों में बटेरबाज़ी का दर्ज़ा अव्वल था। फिर तीतरबाज़ी, कबूतरबाज़ी, कनकौआबाज़ी, मुर्गबाज़ी और पतंगबाज़ी वग़ैरह के नंबर आते। वहीं ग़ैरबाज़ी तफ़रीहों में नाच-गाना, थियेटर, दंगल, कसरत, मुशायरे आदि आते थे। अफ़ीमचियों की संगति के अलावा नवाब की दिलचस्पी केवल शेरो-शायरी, नृत्य-ग़ज़ल, महफ़िलों और अपने शौक़-ऋंगार तक सीमित थी। नवाब के दिन और रात का हाल यह था–सुबह के वक़्त झरोखा दर्शन में जाकर बटेरों या हाथियों की लड़ाइयों से दिल बहलाना; दोपहर के वक़्त बाज़ीगरों, नटों, नक्कालों और भांडों की कला से आनन्द उठाना; शामें और रातें नृत्य और संगीत में सराबोर हो जाना...!

नवाब अलसुबह उठता और अपनी दिनचर्या की तैयारियों में लग जाता; ख़ूब श्रृंगार करता–जैसे नयी–नवेली दुल्हनें करती हैं और सारा दिन दरबार-ए-ख़ास में अपने तमाम हिजड़े साथियों के साथ राग-रागिनियों में व्यतीत करता। हालाँकि राज-काज में अपनी तमाम अरुचि के बावुजूद, नवाब ने अपने शासन के तरीक़े में एक बड़ा तरमीम ज़रूर कर लिया। वह अपनी महत्वपूर्ण बैठकें ग़ुसलख़ाने में करने लगा। इसकी दो वजहें थीं। एक तो नवाब के बाल बहुत लम्बे और घुंघराले हुआ करते थे। वह स्वयं को 'मर्दों में मर्द' और 'औरतों में औरत' समझता था। इसलिये वह अपने काले-घने बालों को बढ़ाने और उन्हें सँवारकर रखने में कोई कसर नहीं छोड़ता था। वह एक बार जब ग़ुस्लख़ाने में घुसता था तो घण्टों नहाता

रहता। ग़ुस्लख़ाने में दीर्घ स्नान के कारण उसके बालों को सूखने में वक़्त लगता था। कई बार तो उसे ग़ुस्लख़ाने में साँझ तक हो जाती थी और इस कारण उसका शाम का दरबार अक़्सर ग़ुस्लख़ाने में ही सजाना पड़ता था।

बताते हैं कि अपने वक़्त के सबसे बड़े मेमार द्वारा नवाब के ग़ुस्लख़ाने में बैठने की जगह की डिज़ाइन इस तरह का बनाया गया था कि नवाब बड़े आराम से उस पर बैठे हुए फ़ारिग भी हो ले और दरबारी उसको देख भी न सकें। हालाँकि सब कुछ दिखा देने की ज़िद के बाद, सब कुछ छुपा लेने की इस अदा का कोई ख़ास मतलब नहीं था। लेकिन दरबारियों की नज़र में इस अदा की भी अपनी अलग अहमियत थी। बताते हैं ग़ुस्लख़ाने में नवाब की महत्वपूर्ण बैठकें अनवरत चलती रहती थी और हफ़्ते में दो दफ़ा ख़ास दरबारियों की बैठक होती थी; जिसके अलावा प्रमुख वज़ीर सप्ताह के दूसरे दिनों में भी जाकर नवाब से मश्वरा किया करते थे। चूँकि ऐसे मौक़ों पर ग़ुस्लख़ाने को ग़ुस्लख़ाना कहने पर नवाब की तौहीन होती; इसलिये उसे दरबार-ए-ख़ास का नाम दिया गया। इस दरबार-ए-ख़ास में बैठकर नवाब अपने ख़ास लोगों के साथ शराब पीता और और उनसे बातचीत करता था। इस बैठकी के बाद नवाब फिर से सोने चला जाता। फिर आधी रात को उठता और खाना खाता था।

नवाब को एक अनोखा शौक़ यह भी हुआ कि उसे ख़ातूनों के कपड़े पहनना पसन्द आने लगा। शुरुआत में उसके साथ यह किसी हादसे के तौर पर हुआ लेकिन आगे चलकर यह उसकी आदत में शुमार हो गया। बताते हैं एक बार जब वह किसी कनीज़ के साथ लगभग नग्न अवस्था में बिस्तर पर था, तभी दरबार का वक़्त हो गया। दरबार का वक़्त क्या हो गया, यों कहें कि नवाब ने आज स्वयं के लिये दरबार का जो वक़्त निर्धारित किया था; उसका वक़्त हो गया। संयोगवश आज ही पड़ोसी राजाओं के कुछ प्रतिनिधि नवाब से मिलने आये थे और दरबार में बेसब्री से उसका इंतज़ार कर रहे थे। लेकिन नवाब को इस दशा में जगाने की ज़हमत कौन उठाए...! किसी तरह नवाब को आवाज़ दी गयी। नवाब उठा तो उसे सामने कनीज़ के कपड़े दिखे। उसने आनन-फानन वही कपड़े पहने और सीधे दरबार में पहुँच गया। उसने पड़ोसी राजाओं के प्रतिनिधियों को भी उनके सम्मान में अपने जैसे ही कपड़े पहनवाए और तमाम वार्त्ता के उपरान्त उन्हें, इन्हीं कपड़ों में ससम्मान विदा किया। ये प्रतिनिधि किसी भी दशा में नवाब की हेठाई नहीं कर सकते थे। इसलिये वे राजी-ख़ुशी इन कपड़ों में विदा हो कर चल निकले। फिर तो

नवाब का आत्मविश्वास कई गुना बढ़ गया और उसे इन कपड़ों में मज़ा आने लगा। वह दरबार में अक़्सर जनाना लिबास घाघरा-चोली या पेटीकोट पहनकर आ जाता था। या यों कहें कि धीरे-धीरे उसे मर्दाना लिबास से उबन होने लगी थी और जनाना लिबास ने उसे अपनी ओर ख़ासा आकर्षित कर लिया था। मीर तक़ी मीर के लफ़्ज़ों में उसकी हालत कुछ यूँ हो गयी थी के–

जी फट गया है रश्क से चसपां लिबास के
क्या तंग जामा लिपटा है उसके बदन के साथ।

बताते हैं नवाब नकबुल्लाह के पूर्व के नवाबों ने झरोखा दर्शन की एक परंपरा बना रखी थी जहाँ वे आम जनता से मिलते थे और उनकी समस्याओं को सुनते थे। लेकिन नकबुल्लाह के ज़माने में यह परंपरा समाप्त हो गयी। क्योंकि झरोखों से झांकती नवाब की रासलीला ने कुछ ही समय में नवाब को बदनाम कर दिया; और दरबारी नहीं चाहते थे कि यह बदनामी स्थायी महत्व प्राप्त कर सके। इसलिये उन्होंने नवाब को सुझाया–

'जहाँपनाह...! अल्लाह पाक़ ने आपके नसीब में मुल्क़गीरी की दौलत लिखी है। ऐसे नसीब को बख़्शा नहीं जाना चाहिए; बल्कि उसकी लज़्ज़त का भरपूर लुत्फ़ उठाना चाहिए। रिआया की तक़दीर में अगर सूखी रोटियाँ ही दर्ज हैं; तो हुज़ूर चाहें भी तो उनकी क़िस्मत के लिखे को मिटा नहीं सकते। वैसे भी रिआया के मसाइल तो सदियों से जारी हैं और हमेशा जारी रहेंगे। इन उलझनों में अपनी क़ीमती वक़्त और ज़ेहन सर्फ़ करना दरबार की शान के ख़िलाफ़ है। इसलिये हुज़ूर से अर्ज़ है कि आप तफ़रीह के कुछ नये तरीक़े ईजाद करें। रिआया तो ख़ुदा की बन्दगी और अपनी मेहनत-मशक्कत से अपने हालात का हल निकाल ही लेगी। इन मामूली मसलों पर गौर फ़रमाने से आपका क़ीमती वक़्त जाया होगा; और कुछ हासिल भी न होगा।'

नवाब को भी दरबारियों का यह मश्वरा कुछ-कुछ ठीक लगा। सो उसने दरबारियों को मनोरंजन के नये रास्ते सुझाने के काम में लगाया; और उस समय दरबारियों द्वारा बटेरबाज़ी से बेहतर मनोरंजन का कोई और उपक्रम नहीं तलाशा जा सका। नवाब को भी यह बटेरबाज़ी ख़ूब पसन्द आयी; बल्कि यों कहें कि उसे यह बटेरबाज़ी इतनी पसन्द आ गयी थी कि वह सारा राज-काज छोड़कर दिन भर इस काम में मशगूल रहता और शहर के तमाम मानिंदों को इस खेल में शामिल होने के लिये बुला लेता था। ये तमाम मानिंद चिकन की बेशक़ीमती अचकन, दुपल्ली टोपी और चूड़ीदार पाजामे में लकदक आराम कुर्सियों पर तशरीफ़ रखते और अपने-

अपने बटेरों पर बड़ी-बड़ी बाज़ियाँ लगाते। उनके साथ अनेक अमीर-उमरा, रईस, नामी-गरामी शख़्सियतों वाले लोग, मुँहलगे ख़िदमतगार और कारिन्दे वग़ैरह भी होते; जो तरह-तरह की ख़ुशामदों से महफ़िल में रंग भरते थे।

एक बार बटेरबाज़ी के खेल में कुछ यूँ हुआ के एक कारिंदे के बटेर ने नवाब के बटेर को मात दे दी। क़ायदे से महफ़िल में कारिंदे के बटेर के विजय की घोषणा की जानी चाहिए थी और कारिंदे को इसके लिये इनाम-इकराम दिया जाना चाहिए था। लेकिन नवाब के जीते-जी ऐसी गुस्ताख़ी कौन कर सकता था भला...! मुआमला यूँ हुआ के ज्यों ही कारिंदे के बटेर ने नवाब के बटेर को पटखनी दी वह चिल्लाने लगा–'हुज़ूर की जय हो...! हुज़ूर ज़िंदाबाद...!' संकेत शायद यह था कि 'नवाब के सामने अपनी जीत में भी अपनी पराजय देखनी है और अपनी हार में भी...!' जैसा कि पहले से ही अंदेशा था; कारिंदे की इस हरक़त से नवाब बेहद ख़ुश हुआ और उसने अपने बटेर के विजय के उपलक्ष्य में न केवल एक शानदार भोज का आयोजन किया बल्कि कारिंदे को तमाम इनाम-इकराम भी दिये। इस घटना का असर यह हुआ कि सारे दरबारी इस बात को लेकर बेहद मुतमइन हो गये कि 'नवाब की पराजय में भी उसका ही ज़िदाबाद करना है; अगर ज़िंदा रहना है और ख़ुश भी रहना है तो उनके पास इसके अलावा फ़िलहाल कोई रास्ता नहीं...!'

लेकिन नवाब के दैनिक जीवन का सबसे बड़ा आकर्षण उसका रंग़महल हुआ करता था। नवाब का यह ख़ूबसूरत रंग़महल नादान महल के बीचों-बीच स्थित था। यह मूल रूप से शाही हरम का वह हिस्सा था जहाँ शाही परिवार की बेगमें आराम कर सकती थीं। रंग़महल के अन्दरूनी हिस्से को एक समय में समृद्ध रूप से रंगा और सज़ाया गया था। इस इमारत के ऊपरी कुछ हिस्से को शीशमहल कहा गया क्योंकि इसके छत पर छोटे-छोटे दर्पण लगे हुए थे। यह शीशमहल शाही हरम का मुख्य भाग था। रंग़महल के आकर्षक इमारत में चारों ओर किले जैसी दीवारें बनाई गयी थीं जो एकबारग़ी आसमान को छूती हुई प्रतीत होती थीं। रंग़महल के अन्दरूनी हिस्से को बेहतरीन नक़्क़ाशीदार लकड़ी के दरवाज़ों, छतों और खिड़कियों से सज़ाया गया था; जबकि गलियारे और बालकनियों में सुंदर और बेहतरीन कलाकृतियाँ बनी हुई थीं। इसका भीतरी हाल पारंपरिक अलंकरणों और कलाकृतियों से सुसज्जित हुआ करता था जो मुख्य रूप से भित्ति-चित्रों सरीखा दिखायी देता था। महल के गलियारों में फारस की पेंटिंग्स भी सजी हुई थीं जो इसकी ख़ूबसूरती में चार-चाँद लगाती हुई प्रतीत होती थीं।

रंग़महल के भीतर ही एक पुरानी बावली हुआ करती थी। इस बावली का प्रवेश द्वार ऊँचा और सादे मेहराब से बना हुआ था। इसके अन्दर पहुँचने पर सीढ़ी पानी में उतर जाती थी। इनके अगल-बग़ल तीन मंज़िली मेहराबों की क़तारें हुआ करती थीं। इसके एक मेहराब से हमेशा पानी का प्रवाह आता हुआ दिखायी देता था क्योंकि यह सीधे गोमती नदी से जुडी हुई थी। बावली के अन्दर चौड़े, गोल और गहरे कुएँ पर आठ पहल में बहुखंडी गर्मियों का महल बना हुआ था जहाँ बाहर से आने वाले दरबारी अतिथि ठहराए जाते थे। रंगमहल के ठीक नीचे एक तहख़ाना हुआ करता था जिसका इस्तेमाल शाही बेगमें गर्मियों के दिनों में करती थीं। रंग़महल में छतों के माध्यम से पानी बहने के लिये नालियाँ थीं, जो गर्मियों के दौरान शयनकक्षों को ठण्डा रखती थीं।

यही वह वक़्त था जब हिन्दुस्तान के कोने-कोने से तमाम गायक लगातार दीनपनाह आ रहे थे। उन्हें पता था कि नवाब तमाम कलाओं और गायकी का क़द्रदान है। उस समय के गायकों में शाइरी, ग़ज़ल और क़व्वाली के गायक अधिक तादाद में थे। इन्हें दीनपनाह के दरबार में भारी इनाम-इकराम मिलने की उम्मीद थी। वे इसी लालच में दूर-दूर के मुल्क़ों से यहाँ आ पहुँचे थे। कहते हैं इन्हीं गायकों के साथ चंग, डफ, दस्तक, रबाब, बाँसुरी, अर्गुन, शहनाई और तम्बूरा बजाने वाले कई फ़नकार भी दीनपनाह आ पहुँचे। इनमें से कुछ फ़नकार ढोल बजाने में महारथ रखते थे और कुछ फ़नकारों ने आपस में मिलकर अलग-अलग टोलियाँ बना ली थीं। इन फ़नकारों में कुछ इतने ऊँचे दर्जे के फ़नकार थे, जिनके सामने क़ाबिल-से-क़ाबिल रक़्क़ासा नाचते-नाचते, थककर इनके पैर पकड़ने पर मजबूर हो जाती थी और हमेशा-हमेशा के वास्ते इनकी लौंडी बन जाती थी। नवाब मौक़ा मिलने पर इनके फ़न का लुत्फ़ उठाने से चूकता नहीं था।

इन कलाकारों के फ़न का मुज़ाहिरा करने के लिये नवाब ने 'रंग़महल' में एक शाही स्टेज बनवा रखा था जहाँ लगभग चौबीसों घण्टे नृत्य की कलाओं का प्रदर्शन होता रहता था। नवाब के ज़माने में रंग़महल की सबसे प्रसिद्द नर्तकी दिलरुबा बेगम, जो मूल रूप से एक तवाइफ़ थी, नाचने-गाने में अद्भुत रूप से पारंगत थी। उसकी उम्र पैंतालीस साल के आसपास थी और उसकी रुख़्सार नाम की एक ख़ूबसूरत बेटी भी थी। लेकिन दिलरुबा बेगम का लासानी हुस्न देखकर शायद ही कोई उसे इक्कीस-बाइस वर्ष से ज़्यादा का समझ पाता। नवाब पहले उसके हुनर पर लट्टू था; बाद में उसके हुस्न पर भी लट्टू हो गया। अस्ल में हुनर पर लट्टू होना, हुस्न पर लट्टू होने का पूर्वाभ्यास भर था। दिलरुबा बेगम की सबसे बड़ी

ख़ासियत उसका पहनावा हुआ करता था। उसके बारे में यह प्रसिद्ध था कि वह बदन के निचले हिस्से में पायजामा नहीं पहनती, बल्कि इस हिस्से में पायजामों की तरह फूल-पत्तियाँ बना लेती थी। और इस हिस्से में वह फूल-पत्तियाँ भी ऐसी बनाती थी जो बुने हुए रोमन थान में होती। यह नक़्क़ाशी इतनी अद्‌भुत और बारीक़ होती थी कि जब तक स्वयं दिलरुबा बेगम उस राज़ से पर्दा ना उठाती, कोई उसकी कारीगरी को भाँप नहीं सकता था। दिलरुबा के तनिक उम्रदराज होने के बावुजूद, नवाब की चाहत ने उसके हुस्न को अंगूर जैसा हरा-भरा कर दिया था। बक़ौल दुआ अली–

किशमिश सी नाज़नीन थी शाख़-ए-बदन मिरी
चाहत की आब-ओ-ताब से अंगूर कर दिया।

नवाब को दिलरुबा बेग़म की सोहबत बहुत पसन्द थी और वह दिलरुबा के चम्पई रंग और कंटीले नैनों पर बुरी तरह क़ुर्बान था। उसकी बायी आँख पर एक तिल भी था जिसे नवाब अपना दिल कहा करता था। दिलरुबा के साथ उसकी तमाम शागिर्द तवाइफ़ें मसलन-जद्दन, छुट्टन, वहीदन, कमर, रेहाना, अफसाना, नरगिस, ख़्वाहिश आदि न जाने कितनी ही सारी रात नवाब के मनोरंजन के लिये हमेशा उपलब्ध रहती थीं। उस नाज़नीन के क़दमों की थाप पर न केवल नवाब बल्कि उसके सारे वज़ीर, दरबारी और साथी ख़्वाजासरा अपना दिलोजान लुटाने के लिये सदैव तत्पर रहते थे। कई बार नवाब स्वयं अपने पैरों में घुँघरू पहन कर उसके साथ तबले की थाप पर नाचने लगता और तब रंग़महल का सारा माहौल एक़दम से संगीतमय हो जाता था।

कहते हैं दिलरुबा बेगम ने उस समय की तमाम पारम्परिक गीतों, ग़ज़लों, ठुमरियों और रुबाइयों को नये सिरे से संगीतबद्ध किया और उसे अपनी आवाज़ दी। उसके द्वारा गाए गये गीतों में कुछ प्रमुख थे–काहे प्रीत लगाई बालम, पनघटवा न जैबे, मान राजी रखना वे, रस के भरे तोरे नैन, कहवा से आये मोरे नान्हे के मिलनवा, पड़ल झिर-झिर बुंदिया, वो मियाँ जाने वाले, एही ठइयाँ झुलनी हेरानी हो रामा, नाही परत मोका चैन, अकेली जिन जइयो राधे यमुना के तीर, जा मैं तोसे नहीं बोलूँ, चैत की निंदिया, बर ज़ोरी करो ना, बिसरइयो ना बालम, सइयाँ विदेश गये, सइयाँ मोतिया हेराय गइली, आन-बान जियरा में लगे, कैसी बजायी श्याम, कंकर मोहे लागि जाहिये ना रे, जाग परी मैं तो पिया के जगाये, आंगन में मत सो, पनिया जो भरन गयी, आज घुमावे, जिया में लगिया बान, श्याम नहीं आये घिर आयी बदरी, तरसत जियरा हमार, मटकिया मोरी छीन लियो सांवरो, हमारा जिया जाये, ए री फिरत सजन की, हे राम सांवली रे सुरतिया आदि।

एक वक़्त ऐसा था कि नवाब को दिलरुबा से पल भर की जुदाई भी गवारा न थी। दिलरुबा से मिलते और आँखें चार होते ही नवाब की नासाज़ तबीयत पर मरहम लग जाता; उसका सुर और अंदाज़ बदल जाता; उसका रंग-ढंग और चाल बदल जाती; सर्द-मिज़ाज़ माहौल में एकाएक गर्मी छा जाती। लेकिन उससे न मिलने पर उसके ज़ेहन पर मनहूसियत तारी रहती। वह दिलरुबा पर जान छिड़कने लगा था और दिलरुबा भी नवाब पर उतना ही जान छिड़कती थी। नवाब भी अपने दिल की हर बात उसे बताना चाहता था और दिलरुबा उसका राज, राज बनाकर रखना जानती थी। चूँकि नवाब आदतन मश्कूक-मिज़ाज़ था। इसलिये एक बार रंगमहल में नवाब के किसी दूसरी तवाइफ़ के साथ इश्क़ का का खुलासा होने पर दिलरुबा ने नवाब से इसके बारे में पूछना चाहा। नवाब, दिलरुबा से इस राज को छुपा लेना चाहता था। लेकिन दिलरुबा तो ख़ैर दिलरुबा ही थी...! उसने नवाब से कहा–

'नवाब साहब...! यह नाचीज़ तवाइफ़ ख़ुद को सिर्फ़ आपकी ख़िदमतगुज़ार समझने पर हरगिज़ राज़ी नहीं। मैं यह इल्तिजा करती हूँ कि आप मुझे अपनी सच्ची जानिसार और अमीन राज़दार समझें। मैं अल्लाह-तआला की क़सम खा कर अर्ज़ करती हूँ कि अगर आप अपने दिल के रंज-ओ-ग़म मुझ पर वाज़ेह कर देंगे तो उसे दूर करने के लिये मैं जान की बाज़ी लगा दूँगी। इसके आगे सारी बातें फ़िज़ूल हैं। इतना कहकर दिलरुबा ने नवाब को एक ठुमरी सुनाई–

जाओ जी जाओ जहाँ रैन गँवाई
पाँव पलंग पर धरने न दूँगी
लूँगी मुचलका लिखाई
प्राण प्रिय तुमने क्यों हमसे
झूठी प्रीत बढ़ाई।

कहते हैं कि नवाब के हृदय पर दिलरुबा के इस ठुमरी का इतना गहरा असर हुआ कि उसने रंगमहल के मेहमानख़ाने में दिलरुबा के संग अपना बसेरा बना लिया; अपनी सुध-बुध खो बैठा और ख़ुद को ही मुचलके के रूप में प्रस्तुत कर, दिन-रात दिलरुबा के आँचल की छांव में ही रहने लगा। जब उसे अपनी सुधि न रही तो भला रिआया की कौन पूछता...! हालाँकि दरबार से उसके लगातार ग़ायब रहने के कारण दरबारी और वज़ीर और ज़्यादा अनियंत्रित हो गये। नतीजा यह हुआ कि अच्छी-ख़ासी रंगमहल की गतिविधियाँ भी बाधित होने लगीं। तब स्वयं दिलरुबा

के कहने पर नवाब ने दरबार में दुबारा अपना पैर रखा और वहीं से रंगमहल के पुनरुत्थान पर नये सिरे से अपना ध्यान केंद्रित किया।

देखते-देखते कुछ समय में ही उसका दरबार एक प्रकार से सभी कलाओं का संग़म-स्थल बन गया। नृत्य, संगीत और मद्यपान उसकी पसन्दीदा चीज़ें थी-कोई चाहे तो इसके बदले में उससे उसके कोई नयी जागीर या मनसब ही क्यों न माँग ले...! उसके दरबारी इतिहासकारों में इस बात को लेकर मतवैभिन्न्य हो सकता था कि उसने अपने राज्य को आर्थिक रूप में संपन्न बनाया या नहीं; लेकिन अपने समय की नौजवान पीढ़ी और आने वाली पीढ़ियों को उसने संगीत और नृत्य जैसी तमाम विधाओं से तृप्त और रससिक्त कर दिया, इसे लेकर न तो उनमें कोई मतभेद था और न ही हो सकता था। अस्ल में ये दरबारी इतिहासकार स्वयं भी इसी कला-संग़म का हिस्सा हुआ करते थे। सबसे आश्चर्यजनक बात यह होती कि कई बार जब राज्य में भूख-और अकाल के कारण नवाब की निरीह जनता दम तोड़ रही होती थी तो भी नवाब का संगीत और नृत्य के प्रति मोह किंचित टूटता न था। संभवत: इन आपदाओं से लड़ने के लिये नवाब अपनी ऊर्जा इन्हीं महफ़िलों से ग्रहण करता था। कदाचित् इसीलिये साल के सभी दिनों और हर दिन के चौबीसों घण्टे संगीत और नृत्य के प्रति उसकी आराधना अनवरत चलती रहती थी।

9

देखा है मुझे अपनी ख़ुशामद में जो मसरूफ़
इस बुत को ये धोका है कि इस्लाम यही है।

–मिर्ज़ा हादी रुसवा

नवाब द्वारा संरक्षित की जाने वाली इन कलाओं के सबसे बड़े कद्रदान थे–नवाब के साथी ख़्वाजासरा। अस्ल में नवाब नकबुल्ला का शासनकाल हिजड़ों के लिये स्वर्णकाल था। नवाब हबीबुल्लाह की मौत के बाद शाही दरबार दशकों तक शीशमहल के नियंत्रण में रहा था। अब वह धीरे-धीरे शीशमहल के नियंत्रण से बाहर आ रही थी। हालाँकि यह कोई नहीं जानता था कि वह पेटीकोट से निकल कर सीधे ख़्वाजासराओं के पाजामे के नियंत्रण में चली जायेगी। दीनपनाह रियासत के लिये क्या ही अच्छा होता कि उसकी शक्ति का केंद्र न तो पेटीकोट होती और न ही कोई पाजामा...! बल्कि वह नवाब के तख़्त से सख़्त रूप में संचालित होती। लेकिन नियति के लेखे को कौन टाल सकता है भला...!

नवाब नकबुल्लाह के पिता नवाब के शासन काल से ही हरम की सुरक्षा उसके साथी ख़्वाजासराओं के हाथ में थी। नवाब नकबुल्ला ने ख़्वाजासराओं को बाक़ायदा मनसबदार भी बना दिया। उसके काल में सबसे ताक़तवर ख़्वाजासरा ख़लील खाँ हुआ करता था जो न केवल वज़ीर-ए-दाख़िला और मनसबदार था; बल्कि उसके पास सेना की एक टुकड़ी भी हुआ करती थी जो ज़रूरत पड़ने पर युद्ध भी करती थी। कई बार जब नवाब नकबुल्ला की अपने पड़ोस के राजाओं से युद्ध की स्थिति बनी तो इन ख़्वाजासराओं ने अपनी सैनिक टुकड़ी की बदौलत न केवल युध्द का नेतृत्व किया बल्कि इसमें विजय भी हासिल की। नकबुल्ला नवाब के समय उस समय के अन्य प्रमुख ख़्वाजासराओं में इमलाक खाँ, लुकमान अली, रफ़ूगर, मुबारक़, फ़िरोज़, रफ़ीक, अब्दुल, कामरान, बाबर, हकीम, कलीम, सलीम, वलीम, हलीम,

मुस्तफा आदि थे जिनकी पहुँच सीधे तौर पर नवाब तक थी और वे मौक़ा पड़ने पर किसी का भी काम-तमाम करने में सक्षम थे। इनकी नवाब से ख़ूब छनती थी और नवाब सभी को दरकिनार कर इनकी बातें सुनने के लिये तैयार रहता था।

कहते हैं शान्ति काल में नवाब नकबुल्ला अक़्सर ही नादान महल के दरबार-ए-ख़ास में अपने हिजड़े साथियों के साथ नृत्य-संगीत-मदिरा के साथ पासे के खेल में व्यस्त रहता। पासे के खेल में नवाब और उसके साथी खिलाड़ियों को बाज़ियों में इस क़दर इंहिमाक होता कि इन्हें दीन-दुनिया की ख़बर ही न रहती। कई बार तो नवाब और उसके साथी ख़्वाजासरा राह चलते चौसर बिछा लेते थे और पासा खेलने लगते थे। एक बार की बात है नवाब सुबह-सुबह साथी ख़्वाजासराओं के साथ सैर के लिये निकला था। रास्ते में एक स्थान पर उसे फड़ जमा हुआ दिखायी दे गया। पहले वह थोड़ी देर तक वहाँ खड़े हो कर खेल देखता रहा; फिर ख़ामोश न रह सका तो चालें बताने लगा। उसके बाद भी जब उससे ज़ब्त न हो सका; तो उसने हारने वाले खिलाड़ी को 'ज़रा ठहरो...!' कह कर एक तरफ़ कर दिया और उसकी जगह ख़ुद खेलने लगा। उसके साथी ख्वाज़ासरा उसका मिज़ाज़ ख़ूब जानते थे। इसलिये वे भी खेल ख़त्म होने के इन्तिज़ार में वहीं बैठ गये। नवाब खेल में मशगूल हो गया था। एक बाज़ी ख़त्म हुई तो दूसरी और दूसरी ख़त्म हुई तो तीसरी...! खेल फिर भी जारी रहा।

ग़रज़ दोपहर होने को आयी तो उसके एक वज़ीर लुकमान अली ने आकर इत्तिला दी कि 'हुज़ूर...! खालू जान की तबीयत ज़्यादा ख़राब हो गयी है, हकीम साहब आ गये हैं। आपका इन्तिज़ार हो रहा है।' नवाब ने सर उठाये बिना ही 'चलो अभी आता हूँ...!'–कहा और फिर अपनी चालों में ग़ुम हो गया। शाम होते-होते उसे यह भी इत्तिला मिली कि 'खालू जान का इंतिक़ाल हो गया।' नवाब ने 'इन्ना लिल्लाह' कहकर नज़र उठाई और बोला–'अच्छा भई...! कफ़न-दफ़न का इन्तज़ाम करो। बस ये बाज़ी ख़त्म करके मैं आया।' तभी एक दूसरे वज़ीर रफ़ूगर ने आकर बताया कि 'हुज़ुर...! वहाँ जनाज़ा तैयार हो गया। बस आपका इंतज़ार हो रहा है।' नवाब बोला–'तुम ज़िम्मेदार आदमी हो...! मिट्टी लेकर शाही क़ब्रिस्तान की ओर चलो...! मैं वहीं आया।' थोड़ी देर में फिर इत्तिला मिली कि 'नवाब के लम्बे इन्तिज़ार के बाद सभी खालू जान को दफ़ना भी आये।' नवाब को कोई ख़ास फर्क नहीं पड़ा। बोला–'चलो अच्छा किया; बिचारी बहुत तकलीफ़ में थी।'

खेल जारी रहा और नवाब की व्यस्तता को देखते आज का दरबार वहीं सरे-राह

सजाये जाने की व्यवस्था की जाने लगी। दरबार सजाने के पूर्व, ख़लील ख़ाँ ने कई वज़ीरों के साथ मिलकर कोशिश की और नवाब से कहा–'आलमपनाह...! अब तो महल लौट चलिये।' नवाब अभी भी पासे के खेल में मशगूल था। बोला–'जब मरने वाला ही नहीं रहा तो अब मैं महल जाकर क्या करूँगा...? खालू जान अच्छी जगह हैं; हम बुरी जगह हैं। अल्लाह तआला मग़फ़िरत फरमाए। ये दिन तो भई सभी के लिये आने वाला है।' इतना कहकर नवाब फिर अपनी चालों में मशरूफ हो गया और पासे के जमे-जमाये खिलाड़ियों की ओर मुख़ातिब हो कर बोला–'हाँ तो तुमने अभी क्या चाल चली...?'

कहते हैं दीवाने ख़ास में अपने साथी ख़्वाजासराओं के साथ पासा खेलते हुए नवाब नकबुल्ला कई बार अपना पूरा राज्य ही दाँव लगा देता; और कई बार इसमें हार भी जाता। एक बार वाक़्या कुछ यों हुआ कि वह ख़लील ख़ाँ से न केवल नवाबी हार गया बल्कि तत्काल उसकी ताजपोशी कराने पर अड़ गया। फिर जब ख़लील के ताजपोशी की सारी तैयारियाँ होने लगीं तो वह उससे नवाबी वापस करने की मिन्नतें करने लगा। नवाब की ख़ूबी यह थी कि वह हर बार साथी ख़्वाजासराओं से मिन्नत करके दोबारा इसे वापस भी पा लेता था। अस्ल में साथी ख़्वाजासरा भी बख़ूबी जानते थे कि हाल-फ़िलहाल इस खेल में जीतने के बाद उन्हें जो नवाबी मिली है उसे अस्ल में हासिल करने में उनकी कई पुस्तें बीत जायेंगी; तब भी उन्हें वह हासिल न होगा। इसलिये नवाब साहब के एक बार अपने नवाबी की दुहाई देने पर, उन्हें फिर से नवाब नकबुल्ला को उसकी नवाबी वापस कर देने में उन्हें कोई ख़ास गुरेज़ न होता था। और फिर वे यह भी जानते थे कि ज़ेहनी तौर पर नवाब नकबुल्ला उनके सबसे क़रीब था, जितना अतीत में कोई कभी नहीं हुआ था; और न ही भविष्य में ही कोई दूसरा इस तरह की योग्यता रखता दिखायी देता था। यह एहसास उन्हें नवाब नकबुल्ला में अपना ही अक्स देखने के लिये बाध्य करता था। इसलिये खेल-खेल में ही राज्य-वापसी का मसौदा आँखों के मुवाहिदे से तय हो जाता था और कुछ देर की हंगामेदार स्थिति के बाद शान्ति बहाली हो जाती थी। ख़ैर...! नवाब की मिन्नतों का असर यह हुआ कि ख़लील ख़ाँ ने तुरत-फुरत में नवाबी उसे वापस कर दी।

लेकिन कई बार इस त्वरित सत्ता-हस्तांतरण, क्षणिक अशान्ति और शान्ति बहाली के बीच की अल्प-अवधि में दरबार में क़त्लेआम की-सी स्थिति उत्पन्न हो जाती थी। इस कारण अभी तक कई-कई मनसबदार और जागीरदार शहीद हो गये थे और तमाम वज़ीर-प्यादे ख़ुशी-ख़ुशी फाँसी के फन्दे को चूम चुके थे। अस्ल में

हुआ यों था कि जब नवाब और उसके साथी ख़्वाजासराओं में नवाबी हथियाने को लेकर बहस छिड़ी तो उस बीच तमाम जागीरदारों ने अपना पाला बदल लिया और नवाब का दामन छोड़कर ख़्वाजासराओं या उनको शह देने वालों की जमात के साथ खड़े हो गये। लेकिन जब ख़्वाजासराओं ने नवाब के ज़िद के आगे एकाएक सरेंडर कर दिया तो ऐसे में जागीरदारों और मनसबदारों की जान पर बन आयी। कई तुरंत पैदल कर दिये गये-आये घोड़े पर चढ़कर और लौटाए गये खच्चरों पर बिठाकर; कइयों के कपड़े और बख़्तरबन्द तक उतरवा लिये गये और कुछ समय के लिये उन्हें भूखे भेड़ियों के आगे छोड़ दिया गया।

नतीजा यह हुआ कि कुछ समय बाद ही महल में सच बोलने वालों का सफ़ाया हो गया और अब चौतरफ़ा केवल चाटुकार ही ज़िंदा बचे। हालत यह हो गयी थी कि अगर नवाब मज़ाक़ में ही सुबह को शाम और शाम को रात कहने लगता तो उसकी बात की काट करने वाला कोई न बचा था। उसकी एक ज़ुबान पर चारों ओर 'जी हुज़ूर-जी हुज़ूर' का कोलाहल मच जाता। और नवाब की ओर से केवल अपने झूठी शान की परख के लिये तरेरी गयी आँखों को सम्मान देने के लिये खचाखच भरे दरबार में अचानक से 'मुआफ़ी सरकार-दुहाई सरकार' का चौतरफ़ा रुदन शुरू हो जाता था।

आगे चलकर नवाब ने राज्य में अपने लिये एक चाटुकार मंडली का गठन किया जिनकी कुल संख्या तीस थी। इन्हें 'तीसमार ख़ान' की उपाधि दी गयी। इनमें से प्रमुख थे-रहम सिंह, शेख़ फरीद, आगा मीर, मटकू ख़ान उर्फ़ 'रफ़ूगर मियाँ', जाने आलम, ख़लील खां, जिब्राइल ख़ान, इमलाक ख़ान, ख्वाजा आतिश, जंग बहादुर, रसिक बिहारी, ख़लीफ़ा ख़ान, छक्कन, अल्लाह रखा आदि। इनका काम सुबह से लेकर रात्रि होने तक बारी-बारी से नवाब की तारीफ़ में कशीदे पढ़ना था। हालाँकि यह मंडली भी नवाब के अत्यधिक क़रीब हो कर ख़तरे से ख़ाली कत्तई न थी। सभी के लिये यह आरम्भिक शर्त्त थी कि वे जब नवाब की तारीफ़ में कशीदे पढ़ें तो घटना वास्तविक न होने के बावुजूद भी पूरी तरह से वास्तविक लगे।

कई बार जब इस गुट के सदस्यों द्वारा नवाब की तारीफ़ के बख़ान में तनिक बनावट आ गयी तो नवाब ने न केवल उन्हें कोड़े मरवाकर नौकरी से निकाल दिया बल्कि उन्हें रियासत से बाहर भी निर्वासित कर दिया। यही नहीं, कई बार बाक़ायदा उनकी खालें खिंचवाने का भी जतन किया गया। इसलिये तीसमार-खानों की यह मंडली नवाब की तारीफ़ करते समय अत्यंत चौकन्नी और अत्यधिक सतर्क हुआ करती थी; ताकि उनसे ग़लती से भी कोई ग़लती या चूक न हो जाय। ये सभी ख़ान

इतने अनुभवी और इतने परिपक्व हुआ करते थे कि वे भरी दोपहरी वाले दिन का भी वर्णन ऐसे करते मानों कोई चाँदनी रात हो; और राज्य की दुरावस्था को भी ऐसे चित्रित करते मानों चौतरफ़ा ख़ुशहाली का वातावरण फैला हो...!

नवाब जब अपने रंग़महल में होता तो अपने ख़्वाजासरा साथियों के साथ लम्बी-लम्बी हाँकता और उसके तीसमारखानों में से एक मटकू ख़ान उर्फ़ रफ़ूगर मियाँ का यह दायित्व होता कि वह निरंतर नवाब की बातें रफ़ू करता रहे...! एक दिन का वाक़या है नवाब नकबुल्ला दरबार लगाकर अपने शिकार की कहानी सुना रहा था। तभी वह तनिक जोश में आकर बोला–

'एक बार तो ऐसा हुआ मैंने आधे किलोमीटर दूर से निशाना लगाकर जो एक हिरन को तीर मारा तो तीर सनसनाता हुआ हिरन की बायीं आँख में लगकर दाएँ कान से होता हुआ पिछले पैर के दाएँ खुर में जा लगा।'

साथी ख़्वाजासराओं में से किसी ने कोई दाद नहीं दी। अस्ल में वे नवाब के साथी होने के बावूद इस बात पर यक़ीन करने को तैयार ही नहीं थे। इधर नवाब भी समझ गया कि मैंने ज़रूरत से ज़्यादा लम्बी छोड़ दी और रफ़ूगर की तरफ़ देखने लगा। रफ़ूगर उठा और कहने लगा–

'हज़रात...! मैं इस वाक़ये का चश्मदीद गवाह हूँ। दरअस्ल बादशाह सलामत एक पहाड़ी के ऊपर खड़े थे। हिरन काफ़ी नीचे था। हवा भी मुआफ़िक चल रही थी वरना तीर आधा किलोमीटर कहाँ जाता है...? जहाँ तक बात आँख, कान और खुर की है; तो अर्ज़ कर दूँ कि जिस वक़्त तीर लगा था उस वक़्त हिरन दाएँ खुर से दायाँ कान खुजला रहा था...!'

इतना सुनते ही साथी ख़्वाजासराओं ने दाद के लिये तालियाँ बजाना शुरू कर दीं...! आगे चलकर इस दाद का लाभ यह हुआ कि जब कभी नवाब कोई किस्सा सुनाने को होता; तमाम ख़्वाजासरा और तीसमारखाँ पहले से ही दाद देने के लिये तैयार हो जाते और उनमें यह बाक़ायदा यह होड़ लगी रहने लगी थी कि दाद देने के मामले में कौन, किससे और कितना आगे रह सकता है...! कहते हैं कि एक वक़्त ऐसा भी आया जब नवाब की नज़र में ख्वाजासराओं और दरबारियों द्वारा दिये जाने वाले सर्वोत्तम दाद पर ही इनका माहाना-वेतन तय होने लगा था। जो इनाम-इकराम मिलता था वो अलग; और नवाब की नज़र में जो तवज्जोह मिलती थी वो अलग। कुल मिला कर दरबार चाटुकारों और जी-हुज़ूरों का ख़्वाबगाह बन गया था और सभी को इसमें आनन्द आने लगा था।

10

बहुत अच्छा हुआ दुश्मन ने मुझ से दुश्मनी कर ली
सिवा मेरे न जाने और किस-किस को ये ले मरता।

–सफ़ी औरंगाबादी

हालाँकि तीसमारख़ानों की इस जी-हुज़ूरी के ख़तरे भी कम न थे। एक बार की बात है कि इन तीसमार-खानों में से नवाब के एक दरबारी रहम सिंह के साथ एक ऐसी घटना घटित हो गयी जिससे रहम सिंह के सितारे अचानक से गर्दिश में आ गये। बात दरअस्ल यह हुई कि नवाब नकबुल्ला अपनी टोपी को अपने हाथ की उँगली से निरंतर नचाता रहता था जिसके चलते उसमें एक छोटा-सा छेद हो गया था। नवाब नकबुल्ला के साथ उनके वफ़ादार दरबारी रहम सिंह अक़्सर रहता था और उनके बीच ख़ूब हँसी-मज़ाक भी चलता रहता था। उनके बीच सबंधों की नज़दीकी का एक बहुत बड़ा कारण शायद यह भी था कि रहम सिंह कथक का बहुत बड़ा नर्तक और शिक्षक था; और जब कभी भी रंगमहल में महफ़िल सजती तो रहम सिंह अपने कथक से सबको भावविभोर कर देता। यही नहीं, जब कोई दूसरी नर्तकी कथक दिखा रही होती तो रहम सिंह अपने मुँह से इतना ख़ूबसूरत तबला बजाता था कि बड़े-बड़े तबलची उसके इस क़रतब को देखकर दंग रह जाते।

एक बार हुआ यूँ के पासे की एक चाल में बाज़ी जीतने के अति उत्साह में रहम सिंह ने बस इतना कह दिया कि 'नवाब साहब...! आपके ताज में तो छेद है।' बस फिर क्या था...! रहम सिंह की तो जैसे शामत आ गयी। नवाब अपने ताज के प्रति बेहद संवेदनशील था। रहम सिंह की इस टिप्पणी से रुष्ट हो कर नवाब आपे से बाहर हो गया और अपना क्रोध संतुलित करने के लिये पहले अपने सर के बालों को नोचने लगा और तदनन्तर कपड़े उतारकर भरे दरबारियों के बीच लगभग नंगा दौड़ने लगा। नवाब को न केवल युवावस्था से बल्कि शैशवकाल से ही इस क्रिया

का अभ्यास था और ग़ुस्से की हालत में वह अक़्सर अपने सारे कपड़े उतार देता और दरबार में या जहाँ कहीं भी होता, दौड़ लगाने लगता। बहरहाल आज नवाब का यह व्यवहार देख कर दरबारियों पर भी बन आयी। आनन-फानन में हरम से तमाम कनीज़ें बुलाई गयीं और बड़े मान-मनव्वल के बाद नवाब दोबारा से अपने वस्त्र धारण करने को राज़ी हुआ। लेकिन रहम सिंह को माफ़ी देने के लिये वह अभी भी राज़ी न था।

कहते हैं कसाई अगर न्यायप्रिय हो जाय तो वह अपने सबसे प्रिय बकरे को सबसे पहले हलाल करता है। यहाँ भी कुछ ऐसे ही हालात बन रहे थे। जब नवाब थोड़ा संयत हुआ तो उसने अपने मीर-बख़्शी को बुला कर राजा रहम सिंह का सिर काट देने का आदेश दिया। आदेश होते ही, मीर-बख़्शी के इशारे पर कारागार के अधिकारी ने रहम सिंह को तुरन्त गिरफ़्तार कर लिया और उसे घसीटते हुए कारागार ले जाया गया। रहम सिंह रास्ते भर मीर-बख़्शी और कारागार अधिकारी से मिन्नतें करता रहा कि 'वह बेक़सूर है और उसे छोड़ दिया जाय...!' लेकिन न तो मीर-बख़्शी और न ही कारागार अधिकारी ने उसकी एक भी सुनी। रहम सिंह को नवाब की ओर से मीर-बख़्शी को यह आदेशित किया गया कि रहम सिंह के सिर कलम किये जाने के उपरान्त उसके बाक़ी बचे धड़ को दीवार में चुनवा दिया जाय। नवाब की ओर से यह भी कहा गया कि दंड के इस क्रूर और सार्वजनिक प्रदर्शन के समय नवाब स्वयं उपस्थित रहेगा।

रहम सिंह के पास यह अन्तिम अवसर था जब वह नवाब से अपने प्राणों की भीख माँग सकता था। ऐसा ही हुआ जब उसे दीवार में चुने जाने का कार्यक्रम देखने के लिये नवाब वहाँ उपस्थित हुआ तो रहम सिंह ने गिड़गिड़ाते हुए उसके पैर पकड़ लिये और कहा कि 'जहाँपनाह...! केवल इस नाचीज़ की ज़बान फिसल जाने के कारण ऐसा हादसा हो गया; वरना उसका नवाब को नुक़सान पहुँचाने का कोई इरादा न था।' वहाँ उपस्थित जॉर्ज बाक़र ने रहम सिंह का पुरज़ोर बचाव करने की कोशिश की और नवाब को यह बतलाया कि रहम सिंह ने उस समय भी नवाब का साथ दिया था जब ख़ुद नवाब के परिवार वाले ही उनकी ताजपोशी नहीं चाहते थे। यह सब सुनकर नवाब तनिक परेशान हुआ और उसने रहम सिंह के दीवार में चुनवा कर मौत देने की सज़ा माफ़ कर दी। फिर भी नवाब के आदेशानुसार राजा रहम सिंह को देश निकाला दे दिया गया और यह कहा गया कि 'रहम सिंह के साथ किसी भी प्रकार का सम्बन्ध रखने वाले को देशद्रोही मन जायेगा और उसके साथ

वही व्यवहार किया जायेगा जो किसी दुश्मन के साथ किया जाता है।' हर बार की तरह इस बार भी नवाब के फ़रमान को नादान महल के बाहर चारों ओर स्थित मुख्यद्वार के नक्कारख़ाने से पढ़कर आम जनता को सुनाया गया।

बताते हैं रहम सिंह के राज्य छोड़कर चले जाने से साथी तीसमारख़ानों में में कुछ समय एक लिये मुर्दानगी-सी छा गयी थी। स्वयं जॉर्ज बाक़र भी उसके देश निकाले के नवाब के निर्णय के बाद मायूस-सा रहने लगा था। लेकिन वे सभी चाहकर भी इसे नवाब के सामने अभिव्यक्त नहीं कर सकते थे। वे महीनों तक अपने चेहरे पर झूठी मुस्कान के साथ नवाब के साथ उठते-बैठते रहे। अस्ल में बात कुछ यों थी कि रहम सिंह निहयात ही ज़िंदादिल आदमी हुआ करता था और स्वयं नवाब उसकी इस जिन्दादिली का बहुत कायल था। वह सभी तीसमारख़ानों में इकलौती ऐसी शख़्सियत था जो कभी-कभार नवाब के साथ चुहुल भी कर लेता था और कई मौक़ों पर बाक़ी साथियों की जान भी बचा लेता था। उनके दरबार छोड़ जाने के बाद दूसरा कोई इस अवस्था में न था जो नवाब की महफ़िलों में उनकी जगह ले सकता...! सबसे बड़ी मुश्किल तो यह आन पड़ी थी कि रहम सिंह के चले जाने से नवाब के साथी ख़्वाजासराओं के हौसले कई गुना बढ़ गये थे और यदि उनके बहकावे में आकर नवाब कोई सिरफ़िरा-सा आदेश कर डालता तो उसे रोकने वाला कोई न था।

ख़ैर...! जान बची तो लाखों पाये...! रहम सिंह अपनी जान की सलामती पाकर दीनपनाह से निकल भागा। वह भागकर घाघरा के उस पार चला गया। वहाँ पहुँचकर उसने अपने पहले से ही क़ब्ज़ाये हिस्से को स्वतंत्र घोषित कर दिया और उसे घाघरा स्टेट का नाम दे दिया। रहम सिंह के साथ नवाब के तमाम सताये हुए मुलाज़िम भी वहाँ से भागकर निकले। ये वे मुलाज़िम थे जो रहम सिंह के स्वामिभक्त थे और उस पर अपनी जान छिड़कते थे। ये मुलाज़िम उसे 'साहेब' कहते थे। घाघरा पार वालों ने उसे 'राजा' का ओहदा दिया। चूँकि रहम सिंह दीनपनाह की आबोहवा पर मरता था, इसलिये थोड़े ही दिनों में वह दीनपनाह की तर्ज़ पर घाघरा स्टेट का 'राजा साहेब' बन गया। एक दरबारी जो अपनी प्रतिभा के बल बूते पर यहाँ तक पहुँचा था; वह कब और कैसे साहेब से राजा और फिर राजा साहेब बन गया उसे इसका पता भी न चला। हाँ...! यह ज़रूर हुआ कि राजा साहेब के नाम से पुकारे जाने के कारण उसने धीरे-धीरे अपनी रूप-रंग और वेशभूषा में खालिस परिवर्तन किया और सीमावर्ती क्षेत्रों तथा आसपास के युवाओं को जोड़कर एक गुरिल्ला सेना बना ली जो अवसर पड़ने पर संगठित हो कर शत्रु का मुक़ाबला कर सके।

पहले उसने रूपरंग और वेशभूषा की बात कर लेते हैं। रमन सिंह बेहद बदशक़्ल ज़ोर का इन्सान था। छोटा-सा स्याह रंग, चेचक के दाग़, भद्दी-सी नाक, छोटी-छोटी आँखें, पिचके हुए गाल, तंग पेशानी, कोताह गरदन, ठिगना-सा क़द– सब कुछ उसकी बदसूरती को मानों ख़ूब उभारता था। पहले वह बड़ी-बड़ी दाढ़ी रखता था जो उसके चेहरे को और भयावह और विकृत बना देती थी। जब तक यह दाढ़ी काली थी तब तक तो फिर भी गनीमत थी। लेकिन दाढ़ी के सुफ़ेद होते ही उसका चेहरा और ज़ियादा हौलनाक लगने लगा। हालाँकि राजा साहेब बनने के बाद उसने अपनी शक़्लो-सूरत ठीक करने में कम मेहनत नहीं की। घाघरा और ख़ासकर वहाँ के मछली मुहाल की तवाइफ़ों की सोहबत में पहले उसकी लम्बी दाढ़ी कतरवाँ हुई, फिर ख़शख़शी हुई और थोड़े दिनों के बाद इसका बिलकुल ही सफ़ाया हो गया। इस रूप-रंग में भी रहम सिंह अब अपने आप को दुनियाँ का सबसे ख़ूबसूरत इन्सान समझता था। पहरों-पहर आइने के सामने खड़ा रहता और मूँछों पर ताव देता रहता। हालाँकि मूँछें उतनी घनी न थीं जिसे हरदम मरोड़ा जा सकता। सो धीरे-धीरे मूँछें मरोड़कर चुहिया की दुम जैसी हो गयीं। लेकिन साहेब तो ख़ैर राजा साहेब हो चले थे...! वे इतनी आसानी से हार कहाँ मानने वाले थे...! ज़नाब हर चीज़ में जैसे नवाब नकबुल्ला की नक़ल करना चाहते हों...! राजा साहेब के गंजे सर पर बाल बढ़ाये गये और लटकती जटाओं के बीच उन्हें ताज पहनाया गया। नवाब की ही तरह हमेशा एक नक्केदार टोपी उसके सिर पर रखी रहती थी। राजा साहेब को ऊँची चोली का अंगरखा और बड़े पांयचों का पायजामा पहना गया। उसके पैरों में नवाबों की-सी जूती हमेशा शोभा देती थी जिसे शायद ही रात में बिस्तर पर जाने के पहले उतारा जा सकता था।

रहम सिंह सरे-शाम से दो-तीन घड़ी रात गये तक, घाघरा स्टेट में स्थित मछली मुहाल का दरबार करता था। तवाइफ़ों के नृत्य देखना और उनके साथ स्वयं नृत्य करने लगना, यह उसकी फ़ितरत में था। अस्ल में वह स्वयं कथक का बहुत बड़ा नर्तक था। दीनपनाह में रहते हुए उसने एक उस्ताद से इसकी बारीक़ियाँ सीखीं थीं। और कहते तो यह भी हैं कि वह शीशमहल की तमाम बेगमों को भी कथक का प्रशिक्षण दिया करता था। नवाब के साथ रहते हुए उसने रंग़महल में कथक की कई प्रस्तुतियाँ दी थीं और कई बार नवाब का दिल भी जीता था। सो घाघरा स्टेट का राजा बन जाने के बाद भी रहम सिंह के कथक का अभ्यास करने की आदत नहीं गयी। और इसके लिये यहाँ का मछली मुहाल सबसे मुफ़ीद स्थान था। सो वह दिन

भर अपने राज-काज निबटाता और शाम ढलते-ढलते कथक नर्तक की पारम्परिक वेशभूषा धारण कर मछली मुहाल की ओर निकल जाता।

कथक के साथ रहम सिंह की सबसे बड़ी ख़ूबी यह थी कि गाने के फ़न में भी उसे कमाल हासिल था। वह ठुमरियाँ ख़ुद तस्नीफ़ फरमाता। ख़ुद ही धुन बना के गाता, ख़ुद ही भाव बताता जाता था। सबसे बड़ी बात यह कि रहम सिंह मुँह से तबला ख़ूब बजाता था। इस कला में रहम सिंह को इतनी महारत हासिल थी कि कई बार जब कोई तबलची तबले की थाप पर अपनी धुन से तनिक विचलित हो जाता तो रहम सिंह सरे-महफ़िल उसे इशारे से रोक देता और गाने के बाक़ी हिस्से को अपने मुँह के तबला बजाकर पूरा करता था। मछली मुहाल ही नहीं, घाघरा स्टेट की तमाम तवाइफ़ों की जहाँ कहीं भी महफ़िल जमती, उसे सम्मान और आदर सहित वहाँ बुलाया जाता और वह बड़े ही अदब के साथ ऐसी महफ़िलों की सदारत करता था। तबले के प्रति उसके लगाव का आलम कुछ यह था कि उसने तबला-वादन की बहत्तर प्रकार की नयी शैलियाँ विकसित कर डालीं थीं और उसके दरबार में जनता दरबार के साथ तबले की संगत रोज़मर्रा की कहानी हो गयी थी। दूर-दूर से लोग चलकर उसके पास तबला सीखने आते और मछली मुहाल की तमाम तवाइफ़ें तबले की धुन पर अपने पाँव थिरकाने की कला सीखने उसके पास आया करती थीं।

कुल मिला कर अनजाने में ही सही, रहम सिंह राजा तो बना ही; स्वयं कला साधक और कला का संरक्षक भी बन गया। जिसमें सबसे बड़ा काम उसका तवाइफ़ों को राज्याश्रय देना था। इतना ही नहीं, वह नवाब के ख़िलाफ़ विद्रोह करने वालों को संरक्षण देने लगा। उसकी इन सब हरक़तों से अप्रत्यक्ष रूप से ही सही, नवाब नकबुल्लाह की सत्ता को चुनौती मिलने लगी। लेकिन वह नवाब ही क्या जो अपने दुश्मन की चुनौती को ससमय पहचान सके...! नवाबी का सारा हुनर रोज़ नये दुश्मन पैदा करने में है; हर पल उनका ख़याल करके नवाबी का ज़ाइक़ा ख़राब करने में नहीं...!

• •

11

मुनाफ़िक़ दोस्तों से लाख़ बेहतर है ख़ुला दुश्मन
के गद्दारी नवाबों से हुक़ूमत छीन लेती है।

—अज्ञात

रहम सिंह दीनपनाह की रियासत से विद्रोह करने वाला कोई इकलौता या पहला शख़्स न था। उसके पहले से ही न जाने कितने लोग अलग-अलग कारणों से दीनपनाह के नवाब के ख़िलाफ़ विद्रोह पर उतारू थे और उसके विरुद्ध रोज़ ही किसी-न-किसी नये षड़यंत्र में लगे हुए थे। यही वह समय था जब दीनपनाह रियासत के सिर पर जागीरदारों, ठगों और विद्रोहियों के गिद्ध लगातार ठोकरें मार रहे थे और नवाब चाहकर भी कुछ करने में सक्षम न था। राज्य में चारों तरफ़ षड्यंत्र और अराजकता का बोलबाला हो चुका था और इसकी फ़िक्र भी किसी को न थी।

चुनांचे इस षड़यंत्र और और उससे उपजी अराजकता के और भी कई प्रभाव देखने को मिले। मसलन इसी अवधि में राज्य में ठगों के एक समूह का उदय हुआ। देखते-देखते इन ठगों का प्रसार पूरे राज्य में हो गया और इन ठगों ने एक प्रकार से पूरे राज्य की सत्ता का अपहरण कर लिया। किन्तु उन्होंने कभी भी नवाब को गद्दी से हटाने की कोशिश नहीं की; क्योंकि वे जानते थे कि नवाब एक ख़ानदान विशेष की उच्चता का प्रतीक है और उसके गद्दी से हटाने पर उन्हें जनता के एक हिस्से के विद्रोह का सामना करना पड़ सकता है जिनकी आस्था अभी भी उस ख़ानदान विशेष के प्रति है; जिसके फेर में वे कदापि नहीं पड़ना चाहते थे। इसीलिये 'गद्दी पर नकबुल्ला नवाब /हड्डी में ज़ालिम का शवाब'—उस ज़माने में यह एक जुमला-सा चल पड़ा था।

अस्ल में यह ज़ालिम खाँ ही ठगों का इकलौता सरदार हुआ करता था। दीनपनाह रियासत और इसके के आसपास के इलाक़े में अघोषित तौर पर ज़ालिम

खाँ की बादशाहत चलती थी। ज़ालिम खाँ और उसके साथी ठग बेहद शातिर और चालाक थे और वेश बदलने में बिलकुल माहिर...! इन लोगों की अपनी धार्मिक मान्यताएँ रीति रिवाज, पूजा-पद्धति हुआ करती थी। ऐसा नहीं था कि ये ग़रीब लोग थे जो मजबूरी में ऐसा कर रहे थे। अस्ल में ये ठग, लूट और ठगी को अपना पवित्र व्यवसाय मानते थे और प्रकारांतर से उनका मक़सद एक ऐसी समानांतर राजव्यवस्था क़ायम करना और मज़बूत आर्थिक संगठन खड़ा करना था कि लोगों के ज़ेहन से नवाबियत का भूत निकल जाये और लोग नादान महल के बजाय उनके हुक़्म से संचालित होने लगें। सबसे बड़ी बात यह कि इस ठगी का सारा माल बड़े लोगों से लूटकर ग़रीब-गुरबों में तक़्सीम कर दिया जाता। इस लिहाज़ से देखा जाये तो जाने-अनजाने ये ठग एक नयी विषमतारहित सामाजिक-व्यवस्था बनाने के लिये प्रयासरत थे।

दीनपनाह से घाघरा स्टेट के रास्ते में ऐसा कोई दिन नहीं गुज़रता था जब कोई आम लोग और व्यापारी बड़ी तादाद में रहस्यमय परिस्थितियो में अपने पूरे-की-पूरे काफिलों के साथ ग़ायब न होते हों। तिजारत करने जाते इन व्यापारियों के मुनीम और कारिंदे भी रास्ते से ग़ायब हो जाते। सब छोड़िये...! दीनपनाह की ख़ूबसूरत तवाइफ़ें हों या डोली में बैठकर ससुराल जाती नयी-नवेली दुल्हनें; या फिर बंगाल से इलाहाबाद और बनारस की तीर्थयात्रा पर आने वाले दल; सभी रास्ते से ग़ायब हो रहे थे। सबसे हैरानी की बात यह थी कि लगातार ग़ायब हो रहे इन लोगों की लाश तक नहीं मिलती थी। क़ाफ़िले में चलने वाले लोगों को ज़मीन खा जाती है या आसमां निगल जाता है, किसी को कुछ समझ नहीं आ रहा था। गिरोह का मुखिया ज़ालिम खाँ मुख्य मार्गों और जंगल के बीहड़ रास्तो पर अपने साथियो़ं के साथ घोड़ों पर घूमता रहता। उसके गिरोह के कुछ सदस्य व्यापारियों का भेष बनाकर जंगलों में घूमते रहते थे।

ठगी की शुरुआत एक ख़ास मौसम में हुआ करती थी। किसी शुभ संकेत को देखकर काम शुरू होता, मसलन–बिल्लियों का झगड़ना, क़व्वे की आवाज़ आदि। एक गिरोह में तीस से पचास लोग तक होते। इनका निशाना अक़्सर भारी गठरी वाले तीर्थयात्री और सेठ-महाजन होते। जैसे ही शिकार की पहचान होती, ये लोग उस कारवां के आगे-पीछे हो लेते। और फिर एक-एक कर उस कारवां से जुड़ते जाते। व्यापारियों के भेष में इन ठगों का पीछा बाक़ी गिरोह करता रहता था। रात के अंधेरे में जो भी व्यापारियों का क़ाफ़िला जंगल से गुज़रता था; नक़ली भेष

धारण करने वाले ठग उनके क़ाफ़िले में शामिल हो जाते थे। इनकी पोशाक आम लोगों जैसी होती, इसलिये किसी को कोई शक भी नहीं होता। एक बार कारवां से जुड़ जाने के बाद ठग उन्हें अपनी बातों में फँसाकर मेल-जोल बढ़ाते और उनका भरोसा जीत लेते।

ये ठग आमतौर पर यह तीन दलों में बँटे होते थे। इन तीनों दलों में तालमेल बनाने के लिये हर टोली में एक-दो लोग होते थे जो एक कड़ी का काम करते थे। ये लोग अपनी चाल धीमी या तेज़ करके इनके साथ आ सकते थे। कारवां के सबसे आगे ठगों का एक दस्ता रहता। एक बार निशाने की पहचान हो जाने पर कारवां में शामिल एक ठग आगे वाले दस्ते को बताता कि कितने लोगों के लिये कब्र ख़ुदनी है। इसके बाद आगे वाला दस्ता, ख़ुदाई के काम में लग जाता। बाक़ायदा कब्र खोदने से पहले एक पूजा भी होती थी। और इसके लिये कस्सी को गुड़, दही और शराब से बारी-बारी नहला कर उसमें पान और फूल चढ़ाए जाते। इसके बाद कस्सी को टीका लगाकर एक नारियल फोड़ा जाता। और नारियल फूटने पर सभी ठग, चाहे हिंदू हों या मुसलमान 'जै देवी माई की' बोलते। इसके बाद सभी लोग बारी-बारी कब्र खोदते। मरे हुए लोगों को एक ही कब्र में डाला जाता था; इसलिये क़ब्रें गहरी खोदी जाती। वक़्त आने पर आड़ा-तिरछा कर उनमें लाशों को डाल दिया जाता।

कारवां के सबसे पीछे भी एक गिरोह चलता था जिसका काम था ये देखना था कि पीछे से कोई आ तो नहीं रहा। कोई ख़तरा दिखा तो 'लुचमुन सिंह आ गया...!'–इस कोड वर्ड का इस्तेमाल होता था। भागने के लिये 'लोपी ख़ान आ गया...!'–बोला जाता था। कुछ दिन बाद जब एक अकेली सुनसान जगह मिलती तो ये लोग हमला करते। जब शिकार का वक़्त आता तो उसे झिरनी कहा जाता था। झिरनी के लिये अक़्सर 'सुरती ख़ा लो...!', 'हुक्का पिलाओ...!'–ऐसे इशारों का इस्तेमाल होता। जैसे ही ठगों का सरदार यह वाक्य बोलता, शिकार पर हमला हो जाता। हमले के लिये ये लोग एक पीले रूमाल का इस्तेमाल करते। जिसमें गांठ बांधकर एक सिक्का लगा होता था। रूमाल को शिकार के गले में डालकर मरोड़ा जाता, जिससे दम घुटने से उसकी मौत हो जाती।

ये लोग किसी और हथियार का इस्तेमाल नहीं करते थे। इसकी वजह थी कि ठग यूँ ही ख़ून बहाकर देवी काली को नाराज़ नहीं करना चाहते थे। ख़ैर, मुसाफ़िरों की हत्या कर ये लोग उनका सब कुछ लूट लेते। इसके बाद लाशों को एक के ऊपर

एक कब्र में डाल दिया जाता। कब्र को मिट्टी से ढककर उसके ऊपर झाड़ियाँ लगा दी जातीं। इस तरह ये लोग एक पूरा कारवां ग़ायब कर देते। फिर ख़ुद भी ग़ायब हो जाते और किसी को भनक तक नहीं लगती।

ज़्यादातर ठग कई भाषाएँ बोलने, भजन-कीर्तन, नात-कव्वाली और गाना-बजाना करने में माहिर थे। ठगों की इन टोली में हिंदू-मुसलमान दोनों धर्मों के लोग थे। ज़रूरत के हिसाब ये जायरीन, बाराती, तीर्थयात्री या फिर नक़ली शवयात्रा निकालने वाले बन जाते थे। रास्ते में ये कई बार अपना रूप बदल लेते थे और शिकार को बिना भनक लगे बड़ी चालाकी से दबोच लेते थे। इन ठगों की अपनी भाषा होती, कोड वर्ड्स होते थे जो सिर्फ़ ठग ही समझते। इनका दूसरा हथियारबन्द दल, कारवां के रास्ते मे कहीं घात लगाकर इन्तज़ार करता रहता। जब पूर्व निर्दिष्ट स्थान से यात्री दल गुज़रने वाला हो, उसी समय यात्री दल से मे से कोई एक, ख़ूब ज़ोर से चिल्लाता–

'दाऽऽ मोऽऽ दरऽऽऽऽ...!'

दामोदर का मतलब कि 'बड़े दाम के उदर वाले शिकार आ रहे है। लूट के लिये तैयार रहो...!'

कारवां जब और भी नज़दीक आ जाता तो फिर चिल्लाया जाता–'नाऽऽ राऽऽ यण...!!'

यानी 'नर अब बेहद नज़दीक आ गया। हथियार सम्हाल लो, पोजिशन में आ जाओ।'

और अन्तिम चिल्लान होती –'हरेऽऽ नारायणऽऽ...!!!'

अर्थात 'लोकेशन एक़दम सटीक है। तुरन्त ही टूट पड़ो, और सब कुछ हर लो...!'

कई बार तो कारवां समझता कि साथी तीर्थयात्री प्रभु का नाम ले रहा है। तो वह ख़ुद भी ठग के पीछे ज़ोर-ज़ोर से नारे लगाता -

'दामोदरऽऽऽऽ...!! दामोदर...!!!'

'नारायणऽऽऽऽ!!! नारायण...!!!'

'हरे नारायणऽऽऽऽऽऽ!!!'

और ठग उनको हँसते-हँसते लूट लेते। ठग मानते थे कि उन्हें माता काली द्वारा धरती में लोगों का संहार करने भेजा गया है। कोई भी मिशन शुरू होने या उसके फेल या पास होने दोनों पर गिरोह के सदस्य माँ काली की पूजा करते थे और

उन्हें बलि चढ़ाते थे। उनका मानना था कि माँ काली ने उन्हें ख़ून न गिराने की जगह रुमाल से हत्या करने को भेजा है जो वो यात्रियों की हत्या के बाद लूटते हैं। ज़ालिम खाँ, माँ काली का अनन्य भक्त था और उनकी भक्ति में इस क़दर पागल था की यदि कभी माँ काली स्वयं उपस्थित हो कर उससे उसका जीवन ही माँग लेती तो उसे अपने हाथों से अपने सिर को धड़ से अलग करने में कत्तई देर न लगती। यह माँ काली के प्रति उसकी सच्ची श्रद्धा भी थी और कई बार उसकी कमज़ोरी भी...!

बताते हैं अपने इस संगठन के बल पर ठगों के सरदार ज़ालिम ने धीरे-धीरे दीनपनाह रियासत में एक प्रकार से समानांतर राज-व्यवस्था क़ायम कर ली। जंगल-जंगल घूमते हुए वह न केवल नवाब की तरह बाक़ायदा अपना दरबार लगाने लगा बल्कि नवाब के नादान महल से जारी होने वाले शाही आदेशों को अपने आदेशों के द्वारा चुनौती भी देने लगा। उसकी बैठकें आम जनमानस में 'खसम-सभा' के नाम से ख्यात हुईं जो प्राय: जंगल के बीचों-बीच खुले आसमान के नीचे हुआ करती थीं। इस आसन्न द्वैध-व्यवस्था ने तो एकबारग़ी सारी प्रजा को एक नये संकट में डाल दिया था। लेकिन प्रजा ने भी धीरे-धीरे स्वविवेक से निर्णय लेना और जीना सीख लिया। निरीह प्रजा अक़्सर नादान महल से जारी होने वाले शाही फ़रमानों के बजाय ज़ालिम के आदेश मानने के लिये बाध्य हो जाया करती थी। क्योंकि इसी में उनकी भलाई, ख़ासकर जान की भलाई थी। वैसे भी शाही महल के फ़रमान रिआया के लिये कम ज़ालिमाना नहीं हुआ करते थे। इस लिहाज़ से रिआया को अपने सामने खड़े दो ज़ालिमों में से एक को चुनना था; और धीरे-धीरे उसे यह नया वाला ज़ालिम अत्यधिक पसन्द आने लगा था।

उस समय के दरबारी इतिहासकार लिखते हैं कि जब नवाब नकबुल्ला धीरे-धीरे बड़ा होने लगा तो इन दोनों शक्तियों के बीच आपसी संतुलन की स्थिति आ पायी। हालाँकि इसे किसी भी दृष्टि से 'संतुलन' कहना राजसत्ता शब्द का एक प्रकार से अपमान करने जैसा ही होता...! अस्ल में यह एक प्रकार का ऐसा अलिखित समझौता था जिसे नवाब मानने के लिये बाध्य था और ठगों का सरदार ज़ालिम खाँ मनवाने के लिये उद्यत...! नतीजा यह कि ज़ालिम खाँ को नवाब की ओर से राज्य में लूट-मार की पूरी खुली छूट मिली हुई थी और बदले में नवाब को ज़ालिम खाँ की ओर से गद्दी पर बने रहने की असीमित वचनबद्धता...! यह तालमेल इतना गहरा हो गया था कि नवाब ने अपने वज़ीरों से कहकर जनता से तमाम करों की वसूली

बन्द करा दी थी और अब ज़ालिम खाँ से द्वारा लूटे गये माल-असबाब से प्राप्त कमीशन जैसे न्यूनतम खर्चे के आश्वासन पर उसके नवाबी की गाड़ी चल रही थी। इतिहास में यह पहला अवसर था जब कोई नवाब अपनी रिआया पर कोई नियमित टैक्स नहीं लगा रहा था और रिआया बाक़ायदा ठगों के रहमो-करम पर जिन्दा रहने के लिये मज़बूर थी।

12

मैं इंहिमाक में ये किस मक़ाम तक पहुँचा
तुझे ही भूल गया तुझ को याद करते हुए।

–आसिम वास्ती

नवाब अपने ख़ास दुश्मनों की मौजूदगी से लगभग बेसुध, अपने दरबारी रूपी दुश्मनों को अपने आस्तीन से चिपकाए हुए, गहरे भोग विलास में डूबा हुआ था। नवाब के भोग-विलास का असर शाही हरम की ख़ातूनों पर पड़ना स्वाभाविक था। एक तो नवाब शाही हरम की सभी ख़ातूनों को बराबर समय नहीं दे सकता था। बहुतों के तो वह नाम तक न जानता था और कइयों का चेहरा तक नहीं पहचान सकता था। तिस पर तुर्रा यह कि वह हरम से तनिक फ़ुर्सत निकालकर, शहर की तवाइफ़ों के साथ समय बिताने चला जाया करता। नतीजतन अकेलेपन की शिकार अन्तर्मुखी क़िस्म की कई बेगमों के बीच आपस में समलैंगिक ताल्लुक़ात भी बने। नवाब का साथ न मिलने से परेशान कई बेगमें, दूसरी ख़ातूनों से जुड़ने के लिये तरह-तरह के तरीक़े अपनाती थीं। उस ज़माने में शीशमहल की एक बेगम, जो शौकिया तौर पर शायरी भी करती थी, ने इसका ज़िक्र कुछ यूँ किया–

जानेमन मंज़ूर है बाज़ी औ सताना तुम्हारा।
यूँ के गिला भी करती है जो दो-गाना तुम्हारा।

अस्ल में समलैंगिक सम्बन्धों में दो-गाना शब्द का इस्तेमाल स्त्री अपनी प्रेमिका के लिये करती थी। इन सम्बन्धों में एक स्त्री की भूमिका में होती और दूसरी पुरुष की भूमिका में। ऐसी औरतें समलैंगिक रिश्तों को औपचारिक रूप देने के लिये बादाम के दो टुकड़े कर एक-एक हिस्सा खा लिया करती थीं; इन समलैंगिक रिश्तों में स्त्री या पुरुष के पहचान का तरीक़ा भी ईज़ाद कर लिया गया था। समलैंगिक स्त्रियाँ मुर्गे की दो फांक वाली हड्डी को एक-एक तरफ़ से पकड़कर अपनी ओर

खींचतीं और टूटने में जिसके हिस्से में बड़ी हड्डी आती, वह आपसी रिश्ते में मर्द की भूमिका में होती और जिसके हिस्से में छोटी हड्डी आती वह स्त्री की भूमिका में। फिर वे शाही हरम में बड़े शान से प्रेमी और प्रेमिका की तरह व्यवहार करते हुए अपना जीवन जीने लगती थीं। न कोई उन्हें रोकने वाला होता था और न ही कोई टोकने वाला। किसी के पास इतनी फ़ुर्सत ही कहाँ थी...!

यहाँ तो रोकने-टोकने वाला स्वयं ही निस्सीम हुआ जाता था। बताते हैं नवाब नकबुल्लाह के लिये स्वयं इश्क़ का कोई सीमित दायरा न था। वह कभी भी, किसी से भी इश्क़ कर बैठता था और नये इश्क़ में पड़ने पर पुराने इश्क़ को भूलने में उसे क्षण भर का समय भी न लगाता था। हमेशा से ही नवाबों को शराब पुरानी और तवाइफ़ नयी चाहिए। इस बार वाक़्या कुछ अजीब हुआ कि नवाब नकबुल्लाह दिलरुबा बेगम के साथ-साथ उसकी सत्रह साल की अद्वितीय सुन्दरी बेटी रुख़्सार से भी इश्क़ कर बैठा। रुख़्सार की सुंदरता के क्या कहने...! जो भी उसे देखता बस देखता रह जाता था। वह समुद्र की सीपी में पलने वाले उस मोती की तरह थी जहाँ सीपी को उसके भीतर स्वयं मोती होने का अंदाज़ा न था। कदाचित् एक ऐसे मोती की तरह जिसके प्रकाश में आने के बाद उसकी कोमलता और सुंदरता से धीरे-धीरे अब सारा दीनपनाह वाक़िफ़ हो रहा था। मोती जब तक सीपी में क़ैद है तब तक उसकी अस्ल क़ीमत नहीं आंकी जा सकती। लेकिन सीपी से बाहर आते ही उसकी क़ीमत का अंदाज़ा लगाना मुश्किल हो जाता है। कहना यह कि क़ुदरत भी बड़ी कारसाज़ है...! ग़रीबों को हुस्न बख़्शने के मामले में तो निश्चित रूप से ही...! वरना अगर हुस्न भी बाज़ार में दुकान पर बिकने वाली कोई शय होती तो ये कमबख़्त अमीर इन दुकानों पर भी हसीन बन कर बैठ जाते। मगर यह तो ख़ुदा की बड़ाई का एक बड़ा सुबूत है कि वह जिसे चाहे हुस्न की दौलत से नवाज़े और जिसे चाहे इससे महरूम कर दे। सच कहें तो किसी सीपी के मोती की तरह, हुस्न की यह बेशुमार दौलत अक़्सर ग़रीबों के ही हिस्से में ही बँटती आयी है। कम-से-कम रुख़्सार के मामले में तो ऐसा ही था।

बताते हैं रुख़्सार जितनी ख़ूबसूरत थी उतनी ही नृत्य और संगीत में पारंगत भी। वह अपनी माँ दिलरुबा बेगम के साथ अक़्सर अपनी इन कलाओं का सार्वजनिक प्रदर्शन किया करती थी। वैसे तो कोई भी रुख़्सार को देखता तो उसका दीवाना हो जाता था। गाने-बजाने में, सूरत और सीरत में उसका कोई मुक़ाबला नहीं था। नवाब ने एक ऐसे ही अवसर पर रुख़्सार की अद्वितीय सुन्दरता तथा कलात्मक प्रदर्शन को

देखा तो उस पर तुरन्त मोहित हो गया। रुख़्सार के नृत्य ने, अपने से उम्र में दोगुने नकबुल्लाह पर जादू-सा कर दिया। ऐसा कहते हैं कि जब पहली बार नवाब ने रुख़्सार को गाते सुना तो उसे गोद में उठा लिया। उसे एक कमरे में लेकर गया और उसे बार-बार एक ही ग़ज़ल गाने को कहा। सारी रात वह रुख़्सार से एक ही ग़ज़ल सुनता रहा और उस पर अपनी जान छिड़कता रहा। सुबह होते-होते उसे यक़ीन हो चला था कि उसे उसकी नयी महबूबा मिल गयी है। रुख़्सार तो ख़ैर गाने-बजाने के बाद वहाँ से चली गयी थी; लेकिन वह नवाब के दिल से भला कैसे जा सकती थी...! बक़ौल निज़ाम रामपुरी–

गये हैं जब से वो उठ के याँ से, है हाल बाहर मिरा बयाँ से
कहे कोई इतना जान-ए-जाँ से, मिलो नहीं तो गया मैं जाँ से।

सबसे आश्चर्यजनक बात यह कि रुख़्सार पर पहले से ही शहर का कोई शहज़ादा फ़िदा था और वह दो-तीन माह के पेट से थी। लेकिन नवाब को इससे कोई फ़र्क़ नहीं पड़ता था। उसकी बेफ़िक्री का आलम यह था कि एक रोज़ उसने रुख़्सार को तन्हाई में बुलवा भेजा। जब रुख़्सार आयी, तो नवाब ने बड़ी मासूमियत से कहा–

'रुख़्सार...! न जाने क्यों, तुम्हारे बग़ैर न मौसिकी में मज़ा आता है, न महफ़िल में रौनक़। दिल हर वक़्त बैचैन रहता है। आख़िर क्या करूँ...? बताओ तो सही...!'

रुख़्सार, जो अपनी अदाओं से दरबार की शोभा बढ़ाने में माहिर थी, थोड़ी नाज़-ओ-अदा के साथ शिकवे का अंदाज़ अपनाते हुए बोली–'हुज़ूर...! यह कनीज़ किस काम की...! हमने तो अपनी ख़िदमत आपके लिये वक़्फ़ कर रखी है। कभी हमें भी तो आज़मा कर देखिए। शायद आपकी बेकरारी का कोई सबब कम हो जाये।'

नवाब ने उसकी मासूमियत पर मुस्कुराते हुए जवाब दिया–'नहीं...! ऐसी बात नहीं है। तुम्हारी ग़ज़लों पर तो जाँ निसार है। जब तुम गाती हो, तो लगता है जैसे रूह को सुकून मिल गया हो...!'

रुख़्सार ने अपनी सुरमई आँखों में हल्की शरारत लाते हुए कहा- 'जाने भी दीजिए, हुज़ूर...! यह कनीज़ एक ग़ज़ल लेकर आयी है, जो ख़ासतौर पर आपकी ख़िदमत में पेश करने की इजाज़त चाहती है।'

नवाब ने चहकते हुए अपने नफ़ीस अंदाज़ में कहा–'वल्लाह...! इरशाद...! आज तो हमें तुम्हारी ग़ज़ल सुनने का शौक़ और भी बढ़ गया है।'

फिर क्या...! रुख़्सार ने अपनी दिलकश आवाज़ में ग़ज़ल का मिसरा छोड़ा–

कब तक तेरी जुदाई के सदमे उठाये दिल
हर रोज़ के सितम की कहाँ ताब लाये दिल।
दर-दर फिर रहा है, ये आगाज़े इश्क में
आख़िर में देखिए मुझे, क्या-क्या दिखाए दिल।
दीवाना कोई कहता है, वहशी कोई हमें
सब कुछ सुनेंगे शुक्र है, जो कुछ सुनाए दिल।
जो कुछ करो सितम वह सज़ावार है तुम्हें
काबिल इसी के हम हैं, यही है सज़ाए दिल।
बेवजह आँख आपने 'रुख़्सार' से फेर लीं
ख़ूने ज़िगर न आँखों से, क्यों कर बहाए दिल।

नवाब रुख़्सार की इस ग़ज़ल में इस क़दर डूबा कि उसने पल भर में ही उसे अपना बेगम बनाने का ऐलान कर दिया। लेकिन इस ऐलान पर अमल इतना आसान नहीं था। दीनपनाह के नवाबों को बेगम की जाति-नस्ल पता करके बतानी पड़ती थी ताकि भविष्य में उसकी नसब की पाकीज़गी पर किसी संदेह की गुंजाइश न रहे। इसलिये हर बार की तरह इस बार भी जब नवाब की रुख़्सार से शादी करने का सवाल उपस्थित हुआ तो उसकी नस्लो-नसब का पता लगना ज़रूरी हो गया। आनन-फानन में रुख़्सार के बाप की तलाश शुरू हुई; और देखते-ही-देखते रुख़्सार की माँ दिलरुबा बेगम की मर्ज़ी के अनुसार दरबार के ही एक सरकारी नौकर को रुख़्सार का बाप बताया जाने लगा। चूँकि रुख़्सार के साथ पहले से ही शहर के तमाम मनचलों की बदनीयती जुड़ी थी; इसलिये नवाब नकबुल्लाह ने उसके बेपनाह हुस्न को देखते हुए उसे एक नया नाम हसीन महल दे दिया। और अगले ही पल रुख़्सार के नाम छह लाख रुपये वार्षिक आमदनी की एक जागीर लिख दी गयी। फिर क्या...! उनकी ड्योढ़ी पर अनेक खादिम, कनीज़ें, दरोगा और सिपाही तैनात रहने लगे। नवाब द्वारा उसकी इस नयी तख़्तनशीनी ने रातों-रात उनकी तमाम बेगमों की मलिका बना दिया था।

बात यहीं ख़त्म नहीं हुई। अभी कुछ ही दिन बीते थे कि एक दिन नवाब ने अपनी इस नयी-नवेली बेगम के प्रेम में विभोर हो कर हँसी-हँसी में अपना ताज उसके सिर पर रख दिया और उसे 'ताजमहल' कहने लगा। इस महल की ताजपोशी के लिये उसी दम बादशाह ने बारह लाख रुपये सालाना की जागीर उसके दामन में

डाल दी। इससे पहले यह रुतबा किसी मलिका को हासिल नहीं हुआ था। कहते हैं कि रुख़्सार की मुहब्बत में नवाब इस क़दर दीवाना हो चुका था कि उसने ज़माने के हर दर्दो-ग़म से अपना मुँह फेर लिया था। चूँकि रुख़्सार अच्छी गलेबाज भी थी इसलिये महल की चहारदीवारी में दाख़िल हो कर भी वह अपनी साज़ीना आवाज़ से किनारा नहीं कर सकी। वह हर शाम रंगमहल में नवाब की शान में गायकी की महफ़िल सज़ाती जहाँ नवाब नशे में चूर होने तक उनके साये में पड़ा रहता। जो भी हो, रुख़्सार के आने से नवाब का महल उसके दिलक़श नग़मों से हमेशा गूँजने लगा था। और नवाब उनकी इस ग़ज़ल का इस क़दर दीवाना हो चुका था कि एक साँस में इसे लगातार सौ बार सुनकर भी उसका दिल न भरता था–

जो कुछ करो सितम वह सज़ावार है तुम्हें
क़ाबिल इसी के हम हैं, यही है सज़ाए दिल।

ख़ैर...! नवाबों से बेहतर शायद ही कोई इस बात को जानता है कि हुस्न दरअस्ल फ़ानी चीज़ है। बल्कि संसार में कुछ भी ऐसा नहीं है जो फ़ानी न हो। ऐसे में हुस्न की भी क्या ही बिसात...! हाँ...! इसकी बिसात है और ख़ूब है...!! जब तक यह जवाँ है और रवां है; और जिस समय तक नवाब के याददाश्त को मिटाकर इसका दूसरा विकल्प उपस्थित नहीं होता; उस वक़्त तक तो यह ख़ुदा जैसा है। पर एक हुस्न के बर-अक्स, दूसरे हुस्न का जन्म होते ही इसके नवाब के याददाश्त से ओझल होने में देर नहीं लगती। इस लिहाज़ से हुस्न केवल उसी समय तक जीवित है जब तक नवाब के ज़ेहन में कोई दूसरा हुस्न अपना स्थान नहीं ले लेता। और नवाबों के लिये यह कतई असंभव नहीं है। बल्कि उनके लिये फ़ानी और ग़ैर-फ़ानी का यह खेल जीवन भर चलता रहता है। उनके लिये यह खेल है, इसके सिवा कुछ भी नहीं।

अफ़सोस कि रुख़्सार के उन सुनहरे दिनों की धूप जल्दी ही ढल गयी क्योंकि नवाब हमेशा से ही निहायत दिलफेंक और तोताचश्म क़िस्म का इन्सान हुआ करता था। सारे जहाँ में वह पोशाकों की तरह माशूकों को बदलने के लिये जाना जाता था। नतीजा यह हुआ कि नवाब जब एक नयी सुंदरी गौहर पर मरने लगा तो रुख़्सार पर आसमान से बिजलियाँ टूट पड़ी। रुख़्सार इस वक़्त पेट से थी। इस पेट की वज़ह नवाब तो कत्तई नहीं था। लेकिन नवाब सार्वजनकि तौर पर इससे इनकार भी नहीं कर सकता था। चारों ओर चर्चा-ए-आम होने लगी कि नवाब ने रुख़्सार का न सही, कम-से-कम उनके पेट में पल रहे औलाद का तो ख़याल किया होता...! लेकिन आशिक़-मिज़ाज़ नवाब को इसकी फ़िक्र कहाँ होती भला...! रुख़्सार भी अपने

प्रति होने वाले नवाब के इस दोगले रवैये के लिये कत्तई तैयार न थी। जिसने उसे गलियों से उठाकर इस मुक़ाम तक पहुँचाया था; जब उसे ही उसका ख़याल नहीं रहा तो फिर उसे स्वयं की परवाह क्यों होने लगी भला...!

नतीजा यह हुआ कि अपने प्रति नवाब की इस बे-नियाज़ी और नयी कनीज़ पर दिल हार जाने के चलते, गहरे आघात की मनोदशा में रुख़्सार ने अपना मानसिक संतुलन खो दिया और सारे शहर में आवारा बनकर घूमने लगी। धीरे-धीरे उसके शरीर से वस्त्र, चीथड़े हो कर ग़ायब होते गये और उसकी हालत यह हो गयी कि उसे पहचानना तक मुश्किल हो गया। उसकी दशा देखकर सारा शहर नवाब पर थूकता था और स्वयं रुख़्सार पागलपन की मनोदशा में ख़ुद पर...! समय बीत रहा था लेकिन उसकी सुधि लेने वाला कोई न था। संकट यह भी था कि यदि कोई ग़लती से भी उसकी सुधि लेना चाहता तो फिर वह नवाब के ग़ुस्से की तक़सीम से बच नहीं सकता था। रुख़्सार महीनों बिना कुछ खाये-पिए नवाब के इश्क़ के तौहीन की प्रतिमूर्ति बनकर, इधर-उधर आवारा घूमती रही और फिर एक दिन लगभग नग्न अवस्था में ख़ुदा को प्यारी हो गयी। कहते हैं जाते-जाते रुख़्सार अपनी गोद में एक छोटी-सी ख़ूबसूरत बच्ची को छोड़ गयी थी, जिसे किसी अनजान शख़्स ने तवाइफ़ों के मुहल्ले में ले जाकर बेच दिया।

13

उल्फ़त का मज़ा है कि दोनों हों बेक़रार
दोनों तरफ़ हो आग बराबर लगी हुई।

–ज़हीर देहलवी

नवाब इन सबसे बेपरवाह अपनी जेहनी फ़ितरत को लगातार धार देता रहा। सबसे बड़ी मुश्किल यह थी कि अगर नवाब की एकमात्र कमज़ोरी केवल स्त्री होती तो भी ख़ैरियत वाली बात होती...! नवाब की सबसे बड़ी कमज़ोरी उसकी समलैंगिकता थी और वह स्त्रियों के साथ पुरुषों में भी बराबर की रुचि रखता था। एक समय ऐसा भी आया जब उसने हरम के सारे क़ायदे-क़ानून तोड़कर शीशमहल में ख़ूबसूरत, कोमल और कामुक युवकों को रखना शुरू किया। बताते हैं उस ज़माने के एक सूफ़ी विद्वान, जिनकी उस समय के युवाओं में बड़ी पैठ थी, ने पुरुष और स्त्री के प्रेम सम्बन्ध के सम्बन्ध में अपना मत व्यक्त करते हुए कुछ यों कहा था कि 'ख़ुशक़िस्मत है वह मर्द जो किसी ख़ातून की पहली मोहब्बत हो; और ख़ुशक़िस्मत है वह ख़ातून जो मर्द की आख़िरी मोहब्बत हो...!' नवाब ने इस प्रेम के सम्बन्ध में इस एकतरफ़ा मत को खंडित करते हुए बाक़ायदा एक शाही फ़रमान जारी किया और अपनी रिआया को यह बताया कि–

'वह इश्क़ जो एक बार में किसी एक ख़ातून से ही हो, इश्क़ नहीं बल्कि इश्क़ की तौहीन है। इतना ही नहीं, इश्क़ के लिये इसे किसी ख़ास लिंग तक सीमित रखना इन्सान की अस्ल भावनाओं की सरासर बेक़दरी है और इसे किसी भी दशा में स्वीकार नहीं किया जाना चाहिए। मर्द केवल ख़ातून से ही इश्क़ करेगा, ऐसा दुनिया के किसी इल्हामी किताब में नहीं लिखा है। ऐसे सभी मतवाद झूठे और बनावटी हैं। एक मर्द दूसरे मर्द से भी इश्क़ कर सकता है और बाजाफ़्ता तौर पर उसी समय दूसरी ख़ातून या ख़वातीन से भी इश्क़ फ़रमा सकता है। इश्क़ हमेशा बाँटने से बढ़ता है

और न बाँटने से ख़त्म भी हो जाता है। बहुतेरे इसे इन्सानी क़िरदार से जोड़कर देखने के आदी हैं। पर अस्ल बात यह है कि इसका इन्सानी क़िरदार से कोई ख़ास लेना देना नहीं।'

सच भी है कि 'वह इश्क़ ही क्या जो एक बार में केवल एक स्त्री या एक पुरुष के साथ मुब्तिला हो...!' नवाब नकबुल्लाह के साथ सबसे अलग बात यह थी कि उसने न केवल इसे शाही फ़रमान के जरिये बाक़ायदा प्रचारित-प्रसारित करने की कोशिश की बल्कि अपने आचरण से इस कथन के मंतव्य को सोलह आने सही साबित करने की भी कोशिश की। इसका प्रभाव यह हुआ कि नवाब का, केवल शीशमहल की ख़ातूनों से ही नहीं बल्कि शीशमहल में ख़ूबसूरत, कोमल और कामुक लड़कों से होने वाले प्रेम को ही ख़ालिस इश्क़ माना जाने लगा। उस समय के तमाम सूफ़ी कवियों ने जो कविताएँ लिखीं, उसमें ऐसे ही लड़कों को प्रेम का सबसे बड़ा प्रतिमान बनाया गया। मसलन एक सूफ़ी कवि ने अपनी एक फ़ारसी कविता में कुछ यूँ अर्ज़ किया के–

लिया मैं बोसा ब-ज़ोर उस सिपाही-ज़ादे का
अज़ीज़ो अब भी मिरी कुछ दिलावरी देखी।

कहने का मतलब उस ज़माने में मर्दों से इश्क़ को दिलावरी माना गया। और नवाब पर इस दिलावरी का असर कुछ यूँ हुआ के वह अपने शाही दर्ज़ी मिर्ज़ा शमशीर से ही इश्क़ कर बैठा। अस्ल में नवाब से शमशीर की मुलाक़ात शाही हुस्नागार में हुई थी। शमशीर अपने ज़माने का सबसे सुंदर और सजीला युवक था। उसके हाथों में जितनी कारीगारी थी दिमाग़ में उतनी ही चालाकी...! उस समय नवाब के हुस्नगार में परियों के मेले लगते थे और महलसरा में तमाम नाज़नीनें भरी पड़ी थीं, जिनके जेवर-लिबास पर मुल्क की एक तिहाई आमदनी ख़र्च की जाती थी। शमशीर ने जब बादशाह की बदहवासी की हवा का ये रुख़ देखा तो अपने हाथों अपनी क़िस्मत बनाने की ठान ली। वह हरम की औरतों के लिये अँगिया, लहंगे सिल-सिल कर इतनी तरक़्क़ी कर गया कि पहले दर्ज़ी से दरोगा हुआ और फिर सरकार-ए-दीनपनाह का मुसाहिब बन गया।

कहते हैं शमशीर तनिक तोतला था। लेकिन उसकी आवाज़ में इतनी मिठास थी कि वह कुछ भी बोलता तो नवाब उसकी मासूमियत पर लट्टू हो जाता। नवाब, शमशीर के इश्क़ में कुछ ऐसा गिरफ़्तार हुआ कि अपने-आप पर उसका कोई वश नहीं रह गया। उस पर मोहब्बत के ज़ोर, जवानी और जोश का ऐसा आलम पर

सवार था कि वह कभी-कभी शमशीर को याद करते हुए अपनी सुध-बुध खो बैठता था और सारा दिन-सारी रात, नंगे पाँव गली-मुहल्लों और बाग़-बगीचों में टहलता रहता था। उसके मन में न अपने-पराए के लिये कोई शिष्टता रह गयी थी, न दूसरों की कोई परवाह...! उसे न चलने में चैन मिलता था और न ठहरने में आराम...! वह जब भी शमशीर को देखता, बरबस ही उसके मुँह से आह निकल जाती। फिर क्या...! एक बार दोनों ही ज़ालिम ज़माने की सारी बाधाएँ पार करते हुए भरे दरबार में मिले और एक-दूसरे के इश्क़ में पागल से हो उठे। उनके भीतर पनप रहे अगाध प्रेम को देखकर उस समय के एक दरबारी सूफ़ी कवि ने कुछ यूँ लिखा के–

ले चुका मुँह में शमशीर, मेरी ज़ुबान सौ-सौ बार
हो गया कब का मुसलमां, ये क्या काफ़िर है...!

फ़िलहाल ज़माने की नज़रों में दोनों काफ़िर हो गये थे। हालाँकि उन दोनों को इसकी कतई परवाह न थी। वे साथ-साथ रहते, साथ-साथ उठते-बैठते खाते और सोते। शमशीर, नवाब नकबुल्लाह के सामने इस तरह से रहता कि जैसे उसका नौकर हो, बन्दी हो या फिर ख़रीदा हुआ कोई ग़ुलाम हो...! उधर नवाब शमशीर के इश्क़ में इस क़दर बेसुध हो गया कि उल्टा उसे ही अपना बादशाह कहने लगा। देखते-देखते शमशीर की यह बादशाहत, नवाब के दिल के एक-एक कोने-अन्तरे पर खुलकर राज करने लगी। नवाब ने ख़ुद को पूरी तरह से शमशीर को समर्पित कर दिया। वह तरह-तरह से उसका मनोरंजन करता; कभी चुटकुले सुनाता तो कभी जंग की ऐसी-ऐसी दास्तानें सुनाता कि सुनने वाले का मुँह खुला-का-खुला रह जाये...! दिन बीते और नवाब पर इश्क़ का यह पागलपन दिमाग़ पर चढ़ कर बोलने लगा। दरबार के लोगों और ख़ासकर नवाब की धाय माँ इज़्ज़त बेगम को शमशीर के लिये नवाब का यह दीवानापन रास नहीं आया और इज़्ज़त बेगम के सख़्त निर्देश पर दरबार में उनके मिलने-जुलने पर मनाही क़ायम हो गयी।

लेकिन नवाब तो नवाब ठहरा...! उसे भला किसी की फ़िक्र क्यों होने लगी...! एक दिन नवाब इश्क़ में पागल हो कर शमशीर को साथ लेकर दरबार में पहुँचा और भरे दरबार में सबके सामने एक-एक करके अपने सारे कपड़े उतार डाले। इज़्ज़त बेगम जो उस वक़्त दरबार में ही मौजूद थीं, और जिन्हें उनकी न्यायप्रियता के कारण दरबार में काफ़ी सम्मान प्राप्त था; नवाब की यह हरक़त देखकर वहाँ से भाग खड़ी हुईं। नवाब यहीं नहीं रुका। दरबारियों के समक्ष पूरी तरह से निर्वस्त्र होने के बाद वह बोला कि 'अब वह इस दुनिया की कतई परवाह नहीं करता। उसकी

ज़िन्दगी में अगर शमशीर नहीं, तो फिर कोई भी नहीं...!' इसके बाद शमशीर ने भी अपने सारे कपड़े उतार दिये और उसी हालत में दोनों दरबार से बाहर निकले और सूफ़ी बनकर शहर की गली-गली गीत गाते हुए घूमने लगे।

अकेले शमशीर ऐसा करता तो कोई बात न होती। उसके साथ नवाब भी गलियों में निर्वस्त्र हो कर टहलने लगा। जो सबके वस्त्र उतारने की क्षमता रखता था अब वह स्वयं निर्वस्त्र हुआ जाता था; और सारे जहाँ में किसी की हिम्मत न थी की उसे मना सके; समझा-बुझा सके; उसे वस्त्र धारण करने के लिये सहमत करा सके। यह दीनपनाह की रियासत के सामने एक प्रकार से नया संकट था। अंततः जॉर्ज बाक़र की अध्यक्षता में सारे दरबारियों ने मिलकर आपस में सभा की और कई दौर की शान्ति वार्त्ता के बाद, नवाब को इस शर्त्त के साथ मना लिया गया कि वह आगे भी जब चाहे बिना किसी रोक-टोक के दरबार में निर्वस्त्र हो सकेगा और वहाँ उसे टोकने वाला कोई न होगा। नवाब सारी रिआया के सामने वस्त्र उतारे, बनिस्बत इसके केवल कुछ चुनिंदा लोग ही उसकी नग्न प्रतिभा का प्रदर्शन देख सकें, दरबारियों के सामने इस पर सहमत होने के अलावा फ़िलहाल कोई और रास्ता न था। नतीजतन आगे भी दरबार में नवाब और शमशीर का अबाध और अगाध नग्न प्रेम-प्रदर्शन जारी रहा। दरबारियों के सामने इस प्रेम-प्रदर्शन को खुली और नग्न आँखों से देखने और स्वीकार करने के अलावा कोई और चारा भी न बचा था।

14

काफ़िर-ए-इश्क़ को क्या दैर-ओ-हरम से मतलब
जिस तरफ़ तू है उधर ही हमें सज्दा करना।

–हफ़ीज़ जौनपुरी

कहते हैं शमशीर भी, नवाब की ज़िन्दगी में कोई पहला और इकलौता शख़्स न था। अकेला हो भी कैसे सकता था...! वह वक़्त तो कई-कई रखैलों को साथ रखने का हुआ करता था। फिर रखैल चाहे औरत हो या मर्द। फिर नवाब तो नवाब ठहरा...!! जिस राज्य में एक-एक वज़ीर की सौ-पचास रखैलें हुआ करती थीं वहाँ के नवाब ने तो हरम को विस्तार देने और उसे चार चाँद देने में अपना सब कुछ दाँव पर लगा दिया था। ऐसे में उसके रखैलों की संख्या औरों से कम कैसे हो सकती थी...!! कहते हैं शमशीर के साथ ही नवाब गौहर परी नाम की एक तवाइफ़ के इश्क़ में भी मुब्तिला था। सभी यह जानते थे कि नवाब के साथ विवाह करने से पहले गौहर परी लोगों के सामने नाचने-गाने वाली एक तवाइफ़ भर थी। लेकिन नवाब को इसकी तनिक भी परवाह न थी। चूँकि नवाब नकबुल्लाह का जन्म स्वयं एक नर्तकी के गर्भ से हुआ था इसलिये उसे नर्तकियों को सम्मान देने में हमेशा फ़ख़्र का एहसास होता था। बाद में गौहर परी नवाब के सम्पर्क में आकर ज़नानख़ाने की दारोगा बना दी गयी और फिर नवाब की बेगम बन बैठी।

गौहर परी के प्रति नवाब के आकर्षण का एक विशिष्ट कारण भी था। गौहर परी बला की ख़ूबसूरत थी। एकबारग़ी उसे देखकर ऐसा लगता था जैसे अल्लाह ने किसी सुनहरे तीतर को इन्सानी शक्ल में पैदा किया हो...! लम्बी काया, नीली आँखें, गोरा और सुनहला बदन जिस पर एकबारग़ी सूरज की चमकीली किरणें भी पानी की बूँद की तरह छलकने लगती थीं। चाल ऐसी, जैसे कोई हिरन घने जंगल के बीच से भागती हुई चलती चली जाती हो...! उसकी हिरनी जैसी इस चाल पर, उसकी

बलखाती कमर के दोनों ओर जब उसकी कमर से नीचे तक की चोटी झूमकर लहराती थी तो ऐसा लगता था मानों अब क़यामत आने ही वाली हो...!

बताते हैं कि नवाब ने गौहर को एक बार धाय माँ इज़्ज़त बेगम के यहाँ किसी कार्यक्रम में देखा था। तभी से वह उसके हुस्न की गिरफ़्त में था। वह कैसे भी करके उसे हासिल करना चाहता था। उसने अवसर देखकर एक कनीज़ को इस काम में लगाया और वह उसे किसी बहाने से गौहर को शीशमहल में ले आयी। फिर क्या...! एक दिन नवाब शीशमहल में दाख़िल हुआ और वहाँ उसने गौहर के साथ हमबिस्तर होने का इरादा प्रगट किया। नवाब का ऐसा निर्णय जानकर कि 'नवाब ने आज की रात हमबिस्तर होने के लिये गौहर को चुना है', उसकी ख़ुशी का ठिकाना न रहा। हालाँकि ख़ास बेगम और इज़्ज़त बेगम के डर से वह इसे ज़ाहिर नहीं कर सकती थी। लेकिन नवाब के फ़ैसले का कोई क्या करे...! नवाब का फ़ैसला हमेशा ही सूरज के माफ़िक़ साबित क़दम हुआ करता था। इसलिये आदेश की जानकारी होते ही सारा-का-सारा शीशमहल इसकी तैयारियों में लग गया। वहाँ रहने वाली कनीज़ें गौहर को सज़ाने-सँवारने में लग गयीं। इन तैयारियों के पहले गौहर की हम्माम में स्नान और मालिश की प्रक्रिया पूरी की जानी थी, सो वह भी की गयी।

कहते हैं उस वक़्त हम्माम की ख़ूबसूरती का ज़वाब समूचे नादान महल में कहीं नहीं था। गौहर जैसे ही हम्माम में उतरी, वह दंग रह गयी। इस संग़मरमरी हम्माम की ख़ूबसूरती ही अलग थी। हम्माम का हौज़ ज़्यादा लम्बा-चौड़ा नहीं था, लेकिन हम्माम में पानी कहाँ से आ रहा था, किसी को पता नहीं चल पाता था। हम्माम के चारों ओर आदमक़द आइने लगे थे जिनमें गौहर का समूचा बदन दिख रहा था। गौहर ने एक बार जब इन आइनों में ख़ुद को जो देखा तो वह बस देखती ही रह गयी। इस वक़्त उसकी मनोदशा कुछ यूँ हो गयी थी के–

इक हसीं आईना यूँ, आईने से कहता है
तिरा ज़वाब तो मैं हूँ, मिरा ज़वाब नहीं।

ख़ैर...! नवाब नक़बुल्लाह ने अपने हम्माम से दस सबसे हसीन कनीज़ों और ख़ादिमाओं को तलब किया, ताकि वे गौहर को ख़्वाबगाह के लिये तैयार कर सकें। इन कनीज़ों ने बारी-बारी से गौहर के जिस्म से एक-एक कर लिबास उतारना शुरू किया। चंद लम्हों में ही वह मादरज़ाद बेपर्दा हो गयी। गौहर अपने जवानी के आलम में कई बार मर्दों के सामने बेपर्दा हुई थी या कर दी गयी थी, मगर आज पहली बार वह किसी नवाब के सामने बेपर्दा हो रही थी। यही वजह थी कि उसके दिल में एक

अजीब-सी झिझक और शर्म का एहसास तारी था। लेकिन धीरे-धीरे कनीज़ों की बातों और उनके सलीक़े से उसे थोड़ी राहत महसूस होने लगी। इस दौरान कनीज़ें उसके नाज़ुक बदन की हौले-हौले ख़ुशबूदार तेल से मालिश करती रहीं। फिर उसे नर्म और गुनगुने पानी वाले हम्माम में ले जाया गया। जैसे ही हम्माम के पानी ने गौहर के बदन को छुआ, उसके जिस्म का हर रोयाँ गायब हो गया। चंद लम्हों में उसका जिस्म संगमरमर की मानिंद मुलायम और चमकदार नज़र आने लगा। ख़ुद गौहर भी अपने बदन की ख़ूबसूरती पर हैरतज़दा रह गयी।

इसके बाद कनीज़ों ने उसके एक-एक अंग को बड़े एहतेराम और नफ़ासत से धोकर पाक-साफ़ किया। फिर उसे नफ़ीस रेशमी लिबास पहनाए गये, जिन पर नाज़ुक चिकनकारी और जरदोज़ी का बेमिसाल काम था। ये लिबास हाथ से तैयार किये गये थे और हर टांके में एक शाही शान झलकती थी। गौहर का लिबास पहनने के बाद उसका अक्स शीशे में देखकर ऐसा मालूम हुआ, मानों वह कोई हूर-ए-जन्नत हो। बड़ी नफ़ासत और सलीक़े से सज-धज कर गौहर शीशमहल की उस ख़्वाबगाह की जानिब रवाना हुई, जहाँ आज रात उसका और नवाब नक़बुल्लाह का मिलन होना तय था।

गौहर ने जैसे ही ख़्वाबगाह में क़दम रखा, उसकी आँखें वहाँ की शान-ओ-शौकत और साज-सज्जा देखकर खुली की खुली रह गयीं। वह हैरत के आलम में थी क्योंकि उसने अपनी ज़िन्दगी में तो क्या, किसी ख़्वाब में भी ऐसा दिलकश और पुरअसरार महल कभी नहीं देखा था। अस्ल में यह शीशमहल का वह हिस्सा था जहाँ हमेशा से ही आसमान में अल्लाह-ताला के बनाये हुए हुस्न का हक़ीक़ी इम्तेहान, धरती पर नवाब द्वारा किया जाता था। इस लिहाज़ से यह स्त्री-सौंदर्य के इम्तेहान की आजमाइशगाह थी। यदि कोई ऐसी युवती जिसके ख़ूबसूरती का इम्तेहान शीशमहल के इस हिस्से में नहीं किया गया तो यक़ीन मानिये...! वह चाहें लाख ख़ूबसूरत हो, उसका सौंदर्य अधूरा और अनर्गल, अस्वीकार्य और अमान्य और न जाने क्या-क्या था। इसलिये ज़माने की ख़ूबसूरत स्त्रियाँ अपने हृदय में इस ख़्वाबगाह में आकर नवाब का हमबिस्तर होने का ख़्वाब संजोये रहती थीं। आज यह मौक़ा गौहर को मिल रहा था और उसके लिये यह किसी सौभाग्य से कम कत्तई नहीं था।

बहरहाल गौहर ने जैसे ही ख़्वाबगाह के फ़र्श पर अपने क़दम रखे, उसके पैर क़ीमती मुलायम ईरानी कालीन में गहरे धँसने लगे। गौहर ने ठहरकर एक नज़र चारों

ओर देखा। उसकी आँखें खुली रह गयीं। उसके चारों ओर न जाने कितनी गौहर खड़ी दिखायी देती थीं। दरअस्ल ख़्वाबगाह में कोई जगह ऐसी न थी जहाँ आदमक़द आईने न लगे हों। गौहर इन आईनों में अपने गदराये बदन की ख़ूबसूरती देर तक निहारती रही। वह अपनी ख़ूबसूरती पर इतरा उठी। कभी वह अपने बालों को पीछे से खींचकर बायीं ओर ले जाती थी और कभी दाहिनी ओर...! कभी वह ख़ूबसूरत लम्बे बालों को चोली के बीचों-बीच रखकर अपनी ख़ूबसूरती आईने में निहारने लगती। सब कुछ यूँ ज़ालिम और क़ातिलाना अदा के साथ कि बस ख़्वाबगाह में अभी चाँद निकलना चाहता हो...! बक़ौल आरज़ू लखनवी–

पूछा जो उनसे चाँद निकलता है किस तरह
ज़ुल्फ़ों को रुख पे डाल के झटका दिया कि यूँ।

इस मनोदशा में गौहर आत्मविस्मृत-सी हो गयी थी। अभी वह इसी आत्मविस्मृत मुद्रा में थी, तभी नवाब ने ख़्वाबगाह में अपने क़दम रखे। गौहर ने जैसे ही नवाब को सामने आईने में अपनी ओर आते हुए देखा, वह मुड़कर नवाब की क़दमबोसी के लिये झुक गयी और अपनी नाज़ुक अदा के साथ बोली–

'जहाँपनाह की ख़्वाबगाह में आमद बहुत-बहुत मुबारक हो...!'

'आपकी भी शाही ख़्वाबगाह में आमद मुबारक हो...!' नवाब मुस्कराकर बोला।

नवाब पल भर के लिये ठिठक-सा गया था। वह देर तक गौहर की ख़ूबसूरती निहारता रहा। वह सोच में पड़ गया था कि क्या यह वही गौहर है जो कुछ दिन पहले अम्मीजान के यहाँ हमें दिखायी पड़ी थी। पल भर में नवाब अपनी जगह से दो क़दम आगे बढ़ा और उसने गौहर को कसकर अपनी बाहों में भर लिया। गौहर शरमाकर किसी छुईमुई-सी सिमट गयी और फिर नवाब से लिपट गयी। उसे अपनी बाहों में भरने के बाद नवाब ने सबसे पहले उसकी पेशानी चूमी। पेशानी चूमते ही गौहर का समूचा बदन कमल के फूल की माफ़िक़ खिल उठा। उसने धीरे-धीरे अपनी आँखें तनिक ऊपर उठायीं और पहली मर्तबा नवाब की आँखों-में-आँखें डालकर उसे तनिक ग़ौर से देखा। नवाब की नज़रें उससे एक हुईं और उसने उसके होठों को चूम लिया; फिर उसका दाहिना हाथ पकड़कर शाही पलंग पर बिठा लिया। अगले ही क्षण नवाब ने शाही ताज अपने सिर से उतारा जिसे गौहर ने अपने हाथों से पकड़कर एक ख़ाली जड़ाऊ मेज़ पर रख दिया। सामने रखे हुए मर्त्तबान की ओर देखकर गौहर नवाब से तनिक नाज़ुक अदा से बोली–

'हुज़ूर की ख़िदमत में शराब पेश करूँ...?'

'गौहर...! क्या आपने पहले कभी शराब चखी है?'–नवाब ने उसकी आँखों में झाँकते हुए पूछा।

गौहर अदब के साथ झुककर बोली–'जी नहीं आलमपनाह...!'

'कोई बात नहीं। आज हम आपको ख़ुद अपने हाथों पिलाएँगे।'

'हुज़ूर...! गुस्ताख़ी माफ़ करें। यह कनीज़ हुज़ूर की ख़िदमतगार है। उसे इतना ऊँचा दर्ज़ा न दें जिसे वह सँभाल न सके।'

नवाब गौहर के दोनों हाथों को अपने हाथों में लेते हुए बोला–'आपको कनीज़ कौन कहता है ?'

'हुज़ूर...! सभी जानते हैं कि हम एक कनीज़ हैं...! सिर्फ़ कनीज़...!!'

'वे बेवकूफ़ हैं जो आपको कनीज़ कहते हैं। आज से आप कनीज़ नहीं, बल्कि नवाब के दिल की मलिका हैं। हम सोच रहे थे कि हमारी अम्मीजान ने इस ख़ूबसूरत नगीने को अब तक न जाने कहाँ छिपा रखा था...! वो आपके सुरों की मिठास, आपकी अदाओं की नज़ाकत–सब कुछ हमें उसी वक़्त बाँध चुका था। हम जानते थे कि आपकी शोहरत सिर्फ़ आपके हुनर तक महदूद नहीं है। आपका किरदार, आपका तहज़ीब–यही वो वजह थी जिसने हमें यक़ीन दिलाया कि आप कनीज़ नहीं, हमारी रूह की मलिका हैं।'

'गुस्ताख़ी माफ़ हो...! हमारी इतनी तारीफ़ करना ठीक नहीं...! हुज़ूर की बेगम साहिबा हमसे कहीं ज़्यादा ख़ूबसूरत हैं। हम तो उनके पैर की जूती भी नहीं हैं।'

नवाब की आँखों के सामने अपनी बेगम का चेहरा नज़र आने लगा। वह तनिक चौकन्ना हो कर और लम्बी गहरी साँस लेते हुए बोला–'गौहर...! आप बिलकुल सच कहती हैं। किसी ज़माने में हमारी बेगम साहिबा वाक़ई बेहद ख़ूबसूरत हुआ करती थीं। लेकिन इक उम्र के बाद सब कुछ ढलने लगता है–हुस्न भी, इश्क़ भी और जवानी भी...! वे अभी भी हमारी बहुत क़द्र करती हैं लेकिन अब उनका ध्यान हमसे ज़ियादा अल्लाह-पाक़ में रमता है। वे दिन में पाँच बार नमाज़ पढ़ती हैं और रमज़ान के महीने में रोज़ा रखती हैं। उन्होंने ख़ुद को इस्लाम के प्रति समर्पित कर दिया है।'

कुछ देर बाद नवाब ने ठहरकर गौहर से पूछा–'क्या आप नमाज़ और रोज़ा रखती हैं?'

'नहीं हुज़ूर...! फ़िलहाल तो नहीं...!!'

'बहुत ख़ूब...! हमें तो रोज़ा-नमाज़ से ही नहीं, मुल्ला-मौलवियों और उलेमाओं से भी चिढ़ है। जब हम शहजादे थे तब यही मुल्ला-मौलवी और उलेमा हमें अय्याश बताते फिरते थे और सारे शहर में हमारी बदनामी कराते थे; और आज जब हम दीनपनाह के नवाब बन गये तो वे केवल दिखावे के लिये हमारी क़दमबोसी करते हैं; और हमें ठगने के नये-नये तरकीबें तलाशते रहते हैं। हमें अल्लाह के नाम पर डराते रहते हैं। सच पूछिए तो इन कमबख़्तों का कोई भी ईमान नहीं है...! ये ख़ुद के नहीं हैं; अल्लाह के क्या होंगे...?'

इतना कहकर नवाब ने सुराही उठाई और धीरे-धीरे दो प्यालों में शराब ढालने लगा। फिर उसने गौहर की आँखों में देखते हुए एक प्याला उसे पेश किया और बोला–'इसे पियो...! इसे पीने के बाद जन्नत का मज़ा मिलेगा।'

'हुज़ूर गुस्ताख़ी माफ़ हो...! हमने कभी शराब चखी नहीं...!'

'आज चखकर देखें मोहतरमा...! ज़िन्दगी का लुत्फ़ मिलेगा...!!'

नवाब का आदेश पाते ही गौहर ने एक ही बार में प्याले की शराब गले के नीचे उतार ली। नवाब उसे देखकर हँस पड़ा। बोला–'गौहर...! शराब की चुश्कियाँ धीरे-धीरे ली जाती हैं, एक झटके में नहीं...! यह नशा है, शरबत नहीं...!'

'हुज़ूर गुस्ताख़ी माफ़ हो...! हमें तो यह कत्तई पता न था...!'

नवाब के बताने के अनुसार गौहर शराब की चुश्कियाँ धीरे-धीरे लेने लगी। उसे अब शराब पीने में लुत्फ़ आने लगा था। सच में उसे जन्नत यहीं दिखने लगी थी। धीरे-धीरे दोनों ने तीन-तीन प्याले शराब पी ली। अब नवाब खड़े हो कर अपनी पोशाक उतारने लगा। गौहर पलंग से उठकर बोली- 'क्या मैं हुज़ूर की मदद करूँ...?'

'कोई ज़रूरत नहीं...!'

नवाब ने अपने शरीर के निचले हिस्से को छोड़कर अपनी सारी पोशाक उतार दी। वह तक़रीबन नंगा हो गया। धीरे-धीरे गौहर पर भी शराब असर असर करने लगी थी। नवाब के नंगे बदन को देखकर उसके ऊपर मस्ती छाने लगी। उसका बदन धीरे-धीरे गर्म हो रहा था। नवाब ने उसे पलंग पर लिटा लिया और उसकी चोली के इज़ारबन्द खोल दिये। गौहर के बदन चोली हटते ही नवाब देर तक उसके खुले बदन को देखता रहा। फिर उसके उठे हुए सख़्त उरोज़ों से खेलने लगा। नवाब पर शराब का असर गहरा चुका था। वह नशे में तनिक बहकते हुए बोला–

'गौहर...! हमने अपनी ज़िंदगी में एक-से-एक ख़ूबसूरत नाज़नीन नंगे बदन

देखी हैं, लेकिन आपका नाज़ुक इकहरा संगमरमरी बदन, नूरानी ख़ूबसूरत चाँद-सा चेहरा, गुलाबी सेब की तरह भरे-भरे गाल और आँखें शराब भरे प्याले हैं। हमारा जी चाहता है के हम हमेशा-हमेशा के वास्ते इनमें डूब जायें...!'

गौहर बचपन से अपनी तारीफ़ें ही सुनती आयी थी। लेकिन आज की तारीफ़ और इसके पहले की तारीफ़ में बहुत अन्तर था। यह तारीफ़ एक नवाब के मुँह से हो रही थी। फिर अपने हुस्न की तारीफ़ सुनकर किसे अच्छा नहीं लगता है भला...! यह सब सुनते हुए गौहर नवाब के सीने में हल्की-हल्की अपनी उँगलियाँ भी फेर रही थी। इसे मोहब्बत का तक़ाज़ा कहिए या कुछ और, वह पल भर में ही सुल्तान बेगम की तरह नवाब की बेगम बनने के सपने देखने लगी। वह जानती थी कि सुल्तान बेगम भी पहले कनीज़ ही थीं; नवाब के नज़दीक आने पर वे कनीज़ से दीनपनाह की मलिका बनीं। वह मन-ही-मन यह सोचने लगी कि 'यदि सुलतान बेगम कनीज़ से मलिका बन सकती हैं तो वह ख़ुद दीनपनाह की मलिका क्यों नहीं बन सकती...? वह भी नवाब को आज की रात ज़्यादा-से-ज़्यादा ख़ुश करने की कोशिश करेगी।' उसने तनिक नवाब की ख़ुशामद करने के अंदाज़ में कहा–

'जहाँपनाह हमारे जिस्म की तारीफ़ ज़रूर कर रहे हैं; जबकि हुज़ूर ख़ुद हमसे कहीं ज़्यादा ख़ूबसूरत हैं। हुज़ूर की ख़ूबसूरती पर मेरी जैसी न जाने कितनी ही कनीज़ें आहें भरती हैं।'

'हम इस वक़्त अपने पूरे होशो-हवाश में हैं। आप हमें बहकाने की कोशिश न करें। ख़ूबसूरत केवल ख़ातून होती है...! ख़ुदा जानता है कि आप वाक़ई बेहद ख़ूबसूरत हैं। ख़ुदा ने आपको ज़रूर फ़ुरसत में बनाया होगा।'

'हुज़ूर...! ख़ुदा ने हमें हुज़ूर के वास्ते ही बनाया है। यह गौहर केवल आपकी है और आपकी हो कर रहना चाहती है। हुज़ूर की हुकूमत हमारे जिस्म पर ही नहीं हमारे दिल पर भी है...!'

गौहर के इतना कहते ही नवाब ने उसकी पेशानी चूम ली। पेशानी चूमने के बाद उसने उसकी दोनों आँखें चूमीं। आँखें चूमने के बाद उसके दोनों गुलाबी गालों के बोसे लिये हुए और उसके अधखुले होठों पर अपने होंट रख दिये। नवाब के होठों का स्पर्श पाकर गौहर यकायक सिहर उठी। दोनों इसी तरह देर तक पड़े रहे। क्योंकि नवाब इसके आगे कुछ कर भी न सकता था। वह सौंदर्य का उपासक ज़रूर था लेकिन ख़ुदा की एक छोटी-सी चूक के वास्ते निहायत मज़बूर था। लेकिन वह ख़ुदा की इस चूक को भी जश्न में बदलना जानता था। हसीनों के साथ की

जाने वाली हर ख़ता और हर गुनाह ही उसके इस जश्न की अस्ल तस्वीर हुआ करती थी। बक़ौल मुबारक अज़ीमाबादी–

तेरी बख़्शिश के भरोसे पे ख़ताएँ की हैं
तेरी रहमत के सहारे ने गुनहगार किया।

ख़ैर...! रात्रि के तीसरे पहर तक गौहर को ठीक से नींद नहीं आ रही थी। उसे इस बात की फ़िक्र सताये जाती थी कि आने वाले वक़्त में नवाब से इश्क़ की उसकी यह बेल कौन से मढ़े चढ़ेगी; और चढ़ेगी भी या केवल चंद दिनों में मुरझाकर रह जायेगी। गौहर के दिलो-दिमाग़ में लगातार उथल-पुथल मची रही। बहुत देर बाद उसे नींद आयी। अलसुबह जब शाही मस्जिद से अज़ान बुलन्द हुई और मस्जिद के पीछे के बाग़ में बुलबुलें चहकने लगीं तो गौहर उस वक़्त गहरे ख़्वाब में थी। तभी उसने यकायक यह महसूस किया कि इस वक़्त कोई उसके होठों को चूमने लगा है। उसने धीरे से अपनी आँखें खोलीं। पल भर में उसकी और नवाब की आँखें चार हो गयीं। फिर दोनों के अधरों पर हल्की मुस्कान दौड़ पड़ी। गौहर ने नवाब से आँखों-ही-आँखों में वापस जाने की इजाज़त चाही। नवाब न चाहते हुए भी उसे इजाज़त दे देना चाहता था। जाते-जाते नवाब ने गौहर से एक वायदा लिया वह यह कि वह शीशमहल में या शीशमहल के बाहर किसी भी कनीज़ या बेगम से उसकी नामर्दगी के बारे में कत्तई ज़िक्र नहीं करेगी। गौहर ने कहा–

'हुज़ूर कैसी बातें करते हैं आप...? आपका साथ ही बहुत है हम कनीज़ों के लिये...! बांदी का नसीब आज बुलन्दी पर था कि सरकार के साथ ख़्वाबगाह में वक़्त बिताने का मौक़ा मिला। ऐसी सोहबतें अल्लाह लाख़ बार नसीब करे...! आप हमारे लिये ख़ुदा की नेमत हैं। आपका होना ही हमारे लिये सब कुछ है। आप बेफ़िक्र रहें; यह गौहर आपके सम्मान की ख़ातिर जान दे देगी; लेकिन किसी से कहेगी कुछ भी नहीं...! हुज़ूर की नज़रे-इनायत बनी रहे बस...! इस नाचीज़ को और कुछ भी नहीं चाहिए।'

नवाब ने भी बहुत संजीदगी से कहा–'आगे भी तुमसे मुलाक़ातें होती रहेंगी गौहर...!'

गौहर ने जाने के पहले नवाब को इन्तेहाई संजीदगी से सलाम किया; दो क़दम उलटे पाँव पीछे हटी; फिर अपने ख़ास अंदाज़ में चलते हुए दरवाज़े की तरफ़ बढ़ी। दरवाज़े के क़रीब पहुँचकर एक बार उसने मुड़कर नवाब की तरफ़ देखा। नवाब नकबुल्लाह अपनी जगह पर खड़ा उसे ख़ुदफ़रामोशी की हालत में लगातार देखे जा

रहा था। गौहर के वापस मुड़ते ही उसने अपना दाहिना हाथ सीने पर रखा और लम्बी साँस ली। धीरे-धीरे गौहर उसकी आँखों से ओझल हो चुकी थी। नवाब को कुछ पल के लिये ऐसा लगा जैसे किसी ने उसके दिल का टुकड़ा काट कर उसके शरीर से अलग कर दिया हो...! गौहर तेज़ क़दमों से भागते हुए हम्माम की ओर चली गयी जहाँ रात वाली कनीज़ें और खादिमाएँ उसका इन्तिज़ार कर रही थीं।

15

आज 'अकबर' कौन है दुनिया में गौहर के सिवा
सब ख़ुदा ने दे रखा है एक शौहर के सिवा।

–अकबर इलाहाबादी

एक औरत को दूसरी औरत से जो रश्क होता है उसकी कोई इंतेहा नहीं होती। गौहर ने नवाब के साथ हमबिस्तर होने के साथ एक नया ख़तरा मोल ले लिया था। और अब उसे न केवल इससे जूझना था; बल्कि पार भी पाना था। क्योंकि सुलतान बेगम सहित अन्य बेगमों को यह पता चल गया था कि नवाब गौहर पर इस क़दर फ़िदा हो गये हैं जैसे वे पहले कभी किसी पर नहीं हुए। हालाँकि नवाब के साथ यह हर बार ही होता था। उसका अगला इश्क़ पिछले इश्क़ से थोड़ा बढ़कर ही हुआ करता था। फ़िलहाल गौहर के साथ नवाब का अंदाज़ इस बात की गवाही देता था कि नवाब उसे अपनी नयी बेगम बनाएँगे और उसे बाक़ी बेगमों में सबसे ऊपर दर्ज़ा देंगे। सुलतान बेगम सहित बाक़ी बेगमों को यह कत्तई स्वीकार नहीं हो सकता था।

नतीजा यह हुआ कि जो बेगमें आपस में एक-दूसरे को कभी फूटी आँख भी नहीं सुहाती थीं, वे नवाब की ओर से गौहर को मिलने वाले सम्मान और प्यार को लेकर अचानक से सतर्क हो गयीं और एकजुटता के ढेर सारे जतन करने लगीं। यों तो हमेशा से ही शीशमहल में बेगमों की एक अलग तरह की राजनीति चलती थी। शीशमहल के भीतर रहने वाली सारी बेगमें बाहरी दिखावे के लिये सामने से एक-दूसरे के साथ बेहद प्यार और अदब से पेश आती थीं; लेकिन परदे के पीछे की अस्ल सूरत कुछ और ही थी। हमेशा से ही शीशमहल में उस बेगम की सबसे ज़्यादा चलती थी, जो नवाब के सबसे क़रीब हुआ करती थी। चुनांचे इनमें हमेशा इस बात का डर रहता था कि अगर किसी मलिका ने शहज़ादे को जन्म दे दिया तो उसका

ओहदा बाक़ियों से ऊपर हो जायेगा और वह नवाब की पसन्दीदा बेगम बन जायेगी। इस कारण इनके बीच छल और प्रपंच का खुला खेल हमेशा ही चलता रहता था।

फिर भी इन बेगमों के अलावे, अगर कोई कनीज़ नवाब की हमबिस्तर हुई तो इसके ख़िलाफ़ सारी बेगमें एकजुट हो जाती थीं और कनीज़ को दंड देकर या दिला कर ही दम लेतीं थी; ताकि शीशमहल में उनका वर्चस्व बना रहे। इसलिये कई बार यह भी देखने को मिलता था कि बेगम से उनका बिस्तर छीनने वाली कनीज़ शीशमहल में दोबारा नहीं दिखायी देती थी। उसे वह बेगम या कई बेगमें ही मिलकर क़त्ल करा देतीं थीं; ताकि नवाब उसे दोबारा न कभी देखें और न ही कभी उसका नाम पुकारें। यह एक तरीक़े से बदला लेने का उनका शाही तरीक़ा भी था। इस काम में कई बार बेगमों के बेहद करीबी ख़्वाजासरा उनकी मदद करते थे। इस काम को अंज़ाम देने के लिये हरम की गहरी बवालियों के भीतर ही गुप्त रास्ते, सीढ़ियाँ और कमरे बनाये गये थे। मौत देने के बाद कनीज़ों के शव को वहीं बावलियों में बने गहरे कुएँ में फेंक दिया जाता था।

लेकिन इस बार स्थितियाँ पहले से तनिक भिन्न थीं। एक तो गौहर की ख़ूबसूरती ऐसी थी कि नवाब उसे आसानी से नहीं भुला सकता था। वह पल-पल गौहर की ख़ैरियत जानने के लिये बेताब रहता था। ऐसे माहौल में गौहर की जान लेना अपनी जान को तयशुदा ख़तरे में डालने जैसा होता। फिर गौहर परी ख़ुद भी न जाने ऐसे कितने ख़्वाजासराओं के सम्पर्क में थी जो अब तक दूसरों को ठिकाने लगाते आये थे। इसलिये भी इतनी आसानी से उसकी जान नहीं ली जा सकती थी। बल्कि उसकी जो हैसियत बन गयी थी, उससे यदि वह चाहती तो कई छोटी-मोटी बेगमों को स्वयं ही ठिकाने लगवा सकती थी। संकट गहरा था और इसका समाधान खोजना शायद इससे भी गहरा...!

सभी बेगमें चिंतित हुईं और उन्होंने शीशमहल में ही सुलतान बेगम के नेतृत्व में एक गुप्त बैठक की। बैठक की गोपनीयता का ख़ास ध्यान रखा गया था क्योंकि यदि ग़लती से भी इसकी जानकारी नवाब तक पहुँच जाती तो बहुतों की ख़ैरियत ली जा सकती थी। कई बेगमों ने सुझाव दिया कि 'स्वयं सुलतान बेगम नवाब को समझाएँ'; क्योंकि सबसे ज़्यादा ख़तरा उनके अपने ही अस्तित्व पर आने वाला था। लेकिन बेगम साहिबा अपनी हैसियत बख़ूबी जानती थीं और यह भी समझती थीं कि 'जब नवाब के सिर पर वासना का भूत सवार होता है तो उन्हें आगा-पीछा कुछ भी दिखायी नहीं देता। ऐसे वक़्त में अगर उन्हें अपनी नवाबी तक को जूती की नोंक पर

रखना पड़े या नवाबी को क़ुर्बान तक करना पड़े, तो भी उन्हें कोई फ़र्क़ नहीं पड़ता। इश्क़ आख़िर इश्क़ होता है...! यहाँ दो सत्ताओं के बीच कोई तीसरा नहीं होता। अन्यथा इश्क़, इश्क़ न रहकर मुरब्बा बन जायेगा। ख़ालिस इश्क़ करने वाला हर वक़्त अपने माशूक़ के ख़यालों में डूबा रहता है। यहाँ इश्क़ केवल इश्क़-हक़ीक़ी नहीं रह जाती; वह क़ायदे से इश्क़-मज़ाज़ी बन जाती है।

कहते हैं सूफियों ने दो तरह के इश्क़ माने–इश्क़-मज़ाज़ी और इश्क़-हक़ीक़ी। इश्क़-ए-मज़ाज़ी के मायने हैं–दुनियादारी मोहब्बत। जो मोहब्बत एक बाप अपने बेटे से करता है; भाई, भाई से करता है, माँ, बेटी से करती है, ग़ुलाम अपने मालिक से करता है और सुल्तान अपने वफ़ादार सिपहसालारों से करता है। क़ायदान यह इश्क़ मज़ाज़ी है। दूसरे तरह का इश्क़ है-इश्क़-ए-हक़ीक़ी। जब मुरीद या फिर कोई भी आम आदमी, चाहे वह किसी भी मज़हब का क्यों न हो, अल्लाह से लौ लगाता है तो इसी लौ को हम इश्क़-ए-इलाही यानि के इश्क़-ए-हक़ीक़ी कहते हैं। इफ़्तिख़ार आरिफ़ के लफ़्ज़ों में इश्क़-ए-हक़ीक़ी का रूप कुछ यूँ होगा के–

मेरा मालिक जब तौफ़ीक़ अर्ज़ानी करता है
गहरे ज़र्द ज़मीन की रंगत धानी करता है
बुझते हुए दिये की लौ और भीगी आँख के बीच
कोई तो है जो ख़्वाबों की निगरानी करता है।

इश्क़-ए-हक़ीक़ी के मानने वालों को इश्क़-ए-मज़ाज़ी से मतलब नहीं। वे इश्क-ए-हक़ीक़ी ही जानते हैं। अस्ल में इश्क़ तीन अक्षरों से मिलकर बना है, जिनमें पहला अक्षर एन है-जिसके मायने हैं अल्लाह से इबादत। दूसरा अक्षर है-शीन। जिसके मायने हैं शरीयत के कानून के तहत इन्सान चले। इश्क़ का तीसरा अक्षर है-काफ़ जिसके मायने हैं क़ुर्बानी। नवाब के दुनियावी इश्क़ में भी ख़ुदा से इश्क़ वाली बात मौजूद हुआ करती थी। वही अंदाज़, वही समर्पण और क़ुर्बान होनी की वैसी ही मंशा...! शायद इसीलिये न जाने कौन और किसके लिये नवाब नाचीज़ बन जाता और ज़िसके साथ वह इश्क़ फ़रमा रहा होता, वह नवाब के लिये बन्दा परवर; किसी को इस बात का इल्म तक न हो पाता था...!

बेगम साहिबा यह भी जानती थीं कि केवल एक ही स्थिति में नवाब अपना क़दम बढ़ाने से रोक सकते थे; जब वह स्वयं गौहर से कोई धोका खाते। बाक़ी गौहर कैसी है और उसने अपनी जीवन में क्या-क्या गुल खिलाये हैं, इसे न तो नवाब को कोई बताने की हैसियत रखता था और न ही नवाब सुनने की हैसियत में था। हालाँकि

सुलतान बेगम यह भी जानती थीं कि ऊपर अल्लाह के अलावे इस धरती पर केवल एक ऐसी शख़्सियत है जिसकी बात नवाब चुपचाप सुन सकता है और उसकी किसी बात का ज़वाब नहीं देगा; बात चाहे सही हो या ग़लत...! वह शख़्सियत थी-उसकी धाय माँ इज़्ज़त बेगम...! फ़िलहाल सबकी उम्मीदें ऐसी उदारमना इज़्ज़त बेगम पर आकर टिक गयीं थीं। तमाम मंथन और बातचीत के बाद यह फ़ैसला हुआ कि सुलतान बेगम, इज़्ज़त बेगम को ताज़ा घटनाक्रम के बारे में विस्तार से बताएँगी और फिर इज़्ज़त बेगम अपने हिसाब से नवाब को समझाने की कोशिश करेंगी।

यों तो इज़्ज़त बेगम बहुत ज़हीन थी; शासन के कार्यों में बहुत कम मौक़ों पर दख़ल देती थीं। शुरू के दिनों में वे दरबार में ज़रूर बैठा करती थीं ताकि वे नवाब को दरबार की रीति-नीति सिखला सकें; लेकिन नवाब की उल-जलूल हरक़तों की वजह से उन्होंने दरबार में बैठना छोड़ दिया था। इसके बावुजूद वे शासन और नवाब की हर हरक़त पर नज़र रखने के लिये जानी जाती थीं। उन्होंने अपने मज़हबी रुझान के चलते अपना सारा ध्यान सामजिक कार्यों में लगा दिया था। वे हद से ज़्यादा मददगार थीं और अक़्सर ग़रीबों और दुखियों की मदद के मौक़े पर बेहद मासूम हो जाया करती थीं। दीन-दुखियों की सेवा से बचे अपने वक़्त में से अपना ध्यान वे अल्लाह में लगाया करतीं और बाक़ी सभी चीज़ें उन पर छोड़ देतीं।

ख़ैर...! इज़्ज़त बेगम के सामने शीशमहल की तमाम बेगमें अपनी अस्मिता बचाने के लिये उनके सहयोग की भीख माँगने उनके पास पहुँचीं। पहले सुल्तान बेगम और इज़्ज़त बेगम की मुलाक़ात और गुफ़्तगू हुई। सुलतान बेगम ने इज़्ज़त बेगम को आगे आने वाले तमाम ख़तरों के प्रति आगाह किया। वे उनसे रोते हुए बोलीं–'नवाब साहब ने मुझसे सिर्फ़ चार दिन की निस्बत रख के किनारा कर लिया है। मैं महल में कनीज़ों के बीच बैठी उनका इन्तिज़ार करती हूँ; और वे हैं कि उनको बदलचन माशूकों से फ़ुर्सत नहीं है। तो फिर ऐसे में मेरा क्या होगा...?'

इज़्ज़त बेगम मुतमइन हुईं और उन्होंने यह फ़ैसला किया कि वे नवाब को अपने अंदाज़ में समझाने की पुरज़ोर कोशिश करेंगी। दोपहर के वक़्त उन्होंने अपनी एक कनीज़ को भेजकर यह पता कराया कि नवाब अभी तक सोकर उठे या नहीं...! कनीज़, इज़्ज़त बेगम के हुक़्म की तामील करने के लिये ख़्वाबगाह की ओर भागती हुई गयी। वहाँ दारोग़-ए-ख़्वाबगाह ने कनीज़ को बताया कि 'आलमपनाह अभी सो रहे हैं।' वह दारोग़ा को इज़्ज़त बेगम का यह सन्देश बताकर वापस चली आयी कि 'नवाब जैसे ही सोकर उठें, उन्हें बता दिया जाये कि उनकी अम्मीजान याद फ़रमा

रही हैं।' नवाब जैसे ही जागा और ग़ुस्ल कर तैयार हुआ; दारोग़ा ने उसे बताया कि 'अम्मीजान ने हुज़ूर को याद फ़रमाया है।' नवाब अम्मीजान की बड़ी क़द्र करता था। वह कई बार अपना सारा काम छोड़कर उनसे मिलने पहुँच जाता। फिर यहाँ तो बुलावा था। कैसे न जाता भला...! वह सीधे इज़्ज़त बेगम के महल की ओर निकल पड़ा। धाय माँ के महल के दरवाज़े पर उसकी मुलाक़ात सुलतान बेगम से हुई, लेकिन वह वहाँ रुके बिना ही सीधे महल के अन्दर चला गया। सुलतान बेगम फटी आँखों से उसे देखती रह गयीं। उन्हें कत्तई यह उम्मीद नहीं थी कि नवाब इतनी जल्दी उनको नज़रअंदाज़ करने लगेगा।

उधर इज़्ज़त बेगम नवाब का ही इन्तिज़ार कर रही थीं। नवाब उनके पास पहुँचकर, उनके दोनों हाथों को चूमते हुए बोला–'अम्मीजान...! क्या आपने हमें याद फ़रमाया है ?'

'बस यूँ ही मिलने का मन कर रहा था आपसे...! क्या नवाब आजकल काफ़ी देर से सोकर उठते हैं? कोई ख़ास वज़ह...?'

'अम्मीजान...! अस्ल में कल रात सोने में तनिक देर हो गयी थी...!'

'पूरी नींद लिया करें नवाब साहब...! अब आप शहज़ादे नहीं हैं। आपके पास दीनपनाह के ताजो-तख़्त की ज़िम्मेदारी है। सल्तनत का बोझ उठाना कोई गुड्डे-गुड़ियों का खेल नहीं है। अगर आप इसी तरह रात जाग-जागकर गुज़ार देंगे और सुबह के बजाय दोपहर में सोकर उठेंगे, तब तो इस सल्तनत का ख़ुदा ही मालिक है।'

'अम्मीजान, आप ग़लत...!!'

'क्या ग़लत है और क्या सही; हम नहीं जानते...! हम केवल इतना जानते हैं कि हमारे नवाब को यह नहीं पता कि सल्तनत में कहाँ क्या हो रहा है ?'

'अम्मीजान...! क्या कोई ख़ास बात हुई...?'

'कोई एक बात हो तो बताऊँ नवाब साहब...!'

'फिर भी...! कोई तो बात हुई होगी...!'

थोड़ी देर रुक कर इज़्ज़त बेगम ने कहना शुरू किया–'नवाब साहब...! आप दीनपनाह रियासत के नवाब हैं। मैं कहूँ या न कहूँ, मगर यह ज़रूरी है कि आप अपने मुस्तक़बिल की ज़िम्मेदारियों को पूरी शिद्दत से समझें। इन ज़िम्मेदारियों में बहुत सारी बातें शामिल हैं, जिनमें से एक यह भी है कि कनीज़ों के साथ आपका रवैया क्या होना चाहिए। पेशतर इससे पहले कि आप हमसे कुछ कहें, हम आपको यह बताना चाहते हैं कि कनीज़ों की हैसियत दिल बहलाने के खिलौनों से ज़्यादा

नहीं होती; और न ही उन्हें इससे अधिक अहमियत दी जानी चाहिए। आपको यह बात हमेशा याद रखनी होगी कि कनीज़ों के चयन में उनके ख़ानदानी तआल्लुक़ का कोई ख़ास ख़याल नहीं रखा जाता; बल्कि उनकी ख़ूबसूरती, हुनर और उनके तौर-तरीक़ों को मद्देनज़र रखते हुए ही उन्हें मुलाज़िमत दी जाती है। यदि इस बुनियादी हक़ीक़त को न समझा जाये, और कनीज़ों या नौकर-चाकरों को ज़रूरत से ज़्यादा अहमियत दी जाये तो इससे बड़ी-बड़ी ख़राबियाँ पैदा हो जाती हैं। ऐसे हुक़्मरानों के ताज व तख़्त तक उलट जाते हैं। चुनांचे एक होशियार और दूरन्देश बादशाह इस क़िस्म की दलदल में हरगिज़ नहीं फँसते।'

नवाब को सारा माज़रा समझते देर न लगी। उसने बहस करने के बजाय विषय को टालने की मुद्रा में बेहद मासूमियत भरे अंदाज़ में इज़्ज़त बेगम से कहा–'अम्मी जान मैं पूरी कोशिश करूँगा कि आगे से आपको मुझसे कोई शिकायत का मौक़ा न मिले।'

'हमें निजी तौर पर आपसे कोई ख़ास शिकायत नहीं है; लेकिन शीशमहल में गौहर नाम की कनीज़ के साथ कल से ही जिस बेतकल्लुफ़ी का मुज़ाहिरा किया जा रहा है, उससे हमें शक गुज़रा कि कहीं एक कनीज़ की इतनी ज़ुर्रत के पीछे नवाब साहब का हाथ न हो...!'

नवाब को महसूस हुआ कि अम्मीजान की इस बात का ज़वाब देना उसकी ज़िम्मेदारी है, लेकिन वह क्या ज़वाब दे, उसे तनिक भी समझ में नहीं आ रहा था। ज़्यादा सफ़ाई आरोप को और अधिक पुष्ट करती है। अम्मीजान ने भी उसे सफ़ाई का मौक़ा नहीं दिया। अपनी बात को ही आगे बढ़ाते हुए कहा–

'...हम आपको इन बातों का ज़वाब देने के लिये मजबूर नहीं करेंगे; लेकिन इतना ज़रूर चाहते हैं कि इसका ख़याल रखा जाय कि आइन्दा ऐसे हालात पैदा न होने पायें। ज़रा गौर कीजिये कि एक मामूली कनीज़, नवाब को देख-देखकर ऐसी घटिया हरक़तें करे तो अवाम और ख़ास-ख़ास दरबारियों पर इसका क्या असर पड़ेगा...? इस तरह तो नवाब सबकी नज़रों से गिर सकता है...! और जो नवाब अपनी रिआया की नज़र से गिर जायेगा वह हुकूमत कैसे कर पायेगा...? हमें उस कनीज़ की गुस्ताख़ी पर सख़्त ग़ुस्सा आ रहा है; लेकिन यह सोचकर कि इस पूरे मुआमले में शायद अकेले उसी का कुसूर नहीं है बल्कि उसे कहीं-न-कहीं आपकी भी शह मिल रही है; हम उसके ख़िलाफ़ कोई सख़्त क़दम उठाने से बच रहे हैं। इसलिये हमारी चुप्पी ही शायद इस समय सबसे बड़ी सजा है।'

नवाब धाय माँ की सारी बातें बेहद ख़ामोशी के साथ सुनता रहा। वह ऐसा एक लफ़्ज़ भी नहीं कहना चाहता था जिससे किसी क़िस्म की उलझन पैदा होने का ख़तरा हो। उसके दिल में गौहर के इश्क़ की आग पूरे तौर पर भड़क चुकी थी; और वह इस बात के लिये तैयार था कि मौक़ा पड़ने पर अम्मीजान के सामने भी इस हक़ीक़त को तस्लीम कर लेगा और उसके बाद चाहे जो भी मुसीबत आये, वह उसका मुक़ाबला करेगा। लेकिन मौक़ा आने से पहले ही वह ख़्वाह-मख़्वाह अम्मीजान को ग़ुस्सा दिलाना मुनासिब नहीं समझता था।

वह अभी इसी पशोपेश में ही था कि इस बीच धाय माँ ने फिर कहना शुरू किया–

'....हम इस मौज़ूं पर ज़्यादा कुछ नहीं कहना चाहते। मगर आपसे इतना ज़रूर कहेंगे कि आगे से हमारी इन बातों का ख़्याल रखा जाये। कनीज़ों का ख़िलौने की तरह इस्तेमाल करने में कोई हर्ज़ नहीं; लेकिन अगर उन्हें अधिक अहमियत दी जाये, तो यह सरासर ग़लत और अत्यधिक ख़तरनाक़ बात है। यह एक अहम पहलू है, जिसे नज़रअंदाज़ नहीं किया जा सकता। हम आपको साफ़ तौर पर बताना चाहते हैं कि अब गौहर की हरक़तों पर गहरी निगाह रखी जायेगी; और अगर हमें ऐसी कोई ख़बर मिली, जो हमें पसन्द नहीं है, तो हमें शायद बहुत सख़्त क़दम उठाने के लिये मज़बूर होना पड़े। हमारी यह चुप्पी केवल इस वजह से है कि हम उम्मीद करते हैं कि आप ख़ुद को और अपनी ज़िम्मेदारियाँ समझेंगे। बातें बहुत-सी हैं, लेकिन हर बात कहकर नहीं समझाई जा सकती; कुछ बातें इशारों में समझनी पड़ती हैं। हम चाहेंगे कि आप इशारों को समझें; क्योंकि इसी में हमारी और आपकी, दोनों की भलाई है। फ़िलहाल इतना ही कहना चाहूँगी कि सल्तनत की हुकूमत चलाने के वास्ते हमेशा आँख और कान खुला रखिए। यह आपके लिये भी ज़रूरी है, और हम सबकी भलाई इसी में है।'

नवाब ने धाय माँ को आश्वस्त किया वह आगे से उन्हें शिकायत का कोई मौक़ा नहीं देगा। चलते हुए नवाब ने अपनी अम्मीजान के दोनों हाथ चूमे और वापस ख़्वाबगाह की ओर चल निकला।

नवाब के बाद अब बारी गौहर की थी। इज़्ज़त बेगम नें अपनी उसी कनीज़ के ज़रिये गौहर को बुलावा भेजा। गौहर जब ख़्वाबगाह से लौटी तो वह इतनी थकी हुई थी कि अपने बिस्तर पर कपड़े उतारे बिना ही लेट गयी थी। जब कनीज़ ने उसे इज़्ज़त बेगम का सन्देश सुनाया तो वह अपने बिस्तर से उँघती हुई उठी और अपने उलझे हुए बालों सहित बेतरतीब और बिखरे हुए कपड़ों को ठीक करने लगी।

बक़ौल एहसान दानिश, उसकी हालत कुछ यूँ हुई जाती थी के–

ये उड़ी-उड़ी सी रंगत ये खुले-खुले से गेसू
तिरी सुब्ह कह रही है तिरी रात का फ़साना।

इसके बाद वह नवाब द्वारा रात को इनाम-इकराम में बख़्शी गयी पोशाक आहिस्ता-आहिस्ता करके उतारने लगी। फिर उन्हें तह करके संदूक में रख दिया। यही नहीं, उसने अपने गले के हार को छोड़कर बाक़ी जेवर भी हिफ़ाज़त से संदूक में रख दिये। इसके बाद वह हमेशा की ही तरह बेहद मामूली पोशाक पहनकर कनीज़ के साथ इज़्ज़त बेगम के महल की ओर चल दी। अस्ल में वह केवल गले का हार पहने हुए इज़्ज़त बेगम को शायद यह दिखाना चाहती थी कि बीती रात उसे नवाब की ओर से इनाम के रूप में केवल हार भर मिला है, और कुछ भी नहीं।

जैसे ही गौहर इज़्ज़त बेगम के सामने पहुँची, वह अदब के साथ झुककर कोर्निश बजाने लगी। इज़्ज़त बेगम ने देखा गौहर की आँखें लाल हैं। बेगम की तजुर्बेकार आँखों ने फ़ौरन समझ लिया कि गौहर रात भर की जागी हुई है। उसे सोने का मौक़ा नहीं मिला। इज़्ज़त बेगम ने उससे पूछा–

'खड़े-खड़े ऊँघ क्यों रही है तू...! और तेरी आँखें इतनी लाल क्यों हैं...? क्या रात भर जागती रही...?'

'बेगम साहिबा...! अस्ल में नवाब-ए-आलमऽ...'

'देख गौहर...! हमारा बेटा अभी नादान है, उसे आगा-पीछा समझने की तमीज़ नहीं है। माना कि तू जवान है, ख़ूबसूरत है, जवानी का लुत्फ़ उठाने का तुझे नया-नया मौक़ा मिला है। तुझे उसके साथ रात ग़ुज़ारने में हमें कोई एतराज़ नहीं है, क्योंकि तेरी जवानी, तेरी ख़ूबसूरती है और तुझे इन्हें जीने का पूरा हक़ है। लेकिन ख़याल रहे, तुम ये लुत्फ़ लूटती रहो, इनाम-इकराम जो भी मिलें, उन्हें संजोती जाओ; लेकिन ध्यान रखना, हुकूमत का हिस्सा बनने का ख़्वाब देखना भी मत...! सिर्फ़ सोचने का ख़याल भी तुम्हारे लिये जानलेवा हो सकता है। तुम जानती हो न कि इस साज़िश के ख़्वाब का अंज़ाम क्या होगा...! हमारी हुक़्म-उदूली की सज़ा, सज़ा-ए-मौत से कम कुछ नहीं है। हम एक क़दम भी इस राह पर बढ़ने नहीं देंगे, चाहे तुम कितनी भी कोशिश करो। अगर तुमने किसी भी पल, किसी भी तरीके से हुक़ूमत के बारे में सोचा भी, तो तुम्हारा यह ख़्वाब टूट जायेगा और तुम्हें उसका खामियाज़ा बेहद सख़्ती से भुगतना होगा। हमें यह सब मंज़ूर नहीं; हमारे लिये कोई ग़लती का दूसरा मौक़ा नहीं होता।'

गौहर मारे डर के थर-थर काँप रही थी। बोली–'बेगम साहिबा...! गुस्ताख़ी माफ़ करें...! मैं कल भी हुज़ूर की लौंडी थी; आज भी लौंडी हूँ और कल भी लौंडी ही रहूँगी। मैंने नवाब-ए-आलम से रात में ही गुज़ारिश की थी कि मैं हुज़ूर की जूती से अधिक नहीं हूँ। फिर भी उन्होंने हमें अपना हमबिस्तर बनाया। ख़ुदा झूठ न बुलवाए, लौंडी हो कर नवाब-ए-आलम की हुक़्म-उदूली करने की हिम्मत मुझ ग़रीब में नहीं थी। हुज़ूर...! मैं उस वक़्त मजबूर थी। कुछ भी न कर सकती थी...!'

'बस-बस...! हमें ज़्यादा सुनने की आदत नहीं है। हम तुम्हें फिर याद दिलाना चाहते हैं कि अपनी हद में रहो। ज़िन्दगी में कभी भी हद से आगे बढ़ने की कोशिश मत करना...!'

'हुज़ूर...!'

'अब जा सकती हो...!'

गौहर अदब के साथ झुककर कोर्निश बजाती हुई इज़्ज़त बेगम के महल से बाहर निकल गय़ी। वह रास्ते भर यही सोचती रही कि शीशमहल की शतरंजी चालों को समझना इतना आसान नहीं है। ख़ैर...! अब शतरंज की बिसात बिछ ही गयी है तो धीरे-धीरे मोहरों की चालों को भी समझना ही पड़ेगा।

16

मेरी जान माँगी तो क्या तुमने माँगा,
मेरी जान का क्या मेरी जान होगा...!

—अज्ञात

यह पहला अवसर था जब नवाब नकबुल्लाह खुले तौर पर इज़्ज़त बेगम की नाफ़रमानी करने के लिये तैयार था। अस्ल में जिस तरह हर प्रेमी अपनी प्रेमिका के प्रेम को पाने के लिये बेचैन और व्याकुल होता है और उसको अपना बनाने के लिये सारी हदें पार करने की हिम्मत रखता है, ठीक उसी तरह नवाब ने गौहर को पाने के लिये सारी हदें पार कर दी थी। और अब उसका पीछे लौटना स्वयं उसके वश में न था। उसे यह बख़ूबी समझ में आ गया था कि बाक़ी बेगमों ने सुलतान बेगम के साथ सुनियोजित षड्यंत्र करके उसे और गौहर को अम्मीजान के सामने पेश कराया और उन्हें दबाव में लेने की कोशिश की। नवाब की दृष्टि में, यह एक तरीक़े से इश्क़ के ख़िलाफ़ सामूहिक षड्यंत्र था। इसलिये नवाब इन सभी कोशिशों को धता बताना चाहता था।

एक दिन नवाब ने शीशमहल में अपनी बेगम को अकेला पाकर कहा—

'बेगम...! आपने कत्तई यह रवा नहीं किया जो अम्मीजान से जाकर मेरे मामलात की शिकायत की। हालाँकि इससे आपको कुछ भी हाथ न आया सिवाय इसके कि आप मेरी नज़रों से हमेशा के लिये गिर गयीं। आप वाक़ई मेरे दिल में जगह बना सकती थीं अगर आप थोड़ी तदबीर से काम लेकर अपनी चाकरी में कुछ मुंसिफ़ कुटनियों को लगातीं, जो शहर की हसीनाओं को महल में गंजीफ़ा और चौपड़ के बहाने बुलातीं; उन्हें अपनी मुजस्समा सहेलियाँ बना लेतीं और फिर उन्हें किसी-न-किसी शुब्हा-ओ-बहाना से मुझ पर नज़्र कर देतीं...! लेकिन आपने अम्मीजान के सामने मुझे अय्याश ठहराकर मुझे बग़ावत पर मजबूर कर

दिया। अब सारा नवाब महल देखेगा कि आपकी इस शिकायत का आगे क्या अंज़ाम होगा...!'

इतना कहकर नवाब वहाँ से उठा और चला गया। सुलतान बेगम नवाब को जाते-जाते रोकना चाहती थीं; लेकिन नवाब हमेशा से ही एक आज़ाद परिंदे की तरह था और आगे भी ऐसा ही बनकर रहना चाहता था। उसे रोकने-टोकने का सीधा मतलब था–उसे अपनी उड़ान और तेज़ और ऊँची करने के लिये मज़बूर करना। और बेगम यह जानती थीं कि उनसे जाने-अनजाने एक बड़ी चूक हो चुकी है जिसकी भरपाई शायद ही हो सके। नवाब वहाँ से निकला और सीधे गौहर से मिलने चला गया। दोनों मिले और एक दूसरे से बेतहाशा लिपट गये। नवाब ने उसे अपनी बाहों में ले लिया और उसकी आँखों में आँखें डालते हुए पूछा–

'आख़िर कब तक हम यहाँ इस क़दर ग़ुमनाम तरीक़े से मिलते रहेंगे और तुम कब तक बेनाम हो कर मेरा यूँ ही इन्तज़ार करती रहोगी...?'

'हुज़ूर हम तो हुकुम के ग़ुलाम हैं। अपना कुछ है क्या हमारा...?'–गौहर नवाब की आँखों में झांक कर बोली।

'तुम शायद नहीं जानती; तुम अपनी इसी अदा से हमें अपना बना चुकी हो...! हम तुम्हें कैसे बताएँ कि हमारे दिल में तुम्हारी क्या जगह है...! तुम इस दिल की मलिका बन चुकी हो...!'–इतना कहकर नवाब ने हौले से गौहर की हथेलियों को चूम लिया।

गौहर धीरे-धीरे सब समझ रही थी कि नवाब उसे किस दिशा में ले जाना चाहता है। वह नवाब की आँखों में आँखें डालकर तनिक रुँधे हुए गले से बोली–'आप भी गज़ब ज़ुल्म करते हैं हम पर...! अरे जो मन में है कह डालिये न...! हम कोई ग़ैर थोड़े ही हैं...! फिर हमारी ज़िन्दगी में आपके सिवा और है भी कौन...?'

इतना कहकर गौहर ने अपनी निगाहें दूसरी ओर कर लीं।

नवाब भी कहाँ रुकने वाला था...! वह बोला–'एक बात कहें गौहर...! अगर इजाज़त हो तो...!'

गौहर बोली–'इजाज़त और हमसे...? क्यों मसख़री करते हैं जनाब...! ये दिल आपका है अब...! आप तो बस हुक़्म कीजिए...!'

'तो सुनो...! आज की हमारी इस बात को याद रखना। तवारीख़ बनेगी यह...! हम तुम्हें अपनी बेगम बनाना चाहते हैं। अब तुम गौहर बेगम कहलाओगी, अगर कुछ इससे अलग न हो मन में तुम्हारे तो...!'

नवाब के इस प्रस्ताव ने गौहर को पल भर में ही जड़ कर दिया। उसकी मन:स्थिति ऐसी ही हो गयी थी जैसे काटो तो ख़ून नहीं...! वह सपने में भी न सोचती थी कि नवाब उसे अपना बेगम बनाने का प्रस्ताव देंगे। उसे लगता था कि नवाब से उसका प्रेम इकतरफ़ा था। वह नवाब पर जाल तो ज़रूर फेंकती थी लेकिन इसके बावुजूद उसे अभी तक यही लगता आया था कि वह नवाब के लिये बस एक दिल बहलाने का सामान भर है; इसके अलावा और कुछ भी नहीं...! कहाँ नवाब और कहाँ दीनपनाह के एक गुमनाम कोठे पर नाचने वाली यतीम लड़की...! लेकिन ख़ुदा को शायद कुछ और ही मंज़ूर था। नवाब का प्रस्ताव सुनकर उसे एकबारग़ी तो उसे ऐसा लगा जैसे वह कोई सपना देख रही है...! उसका मन हुआ कि अपने शरीर में चिकोटी काट कर यह देखे कि वाकई वह जो कुछ देख सुन रही है वह कोई हक़ीक़त है या ख़्वाब; या कोई फ़साना...! लेकिन इतने में नवाब ने उसे बाहों में कसकर जकड़ लिया और अगले ही पल उसे यह एहसास हुआ कि यह एक ख़्वाब के मुकम्मल सच होने जैसा था...!

अगले रोज़ नादान महल में एक शानदार भोज का आयोजन किया गया। रईसों और नौकरों के प्यालों में जाम छलक रहा था। जब इस बैठक से निकलकर नवाब नकबुल्लाह अपने तेवर में आया तो उसने फ़रमान जारी किया–'आज से गौहर को गौहर बेगम कहा जायेगा। गौहर अब उसकी सबसे नयी बेगम होंगी और उनका ओहदा बाक़ियों से ऊपर होगा।' इस आशय का शाही फ़रमान जारी होते ही सुलतान परी सहित तमाम बेगमों के पांव तले ज़मीन खिसक गयी। उन्हें काटो तो ख़ून नहीं। सुलतान बेगम को अपना हश्र पता चल गया था। लेकिन शीशमहल में नवाब के किसी फ़ैसले पर किसी प्रकार की प्रतिक्रिया की मनाही थी। इसलिये चाहकर भी नवाब के इस फ़ैसले पर शोक नहीं मनाया जा सकता था और नवाब के सामने पड़ने पर वैसी ही ख़ुशी का इज़हार करना आवश्यक था, जैसे स्वयं के ख़ुशी के क्षणों में...! ख़ुमार बाराबंकवी के लफ़्ज़ों में कहें तो बेगम की मन:स्थिति कुछ ऐसी हो गयी थी के–

ग़म है न अब ख़ुशी है न उम्मीद है न यास
सब से नजात पाये ज़माने गुज़र गये।

नवाब के फ़ैसले के आगे सभी मज़बूर थे। चाहकर भी कुछ नहीं किया जा सकता था। गौहर जब बेगम बनकर उभरी तो अनायास ही उसकी दिनचर्या, उसका पहनावा, रहन-सहन, ख़ान-पान और जीने का अंदाज़ बाक़ियों से तनिक जुदा

दिखायी देने लगा था। सुबह सोकर उठने पर जब वो हम्माम के ठण्डे और गुनगुने पानी में नहाने के लिये उतरती थी, तो वहाँ उसे बहुत ख़ास खादिमाएँ नहलाती थीं। गौहर परी की शानो-शौक़त का यह आलम था कि वह राजधानी में ही अलग-अलग मौसम में अलग-अलग स्थानों पर रहती थी। अगर वह कभी चमन में घूमने निकलती थी तो सौ-दो सौ खादिमाएँ उसकी ख़िदमत और देख-रेख के लिये उसके पीछे चलती थीं।

सुबह-सबेरे उसके दस्तर-ख़्वान पर पच्चीस तरह की बेहतरीन जायकेदार तश्तरियाँ नाश्ते के लिये चुनी जाती थीं मगर गौहर उनमें से पाँच लुक्में खाक़र, चाँदी के गिलास में मोतियों का शरबत पीकर उठ जाती थी। उसके बाद वह अपने तोशा-ख़ाने में तशरीफ़ लाती जहाँ दरपर्दा बैठकर, चिलमन के उस पार बैठे मौलवी साहब से कलामे-पाक सुनती थी। दोपहर के खाने पर जब वह नवाब के साथ बैठती थी तो महल के सदर फाटक पर सारे शहर को इस बात की इत्तिला देने के लिये एक तोप दाग़ी जाती थी और बराबर शहनाई बजती रहती थी। जब तक शहनाई बजती रहती तब तक किसी को भी महल में प्रवेश की इज़ाज़त नहीं होती थी।

गौहर परी नवाब से मुलाक़ात के समय हर बार नये पोशाक धारण करती थी और उसके बारे में यह सारा नादान महल जानता था कि एक बार जो पोशाक उसके जिस्म छू लेती थी; उसे वह दुबारा कभी नहीं पहनती थी। उसके पहने हुए कपड़े बन्दियों और ख़वासों में बाँट दिये जाते थे। मगर इसके पहले कि ये कपड़े बन्दियों और ख़वासों में बाँटे जायें; उन पर बना हुआ चिकनकारी और ज़रदोज़ी का काम बाक़ायदा उधेड़ दिया जाता था। इसके साथ ही सिलाई की बखिया भी उधेड़ दी जाती थी ताकि शीशमहल के बाहर गौहर बेगम के जिस्म की रूपरेखा कभी न आँकी जा सके।

गौहर ने नवाब नकबुल्ला के साथ सह-शासन की एक नायाब परंपरा का शुभारम्भ किया। राज्य का कामकाज पहले से ही 'औरतों' के एक गिरोह के हाथों में था, जिसकी मुखिया अब बेगम गौहर बना दी गयी थी। वह उस समय हरम में चलने वाली राजनीति के केंद्र में थी और अब बाक़ायदा दरबार में बैठकर इसकी गतिविधियों को नियंत्रित कर रही थी। दीनपनाह में यह पहली बार हो रहा था कि किसी बादशाह के साथ कोई सह-शासक शासन कर रहा हो। यह अनायास नहीं था कि जिस शाही बरामदे में औरतों की जाने तक की मनाही थी, वहाँ पहुँचकर गौहर परी ने सबको चौंका दिया। नवाब ने भी उसे सिर माथे पर बिठा लिया। उसने गौहर

परी को दरबार में जगह ही नहीं दी, बल्कि उसे बादशाह बेगम का दर्ज़ा भी दिया। आज भी दीनपनाह की तमाम लोक-कथाओं में इसका ज़िक्र आता है कि किस तरह गौहर परी नवाब के दरबार में उनके पीछे बैठा करती थीं। और यह भी कि किस तरह नवाब के किसी फ़ैसले पर अपनी सहमति जताने के लिये उनकी पीठ थपथपाया करती थीं। धीरे-धीरे नवाब के फ़ैसलों में उसका दख़ल बढ़ता गया और वह नवाब पर बिलकुल हावी होती गयी।

कुछ इतिहासकार लिखते हैं गौहर परी ने नवाब नकबुल्लाह के कमज़ोरियों का फ़ायदा उठाया और फिर सबको दरकिनार करके अप्रत्यक्ष रूप से रियासत पर कब्ज़ा जमा लिया। हालाँकि इसमें सच्चाई का अंश तनिक कम ही है। सच तो यह है कि नवाब दीनपनाह का शासक था और गौहर उसके दिल पर राज कर रही थी। नवाब जो भी फ़ैसले लेता अपने दिल से ही पूछ कर लेता था। इसलिये कई बार जिसे गौहर का निर्णय बताया जाता था; दरअस्ल वह नवाब के दिल का निर्णय था और स्वयं नवाब को अपने इस फ़ैसले से कोई गुरेज़ नहीं था और न ही हो सकता था। अगर बाक़ी किसी को गुरेज़ हो भी तो नवाब को इससे कोई फ़र्क़ नहीं पड़ता था।

कहते हैं नवाब नकबुल्लाह की तबियत को तरह-तरह की सोहबतों का मज़ा देना और अपने इस प्रभाव का इस्तेमाल करके बेकसूर को, या कहें कि ख़ुद की नज़र में कसूरवार को, कड़ी-से-कड़ी सज़ा दिलाना गौहर के बाएँ हाथ का खेल हुआ करता था। स्थिति ऐसी हो गयी थी कि कई बार नवाब जिसे बेक़सूर मान लेता था, गौहर के कहने पर अपना फ़ैसला बदलते हुए उसे कसूरवार ठहराना पड़ता था। और ऐसी दशा में इसकी कहीं कोई दूसरी सुनवाई नहीं हो सकती थी। फिर तो ऐसे सभी जबरन ठहराए गये तमाम कसूरवारों के लिये, गौहर द्वारा नवाब को अदब के साथ सुझाया गया कठोर दंड सहर्ष ग्राह्य बन जाता था। वह नवाब जो बड़ी-बड़ी फ़ौज़ों के आगे झुकता न था, गौहर के तेवर के सामने नतमस्तक-सा हो जाता था। बक़ौल अकबर इलाहाबादी–

अकबर दबे नहीं किसी सुल्तां की फ़ौज से
लेकिन शहीद हो गये बेगम की नौज से...!

अस्ल में गौहर और नवाब नकबुल्लाह एक दूसरे के पूरक बन गये थे। नवाब नकबुल्लाह न केवल उसे अपने साथ दरबार में बैठाता बल्कि उसे अपने साथ शिकार पर भी ले जाता था। कहते हैं गौहर को थोड़ा-बहुत शिकार का शौक़ था; लेकिन बेगम बनने के बाद उसका यह शौक़ किसी समुद्र की लहरों के माफ़िक हर

पल उफ़ान मारने लगा। एक बार की बात है कि दीनपनाह के सुदूर स्थित गाँव में एक बाघ नरभक्षी बन गया था। वह शाम के धुंधलके में दबे पाँव आता और घर के बाहर या आँगन में सो रहे दुधमुहे बच्चों को उठा ले जाता। फिर अगले दिन उसके शिकारों की हड्डियाँ जंगलों में बिखरी हुई मिलतीं। गाँव के लोग आदमखोर बाघ के डर के साये में जी रहे थे। नतीजा यह हुआ था कि आसपास के इलाक़े के लोगों ने अपने बच्चों को घर से बाहर निकालना बन्द कर दिया था। तिस पर मुश्किल यह कि आसपास के तमाम शिकारी उसको मारने में नाकाम हो चुके थे। जब बाघ का आतंक बहुत ज़्यादा बढ़ गया तो एक दिन चारों ओर से घूमते-घूमते बात दरबार तक पहुँची। वहाँ उपस्थित कई शूरवीर, जो रोज़ ही दरबार में अपनी वीरता की गाथाएँ सुनाते रहते थे, बाघ के दुस्साहस की कहानी सुनकर पल भर में ही उनकी सिट्टी-पिट्टी ग़ुम हो गयी। सभी योद्धाओं ने अपनी जान के डर से बाघ के शिकार करने में अपनी असमर्थता जताई। तब उन सभी मर्दों के बीच उपस्थित एकमात्र औरत गौहर ने नवाब की और मुख़ातिब हो कर कहा कि उसे इस बाघ एक शिकार करने का मौक़ा दिया जाय।

नवाब, गौहर का फ़ैसला सुनकर कुछ देर के लिये सहम-सा गया था। दरबारी भी जानते थे कि कहना एक बात है और सामना करना दूसरी बात...! लेकिन उसकी मज़बूरी यह थी कि नवाब गौहर के निवेदन को अस्वीकार नहीं कर सकता था। गौहर के ज़िद के आगे उसकी एक न चली। देखते-देखते शिकार की तैयारियाँ शुरू हुईं। नवाब स्वयं इस शिकार का साक्षी बनना चाहता था। इसलिये वह शाही हाथी पर सवार हो कर गौहर को साथ लेकर निकल पड़ा। गौहर की ख़ूबी यह थी कि वह कभी जल्दीबाज़ी में नहीं होती थी और अपने शिकार को फाँसने की तैयारियों में अपना सबसे ज़्यादा वक़्त देती थी। फ़िलहाल उसने इस बार भी ऐसा ही किया। गौहर के इशारे पर बाघ के लिये एक छोटे बच्चे को बिस्तर पर लिटा दिया गया, जहाँ से पहले ही बाघ आधा दर्ज़न बच्चों को उठाकर ले गया था। गौहर के सहयोगियों का सुझाव था कि अस्ल बच्चे के स्थान पर बाघ को अपने जाल में फँसाने के लिये बच्चे के किसी पुतले का इस्तेमाल किया जाना ठीक रहेगा। लेकिन गौहर जानती थी कि नरभक्षी बाघ को नक़ली चीज़ों से नहीं घेरा जा सकेगा। उसकी घ्राण-शक्ति उसे इसका संकेत दे देगी और ऐसे में वह शिकार के पास फटकेगा तक नहीं। हालाँकि बाघ के शिकार के लिये मौक़े पर अस्ल बच्चे को लिटा देने के भी ख़तरे बहुत थे। लेकिन गौहर के आत्मविश्वास के आगे सब बेअसर साबित हुए।

गौहर एक ऊँचाई के स्थान पर हाथी के हौद पर बैठ गयी और महावत से भी हाथी को ज़मीन पर बैठाने के लिये कहा। शाम ढलते ही नरभक्षी बाघ अपने शिकार के लिये चल निकला। संयोगवश वह आज भी उसी गाँव की ओर बढ़ चला जहाँ उसने इसके पहले कई शिकार किये थे। गाँव में घुसते ही, वह दबे पाँव झाड़ियों से होते हुए उस स्थान की ओर बढ़ा जिधर बच्चे को बिस्तर पर लिटाया गया था। बाघ अपने शिकार के ताक में था और गौहर अपने शिकार की ताक में...! बाघ ज्यों-ज्यों झाड़ियों से होते हुए बच्चे के क़रीब पहुँच रहा था, गौहर अपने महावत को आँखों से सतर्क कर रही थी। अन्तिम क्षणों में उसने महावत को, हाथी के खड़े करने का इशारा किया और इसके पहले कि बाघ कुछ समझ पाता, गौहर ने हौदे पर बैठे-बैठे बाघ पर ऐसा निशाना लगाया कि एक तीर में ही बाघ ज़मीन पर गिरकर तड़पने लगा। यह दृश्य देखकर वहाँ मौजूद हर कोई हैरान रह गया। हालाँकि यह सब कुछ सटीकता और हौंसले के बजाय, संयोगवश और गौहर के दुस्साहस के कारण ही हुआ था। लेकिन बेगम के लिये बड़ी बात थी। नवाब नकबुल्लाह की ख़ुशी का ठिकाना न रहा। जो काम बड़े-बड़े शिकारी न कर सके, वह गौहर ने अपने अकेले दम पर कर दिखाया था।

गौहर ने एक ज़िंदा और आदमखोर बाघ का शिकार क्या किया; वह अपने को अस्ल में दुनिया का सबसे बड़ा शिकारची समझने लगी। ऐसे में नवाब भी उसके सम्मान में आयोजन करने से भला कहाँ चूकने वाला था...! उसने गौहर की इस सफलता की ख़ुशी में एक महफ़िल का आयोजन किया जिसमें न केवल दीनपनाह के बल्कि पूरे हिन्दुस्तान से बड़े-बड़े शिकारी बुलाये गये और उनकी मौजूदगी में गौहर को 'शिकारची-ए-हिंदोस्तान' की उपाधि से नवाज़ा गया।

17

न इब्तिदा की ख़बर है न इंतिहा मालूम
रहा ये वहम कि हम हैं सो वो भी क्या मालूम।

–फ़ानी बदायूँनी

वक़्त से बढ़कर शिकारी कोई नहीं...! वक़्त भागता चला जाता था और गौहर शायद उससे भी तेज़ भागने की फ़िराक़ में थी। जब कोई नवाब अपनी वासना के बहाव में हरम की सारी बेगमों को दरकिनार कर, किसी अप्रतिम सुंदरी को सड़क से उठाकर अपने बराबर में बिठाकर, उसे सारी सत्ता सौंप दे तो फिर वही होता है जो गौहर के साथ हो रहा था। उसके हृदय में दुनिया की सबसे ताक़तवर महिला बनने के ख़्वाब उमड़ने-घुमड़ने लगे थे। धीरे-धीरे वह स्वयं को ख़ुदा मान बैठी थी। उसे लगता था कि वह सब कुछ हासिल कर सकती है; और यह भी कि जिसे आज हासिल किया जा सकता है उसे कल के भरोसे क्यों छोड़ा जाय...! गौहर ने एक तरीक़े से नवाब को पूरी तरीक़े से अपने क़ाबू में कर लिया था। नवाब वही करता जो गौहर कहती। अगर वह दिन को दिन और रात को रात कहती तो नकबुल्ला नवाब उसमें हामी भरने के सिवाय कुछ न करता था। दरबार में यह स्थिति पहली बार बन रही थी कि जिस नवाब के सामने कोई चूँ तक न करता था; अब उसकी स्वयं की हालत ऐसी हो गयी थी कि वह स्वयं गौहर के सामने चूँ तक नहीं कर पाता था।

नवाब के शासनकाल में सबसे अधिक तवज़्ज़ो अगर किसी की हुआ करती थी तो वे दरअस्ल उसके ख़्वाजासरा थे जो हर पल साये की तरह नवाब के साथ रहते थे; उसके हर सुख-दुःख में उसके सहभागी हुआ करते थे। लेकिन गौहर के दरबार में आने के बाद माहौल बिलकुल बदल-सा गया। गौहर परी ने अपने जीते-जी ख़्वाजासराओं की ख़िदमत को कभी पसन्द नहीं किया। कदाचित् इसीलिये गौहर

परी से उनकी सीधी टकराहटें होने लगी और आगे चलकर दोनों पक्षों में ख़ूनी-संघर्ष की स्थिति भी बन आयी।

ख़लील खाँ, लुकमान, इमलाक, मुबारक़, मुस्तफा, फ़िरोज़, रफ़ीक, अब्दुल, कामरान, बाबर, हकीम, कलीम, सलीम, वलीम, हलीम आदि जितने भी नवाब के ख़ास ख़्वाजासरा थे; गौहर के आने के बाद उन्हें वह तवज्ज़ो नहीं मिल रही थी जो वह उन्हें दरबार में पहले मिला करती था। इतना ही नहीं, नवाब ने गौहर के कहने पर उनके साथ उठना-बैठना तक बन्द कर दिया और गाहे-बगाहे उनके साथ नवाब के बदसलूकी की ख़बरें आने लगीं। हालाँकि नवाब और उसके ख़्वाजासराओं के बीच आपसी संघर्ष कोई नया नहीं था। पासे के खेल में उनके बीच हाथा-पाई के मुआमले पहले ही कम न थे। नवाब उनसे झगड़ता था और अगले ही पल सुलह भी कर लेता था। लेकिन अब जो हो रहा था वह ख़्वाजासराओं के लिये भी बिलकुल नया और नाक़ाबिले-बर्दाश्त था। एक तो इस संघर्ष में पहली बार शीशमहल की कोई बेगम आड़े आ रही थी; जो इसके पहले कभी भी न आयी थी। दूसरे नवाब, गौहर के इश्क़ में इस क़दर इंहिमाक था कि अब दोनों पक्षों के बीच सुलह की गुंजाइश न के बराबर थी।

अस्ल बात यह है कि नवाब पूरी तरह से गौहर का हो गया था। हालाँकि गौहर पूरी तरह से उसकी हो पायी थी या नहीं; इसकी परख होनी अभी बाक़ी थी। ख़्वाजासराओं के काल में नवाब चाहें लाख उत्पात या नंगई करे; लेकिन यह ज़रूर था कि यह सब कुछ दरबार के भीतर ही हुआ करता था और उसके ख़ास दरबारी और ख़्वाजासरा इसे सम्हाल लिया करते थे; और पूरी कोशिश करते थे कि नवाब से जुड़ी बातें दरबार के बाहर न जाने पायें। क्योंकि उन्हें यह बख़ूबी मालूम था कि बाहर की दुनिया में उनका जो भी रसूख़ है वह इसी दरबार के हनक के कारण...! लेकिन गौहर के शीशमहल में आने और दरबार में बैठने के बाद सब कुछ 'खुला खेल फ़र्रूख़ाबादी' हो गया।

गौहर की संगत में नवाब का दरबार, दरबार के बाहर बाज़ारों में भी सज़ने लगा। नवाब अक़्सर गौहर सहित अपनी कुछ मनपसन्द कनीज़ों और जॉर्ज बाक़र सहित अपने कुछ अन्य साथियों के साथ बैलगाड़ी में बैठकर दीनपनाह के बाज़ारों और शराब के अड्डों पर जाया करता था। उसे बैलगाड़ी में बैठकर बाज़ार में जाने का विचार जॉर्ज बाक़र ने दिया था। उसका कहना था कि नवाब चाहे तो बग्घी में बैठकर भी जा सकता है; लेकिन बाक़र ने उसे समझाया कि बग्घी पर सवार हो

कर शराब के अड्डों तक जाने से रिआया के बीच उसकी पहचान खुल जायेगी जो नवाबी की सेहत के लिये अच्छा नहीं होगा। नवाब को उसकी बात समझ में आ गयी। शुरुआत में कोशिश की गयी कि नवाब बाहर भेष बदलकर जाया करेगा ताकि वह इस दरबार के बाहर सज़ाये गये नये दरबार का लुत्फ़ भी ले सके और किसी को इसका पता भी न लग सके। लेकिन शराब का नशा सारे तरह के भेषों का भेद खोल देता है। इसलिये चंद दिनों में ही नवाब और गौहर बेगम की जोड़ी बाज़ार में ख़ूब चर्चित हो गयी। दरअस्ल दोनों को ही शराब पीने की बुरी लत थी और उनकी सदारत में शराब के इन अड्डों पर रोज़ गाने-बजाने और शराब की दावतें हुआ करतीं। हर रात शराब के दौर चलते, जिसमें ख़ुद नवाब गौहर के साथ शामिल होता।

एक बार का वाक़्या कुछ यों गुज़रा के नवाब गौहर के साथ बैठकर बाज़ार के एक शराबख़ाने में ज़ाम से ज़ाम लड़ा रहा था कि तभी एक ग़ज़ब हादसा हुआ। शायद मज़ाक में या फिर चिढ़ाने की नीयत से एक शराबी ने दूसरे शराबी के उसके अस्ल बाप के औलाद होने पर तनिक संदेह ज़ाहिर किया। दूसरा भी कहाँ मानने वाला था...! उसने उन्हीं लफ़्ज़ों में पहले शराबी के माँ के चरित्र का बख़ान करना चाहा। अभी उसकी बात पूरी भी नहीं हुई थी कि पहले ने अपनी कुर्सी उसके सिर पर दे मारी। लेकिन नशे की हालत में होने के कारण यह कुर्सी दूसरे शराबी के सिर से न टकराकर नवाब के सिर से जा टकराई। नवाब के मुँह से 'या अल्लाह कर रहमत' निकला और वह वहीं लुढ़क गया। बाक़ी शराबियों से नवाब को ही इस झगड़े की जड़ समझ कर उसे सरेआम कूटना शुरू कर दिया और कुछ ही देर में नवाब को लगभग निर्वस्त्र कर दिया गया। जब नवाब निर्वस्त्र होने को था तभी गौहर उसे पहचानकर चिल्लाने लगी। फिर क्या...! अधिकांश शराबी मारे डर के वहाँ से सिर पर पैर रखकर भाग निकले। बहरहाल किसी तरह से गौहर, नवाब के सिर पर मरहम-पट्टी करके उसे बैलगाड़ी में लादकर नादान महल तक ले आयी। लेकिन ऐसी घटनाएँ कहाँ छुपती हैं भला...! अगले दिन सारे शहर में यह शोर हो गया कि किसी ने रात के अन्धेरे में और शराब के नशे में नवाब का सिर फोड़ दिया। हालाँकि नवाब अगले दिन फिर उसी अवस्था में, मरहमपट्टी के साथ शराबख़ाने में उपस्थित हुआ और शराबियों ने न केवल उससे पिछली रात के अपने किये की माफ़ी माँग ली बल्कि नवाब ने उन्हें माफ़ भी कर दिया।

दरबार के बाहर दरबार लगाने पर एक अभूतपूर्व वाक़्या और भी हुआ। एक रात नवाब और गौहर दोनों नशे में इतने धुत थे कि जब बैलगाड़ी वापस नादान महल

पहुँची तो गौहर बेगम उसमें से गिरते-पड़ते उतरी और शीशमहल में अपने बिस्तर पर जाकर सो गयी। नवाब की कहीं कोई ख़बर नहीं थी। जब गौहर को अपनी ही ख़बर न थी तो नवाब की ख़बर क्या ख़ाक होती...! सुबह जब कनीज़ों ने बेगम को उठाया तो उसने आसमान सिर पर उठा लिया। उसे लग रहा था कि रात को नवाब तो साथ ही सोए थे। पूरे नादान महल में नवाब की तलाश की जाने लगी। शहर के हर गली-मोहल्ले और यहाँ तक कि तवाइफ़ों के मोहल्ले भी खंगाल डाले गये। लेकिन नवाब का कहीं कोई हाल-पता नहीं मिला। यही नहीं, नवाब की तलाश में गोमती नदी में जाल डालने और गोताखोरों को हर पल तैयार रहने तक की तैयारियाँ तक कर ली गयीं। हालाँकि अगली शाम को नवाब उसी चंडूखाने में क़ैद मिला जहाँ पिछली रात उसका दरबार सजाया गया था। अत्यधिक मदिरापान और बन्द कमरे में दम घुटने के कारण उसकी साँसें बड़ी मुश्किल से चलती हुई पायीं गयीं।

इस अपराध में दंड देने के लिये चंडूखाने के मालिक को तलब किया गया। गौहर चाहती थी कि नवाब उसे जान से मारने का हुक़्म दे। लेकिन नवाब ने उसे रोका और चंडूखाने के मालिक से उसका पक्ष रखने को कहा। नवाब नकबुला के शासनकाल में यह शायद पहली और आख़िरी बार हो रहा था जब किसी को दोषी मान लेने के बाद अपना पक्ष रखने का अवसर दिया गया। फ़िलहाल चंडूखाने के मालिक ने यह बताया कि 'दरअस्ल इसमें उसका तनिक भी दोष नहीं है। नाच-गाना ख़त्म होने के बाद चंडूखाने में किसी ने बाहर से कुंडी लगाकर छोड़ दी थी। वह तो निहायत शरीफ़ आदमी है। उसने सारी रात जागकर नवाब की देखरेख की। इसलिये उसे छोड़ दिया जाय।' अंत में तयशुदा रीति के अनुसार फ़ैसले के लिये पागलपन्थियों को बुलाया गया। उन्होंने जो इशारे किये उसका अर्थ यह निकाला गया कि वे चाहते हैं कि गौहर चंडूखाने के मालिक़ को चूमे और उसे स्वर्णमुद्राएँ देकर सम्मान के साथ विदा करे। नवाब न चाहते हुए भी पागलपन्थियों के इस सुझाव को अस्वीकार नहीं कर सकता था; और गौहर अनिच्छा से ही सही, अपने नवाब की जान बचाने के एवज़ में भरे दरबार में चंडूखाने के मालिक को चूमने और स्वर्णमुद्राएँ देने के लिये राज़ी हो गयी।

जब इन्सान का अच्छा समय आता है तो वह मान लेता है कि उसका यह समय शाश्वत तौर पर उसके साथ रहने वाला है। जबकि वक़्त की यह फ़ितरत होती है कि वह एक जगह और एक जैसा कभी नहीं रहता। गौहर बेगम ने अपना अच्छा समय देखकर बड़े अच्छे-अच्छों को उँगलियों पर नचा दिया; उसके जितने भाई-भतीजे-

लगुए-भगुए-भाँड़-भगतुए और दिलफ़रेब आशिक़ थे, सब नवाब के खासम-ख़ास हो गये; सभी प्रमुख जागीरदार, वज़ीर और सिपहसालार बना दिये गये। दरबार में पहले से काम कर रहे तमाम भांडों और नक्कालों को बाहर का रास्ता दिखा दिया गया; और अपने साथ काम करने वाले न जाने कितने भांडों को ऊँचे-ऊँचे ओहदे और पुरस्कार दे दिये गये। यह स्वाभाविक ही था कि गौहर के इन तमाम फ़ैसलों से नवाब के नज़दीक रहने वाले तमाम दरबारियों, मनसबदारों और ख़्वाजासराओं को इससे बड़े अपमान का बोध होता; पर सच्चाई यह थी कि गौहर के रसूख़ के आगे वे चाहकर भी कुछ न कर पाते थे।

वज़ीर और दरबारियों को लाख बुरा लगे, मगर तख़्तो-ताज के आगे उन्हें सिर तो झुकाना ही पड़ता था। और गौहर ऐसी कि अपने सामने हर झुकने वाले को और झुकाने के लिये तैयार दीखती थी। अस्ल में गौहर बेगम की मन:स्थिति उस बन्दरिया के समान हो गयी थी जो दरबारी रूपी इन मणिधर नागों के फन को अपने हठ के पत्थर पर रगड़-रगड़कर मार डालना चाहती थी। जैसे कोई बन्दरिया किसी साँप के अपने पंजे में दबोचे जाने के बाद बार-बार उसका मुँह सूँघकर यह देखती है कि साँप मरा या नहीं; और साँप के शरीर में तनिक भी हरक़त बची होने पर उसे फिर-फिर पटकती जाती है और अंतत: उसकी जान लेकर ही दम लेती है; ठीक उसी तरह गौहर बेगम भी इन दरबारियों को बारी-बारी से आजमाती जाती थी और उन्हें रगड़-रगड़कर मरणासन्न करती जाती थी और उनकी साँसों की गति को नापती जाती थी।

हालाँकि सच्चाई यह भी थी कि अपने साथ किये जाने वाले तमाम ज़ोर के षड्यंत्रों और अपमान के बावुजूद, दरबार के पुराने वज़ीर, दरबारी और नवाब के साथी ख़्वाजासरा मरणासन्न ज़रूर हो गये थे; पर वे ख़त्म बिलकुल नहीं हो गये थे। अस्ल बात यह थी कि वे हमेशा ही षड्यंत्रों के साये में पले-बढे थे और दरबार में बैठ कर सारा दिन इसका रियाज़ करते आये थे। सो वे इतनी जल्दी गौहर से हार कैसे मान लेते...! आख़िरकार एक दिन अल्लाह ने उन्हें वह बहाना दे दिया जिसके बल पर वे सभी मिलकर गौहर के दर्प को चूर-चूर कर सकें। कहते हैं गौहर बेगम की एक सहेली थी; उसका नाम गुलबदन था। गुलबदन कुंजड़िन थी; दीनपनाह के किसी बाज़ार में उसकी तरकारियों की दूकान थी। जब गौहर बेगम नादान महल की मलिका बनी तो उसकी बचपन की सहेली गुलबदन कुंजड़िन का सितारा भी बुलन्द हो गया। हुआ यूँ कि एक दिन गौहर, नवाब के साथ बेहद अन्तरंग क्षणों में बोली–

'हुज़ूर...! हम गुलबदन को देखे बिना कैसे जी पायेंगे...?'

नवाब उस वक़्त नशे में था। उसने गुलबदन की जगह बदचलन सुना। वह अचकचा गया कि अब भला यह कौन नयी मुसीबत गले आ पड़ी। उसने संशय के साथ पूछा–'कौन बदचलन...?'

गौहर बेगम तिलमिला गयी। उसने कहा–'हुज़ूर लगता है उम्र का असर आपके कानों पर पड़ने लगा है। मुआफ़ कीजियेगा मैंने गुलबदन कहा है, बदचलन नहीं...!'

गौहर की डांट पाकर नवाब सतर्क हो गया। बोला–'ओहो...! कौन हैं ये मोहतरमा...?'

'अरे आप गुलबदन को भूल गये...! वही जो हमारे मुहल्ले के नुक्कड़ पर सब्जी की दुकान लगाया करती है और बैलगाड़ी से बाज़ार जाते समय रोज़ हमारी राह तकती है...!'

नवाब को थोड़ी राहत मिली। उसने कहा–'बेगम...! आपका हुक़्म सिर आँखों पर...! कल से उसे काम पर लगा दिया जायेगा। वह आपकी सेवा में आस-पास ही रहेगी।'

और वाक़ई अगले दिन गुलबदन शाही महल में आ पहुँची। उसे शीशमहल की प्रधान सेविका के पद पर तैनाती दे दी गयी। अब महल में गुलबदन के भी जलवे हो गये। बड़े-बड़े दरबारी, जो नवाब से अपना काम करवाना चाहते थे, गुलबदन को और उसकी मारफत गौहर बेगम को भी लाखों की रिश्वतें चटाया करते थे। पहले दरबार में रिश्वत की जो दर पच्चीस प्रतिशत निर्धारित थी; वह अब बिना किसी शील-संकोच के बढ़कर पचास से साठ परसेंट तक हो गयी। एक ही बात के लिये कई-कई बार रिश्वतें ले ली जातीं और इसके बदले में कौन-सा आदेश कितनी देर तक टिकेगा; इसकी कत्तई कोई गारंटी नहीं हुआ करती थी। इस रिश्वतख़ोरी का आलम यह हुआ कि जो माल ख़ज़ाने में जमा होना चाहिए था वह गौहर और गुलबदन के कक्ष के ख़ास तहखाने में जमा होने लगा। इसका दूसरा नतीजा यह भी हुआ कि गुलबदन के रंग-ढंग, अंदाज़ और पहनावे में बड़ा बदलाव दिखने लगा। वह कुंजड़िन से नवाब की दोस्त बन गयी और उसके हर हुक़्म में अपना मंतव्य तक दर्ज़ कराने लगी; जिसकी जुर्रत अभी तक बड़े-बड़े वज़ीर, मनसबदार और दरबारी तक नहीं कर पाये थे।

अपने इसी रसूख़ के दम पर गुलबदन नादान महल में शाहजादियों की-सी शान-शौक़त से आया-जाया करती थी। एक दिन का वाक़्या कुछ यूँ गुज़रा कि शहर के भीड़-भरे बाज़ार से हो कर नवाब के ख़ास ख़्वाजासरा रहे इमलाक खाँ की सवारी

गुज़र रही थी और दूसरी तरफ़ से गुलबदन की सवारी आ रही थी। आने-जाने का रास्ता तनिक सँकरा था; इसलिये जब तक एक की सवारी रुककर और सड़क किनारे हटकर दूसरी को आगे जाने की सुविधा न दे तब तक दोनों का निकलना असंभव था। गुलबदन, नवाब की मुँहलगी होने के कारण अपने आपको बहुत बड़ा ओहदेदार मानती थी; इसलिये उसके आदमियों ने इमलाक खाँ के आदमियों को रास्ता देने के लिये कड़ककर हुक़्म दिया। लेकिन इमलाक भी आख़िर इमलाक था...! वह किसी कुंजड़िन को इतना भाव क्यों देने लगा भला...! इमलाक का इशारा पाकर उसके आदमियों ने गुलबदन के आदमियों से साफ़-साफ़ कह दिया कि कह दिया कि 'कुंजड़िनों-खवासिनों के लिये अमीरों की सवारियाँ नहीं रुका करतीं। गुलबदन से कहो कि रास्ता छोड़ दे और इमलाक खाँ की सवारी को आगे जाने दे; वरना अंज़ाम अच्छा न होगा।'

गुलबदन उस वक़्त हाथी के हौदे पर सवार थी; परदे में थी, परन्तु यह सुनते ही अपने अस्ल औक़ात में आ गयी। उसने परदा हटाकर और हाथ बढ़ा-बढ़ाकर इमलाक खाँ की शान में ठेठ गालियाँ बकनी आरम्भ कर दीं। कहने लगी कि 'अगर हिजड़ों की शान में शाही सवारियाँ अपना रास्ता बदलने लग जायें तब तो इस मुल्क़ का अल्लाह ही मालिक़ है...!' इमलाक खाँ यह सहन न कर सका। उसने अपने आदमियों को संकेत दिया, जिसके परिणामस्वरूप गुलबदन हाथी के हौदे से घसीटकर नीचे उतारी गयी और उसे जूतियों-ही-जूतियों ख़ूब पीटा गया। गुलबदन की दूसरी साथिनों की भी कम ख़ातिरदारी नहीं की गयी।

हालाँकि गुलबदन को पीटना फिर भी आसान था; लेकिन इससे हुई सियासी नुक़सान को नियंत्रित करना उतना ही कठिन। इस घटना के तुरंत बाद इमलाक को चिन्ता हुई। गुलबदन यों कोई भी हो, पर उस समय तो गौहर और नवाब की बेहद चहेती थी; और नवाब यों चाहे कुछ भी हो या न हो, परन्तु अपने दरबार के किसी भी वज़ीर या जागीरदार का जब चाहे मान-मर्दन तो कर ही सकता था। और इसे सोचकर इमलाक बिलकुल हलकान हुआ जाता था। संयोग देखिये कि जिस वक़्त यह घटना हुई उस दौरान इमलाक खाँ तथा वज़ीर-ए-दाख़िला ख़लील खाँ में बिलकुल न पटती थी; पर इस घटना के बाद दोनों मिले और उनमें इस बात को लेकर सहमति बनी कि चाहें कुछ भी हो जाय लेकिन इस मामले में नवाब, गुलबदन का समर्थन कदापि न कर पाये। क्योंकि यदि ये दोनों औरतें इमलाक खाँ को दण्ड दिलवाने में सफल हो गयीं तो आगे से दीनपनाह में फिर किसी भी रईस की आबरू

न बच पायेगी। इसके पहले कि गुलबदन अपना पक्ष नवाब के सामने रख पाती, ख़लील खाँ ने इसके पहले ही नवाब को सारा विवरण लिखकर भेजा; और अन्त में यह भी कह दिया कि 'यदि इस मामले में नवाब, इमलाक खाँ को दण्डित करेंगे तो न केवल ख़लील खाँ बल्कि ख़्वाजासराओं सहित सारा दरबारी समूह इमलाक साथ देगा; चाहें इसके लिये उन्हें जान भी क्यों न देनी पड़े।'

बहरहाल ख़लील खाँ द्वारा इमलाक के समर्थन का पत्र नवाब की सेवा में ठीक उसी समय पर पहुँचा जब गुलबदन अपने सिर के बाल खोले; उन पर राख और धूल डालकर, दोनों हाथों से छाती कूटती हुई महल में पहुँची। गौहर बेगम ने अपनी सहेली का जब यह हाल देखा और उसकी बातें सुनीं तो वह एक़दम आगबबूला हो उठी। गौहर बेगम, गुलबदन को साथ लेकर नवाब के पास पहुँची। गुलबदन ने नवाब के सामने बड़े-बड़े टेसुवे बहाए; गौहर बेगम ने नवाब को तरह-तरह से भड़काने का जतन भी किया; पर ख़लील खाँ की धमकी के आगे उन दोनों का काम न बन सका। नवाब ने इस पर कोई निर्णय लेने से मना कर दिया और कहा कि 'यदि इस मामले में इमलाक के ख़िलाफ़ कोई कार्रवाई की गयी तो यह संभव है कि गुलबदन किसी दिन स्वयं नवाब की भी सवारी रोक लेगी। फिर उस शाही अपमान का ज़िम्मेदार कौन होगा...?' इस लिहाज़ से ख़्वाजासराओं और दरबारियों के सामने यह गौहर की पहली बड़ी हार थी। बल्कि यह कहें कि यह उसके हार की पहली शुरुआत थी।

18

जुर्म आदम ने किया और नस्ल-ए-आदम को सज़ा
काटता हूँ ज़िन्दगी भर मैंने जो बोया नहीं।

—मुनीर नियाज़ी

हालाँकि इस घटना के बाद अब इमलाक को भी समझ आ गया था कि वह गौहर के निशाने पर होगा। इसलिये इसके पहले कि गौहर उस पर कोई वार करे, इमलाक ने उस पर मूसल प्रहार की योजना बना ली—ऐसी योजना जिसका अंदाज़ा किसी को न था; और न ही हो सकता था। उसने गुप्त रूप से ज़ालिम खाँ से मिलने की ठानी। क्योंकि उसे इसका बख़ूबी अंदाज़ा था कि उसे इस संकट से निज़ात केवल ज़ालिम ही दिला सकता है कोई और नहीं...!

इसके कारण भी बहुत स्पष्ट थे। वह अपने दानवी अत्याचारों के लिये कुख्यात था और उसमें शर्म, क्षमा और दया नाम की चीज़ रत्ती भर भी नही थी। ज़ालिम लूट-पाट, हत्या, शराब और अत्याचार में ही लिप्त रहता था। उसके भीतर प्रतिशोध की आग निरंतर धधकती रहती थी। वह अक़्सर ही नवाब से टकराने की इच्छा रखता था और उसे बार-बार रौंदने में उसे अलग ही आनन्द की अनुभूति होती थी। हालाँकि नवाब नकबुल्ला अपने नवाबियत के दंभ में ज़रूर अड़ा हुआ था; किन्तु उसके भीतर छुपा हुआ एक ग़ैर-महफ़ूज़ दिमाग़ भी था जो हमेशा ठग ज़ालिम खाँ की बढ़ती शक्तियों से भयभीत रहता आया था। इस असुरक्षा का आलम यह था कि यदि कोई ग़लती से या मज़ाक-मज़ाक में किसी को ज़ालिम कह देता था तो उसके होश फ़ाख़्ता हो जाते; कई-कई दिनों तक वह पागलों की-सी हरक़त करने लगता। स्वयं नवाब के दरबारी भी ज़ालिम के नाम से कम खौफ़ न खाते थे। बक़ौल अहमद कमाल परवाज़ी—

ग़ैर-महफ़ूज़ हैं दीवार बनाने वाले
और शहंशह सर-ए-मीनार अलग बैठा है।

एक समय ऐसा भी आया कि ज़ालिम के खौफ़ के चलते दरबार में 'ज़ालिम' शब्द के उच्चारण पर पूरे तौर पर प्रतिबन्ध लगा दिया गया था। और यदि कोई भूले से भी इसका उच्चारण कर देता तो अचानक से उसकी जान पर बन आती थी।

ज़ालिम खाँ केवल नाम से ही ज़ालिम न था; उसके हर कृत्य में ज़ालिमाना हरकतें दिखायी देती थीं। दरअस्ल नवाब और उसके ख़ानदान के साथ ज़ालिम की बर्बरता के पीछे उसका अपना अतीत ही ज़िम्मेदार था, कुछ और नहीं। बताते हैं नवाब नकबुल्ला के जन्म के पूर्व, उसके पिता नवाब हबीबुल्लाह के ज़माने में ज़ालिम खाँ उनका ख़ास दरबारी हुआ करता था। ज़ालिम खाँ देखने में बहुत ख़ूबसूरत था। जैसे-जैसे ज़ालिम जवान हुआ वह और भी ख़ूबसूरत, लम्बा चौड़ा और कसी हुंई छाती का नौजवान होता गया। कोई भी उसे देखते ही उस पर मोहित हो जाता था। नवाब नकबुल्लाह की तरह उसके पिता नवाब हबीबुल्लाह भी नवाबी शौक़ रखते आये थे और उन्हें भी सुन्दर पुरुषों में ख़ास दिलचस्पी हुआ करती थी। हबीबुल्लाह ने ज़ालिम खाँ के साथ बचपन से ही कई बार अप्राकृतिक सम्बन्ध बनाए। जब वह पंद्रह-सोलह साल का हुआ तो हरम की कई बेगमें ज़ालिम खाँ में दिलचस्पी लेने लगीं। यह बात नवाब हबीबुल्लाह को नागवार गुज़री और एक दिन नवाब हबीबुल्लाह ने धोखे से एक ख़्वाजासरा से उसका जननांग कटवाकर उसकी मर्दानगी ख़त्म कर दी।

ज़ालिम भी कम ताक़तवर न था। जब उसके साथ यह हादसा हुआ तो उसने उसी वक़्त अपने ऊपर हमला करने वाले ख़्वाजासरा को ख़त्म कर दिया। हुआ यूँ कि जिस समय ख़्वाजासरा ने उसपर हमला किया ठीक उसी समय उसने फुर्ती से अपनी कमर में खुंसा हुआ छुरा निकाल लिया और भागते हुए ख़्वाजासरा की ओर निशाना लगाकर इसे हवा में उछाल दिया। छुरा ख़्वाजासरा के पेट में जा लगा और वह वहीं लेटकर तड़पने लगा। ज़ालिम खाँ यहीं नहीं रुका। वह पास में पड़ी तलवार से उस पर तब तक प्रहार करता रहा जब तक वह ख़्वाजासरा निष्प्राण हो कर शान्त नहीं हो गया। चूँकि इस घटना से ज़ालिम को अपनी जान का ख़तरा महसूस होने लगा था; इसलिये किसी भी तरह वहाँ से बचकर भाग निकला। यद्यपि ज़ालिम का अधोवस्त्र ख़ून से रंग गया था; मगर इस दशा में भी वह बदहवास हो कर घण्टों भागता रहा। भागते हुए वह कभी थक कर बैठ जाता; फिर बेतहाशा भागने लगता। ठीक इसी समय ब़ादलों की गर्जन-तर्पण शुरू हुई और बिजलियों की तड़तड़ाहट से एकबारग़ी ऐसा लगा जैसे धरती का सीना फट जायेगा। यह भविष्य के किसी बड़ी

घटनाक्रम का पूर्वाभास था, यह कोई नहीं जानता था...! ज़ालिम ख़ाँ जंगल की ओर निकल चुका था और अब उसे यहीं से अपने दुश्मनों को सबक़ सिखाना था।

ठगों के सरदार के रूप में उसका उभार, अस्ल में उसके साथ बुल्ला वंश द्वारा उसके साथ की गयी इसी ज़्यादती का परिणाम था। अपने साथ हुई इस ज़्यादती के कारण ही ज़ालिम ख़ाँ ने बुल्ला वंश का ख़ात्मा करने की ठानी। सोते-जागते हर वक़्त उसके दिमाग़ में केवल एक ही चीज़ घूमा करती थी कि कैसे दीनपनाह से नवाबी का सम्पूर्ण ख़ात्मा करना है ताकि आने वाले कल को इसका कोई नामलेवा तक न रहे। सच्चाई तो यह थी कि वह नवाब हबीबुल्लाह के जीते-जी ही उसकी जान ले लेना चाहता था। लेकिन इसके पहले कि उसकी योजना सफ़ल हो पाती; हबीबुल्लाह हृदयघात से चल बसे। चुनांचे ज़ालिम ख़ाँ की यह योजना अधूरी रह गयी। बताते हैं कि नवाब नकबुल्ला जब बहुत छोटा था तब भी उसने कई बार सरे-दरबार उसका ख़ात्मा करने की सोची। लेकिन हर बार उसके क़दम कुछ सोचकर ठिठक जाते...! न जाने क्यों वह नवाब के ख़ानदान को एक झटके में ख़त्म करने के बजाय, उसे तड़पा-तड़पा कर ख़त्म करना चाहता था। आख़िर वह ख़ौफ़ ही क्या जिसको कोई महसूस करने वाला ही न रहे...! मज़ा तो तब है जब ख़ौफ़ देने वाला और ख़ौफ़ खाने वाला दोनों बराबर आमने-सामने होते रहें; ताकि ख़ौफ़ की इंतेहा होने के बाद भी दोबारा-तिबारा ख़ौफ़ की एक अलग इंतिहा बरसाने की गुंजाइश बनी रहे।

बताते हैं एक बार ज़ालिम ख़ाँ को शाही ख़ज़ाने की लूट की इच्छा हुई। फिर क्या...! वह लूट के लिये अपने दो सौ साथियों के साथ सीधे नवाब नकबुल्लाह के दरबार में पहुँच गया। ज़ालिम ख़ाँ ख़ौफ़ ऐसा था कि किसी ने उसे महल के मुख्य द्वार से लेकर दरबार तक रोकने की हिम्मत नहीं की। नवाब इस समय राग-रागिनियों में व्यस्त था। चारों ओर दरबारी और साथी ख़्वाजासरा नशे में झूम रहे थे। वहाँ पहुँचकर उसने नवाब नकबुल्लाह से खज़ाने की जानकारी माँगी तो नवाब ने उसे कोई जानकारी देने से मना कर दिया।

ज़ालिम ने उससे पूछा–'खज़ाना कहाँ है...?'

नवाब बोला–'अबे हट...! चला आया खज़ाना पूछने...! चुपचाप अफ़ीम का बन्दोबस्त कर...! मेरा नशा तनिक ढीला हो रहा है...!'

ज़ालिम तमतमा गया–'नकबुल्लाह...! तुम्हारा ऐसा हाल करूँगा कि सपने में भी अफ़ीम लेना भूल जाओगे...!'

नवाब भी कहाँ रुकने वाला था। उसने कहा–'बड़े गुस्ताख़ हो यार...! मैं तुमसे

अफ़ीम माँग रहा हूँ और तुम मुझे बेमतलब धमकाये जा रहे हो...! अपनी ख़ैर चाहते हो तो फ़ौरन अफ़ीम का इंतिज़ाम करो...!'

सच्चाई यह थी कि अफ़ीम की माँग करते वक़्त भी नवाब अफ़ीम के नशे में ही था; और वह पल भर के लिये ज़ालिम को पहचान नहीं सका। उसे लगा कि उसका कोई अपना ही ख़्वाजासरा उसके साथ ठिठोली कर रहा है। चुनांचे नवाब अपना नियंत्रण खो बैठा और उसे भद्दी-भद्दी गालियाँ देने लगा। ऐसा वह अपने दरबारियों के साथ अक़्सर ही किया करता था। यह बात ज़ालिम को बेहद नागवार लगी। फिर क्या...! ज़ालिम खाँ ने ग़ुस्से में नवाब के कान के नीचे एक ज़ोरदार तमाचा रसीद कर दिया और सरेआम नवाब को सिंहासन से धक्का दे कर नीचे गिरा दिया। फिर अफ़ीम के हुक्के का धुआँ नवाब के मुँह पर फूँकता हुआ बोला–'खज़ाना बता दो वरना मुझसे बुरा कोई न होगा।'

ज़ालिम खाँ के थप्पड़ से अचानक से नवाब के कान के परदे फट गये और वह एकाएक बहरा हो गया; और तभी से उसका यह बहरापन ताज़िन्दगी रुक-रूककर चलता रहा। बहरहाल, ज़ालिम का थप्पड़ पाकर नवाब दसेक मिनट तक बेहोशी के आलम में फर्श पर पड़ा रहा; लेकिन ज़ालिम के डर से किसी दरबारी की हिम्मत नहीं हुई कि उसके पास जाकर उसे फर्श से उठा सके। अभी यह सब कुछ चल ही रहा था कि इतने देर में बादलों में गरज़ के साथ गड़गड़ाहट शुरू हुई और तेज़ हवा के झोंके चलने लगे। अब जाकर नवाब को थोड़ी चेतना आयी। खजांची तलब किया जा चुका था। जब घबराए हुए खजांची ने ज़ालिम खाँ को बताया कि 'ख़ज़ाने में कुछ भी नहीं है...!' तो ज़ालिम खाँ को सहसा विश्वास नहीं हुआ। उसने खजांची सहित नवाब को बंधक बनाने का आदेश दिया और ख़ुद ही उसके सिंहासन पर बैठ गया। फिर उसने नवाब के सामने ही अपने साथियों को नादान महल और शाही ख़ज़ाने को लूटने का आदेश दे दिया।

कहते हैं ज़ालिम खाँ ने कई दिनों तक नवाब और उनके परिवार सहित शीशमहल की तमाम बेगमों को बन्दी बना कर रखा और उनके साथ ख़ूब हैवानियत की। वह रोज़ नवाब की बहू-बेटियों को नंगा करके भरे दरबार में उनसे नाच करवाता। उसके बाद उसके साथियों से सबके सामने नवाब की बेगमों के अस्मत के साथ छेड़छाड़ की जाती। नवाब नकबुल्लाह, ज़ालिम खाँ से गिड़गिड़ाया करता कि 'या तो उसे अफ़ीम दिलवा दे ताकि वह अपनी सुध में न रहे या ख़ुदा के लिये उसको मार दे और इस नर्क से मुक्ति दे दे...!' लेकिन ज़ालिम का दिल कहाँ पसीजने वाला था...! न नवाब को अफ़ीम मिली और न ही मौत...!! तमाम छानबीन

और तलाशी के बाद भी, जब उसे कुछ ख़ास हासिल नहीं हुआ तो उसने ग़ुस्से में खजांची की आँखें चाकू से फोड़ कर निकाल लीं और फिर वहाँ से चल निकला।

इमलाक को ज़ालिम का यह पिछ्ला हमला ठीक से याद था; और नवाब पर उसके क़हर का असर भी...! शायद इसीलिये वह ज़ालिम से मिलकर उसे नादान महल पर दोबारा हमले के लिये आमन्त्रित करना चाहता था। यद्यपि ज़ालिम खाँ से मिलना इतना भी आसान न था। ज़ालिम एक शेर की माफ़िक़ था जो शिकार पर केवल तभी निकलता था जब उसकी इच्छा होती। और उसकी यह इच्छा तभी जागृत होती; जब उसे प्रभूत मात्रा में धन की आवश्यकता होती। इसलिये जब कोई मुख़बिर या अपना कोई साथी ठग उसे किसी गुप्त धन की पक्की सूचना देता तो ही ज़ालिम को उसकी माँद से बाहर निकलने के लिये मज़बूर किया जा सकता था। लेकिन इसके भी ख़तरे हज़ार थे। यदि किसी ने ज़ालिम तक किसी गुप्त धन की सूचना पहुँचाई और दुर्भाग्य से ज़ालिम को वह गुप्त धन मौक़े से बरामद न हुआ; तो सूचना देने वाले मुख़बिर या अपने ही सहयोगी की शामत आ जाती थी। इसलिये बड़े-से-बड़ा मुख़बिर भी ज़ालिम की तन्द्रा को तभी कुरेदता था जब उसे इस बात की पक्की ख़बर होती थी कि अमुक स्थान पर, अमुक मात्रा में सोना-चांदी-अशर्फी या हीरे-जवाहरात अथवा कोई अन्य बहुमूल्य सामग्री सुरक्षित है।

इसलिये जब अबकी बार इमलाक ने ज़ालिम खाँ के साथी ठग सुलखान सिंह से ज़ालिम से मिलाने की इच्छा प्रगट की तो सुलखान ने उसे मिलने की सारी शर्त्तें बता दीं। इमलाक हर शर्त्त मानने के लिये तैयार था क्योंकि अब वह दरबार में और अधिक अपमान सहन नहीं कर सकता था। ज़ालिम खाँ की इमलाक के साथ एक गुप्त बैठक मुक़र्रर हुई। इस बैठक में इमलाक ने ज़ालिम खाँ को यह बताया कि 'नवाब ने रिश्वतख़ोरी के बदौलत एक बड़ा खज़ाना इकठ्ठा कर लिया है। इसका बहुत कम हिस्सा ही ज़ालिम और उसके साथियों को मिल पाता है। इस ख़ज़ाने के बल पर नवाब धीरे-धीरे मज़बूत होता जा रहा है। उसकी इस मज़बूती के पीछे उसकी बेगम गौहर का हाथ है। गौहर और उसकी दोस्त गुलबदन ने एक गुप्त तह्ख़ाने में भारी मात्रा में हीरे-जवाहरात इकट्ठे कर लिये हैं। अस्ल में गौहर का मक़सद किसी प्रकार नवाब की सत्ता हथियाना है। अगर समय रहते गौहर के फन नहीं कुचले गये तो एक दिन ऐसा भी आ सकता है जब शाही ख़ज़ाने से ज़ालिम को एक रुपया भी न मिले।' ज़ालिम को बात समझ में आ गयी। उसने नादान महल पर हमला करने का फ़ैसला किया।

इस बार जब इमलाक, ज़ालिम खाँ के पास नादान महल पर हमले का प्रस्ताव

लेकर आया तो ज़ालिम खाँ की ख़ुशी का ठिकाना न रहा। वह नवाब से पहले से ही ख़ार खाए बैठा था मौक़े की तलाश में था। फिर इमलाक से ख़जाने का हाल सुनकर उसकी दोनों भुजायें अनायास फड़कने लगीं। इस बार ज़ालिम खाँ, तनिक और ताक़त से नादान महल पर हमला करना चाहता था। क्योंकि पिछली बार के हमले में ख़ज़ाने की सटीक जानकारी न मिल पाने का मलाल उसे अभी तक था। और यह उसके जीवन का ऐसा बदनुमा हमला था जिसमें उसे लूट के नाम पर फूटी कौड़ी भी नहीं मिली थी। लेकिन तबसे अब तक स्थितियाँ बिलकुल बदल चुकी थीं। एक तो दरबार में रिश्वतखोरी चरम पर थी और इससे हासिल समस्त धनराशि या तो गौहर बेगम या फिर गुलबदन के हिस्से में आती थी। सबसे बड़ी बात कि इस हिस्से का शायद ही एक रुपया शाहख़र्ची में ख़र्च किया जाता हो...! नादान महल के कानून के मुताबिक़ यह हराम भी था। क्योंकि नवाब के ऊपर केवल वही धनराशि ख़र्च की जा सकती थी जो स्वयं नवाब के हिस्से में आयी हो...! और नवाब की यह फ़ितरत थी कि वह अपने हिस्से की सारी धनराशि रोज़-ब-रोज़ ख़र्च कर डालता था। उसे न तो बचत की ज़रूरत महसूस होती थी और न ही उसे इसकी कोई आवश्यकता थी।

ख़ैर...! इस बार ज़ालिम ने इमलाक के बताये वक़्त के मुताबिक़ नादान महल पर चढ़ाई की और केवल पचास ठगों के साथ वहाँ हमला बोला। नादान महल पर ज़ालिम का ख़ौफ़ इतना तारी था कि यदि वह यहाँ अकेले भी हमला कर देता तो कोई उसे रोकने वाला न था। सभी उसका नाम सुनकर एक स्वर में समर्पण की मुद्रा में वहीं लेट जाते...! फ़िलहाल इमलाक के बताये रास्ते से हो कर वह नादान महल और वहाँ से सीधे शीशमहल पहुँचा; फिर वहाँ उसने गौहर तथा गुलबदन के कक्ष और उससे जुड़े तहख़ाने को विधिवत खंगालना शुरू किया। तहखाने तक सीधे पहुँचने पर गौहर और गुलबदन को यह आशंका ज़रूर हुई कि हो-न-हो इसमें इमलाक का हाथ हो...! क्योंकि फ़िलहाल इमलाक के अलावा नादान महल में कोई उनका दूसरा दुश्मन न था जो इस तहख़ाने की इतनी सटीक जानकारी ज़ालिम को दे पाता...! कहते हैं इस बार उसे इन दोनों तहखानों से इतनी अशर्फियाँ और माल-असबाब हाथ लगे कि उसे इसे अपने साथ ले जाने के लिये अपने अलावा नवाब के घोड़ों का भी इस्तेमाल करना पड़ा। यह धनराशि इतनी अधिक थी जितनी इसके पहले ज़ालिम को कभी हासिल नहीं हुई थी। इस लूट के बाद ज़ालिम और उसके साथियों ने दीनपनाह के मुख्य शहर में अपनी शक्ति का प्रदर्शन भी किया; ताकि सारी रिआया को इस बात का इल्म रहे कि उसके लिये नवाब या कोई भी शासक केवल एक मुखौटा भर है; इससे अधिक कुछ भी नहीं...!

19

मुझी को पर्दा-ए-हस्ती में दे रहा है फ़रेब
वो हुस्न जिस को किया जल्वा-आफ़रीं मैंने।

–अख़्तर अली अख़्तर

ज़ालिम की यह लूट, नवाब और उसकी नवाबी के लिये मरणान्तक साबित हुई। ऐसा लगा जैसे दीनपनाह की रियासत अब शायद ही अपने गहरे ज़ख़्मों से उबर पाये। हालाँकि गहरे सदमे के बावुजूद, गौहर ने इसे दुबारा से पुनर्जीवित करने की भरपूर कोशिश की। लेकिन जब ख़ुद नवाब का ही तमाम चीज़ों पर से नियंत्रण ख़त्म हो जाय तो उसके नाम पर शासन करने वाली बेग़म कितना कुछ नियंत्रित कर सकती थी भला...! एक तरफ़ गौहर सारी चीज़ों को स्वयं नियंत्रित करने की कोशिश कर रही थी दूसरी ओर दरबार में खुले तौर पर षड्यंत्रों का बोलबाला हो चला था। शक्ति के कई ऐसे केंद्र बन गये थे जो स्वयं नवाब की भी अनदेखी करने लगे थे और नवाब चाहकर भी कुछ नहीं कर पा रहा था। इसका सबसे महत्वपूर्ण कारण इकलौता इमलाक था। ज़ालिम के हमले के बाद से ही नवाब के साथ उसका तालमेल ठीक न रह गया था। वह नवाब की आज्ञा के बिना ही तमाम आदेश जारी कर देता था। पहले तो नवाब ने इमलाक के इस व्यवहार को अनदेखा करने की कोशिश की और उसके द्वारा जारी कई आदेशों को अपना बताकर मामले को रफा-दफा करने की भी कोशिश की। लेकिन इमलाक पर नवाब की इन सहूलियतों का कोई ख़ास प्रभाव नहीं पड़ा।

कहते हैं इमलाक को स्वयं नवाब होने का मुग़ालता हो चला था। वह कई बार अपने साथियों को कहता हुआ पाया गया कि 'नवाब की हैसियत ही क्या है...? नवाब मुझसे है; मैं नवाब से नहीं...! मैं जिस किसी के सिर पर अपनी जूती रख दूँगा;वह नवाब के बराबर रुतबा पा जायेगा...!' अस्ल में नवाब के प्रति इमलाक

की इस धृष्टता के पीछे ज़ालिम खाँ की ताक़त थी। क्योंकि नादान महल को लूटने के बाद वापस जाते समय ज़ालिम खाँ उसे नवाब नकबुल्ला के दरबार में अपना प्रतिनिधि बना गया था। इसलिये चाहे-अनचाहे इमलाक नवाब की नाफ़रमानी करने पर आमादा हो जाता था और कोशिश करने पर भी रुकता न था। पहले तो नवाब ज़ालिम खाँ के भय से उसके विरूद्ध कठोर निर्णय लेने से बचता रहा। लेकिन जब पानी नाक से ऊपर बहने लगा तब इमलाक को किनारे लगाना उसकी एक प्रकार से मज़बूरी बन गयी।

अस्ल मुश्किल तब खड़ी हुई जब इमलाक ने नवाब के तमाम दरबारियों को अपनी ओर मिला लिया। अब जाकर नवाब के कान खड़े हुए। फिर क्या...! उसने दरबार को इमलाक के षड़यंत्र से बचाने के कई जतन शुरू किये। नवाब ने सबसे पहले शमशीर के अधीन एक 'दरबारी दल' तैयार किया और शमशीर को उसका मुखिया बना दिया। यों तो निम्न वर्ग में पैदा हुआ शमशीर बेहद अनपढ़ था; लेकिन वह मौक़े का इस्तेमाल करने और जासूसी करने में बहुत माहिर था। उसकी इन्हीं ख़ूबियों के कारण नवाब नकबुल्लाह ने उसे पहले शीशमहल का अधीक्षक बनाया; फिर उसे जासूस विभाग का प्रमुख बनाया। और अंत में उसे दरबारी दल का मुखिया भी बना दिया। दरबारी दल के मुखिया बनते ही शमशीर की ताक़त कई गुना बढ़ गयी। और वह आये दिन अपनी ताक़त की ज़ोर-आज़माइश करने लगा जिससे इमलाक के ख़ेमे में एकबारग़ी तो खलबली मच गयी।

शमशीर तो ख़ैर क्या ही ताक़तवर होता...! अस्ल में शमशीर की इस तरक़्क़ी और उसके ताक़त के पीछे खड़ी थी–गौहर परी...! कहते हैं शमशीर के कभी गौहर के साथ अन्तरंग सम्बंध रहे थे। किसी ज़माने में शमशीर एक मामूली दर्ज़ी भर था; और शीशमहल की बेगमों के कपड़े, घाघरा-चोली और अंगिया सिलता था। इस सिलसिले में नाप लेने के लिये वह अक़्सर ही शीशमहल आया करता था। इस दौरान उसकी भेंट गौहर से हुई और वह उसके अनुरोध पर उसके कपड़ों की नाप भी लेने लगा। गौहर की अंगिया-चोली की नाप लेते-लेते वह न जाने कब उसके इतने क़रीब हो गया कि उसके अंगों की भी नाप लेने लगा। हालाँकि समय के व्यवधान ने दोनों के बीच, भावनाओं के उफान और अन्तराल को बढ़ा दिया था और शमशीर जबसे नवाब के इश्क़ में क़ैद था तबसे उसे अपने अतीत का कुछ याद भी न रहा था। लेकिन एक बार जब वह शीशमहल का अधीक्षक बनाया गया तो धीरे-धीर गौहर परी से उसकी नज़दीकियाँ दोबारा बढ़ने लगीं; और इश्क़ का वह पुराना ज़ख्म जो

अब भर-सा गया था, फिर से हरा होने लगा। तब न तो गौहर को और न ही शमशीर को, नवाब की तनिक भी परवाह रही। नतीजतन जो प्रेमी पहले छुप-छुप कर मिलते रहे थे; अब उनका वह मिलाप खुल्लम-खुल्ला हो गया। दोनों फिर से पूर्व की भाँति अपने प्रेम की पींगें बढ़ाने लगे।

अस्ल में तो अपनी अंगिया-चोली और बाक़ी कपड़ों की नाप लेने के बहाने, शरीर के हर अंग को छूने देने की की मौन सहमति के साथ ही, गौहर परी हमेशा से ही शमशीर पर आँख बन्द करके विश्वास करती आयी थी। ऐसे में शमशीर का भी गौहर पर अविश्वास करने का कोई ख़ास कारण न था। उधर नवाब अभी भी न केवल गौहर परी बल्कि शमशीर पर भी, आँख बन्द करके विश्वास कर सकता था। लेकिन सच्चाई यह थी कि वह अब दो पाटों के बीच पिस रहा था। और इसका सबसे बड़ा परिणाम था कि उसके जीते-जी एक समय ऐसा भी आया जब नवाब के प्रेम में सशरीर डूबा रहने वाला शमशीर अब पूरी तरह से गौहर परी का हो कर रह गया। उसकी स्थिति इतनी नाज़ुक हो गयी थी कि वह शीशमहल के सारे नियमों को तार-तार करते हुए दिन-रात गौहर परी के साथ बिताने लगा था। शीशमहल के सारे कानून एक तरफ़ और शमशीर का अंदाज़ एक तरफ़...! नवाब की ही तरह बड़ी-बड़ी बातें और बड़े-बड़े सपने...!!

धीरे-धीरे उसके जलवे बढ़ते गये। वह मिर्ज़ा शमशीर से मिर्ज़ा शमशीर खाँ कहा जाने लगा। अस्ल में जब सुई-धागे ने उसे दौलत के ढेर पर बिठा दिया, तो उसने रईसों के रहन-सहन और अमीरों के तमाम शौक़ अख़्तियार कर लिये। वह शाही वज़ीरों से बढ़-चढ़कर शानदार इमारतें बनवाने लगा। उसने शहर से थोड़ी दूर पर ही मिर्ज़ा शमशीरगंज नाम से एक पूरी बस्ती बसा दी और एक सराय बनवाकर उसमें तवाइफ़ें भी बसा दीं। फिर उसने वहाँ एक पक्की हवेली, महलसरा, इमामबाड़ा, मस्जिद, ज़ियारतगाह, क़दमरसूल और दीवानख़ाना भी बनवाया, जिस पर लाखों की लागत आयी। धीरे-धीरे शमशीरगंज आसपास के इलाक़े में एक तीर्थ-स्थान के रूप में ख्यात हो गया और आसपास के तमाम लोग उन्हें देखने जाने लगे।

नतीजा यह हुआ कि अल्प में अत्यधिक प्रसिद्धि पाकर मिर्ज़ा शमशीर खाँ का अंदाज़ एक़दम से बदल गया। नवाब की ही तरह शहर में धूमधाम से उसकी सवारी निकलती थी और उस वक़्त वह अच्छे-अच्छों के सलाम लेने लगा था। एक बार जब वह हाथी पर सवार चाँदी के हौदे पर बैठ कर गुज़रा तो संयोगवश इमलाक की सवारी भी उधर से ही गुज़र रही थी। दोनों की सवारियाँ आमने सामने हो गयीं।

शमशीर को देखकर इमलाक अपनी हाथी पर बैठे-बैठे ही चीख़कर बोला –

'सुनो लोगों...! अगर तुममें से कोई दर्ज़ी हो, तो ख़ुदा के वास्ते मेरे पायजामे का बन्द टूट गया है। उसमें आ के दो टाँके मार दे...!'

शमशीर को मतलब समझने में देर न लगी कि इमलाक उसकी सरेआम बेइज़्ज़ती करने पर आमदा है। वह चाहता तो वहीं मौक़े पर इमलाक को अपनी इस बेइज़्ज़ती का जवाब दे सकता था। लेकिन उस वक़्त न जाने उसे क्या सूझा, वह शान्तचित्त हो कर हाथी से उतरा, अपनी पगड़ी में से सुई निकाली, इमलाक के पाजामे में चार टाँके लगाये और हाथी पर वापस बैठकर लौट गया। लेकिन अगले दिन वही इमलाक गोमती नदी के किनारे के रेत में मृत पाया गया। लोग समझ गये कि इमलाक को यह सज़ा मिर्ज़ा शमशीर के सरेआम बेअदबी के कारण मिली है। फिर लोग उससे उलझने से बचने लगे।

कहते हैं इमलाक की मौत की ख़बर ज़ालिम खाँ तक भी पहुँची। और वह सही मायनों में नवाब की हत्या कर इमलाक की मौत का बदला लेना चाहता था। लेकिन उसके साथी ठगों ने उसे समझाया कि 'इमलाक की अस्ल दुश्मनी नवाब से न हो कर शमशीर से थी। ठगों की ठगी चलती रहे, इसके लिये यह आवश्यक है कि नवाब ज़िंदा रहे। यदि वही नहीं रहेगा तो फिर वसूली किससे होगी...? इमलाक और शमशीर जैसे लोग आते-जाते रहने चाहिए और नवाब जैसे लोग बने रहने चाहिए। इसी स्थिति में ठगी का वजूद संभव है।' ज़ालिम खाँ साथी ठगों की बात मान गया और इस प्रकार नादान महल पर आसन्न ख़तरा टल गया।

लेकिन बात यहीं नहीं रुकी। आगे चलकर शमशीर की बदतमीज़ियाँ इतनी बढ़ गयीं कि इसकी शिकायतें बादशाह तक पहुँचने लगीं। बहरहाल मिर्ज़ा शमशीर इन शिकायतों से बिलकुल बेपरवाह था। उसे न तो रिआया का कोई ख़ौफ़ रह गया था और न ही नवाब का। अब मिर्ज़ा शमशीर का बस एक ही सपना था कि उसके पास भी नवाब के शीशमहल की तरह एक बड़ा-सा हरम हो जिसमें सबसे अच्छी गानेवालियाँ हों; तरह-तरह की कनीज़ें हों...! इस हरम को बनाए रखने के लिये वह अपनी आमदनी का एक बड़ा हिस्सा ख़र्च करने को तैयार था। दीनपनाह में इस बात की ख़ूब चर्चा होती। चर्चा यहाँ तक होने लगी कि 'शमशीर नवाब नकबुल्लाह को बेदख़ल करके नवाबी हथियाना चाहता है...!' जब सारे दीनपनाह में शोर हो गया था तो आख़िर एक-न-दिन नवाब को भी इसकी ख़बर लगनी ही थी...! फिर यहाँ तो बात में सच्चाई थी और नवाब के दरबारियों द्वारा इसे अंत-अंत तक नवाब तक

पहुँचाने से बचाया जाता रहा कि शमशीर के प्रति अपने अत्यधिक प्रेम के दबाव में, नवाब कहीं सामने वाले का ही गला न रेतवा दे...!

इश्क़ वैसे भी अंधा होता है। परिस्थितियाँ चाहें जैसी भी हों, उसे अपने माशूक़ की रत्ती भर की बुराई भी स्वीकार नहीं। फिर वह इश्क़ जो सारी बादशाहत को ताक़ पर रखकर, सारे ज़माने को नज़रअंदाज़ करके और रिआया की तमाम भावनाओं का किंचित ख़याल किये बग़ैर जिया गया हो, उसे अपने ख़िलाफ़ एक शब्द भी स्वीकार हो तो कैसे हो...! इश्क़-मुश्क-खाँसी-ख़ुशी आज तक किसी से छिपाये छिपे हैं भला...! सो इस बार भी बहुत लम्बे समय तक इस चर्चित इश्क़ को छुपाया न जा सका। जिस समय नवाब के कानों में यह बात डाली गयी तो एकबारग़ी इस ख़बर को सुनकर नवाब के होश फ़ाख़्ता हो गये। काटो तो ख़ून नहीं...! जिसके लिये सारे जहाँ से दुश्मनी मोल ली, वही दग़ा कर बैठा...! जिसके लिये वफ़ा की सारी रस्में तोड़ी, वही बेवफ़ा बन बैठी...!!

लेकिन नवाब इतनी आसानी से अपने दरबारियों की बातों पर विश्वास नहीं कर सकता था। नवाब हमेशा से ही गौहर पर बुरी तरह मोहित था और उस पर अभी भी अपने से अधिक विश्वास करता था। उसे यह कत्तई गवारा न हो सकता था कि जिसे वह चाहे; उसके जीते-जी कोई दूसरा भी उसे ही चाहे। बक़ौल लियाक़त जाफ़री-

कितना दुश्वार है जज़्बों की तिजारत करना
एक ही शख़्स से दो बार मोहब्बत करना
जिसको तुम चाहो कोई और न चाहे उसको
इसको कहते हैं मोहब्बत में सियासत करना।

अंत में वह घड़ी भी आ गयी जब नवाब का गौहर के प्रति विश्वास खंड-खंड हो कर चकनाचूर हो गया। अस्ल में नवाब ने कभी एक बार गहरे प्रेम के क्षणों में गौहर को अपने दादा नवाब सबीउल्लाह का दिया हुआ वह कड़ा भेंट कर दिया था जिसे अभी तक सामान्य तौर पर अपने उत्तराधिकारी को ही दिया जाता रहा था। चूँकि उस समय तक नवाब को कोई वैध संतान न थी इसलिये नवाब ने इसे गौहर को भेंट करने में कोई संकोच न किया। न जाने नवाब को ऐसा महसूस होता था कि यदि उसके साथ भविष्य में कोई दुर्घटना घट गयी तो गौहर परी ही उसकी योग्य उत्तराधिकारी हो सकती है। लेकिन नवाब ने एक बार जब इस कड़े को शमशीर के हाथों में पहने हुए देखा तो उसके पैरों तले ज़मीन खिसक गयी। क्षण भर के लिये उसे अपनी आँखों पर विश्वास ही नहीं हुआ। लेकिन अब अविश्वास का भी कोई

कारण न था; क्योंकि जो कुछ था सब उसके सामने था। उसे यह पक्का विश्वास हो गया कि अब तक उसके दरबारियों द्वारा शमशीर और गौहर के बारे में जो ख़बरें पहुँचाई जाती रही हैं वे सब सच हैं; और निश्चित रूप से शमशीर नवाबी हड़पने के लिये उसके विरुद्ध कोई गहरी साज़िश रच रहा है।

उधर शमशीर के कानों पर अभी भी जूं नहीं रेंगती थी। कई दरबारियों ने उसे समझाने की कोशिश की। सबकी छोड़िये...! स्वयं नवाब ने उसे कई गोपनीय पत्र भेजे और अनुरोध किया कि 'वह किसी भी तरह से उसकी बेगम गौहर परी से दूरी बना ले; इसके बदले वह चाहे तो वह दीनपनाह का कोई ख़ास हिस्सा ले ले...!' लेकिन शमशीर के ऊपर रत्ती भर का फर्क नहीं पड़ा। वह अभी भी नवाब को अपने इश्क़ के दिनों का कमज़ोर मर्द भर समझता था। कई बार वह नवाब को सामने से आता देख दूसरी और निकल जाता। नवाब ने भी कभी उससे सच्चा इश्क़ किया था। वह शमशीर की इस नादानी पर, पल भर के लिये मुस्कुराता फिर आगे बढ़ जाता। लेकिन सच्चाई यह थी कि नवाब अकेले में कभी-कभी गौहर को खो देने की सँभावना को सोचकर फ़फ़क कर रोने लगता। बावुजूद इसके शमशीर के बारे में तनिक बुरा सोचते हुए भी उसकी आँखें भर आतीं। वह शमशीर को रंचमात्र भी नुक़सान नहीं पहुँचाना चाहता था; और गौहर को किसी भी हाल में खोना नहीं चाहता था। हालाँकि उसे यह निश्चित तौर पर महसूस होने लगा था कि गौहर और शमशीर की इस जुगलबन्दी के कारण उसके हिस्से की ख़ुशी कम होती जा रही है। बक़ौल जिगर मुरादाबादी–

तबीअत इन दिनों बेगाना-ए-ग़म होती जाती है
मिरे हिस्से की गोया हर ख़ुशी कम होती जाती है।

समलैंगिक सम्बन्धों का बख़ान चाहें लाख किया जाय, पर सच्चाई यह है कि किसी पुरुष का एक स्त्री से किया गया प्रेम अधिक भावनात्मक और अशरीरी होता है, भले ही वह शरीर के माध्यम से क्यों न संप्रेषित किया गया हो...! इसलिये जब नवाब को शमशेर और गौहर में से अपने किसी एक प्रेम को चुनने की चुनौती आ खड़ी हुई तो स्वाभाविक तौर पर नवाब का झुकाव गौहर के प्रति अधिक ही होना था...! और ऐसे में नवाब द्वारा, शमशीर को अपना दुश्मन मान लेने के पीछे कोई दूसरी मजबूरी भी न थी। वह गौहर पर शायद अभी भी उतना ही विश्वास करता था जितना पहले करता आया था। लेकिन 'जहाँ विश्वास है धोका भी वहीं है...!' गौहर परी के ग़म में नवाब का सीना, चूने की भट्टी की मिसाल बन गया था जो हर वक़्त

खौलता रहता। बक़ौल हुरमतुल इकराम–

क्यूँ ज़ेहन में ये खौलता लावा होता
ख़ुद आप पे रहम आये न ऐसा होता
होना था तआ'रुफ़ कि क़यामत टूटी
ऐ काश कि अपने को न जाना होता।

नवाब की मोहब्बत वैसे कम होती जा रही थी लेकिन उसकी आँखों में एक ख़लिश-सी रहती थी। एक रात नवाब ने एक बेहद हौलनाक ख़्वाब देखा कि गौहर सरेआम शमशीर के साथ आराम से ख़्वाबगाह में टहलती हुई चलती चली जा रही है और उसे सामने खड़े देखकर भी उसकी ओर नहीं देख रही। नवाब से नहीं रहा गया। उसने लपककर गौहर का हाथ पकड़ लिया और उससे शिकायत भरे लहज़े में कहा–

'ऐ जाने-जां तू फिजूल ही मुझे मुब्तिल-ए-ग़म किये हुए है। किसी के दिल को अपने इश्क़ में मुब्तिला करके फिर बेमुरव्वती का सुलूक कत्तई अच्छी बात नहीं। तेरे इस तरीक़े से मुझे बड़ा मलाल है। अब भी कुछ नहीं बिगड़ा है; ख़ुदा के वास्ते अब भी मेरे पास आ जा...! मैं तुम्हें और शमशीर को कुछ भी न कहूँगा।'

लेकिन गौहर परी सबके सामने नवाब से हाथ छुड़ाकर आगे बढ़ गयी। शमशीर उसकी बाहों में बाहें डालकर आगे बढ़ गया। नवाब ख़ून का घूँट पीकर रह गया। आख़िर किसी नवाब के लिये इससे बड़ी बेइज़्ज़ती भला क्या हो सकती थी...! नवाब ख़्वाब से उठ बैठा। नींद से जागने के बाद भी उसे काफ़ी देर तक यह लगता रहा कि अभी-अभी जो कुछ उसने ख़्वाब में देख वह मानों हक़ीक़त में घटित हुआ हो...! इस वक़्त जितनी सिहरन उसके शरीर में हो रही थी उससे कहीं ज़्यादा हलचल उसके मस्तिष्क में होने लगी थी। अब उसे हर हाल में निर्णय लेना था। उसके एक तरफ़ कुआँ था और दूसरी तरफ़ खाई...! सबसे बड़ी बात यह कि उसके सामने सारे दरबारी और सारी रिआया भी प्रश्नाकुल मुद्रा में खड़ी थी जिसके सामने उसे अपने पौरुष को भी साबित करना था और जिसे साबित करने में सही मायनों में वह अंत-अंत तक हिचकिचाता रहा।

अस्ल में नवाब की यह हिचकिचाहट एकतरफ़ा थी। न तो शमशीर के मन में और न ही गौहर परी के दिल में अपने संकल्प को लेकर कोई हिचकिचाहट बची रह गयी थी। गौहर परी शमशीर के प्रेम में निरंतर आगे बढ़ती गयी और शमशीर गौहर के प्रेम में दिनों-दिन बेसुध होता गया। गौहर ने शमशीर के लिये लिये अपनी

बाहें क्या खोलीं, वह स्वयं को नवाब समझने लगा। गौहर परी के संरक्षण के कारण शमशीर दिनों-दिन गुस्ताख़ होता गया। तमाम दरबारी लोगों से नाहक ही बदतमीज़ी करने लगा। जो भी उसे पसन्द न आता उसकी जड़ें काटने लगता। न जाने कितने वज़ीर और दरबारी उसके प्रभाव और अंदाज़ के आगे बिलकुल फीके पड़ गये थे; और कई तो राज्य छोड़कर हमेशा के लिये बाहर चले गये थे।

शमशीर ने जो सबसे बड़ा काम किया वह यह कि उसने नवाब के कई भरोसेमंदों को बड़ी चतुराई से अपने ख़ेमे में शामिल कर लिया। जिसमें सबसे बड़ा नाम शाही दरबार में ख़्वाजासराओं के मुखिया खलील ख़ान का था। यही नहीं, अपनी इसी मेधा के चलते उसने सल्तनत में कई जगहों पर वज़ीर के आदमी को हटाकर अपने शागिर्द तैनात किये। विडम्बना यह कि नवाब ने जिस रहम सिंह के प्रभाव से बचने के लिये उसे अपने दरबार में तैनात किया था वह इमलाक का भी बाप निकला। नवाब के लिये यह स्थिति किसी भी दशा में स्वीकार्य नहीं थी। लेकिन उसे कोई रास्ता नहीं सूझ रहा था।

नवाब नकबुल्लाह को एक बात समझ आ गयी थी कि जब तक शमशीर जिन्दा रहेगा तब तक वह सिर्फ़ नाम का नवाब रहेगा। नवाब को केवल नाममात्र का नवाब बने रहने में भी कोई ख़ास आपत्ति न होती; यदि शमशीर ने गौहर परी को अपनी महबूबा न बना लिया होता...! उसके इस हरक़त के कारण नवाब की चौतरफ़ा किरकिरी हो रही थी और अब स्थितियाँ उसके बर्दाश्त के बिलकुल बाहर हो गयी थीं। ऐसे मौक़ों पर नवाब कभी कठोर निर्णय लेने से नहीं चूकते...! कई रातों की जद्दोजहद और आत्मसंघर्ष के बाद नवाब को निष्कर्ष समझ आ गया था; और अब केवल उस पर अमल करना ही बाक़ी था।

20

कोई शय दिल को बहलाती नहीं है, परेशानी की रुत जाती नहीं है
हमारे ख़्वाब चोरी हो गये हैं, हमें रातों को नींद आती नहीं है।

–बख़्श लाइलपुरी

तय हुआ कि नवाब नकबुल्लाह शिकार करने जायेंगे। फिर क्या था...! आनन-फानन में इसकी तैयारियाँ शुरू कर दी गयीं। यह भी आदेश हुआ कि हमेशा की ही तरह उसके साथ शीशमहल की तमाम बेगमें भी शिकार पर जायेंगी। ज्यों-ज्यों शिकार के लिये रवानगी का दिन नज़दीक आता गया त्यों-त्यों महल के हलकों में गहमागहमी बढ़ती गयी। शिकार से दिलचस्पी सिर्फ़ उन्हीं लोगों को थी जो शिकार में हिस्सा लेने वाले थे। ऐसे लोगों की तादाद बहुत कम थी। बेगमों के अलावा दूसरे सैकड़ों लोगों के लिये यह तफ़रीह का मौक़ा भर था। देखते-ही-देखते बेगमों के बीच नवाब के साथ शिकार पर जाने की होड़ लग गयी। लेकिन किसी ज़माने में हिन्दुस्तान की सबसे बड़ी शिकारी का तमग़ा हासिल कर चुकी गौहर की ओर से इस नवीन शिकार यात्रा को लेकर कोई सुगबुगाहट नहीं हुई।

लेकिन सबसे बड़ी समस्या यह थी कि जिस शिकार को साधने के लिये यह सारी व्यूह-रचना की जा रही थी; उस दिशा में कोई ठोस सफलता हासिल न हो सकी थी। शिकार के लिये शिकारी की आवश्यकता होती। अभी तक न तो शिकार को तैयार किया जा सका था और न ही शिकारी की तलाश की जा सकी थी। संभव था कि शिकार को सामने से साथ चलने के लिये कहने पर वह साथ जाने के लिये ही मना कर देता...! और यदि उसे किसी तरीक़े से बहला-फुसला कर साथ चलने के लिये मना भी लिया जाता तो सवाल अभी भी वहीं-का-वहीं था कि उसका शिकार करेगा कौन...? क्या नवाब...?? हरगिज़ नहीं...?? नवाब अपने दामन को दागदार नहीं करना चाहता था। वह नहीं चाहता था कि गौहर परी के दिल में उसके प्रति

कोई आक्रोश पनपे। फिर कौन...??? सवाल अनुत्तरित था।

इसी मंथन में नवाब के भीतर एक शिकारी का नाम कौंधा-जिब्राइल ख़ान...! जिब्राइल दरअस्ल उसकी तीसमारखाँ मंडली का बहुत पुराना सदस्य हुआ करता था; जो शमशीर से किसी झगड़े और नवाब द्वारा इस झगड़े में शमशीर की तरफ़दारी के चलते दरबार छोड़कर चला गया था। कहते हैं उस वक़्त सारे हिन्दुस्तान में जिब्राइल ख़ान से बड़ा शिकारी कोई न था। वह बाक़ी शिकारियों से इस मायने में भी भिन्न था कि वह अपने हर शिकार को मार गिराने की योजना पर बहुत बारीक़ी से काम करता था और उसका अब तक का यह रेकॉर्ड था कि वह अपने शिकार के लिये चलाये गये किसी भी अभियान में असफल नहीं हुआ था-फिर वह शिकार चाहें जानवरों का हो इन्सानों का...! सो जिस जिब्राइल ख़ान को शमशीर के चलते दरबार से लगभग बाहर कर दिया गया था; उसे शिकार पर चलने के बहाने से दरबार में बुलाया गया।

बड़े मान-मनौव्वल के बाद जिब्राइल ख़ान दीनपनाह आया। हालाँकि उसकी यह यात्रा अत्यंत गोपनीय रखी गयी थी ताकि इस सम्बन्ध में किसी को भी किसी प्रकार की शंका न हो। क्योंकि अगर गौहर को किसी भी तरह से जिब्राइल ख़ान के आग़मन की सूचना हो पाती तो वह स्वयं इतनी बड़ी शिकारी थी कि उसे मुआमला समझते देर न लगती। फिर सारी रणनीति पर पानी फिरना तय था। नवाब ने एक अतिरिक्त सावधानी यह भी बरती थी कि उसने स्वयं अभी तक जिब्राइल ख़ान या किसी और से शिकार के अस्ल मक़सद के बारे ज़िक्र तक नहीं किया था। एक तो इससे राज़ खुलने का डर था और दूसरे अन्तिम समय में शिकार के खुलासे से शिकारियों के रग़ों में उत्साहरूपी जो रक्त संचार होता उसके मद्धिम पड़ जाने की सँभावना थी। जिब्राइल ख़ान को केवल इतना बताया गया कि उसे एक विशेष प्रकार के जीव के शिकार के लिये बुलाया गया है। यह भी तय किया गया कि जिब्राइल ख़ान शिकार के क़ाफ़िले के साथ न चलकर, रात के अन्धेरे में भेष बदलकर पालकी में बैठकर नुज़हत महल तक आयेगा और अ़पने अभियान को अंज़ाम देने के बाद ही नवाब के सामने प्रस्तुत होगा, उसके पहले कत्तई नहीं...!!

लेकिन अभी भी एक संकट बरक़रार था–अस्ल शिकार को साथ लिये बिना, शिकारी किसका शिकार करेगा...? इसलिये कैसे भी करके शमशीर को क़ाफ़िले के साथ ले जाना ज़रूरी था। अन्यथा शिकार का मक़सद ही सफल न होता। लेकिन शमशीर किसी की बात क्यों मानने लगा भला...! एक ही रास्ता था कि किसी तरह

से गौहर परी को शिकार में साथ चलने के लिये मना लिया जाय। लेकिन गौहर परी तो गौहर परी ठहरी...! वह कोई प्रस्ताव इतनी आसानी से कैसे स्वीकार कर लेती...! नवाब के साथ शिकार पर चलने के लिये उसके पास हरम में कई प्रस्ताव भेजे गये। लेकिन सब बेअसर...!

नवाब जानता था कि गौहर स्वयं उसके आने का इंतज़ार कर रही है। इसलिये उसकी नज़र में अब देर करना मुनासिब न था। फिर क्या...! एक दिन वह अनायास ही शीशमहल की ओर चल निकला। जिस वक़्त नवाब शीशमहल में पहुँचा उस समय केवल उसकी मौज़ूदगी भर से शीशमहल की रौनक़ बढ़ गयी। आसपास की फ़ज़ां में ढोलक, सितार, तबला और तम्बूरे की मिली-जुली आवाज़ें गूँज रही थीं। चारों ओर गुलाब जल और केवड़े की सुगन्धि वातावरण में फ़ैल गयी थी। हर कोई सज-धज कर नवाब के सामने अपने सौंदर्य की एक झलक दिखला देना चाहता था। शीशमहल की हसीन बेगमें और तमाम जवां शहजादियाँ रंगीन तितलियों की माफ़िक़ नवाब के आसपास मंडराती दिखायी देने लगीं थीं। नवाब के आने की ख़ुशी में वहाँ मौज़ूद तुर्कनियाँ-हब्शिनियाँ अलग ठाट दिखा रही थीं और वहाँ तैनात ख़्वाजासराओं के पाँव एक जगह टिक न रहे थे।

नवाब शीशमहल के एक ख़ास कमरे में के एक कोने में एक ऊँचे और सजे-सजाये पलंग पर तकियों के सहारे अधलेटा-सा बैठा था। वहाँ तक बाहर के हंगामें का कोई शोर नहीं पहुँचता था। फिर भी आज न जाने क्यों नवाब नकबुल्लाह के पेशानी पर चिंता की लकीरें दिखायी देती थीं। कुछ देर में तमाम बेगमें और शाहज़ादियाँ भी उसके पास चली आयीं। वह सब इधर-उधर चौकियों पर बैठ गयीं। बाज़ छोटी शाहज़ादियाँ फ़र्श पर बिछे कालीनों पर ही बैठ गयी। मगर नवाब की हरक़तों में तनिक भी चंचलता नहीं दिखायी नहीं देती थी। ऐसा लगता था उसकी नज़रें किसी ख़ास शख़्सियत को तलाश रही थीं। इतनी देर में कक्ष में गौहर परी का प्रवेश हुआ। उसने घुसते ही नवाब को 'आदाब अर्ज़ है...!' कहा और उनके पहलू वाले पलंग पर आकर बैठ गयी। नवाब का चेहरा एक़दम से चमक गया। नवाब ने इशारा किया और पल भर में ही गौहर को छोड़कर सारी बेगमें और शाहजादियाँ कमरे के बाहर चली गयीं। थोड़ी देर तक कमरे में चुप्पी छाई रही मानों दोनों ही अपने मिलाप के लम्बे अन्तराल पर पश्चात्ताप कर रहे हों...!

शमशीर से जुड़ने के बाद गौहर एक़दम खिल-सी गयी थी। इस वक़्त नवाब का जी तो कुछ और चाह रहा था, लेकिन उसने ज़ब्त से काम लिया। वह गौहर के

तनिक नज़दीक गया; फिर उसका गाल प्यार से थपथपा कर उसके माथे, आँखों और फिर मुँह पर बोसा दिया। फिर उसने गौहर के कमर में हाथ देकर उसे वापस पलंग पर बिठा दिया और ख़ुद उसके पास बैठ गया। इतना सब कुछ होने के बावुजूद, गौहर के शरीर में नवाब के लिये कोई ख़ास प्रतिक्रिया नहीं हो रही थी। वह आज नवाब के सामने कुछ अज़ब आसन में बैठी थी कि उसमें बेतकल्लुफ़ी भी थी और अपने बदन के बड़े हिस्से की हिफ़ाजत भी। उसकी शारीरिक हरक़तों से ऐसा लगता था जैसे वह नवाब से पहली बार स्पर्श सुख पा रही हो...! नवाब इसे महसूस भी कर रहा था। लेकिन जानबूझकर कोई प्रतिक्रिया न दे रहा था। क्योंकि आज उसका मक़सद हर हाल में गौहर को मनाना था; उसे नाराज़ करना नहीं। इसलिये उसने बड़े ही बेतकल्लुफ़ी से गौहर को शिकार पर चलने के अपने निर्णय के बारे में बताया। कहा–

'गौहर बेगम...! हर साल की तरह इस साल भी शाही शिकार की तैयारियाँ पूरी हो गयी हैं।'

गौहर ने कहा–'जहाँपनाह...! मुझे इसकी जानकारी है...!'

नवाब ने कहा–'तुम यह भी जानती हो मैंने आज तक तुम्हारे बिना अपना कोई शिकार तय नहीं किया है; और तुम्हारे हर शिकार में तुम्हारे साथ रहा हूँ...!'

गौहर बोली–'जानती हूँ और यह भी जानती हूँ कि इस बार भी आप मेरे बिना शिकार पर नहीं जाना चाहते...!'

कक्ष में फिर सन्नाटा छा गया। नवाब गौहर की आँखों में आँखें डालकर देखता रहा और उसकी भाषा को पढ़ने की कोशिश करता रहा। गौहर ने नवाब की हथेलियों के ऊपर अपनी हथेलियाँ रखीं और उसे धीरे से दबाक़र फिर छोड़ दिया। फिर वहाँ से उठी और अपने कक्ष की ओर चली गयी। नवाब को ज़वाब मिल गया था।

शमशीर को ज्यों ही गौहर परी के नवाब के साथ शिकार के लिये साथ जाने की जानकारी हुई वह बिना किसी कोशिश के शिकार के बेड़े में जाने के लिये तैयार हो गया। लेकिन न जाने क्यों गौहर परी उसके शाही शिकार पर जाने के निर्णय को लेकर उससे सहमत न थी। उसके मन में इस बात को लेकर अजीब-सी बेचैनी और उलझन थी। ऐसा लगता था जैसे उसे किसी अनहोनी का अंदेशा हो गया हो...! इस बीच एक दिन गौहर और शमशीर एकांत में मिले। गौहर ने शमशीर से पूछा–

'शमशीर...! तुम्हें क्या लगता है कि क्या इस दुनियाँ में एक इन्सान दूसरे इन्सान की ख़ुशी बर्दाश्त कर सकता है...?'

शमशीर ने कहा–'क्यों नहीं...! बिलकुल कर सकता है। हम दोनों एक-दूसरे को देखकर कितने ख़ुश होते हैं...! लेकिन तुम इस वक़्त ऐसा क्यों पूछ रही हो...?'

गौहर ने कहा–'मैं वजह तो नहीं बता सकती; लेकिन मेरा ख़याल है इस दुनिया में कोई किसी की ख़ुशी नहीं देख सकता। यहाँ तक कि ख़ुदा भी इसे बर्दाश्त नहीं कर सकता...!'

शमशीर ने तनिक लम्बी साँस लेकर कहा–'ख़ुदा का तो नहीं कह सकते...! इन्सानों के बारे में तुम्हारी बात कुछ देर के लिये मान लेते हैं। लेकिन हमें इससे क्या लेना-देना...? तुम ऐसी बातें क्यों सोचती हो...? ख़ुशी भले ही थोड़े समय के लिये मिली हो; किन्तु क्या वह छोड़ देने की चीज़ है...? और फिर हमारी ख़ुशी तो अमर है; उसे कोई हमसे नहीं छीन सकता। दूसरों की चिंता करके हमें क्यों डरना...? मुझे साफ़-साफ़ बताओ, तुम आज इतनी उदास क्यों हो...? मेरी कोई ऐसी बात तो नहीं जो तुम्हारे मन को चुभ रही हो...!'

गौहर बोली–'नहीं शमशीर...! लेकिन पता नहीं क्यों मेरे मन में ऐसे मनहूस ख़याल आ रहे...!'

जब शमशीर ने उस पर बहुत ज़ोर डाला तो वह फ़फ़क पड़ी। थोड़ी देर में जब वह शान्त हुई तो उसने शमशीर से कहा–'देखो...! मैंने नवाब के साथ शिकार पर जाने के लिये हामी तो भर दी है। लेकिन न जाने क्यों...! उसी दिन से मेरे मन में अजीब-सी मनहूसियत घर कर गयी है। कुछ अनहोनी की आशंका सताये जाती है। मैंने उस दिन नवाब की आँखों की भाषा पढ़ने की कोशिश की। उन्हें हमारे रिश्तों की जानकारी है। हालाँकि उन्होंने मुझसे कुछ भी कहा नहीं...! पर मैंने उनकी आँखों में झाँकने की कोशिश की। उसकी आँखें बदले की आग में धधक रही थीं। न जाने मुझे क्यों ऐसा लगता है कि वे नहीं चाहते कि हमारा इश्क़ किसी अंज़ाम तक पहुँचे...! अच्छा होगा तुम शिकार पर साथ न ही चलो। कहीं किसी बात को लेकर आपस में कोई टकराहट हो गयी तो बेमतलब का विवाद होगा। बस तीन-चार दिनों की बात है। यूँ ही चुटकियों में कट जायेंगे।'

लेकिन इश्क़ और हुस्न का नशा इतनी आसानी से कहाँ उतरता है भला...! और फिर वह अपने माशूक़ से दूर जाने की इज़ाज़त भी तो नहीं देता...!! शमशीर ने उसे आश्वस्त किया। कहा–

'नवाब आज जितना इश्क़ तुमसे करते हैं, किसी ज़माने में उससे ज़्यादा इश्क़ उन्होंने मुझसे किया है। और आज भी मुझे सामने से पाकर जान छिड़कने

के लिये तैयार दीखते हैं। मैंने भी उन्हें हमेशा दिलो-जान से चाहा है। मैं तुमसे वादा करता हूँ कि पूरी यात्रा में तुम्हें या नवाब को शिकायत का कोई अवसर नहीं दूँगा। अगर इस दौरान कोई विपरीत स्थिति उत्पन्न भी हुई तो मैं उसे नियंत्रित कर लूँगा...!' इतना कहकर वह भावुक हो गया और गौहर से लिपटकर रोने लगा। गौहर ने अपने पल्लू से उसके आँसू पोंछे और उससे केवल एक वादा लिया कि 'वह पूरी यात्रा में उससे दूरी बनाये रखेगा और उसके आस-पास आने की कोशिश नहीं करेगा ताकि उसे नवाब के सामने अपना पक्ष रखने का मौक़ा मिल सके और नवाब भी उससे अपने दिल का मलाल कह सके।'

गौहर की नज़र में यह शायद इसलिये भी ज़रूरी था ताकि यदि शिकार के दौरान नवाब, शमशीर के विरुद्ध कोई नयी चाल चले तो उसे फ़ौरन इसकी जानकारी हो जाय; और वह समय रहते शमशीर को इत्तिला देकर उसके जान-माल की सुरक्षा कर सके। हालाँकि शमशीर की नज़र में इसकी न तो कोई ज़रूरत थी और न ही इसकी दूर-दूर तक कोई इम्कान ही...! लेकिन वह किसी क़ीमत पर गौहर को दु:खी नहीं करना चाहता था। इसलिये उसने इस काम के लिये गौहर को मना नहीं किया। शमशीर हर स्थिति में तैयार था।

21

लाओ तो क़त्ल नामा मिरा मैं भी देख लूँ
किस-किस की है मोहर सर-ए-महज़र लगी हुई।

–फ़ैज़ अहमद फ़ैज़

तय हुआ कि तीन दिन बाद बादशाह सलामत शिकार पर रवाना होंगे। दीनपनाह में नवाबों के शिकार के लिये हमेशा से ही नुज़हत महल का नाम लिया जाता था। बताते हैं नवाब नकबुल्लाह के पूर्वजों ने अपने वैभव के दिनों में इस महल का निर्माण कराया था। शिकार के अवसर पर इसका इस्तेमाल करना इसलिये भी करना ज़रूरी हो जाता था क्योंकि यह महल शिकार घर के साथ-साथ एक सैरगाह भी हुआ करता था। इसलिये शिकार के अलावे यहाँ सैर का आनन्द यात्रा को दोगुना कर देता था। कहते हैं किसी ज़माने में इसकी सुंदरता देखते ही बनती थी। बताते हैं नवाब नकबुल्लाह के परदादा नवाब कलीमुल्लाह सौंदर्य के प्रेमी एवं पारखी थे और नुज़हत महल के आसपास कई बाग़ों के निर्माण में उनकी महत्वपूर्ण भूमिका रही थी।

किसी ज़माने में चारों तरफ़ हरियाली से घिरा नुज़हत महल शहर से लगभग बीस कोस दूर एक ऊँची ज़मीन पर स्थित था। इसके सामने दूर तक पसरा घना जंगल था जो शिकार के लिये इसकी उपयोगिता को कई गुना बढ़ा देता था। नुज़हत महल आरंभ में एक तीन मंज़िला इमारत हुआ करता था। इसके चार सज़ावटी अष्टकोणीय बुर्ज़ हुआ करते थे और जिन पर चमकीली पॉटरी सजी होती थी। इसके निर्माण में लखौरी ईंटों का इस्तेमाल किया गया था और दीवारों को चूना पत्थर से पलस्तर किया गया था। महल के किनारों पर मीनार हुआ करते थे। इन मीनारों में घुमावदार सीढ़ियाँ हुआ करती थी। ये सीढ़ियाँ बरामदे के नीचे मध्य प्रवेश द्वार तक जाती थीं।

चूँकि नुज़हत महल गोमती नदी के किनारे था; इसलिये अपने नवाबी के शुरुआती दिनों में, नवाब नकबुल्लाह अक़्सर ही अपनी बेगमों, ख़्वाजासराओं और

तीसमारख़ानों के साथ नाव से चलकर आराम और शिकार के लिये यहाँ आया करता था। नवाब यहाँ हिरण के शिकार के लिये रुका करता था। तब महफ़िलों का एक अलग ही दौर चला करता। हालाँकि अब नुज़हत महल लगभग जीर्ण-शीर्ण अवस्था में था और जब कभी यहाँ नवाब के आग़मन की ख़बरें आतीं तो बड़ी मुश्किल से इसकी चूना-कली और बगीचे को पानी देने की व्यवस्था जाती थी; ताकि नवाब के शान में किसी प्रकार की गुस्ताख़ी न हो। सच्चाई तो यह थी कि अब नवाब नकबुल्लाह शीशमहल से ही फ़ुर्सत न थी। ऐसे में वह अपने दरबारियों और ख़ास दोस्तों के साथ कभी-कभार ही यहाँ फराग़-दिल महफिलें सज़ा पाता था। विडम्बना देखिये...! आज इसी नुज़हत महल में एक नयी महफ़िल सज़ाई जानी थी और इसकी सफलता नवाब के लिये अतीत के अभी तक के किसी फ़राग़-दिल महफ़िल से बढ़कर थी।

नवाब की ओर से शिकार की तिथि मुक़र्रर होते ही दरबार में मीर-ए-सामां का काम देख रहे वज़ीर और उनके तमाम सहयोगी हरक़त में आ गये और पेशखाने की तैयारियों में लग गये। अस्ल में नवाब के कूच करने से ठीक पहले जो सामान पहले से ही अगली मंज़िल पर भेज दिया जाता था उसी को शाही भाषा में पेशख़ाना कहा जाता था। मीर-ए-सामां की ज़िम्मेदारी यह थी कि वह नवाब और उसके लश्कर के लिये पहले से ही कोई अच्छी जगह ढूँढ़ निकाले। नुज़हत महल के रूप में यह जगह पहले से ही चिन्हित थी। केवल पेशख़ाने के सामान का इंतिज़ाम करना था।

यों भी बादशाह सलामत के साथ उनके अमीरों, वज़ीरों, सिपाहियों, बेगमात और नौकर-चाकरों वग़ैरह के रहने का इन्तज़ाम करना कोई गामूली बात नहीं थी। एक पेशख़ाने को उठाने के लिये हाथी, ऊँट, खच्चर और हम्माल की दरकार होती थी। भारी सामान जैसे बड़े-बड़े डेरे और उनकी चौबें हाथियों पर लाद दिये जाते थे। छोटे डेरे ऊँटों पर लादे जाते थे। बावर्चीख़ाने का सारा सामान खच्चर ले जाते। कुछ हलकी और ज़्यादा क़ीमती चीजें हम्माल ले जाते थे-जैसे चीनी के बर्तन जो बादशाही दस्तर-ख़्वान पर लगाये जाते थे। पेशखाने के अलावा भी बहुत कुछ ले जाना पड़ता था;जैसे–बन्दूक़ें, हल्की तोपें, झण्डे, गधे, बकरियाँ, दुम्बे, कुत्ते, भैंसे, मूसीक़ी और रक्स के सामान आदि...! बहरहाल नवाब का हुक़्म होते ही मीर-ए-सामां ने शिकार की तैयारियों के लिये कोई कसर नहीं रख छोड़ी और दो दिन के भीतर सारा पहाड़ सिर पर उठा लिया। अंत में पेशखाने की रवानगी के बाद ही दम लिया। एक दिन सभी पूरे लाव-लश्कर के साथ शिकार के लिये नुज़हत महल की

और निकल गये और वहाँ जाकर अपने-अपने लंगर डाल दिये। नुज़हत महल के सामने के प्रांगण में एक ऊँची जगह पर पूरे डेरे के बीच में शाही ख़ेमे लगाये गये और इसके बाद अमीरों और वज़ीरों के तम्बू लगा दिये गये।

बहरहाल शिकार का सिलसिला शुरू हुआ। पहली शाम को नवाब ने मुर्गाबियों का शिकार खेलने की तमन्ना की। अब क्या था...! झील के किनारे कनातें लग गयीं। एक कनात में नवाब को उसके कुछ ख़ास दोस्तों और वज़ीरों के साथ पूरे शानो-शौक़त के साथ बिठा दिया गया दूसरी तरफ़ चिलमनों के पीछे बेगमों का मजमा था। बाज़ाफ्ता तौर पर इंतिज़ाम यह था कि पांच सौ शिकारी बाज़ पिंजड़े में शहर से ला कर झील पर छोड़ दिये गये थे ताकि पानी की सतह से ऊपर उड़कर जाने वाली चिड़ियों को वे रोके रहें और ऊपर जाने से मोहताज वो ग़रीब चिड़ियाँ किसी-न-किसी सूरत नवाब की गोली खाने को मजबूर हो जायें। इसके साथ ही यह भी व्यवस्था की गयी कि पंद्रह-बीस देहाती मछेरे झील के पानी में चारों ओर खड़े कर दिये गये ताकि वे नवाब की बन्दूक़ के आवाज़ होने के तुरंत बाद गोली खाक़र गिरने वाली चिड़ियों को फ़ौरन पानी में तैर कर निकाल लायें और नवाब के हुज़ूर में हाज़िर करें। यह बात और थी कि उनकी धोती के फेटे में तुरन्त की मारी दो-दो मुर्गाबियाँ पहले से ही बँधवा दी गया थीं। जब हर तरह की पेशबन्दी हो चुकी तब चारों तरफ़ से एक दुहाई हुई और उसी के साथ वज़ीर ख़लील खाँ ने अर्ज़ किया-

'आलीजाह...! अब देर किस बात की है...! अपनी बन्दूक़ का खूँरेज़ हमला कीजिये क्योंकि ये ना-बकार पंछी आपके हाथों क़त्ल होने के लिये बेक़रार हो रहे हैं।'

इतना सुनते ही नवाब के चेहरे पर ख़ुशी की चाँदनी फैल गयी और उन्होंने तुरन्त एक फायर किया। बस क्या था...! एक ही पट्टी के पढ़ाये हुये सब कारिन्दे पानी में कुछ देर बेवजह उछले-कूदे; फिर सबक के मुताबिक़ वो सारे मछेरे हाथों में अपना अपना शिकार थामे नवाब के आगे उसे पेश करने लगे। मज़ा यह कि हर आदमी शाहे-दीनपनाह के आगे दो-दो मुर्गाबियाँ लिये चला आ रहा था; जैसे एक फायर से तीस से ऊपर चिड़ियाँ एक साथ ढेर हो गयी हों...!

यह नज़ारा देखकर नवाब का सिर चकरा गया। उसने अपने दोस्तों के चेहरे पढ़े और फिर मुसाहिबों को देखा। फिर बोला–

'कमबख़्तों...! यह क्या तमाशा है...? इतने परिन्दे एक साथ कैसे हलाक़ हो गये...? मैंने तो सिर्फ़ एक गोली ही चलायी थी।'

ख़लील खाँ ने वक़्त की नब्ज़ देखी और फ़ौरन पैंतरा बदलकर, बड़ी नफ़ासत

से नवाब को सलाम करके बोला–'हुज़ूर...! इसमें क्या शक...! यह शाही शिकार था कोई आम निशानेबाज़ी नहीं...! क्या अजब जो आपके हाथों एक फायर में इतने परिन्दे ज़रब खा गये; क्योंकि कुछ एक वार खाक़र मरे होंगे तो कुछ उस वार की दहशत में दम तोड़ गये होंगे।'

नवाब ने एक नज़र दाएँ देखा और दूसरी नज़र बाएँ...! सभी ख़लील ख़ाँ के कथन में अपना सिर हिला रहे थे। इस कारण नवाब का इस तर्क से असहमत होने का कोई ख़ास कारण नज़र नहीं आया। नवाब ने कहा–

'माशा-अल्लाह...! यह शाही शिकार कल भी जारी रहेगा। मारी गयी सारी मुर्गाबियों को तोहफ़े के तौर पर यहाँ उपस्थित मछेरों में तक़्सीम कर दिया जाय...!' वज़ीर ने नवाब की ओर झुककर शाही अंदाज़ में फ़रमाया–'इंशा-अल्लाह...!' फिर सभी अपने-अपने शिविर की ओर चल पड़े। इस प्रकार आज शाही शिकार का औपचारिक आगाज़ हो गया था।

शिकार के शिविर में सबसे आश्चर्यजनक बात थी-शमशीर का नवाबों जैसा अंदाज़...! उसका डेरा भी लगभग उसी ऊँचाई पर लगाया गया था जिस ऊँचाई पर नवाब का शाही डेरा अवस्थित था। नवाब को इसकी जानकारी दे दी गयी थी। यदि यही काम शमशीर के अलावा किसी और ने किया होता तो अब तक उसका सिर धड़ से अलग कर दिया गया होता और उसे जंगली जानवरों के सामने खाने के लिये फेंक दिया गया होता। लेकिन अपने वज़ीरों के लाख भड़काने के बावुज़ूद, न जाने क्यों नवाब ने शमशीर की इस गुस्ताख़ी पर कोई ख़ास प्रतिक्रिया नहीं दी और इसे लगभग अनसुना ही कर दिया। सारे दरबारी नवाब के इस मनोभाव पर अचंभित थे। लेकिन वे चाहकर भी कुछ कर नहीं सकते थे।

उधर पहले से की गयी मंसूबाबन्दी के मुताबिक़ गौहर ने शिकार के समय अपना सारा वक़्त नवाब के साथ बिताने का निश्चय किया था। सो वह सारा समय नवाब के साथ दे रही थी। हालाँकि वह नवाब के साथ रहकर भी तनिक खोयी-खोयी सी रहती और उसका मन नवाब के साथ तनिक भी न लगता था। हर वक़्त उसकी नज़रें शमशीर को तलाशती रहतीं। जबकि वह बख़ूबी जानती थी कि शमशीर, नवाब के बुलाने पर भी उनके सामने नहीं आयेगा चाहे भले ही उसकी जान क्यों न चली जाये...! नवाब ने भी गौहर से सच्चा इश्क़ किया था। वह गौहर परी को हर पल निहारता रहता और उसके मनोभावों को पढ़ने की कोशिश करता। इस लुका-छिपी में कई बार दोनों की नज़रें एक हो जातीं और कुछ देर की सम्मिश्रति मायूसी के बाद

वे एक दूसरे से नज़रें हटा लेते। गौहर चाहकर भी नवाब की नहीं हो पा रही थी और नवाब चाहकर भी गौहर से दूर नहीं जा पा रहा था। पास हो कर भी दूरी का एहसास उसे खाये जा रहा था। इस मन:स्थिति में अगर गौहर के अलावा उसकी कोई दूसरी बेगम होती तो नवाब शायद उसे फाँसी के फन्दे पर टँगवा देता...! लेकिन यहाँ तो स्थिति उल्टी थी। नवाब स्वयं फाँसी के फन्दे पर झूल सकता था लेकिन गौहर के चेहरे पर किसी प्रकार का तनाव देखना उसे कत्तई मंज़ूर न था।

बहरहाल दिन में सभी नवाब के साथ शिकार पर निकल जाते और रात में अपने अपने डेरे में बैठकर महफ़िलें सज़ाते। अभी तक केवल शमशीर ही एक ऐसा शख़्स था जो नवाब के साथ शिकार करने जाने की बजाय अकेले शिकार पर निकलता था और शाम को लौटने के बाद भी अकेले ही महफिलें सज़ाता था। एक दिन हुआ यों कि शमशीर अपने घोड़े पर बैठकर शिकार की तलाश में दूर जंगल में निकल गया था। तभी रास्ते में जिब्राइल ख़ान ने फ़क़ीर के वेश में शमशीर के क़ाफ़िले में घुसकर एक कागज़ देते हुए उससे कुछ अर्ज़ करने की कोशिश की; हालाँकि इसके पहले कि वह शमशीर को छू भी पाता, शमशीर ने उसे ज़ोर से झटक दिया। दरअस्ल शमशीर इस वक़्त समय शराब के नशे में था। लेकिन नशे में होने के बावुजूद उसे इतना होश ज़रूर था कि अभी-अभी किसी फ़क़ीर ने उसके पास आने की कोशिश की है। फ़क़ीर को दूर झटककर वह फिर अपने प्याले में शराब ढालने लगा। फ़क़ीर बना जिब्राइल उससे झिड़की पाकर थोड़ी दूर पर सुस्ताने के लिये बैठ गया; ताकि किसी को उसे देखकर शंका न हो...! तभी शमशीर के एक साथी ने फ़क़ीर को पुचकारते हुए कहा–'मियाँ...! पास आओ और यह काग़ज़ मुझे दे दो।' थोड़ा और निकट आकर फ़क़ीर का वेश धारण किये जिब्राइल ने अपने इस शिकायती पत्र को उसे सौंप दिया। शमशीर के साथी ने उसे खोलकर ध्यानपूर्वक पढ़ना शुरू ही किया था कि अचानक बिजली की-सी फुर्ती से एक छुरा हवा में चमका और इसे पालकी में बैठे शमशीर के पेट में घोंप दिया गया।

दरअस्ल हुआ यह था कि शमशीर के एक दूसरे सहायक ने ठीक उसी समय शमशीर को शराब का प्याला पकड़ाने की कोशिश की थी। शमशीर जैसे ही प्याला पकड़ने के लिये दूसरी ओर घूमा, फ़क़ीर का वेश धारण किये जिब्राइल ख़ान को हमला करने का पूरा अवसर मिल गया। इसके पहले कि कोई और कुछ समझ पाता, जिब्राइल ने बिजली की-सी तेज़ी से अपने चोले में छिपा कसाई के उपयोग में आने वाला छुरा निकालकर पूरी ताक़त से शमशीर के पेट में घोंप दिया। छुरे के

तेज़ प्रहार से शमशीर को समझ आने में देर न लगी कि आज उसका काम बिगड़ गया था। उसने भरपूर ताक़त से चिंघाड़ कर जिब्राइल को एक शक्तिशाली लात जमाई। शमशीर का पैर जिब्राइल के सीने पर इतनी तेज़ लगा कि वह औंधे मुँह नीचे जा गिरा। शमशीर की हालत देखकर उसके साथी उसे वहीं छोड़कर भाग खड़े हुए। उधर जिब्राइल, घायल शमशीर के पैरों के ज़ोरदार प्रहार से नीचे ज़रूर गिरा था, लेकिन गिरते-गिरते भी उसने ख़ुद को इतना सँभाल लिया था कि अब उसने घायल शमशीर को घोड़े से खींचकर नीचे गिरा दिया और लपककर उसके सीने पर चढ़ बैठा। अबकी बार जिब्राइल कोई चूक नहीं करना चाहता था। उसने पूरे वेग से दूसरा वार तड़पते शमशीर की गर्दन पर किया। फिर क्या था...! पल भर में ही शमशीर की गर्दन धड़ से अलग हो कर लुढ़की और दूर जा गिरी। शमशीर का धड़ कुछ देर तक ज़मीन पर पड़ा तड़पता रहा; फिर शान्त हो गया।

ज़मीन पर पैर पटकते हुए हुए जिब्राइल, शमशीर के कटे हुए सिर के पास पहुँचा। वह शमशीर के उस कटे हुए सिर को देखकर इस क़दर प्रसन्न हुआ जाता था कि उसे शब्दों में बयाँ नहीं किया जा सकता। जिस शमशीर के सामने मुँह खोलने से पहले उसे अपने एक-एक शब्द को तौलना पड़ता था; उसी शमशीर के कटे हुए सिर को उसने बड़ी हिक़ारत भरी नज़र से उठाया और नवाब के शाही डेरे के मुख्य द्वार पर जाकर किसी गेंद की माफ़िक़ नीचे लुढ़का दिया। चारों ओर भारी भीड़ जमा हो गयी थी। शाही डेरे के बाहर खड़े हो कर जिब्राइल ने ज़ोर से आवाज़ लगाई–'बादशाह सलामत...! ज़रा डेरे से बाहर तो आइए...!'

इस वक़्त वहाँ उपस्थित भीड़ में बादशाह की सलामती के नारे लग रहे थे। नवाब उस समय गहरी नींद में था। तेज़ शोर-शराबा सुनकर नवाब नंगे पाँव ही बाहर निकल आया। यह भी अजब संयोग था कि जिस समय वह भागते हुए क़दमों से बाहर आया; ठीक उसी वक़्त गौहर बेगम भी उसके साथ भागती हुई बाहर आयी। नवाब ने जो दृश्य देखा, उसे देखकर एकबारग़ी उसकी रूह काँप गयी। नवाब को देखते ही आत्मविश्वास से भरे जिब्राइल ख़ान ने शमशीर के नरमुंड की ओर इशारा कर कहा–

'हुज़ूर...! आप ही दीनपनाह के सच्चे बादशाह हैं! इस सरज़मीं पर किसी में इतनी जुर्रत नहीं कि आपकी नवाबी पर शक की नज़र डाल सके...! यह ताज और यह सल्तनत आपकी अमानत है हुज़ूर...! सँभालिये अपने राज को और अपनी फ़ौज को...! दुश्मन आपके दरवाज़े तक आने की सोच भी नहीं सकता, जब तक आप अपनी तलवार के साए में इस रियासत को महफूज़ रखें...!'

यह तो केवल नवाब ही जानता था कि शमशीर की इस जघन्य हत्या के लिये नवाब की किस सीमा तक सहमति थी...! पर इतना निश्चित था कि किसी ज़माने में अपने सबसे प्रिय दरबारी जिसे वह कभी जी-जान से प्यार करता था; की इस निर्मम हत्या से एकबारग़ी नवाब भी सन्न रह गया था। कुछ सेकेण्ड के अन्तराल के बाद, उसने दिखावे के लिये दबे स्वर से जिब्राइल से इस तरह की हिंसा का प्रतिवाद करने का प्रयास किया; पर गौहर परी ने नवाब की आँखों में छिपे सच को पढ़ लिया था।

बहरहाल शमशीर की लाश गोमती नदी के किनारे ले जाकर फेंक दी गयी; जैसे कभी शमशीर ने इमलाक की लाश फिंकवा दी थी। इस घटना से गौहर परी की सारी रौनक़ जाती रही। वह बुरी तरह ग़म में डूब गयी। कहा जाता है कि शमशीर की मौत के बाद गौहर ने विधवा की तरह सभी गहरे उतार दिये और सफ़ेद कपड़े पहन लिये। गौहर बेगम अब नवाब नकबुल्ला के ख़्वाजासराओं के गिरफ़्त में थी-उन्हीं ख़्वाजासराओं की गिरफ़्त में, जिन्हें उसने हमेशा अपनी जूती की नोंक पर रखा। और अब बारी ख्वाजा-सराओं की थी। सो वे भी कहाँ चूकने वाले थे...! ख़लील खाँ के नेतृत्व वाले ख़्वाजासराओं की टीम ने षड़यंत्रपूर्वक उसे शीशमहल के ही एक ख़ास क़ैदख़ाने में डाल दिया और हर संभव कोशिश की कि गौहर के दर्प का दमन कर दिया जाय; उसके स्वाभिमानरूपी दर्प को किसी सर्प के फन के माफ़िक कुचल दिया जाय। लेकिन इतिहास की तमाम महत्वाकांक्षी स्त्रियाँ किसी की गिरफ़्त में कहाँ रहती आयी हैं भला...! सो गौहर के लिये भी यह लगभग असंभव था।

शमशीर के साथ घटी निर्ममता ने उसे बिलकुल ख़ामोश कर दिया था। क़ैदख़ाने में रहकर भी वह लगातार चुप रहने लगी थी और बहुत पूछने पर भी कुछ न बोलती थी। जिस मौत से हम ज़िंदगी भर भागते हैं कभी-कभी वह हमें नशा-ख़ेज़ लगने लगती है। तब इसके सामने, हमें आगा-पीछा कुछ नहीं सूझता। हम एक पल में ही अपना सारी अज़्मत-सारे तिलिस्म को भुला कर मौत को गले लगा लेना चाहते हैं। इन मुश्किल लम्हात में ज़िंदगी के सारे असरार पल भर में ही बेमानी लगने लगते हैं। ऐसा लगने लगता है कि बेवज़ह ही हमने इस फ़ानी जिस्म के लिये इतनी बे-मुरव्वत कोशिशें कीं...! बेमतलब ही अपनी आगे पीछे इतनी अज़्मत जमा की...! उन पलों में मौत का यह नशा इतना शदीद होता है कि इन्सान पल भर में ही इस फ़ानी जिस्म की ग़ुलामी से आज़ादी पा लेना चाहता है। उसे लगता है कि कोई लामहदूद ताक़त उसका बेसब्री से इन्तिज़ार कर रही है जहाँ पहुँचकर वह इन दुनियावी मसाइल से पार पा लेगा। जहाँ न कोई ग़म होगा और न ही ग़म की कोई वज़ह...!

इन्हीं ज़ेहनी हालात से गुज़रते हुए एक दिन गौहर ने अपनी अंगूठी में छिपाकर रखे ज़हर को खा लिया और इस दुनिया-ए-फ़ानी को अलविदा कह दिया। बक़ौल ख़ुशबीर सिंह शाद, इस दुनिया-ए-फ़ानी को अलविदा कहने से पहले गौहर पर ज़रूर कुछ यूँ गुज़री होगी के–

रगों में ज़हर-ए-ख़ामोशी उतरने से ज़रा पहले
बहुत तड़पी कोई आवाज़ मरने से ज़रा पहले।

इस हादसा-ए-दिलख़राश के बाद नवाब के ख़्वाजासरा, गौहर का शव यथास्थान छोड़कर भाग खड़े हुए। जब नवाब नकबुल्ला को इसकी जानकारी हुई तो वह बेहद नम आँखों से चलकर शीशमहल तक आया और जिस स्थान पर गौहर ने अपने प्राण त्यागे थे, ठीक उसी स्थान पर उसकी लाश को दफ़न किया; उसकी कब्र पर एक का मक़बरा बनवाया और मक़बरे पर यह ख़ुदवाया–'आह...! ग़म-ए-गौहर बेगम...!' आगे चलकर यह मक़बरा मोहब्बत करने वालों के लिये पवित्र स्थान बन गया। और ऐसा कहते हैं कि सदियों तक शीशमहल के भीतर अधूरी मोहब्बत वाले तमाम लोग और स्वयं बेगमें भी अगर गौहर बेगम की कब्र पर दो आँसू गिरा देते तो इससे उनको असीम शान्ति मिलती थी।

शमशीर को जन्नतनशीं करने के एवज़ में, जिब्राइल ख़ान को पुरस्कारस्वरूप मीर-बक्शी का महत्वपूर्ण पद दे दिया गया। जॉर्ज बाक़र अपने लिये ख़तरा महसूस कर नादान महल से अपनी जान बचाकर घाघरा स्टेट की ओर भागा। जिब्राइल को इसकी भनक लग चुकी थी। सो रास्ते में ही नवाब की फ़ौज के सिपाहियों ने उसे बुरी तरह घेर लिया। हालाँकि जॉर्ज बाक़र की क़िस्मत अच्छी थी और उसे अभी कुछ और समय तक ऐश करना बदा था। यह संयोग ही था कि जॉर्ज बाक़र के दीनपनाह से निकलते समय ही रहम सिंह को इसकी सूचना मिल चुकी थी। फ़िलहाल जार्ज बाक़र के जान की रक्षा करना उसका फ़र्ज़ बनता था। और उसने इसमें कोई कोताही नहीं की। उसने दीनपनाह की सीमा पर तैनात अपनी गुरिल्ला फ़ौजों को सक्रिय किया जिन्होंने न केवल जॉर्ज बाक़र को उनके चंगुल से बाहर निकाला बल्कि नवाब की फ़ौज का भी बड़ा नुक़सान किया। फ़िलहाल जॉर्ज बाक़र दुश्मन के चंगुल से निकलकर सीधे घाघरा स्टेट पहुँचा; जहाँ राजा रहम सिंह उसका गर्मजोशी से इंतज़ार कर रहा था।

22

बद-क़िस्मती को ये भी गवारा न हो सका
हम जिस पे मर मिटे वो हमारा न हो सका।

—शकेब जलाली

वक़्त की फ़ितरत बहते हुए पानी की तरह होती है; वह एक जगह नहीं ठहरता। लगातार अपना आकार बदलता रहता है। ज्यों-ज्यों वक़्त बीतता जाता है इसके साथ बीती हुई यादों के नक़्श बदल जाते हैं। बदल ही नहीं जाते बल्कि तनिक धुंधले हो कर एक-दूसरे में मिल जाते हैं और तस्वीरें आपस में मस्ख़ हो जाती हैं। दरअस्ल बदलते वक़्त के साथ हक़ीक़त के थपेड़ों से निर्मित लू के आगे ख्वाबों की सुकूनबख़्श छांव मद्धिम पड़ जाती है। और हम अक़्सर इस तपती धूप के तवे पर स्मृतियों की रोटियों से नये ख़्वाब तख़लीक़ करके उन्हें पुराने ख़्वाबों का नाम दे देते हैं। लेकिन नवाब नकबुल्ला अभी पुराने ख़्वाबों से ही नहीं उबर पाया था, वह नये ख़्वाब क्या तख़लीक़ करता भला...! नवाब बुरी तरह से टूट गया था। अस्ल में टूटे हुए दिल की कोई दवा नहीं होती। या तो इसके लिये दुआ होती है या फिर इसको सज़ा होती है। ऐसे मौक़ों पर कई बार दुआयें भी काम नहीं करतीं। तब सज़ा ही एकमात्र विकल्प रह जाता है। सज़ा भी कैसी...! जहाँ सज़ा देने वाला और गुनहगार दोनों एक ही इन्सान होता है...! ऐसे में सज़ा, सज़ा-ए-मौत से भी बढ़कर कष्टदायी और दुरूह हो जाती है। कष्टदायी इसलिये क्योंकि इसमें सज़ायाफ़्ता स्वयं के प्रति कोई रियायत नहीं बरतता, बल्कि आत्म-उत्पीड़न में भी अत्यधिक आनन्द महसूस करता है। और दुरूह इसलिये क्योंकि यह हर रोज़ अपना स्वरूप बदलती रहती है और इसकी कोई अन्तिम समय सीमा नहीं होती।

ख़ैर...! वर्तमान परिस्थितियों में नवाब तनिक विक्षिप्त-सा हो चला था। वह चाहकर भी गौहर बेगम की यादों से उबर नहीं पा रहा था। बताते हैं गौहर बेगम

के इन्तेकाल के बाद वह महीनों ग़म में डूबा रहा। यों कहें कि वह गहन अवसाद की गिरफ़्त में हो चला था। यह पहला अवसर था जब उसने महीनों तक न तो ख़्वाज़ासराओं के साथ पासे के खेल में भाग लिया; न तो अपने तीसमारख़ानों के साथ कोई मौज़-मटरगश्ती की; न उसके साथ किसी शिकार पर गया और न ही अपने प्रिय रंग़महल में किसी नृत्य-संगीत या अभिनय में ही भाग लिया।

नवाब के इस व्यवहार से कुछ समय तक दरबार में भी चारों तरफ़ मनहूसियत छाई रही। धीरे-धीरे यह मनहूसियत चौतरफ़ा मुर्दानगी में तब्दील हो गयी। न जाने सभी को ऐसा क्यों लगने लगा कि बेगम साहिबा के ग़म में, कहीं नवाब भी कोई आत्मघात न कर बैठे...! दरबार में अजीब तरह की मायूसी और मातम का आलम छा गया था। चारों तरफ़ गहमा-गहमी और खुसुर-फुसुर का माहौल...! लेकिन सब कुछ किसी सन्नाटे की तरह...! किसी को भी कोई रास्ता नहीं सूझ रहा था। बाध्य हो कर नवाब के साथी ख़्वाजासराओं, तीसमारख़ानों और वज़ीरों ने अपने सारे मतभेदों को भुला कर एक बैठक का आयोजन करने का निर्णय किया और आपस में यह मश्वरा किया कि सभी के यक़ीनी मफ़ाद के पेश-ए-नज़र यह निहायत ज़रूरी होगा कि किसी भी प्रकार से नवाब को दरबार में बैठने के लिये मनाया जाये; उसे पूर्व की मन:स्थिति में वापस ले आया जाये; अन्यथा रियासत का वज़ूद ख़त्म होने में देर न लगेगी।

इस आम सहमति के बावुजूद नवाब को मनाने का अस्ल तरीक़ा क्या होगा, यह किसी को भी समझ में नहीं आ रहा था। राज्य के सारे नीम-हकीम और झाड़-फूँक वाले पहले ही आजमा लिये गये थे; लेकिन नतीजा बिलकुल सिफ़र रहा था। यहाँ तक कि कई सूफ़ी-संत और दरवेश तक का सानिद्ध्य भी नवाब के सेहत में रत्ती भर भी सुधार न कर सका था। तब इन पिद्दी भर औक़ात वाले वज़ीरों, ख़्वाजा-सराओं और तीसमारख़ानों की भला क्या ही बिसात थी...! लेकिन दरबारियों के पास इसके अलावा कोई और विकल्प भी न था। इसलिये न चाहते हुए भी इन सभी का साथ बैठना एक प्रकार की मज़बूरी थी। फ़िलहाल जैसा कि पहले से सँभावित था कई दौर की बैठकी और घण्टों की माथापच्ची के बाद भी कोई निष्कर्ष नहीं निकाला जा सका। जितने सिर उतने सुझाव...! सभी नाकाफ़ी और एक से बढ़कर एक बेवकूफ़ाना भी...!

किसी ने सलाह दी कि नवाब, बेगम साहिबा की एक आदमक़द तस्वीर अपने दरबार में सज़ा लें और अपने हर फ़ैसले के पहले उस तस्वीर को अस्ल बेगम

मानकर उनसे मश्वरा करते रहें। किसी ने कहा कि तस्वीर से बेहतर होगा कि बेगम के मुखौटे वाली एक अस्ल कनीज़ दरबार में खड़ी कर दी जाय और नवाब उसे देखकर गौहर बेगम के ज़िंदा होने का एहसास भी करते रहें और इश्क़ भी फ़रमाते रहें। कुछ की इन दोनों से नाइत्तिफ़ाक़ी थी। उनका कहना था कि दुनिया के सभी मुल्क़ के बादशाहों को गौहर बेगम की तस्वीर भेज दी जाय और उनसे यह मुतालबा किया जाय कि यदि गौहर जैसी कद-काठी वाली कोई ख़ातून दिखे तो उसे नवाब की ख़िदमत में पेश किया जाय।

हालाँकि इस तमाम माथापच्ची के बावुजूद कोई निष्कर्ष नहीं निकला जा सका। जब ऐसा लगने लगा कि अब किसी अंज़ाम तक पहुँचे बिना ही इतनी अहम बैठक मुल्तवी करनी पड़ेगी; तभी तीसमारख़ानों में से एक रफ़ूगर ने इस तथाकथित गोपनीय सभा में गुस्ताख़ी माफ़ करने के दरख़्वास्त के साथ सभी के सामने कुछ यूँ अर्ज़ किया–

'आप सब बुरा न मानें तो मेरे पास एक रास्ता है...! इसे आज़मा कर देखने में कोई बुराई नहीं है...!'

रफ़ूगर मियाँ का इतना कहना भर था कि सभी के चेहरे पर रोशनी की एक झीनी किरण-सी दिखायी देने लगी। सभी रफ़ूगर मियाँ से वह नायाब रास्ता जानने की कोशिशों में लग गये। मियाँ रफ़ूगर ने यह बताया कि–

'घाघरा स्टेट के तवाइफ़ों के मुहल्ले 'मछली मुहाल' में हुस्ना बाई नाम की एक तवाइफ़ रहती है जिसकी शक्लो-सूरत गौहर बेगम से हू-ब-हू मिलती है। यदि किसी तरीक़े से हुस्ना बाई और नवाब का आमना-सामना हो जाय तो संभव है कि नवाब अपने ख़ुद-तर्सी से बाहर निकल सके। इसके अलावा मुझे तो फ़िलहाल कोई और रास्ता नहीं सूझता...!'

रफ़ूगर मियाँ का सुझाव सुनकर सभी की आँखें चमक गयीं। रफ़ूगर मियाँ ने आगे कहा–'...बस मुश्किल केवल इतना ही है कि हुस्ना अपना चौखट छोड़कर आज तक किसी के दरवाज़े पर नहीं गयी...!'

इस पर वहाँ मौज़ूद मीर-बख़्शी जिब्राइल ने तलवार खींचते हुए कहा–'...यह नवाब के ख़ुद-दारी का मुआमला है...!'

वज़ीर-ए-दाख़िला ख़लील ख़ाँ ने भी मीर-बख़्शी की हाँ-में-हाँ मिलाते हुए अपनी दस्तक दी–'अबकी उसे आना ही होगा...!'

तब इस पर रफ़ूगर ने उन्हें शान्त करते हुए कहा–'जनाब...! यदि उसके साथ

कोई ज़ोर-ज़बरदस्ती की गयी तो सम्भव है कि वह अपना नुक़्सान कर बैठे। तब नवाब के नासाज़ तबीयत को ठीक करने की रही-सही उम्मीद भी ख़त्म हो जायेगी।'

जिब्राइल को बात समझ में आ गयी। उसने बेबस भाव से रफ़ूगर मियाँ से सवाल किया–'आख़िर इसका रास्ता क्या हो सकता है...?'

रफ़ूगर ने कहा–'किसी तरह से नवाब के कानों तक हुस्ना के हुस्न बारे में बातें पहुँचानी होंगी...! बाक़ी रास्ता नवाब स्वयं निकाल लेंगे...!!' सभी के बीच ऐसा ही तय हुआ।

लेकिन सब कुछ के बावुजूद, अस्ल मसला यह था कि नवाब के कानों तक यह बात पहुँचेगी कैसे...? आख़िरकार बिल्ली के गले में घण्टी कौन बांधेगा...? कहीं नाराज़गी में नवाब ने सामने वाले को भी मौत का फ़रमान सुना दिया तो लेने के देने पड़ जायेंगे। मुआमला फिर भी हल नहीं होगा। अंत में ख्वाज़ा-सराओं के मुखिया ख़लील खाँ ने थोड़ मान-मनव्वल करके रफ़ूगर को ही इस काम के लिये राज़ी कर लिया। हालाँकि रफ़ूगर जानता था कि इस काम के ख़तरे हज़ार हैं। लेकिन नवाब की सेहत में सुधार के लिये कम-से-कम वह एक बार इस ख़तरे को उठाने के लिये तैयार था। वह मन-ही-मन सोचता था कि इस नेक काम के लिये अगर उसकी जान भी चली जाय तो भी उसे इसका ग़म न होगा।

एक दिन तयशुदा तैयारी के साथ, बड़े ही गोपनीय ढंग से रफ़ूगर को इस काम को अंज़ाम देने के लिये नवाब के कक्ष में भेजा गया। रफ़ूगर ने जब नवाब के कक्ष में पैर रखा तो उसके पैर काँप रहे थे और बदन में अजीब-सी गर्मी हो रही थी; जैसी पहले कभी न हुई थी। फ़िलहाल उसके प्रवेश के समय कक्ष के भीतर कोई सुगबुगाहट न हुई। हालाँकि एक विशेष प्रकार की गंध पूरे कक्ष को अपने आगोश में ले रही थी। अस्ल में इस समय पूरा कक्ष ही मयखाना और चंडूखाना बना हुआ था। रफ़ू ने फटी आँखों से कक्ष में चारों ओर नजरें दौड़ाई। उसने देखा कि नवाब एक ओर ज़मीन पर इस क़दर बेसुध लेटा पड़ा है जैसे उसमें कोई जान ही बाक़ी न बची हो...! रफ़ू यह सब कुछ देखकर सहसा डर गया। वह सहमे हुए मनोदशा में नवाब के तनिक और पास गया। अचानक से किसी के क़दमों की आहट पाकर नवाब के शरीर में हल्की-सी हरक़त हुई। यह देख रफ़ू की जान-में-जान आयी। हिम्मत करके वह अपने को नवाब के मुँह के पास ले गया और अपने नथुनों से लम्बी साँस ली। उसने महसूस किया कि नवाब पूरी तरीक़े से नशे में डूबा हुआ था। उसे न तो अपनी और न किसी और की कोई सुध थी। उसकी आँखें खुलना तो चाहतीं थीं लेकिन

चाहकर भी खुल नहीं पा रही थीं। उसका शरीर कमज़ोर और पीला पड़ गया था मानों कोई पीलिया का रोगी अपनी अन्तिम साँसें गिन रहा हो...!

नवाब की यह दशा देखकर पल भर के लिये रफ़ू की आँखें डबडबा गयीं। उसे समझ में नहीं आ रहा था कि वह क्या करे...! वह पूरे दिन नवाब के कक्ष में बैठा रहा; पहले से की गयी मंसूबाबन्दी के मुताबिक़, नवाब की प्याली में मदिरा के साथ उसका नशा उतारने वाला द्रव्य डालता रहा और इसे नवाब की ओर बढ़ाता रहा। नवाब अपने नशे को संतुलित करने के लिये पूर्व की भांति इसे बन्द आँखों से ही निरंतर ग्रहण करता रहा। नवाब के साथ कुछ घण्टे गुजारने के बाद रफ़ूगर ने यह देखा कि उसकी दवा धीरे-धीरे असर करने लगी है और नतीज़ा यह हुआ कि जो नवाब, रफ़ूगर के कक्ष में दाख़िल होने पर उसकी ओर न तो देखता था और न ही बोलता था; रात गहराने के साथ ही उसके कंधे पर सिर रखकर सुबकने लगा और चिल्ला-चिल्ला कर यह कहने लगा कि 'मैंने ही अपनी गौहर बेगम को मार डाला...! मैं गौहर के बग़ैर जी नहीं सकता...! या अल्लाह...! या तो मुझे अपने पास बुला ले या मुझे मेरी गौहर वापस कर दे...!!'

रफ़ूगर के लिये अपना दाँव चलने का यह सबसे सही मौक़ा था। उसने अपने चेहरे पर झूठी गम्भीरता ओढ़ी और नवाब को ढाँढस बँधाते हुए बोला–

'जहाँपनाह...! अल्लाह ने बेगम साहिबा को केवल इतनी ही साँसें देकर धरती पर भेजा था। जब उनकी साँसें ख़त्म हो गयी तो फिर उन्हें अपने पास वापस बुला लिया। आप बेहतर जानते हैं कि वहाँ जाने के बाद कोई लौटकर वापस नहीं आता। फिर गौहर बेगम को लेकर अपने को गुनहगार मानने का भी कोई तुक नहीं...! आप नवाब हैं। इस धरती के ख़ुदा हैं। यहाँ केवल आपका राज चलता है। गुस्ताख़ी मुआफ़ हो...! आप चाहें तो किसी और को अपना लें और उसे ख़ास बेगम की तरह मान दें। दुनिया पल भर में पहले जैसी हो जायेगी। गौहर बेगम के ग़म से बाहर आने का इसके अलावा कोई रास्ता नहीं...!'

नवाब ने अपनी व्यथा व्यक्त की–'कहना आसान है रफ़ू...! लेकिन उस पर अमल करना उतना ही मुश्किल...!!'

नवाब को अनुकूल होते देख रफ़ूगर का आत्मविश्वास तनिक बढ़ गया। उसने कहा–'मुश्किल तो है जहाँपनाह...! लेकिन नामुमकिन बिलकुल भी नहीं...!'

नवाब ने अपनी मुट्ठियाँ भींचते हुए उसे अपने मसनद पर दे मारा–'लेकिन मैं अपना दिल लगाने कहाँ जाऊँ...! गौहर के बिना मेरा जीना मुहाल हो गया है...!'

रफ़ूगर ने नवाब को पुचकारा–'कैसी मामूली बातें करते हैं जनाब...! आपको किसी के पास जाने की ज़रूरत नहीं है। वो स्वयं चलकर आपके पास आयेगी...!'

नवाब चौंका – 'वो...! कौन वो...! कौन है वो...!!'

रफ़ूगर ने कहा–'...है एक तवाइफ़ घाघरा स्टेट के मछली मुहाल में...! हुस्ना बाई नाम है उसका...! बिलकुल ख़ास बेगम के नाक-नक़्श वाली...!वही सूरत...!वही सीरत...!वही अंदाज़...! सब कुछ एक़दम ख़ास बेगम जैसे...!!'

रफ़ूगर ने देखा कि इतना कहने भर से नवाब के चेहरे की रंगत बदलने लगी है। अस्ल में पुरुष का इश्क़ अक़्सर स्त्री के देह तक ही सीमित रहता आया है। यदि स्त्री की जवानी ढलने लग जाय तो पुरुष के इश्क़ में हल्कापन आने लगता है और यदि ख़ुदा-ना-ख़्वास्ता वह स्त्री ख़ुदा को प्यारी हो जाये, तब तो पुरुष का 'स्व' किसी दूसरी स्त्री में अपना इश्क़ तलाशने लगता है। लेकिन वह बिना इश्क़ के नहीं रह सकता, यह बिलकुल तय है। बल्कि कई बार तो पुरुष का 'स्व' सामने वाली स्त्री में अपने प्रति स्नेह का भाव न होने पर, उसके हृदय में अपने प्रति जबरन इश्क़ जागृत करने के लिये उद्यत हो उठता है और उसे हासिल करके ही दम लेता है। फिर नवाब तो नवाब ठहरा...! उसके एक इशारे पर ज़माने की न जाने कितनी हसीनाएँ, उसके सामने इश्क़ में समर्पण करने के लिये तैयार हो सकती थीं। लेकिन वह इश्क़ ही क्या जो सामने वाले को समर्पण के लिये मज़बूर करे...! अस्ल इश्क़ तो वह है जिसमे बन्दा सामने वाले के सौंदर्य में गिरफ़्तार हो कर ख़ुद आत्मसमर्पण कर दे। यही इश्क़ का सर्वोच्च है। रफ़ूगर द्वारा हुस्ना का वर्णन सुनते ही नवाब उछल पड़ा। बोला–

'मैं जाऊँगा उसके पास...! उससे अपने ज़िंदगी की भीख माँगने...!'

रफ़ूगर ने नवाब के इस उत्साह पर पर कोई ख़ास प्रतिक्रिया न देने का नाटक करते हुए, नवाब के दिल को तनिक हौले से सहलाने की कोशिश की। बोला–'कैसी बातें करते हैं जहाँपनाह...! आप वहाँ नहीं जायेंगे...! आप कत्तई नहीं जायेंगे...! नादान महल की नाफ़रमानी होगी यह...! उसे ख़ुद चलकर आपके क़दमों तक आना होगा...!'

नवाब भावुक हो चुका था। बोला–'वो इश्क़ ही क्या जो माशूक़ को अपने क़दमों में झुकाने के बारे में सोचे...! इश्क़ तो सज़दे का दूसरा नाम है...! इश्क़ में तकब्बुर ठीक नहीं...! मैं एक बार इसके लिये अपने जीवन को ख़तरे में डाल चुका हूँ। अब और नहीं कर सकता। हुस्ना की महफ़िल में जाने की तैयारी करवाइए...!!'

रफ़ूगर ने नवाब को समझाने की कोशिश की–'जहाँपनाह...! जाने के निर्णय तक तो ठीक है...! अगर मेरी मानें तो अपनी पहचान छुपाते हुए जाना ठीक होगा।'

नवाब सहमत हो गया। बोला–'ऐसा ही होगा। मेरे जाने की किसी को कानों-कान ख़बर नहीं होगी...!'

बहरहाल दोनों के बीच यह तय हुआ कि न तो रफ़ू मियाँ और न ही नवाब नकबुल्ला किसी से इसकी दुबारा चर्चा करेंगे। नवाब कैसे और कब हुस्ना बाई से मिलने जायेंगे, यह वह स्वयं तय करेंगे। इसकी जानकारी वे रफ़ूगर को भी न देंगे। रफ़ूगर को अपने प्रयासों की सफलता से मतलब था जिसमें वह फ़िलहाल काफ़ी हद तक सफल हो चुका था। नवाब से गुफ़्तगू ख़त्म होने के बाद वह धीरे से नवाब के कक्ष से बाहर निकला और अपने आवास की ओर निकल गया। साथी तीसमारख़ानों, ख़्वाजासराओं और वज़ीरों ने उसे बहुत कुरेदने की कोशिश की लेकिन रफ़ू सभी से केवल अपने प्रयासों की असफलता की कहानी बयान करता रहा; क्योंकि वह नवाब को गोपनीयता का वचन दे चुका था और वह जानता था कि इसके खुलासे का मतलब अपनी जान से हाथ धोने के अलावा और कुछ भी न था।

23

कुछ याद कर के आँख से आँसू निकल पड़े
मुद्दत के बाद गुज़रे जो उसकी गली से हम।

—नवाब सईद

रफ़ूगर से बात करके नवाब को कुछ सुकून मिला। वह थका हुआ था और आराम करने के लिये बैठा ही था कि न जाने कब उसकी आँख लग गयी। महीनों बाद उसे ऐसी शान्ति महसूस हुई थी। इस हल्की-सी नींद में उसने एक अद्‌भुत सपना देखा। उसने देखा कि वह एक ऐसे शहर में रहता है जिसका नाम 'जिस्म' है, और वह वहाँ का शहज़ादा है—नाम है 'दिल'। दिल को करामाती पानी, 'आबे-हयात', की तलाश थी, जो हर दुख को मिटा सकता था। इस तलाश के लिये उसने अपने सबसे भरोसेमंद नुमाइंदे 'नज़र' को रवाना किया। नज़र ने लम्बा सफ़र तय किया और अंततः पूरब की उस रियासत तक पहुँचा जिसका नाम 'इश्क़' था। वहाँ की शहज़ादी 'हुस्न' एक बाग़ में रहती थी, जहाँ आबे-हयात की नहर बहती थी। संयोग ऐसा था कि शहज़ादी के पास एक तस्वीर थी, जिसमें एक ऐसे शख़्स का अक्स था जिसका नाम, पता या पहचान उसके पास नहीं थी। नज़र ने तस्वीर देखते ही पहचान लिया—'यह तो शहजादे दिल की तस्वीर है।' उसने शहज़ादी से कहा—'यह हमारे शहजादे दिल हैं, जिनकी ख़ूबसूरती और बहादुरी की कहानियाँ हर जगह मशहूर हैं।' यह सुनते ही शहज़ादी हुस्न के दिल में मोहब्बत का चिराग़ जल उठा। नज़र की कोशिशों से तमाम मुश्किलों को पार कर आख़िरकार दिल और हुस्न का मिलन हुआ। उनकी मोहब्बत ने इश्क़ की रियासत को और भी रौशन कर दिया।

जब नवाब की नींद खुली तो उसके ज़ेहन में एक अजीब-सी हलचल थी। वह समझ नहीं पा रहा था कि अभी थोड़ी देर पहले वह जिस तसव्वुर में गोते लगा रहा था वह वास्तविक थी या अभी जिस दुनिया में है वह...! उसे ऐसा लगा जैसे

अल्लाह ने कुछ मिनटों में ही उसके भीतर किसी नये रूह को प्रवेश करा दिया हो...! वह अपने ख़्वाब की हुस्न और मछली मुहाल की हुस्ना के बीच अन्तर नहीं कर पा रहा था। वह बिलकुल तरो-ताज़ा हो कर हुस्ना से मिलने जाने के लिये बेताब हो उठा। हालाँकि वह जानता था कि अपने चारों ओर शाही सुरक्षा से घिरे होने के कारण, वह सरेआम हुस्ना के कोठे तक नहीं जा सकता था। और यदि जाता तो इससे सारा राज खुलने का डर था; जिसे वह इस बार किसी क़ीमत पर नहीं होने देना चाहता था। लेकिन नवाब तो नवाब ठहरा...! वह किसी की फ़िक्र क्यों करने लगा भला...! उसने तय किया कि चाहें कुछ भी हो जाय वह हर हाल में हुस्ना के हुस्न का दीदार करेगा। फिर क्या था...! रात के अंधेरे में भेष बदलकर तथा अपनी ही सुरक्षा में तैनात सिपाहियों को कुछ रिश्वत देकर, वह नादान महल के पिछवाड़े से निकला और कुछ ख़ास कहारों की मदद से बग्घी में बैठकर घाघरा स्टेट की ओर निकल गया।

हालाँकि घाघरा स्टेट तक पहुँचने का रास्ता इतना आसान भी न था। ठीक बीच रास्ते में वह घना जंगल पड़ता था जो लगभग मुल्क़ के बीच एक आज़ाद देश जैसी हैसियत रखता था और जिसके पूरे हिस्से पर ज़ालिम ख़ान का एकछत्र राज था। और ज़ालिम खाँ हमेशा से ही नवाब की जान का प्यासा हुआ करता था। लेकिन सच पूछिए तो मदहोश नवाब को इस समय कुछ भी न सूझता था। रात भर यात्रा करते हुए वह अलसुबह घाघरा स्टेट पहुँच गया। लेकिन मसला यूँ था कि हुस्ना की महफ़िल तो हमेशा शाम होने पर ही जवान होती थी और नवाब को इसके लिये पूरा दिन इंतज़ार करना था। अफ़सोस कि नवाब के पास इसके अलावा कोई और चारा भी न था।

वह मछली मुहाल से लगभग दो कोस पहले, घाघरा के तट पर स्थित एक सराय में ठहर गया और पूरे दिन वहीं पड़े-पड़े शाम होने का इंतज़ार करता रहा। सारा दिन बड़ी मुश्किल में बीता। शाम होने के तनिक ठीक पहले वह हुस्ना बाई के कोठे की ओर निकल गया। हुस्ना बाई का कोठा अभी भी लगभग डेढ़ कोस की दूरी पर था। नवाब ने एक साथ इतनी लम्बी दूरी कभी पैदल तय न की थी। इसलिये कई बार वह चलते हुए हाँफने लगता और फिर सुस्ताने के लिये किसी पेड़ से टेक लगाकर थोड़ी देर के लिये बैठ जाता। थोड़ी देर सुस्ताता और फिर उठकर चलने लगता। पाँव भी ऐसे मौक़ों पर साथ कहाँ देता है भला...! जब दिल गच्चा दे जाय तो फिर पाँव की क्या ही बिसात...!!

उधर मछली मुहाल में रोज़ ही तमाम लोग दूर देश से चलकर ऐसे खिंचे आते

थे मानों वे किसी तीर्थयात्रा में शामिल होने आये हों...! यहाँ दिन की बजाय साँझ के समय ही ज़्यादा भीड़ रहा करती थी। क्योंकि इस चौहद्दी में रात बाहर के मुक़ाबले ज़्यादा लम्बी हुआ करती थी। इसलिये स्वाभाविक तौर पर अगले दिन की शुरुआत दोपहर के समय से ही हो पाती थी। कोठे का एक नियम किसी के लिये कभी भी नहीं बदलता था, वह था–रियाज़ का नियम। सुबह के नाश्ते के बाद रियाज़ शुरू होता था। दोपहर बाद तवाइफ़ें नहाने जातीं और फिर उनका घण्टों लम्बा श्रृंगार चलता था। शाम ढलने के समय वे छत के बरामदे में जमा होना शुरू होती थीं। अंधेरा होते ही उनके कोठे गुलजार हो जाया करते। फिर यहाँ नाच-गाना शुरू होता और देर रात तक चलता रहता।

ख़ैर...! नवाब ने चलते-चलते महसूस किया कि हुस्ना बाई का कोठा तनिक नज़दीक आ गया था। फिर तो नवाब की आँखों में चमक-सी आ गयी। इस बीच आसपास के छज्जों पर कुछ हसीनाएँ निकल आयीं। ताज्जुब, हँसी-व्यंग्य और मुस्कराहटों का मिला-जुला भाव उनकी नज़रों से झाँक रहा था। मंज़िल बिलकुल सामने थी। इसलिये वह यहाँ अपना आपा खोकर अपनी मंज़िले-मक़सूद से कत्तई दूर न होना चाहता था। वह पल भर में ही सब कुछ भुला कर जल्दी-जल्दी भागते हुए तवाइफ़ हुस्ना बाई के कोठे की सीढ़ियाँ चढ़ने लगा।

बताते हैं नवाब के ज़माने में दीनपनाह और घाघरा स्टेट के क्षेत्र में मोटे तौर पर तवाइफ़ों की तीन बिरादरी थी–कंचनियाँ, चुनेवालियाँ और नागरानियाँ। कंचनियाँ, कंचन समुदाय से थीं। चूनावालियाँ पहले चूना बेचती थीं, बाद में शरीर के व्यापार से जुड़ गयीं। नागरा गुज़रात की रहने वाली थीं। उन्हें बाज़ार की रानी कहा गया। कंचनियाँ अस्ल में वे तवाइफ़ें थीं जिनका पेशा केवल अपना सतीत्व बेचना होता था। कंचनियाँ लड़की के तवाइफ़ बनने की यात्रा कई सारी रस्मों से हो कर गुजरती थी। इनमें तीन रस्में बेहद ख़ास हुआ करती थीं-अंगिया, मिस्सी और नथ उतराई। जब लड़की बचपन से निकल कर किशोरवय में क़दम रखती है तो शरीर में कई सारे बदलाव आते हैं। मसलन उसकी छातियाँ बढ़ने लगती। लड़की के किशोरावस्था में जाने पर कोठे की तवाइफ़ें इकट्ठा होतीं और एक समारोह किया जाता। इसमें लड़की को इन तवाइफ़ों की ओर से अंगिया पहनाई जाती।

मिस्सी प्रथा में दरअस्ल दाँतों और मसूड़ों को कृत्रिम रूप से काला किया जाता था। किसी लड़की के लिये मिस्सी हो जाने का मतलब था कि अब वह अपना कुँवारापन बेचने के लिये तैयार है। दाम चुकाकर उसके अस्मत के साथ खेला जा

सकता है। नथ उतराई में लड़की को दुल्हन की तरह सजाया जाता। लड़की अपनी नाक में बाएँ तरफ़ एक बड़ी सी नथ पहनती थी। ये नथ उसके कौमार्य का प्रतीक होती थी। कोठे के संचालक इस कौमार्य के बदले बदले मोटी रकम वसूला करते थे। 'नथ उतराई' की रस्म में तमाम अमीर लोगों को न्योता भेजा जाता। फिर कुंवारी लड़की के लिये बोली लगाई जाती। जो सबसे बड़ी बोली लगाता, वह उस लड़की के साथ पहली बार सम्बन्ध बनाता था। एक तरीक़े से लड़की नथ उतराई के बाद खुले तौर पर तवाइफ़ बन जाती।

चुनेवालियाँ और नागरानियाँ बिरादरी की तवाइफ़ों को कांचनियों की अपेक्षा बड़ी इज़्ज़त बख़्शी जाती थी; और एक समय ऐसा भी था जब सारी रियासत में उनकी आय बहुत अधिक हुआ करती थी। कहा तो यह भी जाता है कि उस समय दीनपनाह रियासत की आधी दौलत इन्हीं तवाइफ़ों के कोठों में नज़रबन्द थी। आला हुक़्क़ाम तो उधर मुँह नहीं ही करते थे, फिरंगी भी जल्दी उन पर हाथ डालने की जुर्रत न करते थे। हुस्ना बाई चुनेवालियाँ बिरादरी से आती थी। और वहाँ आने-जाने वाले उसे बड़ी इज़्ज़त बख़्शते थे। हो भी क्यों न...! तवाइफ़ों के ये कोठे उस समय एक प्रकार से तहज़ीब की पाठशाला हुआ करते थे। हालाँकि तवाइफ़ें आखर ज्ञान से आगे उर्दू की पढ़ाई नहीं करती थीं; लेकिन गाने की तालीम के दौरान उस्ताद उनके नुक्ते और काफ़ एक़दम दुरुस्त रखते थे। गायकी के अतिरिक्त ये तवाइफ़ें अदब और तहज़ीब की मुजस्सम बुत कहलाती थीं। इनके ठिकाने दर-अस्ल वे तहज़ीबी इदारे होते थे जिनमें तमीज़, अख़्लाक़ और शाइस्तगी सिखाई जाती थी। कदाचित् यही कारण था कि नवाबों से लेकर तमाम रईस अपनी औलादों को तवाइफ़ों के कोठों पर उठने-बैठने, बातचीत करने का सलीक़ा सीखने के लिये भेजते थे।

हुस्ना बाई के कोठे के बारे में यह जगज़ाहिर था कि आम दिनों में भी जब हुस्ना बाई के दीवानख़ाने में रक़्स और मौसीक़ी की महफिलें सजा करतीं, तब वहाँ ख़ास डिज़ाइन वाले ईरानी ग़लीचे बिछाये जाते; विलायत से लाये गये ख़ास आतशदान और फ़ानूस गौहर होते। इलाक़े के रईस, अमीर-उमरा और नवाबजादों के घोड़ों-बग्घियों से बाहरी इलाक़ा सारी रात गुलज़ार रहता; फ़ारसी इत्रों की ख़ुशबुयें फिजां में तारी रहतीं और अन्दर हुस्न, गायकी, घुँघरू और साज़ों से जन्नत-सी महफ़िल सज जाती जो रात भर चलती रहती। जहाँ महफ़िल एक ओर हुस्ना बाई के रुख़्सार अदा और अदब-ओ-सुखन की आब से दमकता रहता; वहीं दौलत, हुस्न और हुनर उसकी और उसकी शागिर्दों को बेपनाह एहतराम का मुस्तहक़ बनाता।

बताते हैं हुस्ना बाई का कोठा शहज़ादियों की इशरतगाह से कम कत्तई न था। हुस्ना का बैठक देखने लायक़ हुआ करता था। शीशे के बने रंग-बिरंगे झाड़फानूस, चांदी और हाथी दांत की बनी दीवारगीरें, सुनहरे फूल-पत्तियों से सजी ख़ूबसूरत छत, चांदी के फ्रेम में मढ़े बड़े-बड़े आईने, चांदी के डिज़ाइनदार ग़मले और पीतल के फूलदान, चारों कोनों पर रखी हुई संग़मरमर की मेज़ें और उन पर जरी की कामदार मेज़पोश, ईरानी बेलबूटेदार कालीनें–इन सभी बेशक़ीमती चीज़ों से सज कर जब हुस्ना बाई की महफ़िल गुलज़ार होती थी तो एकबारग़ी तो ऐसा लगता था मानों दोज़ख़ में जन्नत से परियाँ उतर आयी हों...! बक़ौल ख़लील मानिकपुरी–

मैं समझता हूँ कि है जन्नत ओ दोज़ख़ क्या चीज़
एक है वस्ल तिरा एक है फ़ुर्क़त तेरी।

आज हुस्ना बाई के कोठे का माहौल भी कुछ ऐसा ही मालूम पड़ता था। इस वक़्त हुस्ना बाई का अंदाज़ देखने लायक़ था। वह एक तरफ़ मसनद लगाए बैठी हुई थी और उनके आगे पीछे दो-दो महरियाँ, दो-दो ख़िदमतग़ार हाथ बाँधे खड़े हुए थे। चाँदी की गुड़गुड़ी मुँह से लगी हुई, सामने पानदान खुला हुआ...! वह स्वयं हर आने-जाने वाले को पान लगा के देती जाती थी और लोग पान मुँह में दबाक़र मसनद के सहारे घस्स से नीचे बैठते जाते थे। जब वह अपनी जगह से उठती तो लोग बिस्मिल्लाह कहते और जब महफ़िल में चलती तो लोग पलक-पांवड़े बिछा देते। फ़रमाइशों का तो ज़िक्र ही क्या करना...! हर एक फरमाइश पूरी होने पर, लोग बिना माँगे कलेजा निकाल कर देने के लिये तैयार मिलते। बावुजूद इसके, ऐसी बेपरवाही कि कोई इनकी ख़ातिर अपनी जान भी दे दे, तो इनको कोई फ़र्क़ नहीं पड़ने वाला; गुरूर ऐसा कि सातों जहानों की सल्तनत इनकी जूती की नोंक पर...! नाज़ ऐसा जो किसी से उठाने से न उठे; मगर फिर भी इसके उठाने वाले इसी महफ़िल में सरेआम बैठे हुए थे। अंदाज़ ऐसा जो बस मार ही डाले तो सुकूँ मिले; मगर मरने वाले भी मर ही जाने के लिये ख़ुद चलकर यहाँ आये हुए थे। बात-बात में रूठने की अदा; और लोग ऐसे कि बस मनाने के लिये लाइन लगाए हुए थे। महफ़िल भर में सबकी निगाहें बस इन मोहतरमा की तरफ़; मगर मोहतरमा इतनी ज़ालिम कि किसी की ओर आँख उठा के भी नहीं देखतीं...! फिर एकाध बार जिधर ग़लती से देख लिया; उधर ही सब-के-सब देखने लगे।

आज जब नवाब नकबुल्ला हुस्ना के कोठे में दाख़िल हो रहा था उस समय हमेशा की ही तरह हुस्ना की महफ़िल जमी हुई थी। कोठा खचाखच भरा हुआ

था। कहीं तिल रखने की जगह नहीं थी। हुस्ना बाई के गले से निकले स्वर तबले, सितार और सारंगी के साथ मिलकर सारे वातावरण को मन्त्रमुग्ध कर रह थे। कहते हैं कि हुस्ना का गला इतना मीठा हुआ करता था कि जब वह गाती तो लोग बेसुध हो जाया करते थे। अस्ल में ऐसा इसलिये भी था क्योंकि हुस्ना बाई की न केवल आवाज़ दिलकश थी बल्कि उसे राग-रागिनियों की अदाकारी में महारत हासिल थी। पूरब अंग की भावविभोर करने वाली गायकी की चैनदारी, बोल-बनाव का लहजा, कहने का ख़ास अंदाज़, ठहराव–यह सब कुछ हुस्ना बाई की गायकी को एक ख़ास मक़ाम देता था। ठुमरी गायकी में तो हुस्ना बाई के मुक़ाबले कोई नहीं टिकता। ठुमरी और हुस्ना मानों एक दूसरे के लिये ही बने हों...! जब महफ़िल जमती तो उसके गायन के साथ पायल की झंकार, घुघंरूओं के मीठे बोल और संगीत के सुरों का जादू हर सिम्त छाने लगता। रात जवां होते ही अपने आगोश में तबलें की थाप और घुंघरूओं की आवाज़ को जकड़ने लगती।

नवाब नकबुल्लाह के महफ़िल में प्रवेश करते ही हुस्ना सुरों की लड़ियाँ छेड़ती हुई और कथक नृत्य करती हुई उसके पास आयी; जैसा वह हर बार किसी नये मेहमान के आने पर उसके स्वागत में किया करती थी; और फिर उसे अपने हाथों का सहारा देकर एक ओर ले जाकर मसनद पर बिठा दिया। नवाब ने जब हुस्ना को देखा तो हतप्रभ रह गया। वही सुर्ख सफ़ेद रंगत...! वही बड़ी-बड़ी फाँकदार आँखे; वही पंखुड़ियों जैसे गुलाबी होंट और वही चाँद जैसी नायाब सूरत...!! ऐसा लगा जैसे ख़ुदा ने नवाब नकबुल्ला को ख़ास तौर पर धोका देने के लिये दूसरी गौहर बेगम को धरती पर भेज दिया हो...! हुस्ना को अपलक देखते हुए नवाब की मानसिक हालत कुछ यूँ हुई जाती थी के–

तुम्हारी शक्ल किसी शक्ल से मिलाते हुए
मैं खो गया हूँ नया रास्ता बनाते हुए
मिरा नसीब कि पतझड़ में खिल गये हैं फूल
वो हाथ आ लगा है हाथ आज़माते हुए।

क्या ही कहें...! बस यूँ समझ लीजिये कि नवाब ने हुस्ना को देखा तो बस देखता ही रह गया। हुस्ना के रंग में बीमारों जैसी ज़र्दी थी। त्वचा का रंग न पूरी तरह सफ़ेद और न पूरी तरह गेहुआँ; बिलकुल पीलापन लिये हुए जैसे बस अभी किसी बीमार को पीलिया हुआ जाता है। उसके नाजुक नथुने कभी-कभी बहुत ही हलके फड़कते हुए जान पड़ते थे। और उन्हें लगातार देखने से लगता था कि वे अभी

फट पड़ेंगे और उनसे ख़ून बह निकलेगा। कंधे और चेहरे पर फैले हुए उसके बाल यूँ लगते थे जैसे घटाओं के पीछे घटाएँ और उनके पीछे कई और घटाएँ आपस में छिपकर अठखेलियाँ करती हुईं एक-दूसरे का पहले बरस पड़ने का इन्तिज़ार कर रही हों...! हुस्ना के कुर्ते के बटन तनिक खुले हुए दिखायी देते थे और इस कारण जब वह कथक करते हुए तनिक नीचे की ओर झुकती थी तो उसके सीने का दरमियानी उजला हिस्सा साफ़-साफ़ झलक जाता था; जिसके चलते महफ़िल में बस क़यामत आते-आते रह जाती। कुल मिला कर हुस्ना का मदमस्त यौवन, नवाब की मदहोशी का मुकम्मल नज़ारा पेश कर रहा था। बहरहाल नवाब की ओर मुख़ातिब हो कर हुस्ना बाई ने अपना ग़ज़ल सुनाना जारी रखा–

घर कौन सा बसा कि जो वीरां न हो गया
गुल कौन सा हँसा जो परीशां न हो गया।

न जाने क्यों ग़ज़ल के बोल सुनकर नवाब को ऐसा लगा जैसे किसी ने उसके गहरे ज़ख्म पर मरहम लगा दिया हो...! तभी नवाब ने यह महसूस किया कि हुस्ना ग़ज़ल गाते हुए और तबले की थाप पर नाचते हुए नवाब के तनिक क़रीब आ रही है...! हुस्ना आयी और उसके पहलू में घुटनों के बल पर बैठ गयी। नवाब बेसुध हो कर उसे एकटक देखता रहा। हुस्ना ने नवाब से उसका हाल-चाल जानने की नीयत से उसके कानों के पास जाकर धीरे से कहा–'कैसे हैं आलमपनाह...?' नवाब चौंका कि 'क्या हुस्ना ने उसे पहचान लिया...?' तभी उसकी नज़र भीड़ में बैठे कभी दीनपनाह रियासत के डिप्टी रेजिडेंट रहे जॉर्ज बाक़र पर पड़ी, जो भेष बदलकर वहाँ पहले से मौज़ूद था। नवाब को देखते ही उसने गुस्ताख़ी माफ़ करने की मुद्रा में अपना सिर नवाब की ओर झुका दिया और हाथों को सिज़दा करने की मुद्रा में हवा में लहराने लगा।

बताते हैं कि घाघरा स्टेट आने के बाद बाक़र बिलकुल ही बदल गया था। उसे रहम सिंह के दरबार में काम मिल गया था। बदले में रहम सिंह द्वारा जॉर्ज बाक़र के लिये पीने को मदिरा और सोने को स्त्री-बस ये दो ही प्रबन्ध करने होते थे और राजा रहम सिंह फ़िलहाल इसे आजीवन पूरा करने में सक्षम था। जॉर्ज बाक़र कभी-कभार हुस्ना के यहाँ भी दौड़ लगा लेता था और हुस्ना बाई, रहम सिंह से उसके नज़दीकियों के कारण इसका बुरा भी नहीं मानती थी। बल्कि जब कभी वह कोठे पर आता तो हुस्ना उसका ख़ूब आदर-सत्कार करती और उसे अच्छे से विदा करती थी।

घाघरा स्टेट में रहते हुए वह अपनी नवाबी जीवन-शैली के लिये बहुत मशहूर हुआ। वह घर में नवाबों की तरह रहता। उन्हीं की तरह कपड़े पहनता, हुक्का पीता, सुपारी चबाता और रात में नाच-गाने का आनन्द उठाता। वह धाराप्रवाह हिन्दुस्तानी और फ़ारसी बोलता। उसने तीन हिन्दुस्तानी औरतों से शादी कर रखी थी। हर शाम जब क़िले की दीवार पर ढलती शाम की फीकी सुनहली आभा उतर रही होती, वह अपनी इन तीन बीवियों के साथ हाथी पर सवार हो घाघरा और क़िले के बीच सैर को निकल पड़ता। उसकी ये तीन बीवियाँ तेरह अलग-अलग हाथियों पर सवार रहतीं। वह ख़ुद सबसे आगे अपने हाथी पर सवार रहता। तब उसका कायाँतरण बिलकुल नवाबों की तरह हो जाता।

बहरहाल बाक़र को देखकर नवाब नकबुल्ला को सारा माज़रा समझते देर न लगी। लेकिन वह अभी भी बाक़ियों से अपनी पहचान छुपाये रखना चाहता था। अन्यथा सारे आलम में हंगामा हो जाता। नवाब ने लम्बी साँस ली और हुस्ना के सवाल का ज़वाब देते हुए कहा–

'ख़ुदा का शुक्र है के अब पहले से अच्छा हूँ...! बहुत दिनों तक बीमार रहा...!'

हुस्ना बाई ने नवाब से पूछा–'नसीबे दुश्मनां...! क्या बीमारी थी आपको...?'

नवाब ने उत्तर दिया–'सबसे बड़ी तकलीफ़ यह थी कि हमें नींद नहीं आती थी...!'

हुस्ना ने अदाकारी से कहा–'मुझे बुलवा लिया होता...! मैं सिरहाने बैठकर कोई ठुमरी गा देती तो फ़ौरन नींद आ जाती हुज़ूर को...!!'

नवाब ने अबकी बार तनिक हसरत भरी नज़र से हुस्ना की ओर देखा और कहा–'जानेजां...! ग़र मुझे इसकी लत लग जाती तो...!!'

हुस्ना ने एक नज़र नवाब की ओर देखा ओर दूसरी नज़र बाक़ियों की ओर...! फिर बोली–'सारे घाघरा स्टेट में ऐसा कौन है जो हुस्ना बाई की लत से छुटकारा पाना चाहता होगा...!!'

इतना कहते हुए वह नवाब के पहलू से उठी और फिर से अपने ग़ज़ल की पंक्तियाँ दोहराते हुए तबले की थाप पर झूमकर नाचने लगी। दूसरी तवाइफ़ें भी उसका साथ देने लगीं।

महफ़िल में माहौल बनने लगा था और हुस्ना के साथ उसकी साथी तवाइफ़ें तबले की थाप और सारंगी की धुन पर लगातार सभी का मन मोह रही थीं। लेकिन

नवाब का चैन न जाने कब का लुट चुका था। पहले हुस्ना के कारण और अब जॉर्ज बाक़र के कारण...! नवाब नकबुल्ला ज़ज़्बाती ज़रूर था लेकिन ऐसे मौक़ों के लिये कत्तई बेवकूफ न था। अपनी पहचान खुलने और घाघरा स्टेट के जागीरदार रहम सिंह द्वारा बंधक बना लिये जाने के अंदेशे मात्र से वह सरे महफ़िल से ग़ुस्लख़ाने जाने के बहाने से उठा और वहाँ से सिर पर पैर रखकर निकल भागा। उधर महफ़िल में उसके अचानक ग़ायब होने पर एक ओर जहाँ हुस्ना बाई की नज़रें उसे तलाशने लगीं वहीं जॉर्ज बाक़र भी यकायक उसे महफ़िल से ग़ायब देखकर परेशान हो उठा। लेकिन नवाब निकल चुका था और अब फ़िलहाल किसी के हाथ न आने वाला था। इसके पहले कि जॉर्ज बाक़र के मार्फ़त रहम सिंह को नवाब के बारे में कोई जानकारी हो पाती; नवाब अपने बग्घी पर बैठकर दीनपनाह की ओर भागा और भागते समय निरंतर इस कोशिश में लगा रहा कि जब तक रहम सिंह तक उसके घाघरा स्टेट में होने की ख़बर पहुँचे और इसके पहले कि उसका पीछा किया जाय, वह अपनी सुरक्षित सीमा में प्रवेश कर जाय। ऐसा ही हुआ।

बहरहाल रात भर की यात्रा करते हुए नवाब वापस नादान महल पहुँचा और महल के पीछे से ठीक वैसे ही अपने कक्ष में पुनः दाख़िल हो गया जैसे वह वहाँ से हुस्ना से मिलने के लिये निकला था। रात भर भय के वातावरण में यात्रा करने और नादान महल में इस सकुशल दाख़िले के बाद भी वह होश में कत्तई न था। होता भी तो कैसे...! वह यहाँ सरासर मदहोशी की हालत में ही पहुँचा था। हुस्ना की याद अभी भी उसके ज़ेहन में तारी थी। दो रातों की यात्रा और थकान के बाद भी उसके शरीर में गज़ब की स्फूर्ति थी। वापसी के बाद भी वह नादान महल में अपने शयन कक्ष में चौकड़ी भरता रहा और मन-ही-मन प्रसन्न होता रहा।

24

ज़ेर-ए-दीवार खड़े हैं तिरा क्या लेते हैं
देख लेते हैं लगी दिल की बुझा लेते हैं।

–अज्ञात

हुस्ना की ख़ूबसूरत यादों ने नवाब की ज़ेहनियत को बिलकुल बदल दिया था। इस समय उस देखकर ऐसा लगता था जैसे उसकी नूरानी शख़्सियत पर सुकून तारी हो और वह हर पल मानों किसी को सामने महसूस कर मुस्कुरा रहा हो...! कई बार उसे देखकर ऐसा लगता था जैसे वह किसी से बातें कर रहा हो...! इस दौरान उसका मुबारक़ हाथ कभी-कभी अचानक हिलने लगता या हवा में लहराने लगता जैसे वह किसी से अकेले में प्रेमालाप कर रहा हो...! वक़्त-वक़्त पर उसकी ज़बान से यह आवाज़ आती थी के 'इंशा-अल्लाह मैं उसको अपने क़ाबू में करूँगा और उसके लिये अपना सब कुछ क़ुर्बान कर दूँगा...!' अभी तक वह इश्क़ को क़ाबू में करना ही जानता आया था। उसकी नज़र में इसका फ़लसफ़ा शायद यह हुआ करता था कि 'इश्क़ वह नहीं जिसके लिये ख़ुद को क़ुर्बान किया जाय; बल्कि अस्ल इश्क़ वह है जो स्वयं उसके चाहने वाले पर क़ुर्बान हो जाय...!' हालाँकि इस बार इश्क़ का यह मामला इतना आसान न था। एक तो हुस्ना उसके रियासत के बाहर के इलाक़े में थी। इसलिये सब कुछ वैसा उसके नियंत्रण में न था, जैसा पहले होता आया था। दूसरे, हुस्ना का तेवर और किसी के फ़रेब में न आने वाला उसका अंदाज़, सब कुछ इश्क़ के इस मसाइल को तनिक मुश्क़िल बना देता था।

दो-तीन दिन तक नवाब पर मदहोशी का आलम छाया रहा। हालाँकि उसकी यह मदहोशी, उसकी पिछली बेहोशी से बिलकुल अलग थी। वह अचानक से एक़दम बदल-सा गया था। सबसे बड़ी बात यह कि उसके रोज़मर्रा के व्यवहार में परिवर्तन देखने को मिल रहा था। वह बिलकुल स्वस्थ महसूस करने लगा था और

अपने दरबार में साथियों के साथ बैठकर पहले की भाँति अट्टहास करने लगा था। यही नहीं, एक दिन उसने अत्यधिक आह्लाद में लम्बे समय से सूने पड़े और उसकी आने की राह देख रहे रंग़महल में संगीत की एक ख़ूबसूरत महफ़िल सज़ाई और तबले, सितार, सारंगी और अन्य वाद्ययंत्रों के वादन के बीच स्वयं खातूनों के ड्रेस पहनकर वैसे ही नृत्य में मशगूल हो गया जैसा उसने हुस्ना बाई को मछली मुहाल में करते देखा था। दरबारी और कलाकार हर बार की तरह इस बार भी नवाब की अदा पर मुग्ध थे। हालाँकि नवाब की अतिरिक्त प्रसन्नता का कारण केवल नवाब जानता था।

नवाब के अलावा एक और शख़्स था जिसे नवाब की तात्कालिक प्रसन्नता का रहस्य मालूम था अथवा मालूम हो सकता था; वह था–मियाँ रफ़ूगर...! एक दिन जब नवाब रंग़महल में नृत्य करने में मशगूल था; ठीक उसी समय वहाँ रफ़ूगर का प्रवेश हुआ। नवाब को नज़दीक से जानने वाले यह बख़ूबी जानते थे कि जब वह किसी स्त्री के प्यार में पड़ जाता था तो वह उनकी ही तरह हरक़त करने लगता था। इतना तो तय था कि वह इस बार फिर किसी ख़ातून की गिरफ़्त में था लेकिन वह किस ख़ातून के सम्पर्क में आया था, इसकी तो बहुतों को भनक तक नहीं लगी थी। सो वे इसका अंदाज़ा लगाते भी तो कैसे...? दरबारियों में इस बात को केवल रफ़ूगर ही जानता था। इसलिये उसने जब नवाब को खातूनों की वेशभूषा पहनकर झूमकर नृत्य करते देखा तो उसे पूरा माज़रा समझते देर न लगी। रफ़ूगर को इस बात का इल्म हो गया कि हुस्ना के हुस्न ने नवाब पर जादू का-सा असर किया है; और हो-न-हो हुस्ना से नवाब की मुलाक़ात ने, नवाब को उसकी ख़ुद-तर्सी से निकालने में मदद की है। लेकिन रफ़ूगर अभी भी हुस्ना की महफ़िल में घटी बाक़ी घटना से अनजान था। इस बीच उसने यह देखा नृत्य की अदाओं के बीच, नवाब उसे एक ओर बैठने का इशारा कर रहा है। रफ़ूगर बिना वक़्त गँवाए वहाँ जाकर बैठ गया।

जी-भर के नृत्य करने के बाद जब नवाब लगभग थक-सा गया तो वह एक ओर जाकर आराम करने की मुद्रा में बैठा; वहाँ बैठे-बैठे ही उसने इशारे से रफ़ूगर को अपने पास बुलाया फिर उससे बड़े ही भावुक अंदाज़ में अपने दिल में छुपे मनोभाव का बयान करते हुए कहा–

'रफ़ूगर मियाँ...! हुस्ना से हमारी मुलाक़ात बहुत इल्हामी रही है। वह हमारे दिलो-जान पर बिलकुल छा चुकी है। अस्ल में हुस्ना के बिना हमें एक पल भी जीना गवारा नहीं। हम कैसे भी हुस्ना को अपनी बेगम बनाना चाहते हैं...!'

दरबारे-दीनपनाह में इश्क़ की हवा का यह रुख़ देखकर रफ़ूगर ने पहले एक नज़र अपने दाएँ-बाएँ देखा और तदनन्तर बादशाह से यह गुज़ारिश की-

'आलीजाह...! गुस्ताख़ी माफ़ हो तो एक बात बोलूँ...!'

नवाब ने उसे अपनी बात कहने लिये सहमति में अपना सिर हिलाया। तब रफ़ूगर ने डरते-डरते कहा–'आलमपनाह...! अगर आप हुस्ना बाई को वाक़ई अपना बेगम बनाने का इरादा रखते हैं तो उसे सीधे-सीधे इश्क़ का पैग़ाम भेजना मुनासिब नहीं होगा। वह बहुत ख़ुद्दार है। मुमकिन है कि हालात के ज़ेरे-असर आपके दरख़्वास्त को अस्वीकार कर दे। गुस्ताख़ी मुआफ़ हो...! हुज़ूर जानते हैं कि अगर ऐसा हुआ तो क़त्लेआम मच जायेगा...! इसलिये बेहतर होगा कि इस बावत रहम सिंह से बात की जाय कि वे हुस्ना को जहाँपनाह की ख़िदमत में सरफ़राज़ करें...!'

दीगर बात थी कि अगर रफ़ूगर के अलावा किसी और ने नवाब को ऐसा सुझाव दिया होता तो सरेआम उसका सिर कलम करा दिया गया होता। लेकिन रफ़ूगर ने नवाब की एक तरह से जान बचाई थी और उसे उसकी ख़ुद-तर्सी से बाहर निकाला था। फ़िलहाल नवाब इस बात को बख़ूबी समझता था कि रफ़ूगर कुछ भी हो लेकिन उसका पक्का वफ़ादार है। फिर स्त्रियों के मामले में नवाब एहसान-फ़रामोश भी न था। इसलिये उसने बड़े सधे लहज़े में रफ़ूगर से कहा–

'तुम जानते हो कि मेरे और रहम सिंह के रिश्ते सामान्य नहीं हैं। अगर मैं उससे कुछ कहूँगा तो वह मेरी बात नहीं मानेगा और उलटे कोई-न-कोई षड्यंत्र करेगा। फिर उसे उल-जलूल सलाह देने के लिये बाक़र का लौंडा पहले से ही वहाँ बैठा हुआ है। मेरी समझ में केवल एक ही रास्ता है कि तुम किसी बहाने से हुस्ना को घाघरा स्टेट से दीनपनाह के लिये ले करके आओ। वह एक बार यहाँ आ गयी तो फिर नकबुल्ला की हो कर रह जायेगी, ऐसा मेरा दिल कहता है...!'–कहते हुए नवाब रफ़ूगर के गोद में अपना सर रखकर फ़फ़क पड़ा।

रफ़ूगर चिंता में पड़ गया था। उसे कोई रास्ता भी नहीं सूझ रहा था। नवाब जब थोड़ा सामान्य हुआ तो रफ़ूगर ने नवाब से रणनीति तय करने के लिये कुछ समय माँगा और नवाब की अनुमति मिलते ही दरबार से निकल गया। पूरे दिन वह पशो-पेश में रहा और नवाब के हुक़्म के तामील करने के लिये एक-से-एक तरक़ीबें निकालता रहा। तरक़ीबें तो हज़ार थीं। सब एक-से-बढ़कर-एक ऐसी कि नवाब एक-एक तरक़ीब पर अपनी जान लुटा सकता था। लेकिन मुश्किल यह थी कि लगभग हर तरक़ीब में रफ़ूगर के जान जाने का ख़तरा था। इसलिये वह किसी ऐसे

तरक़ीब की तलाश में लगा रहा जिसमें उसकी जान भी बच जाय और नवाब की ख़्वाहिश भी पूरी हो जाय...! बहरहाल शाम को वह नवाब से मिलने के लिये वापस लौटा। इस वक़्त नवाब अपने शयनकक्ष में आराम फ़रमा रहा था लेकिन रफ़ूगर का नाम सुनते ही वह उठ बैठा और बिना रोक-टोक के उसे सीधे अपने कक्ष में बुला लिया। ख़ैर...! रफ़ूगर ने नवाब को अपनी ख़ास रणनीति बतायी और रातों-रात पचास हज़ार अशर्फियों की व्यवस्था का मुतालबा किया।

नवाब जानता था कि खज़ाना लगभग ख़ाली है। लेकिन उसे हर हाल में इसकी व्यवस्था करनी थी। उसने तत्काल खज़ांची सेहतबख़्श खाँ को तलब किया और उसे रातों-रात पचास हज़ार अशर्फियों के मुतालबत का हुक़्म दिया। सेहतबख़्श भी केवल नाम का ख़ज़ाने का इंचार्ज था। उसने स्वयं महीनों से अशर्फियों का मुँह नहीं देखा था। इसलिये थोड़ी देर के लिये वह अचंभित मुद्रा में नवाब की ओर देखता रहा। फिर उसने बड़े ख़ाकसारी के साथ नवाब के सामने अपनी बात रखनी चाही। लेकिन नवाब ने उसे अनसुनां कर दिया। लिहाज़ा सेहतबख़्श खाँ ने मज़बूर हो कर अपने सभी अहलकारों को काम पर लगा दिया और देखते-ही-देखते शीशमहल की ख़ातूनों के शयनकक्ष खंगाले जाने लगे।

सारे शीशमहल में कोहराम मच गया। अशर्फियाँ न हुईं अस्मत का जनाज़ा हो गयीं भला...! इस तलाशी के बहाने न जाने शीशमहल की कितनी ख़ातूनों के जायज़-नाजायज़ सम्बन्धों की पोल खुली; न जाने कितने पवित्र माने जाने वाले रिश्ते तार-तार हो गये; वैधव्य का जीवन जीने वाली तमाम ख़वातीन की अस्मत पर बन आयी; न जाने कितने ख़्वाजासराओं की नपुंसकता पर प्रश्नचिन्ह खड़ा हो गया। लेकिन नवाब के आदेश को कैसे टाला जा सकता था...! सो शीशमहल की ख़ातूनों के लाख चीख़-पुकार मचाने के बावुजूद ख़जाने के अहलकार अशर्फियाँ तलाशने में लगे रहे। किसी के पास दस, किसी के पास बीस और किसी के पास इक्की-दुक्की अशर्फियाँ बरामद हुईं। फिर भी बमुश्किल बीस हज़ार का ही आंकड़ा पूरा किया जा सका।

संकट पहले से और गहरा गया था। तलाशी के पहले सेहतबख़्श को नादान महल, शीशमहल और अन्य महलों में छिपायी गयीं अशर्फियाँ की वास्तविक स्थिति का अंदाज़ा नहीं था। और अब हालत यह हुई जाती थी कि सबकी जमा पूँजी खंगालने के बाद एक तरह से नवाबी की अस्ल हैसियत की पोल खुल गयी थी। लेकिन सेहतबख़्श यह बख़ूबी जानता था कि इसके पहले कि इस ढोल के

पोल का ढिंढोरा सरे-बाज़ार बजे, नवाबी की अस्मत बचा लेने में ही उसकी भलाई थी; अन्यथा उसे अपनी जान से हाथ गँवाने में ज़्यादा वक़्त न लगता...! शायद उसे अपने पहले के साथियों का हश्र बख़ूबी मालूम था। न जाने ख़ज़ाने के कितने इंचार्ज नवाब के आक्रोश की बलि चढ़ चुके थे। बताते हैं जब तक नवाबों की हैसियत अच्छी रही तब तक ख़ज़ाने भरे रहे। लेकिन जब नवाबी की दुर्दशा शुरू हुई तो ख़ज़ाने तो ख़ाली हुए ही; ख़ज़ाने के इंचार्ज भी कम हलकान नहीं हुए। तबसे खज़ांची ही नवाब के आक्रमण का सबसे बड़ा केंद्र हुआ करता था। और नवाब नकबुल्ला की तो बात ही क्या...! हमेशा से ही बात-बात में मक्खी मारना और उससे भी बढ़कर पिद्दी-सी बात पर इन्सानी जान का हरण कर लेना उसके बाएँ हाथ का खेल हुआ करता था।

बहरहाल तात्कालिक समस्या को दूर करने के लिये मीर-बख़्शी के सहयोग से शहर के सुनार-गली के सारे नामी-गिरामी सुनार दरबार में तलब किये गये और उनसे युद्ध-कर के रूप में लगभग तीस हज़ार अशर्फियाँ माँगी गयीं। सभी को बताया गया कि यह राज्य पर अभूतपूर्व संकट का समय है और अगर रातों-रात अशर्फियों का प्रबन्ध न किया गया तो राज्य पर बाहरी आक्रमण का ख़तरा बढ़ जायेगा। फिर शायद कोई भी न बचे। 'शहर के सुनार नादान महल में तलब किये गये हैं'–यह सुनते ही सारे शहर में अफरा-तफरी मच गयी। लोग अपने घरों के दरवाज़े बन्द करके बैठ गये और दुकानदारों ने दूकान छोड़कर भागना मुनासिब समझा। लोगों ने अपने बही खाते क़हीं गाड़ दिये और नगदी तथा दूसरे माल को हिफाज़त से छुपा दिया। लेकिन बिचारे सुनार भागकर कहाँ जाते...! वे हर हाल में लुटने के लिये तैयार ही बैठे थे। वे बख़ूबी जानते थे कि अशर्फियों की वापसी दोनों ही दशाओं में नहीं होनी थी। लेकिन उनके लिये सामने वाला लुटेरा तनिक अधिक जाना पहचाना-सा था। इसलिये उन्हें सहर्ष लुटने में कोई ख़ास बुराई नज़र नहीं आयी। नतीजतन सुनारों ने अपनी तिजोरियाँ खोल दीं और दो-तीन घण्टे के भीतर ही लगभग तीस हज़ार अशर्फियाँ बटोर ली गयीं।

नवाब भी जानता था और रफ़ूगर भी कि दीनपनाह की तत्कालीन कानून-व्यवस्था के मद्देनज़र रात को इतनी अशर्फियाँ लेकर निकलना ख़तरे से ख़ाली न था। सब छोड़िये...! दीनपनाह का बच्चा-बच्चा इस बात से वाक़िफ़ था कि ज़ालिम खाँ और उसके साथी ठग उड़ती हुई चिड़िया से भी ऐसी यात्राओं का पता लगा लेते थे। फिर उनके चंगुल से बच निकलना किसी के भी बस की बात न थी।

कदाचित् दिन में यात्रा करना अपेक्षाकृत अधिक सुरक्षित था। शायद इसीलिये रफ़ूगर ने सारी तैयारी के बावुजूद, रात बीत जाने का इंतज़ार किया और सुबह होते-होते बड़े राज़दारी से पचास हज़ार अशर्फियों की पोटली लेकर घाघरा स्टेट की ओर निकल पड़ा।

घाघरा स्टेट पहुँचकर उसने शाम के समय दीनपनाह रियासत के सबसे बड़े व्यापारी शालिग्राम के पुत्र मणिग्राम के भेष में हुस्ना से मुलाक़ात की। उसने हुस्ना को बताया–

'मेरे पिताजी ने जीवन भर केवल धन-संचय किया है। वे अपने इस काम में इस क़दर मशगूल रहे कि उन्होंने अपनी जवानी के दिनों से लेकर अब तक कभी उगता हुआ सूरज नहीं देखा। अब वे मरण-शय्या पर हैं। मैंने उनसे वायदा किया था कि उनके इस मर्त्यलोक से विदा होने के पहले उन्हें इस धरती की सबसे अद्‌भुत ईश्वरीय कृति का दीदार कराऊँगा। मैंने यह महसूस किया है कि स्त्री ईश्वर की सर्वश्रेष्ठ कृति है और फ़िलहाल आपसे ख़ूबसूरत स्त्री मेरी जानकारी में दूसरी कोई नहीं है। मैं नहीं जानता कि आप मेरे निवेदन को स्वीकार करेंगी या नहीं; मैं यह भी नहीं जानता कि आप यदि मेरा निवेदन स्वीकार करेंगी तो आपको इसके बदले में कितनी अशर्फियाँ दी जानी चाहिए। लेकिन मैं आपको इतना ज़रूर आश्वस्त करना चाहूँगा कि यदि आप मेरा निवेदन स्वीकार करती हैं तो आपकी ख़िदमत में पचास हज़ार अशर्फियाँ पेशगी के तौर पर और वापसी में इतनी ही अशर्फियाँ इनाम के तौर पर दी जायेंगी।'

हुस्ना बड़े ध्यान से रफ़ूगर की एक-एक बात सुनती रही। फिर उसने एक नज़र अपने साथी तवाइफ़ों की ओर देखा और तनिक लम्बी साँस लेकर रफ़ूगर की ओर मुख़ातिब हो कर कहा–

'जनाब...! यदि आप मेरे ख़ूबसूरती के बारे में इतना कुछ जानते हैं तो आपको शायद यह भी ठीक से मालूम होगा कि मैं घाघरा स्टेट के बाहर तो क्या; अपने कोठे के बाहर भी कभी क़दम नहीं रखती। चाहें कोई मुझे मेरे शरीर के वजन के बराबर स्वर्णमुद्राओं से ही क्यों न तौल दे...! मेरे लिये मछली मुहाल का यह अदना-सा कोठा ही मेरे लिये सारा संसार है। मेरी तड़प इन चुनेवालियों के लिये है कि मेरे बाद इनका क्या हाल होगा...? इनका पुरसाहाल लेने वाला कोई होगा भी या नहीं...? इन्हें इनके खर्चे कैसे मयस्सर होंगे...? वर्षों से मन में केवल एक ही इच्छा दबी हुई है कि अपने इन चुनेवालियों के लिये एक ख़ूबसूरत महल बनवा सकूँ जहाँ ये स्वयं

के शासन में अपनी मर्ज़ी से रह सकें। इन पर किसी का नियंत्रण न हो...!' फिर थोड़ा ठहरकर बोली–'आप मुझे भले आदमी लगते हैं। इसलिये पहली बार आपके लिये यह वादा तोड़ रही हूँ। मुझे शेष पचास हज़ार अशर्फियों के साथ महफूज़ तरीक़े से वापस घाघरा स्टेट छोड़ने की ज़िम्मेदारी आपकी होगी।'

अंधे को क्या चाहिए दो आँखें...! रफ़ूगर अपने मक़सद में लगभग क़ामयाब हो गया था। लिहाज़ा हुस्ना बाई की सहमति मिलते ही उसके घाघरा स्टेट से दीनपनाह चलने की तैयारी की जाने लगी। लेकिन इस तैयारी की गोपनीयता बनाकर रखनी थी; अन्यथा राजा रहम सिंह और जॉर्ज बाक़र इस यात्रा में ख़लल डाल सकते थे। ऐसे में एक तो व्यापारी बने रफ़ूगर उर्फ़ मणिग्राम की मेहनत पर पानी फिरता और दूसरे हुस्ना के वर्षों से दमित ख़्वाब को भी स्थायी नुक़सान पहुँचाने की आशंका थी। फिर हुस्ना के न आने पर नवाब नकबुल्ला की ओर से नादान महल में जो ग़दर कटता उसकी कल्पना नहीं की जा सकती थी। फ़िलहाल बिला वक़्त गंवाए हुस्ना बाई और उसकी दो शागिर्दे–जुलेख़ा और आफ़रीन एक टमटम में सवार हुये और बाक़ी साजिंदे व रसद दूसरी टमटम में; और क़ाफ़िला दीनपनाह की ओर निकल पड़ा।

25

इन हसीनों से ख़ुदा साबिक़ा डाले न कभी
सब को बर्बाद किया दिल में रहे जिस-जिस के।

—जलील मानिकपुरी

घाघरा स्टेट से निकलते-निकलते रात के तक़रीबन नौ बज गये थे। टमटम वाले चार-छ: कोस चलते फिर थोड़ा रुककर सुस्ताने लगते। रात-भर टमटम चलती रही। पहले एक दो घण्टे में तो यात्रा बेहतर ख़ुशनमा लगी। लेकिन रात ज्यों-ज्यों गहराती गयी हुस्ना और उसकी शागिर्दों की जान साँसत में आती गयी। कई बार सड़कों का सन्नाटा उनके हृदय में कोहराम मचा देता। गाड़ीवान तो इन रास्तों पर आने जाने के अभ्यस्त थे। इसलिये उनके मन में कोई ख़ास डर न था। फिर कोई उनका क्या ही लूटता...! उनके पास लुटने के नाम पर कुछ ख़ास न था। शायद इसलिये उनके भीतर न किसी प्रकार का ख़ौफ़ था और न ही कोई डर...! वे बिलकुल मस्तमौला हो कर टमटम को सड़क पर दौड़ाते चले जाते थे। इस दौरान वे आपस में लूट और डकैती की ऐसी-ऐसी बातें करते जाते थे जिसे सुनकर कलेजा मुँह को बाहर आ जाये। इस ख़ौफ़ का ही असर था कि हुस्ना और उसकी शागिरदें आपस में बात तक नहीं कर रही थीं। वे टमटम के भीतर नज़रें नीची किये हुए बिलकुल दुबकी हुई बैठी थीं। जब कहीं चाँदनी रात में चन्द्रमा का प्रकाश उनके चेहरे पर पड़ता और उनकी आँखें आपस में एक हो जातीं, तो वे एक दूसरे की आँखों का ख़ौफ़ पढ़कर और भी डर जातीं। फ़िलहाल इस ख़ौफ़ का आलम कुछ यूँ हुआ था कि मन-ही-मन हुस्ना के दीनपनाह जाने का सारा उत्साह ठण्डा पड़ गया था। आख़िर पड़ता भी क्यों न...! ऐसा लगता था मानों अभी कोई डकैत या सिरफ़िरा उनका रास्ता रोककर खड़ा हो जायेगा और पल भर भी उनकी अस्मत तार-तार कर डालेगा। ऐसा सोचते हुए हुस्ना के शरीर की सारी ताक़त ही ख़त्म हो गयी थी; उसका और उसकी शागिर्दों का बदन

बिलकुल सुन्न-सा हो गया था। बीच-बीच में नींद की झपकी आने के क्षणों में उनके मन का ख़ौफ़ काफ़ूर हो जाता लेकिन नींद टूटते ही वह कई गुना और बढ़ भी जाता।

ख़ैर यात्रा रोकी नहीं जा सकती थी और इसकी वज़ह पेशगी की वे पचास हज़ार अशर्फियाँ थीं जो हुस्ना को दी गयीं थीं; और वे पचास हज़ार भी जो उसे वापसी के समय उसे मिलनी थीं। इस उहापोह से बिलकुल बेफ़िक्र टमटम धीरे-धीरे आगे बढ़ रहा था। हुस्ना के मन में न जाने क्या-क्या चल रहा था। इतने में उसे फिर से नींद आ गयी। आँख तब खुली जब तनिक शोर के बीच टमटम के रुकने की आवाज़ हुई और लगा कि बाहर कुछ उजाला जैसा दिखायी दे रहा है। हुस्ना ने एक मर्तबा, डरते-डरते ही अपने मुँह से कमली सरका कर देखा तो मालूम हुआ कि वह और उसकी शागिरदें गाड़ी में अकेली लेटी हुई हैं। पर्दे से बाहर झाँककर देखा तो महसूस हुआ कि टमटम जिस जगह रुकी है वहाँ सामने कुछ कच्चे-पक्के मकान बने हैं। बैल इन मकानों के थोड़ी दूर पर स्थित बरगद के दरख़्त के नीचे भूसा खा रहे हैं; दो-तीन गाँव वाले अलाव के पास बैठे आग ताप रहे हैं; बाहर एक जगह थोड़ी मद्धिम रोशनी जल रही है जहाँ कोई एक पंसारी की दुकान है। यहाँ से दोनों गाड़ीवान कुछ ख़रीद रहे हैं। शायद अपने पीने के लिये गाँजा ख़रीद रहे होंगे। आख़िर डर किसे नहीं सताता...! जो ख़ौफ़ की कहानियाँ कहता है उसे भी और जो ख़ौफ़ की कहानियाँ सुनता है उसे भी...! चिलम की आग और इससे निकलने वाला धुआँ इस भय को कुछ हद तक कम कर देगा शायद...!

कुछ देर तक टमटम यहाँ रुकी रही। गाड़ीवानों ने अलाव के पास बैठे ग्रामीणों से दुआ-सलाम किया मानों उनकी आपस में कितनी पुरानी जान-पहचान हो; उनके पास बैठकर चिलम सुलगाई; उनसे हाल-चाल की; साथ में दो-चार फूँक मारे और फिर भारी मन से रुख़सत होते हुए दुबारा से टमटम को जोत दिया। टमटम चलती जाती थी और दोनों गाड़ीवानों की आपस में बातें भी होती जाती थीं। अबकी बार उनका जोश पहल से कुछ अधिक मालूम पड़ता था। वे एक-दूसरे के अधिक क़रीब हो गये थे। आपस में ख़ूब बातें करने लगे थे। जब वे बातें करते-करते थक जाते तो कुछ गाने लगते। जब एक गाता तो दूसरा सुनता और सोचता कि कैसे इसे छेड़ूँ...! जब छेड़ना तय हो तो कोई-न-कोई बात निकल ही आती है। फिर क्या...! कोई बात निकल आयी, इस बात से दूसरी बात निकल आयी; इस दूसरी बात से तीसरी बात और फिर तीसरी से चौथी...! उनके बीच बातों का सिलसिला थमता ही न था। इस गुफ़्तगू में एक बार ऐसा भी हुआ कि दोनों गाड़ीवानों के बीच आपस में गाली-

गलौच होने लगी। आस्तीनें तक चढ़ गयीं। एक गाड़ी पर से कूद पड़ा; दूसरा वहीं उसका गला घोंटने को तैयार खड़ा हुआ। घुप्प अन्धेरे में यह तमाशे होते देख हुस्ना और उसकी शागिरदें चीख़ पड़ीं। तब ऐसा हुआ कि अचानक से दोनों ढीले पड़ गये और और उनके बीच सारी बात गयी-गुज़री हो गयी। दोनों में फिर से मिलाप हुआ और दोस्ती और घर-परिवार की ऐसी-ऐसी बातें होने लगीं गोया पहले कभी आपस में लड़े ही न थे।

टमटम चलती रही। अचानक से रात के तीन बजे के आसपास दीनपनाह की सीमा में कुछ दूर भीतर तक चलने पर गाड़ीवानों ने टमटम रोक दी। पीछे से रफ़ूगर की आवाज़ आयी–

'क्या हुआ मियाँ...? टमटम क्यों रोक दी?'

टमटम वाले ने धीरे से कहा–'हुज़ूर...! लगता है आगे डाकू खड़े हैं।'

रफ़ूगर फुसफुसाया। डाकू का नाम सुनते ही हुस्ना और उसकी शागिर्द तवाइफ़ों के हाड़ काँप गये। वे डरकर आपस में लिपट गयी। हुस्ना ने टमटम के भीतर से ही झीने परदे से बाहर की ओर एक नज़र दौड़ाई। उसने देखा कि मुँह में कपड़ा लपेटे घोड़ों पर सवार आठ-दस जवान तलवार लिये हुये टमटम के सामने खड़े थे। दरअस्ल आज रफ़ूगर और हुस्ना का ठगों से सामना हो गया था। इस अन्धकार भरे समय में इन ठगों के सरदार ज़ालिम की आवाज़ गहरी और ख़ौफ़ पैदा करने वाली थी। उसका एक साथी सुलखान सिंह, जो कद-काठी में सबसे तगड़ा और चालाक जान पड़ता था, घोड़े से उतरकर धीरे-धीरे टमटम की ओर बढ़ा। हर क़दम के साथ उसकी तलवार की मयान हल्के-हल्के छनक रही थी। हुस्ना और उसकी शागिर्दें भय से काँप रही थीं। हुस्ना ने अपने आपको सँभालते हुए रफ़ूगर के पीछे से धीमी आवाज़ में कहा–'कुछ भी हो, हमें बचा लो।'

रफ़ूगर टमटम से नीचे उतर आया और अपने हाथ और ऊँचे करते हुए, ज़मीन की ओर झुककर कहा–'हुजूर...! ये सिर्फ़ मुसाफ़िर हैं। एक से बढ़कर एक शरीफ़...! आपकी इजाज़त हो तो इन्हें लेकर हम आगे जायें...!'

सुलखान सिंह ने टमटम के परदे की ओर नज़र दौड़ाई, मानों टमटम के भीतर छिपे डर को महसूस कर रहा हो। फिर उसने बिना पीछे मुड़े ज़ालिम खाँ से पूछा–'क्या करें सरदार...?'

ज़ालिम खाँ ने एक क्षण सोचा और फिर दहाड़ते हुए कहा–'देखते हैं ये कितने शरीफ़ हैं। पहले टमटम से सारा माल निकालकर नीचे रखो...!'

ज़ालिम का आदेश होते ही सुलखान सिंह ने अपनी तलवार को मयान से बाहर खींच लिया। बोला–'चलो, जल्दी करो...!'

रफ़ूगर मारे डर के थर-थर काँप रहा था। उसने सुलखान सिंह के तनिक करीब जाकर बिलकुल रिरियाती हुई आवाज़ में कहा–'हुजूर...! घाघरा स्टेट की बाइयाँ दीनपनाह जा रही हैं। ये बाइयाँ आपके सम्मान की सौगंध खा कर कहती हैं कि उनके पास सिर्फ़ इज़्ज़त है; जो कुछ है आपकी अमानत...!'

रफ़ूगर की बात सुनकर ठगों के बीच एक क्षण के लिये ख़ामोशी छा गयी। शायद वे इस ज़वाब की उम्मीद नहीं कर रहे थे। सभी की उम्मीदें ज़ालिम सिंह पर आकर टिक गयी थीं कि आख़िर वह इसमें क्या फ़ैसला लेगा...! थोड़ी देर ठहरकर ज़ालिम ने तनिक आगे बढ़कर कहा–

'हम इज़्ज़त लेने वाले नहीं, उसे बचाने वाले हैं। मगर इश्क़ और जंग में सब जायज़ है। माल-असबाब नीचे रख दो और अगर सच में शरीफ़ हो तो सलामती से निकल जाओगे।'

तभी सुलख़ान को टमटम के भीतर चूड़ियों की ख़नक से कुछ शंका हुई। उसने सरदार के पास आकर स्वयं मुआयना करने का अनुरोध किया। घोड़े पर सवार सरदार ज़ालिम खाँ ने घोड़े को अपनी एड़ियों से धीरे से कुरेदा। घोड़ा चार-छह क़दम आगे बढ़कर रुक गया। फिर ज़ालिम खाँ घोड़े से उतर कर दो क़दम टमटम की दिशा में आगे बढ़ा और एक झटके में टमटम के पीछे आकर अपने तलवार से परदा उलट दिया। टमटम से परदा उठाते ही ज़ालिम के होश उड़ गये। जिस समय उसकी नज़रें हुस्ना पर पड़ रही थीं उस समय हवा के रुख से हुस्ना के चेहरे हवा के तेज़ झोंके से उसके चेहरे का नक़ाब उघड़ गया था और चांदनी रात में उसका चेहरा साफ़ दिखायी दे रहा था। ऐसा क़ुदरती और लासानी हुस्न ज़ालिम खाँ ने अपने अब तक के जीवन में पहले कभी नहीं देखा था। वह हुस्ना को ठगा-सा देखता रहा। ज़ालिम को सहसा अपनी आँखों पर विश्वास नहीं हो रहा था।

थोड़ी देर में ज़ालिम खाँ की तन्द्रा टूटी। उसने इशारे से अपने एक साथी ठग से मशाल मँगाई और हुस्ना के चेहरे के सामने टिका दिया। हुस्ना का शरीर भय से पीला पड़ गया था और चेहरा सुर्ख लाल...! हुस्ना डरी हुई हिरनी की तरह ज़ालिम खाँ को अपनी नीली आँखों से एकटक देख रही थी। उसकी एक लट पेशानी से हो कर दोनों आँखों के बीच से गुज़रकर ठोड़ी को छूती हुई हिल रही थी, ओंठ जुंबिश कर रहे थे और दिल की धड़कन की आवाज़ ज़ालिम खाँ के कानों से टकरा रही थी।

समय एकबारग़ी मानों थम-सा गया था। हुस्ना मन-ही-मन अफ़सोस करती रही कि 'जाने किस मुहूर्त में उसने दीनपनाह जाने के लिये हामी भरी। जिसका नतीजा यह है कि आज उसकी जान पर बन आयी है...!' थोड़ी देर बाद सुलख़ान सिंह बोला–

'बाइयाँ ही हैं...! जाने देते हैं सरदार...!'

ज़ालिम खाँ आत्मविस्मृति की अवस्था में पहुँच गया था। अब जाकर ज़ालिम खाँ के शरीर में हरक़त हुई। उसने हुस्ना के चेहरे से नज़र हटाते हुए कहा–'ठीक है...! पर आगे डाकू दुर्जन सिंह का इलाक़ा है, घना जंगल भी है। इन्हें नदी के उस पार तक छोड़ कर आना होगा...!'

हुस्ना का क़ाफ़िला फिर चल पड़ा। रास्ता लम्बा था। ज़ालिम खाँ पूरे रास्ते घोड़े पर आगे चलता रहा। हुस्ना का ठगों से यह पहला साबिक़ा था। वह हैरान थी। वह अब तक ठगों को केवल दरिंदा ही समझती आयी थी जो बेमक़सद शरीफ़ों की ज़िन्दगी अज़ाब बनाते हैं, धमाके करते और क़त्ल करते हैं। पर इन्होंने तो औरतों, ख़ासकर हम जैसियों के साथ न सिर्फ़ पुरएहतराम सुलूक किया बल्कि बाहिफ़ाजत सफ़र का इंतज़ाम भी किया। 'और वह बड़े डील-डौल वाला मरदाना कौन है...! सरदार होगा उनका शायद...! कहीं ज़ालिम खाँ तो नहीं...!! ज़ालिम को तो बहुत ख़ूंख़्वार बताते हैं। ख़ैर वह जो भी है; है तो कोई शेर जैसा दिल वाला ही...!'

हुस्ना पर ज़ालिम खाँ का हल्का-सा ख़ुमार तारीं होने लगा था। उसने टमटम के परदे के भीतर से ही कई बार ज़ालिम खाँ को देखने की क़ामयाब-नाक़ामयाब कोशिश की; लेकिन पूरी तरह से सफल न हो सकी। बहरहाल ज़ालिम खाँ ने हुस्ना के क़ाफ़िले को सकुशल नदी पार कराया और अपने साथियों के साथ वापस लौट गया। लेकिन लौटते वक़्त दोनों, एक-दूसरे को भूल न सके। कहते हैं जैसे किसी मणिधर नागिन की आँखों में किसी माशूक़ या दुश्मन की आकृति हमेशा के लिये छप जाती है; ठीक वैसे ही हुस्ना की आँखों के परदे पर ज़ालिम खाँ की तस्वीर अंकित हो गयी थी।

उधर ज़ालिम खाँ का भी कमोबेश यही हाल था। ज़ालिम लौटते हुए भी लौट नहीं पा रहा था। हुस्ना के क़ाफ़िले को विदा कर लौटते वक़्त न जाने क्यों ज़ालिम खाँ को लगातार यह लगता रहा जैसे वह राहगीरों का क़ाफ़िला न छोड़कर, अपनी कोई ख़ास अमानत छोड़कर वापस लौट रहा हो...! वह बेतरह हुस्ना की यादों में खो गया था। उसे याद करते हुए वह मदमस्त हो कर चलता चला जा रहा था-बिना किसी दिशा-ज्ञान के; बहने वाली हवाएँ जिधर भी उसे लेकर जाना चाहें...! कई बार

चलते हुए सुलख़ान सिंह उसे आज के गंतव्य के बारे में कुरेदकर पूछना चाहता; लेकिन वह कोई ज़वाब न देता था। मानों बेसुध-सा हो गया हो...! बक़ौल अज़ीज़ लखनवी उसकी हालत कुछ यूँ थी के–

बे-ख़ुदी कूचा-ए-जानाँ में लिये जाती है
देखिए कौन मुझे मेरी ख़बर देता है।

इस बेख़ुदी में चलते हुए न जाने क्यों उसे अचानक से यह लगने लगता मानों पछुआ हवा के झोकों के साथ बहकर आने वाली कोई आवाज़ उसे निरंतर पुकार रही हो...! फिर तो वह घोड़े पर बैठे-बैठे ही अचानक से पीछे मुड़कर देखने लगता। किसी को पीछे न पाकर फिर चलने लगता। यह क्रम तब तक चलता रहा जब तक सूरज नहीं चढ़ आया। सिर पर सूरज चढ़ने पर वह घने जंगलों के बीच एक जगह पानी पीने के लिये रुका और वहीं थककर लेट गया। सुलख़ान सिंह और साथी ठग हमेशा की तरह उसकी सुरक्षा में लगे रहे; और उसके नींद से जागने का इंतज़ार करने लगे।

26

आप क्या आये कि रुख़्सत सब अंधेरे हो गये
इस क़दर घर में कभी भी रौशनी देखी न थी।

—हकीम नासिर

नवाब नकबुल्ला को यह ख़बर पहुँचा दी गयी थी कि रफ़ूगर हुस्ना बाई को लेकर सकुशल दीनपनाह में प्रवेश कर चुका है। हुस्ना और उसकी शागिर्दों को नादान महल के रंग़महल स्थित मेहमानख़ाने में ठहराया गया था। ठहरने वालों का हाल तो ख़ुदा जाने...! लेकिन जबसे उनके आग़मन की सूचना नवाब के कानों में पड़ी थी, वह बेसबब हो उनसे मिलने के लिये बेचैन हो रहा था। दरबारी उसके इस तरह के बेसब्र व्यवहार से न केवल वाक़िफ़ थे; बल्कि हमेशा की तरह ऐसे मौक़ों पर किसी असंयत आचरण के अभ्यस्त भी थे। हर बार की तरह नवाब थोड़ी देर तक चीख़ता-चिल्लाता रहा; अपने बालों और कपड़ों को नोंचता रहा। दरबारियों में से अधिकांश मूकदर्शक बनकर सारा माज़रा देखते रहे। नवाब नकबुल्ला भी सारे क़रतब दिखाने के बाद थोड़ी देर में शान्त हो कर सरे-दरबार बिलकुल निढाल हो कर लेट गया। तब रफ़ूगर और लुकमान अली ने रंग़महल के अफ़रा-तफ़री भरे माहौल में किसी तरह से समझा-बुझा कर न केवल उसे जाने से रोक लिया; बल्कि तमाम मिन्नतें और मान-मनव्वल करके किसी तरह नवाब को देर शाम की महफ़िल के इंतज़ार के लिये मना भी लिया।

'महफ़िल' का मुआमला कुछ यों था कि बाहर से जब भी कोई तवाइफ़ दीनपनाह रियासत की सीमा में आती थी तो उसे सबसे पहले नवाब के रंग़महल में आकर अपनी प्रतिभा का प्रदर्शन करना होता था। यह एक प्रकार से दीनपनाह की नवाबी की परंपरा भी थी और प्रकारांतर से तवाइफ़ की सुरक्षा की स्वीकृति भी...! अस्ल में हुस्ना की महफिलें हमेशा से ही देर शाम शुरू होतीं और देर रात

तक गुलज़ार होती रहतीं। वह तमाम नवाबों, शहज़ादों और साहबज़ादों के लिये स्वप्नपरी सरीखी थी। उसे केवल शाम के धुंधलके और रात के गहन अन्धकार के बीच मद्धिम रोशनी वाले दीपों के बीच ही गाना और मचलना आता था।

बहरहाल जब हुस्ना ने रंग़महल के मेहमानख़ाने में रफ़ूगर से उसके व्यापारी पिता से मिलने की इच्छा ज़ाहिर की तो रफ़ूगर ने न केवल बहाने से उसे दीनपनाह के इस परंपरा की जानकारी दी; बल्कि हुस्ना से इस परंपरा को स्वीकार करने का अनुरोध किया और इसके बाद अपने व्यापारी पिता से मिलाने का वायदा भी...! हालाँकि रफ़ूगर के इस बदले हुए व्यवहार से हुस्ना को कुछ शंका ज़रूर हुई और क़ायदन वह पहले झटके में ही रफ़ूगर के प्रस्ताव को इनकार कर देना चाहती थी। लेकिन रफ़ूगर ने उससे हाथ जोड़कर कई मिन्नतें की कि 'दीनपनाह की इस मर्यादा का सम्मान करें। इसी में हम सबकी भलाई है।' साथ ही उसने हुस्ना को इस महफ़िल के बाद अपना वायदा पूरा करने का वचन भी दिया।

उधर रंग़महल में धीरे-धीरे हुस्ना के लिये महफ़िल सजने लगी थी। रंगमहल में करीने से ईरानी कालीन बिछी थी जिस पर मसनद और गावतकिये लगे थे। रंगमहल की छत से झाड़-फानूस लटक रहे थे, जिसमें मोमबत्तियाँ जगमगा रही थीं। पूरा रंगमहल अगरु-लोबान के धुएँ से सुवासित हो रहा था। मेहमानों के लिये ख़ुशबूदार जूही-चमेली और बेला के गजरे, अतरदान-गुलाबपाश रखे थे। पानदान में वर्क लगी गिलौरियाँ पान के शौकीनों का इंतज़ार कर रही थीं। चाँदी की तश्तरियों में जाफ़रानी ज़र्दे और मुश्क-केसर-कस्तूरी घुली किवाम की गोलियाँ ख़ुशबू बिखेर रही थीं। अगल-बग़ल पीतल के ऐसे चमचमाते पीकदान रखे थे जिनमें एकबारग़ी पीक डालते हुए मेहमान अपना चेहरा भी देख लें। मेहमान अपनी-अपनी जगह लेकर जम गये थे। पहले पान खाये गये; फ़िर हुक़्क़े के कश लगाए गये। आपस में बोलियाँ-ठोलियाँ हुईं, आवाज़े-तवाज़े कसे गये; फिर ज़िला जगत और फब्तीबाज़ी हुई। चाँद के चढ़ने तक यूँ ही ख़ुश गप्पियाँ और नोक-झोंक होती रही। बीच-बीच में रईसों के कहकहे और ठहाके वातावरण को और भी ख़ुशगवार बना रहे थे। कुल मिला कर माहौल बड़ा ही ख़ुशनुमा लग रहा था।

जब चाँदनी ख़ूब फैल गयी तो नवाब ने लुकमान अली की तरफ़ देखा। लुकमान अली दीवान-ख़ाने में मुख़्तार कुल हुआ करता था। तमाम इन्तिज़ामात लुकमान ही किया करता था। नवाब ने कहा–

'क्यूँ लुकमान क्या देर-ए-दार है?'

लुकमान ने कहा–'हुज़ूर...! हुक़्म का इन्तिज़ार है...!!'

नवाब ने कहा–'...तो शुरू करो...!!'

नवाब का हुक़्म होते ही सुखचैन नामक भांड अपनी टोली के साथ आदाब बजाते हुए महफ़िल में घुसा। दरअस्ल आज सुखचैन के नेतृत्व में भांडों ने नवाब और उनके वज़ीरों को ख़ुश करने के लिये एक नया स्वांग तैयार किया था। उसमें घाघरा के नवाब को आक्रमण का केंद्र बनाया गया था। घाघरा के नवाब अर्थात घाघरा स्टेट के तथाकथित राजा रहम सिंह...! किसी ज़माने में जब रहम सिंह की हैसियत न के बराबर थी तब नवाब नकबुल्ला ने रहम सिंह को एक छोटी-सी जागीर का जागीरदार बना दिया था। यह जागीर बस कुछ बीघे की थी। सच्चाई यह थी कि उसने धोके से नवाब के जाली हस्ताक्षर से घाघरा स्टेट के मालिकाना हक़ को लेकर अपने पक्ष में एक फ़रमान जारी करा लिया। पहले तो रहम सिंह ने अपने को 'घाघरा का जागीरदार' बताना शुरू किया; लेकिन जब कालांतर में उसका नवाब से विवाद बढ़ा और उसे देश निकाला दे दिया गया तो वह स्वयं को 'घाघरा का राजा' बताने लगा। लेकिन दीनपनाह के दरबारियों के लिये वह अभी भी घाघरा का नवाब ही था।

बहरहाल सुखचैन ने अपने अंदाज़ में कहना शुरू किया–'किस्सा कुछ यों शुरू हुआ कि एक घाघरा वाले नवाब थे।'

सुखचैन का इतना कहना था कि उसका एक दूसरा साथी भांड घबराया हुआ-सा निकलकर सामने आया और अपने साथियों से कहने लगा–'उठो-उठो...! आदाब बजाओ...! नवाब साहब आ गये...!!'

साथियों ने पूछा–'कहाँ...? कहीं दिख तो नहीं रहे...?'

सुखचैन ने कहा–'दिखेंगे कैसे...? वे तो इस घाघरे में क़ैद हैं...!'

फिर उसने अपना पहना हुआ घाघरा नीचे से तनिक उठा दिया। इतने में घाघरे में से एक बड़ा-सा चूहा उछलकर महफ़िल के बीच में बैठ गया तो सुखचैन अपने साथियों से बोला–'पहचान लो...! यही हैं घाघरा के नवाब...! यही है इनकी औक़ात...!!'

नवाब, सुखचैन और उसके साथियों की इस मसख़री पर बेहद ख़ुश हुआ। अशर्फ़ी और चन्द रूपए इनाम दिये। सुखचैन ने इनाम लेकर मुअद्दबाना तीन सलाम किये और हाथ जोड़कर कहा–'हुज़ूर की ज़र्रानवाज़ी और फ़न की क़द्रदानी है कि इस ग़ुलाम को यूँ सराहते हैं। वरना मैं क्या मेरी बिसात क्या...!! मिन अनम कि मिन दानम...!!'

इसके बाद हुस्ना का नंबर आया। हुस्ना जब रंग़महल के मेहमानख़ाने से सज-धजकर बाहर निकली तो पल भर के लिये ऐसा लगा जैसे शाम के धुंधलके में चाँद निकल आया हो...! आमतौर पर हुस्ना महफिलों में साड़ी और सिर पर जड़ीदार टोपी पहनती थी। लेकिन आज के दिन उसने तुर्की तर्ज़ के कपड़े पहन रखे थे। पाँव में आसमानी रंग की काशानी मखमल और हिरन की खाल की नोकदार शीराज़ी जूतियाँ...! जूतियों के हाशियों पर बारीक़ बेल थी जिसमें सफ़ेद और सुनहरे पुखराज टंके हुये थे। ढाके के मलमल का पाजामा इस क़दर बारीक़ था कि उसके भीतरी अंग बाहर झाँक पड़ते थे। चुनांचे कुछ पल के लिये तो महफ़िल की नैतिकता ख़तरे में पड़ गयी थी। अल्लाह ताला ने उसे हुस्न ही ऐसा बख़्शा था। अस्ल में वह इतनी गोरी थी और उसका शरीर इतना कोमल था कि जब वह पान की गिलौरी मुँह में दबाक़र उसका पीक घोंटती तो पारदर्शी शीशे की तरह साफ़ गले से नीचे उतरती हुई दिखायी पड़ती थी। ऐसा संग़मरमरी बदन कि जो एक बार उसे देखे तो बस देखता ही रह जाये...!

इतने में हुस्ना के महफ़िल में प्रवेश की आहट हुई। हुस्ना के घुंघरू की छुन-छुन छुना-छुन धीरे-धीरे सुनाई दे जाती थी। जब उसने तनिक बलखाते हुए रंगमहल में क़दम रखा तो ऐसा लगा जैसे कोई नागिन बीन की धुन पर मदमत्त हो कर नृत्य करने जा रही हो...! महफ़िल में प्रवेश करते समय सभी की नज़रें एकबारग़ी उसकी ओर ठहर गयीं। हुस्ना महफ़िल में हाज़िर हुई और सभी को आदाब बजाती हुई आकर बैठी। सारा माहौल रौशनियों से झिलमिला रहा था। और ऐसे माहौल में हुस्ना के हुस्न और गाने के जलवों के फ़रेब के लिये काफ़िर व मोमिन दोनों तैयार हो रहे थे।

हुस्ना का इशारा पाते ही सारँगे ग़िलाफ़ उतारकर तरबें मिलाने लगे; तबला-नवाज़ अपनी गठरी खोलकर दाएँ को छोटी-सी हथौड़ी से मिलाने लगा। जब साज़ मिल गये तो हुस्ना के दोनों सारँगे दाएँ-बाएँ हो कर बैठे। तबला-नवाज़ पीछे बैठ गया। फिर एक ख़ादिम ने तानपुरा ला कर हुस्ना के सामने पेश किया। हुस्ना ने पंचम का तानपुरा मिलाया। जब चारों तार मिल गये तो सबने कहा–'माशा-अल्लाह...!' तबले वाले ने थाप दी। दोनों की लौ मिल गयी। हुस्ना ने सबसे इजाज़त चाही और वक़्त कार अग बहाग अलापना शुरू किया। दर-ओ-दीवार से सुर बरसने लगे। सबने इनके दम साँस की तारीफ़ की। एक तान आती और जाती। किसी ने कहा–'आवाज़ तो देखो...!' हुस्ना आदाब बजा लाईं; बोलीं–

'बुज़ुर्गों का सदक़ा है। अगर इजाज़त हो तो एक ग़ज़ल पेश करना चाहूँगी।'

सामईन ने कहा–'अरे मोहतरमा...! ज़रूर सुनाइये...! नेकी और पूछ-पूछ...!'

हुस्ना ने बिहाग के स्वरों में बँधे ग़ज़ल के मिसरे सुनाने शुरू किये–

यों तो मुर्दे से पड़े रहते हैं हम
पर वह आता है तो आ जाता है जी।
है उसके शरबती लैब से ज़ुदा
कुछ बताशा-सा घुला जाता है जी।
क्या कहें तुमसे कि उस शोले के बग़ैर
जी हमारा कुछ जला जाता है जी।
उठ चले पर उसके मश करते हैं हम
यानी साथ चला जाता है जी।

सबने तारीफ़ की कि वाक़ई में बिहाग की बन्दिशें सबसे अलग हैं। इसके बाद ठुमरी और दादरे की फ़रमाइश हुई। हुस्ना ने खम्माच की ठुमरी शुरू की–'नाहीं परत मयको चैन...!' हुस्ना ने इसके भाव बताने शुरू किये तो महफ़िल तड़प-तड़प उठी। हुस्ना ने दादरा 'मोरी बिन्दियाँ चमकन लागी' भी इसी अन्दाज़ से गाया। आख़िर में मिर्ज़ा ग़ालिब की ग़ज़ल 'दिल से तेरी निगाह जिगर तक उतर गयी' सुनानी शुरू की। जब इस शेर पर पहुँचीं–'वो बादह-ए-शबाना की सर मस्तियाँ कहाँ उठिये बस अब कि लज्ज़त-ए-ख़्वाब सहर गयी' तो एक बुज़ुर्ग ने दोनों ज़ानू पीट कर कहा–'हय! हय!' और जब हुस्ना ने ग़ालिब का लिखा यह मक़्ता सुनाया तो वहाँ बैठे न जाने कितने बुज़ुर्गों की जवानी लौटती हुई दिखी–

मारा ज़माने ने असदुल्लाह ख़ाँ तुम्हें
वो वलवले कहाँ वो जवानी किधर गयी।

बहरहाल जब गाना ख़त्म हुआ तो हुस्ना ने यह पाया कि नवाब नकबुल्ला के बड़े-बड़े नैन अश्कबार हैं। सच पूछिए तो हुस्ना के लिये, नवाब की आँखें तो ख़ैर न जाने कब से अश्कबार थीं...! हुस्ना के लिये अब उसका दामन भी तार-तार हुआ जाता था। बक़ौल इक़बाल कैफ़ी–

यही नहीं कि निगाहों को अश्क-बार किया
तिरे फ़िराक़ में दामन भी तार तार किया।

आँखें हुस्ना की भी गीली हो गयीं थीं लेकिन शायद किसी और के लिये...! हुस्ना किसी से मोहब्बत जो करने लगी थी। उसकी कुदरती आब में मोहब्बत की नायाब आब भी जा मिली थी। नवाब उससे लिपटकर रोना चाहता था; उसे अपने

दिल के छाले और फफोले दिखाना चाहता था। लेकिन न जाने क्यों पहली बार उसके क़दम इस बात के लिये उसे रोक रहे थे। उसने अपने दोनों हथेलियों से अपने मुँह को छुपाया और सुबकते हुए नादान महल जाने के लिये निकल गया। नवाब के जाते ही 'तख़्लिया' के साथ महफ़िल समाप्ति की घोषणा हुई। फ़िलहाल इनाम-ओ-इकराम के साथ-साथ ऐलान कर दिया गया कि हुस्ना और उसकी शगिर्दें उनकी शाही गवनहारी होंगी।

27

सुनने वाले रो दिये सुन कर मरीज़-ए-ग़म का हाल
देखने वाले तरस खा कर दुआ देने लगे।

–साक़िब लखनवी

उधर हुस्ना को नादान महल में शाही गवनहारी बनाने की तैयारी चल रही थी इधर घाघरा स्टेट में एक अलग-सा कोहराम मचा हुआ था। इस बात की ख़बर मिलते ही कि 'इस समय हुस्ना नवाब नकबुल्लाह की शाही मेहमान बनी हुई है'; राजा रहम सिंह बुक्का फाड़कर रोने लगा। घाघरा स्टेट में इतनी बड़ी दुर्घटना हो गयी थी और उसे इसका इल्म तक न था, उसकी चिंता का सबसे बड़ा सबब यही था। सबसे आश्चर्यजनक यह था कि जो जॉर्ज बाक़र अपनी पूरी-की-पूरी दिनचर्या मछली मुहाल और हुस्ना के चौखट पर निकाल देता था; उसे भी इसकी इत्तिला नहीं हुई। अस्ल में मियाँ रफ़ूगर ने हुस्ना और उसकी शागिर्दों की इस गोपनीय यात्रा की रूपरेखा इतने सुनियोजित और गोपनीय तरीक़े से बनाई थी कि हुस्ना कब घाघरा स्टेट से निकल कर दीनपनाह के नादान महल में प्रविष्ट कर गयी; वहाँ के हवाओं तक को इसकी भनक नहीं लग सकी।

दरअस्ल नवाब नकबुल्लाह से राजा रहम सिंह के सम्बन्ध चाहें जितने उतार-चढ़ाव वाले रहे हों और गौहर परी के जिन्दा रहते चाहें उनके सम्बन्धों में जितनी भी तल्ख़ी क्यों न आयी हो; लेकिन सच्चाई यह थी कि नवाब नकबुल्लाह ने चाहे-अनचाहे उसे कई मामलों में छूट दे रखी थी और यह छूट इस सीमा तक थी कि कई बार उसके सैनिक नवाब के इलाक़े में घुस कर टैक्स भी वसूल लेते थे तो भी नवाब को इसे लेकर कोई ख़ास गुरेज न होता था। अस्ल में दोनों बेहद अमनपसन्द और बेहद लापरवाह शासक थे...! जनता अपनी जाने; उन्हें अपने ही ग़म से फ़ुर्सत न थी। लेकिन नवाब के शासन के उत्तरार्द्ध में स्थितियाँ तनिक बदलीं और उसके तथा

रहम सिंह के सम्बन्धों में खिंचाव का दौर शुरू हुआ। इसका प्रमुख कारण सल्तनत के मामलों में रहम सिंह की जासूसी और उसमें हस्तक्षेप प्रमुख था। इसके अलावा नवाब नकबुल्लाह ने अपने सलाहकारों की बदौलत रहम सिंह की उन कारगुज़ारियों पर भी रोक लगाई जिसका उपभोग वह गाहे-बगाहे करता चला आ रहा था। हालाँकि दोनों के बीच बिगाड़ का सबसे बड़ा कारण था–जॉर्ज बाक़र, जो न तो स्वयं कभी चैन से बैठता था और न ही किसी को चैन से बैठने देने का हामी था। यों तो बाक़र सीधे तौर पर नवाब से भिड़ने की मंशा नहीं रखता था। और उसकी इसमें कोई रुचि भी न थी। उसे अस्ल महारत दो विपरीत सजातियों को आपस में लड़ाने की थी। और वह इस समय इसका बख़ूबी रियाज़ कर रहा था।

इधर नवाब ने जबसे हुस्ना बाई का दीदार किया था तबसे इस तल्ख़ी के बढ़ने की सम्भावना कई गुनी हो गयी थी। और अब तो हुस्ना पूरी तरह से नवाब की गिरफ़्त में थी। इस वक़्त हुस्ना नवाब की मेहमान थी और राजा रहम सिंह के लिये इससे बड़ी ख़तरे की घण्टी कोई दूसरी न तो थी और न हो सकती थी। वैसे तो राजा रहम सिंह को कभी से स्त्री-सौंदर्य में कोई ख़ास दिलचस्पी नहीं रही थी। बल्कि उसने तो अपना सारा राज-पाठ तमाम हुस्नवालियों को नवाब हबीबुल्ला और नवाब नकबुलाह के सामने खड़ा करके ही बनाया था। इस कारण वह हुस्न और इश्क़ की हक़ीक़त को बहुत नज़दीक से देखने का अनुभव रखता था। उसका कुल आकर्षण केवल नाचने-गाने और बजाने तक सीमित रहता आया था।

ऐसा न था कि हुस्ना से उसका मेल-जोल न था; लेकिन रहम सिंह ने कभी अपने जज़्बातों को अल्फ़ाज़ का लिबास नहीं पहनाया। उसकी मोहब्बत इकतरफ़ा और ख़ामोश थी; लेकिन उसमें एक गहराई थी, जो ज़ुबां से नहीं बल्कि आँखों और हरक़तों से बयाँ होती थी। मछली मुहाल का चौक, जहाँ ज़िन्दगी अपनी रफ़्तार में थी, वहाँ रहम सिंह की बग्घी पहुँचते ही मानों रुकावटों से बेज़ार हो जाती। जब भी बग्घी झरोखे के सामने ठहरती, हुस्ना अपने नफीस हाथों से चिलमन को तनिक सरकाकर झाँकती। उसके चेहरे पर नूर बिखरा होता और नज़रों में शायद इश्क़ की हल्की झलक...! हुस्ना, जिसने अपने रुख़्सारों पर गुलाब की लाली और आँखों में काजल की लकीर से हुस्न को और भी निखार दिया था, रहम सिंह की हर हरक़त को तस्लीम करती। रहम सिंह अपनी बग्घी से जूही का नाजुक गज़रा हवा में उछालता, जो सीधा हुस्ना की जानिब जा पहुँचता। हुस्ना उसे इस कदर मोहब्बत से थामती कि मानों उसने किसी अमानत को सँभाला हो...! वह गजरे को अपने लबों

से हल्के से छूती और एक शरारती मुस्कान के साथ रहम सिंह को झुककर सलाम करती। उन दोनों की निगाहें मिलतीं तो एक अज़ीब-सी कैफ़ियत तारी हो जाती। हुस्ना की आँखों में हया का बादल छा जाता, और वह तुरंत चिलमन के पीछे छिप जाती। लेकिन उसकी कनखियाँ, जो अब भी रहम सिंह की तरफ़ उठतीं, उसके दिल के हालात की गवाही देतीं। रहम सिंह, अपनी सलीकेदार मूँछों पर हाथ फेरते हुए, बग्घी को आगे बढ़ाने का इशारा करता। आँखों-आँखों में होने वाला यह मूक मुकालमा हर रोज़ का किस्सा था। इज़हार-ए-इश्क़ के इस अनोखे अंदाज़ ने मछली मुहाल के उस चौक को एक ऐसी जगह बना दिया था, जो सिर्फ़ उन दोनों के लिये ज़िंदा थी। वह झरोखा, वह चिलमन और वह गज़रा, इनके दरमियान इश्क़ का मीनार बन गये थे। इससे जियादा न रहम सिंह ने हुस्ना के नज़दीक जाने की कोशिश की; और न हुस्ना ने उसे अपने नज़दीक आने का मौक़ा ही दिया।

लेकिन यह स्त्री-सौंदर्य भी न जाने क्या बला है...! एक तो इसके प्रति आकर्षण की कोई ख़ास उम्र नहीं होती। और फिर जो यह दावा करते-फिरते हैं कि इश्क़ की बीमारी उन्हें छू भी नहीं सकती; वे एक बार जब इसकी गिरफ़्त में आते हैं तो इससे वैसे ही बेदम हो कर निकलते हैं जैसे गुड़ से चींटा चूर-चूर हो कर निकलता है। वह इश्क़ ही क्या भला जिसके फेर में पड़ने के बाद देह में कुछ जान बाक़ी रह जाय...! बल्कि इश्क़ के कई पुराने जानकार बताते हैं कि अधेड़ उम्र और बुढ़ापे में इश्क़ का आकर्षण अधिक ख़तरनाक हुआ करता है। जवानी का इश्क़ तो सम्हालने से एक बार फिर भी सम्हल सकता है; लेकिन अधेड़ उम्र और बुढ़ापे के इश्क़ में, अकेले ही सारे जहाँ को देख लेने की अद्भुत शक्ति आ जाती है। रहम सिंह अधेड़ावस्था और बुढ़ापे की देहरी पर खड़ा था। शायद इसीलिये हुस्ना के घाघरा स्टेट से दीनपनाह जाने की ख़बर पाते ही, उसकी मन:स्थिति कुछ-कुछ ख़तरनाक-सी हो चली थी। और उसके दिल की हालत इतनी ख़तरनाक़ हो चलेगी; उसे स्वयं इसका अंदाज़ा न था। बक़ौल आरज़ू लखनवी–

दिल की ज़िद इसलिये रख ली थी कि आ जाये क़रार
कल ये कुछ और कहेगा मुझे मालूम न था।

ख़ैर...! हुस्ना के दीनपनाह में प्रवेश करते ही रहम सिंह की एक और भी बड़ी मूल्यवान चीज़ क़ुर्बान हो गयी थी; और वह थी-उसके राज्य की सबसे बड़ी आमदनी। अस्ल में हुस्ना बाई केवल एक आम तवाइफ़ भर न थी। वह अपने राज्य में 'वसूलन बाई' के नाम से ख्यात थी। वह मछली मुहाल से अर्जित आय

से बहुत सारे ग़रीब परिवारों का पेट पालती थी और राजा साहब के ख़ज़ाने को भारी टैक्स भी अदा करती थी। इसलिये जब राजा रहम सिंह को हुस्ना के दीनपनाह में होने की जानकारी हुई तो राजा साहब के मन्त्रियों के पाँव तले ज़मीन खिसक गयी। उन्हें लगा कि यदि हुस्ना बाई किसी कारण से उनके हाथ से जाती रही तो उनके आय का एक बड़ा स्रोत ही समाप्त हो जायेगा और सारा राज्य यों ही हाथ से निकल जायेगा।

लेकिन राजा साहब की चिंता दूसरी थी। घाघरा स्टेट तो किसी ज़माने में झपट्टेमारी से ही खड़ा किया गया था। इस वक़्त इश्क़ की जो झपट्टेमारी नवाब ने की थी वह रहम सिंह की चिंता और परेशानी का सबसे बड़ा सबब था। रहम सिंह इस वक़्त इश्क़ का मारा था। हुस्ना के लिये उसका रो-रोकर बुरा हाल था। उसका पालन-पोषण करने वाली तमाम महरिनें बताती थीं कि 'जितना वे अपने पैदा होने पर न रोए होंगे उससे ज़्यादा वे इन दिनों रोने लगे थे।' यहाँ तक कि रहम सिंह अपनी रानी साहिबा का पल्लू पकड़कर घण्टों रोता रहता। रानी साहिबा दु:खी तो बहुत थीं लेकिन असहाय थीं। वह हुस्ना को अपनाना चाहता था, उससे विवाह करना चाहता था और उसे अपने दिल में एक स्थाई मक़ाम देना चाहता था। लेकिन मुश्किल यह थी कि हुस्ना से विवाह के लिये उसे नवाब नकबुल्ला के चंगुल से बाहर लाना ज़रूरी था; और फ़िलहाल यह इस बीमार राजा के वश के बाहर की बात थी। उसकी यह असमर्थता उसके दिल के दर्द को कई गुना बढ़ा रही थी।

राजा रहम सिंह की इस स्थिति के बारे में सोचकर उनके मन्त्रिगण बहुत चिंतित हुए। लेकिन वे नवाब से सीधे टकराव की स्थिति में नहीं आना चाहते थे; अन्यथा हुस्ना को हासिल करने के प्रयास में राजा रहम सिंह का ख़ात्मा लगभग सुनिश्चित था; क्योंकि उनके बीच विवाद का अस्ल मुद्दा घाघरा स्टेट था जिसे कभी धोखे से राजा रहम सिंह ने एक जाली दस्तख़त के बहाने से नवाब नकबुल्लाह से न केवल हासिल कर लिया था बल्कि उसकी आँखों के सामने ही एक स्वतंत्र राज्य की तरह व्यवहार करने लगा था और नवाब नकबुल्लाह चाहकर भी कुछ न कर सका था। हालाँकि नवाबों के दिन चाहें लाख लद जायें, वे अपने नवाबी के किसी ख़ास हिस्से को यूँ ही जाया नहीं होने देते...! भले ही हुश्न और इश्क़ की तलाश में वे अपनी सारी नवाबी यों ही लुटा दें; लेकिन कोई उसका ही जागीरदार उसे धोके से हासिल कर ले तो फिर उसे वे दोबारा से हासिल करने के लिये अपनी जान लड़ा देंगे; बिना कुछ सोचे-समझे अपनी पूरी नवाबी दाँव पर लगा

देंगे और यदि मौक़ा मिला तो नवाबी गँवाकर अपने कलेजे के उस ख़ास टुकड़े को हासिल करने का ज़ोखिम मोल लेने से भी न चूकेंगे।

सच्चाई भी यह थी कि नवाब नकबुल्लाह की अपनी दशा औरों के लिये चाहें जितनी बदतर क्यों न हो लेकिन अपने लिये इतनी बेहतर ज़रूर थी कि वह जब चाहे आधा दर्ज़न नये रहम सिंह पैदा कर सकता था और इतने ही मिटा भी सकता था। राजा रहम सिंह को इसका इल्म हो चाहें न हो; लेकिन उसके दरबारियों और शुभचिंतकों को इस बात का ख़ूब अंदाज़ा था। कदाचित् इसीलिये रहम सिंह के मन्त्रियों ने उन्हें सुझाया कि 'महराज...! आप चिंता कदापि न करें। ऐसी बहुतेरी हुस्नाएँ मिल जायेंगी। आप केवल हुक़्म तो करें...!' लेकिन राजा का सख़्त दिल स्वयं के लिये भी पसीजता न था। उसे केवल एक ही हुस्ना भा गयी थी। राजा के दिल ने 'मोहे चंद खिलौना लैहों' जैसी ज़िद ने जकड़ लिया था।

अस्ल में यदि नवाब मानसिक दिवालिया था तो रहम सिंह बला का ज़िद्दी था। वह इतनी आसानी से हार मानने वालों में से कत्तई नहीं था। एक बार उसने जो ठान लिया उसे पाकर ही दम लिया। इसे सारा घाघरा स्टेट जानता था। स्वयं घाघरा स्टेट का अस्तित्व में आना उसकी इसी ज़िद का परिणाम था। अन्यथा नवाब नकबुल्ला के शासन काल में न जाने कितने वज़ीर, दरबारी सिपहसालार, जागीरदार, मनसबदार और ओहदेदार अपना स्वतंत्र राज्य स्थापित करने के प्रयास में अपनी जान गँवा बैठे थे। लेकिन रहम सिंह उनमें इकलौता अपवाद था। और उसकी इस सफलता के पीछे उसकी ज़िद; उसका साहस बल्कि कहें कि दुस्साहस और अपने देखे गये स्वप्न को हर हाल में पूरे करने की उसकी ललक ही ज़िम्मेदार थी, और कुछ भी नहीं...! अन्यथा नवाब द्वारा उसके मौत के फ़रमान के बाद नक्कारख़ाने से ज़िंदा वापस लौट आना, सही मायनों में शेर की मांद से ज़िंदा निकल आने जैसा ही था।

घाघरा स्टेट में राजा रहम सिंह की हालत किसी से देखी न जाती थी। उम्र का असर उस पर पहले से ही था और वह बड़ी मुश्किल से ही बिना किसी सहारे के चल-फिर पाता था। लेकिन अबकी बार कुछ ऐसा चमत्कार हुआ जाता था कि उसके दिल की धड़कनों ने न केवल उसकी अस्ल उम्र को धता बता दिया था बल्कि जिस रहम सिंह का दरबार में चलना-फिरना तक मुहाल हुआ करता था; उस पर अब हुस्ना का प्रेम इस क़दर तारी था कि अचानक से उसके घुटने और फेफड़े किसी बीस साल के नौजवान की तरह काम करने लगे थे। और सच पूछिए तो यह सब कुछ हुआ था-उसके नौजवान दिल के कारण...!

यह दिल भी बेचारा न जाने किस मिट्टी का बना होता है...! अक़्सर ही उस पर जवां बने रहने का दबाव रहता है। कई बार वह जिस शरीर में फिट होता है उसके हामिल के एहसासों को बिना बताये महसूस कर लेता है और अपने साथ अतीत में हुई सारी ज़्यादती को पल भर में भुला कर, वर्तमान अवस्था से संघर्ष कर स्वयं को किसी फ़ौलाद की तरह से फिर से पुनर्जीवित करने की कोशिशों में लग जाता है। अस्ल में दिल बेचारा यह बख़ूबी जानता है कि उसकी ज़िंदादिली पर ही शरीर के बाक़ी अंगों की ज़िंदादिली निर्भर है। उसे यह बेहतर एहसास है कि उसके माध्यम से मिलने वाला ताज़ातरीन ख़ून ही शरीर के शेष हिस्से के ज़िंदा रहने का सबब है। फिर क्या...! लाख कोशिश करके भी दिल, इस मुर्दा शरीर में जान फूँकने पर आमदा हुआ जाता है। जिसका नतीजा यह होता है कि जो शरीर कभी कुछ सोचने-समझने में भी असहाय महसूस करता था; किसी के इश्क़ में मुब्तिला होते ही अद्‌भुत शक्ति से भर जाता है। फ़िलहाल रहम सिंह की हालत भी कमोबेश कुछ ऐसी ही थी।

एक रोज़ रहम सिंह ने एक विचित्र क़िस्म का सपना देखा। उसने देखा कि नवाब नकबुल्ला अपने दरबार में सभी दरबारियों, वज़ीरों और ख़्वाजासराओं के साथ बैठा हुआ अट्टहास कर रहा है। सामने स्वयं रहम सिंह को बेड़ियों में जकड़ा गया है; वह घुटनों के बल बैठकर ज़ारो-क़तार रो रहा है और नवाब से अपने जान की भीख माँग रहा है। दूसरी तरह हुस्ना को कोड़े मारे जा रहे हैं और उसे नवाब नकबुल्ला के साथ निकाह क़ुबूल करने का दबाव बनाया जा रहा है। हुस्ना की आँखों से झर-झर आँसू बह रहे हैं और वह अत्यंत कातर नेत्रों से रहम सिंह की ओर देख रही है। रहम सिंह उसके मनोभावों को पढ़ने की कोशिश कर रहा है लेकिन बेड़ियों में जकड़ा हुआ रहम सिंह बेहद मज़बूर है। वह बेड़ियों को तोड़ने की कोशिश ज़रूर कर रहा है; लेकिन लोहे की बेड़ियाँ इतनी सख़्त हैं कि उसके हाथ छिल जाते हैं, लेकिन उसके शरीर से बेड़ियों की जकड़न तनिक भी कम नहीं होती। वह लहूलुहान हो कर अचेतावस्था में वहीं निढाल हो जाता है। नवाब और उसके दरबारियों का अट्टहास लगातार तेज़ होता जा रहा है। तभी अचानक से एक चमत्कार हुआ। अचानक से रहम सिंह की बेड़ियाँ खुल गयीं और वह पल भर में ही लपककर नवाब के सिंहासन तक पहुँच गया। इसके पहले कि नवाब सम्हले; रहम सिंह हुस्ना को लेकर वहाँ से निकल भागा। सैनिक उसका पीछा करते रह गये। चीते की चाल से घोड़े दौड़ाने वाला रहम सिंह न जाने कब का हुस्ना को लेकर सुरक्षित घाघरा स्टेट पहुँच गया था।

अगली सुबह जब रहम सिंह की आँख खुली तो अपने आसपास हुस्ना को न पाकर तड़प उठा। स्वयं को नींद से झकझोरने के काफ़ी देर बाद उसे यह एहसास हुआ कि वह अभी तक किसी गहरे स्वप्न में था। हालाँकि उसके स्वप्न का आधा हिस्सा सच भी था कि हुस्ना नवाब नकबुल्ला के कब्ज़े में थी और वह इस बात को जीते-जी कत्तई बर्दाश्त नहीं कर सकता था। फिर क्या...! पल भर में ही उसने अपनी फ़ौज के साथ दीनपनाह पर हमला करने की योजना तैयार कर ली और अपने मुख्य सिपाहसालार को यह आदेश किया कि आज रात को दीनपनाह के लिये कूच कर देना है और सुबह होते-होते न केवल दीनपनाह के दर्प को नीस्त-नाबूद कर देना है बल्कि हुस्ना को सकुशल और ससम्मान घाघरा स्टेट वापस ले आना है। क़ायदे से रहम सिंह अपने ख़ास दरबारियों से मन्त्रणा करता था तभी कोई क़दम आगे बढ़ाता था। लेकिन इस बार वह किसी की कुछ भी सुनने को तैयार न था। हार मानकर उसके दरबारियों ने जॉर्ज बाक़र को आगे किया ताकि वह रहम सिंह को इस योजना को रद्द करने के लिये मना सके।

बाक़र और रहम सिंह का मामला कुछ यूँ था कि दोनों के बीच कोई दीवार न थी। दोनों एक दूसरे का चुहुल कर लेते थे; एक दूसरे पर फ़ब्तियाँ भी कस लेते थे और गाहे-बगाहे एक दूसरे के साथ गाली-गलौज़ भी कर लेते थे। फिर भी उनके रिश्तों की मिठास पूर्ववत बनी रहती थी। फ़िलहाल बाक़र ने रहम सिंह को समझाने की कोशिश की–

'साहेब...! आप इतनी बड़ी मूर्खता कैसे कर सकते हैं...!'

रहम सिंह तमतमा गया। बोला–'जिस सरकार में तुम्हारे जैसे मूर्ख बैठे हों वहाँ रहम सिंह सिवाय मूर्खता के और कर भी क्या सकता है...?'

'मुझसे क्या मूर्खता हुई साहेब...?' जॉर्ज बाक़र ने पूछा।

'क्या मूर्खता हुई...! अरे यह पूछो कि कौन-सी मूर्खता नहीं हुई...! नवाब नकबुल्ला घाघरा स्टेट आकर तुम्हारे आँखों के सामने से निकल गया और तुम इत्तिला भी न कर सके। वहीं शराब के नशे में सारी रात पड़े रहे। अगर मुझे ख़बर हो जाती तो उस पागल नवाब का जो हाल करता कि उसकी कई पीढ़ियाँ याद रखतीं...! सब छोड़ो...! सारा दिन हुस्ना के चौखटे पर बैठे रहे और नवाब के कारिंदे हुस्ना को मछली मुहाल से उठा ले गये; तुम्हें इसकी भनक तक नहीं लगी...! और पूछते हो कि क्या मूर्खता हुई...?'

'हाँ साहेब...! यह तो सही है कि नवाब के मछली मुहाल में आगमन को

लेकर आपको सही समय से इत्तिला नहीं कर पाया। और हुस्ना के मछली मुहाल से दीनपनाह जाने की भी मुझे इसकी भनक नहीं लगी...!'

'तुम्हें इसका तनिक भी अंदाज़ा है कि तुम्हारे इस लापरवाही के कारण हुस्ना की जान संकट में है...!'

'जान संकट में है...! यह किसने बताया आपको...?'

'तुम क्या सोचते हो कि तुम नहीं बताओगे तो मुझे मालूम न चलेगा...! जान संकट में है हुस्ना की...!! ठीक वैसे ही जैसे उस पागल नवाब के ताज में छेद की ओर इशारा करने के कारण कभी मेरी जान पर बन आयी थी। कल रात ही हुस्ना मेरे सपने में आयी थी। कहा मुझे बचा लीजिये नहीं तो मैं आपके इश्क़ में अपने प्राण त्याग दूँगी...! पागल नवाब ने उसे ओर उसकी शागिर्दों को शीशमहल में बंधक बनाकर रखा हुआ है...! उसे खाना-पानी तक नहीं दिया जा रहा है...! उस पर कोड़े बरसाए जा रहे हैं...! और तुम इस चक्कर में पड़े हुए हो कि किसने बताया मुझको...?'

'साहेब...! आप हुस्ना से बेपनाह मुहब्बत करते हैं, उसकी सलामती चाहते हैं। शायद इसीलिये आपको कल रात हुस्ना के साथ नवाब के ऐसे बर्ताव का सपना आया होगा। लेकिन मेरे मुख़बिर बता रहे हैं कि हुस्ना पर नादान महल में कोई ज़ुल्म नहीं हो रहा है। वह वहाँ शाही मेहमान की तरह रह रही है। उसकी शागिरदें भी सही सलामत हैं और हुस्ना बाई के साथ ख़ूब मौज़ कर रही हैं।'

'मौज़ कर रही हैं...! क्या बेवकूफ़ी भरी बातें कर रहे हो बाक़र...!! जिसे किसी से इश्क़ हो जाये वह उसके बिना मौज़ कर पायेगा भला...! माना कि मैंने अपने सपने में हुस्ना के साथ जो ज़्यादती होती देखी, वह उसके साथ घटित न हो रहा हो, लेकिन हुस्ना मुझसे मोहब्बत करती है और वह मेरे बिना एक पल भी नहीं रह पाती होगी; इसका मुझे बख़ूबी अंदाज़ा है...! इसलिये मुझे दीनपनाह पर हमला करने से मत रोको वरना क़यामत आ जायेगी...!'

'क़यामत तो हमला करने के बाद आयेगी साहेब...! आपको हक़ीक़त को समझना होगा...!'

'अच्छा तो ठीक है...! अब तुम्हीं समझाओ मुझे हक़ीक़त...!'

'हक़ीक़त यह है कि अपने पास कोई नियमित सेना नहीं है। ज़रूरत पड़ने पर आम लोगों के बीच से ही आकस्मिक तौर पर फ़ौज तैयार कर ली जाती है। फिर इस फ़ौज के पास न घोड़े हैं ओर न हथियार...! रसद की कोई व्यवस्था नहीं...!

ऐसे में यह फ़ौज दीनपनाह की फ़ौज से क्या ख़ाक लड़ाई लड़ेगी...!'

'ऐं...! ऐसा है क्या...?'

'हाँ साहेब...! ऐसा ही है...!'

'चलो मान लिया...! लेकिन यह भी तो बताओ कि मुझे हुस्ना को बचाने के लिये क्या करना चाहिए...?'

'मुझे लगता है कि नवाब से शान्ति वार्त्ता के लिये एक प्रस्ताव भेजा जाना चाहिए और उससे यह कहा जाना चाहिए कि हुस्ना और उसकी शागिर्दों को सीधे तौर पर रिहा कर दिया जाय वरना...!'

'...और तुम्हें लगता है कि नवाब हमसे डरकर हुस्ना को सीधे-सीधे रिहा कर देगा...! अरे बेवकूफ...! नवाब को जितना मैं जानता हूँ उतना शायद तुम नहीं जानते...! नादान महल के नीचे न जाने कितनी हुस्नाओं की कब्रें दफ़न हैं...! न जाने कितनी हुस्नाओं से मोहब्बत की होगी उसने; और न जाने कितनी हुस्नाओं को अपनी बेगम बनाया होगा...! लेकिन उसका दिल फिर भी नहीं भरता...! हुस्ना को घाघरा स्टेट से नादान महल ले जाने के पीछे उसका केवल एक ही मक़सद हो सकता है कि वह हुस्ना को अपनी बेगम बनाना चाहेगा; चाहें उसे इसके लिये हुस्ना पर कितना भी अत्याचार करना पड़े...!'

'सो तो है...!'

'...और मैं अपने जीते-जी हुस्ना पर कभी कोई ज़ुल्म नहीं होने दूँगा; चाहें उसे बचाने में मेरी ही जान क्यों न चली जाय...!'

'जान देने की ज़रूरत नहीं पड़ेगी साहेब...! हुस्ना को दुबारा हासिल करने के और भी तरीक़े हैं आपके पास...!'

'बस मुझे वह तरीक़ा सुझाओ जिससे मैं हुस्ना को नवाब की गिरफ़्त से बाहर ला सकूँ...!'

जॉर्ज बाक़र ने उसे इशारे से कुछ बताना चाहा और राजा रहम सिंह को इस इशारे का मतलब समझते देर न लगी। रहम सिंह ने यह तय किया कि वह ठीक वैसे ही नादान महल में भेष बदलकर जायेगा जैसे कभी नवाब नकबुल्ला घाघरा स्टेट में भेष बदलकर आया था। वहाँ से वह जैसे भी हो हुस्ना को लेकर लौटेगा अन्यथा अपनी जान गँवा देगा। उसे पराजय किसी हाल में मंज़ूर नहीं। राजा रहम सिंह के जॉर्ज बाक़र को चाहें उसकी किसी बात का भरोसा हो या न हो लेकिन उन्हें इस बात का भरोसा ज़रूर था कि राजा रहम सिंह को इतनी आसानी से नादान महल

में पहचान पाना या पकड़ पाना मुश्किल होगा क्योंकि वह एक कथक नर्तक होने के नाते पल-पल भेष बदलने में माहिर था। दोनों के बीच यह तय हुआ कि रहम सिंह के नादान महल में प्रवेश की जानकारी किसी को न दी जाय। और राजमहल सहित पूरे घाघरा स्टेट में यह ख़बर फैला दी जाय कि राजा साहेब कोई आध्यात्मिक साधना करने के लिये हिमालय की ओर निकल गये हैं और जल्द ही वापस लौटेंगे।

28

आदत के बाद दर्द भी देने लगा मज़ा
हँस हँस के आह आह किये जा रहा हूँ मैं।

–जिगर मुरादाबादी

संकट यहीं ख़त्म हो जाता तो भी कोई बात न थी। नवाब नकबुलाह और राजा रहम सिंह के अलावा एक और शख़्स भी था जिसने हुस्ना पर अपना दिल क़ुर्बान कर रखा था। वह था-स्वयं ठगों का सरदार ज़ालिम खाँ...! ज़ालिम ने जिस रात से हुस्ना को देखा था उसका चैन छिन गया था। सबसे आश्चर्यजनक बात यह कि यह त्रिकोणात्मक इश्क़ एक ही समय में घटित हो रहा था। और जिस हुस्ना पर सभी क़ुर्बान हुए जाते थे, उसे इसकी भनक भी न थी।

यों कि ज़ालिम जननांगविहीन मर्द था; लेकिन था वह मर्द ही...! जननांग कटने से दिल की भावनाएँ नहीं मरा करतीं, बल्कि उसके भीतर भावनाओं का प्रवाह और अधिक उफ़ान मारने लगता है। और तब वह रोके से भी नहीं रुकता। ज़ालिम के साथ भी यही हुआ था। वह शारीरिक रूप से अक्षम होने के बावुजूद मानसिक तौर पर प्रेम के लिये अधिक समर्पित और अधिक तैयार होता गया था। केवल उसको इसका अंदाज़ा भर न था; और अपने साथ घटी दुर्घटना के बाद से वह स्वयं को इसके योग्य न समझता था। हालाँकि हयातीआती और नफसियाती तौर पर यह कत्तई सच न था। अस्ल में उसे आवश्यकता थी किसी ऐसे उर्वर भूमि की जिस पर उसके भावनाओं की फसल लहलहा सके। और एक दिन अचानक से हुस्ना उसके लिये वह उर्वर भूमि बनकर सामने आयी।

ज़ालिम ने रात के अन्धेरे में केवल झटके में ही एक नज़र हुस्ना को देखा था। लेकिन तभी से हुस्ना की सूरत उसके दिल में बैठ गयी थी। जब वह आँखें बन्द करता तो ऐसा लगता कि हुस्ना उसके सामने खड़ी है और उसे पुकार रही है। सोते-

जागते उठते-बैठते हर वक़्त उसे हुस्ना ही दिखायी देती थी। कई बार वह घने जंगलों में काफ़ी दूर तक अकेले ही निकल जाता मानों हुस्ना जैसी किसी आकृति का पीछा कर रहा हो...! उसके कानों में ठुमरियाँ सुनाई देतीं और तबले की थाप पर कथक पर थिरकते पांव उसे बेचैन कर डालते थे। उसके सामने हमेशा हुस्ना का ख़ूबसूरत चेहरा झाँक-झाँक जाता। जब कभी वह घने जंगलों के बीच बने अपने शिविर में आराम की मुद्रा में होता और ऐसे वक़्त में हवा के झोंको से उसके शिविर के दरवाज़े अचानक से हिलने लगते तो वह बेसबब हो कर बाहर की ओर ऐसे देखने लगता मानों किसी ने उसके दरवाज़े पर दस्तक दी हो। बकौल कैफ़ भोपाली–

कौन आयेगा यहाँ कोई न आया होगा
मेरा दरवाज़ा हवाओं ने हिलाया होगा।

हालाँकि दरवाज़े पर किसी को न पाकर वह बिलकुल मायूस हो जाता। जो भी हो...! ज़ालिम का दिल हर वक़्त हुस्ना का दीदार करने के लिये तड़पता रहता। एक वक़्त था जब नवाब हबीबुल्लाह के दरबार में घटित दुघर्टना के बाद ज़ालिम को स्त्री जात से नफ़रत-सी हो गयी थी; जिसके चलते वह स्त्रियों के अपमान का कोई मौक़ा नहीं छोड़ता था। दशकों तक उसने ग़लती से भी किसी औरत की तरफ़ आँख उठाकर नहीं देखा। लेकिन विधि का विधान कहिए या कुछ और...! कई बार इन्सान जिधर कभी ग़लती से भी आँख उठाकर यहीं देखता; एक बार जब उस ओर देखता है तो फिर ताज़िन्दगी उधर से नज़रें नहीं हटा पाता। ज़ालिम के साथ भी कुछ ऐसा ही घटित हो रहा था। वह दिल जो कभी किसी स्त्री के लिये पसीजता ही न था, हुस्ना बाई को देखकर मोम की तरह पिघल गया। वह दिल जो हमेशा दूसरों का शिकार करता आया था; आज ख़ुद शिकार हुआ जाता था और क़ायदे से स्वयं ज़ालिम को इसकी इत्तिला भी न हो पायी थी।

लेकिन ख़ुद से, ख़ुद की बीमारी कब तक छुप सकती है भला...! ज़ालिम को अपनी यह बीमारी कुछ-कुछ समझ आने लगी थी। लेकिन उसकी मज़बूरी यह थी कि वह चाहकर भी इसे ज़ाहिर नहीं कर सकता था। वह भीतर-ही-भीतर घुटता रहता और स्वयं को समझाता रहता। वह जानता था कि वह एक ऐसा संगठन चला रहा था जहाँ इश्क़ जैसे मामूली ज़ज़्बात के लिये कोई स्थान न तो था और न हो सकता था। फिर उसे यह भी भय था कि अगर उसने अपने साथियों के बीच, अपने इन नरम एहसासात का इज़हार किया तो सब बग़ावत पर उतारू हो जायेंगे। फिर संभव है कि सभी संगठित हो कर किसी और को अपना नेता चुन लें। इसलिये ज़ालिम अंत-अंत

तक सच्चाई का सामना करने से बचता रहा। ज़ालिम को इस बात का कत्तई ऐतराज़ न था कि उसके सारे साथी उसका साथ छोड़ देंगे। सच तो यह है कि वह स्वयं सब कुछ छोड़कर संन्यास धारण कर लेना चाहता था और अपना बाक़ी जीवन हुस्ना के आँचल की छाँव में गुज़ार देना चाहता था। लेकिन उसके पास अपने साथियों से इस बात को कहने का सलीक़ा मालूम न था।

ज़ालिम पहले कुछ दिनों बीमार पड़ा रहा और तमाम से सेवाएँ लेता रहा। लेकिन उसकी स्थिति में रंचमात्र का भी सुधार न हुआ। सुधार क्या खाक़ होता...! बीमारी कुछ और थी और इलाज़ किसी और चीज़ का चल रहा था। इसलिये ज्यों-ज्यों दवा की जाती मर्ज़ बढ़ता जाता था। स्थिति इतनी भयावह हो गयी थी कि उसे न तो अपने ठग साथियों के वर्त्तमान की चिंता रह गयी थी और न ही उनके भविष्य की...! शुरू में तो उसके साथी ठगों को मामला कुछ समझ में ही नहीं आया। लेकिन जब ज़ालिम लगातार गुमसुम रहने लगा तो साथियों को यह बात कुछ खटकने लगी। सारे ठग चिंतित हो गये। एकाएक सभी को अपना भविष्य अंधकारमय दिखने लगा।

कहते हैं हुस्न के पास नज़र और दिल के पास ज़बान नहीं होती। बावुजूद इसके, दिल की मज़बूरी कब तक छुपाये छुपती है भला...! एक दिन ज़ालिम अपने ख़ास साथियों के बीच हुस्ना को याद करते हुए अचानक से फ़फ़क पड़ा। उसे रोता देखकर उसके बाक़ी साथी भी फ़फ़क पड़े। सुलख़ान सिंह, मलख़ान सिंह, सुजान सिंह, मान सिंह, पान सिंह, नौजवान सिंह, माधो सिंह, मोहर सिंह, अभय सिंह, निर्भय सिंह, दया सिंह, शेर सिंह, नासिर, उमर, हुसैन, ज़ैद, यूसुफ अली, ताहिर, रशीद, सादिक आदि न जाने उसके कितने ही साथी बिना बात के ही घण्टों रोते रहे। कुछ देर बाद रुदन का कोलाहल रुकता; फिर एकाएक शुरू हो जाता। लेकिन अभी तक उनमें से किसी को भी यह समझ में नहीं आया था कि 'आख़िर वे क्यों रो रहे हैं...!' वे सभी केवल ज़ालिम की मनोदशा देखकर रो रहे थे। हालाँकि इस बीच सबने यह ज़रूर महसूस किया कि रोने के दौरान ही ज़ालिम की सेहत में कुछ सुधार दिखायी दे रहा है। फिर तो उनकी ख़ुशी का ठिकाना नहीं रहा। इस ख़ुशी में वे कुछ देर के लिये चुप हुए और फिर से रोने लगे। स्थिति इतनी दयनीय हो गयी कि उनकी यह दशा देखकर, अब ज़ालिम अपना रोना भूल गया था और अपने बाक़ी साथियों को बारी-बारी से चुप कराने में लगा था।

फिर मौक़ा पाकर ज़ालिम खाँ ने धीरे से सुलख़ान के कान में उस रात को पालकी में गुज़रने वाली स्त्री का ज़िक्र किया। सुलख़ान चौंककर बोला–

'अरे सरदार...! बस इत्ती-सी बात...! और तुमने सबको रुला दिया। वह तो मछली मुहाल की हुस्ना बाई थी। मैंने उसे देखते ही पहचान लिया था। तवाइफ़ का पेशा है उसका...! आपके चरणों में ऐसी सैकड़ों तवाइफ़ें क़ुर्बान हैं। एक बार हमसे कहा तो होता कि तुम्हें हुस्ना चाहिए। धरती का सीना चीरकर उसे घसीटते हुए यहाँ ले आते...!'

ज़ालिम खाँ ने उसे क्रोध भरी नज़रों से देखा। फिर तनिक संयत हो कर कहा–'जिसे मोहब्बत की जाती है उसे घसीटने की बात नहीं करते सुलख़ान...! आइंदा अपनी ज़बान पर ऐसे शब्द न ले आना; वरना धोखे से तुम पर मेरा हाथ उठ जायेगा...!'

'मुआफ़ी सरदार...! मैं तो बस यह कहना चाहता था कि आपका हुक़्म हो तो हुस्ना को सरे-दरबार पेश करूँ...!'

'तुम फिर वही ग़लती दोहरा रहे हो सुलख़ान...! हुस्ना लूट-मार में मिली हुई चीज़ नहीं कि उसे सरदार को ख़ुश करने के लिये सरे-दरबार पेश किया जाय। तुम्हें इस बात का इल्म होना चाहिए कि हुस्ना हमारी मोहब्बत है। और मोहब्बत में क़ुर्बानियाँ दी जाती हैं, ली नहीं जातीं...!'

'आप जैसा हुक़्म करें सरदार...! आप कहें तो आज रात ही दीनपनाह पर हमला कर दें...! नवाब को उसका पिछला हश्र तो याद ही होगा...! आपका नाम सुनते ही पैदल चलकर आयेगा और हुस्ना को ला कर सौंप जायेगा हमें...!'

सुलख़ान ही नहीं, वहाँ उपस्थित उसके कई साथियों को ऐसा लगा कि जब चाहे नादान महल पर हमला करके हुस्ना को हासिल किया जा सकता है। साथी ठगों में से मोहर सिंह ने उसे उस घटना की याद दिलायी जब ज़ालिम अपने कुछ साथियों के साथ नादान महल तक चढ़ आया था और उसने हफ़्तों तक न केवल दीनपनाह की नवाबियत को बंधक बनाकर रखा; बल्कि जाते-जाते उसे इतना गहरा आघात दे गया कि इसे सोचते ही नवाब और उसके दरबारियों की रूह काँप उठती थी। कहते हैं इसका असर इतना गहरा था कि अगर कोई मज़ाक में भी यह कह देता कि 'वह देखो...! ज़ालिम आ गया।' तो नवाब अफ़ीम के नशे में भी सरे दरबार इधर-उधर दौड़ लगाने लगता। शीशमहल की तमाम बेगमें और कनीज़ें सपने में भी उसका नाम लेने से डरती थीं। ज़ालिम को एक तरह से स्त्री-ज़ात से ही घृणा हो गयी थी जिसके चलते वह स्त्रियों के अपमान का कोई मौक़ा छोड़ता न था।

बहरहाल ज़ालिम की वर्तमान मनोदशा देखकर अधिकांश साथियों की इच्छा

थी कि हुस्ना को पाने के लिये नादान महल पर हमले का इतिहास फिर से दोहराना होगा। लेकिन ज़ालिम इससे कत्तई सहमत नहीं था। उसका कहना था 'जहाँ इश्क़ की बात हो वहाँ शक्ति प्रदर्शन करना ठीक नहीं होता।' ज़ालिम पहली बार इतनी समझदारी की बातें कर रहा था। और सुलख़ान सहित उसका कोई भी साथी ठग इस बात से इनकार नहीं कर सकता था। क्योंकि ज़ालिम की हर बात से सहमति उनकी फ़ितरत थी और शायद इसी कारण उनकी सफलता का सबसे बड़ा राज भी...!

ज़ालिम ने तय किया कि वह हुस्ना के पास अकेले ही प्रेम-प्रस्ताव लेकर जायेगा और हर हाल में उसका दिल जीतने की कोशिश करेगा। ज़ालिम अभी तक हर किसी के दिल पर आघात ही देता आया था। ऐसे में वह किसी का दिल जीत पायेगा या नहीं; उसके साथियों को इस बात का भरोसा तनिक कम ही था। लेकिन वे ज़ालिम की किसी योजना अथवा रणनीति से अपनी असहमति नहीं व्यक्त कर सकते थे और न ही उसके किसी आदेश को मानने से इनकार सकते थे। इसलिये ज़ालिम को सुरक्षित तौर पर नादान महल में दाख़िल कराने की तैयारी की गयी। यह भी तय किया गया कि उसके कई साथी सुरक्षा के लिये नादान महल के इर्द-गिर्द भेष बदल कर रहेंगे ताकि यदि धोख़े से भी कभी उनके सरदार के जान-माल पर कोई संकट आये तो वे उसकी रक्षा कर सकें।

29

इश्क़ में ज़ेर-ओ-ज़बर होनी चाहिए थी,
उसे भी मेरे हाल की ख़बर होनी चाहिए थी
उसने भी किये थे दावे मोहब्बत के,
मेरे साथ उसकी भी क़बर होनी चाहिए थी।

—अज्ञात

रहम सिंह और ज़ालिम खाँ तो फिर भी एक किनारे पर थे। इस वक़्त नवाब नकबुल्ला की मनोदशा को शब्दों में बयाँ करना बेहद मुश्किल था। उसकी हालत 'जल बिनु तड़पत मीन' वाली हो चली थी। जिस वक़्त से नवाब की नज़र हुस्ना बाई पर पड़ी थी, सच मानिये...! नवाब उसकी आँखों की शमशीर से घायल हो गया था। सोते-जागते हर वक़्त हुस्ना की आँखों के तीर नवाब के दिल में चुभा करते। नवाब उसकी हर अदा पर ग़म की सिल अपने सीने पर रखे घूमता रहता। जहाँ उसने महल के मुसाहिबों से तनिक भी नाज़-ओ-नख़रे दिखाए, वहाँ नवाब को हज़ार रंज आ घेरते; वह परेशां हो उठता...! हुस्ना जब मेहमानख़ाने में अपनी शागिर्दों के साथ नृत्य का अभ्यास करती तो नवाब अपने नादान महल में बैठे-बैठे ही उसे देखा करता और अचानक से देखते-देखते ही रो पड़ता। जिस वक़्त वह अपने शागिर्दों को तालीम दे रही होती, वह उसकी दिल लुभाने वाली अदाओं में बेतहाशा खो जाता...!

हुस्ना ने उसका नींद-चैन सब कुछ छीन लिया था। हुस्ना सोती रहती, नवाब जागता रहता। वह जिस तरफ़ जाती, नवाब भी उसी तरफ़ हो लेता। अगर वह कहीं बैठी रहती तो नवाब उसे देखने के लिये नादान महल की सीढ़ियों पर खड़ा रहता। ग़रज़ यह कि उसने नवाब को अपना आशिक़ बना लिया था। हुस्ना दिन भर में कई दफ़ा तरह-तरह के लिबास तब्दील करती थी। हर वक़्त हिना के इत्र में बसी हुई, दाँतों में मिस्सी की चमक, होंटों पर पान की लाली और माथे पर अफ़शां चुने होती

थी। अपने बाल वह कभी घुँघराले और कभी सीधे बनाये रखती थी। हाथों में मेहंदी लगी होती और उँगलियों में ख़ूबसूरत अँगूठियाँ...! और नवाब का हाल ऐसा कि उसे अपने कपड़े बदलने और बालों में कंघी करने तक की सुधि न थी।

इश्क़ का नतीजा यह हुआ कि नवाब, जो कभी मस्जिद की चौखट तक नहीं लांघता था, अब पाँचों वक़्त की नमाज़ पढ़ने लगा। वह अपने कमरे में अगरबत्तियाँ जला कर, दिल से सज़दा करता। उसकी नमाज़ें इतनी गहरी हो गयी थीं कि कोई उसे देखकर वली समझ बैठता। उसने गोश्त खाना छोड़ दिया और अपने आलीशान बिस्तर को त्यागकर एक सादी दरी पर सोने लगा। वह नवाब, जो कभी मुल्ला-मौलवियों का मज़ाक उड़ाता था, अब ख़ुद दाढ़ी बढ़ाकर सूफी संतों की तरह दिखने लगा। सुबह-सुबह नवाब सूरज निकलने से पहले उठता, फज्र की नमाज़ अदा करता, और बगीचे में सैर के लिये निकल पड़ता। बगीचे में टहलते हुए वह कई बार अचानक से पेड़ों पर चढ़ जाता और उस पर चढ़कर और अपने तसव्वुर में रिआया को साक्षी मानकर उनसे यह कहकर उतर आता कि 'माफ़ करना...! मैंने तुमको जाने-अनजाने बड़ी तकलीफ़ पहुँचाई।' फिर एक नज़र आसमान की ओर घुमाता और यह महसूस करता मानों फ़रिश्ते उसके सिर पर मंडरा कर 'सलाम अलैकुम' के नारे लगा रहे हैं। नवाब उन्हें 'वालेकुम अस्सलाम' का ज़वाब देता और दरबारियों के जागने के पहले ही वापस अपने शयनकक्ष की ओर लौट पड़ता। कुल मिला कर इश्क़ में उसकी हालत कुछ यूँ हो गयी थी जैसे यदि हुस्ना उसे हासिल न हुई तो उसका दम ही निकल जायेगा। बक़ौल उबैदुल्लाह अलीम–

अज़ीज़ इतना ही रक्खो कि जी सँभल जाये
अब इस क़दर भी न चाहो कि दम निकल जाये।

हुस्ना तो न जाने कबसे नवाब की अज़ीज़ थी। लेकिन उसे अभी हुस्ना को अपना अज़ीज़ बनाना बाक़ी था। कहते हैं उसने कई बार हुस्ना से मिलने की भी कोशिश की लेकिन हुस्ना ने उससे मिलने से इनकार कर दिया। शायद हुस्ना नवाब की तड़प और बढ़ाना चाहती थी। कदाचित् इसीलिये हुस्ना की यह बेरुख़ी भी नवाब को निरंतर आकर्षित करती रही। एक दिन मौक़ा देखकर उसने हुस्ना की शागिर्द ज़ुलेख़ा से हुस्ना को एक गोपनीय ख़त भेजा जिसका मज़मून कुछ यूँ था के 'मैं तुम्हारी ज़ुल्फ़ों का झूला झूलना चाहता हूँ।' हुस्ना ने उसी दिन ने उसके ख़त के ज़वाब में एक तश्तरी के ऊपर सफ़ेद कपड़ा भिजवा दिया। नवाब ने जब तश्तरी पर से कपड़ा हटाया तो तश्तरी में कुछ बाल रखे थे; साथ में लिखा था-'नवाब

साहब...! आपको पसन्द आयीं ज़ुल्फ़ें आपकी ख़िदमत में पेश कर रही हूँ। उम्मीद है आपको पसन्द आयेंगी।' नवाब यह देखकर अवाक रह गया। लेकिन वह कुछ भी न कर सकता था। कुछ दिन और बीते तो नवाब ने हुस्ना को एक दूसरा ख़त लिखा कि 'मैं हर रोज़ रात में सोने से ठीक पहले और सुबह उठने के तुरंत बाद तुम्हारा ख़ूबसूरत चेहरा देखना चाहता हूँ।' हुस्ना ने एक चाकू से अपने चेहरे में तनिक चीरा लगा दिया। फिर उसे ख़ून से सने चाकू को एक कपड़े में लपेटा और उसे नवाब को भिजवा दिया। साथ में यह लिख भेजा कि–

'नवाब साहब...! जिस चेहरे को आपने ख़ूबसूरत कहा अब वह बदनुमा हो चुका है। सबूत के तौर पर मैं चाकू और कपड़ा भेज रही हूँ। शायद आप समझेंगे कि आख़िरी साँस तक मेरा दिल, रूह और जिस्म आप तो क्या, दुनिया के किसी नवाब का ग़ुलाम नहीं बन सकता।'

नवाब हुस्ना की बेरुख़ी और इस ज़वाब से बेहद आहत हुआ। हुस्ना को इश्क़ के लिये राजी करने की कोई तरकीब उसके पास शेष न रह गयी थी। एकबारग़ी ऐसा लगा कि वह अपने पुराने ख़ुदतर्सी के दौर में लौट जायेगा। नवाब की पहले की मनोदशा अलग क़िस्म की थी और इस बार तनिक अलग...! गौहर के जाने के बाद उसके जीवन में एक अन्धेरा ज़रूर था लेकिन प्रकाश की गुंजाइश ख़त्म नहीं हुई थी। यहाँ प्रकाश दिखायी देने के बावुजूद, अन्धेरे में बने रहने की मजबूरी थी। रफ़ूगर को नवाब के हालात इस बार भी कुछ अच्छे नहीं लग रहे थे। सच पूछिए तो उसे नवाब का यह हाल देखा न गया। उसने नवाब की ओर से हुस्ना को प्रेम का प्रस्ताव देने की ठानी। नवाब से अनुमति लेकर वह एक दिन रंग़महल के मेहमानख़ाने में जा पहुँचा जहाँ हुस्ना बैठी हुई अपने बाल सँवार रही थी और उसकी दो शागिरदें इस काम में उसका हाथ बंटा रही थीं। रफ़ूगर ने इधर-उधर की बात किये बिना, उससे सीधे मुद्दे की बात की और नवाब की तरफ़ से हुस्ना के सामने प्रेम का प्रस्ताव रखा; और साथ में उसे बेगम बनाने की इच्छा का भी भाव सामने रखा। रफ़ूगर ने दस्तबस्ता हो कर हुस्ना से कुछ यूँ अर्ज़ किया–

'हुस्ना बाई...! तुम शायद नवाब को नहीं जानती...! वे जिसे दिलो-जान से चाहते हैं उसे अपना लेते हैं। उनकी सैकड़ों बेगमें हैं। इनमें से किसी को भी उन्होंने ज़बर्दस्ती अपने शीशमहल में नहीं रखा। कोई उनके इश्क़ में मुब्तिला हो कर आयी; कोई उन्हें ख़्वाब में देखकर उन पर न्यौछावर हो गयी; किसी ने उन्हें बाज़ार से गुज़रता देखकर अपने दिल पर चोट खाई और किसी ने ख़ुद शीशमहल में आकर

उनके साथ मुहब्बत का आगाज़ किया; किसी ने रक़्स में अपने को खो दिया और कोई गाने-बजाने में सब कुछ भूल बैठी। आज नवाब तुम्हारे इश्क में मुब्तिला हैं तो यह तुम्हारी ख़ुशक़िस्मती है। ख़ुदा जानता है कि आज नवाब की हर राहत तुम्हारे इख़्तियार में है। नवाब ने तुम्हें यहाँ क़ैद करके नहीं रखा है। बल्कि वे सही मायनों में तुम्हारी क़ैद में हैं। तुम्हारे बिना उनका जीना मुहाल हो गया है। कैसे भी करके वे तुम्हें अपनी बेगम बनाना चाहते हैं। और इसके लिये हर बाज़ी हार जाने को तैयार हैं। आज तुम्हारा जो जी चाहे वह उनसे माँग सकती हो। नवाब तुम्हारी हर तमन्ना पूरी करने को तैयार हैं। तुम्हारी जो ख़्वाहिश हो, बिना झिझक ज़ाहिर करो। नवाब उसको पूरा करेंगे। बस ख़ुदा के लिये ऐसी कोई हरक़त न करना, जिससे नमक-हरामी का दाग़ तुम्हारे दामन पर नुमायाँ हो...!'

हुस्ना इश्क़ और मुश्क़ की मँजी हुई खिलाड़ी थी। उसे न जाने कितने प्रेम-प्रस्ताव मिल चुके थे और वह हर बार उसे ठुकराती आयी थी। इससे न जाने कितने उसके जान के दुश्मन बन गये; लेकिन हुस्ना तो हुस्ना थी...! इस मामले में उसे न तो अपनी जान की परवाह होती थी और न अपने शागिर्दों की...! हालाँकि अबकी मामला नवाब का था। लेकिन उसका हृदय पत्थर का था। उसने इस बार भी अपना ज़वाब देने में देरी नहीं लगाई। बोली–

'हुज़ूर...! हम तवाइफ़ें नमक-हरामी क्या जानें...! हमारा पेशा तो नाचना-गाना है...! तवाइफ़ चाहें बादशाह की ख़िदमत में हो या महाराज घाघरा स्टेट की ख़िदमत में, किसी महफ़िल में बुलाये जाने पर वह जायेगी ज़रूर...! हमारे तन पर चाहें लाख रूपये का ज़ेवर क्यों न हो; मगर महफ़िल में कोई एक रुपया भी देता है तो हम उसे झुक के सलाम करेंगी। बावुजूद इसके, इश्क़ के चक्कर में हम अपना ख़ानदानी पेशा किसी हाल में नहीं छोड़ सकतीं। हुस्न और इश्क़ केवल नवाबों और बादशाहों के चोंचले हैं...! वैसे भी जितना मैं जानती हूँ; हमें नवाबों से इश्क़ करने का अधिकार नहीं...! हमने जब-जब नवाबों से इश्क़ किये उसका अंज़ाम हमेशा हमारे ख़िलाफ़ ही रहा...!'

'...लेकिन मैंने नवाब से वायदा किया है कि मैं हुस्ना को आपके लिये मना लूँगा।'

'हरक़तें बहुत बचकानी हैं आपकी रफ़ूगर मियाँ...! रास्ते चलते वादा नहीं किया करते। अभी तो आपका वह वायदा ही अधूरा है जिसकी बदौलत आप हमें और हमारी शागिर्दों को मछली मुहाल से बहला कर यहाँ तक ले आये...!'

‘किस वायदे की बात कर रही हैं आप...?’

‘बड़ी जल्दी भूल गये मियाँ...? इतनी जल्दी तो नवाब साहबान अपनी उस कनीज़ का नाम भी नहीं भूलते, जिसके साथ वे अपनी रातें ख़ुशगवार करते हैं...! आप शायद अपना वायदा भूल रहे हैं कि एक लाख अशर्फियों में से केवल पचास हज़ार हमें मिल पायी हैं। आपकी और आपके नवाब साहब की जो माली हालत है; मुझे नहीं लगता कि वे अब इसकी क़ीमत अदा कर पायेंगे...!’

‘ऐसा न कहो हुस्ना...! नवाब साहब ने जिससे जो वायदा किया, उसे हर हाल में पूरा किया है। चाहें उनकी जान चली जाय लेकिन वे हुस्नाओं से किये गये वायदे को कभी नहीं भूलते...! आपके लिये तो वे अपनी जान तक दे दें; अशर्फियाँ क्या चीज़ हैं भला...!’

‘हमें जान देना और जीना-मरना मत सिखाइये रफ़ूगर मियाँ...! हमारा तो रण्डी का पेशा ही है। यह हम लोगों का चलता हुआ फ़िक़रा है। हमसे ज़ियादा जीना-मरना कौन जानता है भला...! हमें जब किसी को अपने जाल में लाना होता है, तो उस पर मरने लगते हैं। आपने भले ही हमें अपना परिचय दीनपनाह के सेठ के रूप में दिया होगा; लेकिन हमारे दलालों ने बता दिया था कि आप वास्तव में कौन हैं और उस वक़्त आपके घाघरा स्टेट आने के पीछे अस्ल मक़सद क्या था...! आप समझते रहे कि आप अभिनय कर रहे हैं। जबकि वास्तविकता यह है कि हम मन-ही-मन आपके इस फूहड़ अभिनय पर हँसते रहे। अब आज आप दूसरी नौटंकी करने आये हैं। बता रहे हैं कि अगर हम नवाब साहब के नहीं हुए तो वे रो-रो कर अपनी जान दे देंगे...!

...आपके नवाब साहब को लगता है कि वे हम पर मर रहे हैं और हम उनके लिये जान दे देंगे; तो यह जान लीजिये कि हमारे लिये यह सब फ़रेब भर है। और हम इस फ़रेब को अपने रोज़मर्रा के जीवन में अच्छी तरह से जीते हैं। हमसे ज़्यादा किसी को मरना नहीं आता। ठण्डी साँसें भरना, बात-बात पर रो देना, दो-दो दिन खाना न खाना, कुएँ में पैर लटका के बैठ जाना, संखिया खा लेना—यह सब कुछ करने आता है हमें...! गौहर बेगम बेवकूफ़ थीं जो वे संखिया खाक़र इस दुनिया-ए-फानी से बेवज़ह कूच कर गयीं। यहाँ तो हमारे सिरहाने ही संखिया रखी रहती है और एक दो पुड़िया पल्लू में भी खोंसे रहते हैं। रोज़ ही जीने-मरने का नाटक भी चलता है। लेकिन जान है कि जाती ही नहीं...! जान लेने और देने की भी तमीज़ आनी चाहिए। और हमें यह तमीज़ ख़ूब आती है। हमें अच्छी तरीक़े से मालूम

है कि हमें किस पर, कब और किस हद तक मरना है; और आगे भी कब तक मरते रहने का नाटक करना है...! इस धरती पर ऐसा कोई इन्सान नहीं जो हमारे मरने की अदा पर अपनी जान और अपना ईमान-धरम सब कुछ न्यौछावर न कर दे...! कैसा ही सख़्त दिल आदमी क्यों न हो, हमारे फ़रेब में आ ही जाता है।

...मगर आपसे सच कहती हूँ कि हमारे मरने की इस अदा के बावुजूद हमें आज तक न तो किसी से इश्क़ हुआ और न ही आगे इसकी कोई दूर-दूर तक सँभावना ही नज़र आती है...! आपके नवाब साहब को इश्कबाज़ी में बड़ा रियाज़ हासिल है। इन्सान तो इन्सान, फ़रिश्ता भी उनके जाल से नहीं निकल सकता। हजारों उनके आशिक़ हैं और वे हजारों पर आशिक़ हैं। एक ज़माने में उन्होंने हमारी अम्मीजान रुख़्सार को अपनी बेगम बनाने का का सपना दिखाया था। उनका जो हश्र हुआ, वह हमें मालूम है। अम्मीजान की चाहें जो भी मज़बूरियाँ रही हों; उन्हें हासिल कुछ भी न हुआ। अम्मीजान के दिल का हाल मुझसे बेहतर कोई नहीं समझ सकता। उस दर्द को हर रोज़ लेकर जीती हूँ। मैं उनकी तरह पागल हो कर तड़प-तड़प कर मरना पसन्द नहीं करूँगी। इसलिये आज मैं आपके नवाब साहब के इस प्रस्ताव को तहेदिल से ठुकराना चाहती हूँ। जाकर बता दीजिये अपने नवाब साहब से कि हम कोई राह में पड़े हुए पत्थर नहीं हैं जिसे जब कोई चाहे अपने फ़ायदे के लिये इस्तिमाल कर ले। दुनिया के किसी मर्द में इतनी ताक़त नहीं कि वह अपने ताक़त के बल पर हमारे साथ मन बहला सके; अपनाना तो बहुत दूर की बात है।'

यह जानकर कि हुस्ना रुख़्सार बेगम की बेटी है, रफ़ूगर के पैरों तले ज़मीन खिसक गयी। हालाँकि हुस्ना चालाक थी। वह जानती थी कि यदि उसके मुँह से निकली बात ग़लती से भी नवाब तक पहुँच गयी तो उसकी सारी योजना असफल हो जायेगी। इसलिये हुस्ना ने इस खुलासे के बावुजूद रफ़ूगर से यह वचन लिया कि वह नवाब से इसका ज़िक्र उसकी सहमति के बग़ैर कत्तई नहीं करेगा; अन्यथा वह बिना किसी संकोच के नादान महल छोड़कर वापस घाघरा स्टेट चली जायेगी। फिर वह रफ़ूगर का ध्यान भटकाने के लिये, फिर से अपनी माँ रुख़्सार बेगम की बेइज़्ज़ती का रोना रोने लगी। रफ़ूगर हुस्ना की आँखों के भीतर के आक्रोश को पढ़ने की कोशिश करता रहा; फिर स्वयं को थोड़ा संयत करते हुए बोला–

'ऐसा न कहो हुस्ना...! रुख़्सार बेगम के समय हालात दूसरे थे; और आज दूसरे हैं। नवाब साहब तुम्हारे लिये अपनी नवाबी छोड़ने के लिये तैयार हो जायें...!

बस मुझे थोड़ा समय और चाहिए। तुम जो कहोगी नवाब साहब उसके लिये तैयार हो जायेंगे। बस अब तुम उनका दामन छोड़कर नहीं जाना...!'

'अरे...! दामन छोड़ने और पकड़ने का वायदा ही नहीं था रफ़ूगर मियाँ...! केवल एक महफ़िल की बात हुई थी और अब आप मुझे दामन और पल्लू के जाल में फँसाना चाहते हैं...!'

'मैं तुम्हें कहीं नहीं फँसा रहा...! बस तुम्हारी और तुम्हारे शागिर्दों के भविष्य को सुरक्षित देखना चाहता हूँ...!'

'कैसे सुरक्षित करेंगे आप...? आपकी ज़बान की क्या क़ीमत; क्योंकि आप नवाब तो नहीं...!'

'नवाब न सही...! लेकिन नवाब के फ़ैसलों में अपना दख़ल रखता हूँ।'

'मैंने तो सुना है कि नवाब को अपने फ़ैसलों में किसी का दख़ल स्वीकार नहीं...!'

'ग़लत सुना है तुमने...!'

'अच्छा...! तो बताइये क्या कर सकते हैं आप मेरे लिये...?'

'मैं तुम्हारे लिये भले ही कुछ न कर सकूँ, लेकिन नवाब को तुम्हारी हर ज़िद पूरी करने के लिये तैयार ज़रूर करा सकता हूँ।'

'अच्छा...! वो कैसे...?'

'तुम जानती हो कि नवाब तुम्हें पाने के लिये किसी हद तक जा सकते हैं...! वे तुम्हें दिल दे चुके हैं। बस तुम्हें नवाब को अपना बनाना होगा...!'

'इसके बदले में मुझे क्या हासिल होगा...?'

'जो तुम कहो...!'

'देखिये मैंने आपसे पहले भी कहा था और आज भी कह रही हूँ कि मुझे अपने लिये किसी से कुछ भी नहीं चाहिए। मैं तो आज़ाद पंछी की तरह जीती आयी हूँ और आगे भी उसे तरह से जीना पसन्द करूँगी। मेरी शागिर्दों के लिये अगर आप नवाब से कुछ करा सकें तो बेहतर होगा।'

'फिर भी...!'

'मुझे उनके लिये एक स्थाई महल चाहिए जहाँ वे अपनी प्रतिभा का प्रदर्शन कर सकें। मुझे शीशमहल का मालिकाना हक़ चाहिए होगा...!'

हुस्ना का प्रस्ताव सुनकर रफ़ूगर ने अपनी जेब से एक सादा कागज़ निकाला। इस पर नीचे बादशाह के दस्तख़त थे। रफ़ूगर ने उसी वक़्त अपने हाथों से दस्तख़त

के ऊपरी हिस्से में एक मज़मून लिखा और हुस्ना की ओर बढ़ा दिया। हुस्ना की आँखें खुली रह गयीं। उसे वह मिल गया जो उसकी माँ रुख़्सार को मिलते-मिलते रह गया था। उसे वह मिल गया था जो वह अपनी शागिर्दों के लिये चाहती थी। उसे वह मिल गया था जिसे नकबुल्ला नवाब ने अपनी रियाया का ख़ून चूस-चूसकर बड़े शानो-शौक़त से बनवाया था और हुस्ना के लिये इसका होना नवाब के ताज से कम क़ीमती कत्तई नहीं था। नये मुवाहिदे के मुताबिक़ अब शीशमहल हुस्ना का था। और अब यह हुस्ना की ज़िद का महल बनने वाला था; क्योंकि यहाँ पर रहकर वह न केवल अपने माँ रुख़्सार बेगम के ग़मों को लगातार कुरेद सकती थी; बल्कि उससे निकलने वाले मवाद और इसके बदौलत शरीर से उठने वाली पीर के बल पर, अपने भीतर नवाब के प्रति आक्रोश को भी ज़िंदा रख सकती थी। हुस्ना और रफ़ूगर के बीच कई दूसरे मुवाहिदे भी हुए और सभी को कुछ ख़ास कारणों से गोपनीय रखा जाना था।

30

आदमी जान के खाता है मोहब्बत में फ़रेब
ख़ुद-फ़रेबी ही मोहब्बत का सिला हो जैसे।

–इक़बाल अज़ीम

ज़िंदगी कत्तई भी किसी मदारी से कम नहीं है। वह हमारे साथ तरह-तरह से फ़रेब करती है, नये-नये ढंग से हमारा शिकार करती है। हम उसके एक जाल से निकल जाते हैं तो वह तुरंत दूसरा जाल फेंकती है। हम समझते हैं कि हम ही अकेले चालाक हैं; और वह है कि अपने से ज़्यादा क़ाबिल किसी और को नहीं मानती। वह हमारे सामने हर वक़्त माया का एक नया संसार रचती है। कभी बहलाती है, कभी फुसलाती है, कभी रुलाती है और कभी हँसाती है...! बचपन हो, जवानी हो या कि बुढ़ापा–वह हमारा पीछा नहीं छोड़ती। हम ज्यों-ज्यों उम्रदराज़ होते जाते हैं उसके खेल के नियम और सख़्त होते जाते हैं। कभी जवानी में लगता है कि हम सिकंदर हो चले हैं और एक साँस में ही दुनिया फतह कर लेंगे। ऐसे में किसी जवान को अगर सारी दुनिया बूढ़ी मालूम पड़ती है और सारा बुढ़ापा जवानी का चाकर नज़र आने लगता है तो इसमें कोई आश्चर्य नहीं...! हालाँकि इसका उल्टा भी सत्य है। कई बार बुढ़ापे में ख़ुद के चिर युवा होने का और एक पल में दुनियाँ जीत लेने का भी भ्रम हो जाता है। और जब कभी किसी को ऐसा महसूस होने लगे तो फिर ऐसे शख़्स को बूढ़ा कहना या उसे दुनियाँ फतह करने की यात्रा पर निकलने से पहले रोकना कत्तई ख़तरे से ख़ाली नहीं होता...! हमें लगता है कि यह सब कुछ हम कर रहे हैं; लेकिन सच यह है कि यह सब कुछ ज़िंदगी हमसे फ़ितरतन करा रही होती है। हम ही ज़िदगी के फ़रेब में आते हैं; ज़िंदगी हमारे फ़रेब में कभी नहीं आती। हमारा जीवन इन फ़रेबों की यात्रा भर है और कुछ भी नहीं...!

राजा रहम सिंह अब ऐसी ही एक यात्रा पर निकल चुका था और सारे घाघरा स्टेट में किसी की हैसियत नहीं थी कि उसे रोक पाता...! वह घाघरा स्टेट से

निकलकर छुपाते-छुपाते और नादान महल के तमाम सुरक्षाकर्मियों और दरबारियों को रिश्वत चटाते हुए किसी तरह महल में दाख़िल हो गया था। हमेशा से ही नादान महल में दाख़िल होने का सबसे आसान तरीक़ा था–ख़ुद को कलावंत बताना और अपनी प्रतिभा के प्रदर्शन के लिये रंग़महल को अपना आश्रय बनाना। और रहम सिंह तो कथक सम्राट था ही। उसे यह साबित करने में कितनी देर लगती भला...! बस उसे अपनी वेशभूषा और अपना रंग-ढंग बदलना था ताकि उसे कोई पहचान न सके। और हमेशा से ही उसे यह काम बख़ूबी आता था।

रहम सिंह को कथक नृत्य में महारत हासिल थी। हालाँकि लम्बे समय से उसने इसका रियाज़ छोड़ रखा था। लेकिन यदि उसे नादान महल में प्रवेश करना था तो उसके लिये इससे बेहतर दूसरा कोई विकल्प नहीं हो सकता था। नवाब का रंग़महल हमेशा से ही नये कलाकारों का जमघट हुआ करता था और अपने फ़न में माहिर न जाने कितने कला कर मुफ़्त में वहाँ शिक्षा देने चले आते थे और महीनों पड़े रहते थे। रहम सिंह ने फ़िलहाल अपनी इसी प्रतिभा का इस्तेमाल किया और न केवल नादान महल में प्रवेश पा लिया; बल्कि उसने वहाँ चंद दिनों में ही रंग़महल में कथक सिखाने वाले गुरुओं में अग्रणी स्थान भी हासिल कर लिया। वह रोज़ सुबह-शाम तबले की थाप पर तमाम कलाकारों को कथक नृत्य की बारीक़ियाँ सिखलाया करता। कई बार देर रात की महफ़िलों में स्वयं नवाब नकबुल्ला भी शामिल होता और इस नये गुरू के हुनर को देखकर मन्त्रमुग्ध हुआ करता। फ़िलहाल नवाब सहित सभी की नज़र इस अद्‌भुत कथक आचार्य पर थी और स्वयं रहम सिंह की नज़र अपनी इकलौती अमानत हुस्ना पर...!

रहम सिंह के लिये सबसे अच्छी बात यह थी कि उसे शीशमहल का एक-एक कोना बख़ूबी मालूम था। एक दिन उसने हुस्ना की शागिर्द ज़ुलेख़ा को रंग़महल के गलियारे में धर लिया और उसे अपने कमरे में खींच लिया। ज़ुलेख़ा बेहद डर गयी। लेकिन जब रहम सिंह ने अपने चेहरे से अपनी नक़ली दाढ़ी और मूँछ हटायी तो वह सामने राजा रहम सिंह को पाकर चौंक गयी। पल भर के लिये उसके मुँह से चीख़ निकल गयी थी; जिसे रहम सिंह ने उसके मुँह पर हाथ लगाकर रोका। फिर उसने ज़ुलेख़ा को ठण्डा पानी पीने को दिया ताकि उसकी साँसें सामान्य हो सकें। थोड़ी देर बाद जब ज़ुलेख़ा चलने को हुई तो रहम सिंह ने उसका हाथ पकड़कर बैठा लिया और उससे धमकी भरे अंदाज़ में कहा–

'एक दिन तुम्हें लौटकर घाघरा स्टेट ही आना है। इसलिये ख़बरदार जो कभी अपनी औक़ात भूली...! वैसे भी मेरा ग़ुस्सा तू बख़ूबी जानती है। मेरे साथ कोई

गद्दारी हुई तो बोटी-बोटी नुचवाकर गिद्धों के आगे खाने के लिये रखवा दूँगा। एक बात कान खोलकर सुन लो...! हुस्ना बाई मेरी हैं और केवल मेरी बनकर रहेंगी...! उन्हें एक न एक दिन मेरी होना है...! और...और यह काम तेरे ही ज़रिये होना है...! अगर तुमने ज़रा भी मेरे इशारे के ख़िलाफ़ जाने की जुर्रत की तो मेरा सबसे पहला शिकार तुम होगी...!'

इतना कहकर रहम सिंह ने ज़ुलेख़ा को जाने दिया। ज़ुलेख़ा बड़े पशोपेश में थी। उसे जितना डर रहम सिंह का था उससे अधिक डर हुस्ना का...! वह न तो हुस्ना से कुछ कह पाती थी और न अपनी दूसरी साथी तवाइफ़ आफ़रीन से। सो वह भीतर-ही-भीतर घुटती रहती। रहम सिंह के डर से ज़ुलेख़ा एक सप्ताह तक महल से बाहर न निकली। आठवें दिन उसका मन बेचैन हो उठा। वह महल से बाहर निकली तो सीधे रहम सिंह के सामने जा खड़ी हुई। रहम सिंह ने ज़ुलेख़ा को नीचे से ऊपर तक घूरा और बोला–'कहाँ रहीं सात दिन...?'

'शीशमहल में ही थी...!'

'उसकी तो मुझे भी ख़बर है, मगर इतना लम्बा अन्तराल...?'

'...आपके काम के लिये...!'

'मगर सात रातें दूर रहने का सबब...?'

'तबीयत नासाज़ थी...!'

'झूठ बोलती है तू...! शीशमहल में दिन-रात इधर-से-उधर उछलती-कूदती रहती है और मुझसे तबीयत ख़राब होने का बहाना बना रही है...! कान खोलकर सुन ले ज़ुलेख़ा...! मुझसे इस रियासत के किसी भी शख़्स की कोई हरक़त छुपी नहीं रह सकती। मेरी ताक़त से तू अभी वाक़िफ़ नहीं...! मैंने इस शीशमहल में बीसों साल बिताए हैं। यहाँ की एक-एक हवा से वाक़िफ़ हूँ मैं...! यहाँ के परिंदे भी मुझसे पूछे बग़ैर उड़ान नहीं भरते। फिर तू क्या चीज़ है...! तेरे मन की बात जानना मेरे बाएँ हाथ का खेल है। मैं तुझे सिर्फ़ एक सप्ताह का मौक़ा और देता हूँ; अगर इस दरम्यान अपने इम्तिहान में क़ामयाब न हुई तो तेरी ख़ैर नहीं...!'

ज़ुलेख़ा बोली–'हुज़ूर तो बिला वजह ख़फ़ा हो रहे हैं। यहाँ मैं हुज़ूर के लिये दिन-रात एक किये दे रही हूँ और हुज़ूर हैं कि...'

रहम सिंह ने कहा–'वह तो इतने दिन से देख रहा हूँ कि एक मामूली-सा काम तेरे से नहीं हो पा रहा है; और तू कहती है कि दिन-रात एक किये दे रही हूँ...!'

'हुज़ूर इसे मामूली काम समझते हैं...?'

'और नहीं तो क्या...! हुस्ना का दिमाग़ फेरना कोई किला फतह करना है...?'

'राजा साहब...! क़िला फतह करना आसान है, मगर किसी वफ़ादार औरत के दिल में ग़ैर-शख़्स के लिये जगह पैदा करना निहायत मुश्किल काम है...!'

'वफ़ादार औरत...! किसकी वफ़ादार है हुस्ना...?'

'मुआफ़ी चाहूँगी सरकार...! अपने पेशे के प्रति तो हर तवाइफ़ वफ़ादार होती है...!'

'ठीक है-ठीक है...! मुझे लगा कि शीशमहल में आकर किसी से टांका भिड़ा लिया हुस्ना ने...!'

'अरे कैसी बात करते हैं सरकार...! उस्ताद को तो आप ख़ूब जानते हैं...! वह अल्लाह के अलावे किसी से भी मोहब्बत नहीं कर सकतीं...! आपका काम मुश्किल है पर थोड़ा वक़्त और दीजिये...!'

'होगा मुश्किल जिसके लिये होगा...! मैं तुम्हारे लिये इसे हरगिज़ मुश्किल नहीं मानता...! मुझे हर हाल में अपने मक़सद में कामयाब होना है...!'

'मगर थोड़ा वक़्त लगेगा हुज़ूर...!'

'अरे वक़्त की भी एक हद होती है। कितना वक़्त लगेगा...?'

'हुज़ूर...! वक़्त की तो कभी कोई हद नहीं होती; हद होती है इन्सान के सब्र की...! जल्दी बेसब्र हो जाना तो आम इन्सान की फ़ितरत है। मगर हुज़ूर तो फरिश्ता हैं, समंदर की तरह गहरी और ठहरी हुई मिज़ाजदारी के मालिक...! अगर हुज़ूर भी इतनी जल्दी बेसब्र हो उठेंगे तो यह कनीज़ कहाँ ठहर पायेगी?'

ज़ुलेख़ा ने गहरी साँस ली और धीमे स्वर में कहा–'अभी चार दिन पहले की ही बात है। बातों-बातों में मेरी ज़बान पर हुज़ूर का नाम आ गया। बस फिर क्या था...! हुस्ना बाई का वह ख़ूबसूरत चेहरा जो हमेशा गुलाब की मानिंद खिला रहता था, एक़दम तमतमा उठा। उसकी आँखों में ऐसी चिंगारियाँ थीं कि देखकर रूह काँप जाये। फिर जो मुँह से आग बरसी, उसका बयान तो मुमकिन ही नहीं। तौबा-तौबा...! ख़ुदा हर किसी को ऐसे ग़ुस्से से महफूज़ रखे।' फिर उसने सिर झुकाकर फुसफुसाते हुए कहा–'मैं तो डर के मारे कुछ लम्हों के लिये अपने होशो-हवास ही खो बैठी थी हुज़ूर...! दिल की धड़कन ऐसे तेज़ हो गयी थी जैसे अभी बाहर निकल आयेगी। यह कनीज़ तो बस आपकी राह में सब कुछ सहने को तैयार है, लेकिन हुस्ना बाई के उस ग़ुस्से ने सच में दिल दहला दिया...!'

'फिर क्या हुआ...?'

'फिर वही हुआ जो होना था। इस कनीज़ ने उन्हें ख़ुश करने के लिये चार दिन वह मशक्कत की कि मेरा दिल ही जानता है...!'

'इसी यक़ीन पर तो तुम्हें यह काम सौंपा है। उसका हुस्न बेमिसाल है तो उसकी संगदिली का भी कोई जवाब नहीं...!'

'हुज़ूर बेफ़िक्र रहें...! किस वक़्त क्या रंग दिखाना चाहिए यह ज़ुलेख़ा ख़ूब जानती है...!'

'मुझे तुम्हारी अक़्लमन्दी पर शक नहीं। मगर मैं कोई धोका नहीं खाना चाहता...! जिस दिन मुझे पता चला कि हुस्ना दीनपनाह में है, उस दिन से लेकर आज तक मैं किसी भी दिन पूरी नींद सो नहीं पाया। मेरे सलाहकार तो दीनपनाह पर हमला करने की सलाह दे रहे थे। लेकिन मुझे मालूम था कि हुस्ना हमले में जीता जाना स्वीकार नहीं करेगी। इसलिये मैंने एक सच्चे प्रेमी की तरह उसे पाने की कोशिश की है। तुम जानती हो कि वह मेरे स्टेट के ख़ज़ाने के भरे होने का कारण है और मेरे दिल के ख़ज़ाने के भरे होने का भी...! मैं क्या...! पूरे घाघरा स्टेट का अस्तित्व हुस्ना पर टिका है। मैं उसे किसी क़ीमत पर खोना नहीं चाहता। अब तुमसे क्या छुपाना है ज़ुलेख़ा...! हुस्ना को अपना बनाना मेरी ज़िंदगी की आख़िरी तमन्ना है। घाघरा स्टेट के बाग़ में टहलते हुए जब मैंने पहली मर्तबा जब उसे देखा था, तभी से मैंने उसे ख़ुश करने की हरचन्द कोशिश की है, मगर अभी तक कामयाब नहीं हो सका हूँ...!'

ज़ुलेख़ा सुनती रही। रहम सिंह पूछ बैठे–'क्या सोचने लगी ज़ुलेख़ा...?'

'कुछ नहीं; ज़रा यूँ ही...!' अब इजाज़त दीजिये। फिर किसी वक़्त ख़िदमत में हाज़िर होऊँगी...!'

'ऐसी भी क्या बात हो गयी कि एक़दम चलने को तैयार हो गयी ?'

'इस वक़्त मुझे महल के अन्दर होना चाहिए था...!'

'क्यों?'

'नवाब जल्दी ही एक महफ़िल सजाने वाले हैं। आज वहाँ जश्न की तैयारियों के लिये सारी चुनेवालियाँ इकट्ठी होंगी। उसमें मेरी हाज़िरी निहायत ज़रूरी है। ये ही तो कुछ ऐसे मौक़े होते हैं जब हुस्ना दीदी ख़ूब ख़ुश नज़र आती हैं और फिर हुज़ूर तो समझते ही हैं कि काम बनाने के लिये ऐसे मौक़ों की तलाश रहती है...!'

'जाओ भई जाओ...! जिस तरह भी हो मेरी ख़्वाहिश तो पूरी होनी ही चाहिए।'

'हुज़ूर का हुक़्म सर आँखों पर...! सरकार यक़ीन रक्खें, कनीज़ अपनी तरफ़ से कोई कसर नहीं छोड़ेगी।' ज़ुलेख़ा ने कक्ष से बाहर जाते-जाते अपनी बात पूरी की और भागती हुई अपने कक्ष की ओर चली गयी।

31

मेरा सब कुछ दाँव पर लगा था एक शख़्स के जवाब पर
फिर हुआ यूँ वो शख़्स अपनी बातों से मुकर गया।

—अज्ञात

ज़ुलेख़ा लम्बे समय तक रंगमहल में रहम सिंह के होने का राज न छुपा सकी और एक दिन उसने हुस्ना के सामने सब कुछ बयाँ कर दिया। रहम सिंह भेष बदलकर यहाँ नादान महल में रह रहे हैं, यह जानकर हुस्ना के आश्चर्य का ठिकाना न रहा। वह इतना तो जानती थी कि रहम सिंह उस पर जान छिड़कते हैं; लेकिन वे उसे अपने महलों की रानी बनना चाहते हैं, उसे इस बात का भरोसा न हो रहा था। अस्ल में उसे इस बात में कोई रुचि भी न थी। लेकिन यहाँ एक संकट था जिसका आभास शायद रहम सिंह को भी नहीं था। संकट यह था कि रहम सिंह भले ही अपने जीवन का लम्बा समय नादान महल में बिता चुका था और यहाँ के चप्पे-चप्पे से वाक़िफ़ था; लेकिन वह आज भी नवाब नकबुल्ला का जानी-दुश्मन था और हुस्ना यह जानती थी कि इस बात की पोल खुलते ही रहम सिंह की जान पर बन आयेगी और इसका सारा दोष उसके माथे पर जायेगा। और वह इस दोष का भागी कदापि नहीं बनना चाहती थी। फिर उसे घाघरा स्टेट से एक भावनातमक जुड़ाव भी था। वह किसी भी सूरत में यह नहीं चाहती थी कि उसके स्टेट के राजा की जान पर बन आये और वह चाहकर भी कुछ न कर सके। सो उसने यह तय किया कि कैसे भी करके वह रहम सिंह से रूबरू होगी और उसे वापस लौट जाने की सिफ़ारिश करेगी।

मेहमानख़ाने में हुस्ना का कक्ष रहम सिंह के कक्ष से अधिक दूर नहीं था। वह आनन-फानन में रहम सिंह के पास दौड़ी चली आयी। रहम सिंह उसे देखकर अवाक रह गया। बोला—'आओ पास बैठो हुस्ना...!' हुस्ना बाई बिना सवाल किये उसके तनिक पास जाकर पास बैठ गयी।

थोड़ी देर तक हुस्ना और रहम सिंह दोनों एक दूसरे को अपलक निहारते रहे; लेकिन कहा किसी ने किसी से, कुछ भी नहीं...! दोनों के आँखों में दर्द था। और सच पूछिए तो दर्द की हमेशा ही एक अलग ही ज़ुबान होती है जो बिना बोले या कहे ही, आँखों और उसकी गहराई में पल रहे ख़्वाब या ज़ख़्म से बयाँ हो जाती है। अन्तर बस यह था कि हुस्ना जिस दर्द को लेकर जी रही थी उसकी शक़्ल कुछ दूसरी थी और रहम सिंह जिस दर्द का मारा था उसकी शक़्ल कुछ अलहदा थी। रहम सिंह शायद उसके ज़ख़्म को जानता भी न था; क्योंकि उसने सिवाय रफ़ूगर से किसी से इस दर्द का ज़िक्र किया भी न था। लेकिन हुस्ना एक तवाइफ़ थी; और ऐसा कहते हैं कि एक तवाइफ़ बाक़ी औरतों के मुक़ाबिले, जल्दी ही सामने वाले की आँखों में पल रहे ख़्वाब की तस्दीक़ कर लेती है। और हुस्ना से बेहतर इसकी तस्दीक़ भला कौन कर सकता था कि रहम सिंह का यहाँ चलकर आना दरअस्ल उस पर अपना सब कुछ न्यौछावर करने के लिये है...! बहरहाल, संकट बड़ा था और उसे कैसे भी करके रहम सिंह के भीतर पल रहे ख़्वाब को, बिना उसे आहत किये, एक ख़ूबसूरत मोड़ देना था। हुस्ना को हमेशा से ही यह काम बख़ूबी आता था।

कुछ क्षणों में हुस्ना को यह याद आया कि उनके आसपास कनीज़ें भी खड़ी हुई है। हुस्ना ने पास खड़ी एक कनीज़ को इशारा किया और वह थोड़ी देर में शराब भरी सुराही और दो प्याले लेकर हाज़िर हो गयी। कनीज़ प्यालों में शराब डालने ही जा रही थी कि हुस्ना बोली–

'तू जा...! हम आज ख़ुद अपने हाथों से साहेब को शराब पिलाएँगे।' कनीज़ ख़ामोशी के साथ कक्ष से बाहर चली गयी।

रहम सिंह यह इंतज़ाम देखकर बोला–'हुस्ना...! हमारे लिये आपकी नज़रों की शराब ही काफ़ी है। आज हमें इस शराब को पीने की ज़रूरत नहीं पड़ेगी।'

हुस्ना ने रहम सिंह की ज़बान से निकले अल्फ़ाज़ की ओर कोई ख़ास ग़ौर नहीं फ़र्माया। वह प्यालों में शराब ढालने लगी। वह जब एक प्याले में शराब ढाल चुकी, तब रहम सिंह ने उसके हाथ से सुराही ले ली और उठाकर अलग रख दिया। हुस्ना कुछ समझ नहीं पायी। बोली–

'आज साहेब ऐसा क्यों कर रहे हैं? मुझे मालूम है कि इस्फ़हानी शराब हुज़ूर की ख़ास पसन्द है।'

रहम सिंह मुस्कराकर बोला–'आप जानती हैं कि हमें शाइरी करना नहीं आता; लेकिन कभी किसी शाइरा ने एक शेर लिखा था। क्या आपको सुनाऊँ?'

हुस्ना ने कहा–'इरशाद...!'

रहम सिंह ने शेर पढ़ना शुरू किया–

नज़र नज़र से मिला के जो दे दिया साक़ी,
उस एक जाम पर क़ुर्बान लाख मयख़ाने।

हुस्ना के मुँह से निकला–'वाह क्या बात...! बहुत ख़ूब... ! बहुत ख़ूब...!! यह तो शेरो-शाइरी की बात हुई साहेब...! शाइरों ने तो साकी, शराब और मयख़ाने पर न जाने कितना लिखा है। फ़िलहाल हुज़ूर हमें सुराही दें, जिससे मैं हुज़ूर साहेब के प्याले में शराब ढाल सकूँ।'

'हुस्ना...! हमने शराब पीना छोड़ दिया। आपके वास्ते प्याला भरा रखा है। आप पिएँ, हमें कोई एतराज़ नहीं होगा।'

हुस्ना चौंकी और बोली–'साहेब ने शराब छोड़ दी...! हमें सुनकर यक़ीन नहीं हो रहा।'

'हम पर यक़ीन करें। आप जानती हैं मैं आपसे झूठ नहीं बोल सकता।'

'आख़िर कब से ?'

'अभी कुछ ही दिन हुए।'

'आख़िर साहेब ने ऐसा क्यों किया?'

'हकीम कहते हैं, शराब पीने से सेहत बिगड़ती है। हमारी उम्र बढ़ रही है। आप जवान हैं, आप पी सकती हैं।'

'कैसी बात करते हैं साहेब...! जब आप ही नहीं पी रहे हैं, तब हम कैसे पी सकते हैं?'

बहरहाल थोड़ा संयत हो कर रहम सिंह ने हुस्ना से कहा–'यह तो तफ़रीह की बात हुई। अस्ल बात यह है कि हुस्ना अब तुम्हें वापस घाघरा स्टेट चलना होगा। मैं तुम्हें लेने आया हूँ। तुम्हारे बिना घाघरा स्टेट की गलियाँ सूनी हैं।'

हुस्ना ने कहा–'कैसी बहकी-बहकी बातें करते हैं साहेब...! तवाइफ़ों के रहने से गलियाँ गुलज़ार ज़रूर होती है लेकिन उनके न रहने से सूनी कभी नहीं होतीं...! मेरे पहले न जाने कितनी हुस्नायें इस धरती पर आयीं और चली गयीं; लेकिन राजाओं और नवाबों के यहाँ न तो कभी हुस्ना का संकट हुआ और न ही किसी ख़ास के रहने या न रहने से हमारे पेशे में किसी तरह की गिरावट आयी। हम तो बहती हवा के झोंके की तरह हैं। बहते हैं और ख़त्म हो जाते हैं। एक हवा ख़त्म होती है तो दूसरे का इन्तिज़ार शुरू हो जाता है। फिर वह ख़त्म होती है तो तीसरे का...! हुस्ना

बाई का अब कोई भरोसा नहीं...! थोड़ा इन्तिज़ार कीजिये। जल्दी ही मछली मुहाल में फिर से कोई हुस्ना पैदा होगी। फिर से मछली मुहाल की गलियाँ गुलज़ार होंगी। घाघरा स्टेट को फिर कोई चलाने वाला आयेगा।'

'यह सच है कि सब कुछ हो जायेगा हुस्ना...! लेकिन तब न तो रहम सिंह होगा और न हुस्ना होगी। और यह सोचकर मेरा कलेजा फटा जाता है...! मैं सब कुछ बर्दाश्त कर सकता हूँ लेकिन मेरे जीते-जी तुम किसी और की हो जाओ, मुझे बर्दाश्त नहीं हो सकता...!'

'साहेब...! मैं यहाँ किसी की होने या बनने नहीं आयी हूँ...! न तो आज किसी की हूँ और न ही आगे किसी की होने की ख़्वाहिश रखती हूँ...! कुछ क़र्ज़ हैं जिन्हें उतारना है बस...! यह केवल या तो मैं जानती हूँ या मेरा दिल जानता है...! दीनपनाह में मुजरे के लिये बुलाई गयी थी। और अब नवाब ने मेरी शागिर्दों के लिये अपना शीशमहल उनके नाम कर दिया है। मेरा कोई भरोसा नहीं; आज यहाँ हूँ, कल कहीं और चली जाऊँगी। इससे ज़्यादा न तो यह दीनपनाह मेरा है और ना मैं इस दीनपनाह की हो सकती हूँ...!'

'लेकिन तुम अपना वतन छोड़कर कहीं और कैसे रह सकती हो...?'

'मैं आपकी रानी सहिबा नहीं हूँ साहेब...! बल्कि मैं तो रानी सहिबा के पैर की जूती भी नहीं...! तवाइफ़ हूँ और इस मामले में औरों से बेहतर हूँ; क्योंकि तवाइफ़ें अपनी पसन्द से अपना देश चुनती हैं। उनको कोई रोकने-टोकने वाला नहीं होता। वे किसी-न-किसी रियासत में रहती ज़रूर हैं लेकिन उस रियासत की हो कर नहीं रहतीं। वे किसी ख़ास रियासत की पूँजी नहीं हैं। रियासत का ख़ज़ाना उनसे भरता होगा, लेकिन उनका पेट भरने की क्षमता किसी रियासत के ख़ज़ाने में कत्तई नहीं है।'

'तुम एक बार घाघरा लौट चलो हुस्ना...! अपनी और अपनी शागिर्दों के रहने की फ़िक्र कत्तई न करो। तुम मेरी रानी साहिबा बनोगी। मैं वायदा करता हूँ कि तुम्हें अपनी बड़ी रानी बनाऊँगा। मैंने रानी साहिबा को इस बात के लिये मना लिया है। उनका कहना है आपकी जान से क़ीमती कुछ नहीं...! तुम चाहो तो मैं तुम्हें राजपाट सौंप दूँ और तुम्हार दरबारी बनकर अपना जीवन चला लूँ...! लेकिन मेरे जीते-जी तुम घाघरा स्टेट को छोड़कर कहीं और बस जाओ, यह मुझे गवारा न होगा।'

'साहेब...! आप एक रियासत के राजा हैं। आपका इस क़दर दीन-हीन हो कर एक तवाइफ़ पर जान छिड़कना कत्तई अच्छा नहीं लगता। बेशक आप मुझे चाहते हैं। लेकिन इस हालत में, मैं आपके साथ नहीं जा सकती। आपको यहाँ से जाना

होगा। आपका यहाँ से जाना इसलिये भी ज़रूरी है क्योंकि नादान महल में आपकी जान को ख़तरा हो सकता है।'

'लेकिन मेरी जान तो तुझमें बसती है हुस्ना...! मेरे रहते अगर तुम्हें कुछ हो गया तो...!'

'ज़ियादा जज़्बाती मत होइए साहेब...! मुझे यहाँ कुछ नहीं होगा। लेकिन मेरे जीते-जी आपको कुछ हो गया तो मैं स्वयं को माफ़ नहीं कर पाऊँगी। आप जानते हैं कि नवाब बरसों से आपको तलाश रहा है, जिस तरह आप नवाब को तलाश रहे हैं। एक शेर का, दूसरे शेर को उसकी मांद में घुसकर उसे ललकारना अच्छा नहीं होता। ख़ुदा के वास्ते आप यहाँ से चले जाइए। चाहें जान चली जाय लेकिन हुस्ना आपसे ज़रूर मिलेगी; चाहें जिस हाल में मिले...! यह हुस्ना का आपसे वायदा है।'

'ठीक है। तुम कहती हो तो मैं वापस चला जाऊँगा...! घाघरा स्टेट लौटकर तुम्हारा इन्तिज़ार करूँगा...! लेकिन तुमसे एक वायदा और चाहता हूँ।'

'कहिए साहेब...! वायदा पूरा होने लायक़ होगा तो मैं आपको कत्तई मना नहीं करूँगी...!'

'मैं चाहता हूँ कि वापस जाने से पहले तुम्हारी महफ़िल में शामिल होऊँ...! मुझे मना मत करना, वरना मैं बेहद दु:खी हो जाऊँगा...!'

'देखिये साहेब...! मैं आपकी सुरक्षा को लेकर फ़िक्रमंद हूँ और आपकी ख़ातिर कुछ भी करने को तैयार हूँ...! महफ़िल भला क्या चीज़ है...! बस महफ़िल में हमारी और आपकी मुलाक़ात अन्तिम होगी। महफ़िल में भी हम दोनों एक दूसरे की ओर पहचान की नज़र से कत्तई नहीं देखेंगे। वहाँ आपको अपनी सुरक्षा का ख़याल रखना होगा और महफ़िल के ठीक बाद यहाँ से निकलना होगा। घाघरा स्टेट को अभी आपकी बहुत ज़रूरत है। ज़िंदगी रही तो इंशाअल्लाह दोबारा ज़रूर मिलेंगे...!'

'मुझे कुछ नहीं होगा हुस्ना...!'–कहते हुए रहम सिंह की आँखें तनिक भर आयीं। हुस्ना भी रहम सिंह से नम आँखों से विदा लेकर वहाँ से चल निकली।

32

अच्छा है दिल के साथ रहे पासबान-ए-अक़्ल
लेकिन कभी कभी इसे तन्हा भी छोड़ दे।

–अल्लामा इक़बाल

ज़ालिम खाँ पर हुस्ना के इश्क़ का जादू चल गया था और वह हुस्ना की ख़ूबसूरती का शिकार हो गया था। उसके जीवन में घटी एक छोटी-सी बात अफ़साना बन गयी। यों तो बात बहुत छोटी-सी थी, किन्तु वह ज़ालिम खाँ के जीवन के लिये एक बहुत बड़ी घटना बन गयी। हुस्ना को पाने के लिये ज़ालिम खाँ का मन मचल उठा। ज़ालिम खाँ में तलवार की तेज़ी थी; लेकिन जबसे हुस्ना से उसकी आँखें चार हुई थीं; उसमें गुलाब की-सी नरमी आ गयी थी। वह हर पल-हर दम बेचैनी महसूस करने लगा था। हमेशा खोया-खोया-सा और ख़ामोश रहता। अंततः उसने भेष बदलकर शीशमहल में रहने का निर्णय किया। नादान महल के लिये प्रस्थान करते समय उसने अपने साथी ठगों से यह कठोर आश्वासन ज़रूर ले लिया था कि यदि हुस्न और इश्क़ की इस लड़ाई में उसकी जान भी चली जाय तो वे कत्तई कोई मार-काट नहीं करेंगे और बिना किसी हंगामे और विद्रोह के आप नया सरदार चुन लेंगे; तभी उसकी आत्मा को वास्तविक शान्ति मिलेगी। हालाँकि उसके साथी ठग जानते थे कि ज़ालिम खाँ यह सब केवल भावनाओं के अतिरेक में कह रहा था; और जब तक वह स्वयं न चाहे, उसके जीते-जी दुनियाँ की कोई ताक़त उसका बाल भी बांका नहीं कर सकती थी।

ज़ालिम खाँ चूँकि ठग था इसलिये पल-पल में भेष बदलना उसके बाएँ हाथ का खेल हुआ करता था। कदाचित इसीलिये उसने इस बार शीशमहल में एक ख़्वाजासरा की वेशभूषा में रहना तय किया था। और वहाँ रहते हुए उसने धीरे-धीरे हुस्ना की दूसरी शागिर्द आफ़रीन से मेलजोल बढ़ाना शुरू कर दिया था। आफ़रीन

ज़ालिम खाँ को इतनी आसानी से भला कैसे भूल सकती थी...! आफ़रीन को वह काली रात याद थी और ज़ालिम खाँ के प्रति हुस्ना की आँखों में लरज़ता प्रेम भी...! आफ़रीन को यह समझ में न आता था कि आख़िर ज़ालिम की ऐसी क्या मजबूरी आ पड़ी जो उसे भेष बदलकर नादान महल में रहना पड़ रहा है। वह पहले ज़ालिम की आँखों की भाषा पढ़ने की कोशिश करती रही। लेकिन ठगों की आँखें इतनी आसानी से कहाँ कुछ बयाँ होने देती हैं भला...! हार मानकर आफ़रीन ने एक दिन ज़ालिम खाँ से नादान महल में भेष बदलकर रहने का कारण पूछा; किन्तु ज़ालिम खाँ ने किसी बहाने से उसे टाल दिया। कुछ दिन बीतने पर आफ़रीन ने ज़ालिम खाँ को फिर से छेड़ा और पूछा–

'सरदार...! मुझे मालूम है कि आप किसी ख़ास मुहिम के लिये यहाँ आये होंगे। मेरा फ़र्ज़ तो नहीं बनता; लेकिन मुझे लगता है कि आप दिल के राज को जितना ही दबायेंगे, आपके दिल की बेचैनी उसे उतना ही ज़्यादा ज़ाहिर करेगी।'

आफ़रीन की साफ़गोई देखकर ज़ालिम खाँ अपने दिल के राज को उससे छिपा न सका; और उसके सामने सब कुछ बयाँ कर दिया। उसने कहा–'आफ़रीन...! मैं हुस्ना से बहुत ज़्यादा इश्क़ करता हूँ। उसके बिना रहना मेरे लिये संभव नहीं। अब चूँकि तुम्हें मेरे दिल का राज मालूम हो गया है; इसलिये तुम्हें मेरी मदद करनी होगी।'

'मैं पूरी तौर से आपकी मदद करूँगी।'–आफ़रीन ने कहा।

'मैं अभी केवल यह जानना चाहता हूँ कि हुस्ना मेरे बारे में क्या सोचती है ?'

हालाँकि आफ़रीन ने कई बार हुस्ना की आँखों में ज़ालिम खाँ की छपी तस्वीर पढ़ने की कोशिश की थी। लेकिन वह अपने मन से कुछ नहीं कहना चाहती थी; जब तक इस सम्बन्ध में स्वयं हुस्ना की रज़ामंदी न हो। उसने ज़ालिम से कहा–'सरदार...! मुझे कुछ वक़्त चाहिए होगा।'

ज़ालिम खाँ उससे बात करके ख़ुश तो हुआ लेकिन आफ़रीन यह कहकर मुश्किल में पड़ गयी। एक औरत होने के नाते आफ़रीन भी इश्क़ में दिलचस्पी रखती थी; लेकिन वह समझ नहीं पा रही था कि किस प्रकार वह हुस्ना से उसके दिल का हाल पूछे...! कई दिनों तक वह पशोपेश में रही। आख़िरकार उसे एक तरकीब सूझी। वह सुबह-सुबह फूलों का एक ख़ूबसूरत गुलदस्ता लेकर हुस्ना के पास पहुँची और बड़े अदब से उसे भेंट किया। हुस्ना ने आफ़रीन की ख़ुशी के लिये बड़े प्रेम से उसे स्वीकार कर लिया। अगले दिन वह फिर से फूलों का एक ख़ूबसूरत गुलदस्ता लेकर हुस्ना के पास पहुँच गयी और बोली–

'उस्ताद की मेहरबानी देख आज मैं सरदार ज़ालिम खाँ की तरफ़ से आपको यह गुलदस्ता भेंट करने की हिम्मत कर रही हूँ। उम्मीद है आप इसे क़ुबूल फरमाएँगी।'

आफ़रीन के ये शब्द सुनते ही हुस्ना घड़ी-भर के लिये घबरा-सी गयी। वह अचरज भरी नज़रों से आफ़रीन की ओर देखने लगी और पल भर में ही उसका गुलाबी चेहरा शर्म से लाल हो उठा। वह समझ गयी कि आफ़रीन अस्ल में इन फूलों के बहाने से उससे क्या कहना चाहती है; और हो-न-हो ज़ालिम खाँ भी इसी नादान महल में, यहीं कहीं आसपास है...! वह तनिक शरमाते हुए बोली–

'मैं जानती हूँ कि सरदार ने न केवल हमारा इस्तिक़बाल कर हमें इज़्ज़त दी है; बल्कि हमें अपने दिल में भी ख़ास जगह दी है।' इतना कहकर हुस्ना इस डर से तनिक नज़रें चुराकर दूसरी तरफ़ देखने लगी कि कहीं आफ़रीन उसके दिल का राज न जान जाये। इश्क़ एक ऐसा ही मर्ज़ है। इन्सान ज़माने से इसे छुपाता है और इसे छुपाने के चक्कर में, ज़माने की नज़र में और-और भी ख़राब होता जाता है। बक़ौल असरार-उल-हक़ मज़ाज़–

रोएँ न अभी अहल-ए-नज़र हाल पे मेरे
होना है अभी मुझ को ख़राब और ज़ियादा।

ख़ैर...! आफ़रीन भी आख़िरकार एक औरत ही थी और वह एक दूसरी औरत के दिल की धड़कन को बाक़ायदा पहचान सकती थी। हुस्ना के चेहरे के बदलते हुए रंग ने उसके दिल का राज खोल दिया और आफ़रीन को उसे पहचानने में देर नहीं लगी। जब कोई प्रेमीहृदय स्त्री, प्रेम में पड़ी दूसरी स्त्री के दिल का राज जान लेती है तो उसके लिये सब्र करना कत्तई सम्भव नहीं होता। यहाँ भी ऐसा ही हुआ। आफ़रीन तुरन्त ज़ालिम खाँ के पास दौड़ी हुई गयी और उसने ज़ालिम खाँ के सामने हुस्ना का पूरा क़िस्सा बयान कर दिया। ज़ालिम खाँ की ख़ुशी का ठिकाना न रहा। वह बार-बार आफ़रीन का शुक्रिया अदा करने लगा। अब तक ज़ालिम खाँ केवल हुस्ना के दिल का हाल जानने के लिये उत्सुक था; लेकिन आफ़रीन के मुँह से हुस्ना का हाल सुनने के बाद अब वह उससे मिलने के लिये बेचैन हो उठा। आफ़रीन इसे नामुमकिन कहती; लेकिन ज़ालिम खाँ किसी भी बात को नामुमकिन मानने के लिये तैयार न था।

अन्त में वह दिन आया जब नवाब ने जश्न के लिये एक ख़ूबसूरत महफ़िल सजाई और सभी को एक शानदार दावत दी। मुआमला महफ़िल का था; इसलिये सारा नादान महल रोशनी से जग़मगा रहा था। दीनपनाह रियासत के तमाम

ओहदेदार, जागीरदार, मनसबदार, वज़ीर, ख़्वाजासरा, तीसमारखाँ अपने दर्ज़े के अनुसार रंगमहल में बैठाए जा रहे थे। पहले नृत्य और संगीत का कार्यक्रम होना था; तदनन्तर भोज का...! तमाम नर्तकियाँ पूरे जोश के साथ अपने हुनर के प्रदर्शन की तैयारियों में जुट गयी थीं। इस महफ़िल में न केवल ख़्वाजासरा बने ज़ालिम खाँ बल्कि कथाकाचार्य रहम सिंह को भी शामिल होने का मौक़ा मिला। सबसे पहले रंगमहल में सजी ख़ूबसूरत महफ़िल में देश-दुनिया से आयी तमाम नर्तकियों ने अपने-अपने नृत्य पेश किये। पहले हुस्ना की दोनों क़ाबिल शागिर्दों–जुलेखा और आफ़रीन ने; फिर सबसे आख़िर में महफ़िल की शान हुस्ना ने अपना जलवा दिखाया। महफ़िल का सारा दारोमदार हुस्ना पर ही था...! मेहमान तो मेहमान; स्वयं नवाब नकबुल्ला, राजा रहम सिंह और ज़ालिम खाँ–तीनों उसे ही देखने के लिये उतावले हुए जाते थे। हुस्ना तो ख़ैर हुस्ना थी...!

हुस्ना जब महफ़िल में आयी तो उसने एक नरमी और नज़ाकत के साथ झुककर सभी को सलाम पेश किया। उसकी मुस्कान में वह सहर था जो हर निगाह को मदहोश कर दे...! कुछ लम्हों तक वह ख़ामोश रही, जैसे फ़िज़ाओं से कोई इल्हाम हासिल कर रही हो। फिर धीमे लहजे में बोली–'आज की ये महफ़िल उन तमाम दिलों के नाम, जो मोहब्बत की राहों में टूटकर बिखर गये। और उन चश्मों के नाम, जो इश्क़ के ग़म में अश्क़बार हुए।' हुस्ना का इतना कहना था कि यकायक वहाँ मौज़ूद साज़िन्दों पर जादू-सा छा गया। तबले की थाप और सुरों की रवानी ने फ़िज़ा को और भी पुरकशिश बना दिया। तभी हुस्ना की सोज़ भरी आवाज़ गूँज उठी। उसने ठुमरी छेड़ी–

कैसे कहूँ मोसे नैना लागे
मोसे बोले न बोले, साँवरिया।
पहले-पहले तोह हमको भाए
रंग रसीले सपने दिखाए।
अब काहे को साजन पराए
दिल का चैन चुराए सँवरिया।
कैसे कहूँ मोसे नैना लागे
मोसे बोले न बोले, सँवरिया।

उसकी आवाज़ में एक अजीब-सी कशिश थी, मोहब्बत और दर्द का ऐसा संगम कि हर लफ्ज़ दिलों में उतर जाये। उसकी हर अंगुली की हरक़त, हर इशारा

जैसे अपने साथ एक दास्तान लेकर आता...! जब उसने अपनी कलाई घुमाई और निगाहें झुका लीं, तो ऐसा लगा जैसे किसी के दिल के छुपे हुए दर्द को चुपके से छू लिया हो। तिस पर उस्ताद-ए-कथक रहम सिंह की थिरकती उँगलियाँ और तबले की मर्मस्पर्शी थापें, जैसे महफ़िल को किसी रुहानी एहसास से सराबोर कर रही थीं। कुछ ही देर में उसकी छनकती पायल की आवाज़ साज़ का हिस्सा बन गयी। उसके घाघरे की हल्की थिरकन और चाल की लयकारी ने महफ़िल में बैठे हर शख़्स को अपना दीवाना बना लिया। उसके चेहरे पर छलकता दर्द और आँखों में तैरती चमक, ठुमरी के हर लफ़्ज़ को मानों ज़िंदा कर रही थी। उसकी अदायगी से नवाब भी बेताब हो उठा: पल भर के लिये ऐसा लगा जैसे उसकी ठुमरी नवाब के दिल के किसी पुराने ज़ख़्म को कुरेद गयी।

ठुमरी ख़त्म होते ही पल भर के लिये सारा माहौल ठहर गया। महफ़िल के कोने-कोने में ख़ामोशी का आलम तारी था, जैसे हर शख़्स किसी ख़्वाब में डूबा हो...! फिर हर ओर 'वाह-वाह' की गूँज ने उस ख़ामोशी को तोड़ा। हुस्ना ने बड़े अदब और नज़ाकत से झुककर सभी का शुक्रिया अदा किया। आज उसकी मुस्कान में वही दिलकशी थी जो बाहर से देखने वालों को भले लुभा ले; मगर सच्चाई यह थी कि उसके भीतर का कोई पुराना दर्द, दीमकों की झुण्ड के माफ़िक़ उसे अन्दर-ही-अन्दर खोखला बना रहा था। आज की हुस्ना की यह ठुमरी महज़ एक गीत भर नहीं थी, बल्कि उसके दिल का फ़साना भी थी। जो भी हो, हुस्ना ने आज रात रंगमहल में एक तरीक़े से क़हर ही ढा दिया था। शायद इसीलिये महफ़िल ख़त्म होने के बाद भी उसके पायल की छनक और उसकी मौसीक़ी, वहाँ मौजूद तमाम लोगों के लोगों के दिलों में गूँजती रही। हर दिल बस एक ही नग़मा दोहराता रहा–'कैसे कहूँ मोसे नैना लागे...!'

महफ़िल अपने शवाब पर थी और नवाब अपने साथियों के साथ महफ़िल में बेतरह मशगूल था। हुक़्क़े में जान लड़ाई जा रही थी और शराब के दौर रुकने का नाम नहीं ले रहे थे। इस बीच महफ़िल में सभी की व्यस्तता देखकर ज़ालिम खाँ ने आफ़रीन को किनारे बुलाया और फिर पूछा कि 'क्या आज किसी तरह हुस्ना से उसकी मुलाक़ात हो सकती है?' आफ़रीन ने ज़ालिम से यह वायदा किया कि 'वह मौक़े की तलाश में रहेगी।' इसी बीच ज़ालिम खाँ ने इधर-उधर नज़र डाली और धीरे से वहाँ से खिसक गया। वह शीशमहल के पिछले हिस्से की ओर गया जहाँ आफ़रीन पहले ही पहुँच चुकी थी। ज़ालिम का दिल ज़ोरों से धड़क रहा था।.

आफ़रीन ने उसे देखा और तेज़ी से भागकर उसके पास आयी। फिर धीरे से उससे कहा–

'मैं उस्ताद को शाही बगीचे में ले आयी हूँ। आप चुपके से वहाँ आ जाइए...!' इतना कहकर आफ़रीन फिर तेज़ी से हुस्ना के पास पहुँच गयी।

हुस्ना ने पूछा–'तुम बिना बताये ही कहाँ चली गयी थीं...? और इतनी हाँफ क्यों रही हो...?'

आफ़रीन ने मुस्कराते हुए ज़वाब दिया और बोली–'दरअस्ल नवाब का हुक़्म था कि मैं इस बात का ख़याल रखूँ कि आपके इंतज़ाम में कोई कमी न रहे और बीच-बीच में उनको इत्तिला भी करती रहूँ।'

हुस्ना को बात कुछ समझ नहीं आयी। आफ़रीन उसे समझाना भी नहीं चाहती थी। थोड़ी देर तक दोनों एक-दूसरे की आँखों में झाँककर असलियत पढ़ने-पढ़ाने की कोशिश करते रहे। फिर आफ़रीन ने हुस्ना से उसका मन फेरने की नीयत से कहा–'आइए उस्ताद...! हम शाही बगीचे के उन सदाबहार फूलों को देखने चलें।'

हुस्ना भी इस वक़्त तनिक एकांत चाहती थी। वह आफ़रीन के साथ शाही बगीचे की ओर चल निकली। जैसे ही हुस्ना थोड़ी दूर आगे बढ़ी, वह अपने सामने दो मुस्कराती हुई आँखों को अपनी ओर एकटक देखते हुए ताज्जुब में पड़ गयी। उसे यह जानते हुए देर नहीं लगी कि सामने कोई और नहीं बल्कि ज़ालिम खाँ खड़ा है। और यह भी कि यह सब कुछ आफ़रीन का किया-धरा है। हालाँकि आफ़रीन ने यह उसके लिये भले के लिये ही किया था। कोई स्त्री जब पहले-पहल अपने प्रेमी को अचानक सामने देख लेती है तो उसका जो हाल होता है, वही हाल इस समय हुस्ना का हो रहा था। वह मारे शर्म के वहीं ज़मीन में धँसती जा रही थी। उसे कत्तई अंदाज़ा न था कि जिस ज़ालिम पर वह मन-ही-मन जान छिड़कती है, उससे इतनी जल्दी और इस रूप में उसकी मुलाक़ात हो जायेगी। वह कुछ पल वहाँ मूर्तिवत खड़ी रही और फिर मद्धिम क़दमों से शीशमहल की ओर भागी। ज़ालिम खाँ अविचल अवस्था में उसे दूर तक भागते हुए देखता रहा। हुस्ना के जाने के बाद ज़ालिम खाँ हुस्ना की ख़ुश्बू में कहीं खो-सा गया था और अपने आसपास फ़ैली शाही बगीचे की ख़ुशबू में से हुस्ना की ख़ुश्बू को महसूस करने की कोशिश कर रहा था। बक़ौल जौन एलिया उसका हालत कुछ यूँ हुई जाती थी के–

मैंने हर बार तुझसे मिलते वक़्त, तुझसे मिलने की आरज़ू की है
तेरे जाने के बाद भी मैंने, तेरी ख़ुशबू से गुफ़्तुगू की है।

हालाँकि ज़ालिम को इस बात का अफ़सोस हुआ जाता था कि आज इस मुबारक़ मौक़े पर उसे हुस्ना से बात करने का मौक़ा न मिल सका। लेकिन अब चाहकर भी कुछ न किया जा सकता था। ज़ालिम आफ़रीन को विदा करके वहाँ से वापस लौटा। लेकिन इश्क़ की ख़ुशबू से सराबोर वह सारी रात सो न सका; बेतरह हुस्ना के ख़यालों में खोया रहा। उधर हुस्ना की रात भी बड़ी बेचैनी में कटी। अगले दिन सुबह आफ़रीन फिर से फूलों का गुलदस्ता लेकर हुस्ना के पास पहुँची। इस बार यह गुलदस्ता ज़ालिम ने हुस्ना को भेजा था। हुस्ना ने उसकी मर्दाना महक़ से इसे जान लिया और गुदस्ते को अपने सीने से लगा लिया। थोड़ी देर रुक कर उसने आफ़रीन को मखमल का एक फूल दिया और कहा कि वह इसे हुस्ना की ओर से ज़ालिम खाँ को ज़रूर दे दे। आफ़रीन ने उसके हाथों से फूल ले लिया और भागती हुई सीधे ज़ालिम खाँ के पास जा पहुँची। फिर उसे ज़ालिम को देते हुए कहा–

'मेरी दुआयें आपके साथ हैं सरदार...! लीजिए मेरे उस्ताद की ओर से उनके इश्क़ की निशानी-यह फूल क़ुबूल फ़रमाइए...!'

ज़ालिम खाँ ने बड़ी ख़ुशी से उस मखमल के फूल को उसकी हाथों से ले लिया। जब उसने गौर से उस फूल की ओर देखा तो उसे फूल की पत्तियों पर कुछ लिखा हुआ नज़र आया। उसने इसे ध्यान से पढ़ने की कोशिश की; उस फूल पर फ़ारसी भाषा में अमीर खुसरो के एक नज़्म की कुछ पंक्तियाँ अंकित थीं–

मन तू शुदम तू मन शुदी मन तन शुदम तू जाँ शुदी
ता कस न-गोयद बा'द अज़ीं मन दीगरम तू दीगरी।

इस नज़्म का शाब्दिक अर्थ यह था कि 'मैं तू हो जाऊँ और तू मैं हो जा, मैं तन हो जाऊँ तू मेरी जान हो जा; ताकि फिर कोई ये न कह सके कि मैं और हूँ, तू और है।' इसे पढ़कर ज़ालिम इसका अर्थ समझने के लिये बेचैन हो उठा। उसने आफ़रीन से कहा कि वह आज किसी क़ीमत पर हुस्ना से मिलना चाहता है। आफ़रीन ने उससे कहा कि 'उस्ताद भी आपसे मिलना चाहती हैं...!'

जब ज़ालिम और हुस्ना जैसे दो मुख़्लिस प्रेमी मिलना चाहें तो उन्हें रोकने वाला तीसरा कौन हो सकता था भला...! शाम को शीशमहल के शाही बगीचे में दोनों की फिर से मुलाक़ात हुई। दोनों देर तक एक-दूसरे को निहारते रहे जैसे दो बिछड़े हुए प्रेमी कई जन्मों के बाद एक-दूसरे से मिल रहे हों...! दोनों के बीच औपचारिक मुस्कान का आदान-प्रदान हुआ; माफ़ी-तलाफ़ी हुई; जीने-मरने की कसमें खाईं

गयीं। फिर थोड़ा ठहरकर हुस्ना ने ज़ालिम खाँ से अपने इश्क़ को लेकर कुछ गम्भीर और गूढ़ बातें कहीं, जिसका लुब्ब-ए-लुबाब यह था कि–

'यदि ज़ालिम उससे इश्क़ करता है तो उसे भी उससे मोहब्बत है। लेकिन वह उसके साथ नयी-नयी प्रेमिकाओं की तरह नहीं भाग सकती; अन्यथा ज़माने में उसका नाम ख़राब हो जायेगा और इससे ज़ालिम के नाम की भी कम ख़राबी नहीं होगी। दुनिया सोचेगी कि इतना बड़ा शूरवीर रात के अन्धेरे में शीशमहल से अपनी प्रेमिका को भगा लाया।

...नवाब नकबुल्ला उसके साथ एकतरफ़ा इश्क़ में मुब्तिला है। उस पर इस क़दर पागलपन का भूत सवार है कि यदि वह नवाब को इशारा भी कर दे तो वह पल भर में उसके लिये अपनी नवाबी छोड़ने तक को तैयार हो जायेगा। हालाँकि उसे नवाब में तनिक भी रुचि नहीं है। वह ज़ालिम खाँ को दिलो-जान से चाहती है। उस दिन घाघरा स्टेट से दीनपनाह आने के रास्ते में उसने रात के अन्धेरे में ज़ालिम खाँ की मदहोश कर देने वाली आँखें और उसकी रौबदार मूंछें देखकर वह उसके प्रेम में इस क़दर गिरफ़्तार हुई कि अभी भी उस उन्माद से बाहर नहीं निकल पायी है।

...उसने मज़ाक-मज़ाक में नवाब से शीशमहल माँग लिया था। उसे उम्मीद थी कि शायद नवाब इससे मुकर जायेगा। लेकिन न जाने नवाब को क्या सूझी कि उसने बिना सोचे-समझे उसे शीशमहल देने के लिये हाँ कह दिया। उसे शीशमहल के खो देने का कोई ग़म नहीं होगा। वह फिर से मछली मुहाल लौट जायेगी। लेकिन यदि ज़ालिम खाँ के साथ वह चुपके से महल से निकल गयी तो यह एक प्रकार से इश्क़ की तौहीन होगी। इसलिये यदि ज़ालिम उसे हासिल करना चाहता है तो उसे नवाब को सामने से युद्द में हराकर उसे जीतना होगा।'

हुस्ना की बातें सुनकर ज़ालिम खाँ भी इस बात से मुतमइन हुआ कि उसकी मुहब्बत नहीं चाहती कि उसकी पवित्रता पर किसी तरह की आँच आये; और न ही वह दोनों में से किसी की बदनामी बरदाश्त कर सकती है। उसने अपने आप से वायदा किया कि यदि वह सचमुच हुस्ना से मुहब्बत करता है तो वह ऐसा रास्ता अपनाएगा कि जिससे हुस्ना की इज़्ज़त पर ज़रा भी धब्बा न लगने पाये; और यही हुस्ना की दिली मुराद भी थी।

33

कुर्सी है तुम्हारा ये जनाज़ा तो नहीं है
कुछ कर नहीं सकते तो उतर क्यों नहीं जाते।

—इरतिज़ा निशात

इधर हुस्ना और ज़ालिम अपने इश्क़ की सुगन्धि का एहसास करने में मशगूल थे और उधर कल रात एक बड़ी घटना हो गयी थी; जिसका पता हुस्ना को आज चल पाया था। दरअस्ल कल की महफ़िल के दौरान कथक नृत्य करते-करते, अत्यधिक जोश में रहम सिंह के मुँह से अचानक से तबले की थाप भी निकलने लगी थी। और यह उसकी ऐसी ख़ास पहचान थी जिसे सारा दीनपनाह दशकों से जानता था। यह एक ऐसी कला थी जिसका गुरु तो रहम सिंह था लेकिन स्वयं के अलावा उसका कोई दूसरा शिष्य न था। इसलिये उसके मुँह से तबले की आवाज़ निकलते ही नादान महल एक तमाम दरबारी, वज़ीर, मीरबख़्शी और ख़्वाजासरा अचानक सतर्क हो गये। नादान महल में रहम सिंह की उपस्थिति किसी नये षड्यंत्र की ओर इशारा कर रही थी। असलियत चाहें जो भी हो, लेकिन इस बात से इनकार नहीं किया जा सकता था कि अतिउत्साह में, भरे दरबार में रहम सिंह से एक ऐसी चूक हो गयी थी जिसका उसके पास कोई बचाव न था। नतीजा यह हुआ कि रहम को तुरंत क़ैद कर लिया गया और नादान महल में किसी बड़ी घटना की आशंका के मद्देनज़र, महफ़िल को बिना तख़्लिया की औपचारिक उद्घोषणा के ही, बीच में रोक देना पड़ा।

रहम सिंह नादान महल में क़ैद कर लिया गया था। जब हुस्ना को इसकी जानकारी हुई तो वह बेहद परेशां हो उठी; क्योंकि उसे इसके बाद होने वाली घटनाओं का सहज अंदाज़ा हो चला था। येन-केन-प्रकारेण इसकी जानकारी जॉर्ज बाक़र को भी हो गयी थी। यह सुनकर कि रहम सिंह को नादम महल में क़ैद कर लिया गया है, जॉर्ज बाक़र का बुरा हाल था। उसकी गति साँप-छछूंदर की हो गयी

थी। उसे कुछ भी करते न बन रहा था। यदि वह रहम सिंह को नादान महल में क़ैद रहने देता तो एक दिन रहम सिंह का ख़ात्मा तय था; और यदि वह रहम सिंह की आधी-अधूरी सेना के बल पर दीनपनाह पर हमला करने की सोचता तो उसका और रहम सिंह सहित पूरे घाघरा स्टेट का ख़ात्मा सुनिश्चित था। कुछ न करने की दशा में भी सब कुछ नष्ट हो जाना था। सबसे मुश्किल बात यह थी कि जॉर्ज बाक़र निर्णय लेने की स्थिति में न था। अस्ल बात यह थी कि निर्णय लेने उसे आता ही न था। वह तो अभी तक केवल रहम सिंह के रहमो-करम पर जीता आया था और वह सम्पूर्ण तौर पर परजीवी हो चुका था। राजाओं और नवाबों के दरबारी शानो-शौक़त की नक़ल करना एक बात है और उनकी ख़ुद्दारी को अपनी रग़ों में उतारना दूसरी बात...!

लेकिन इस बार उसे हर हाल में निर्णय लेना ही था और नेतृत्व करना ही था। उसे रहम सिंह को छुड़ाने के लिये नादान महल पर हमला करना था। और उसे यह सब कुछ बिलकुल प्रतिकूल परिस्थितियों में करना था। वह सोचने लगा कि एक समय था जब उसने स्वयं जबर सिंह को दीनपनाह पर हमला करने से रोका था और आज हालात कुछ ऐसे हुए जाते थे कि उसके पास राजा रहम सिंह को नवाब की क़ैद से छुड़ाने के लिये दीनपनाह पर हमले के सिवाय और कोई दूसरा विकल्प न था। अब जाकर जॉर्ज बाक़र के नेतृत्व क्षमता की अस्ल परख होनी थी और सच पूछिए तो वह इसके लिये कत्तई तैयार न था। तैयार भी कैसे होता भला...! न कोई स्थायी सेना, न कोई स्थायी क़िस्म के हथियार, न हाथी-न घोड़े, न बख़्तरबन्द-न गाड़ियाँ, न रसद-न सप्लाई...! कुछ भी तो न था उसके पास...!! ले-दे कर उसके पास डिप्टी रेजिडेंट का एक गुमनाम-सा पद था जिसे स्वयं कंपनी भी उसे देकर भूल गयी थी; और जॉर्ज बाक़र को भी इसकी कभी-कभार ही याद आती थी जब रहम सिंह या उसका कोई ख़ास उसे इस पदनाम से पुकार बैठता था।

एक दिन जॉर्ज बाक़र एकांत में बैठे हुए चिंतन की मुद्रा में कुछ सोच ही रहा था तभी उसे एक विचार कौंधा–गुरिल्ला युद्ध...!! यही तो वह ताक़त थी जिसके बल पर अभी तक स्वयं रहम सिंह घाघरा स्टेट का अस्तित्व बचाता आया था। इसमें घाघरा स्टेट के उन नौजवान युवकों को केवल सन्देश भर देना होता था जो स्वयं गुरिल्ला-युद्ध में पारंगत थे और दुश्मन के भौगोलिक क्षेत्र के उस हिस्से से हमला करते थे जिधर दुश्मन-सेना की न्यूनतम तैनाती होती थी; या जो अधिक दुर्गम थे तथा जिधर आवाग़मन अधिक दुरूह था। इस तक़नीक से उन्हें दुश्मन को क्षति पहुँचाना आसान होता और उनकी स्वयं की क्षति बहुत कम होती थी। फिर इसका

एक फ़ायदा यह भी था कि जब दुश्मन की सेना एक मोर्चे पर डट जाती तो वे दूसरी और तीसरे ओर से हमला कर देते; और इस प्रकार से दुश्मन को उसके ही भौगोलिक क्षेत्र में छककर थका देते थे। फिर अपनी शर्त्तें मनवाने के लिये मज़बूर कर देते थे। स्वयं जॉर्ज बाक़र को भी इसी गुरिल्ला-युद्द की बदौलत बचते-बचाते दीनपनाह से घाघरा स्टेट ले आया गया था, अन्यथा घाघरा स्टेट पहुँचने तक जॉर्ज बाक़र की हड्डियों के निशान भी न मिलते...!

फ़िलहाल तमाम सलाह-मश्वरे के बाद जॉर्ज बाक़र के नेतृत्व में हमले की योजना बनी; रातों-रात घाघरा स्टेट के सीमावर्ती क्षेत्रों में स्थित ग्रामीण टोलियों को इत्तिला दी गयी और अलस-सुब्ह दीनपनाह पर चौतरफ़ा हमले के आदेश किये गये। फिर क्या था...! अगले दिन सुबह होते-होते दीनपनाह पर हमले शुरू हो गये। जॉर्ज बाक़र ने भी घाघरा स्टेट की छोटी-सी संरक्षित सेना के साथ मोर्चा सम्हाला और दुर्गम रास्ते को लांघते हुए दीनपनाह की ओर कूच किया। इधर जॉर्ज बाक़र अपनी गुरिल्ला सेना के साथ प्रबल वेग से दीनपनाह की ओर बढ़ रहा था और उधर सारे दीनपनाह में किसी को कानों-कान इसकी ख़बर तक न थी। सभी अपने-अपने में मस्त थे। कहते हैं कि दरबारियों को तो जॉर्ज बाक़र और उसकी गुरिल्ला सेना के आगमन की सूचना तब मिली जब वे लगभग सिर पर आ गये थे। मीर-बख़्शी जिब्राइल ख़ान को ज्यों ही गुप्तचरों ने इसकी इत्तिला दी, वह भागते हुए तुरन्त बादशाह के पास पहुँचा और और सिज़दा करते हुए बोला–

'हुज़ूर दुश्मन सिर पर चढ़ आया है...!'

नवाब इस वक़्त भरे दरबार में अपनी नयी कनीज़ों से के साथ चुम्बन क्रिया में रत था। अफ़ीम और मदिरा अलग से उसका ज़ाइक़ा बढ़ा रही थीं। 'दुश्मन' शब्द का उच्चारण सुनते ही वह अपने सिंहासन से नीचे लुढ़क गया और अगले पल अपनी अलसाई हुई रक्तिम आँखों को मींचते हुए बोला–

'ऐं...! क्या कहा...? गुलशन सिर पर चढ़ आया है...??'

'नहीं जहाँपनाह...! दुश्मन सिर पर चढ़ आया है...!'

नवाब लेटे-लेटे ही अपना ताज टटोलने लगा। उसे लगा कि गुस्ताख़ जिब्राइल उसके ताज को ही उसका दुश्मन बताना चाह रहा है। वह ग़ुस्से में तमतमाकर बोला–

'तुम्हें यह मज़ाक का वक़्त लगता है...! तुम मेरे ताज को मेरा दुश्मन ठहरा रहे हो...! रहम सिंह का हाल भूल गये तुम...? इस बार बख़्श दे रहा हूँ। आगे से ऐसी ग़ुस्ताख़ी की तो तुम्हारा सिर कलम करा दिया जायेगा...!'

जिब्राइल ख़ान चाहकर भी नवाब के इस ग़ुस्से को अनदेखा नहीं कर सकता था। वह नवाब के तनिक और पास गया और उसके कानों के नज़दीक जाकर बोला– 'हुज़ूर ग़ुस्ताख़ी माफ़ हो...! मैंने कहा दुश्मन सीमा के भीतर प्रवेश कर चुका है...!'

नवाब ने तनिक राहत की साँस ली। कहा–'कोई बात नहीं...! अगर दुश्मन हमारी सीमा में प्रवेश कर ही चुका है तो उसको वहीं रोक दो और उससे कह दो कि नवाब ने अपनी रियासत का उतना हिस्स्सा उसे दान कर दिया है। उसे अब आगे बढ़ने की कोई ज़रूरत नहीं है। उसे जो भी मार-काट मचानी है, नयी सीमा के उस पार ही मचाए। इधर आने की ज़ुर्रत न करे; वरना अंज़ाम अच्छा नहीं होगा...!'

हालाँकि नवाब अन्दर-ही-अन्दर भयभीत हो गया था। अपने इस भय को संयमित करने के लिये उसने राय-मश्विरे के लिये पागलपन्थियों को दरबार में तलब किया। अधिकांश पागलपन्थियों ने अपने-अपने तरीक़े से इसकी व्याख्या की जिसका अनुवाद करते हुए दुभाषिये ने नवाब को यह समझाया–'अस्ल में जिब्राइल ख़ाँ उन्हें युद्ध के लिये उकसा रहा है और उन्हें जिब्राइल की बातों में कत्तई नहीं आना है। युद्ध किसी भी नवाब के लिये अच्छी चीज़ नहीं होती। युद्ध में योद्धा लड़ते हैं और या तो दुश्मन की जान लेते हैं या अपनी जान देते हैं। नवाबों की जान युद्ध में देने के लिये नहीं बनी है। आज तक आपकी वंश परंपरा का कोई नवाब कभी युद्ध में नहीं गया। फिर आप इस रस्म को तोड़ते हुए युद्धक्षेत्र में कैसे जा सकते हैं...? यह एक प्रकार से नवाबियत की परंपरा का ख़ासा अपमान होगा। और यदि ख़ुदा-न-ख़ास्ता आपके साथ कोई अनहोनी हो गयी तो उसकी ज़वाबदेही किसकी होगी...?'

फ़िलहाल नवाब ने जिब्राइल को पागलपन्थियों की राय मानने का हुक़्म दिया। जिब्राइल ख़ान झुंझलाते हुए नादान महल से बाहर निकल आया। जिब्राइल ख़ान जानता था कि गुरिल्लों को रोकना हमेशा की तरह मुश्किल होगा। लेकिन वह यह भी जानता था कि यदि उन्हें न रोका गया तो रियासत को तहस-नहस होते देर न लगेगी। सब कुछ के बावुजूद अपने अस्तित्व को बचाना था। जीवन का सारा ताम-झाम इस रियासत से ही था। ऐसे में दीनपनाह के तख़्त-ओ-ताज बचाना उसकी ऐसी ज़िम्मेदारी थी जिससे वह चाहकर भी भाग नहीं सकता था। बहरहाल जब जिब्राइल ख़ान को दुश्मन के अत्याचारों का सुनना असह्य-सा होने लगा, तो वह पुनः नादान महल की ओर लौट पड़ा और नवाब के समक्ष पहुँचकर दोबारा से अर्ज़ किया–

'हुज़ूर अब ठहरने का वक़्त नहीं रह गया है। अगर अब भी हुज़ूर ने ग़ौर न फरमाया तो दुश्मन की ओर से बहुत बड़े ख़तरे का मुक़ाबला करना पड़ेगा...!'

नवाब तमतमा गया–'बेमतलब ही दुश्मन-दुश्मन की रट लगाए हुए हो...! आख़िरकार यह भी तो बताओ कि दुश्मन है कौन...?'

जिब्राइल को कहना पड़ा–'गुरिल्लों ने हमला किया है हुज़ूर-ए-आला...!'

जिब्राइल की बात सुन कर नवाब बहुत ज़ोर से हँसा और कहने लगा–'मेरे प्यारे जिब्राइल...! गुरिल्लों की क्या बिसात कि वे शाही फ़ौजों का मुकाबला कर सकें। रोटी की तलाश में दर-दर मारे फिरने वाले गुरिल्लों की हैसियत नहीं कि वे दीनपनाह पर हमला करने की बात भी सोच सकें। ज़रूर तुम्हें किसी ने बहकाया होगा।'

'हुज़ूर...! अस्ल मामला यह है कि रहम सिंह के नादान महल में क़ैद होने के कारण जॉर्ज बाक़र बेतहाशा बौखलाया हुआ है। और उसने सीमा पर स्थित गुरिल्लों को दीनपनाह पर हमला करने की खुली छूट दे रखी है...! गुप्तचरों ने सन्देश दिया है कि गुरिल्ले निरंतर आगे बढ़ रहे हैं और अगले कुछ दिनों में नादान महल पर हमला करेंगे...! संभव है कि वह स्वयं गुरिल्लों के साथ हमला करे...!'

'जॉर्ज बाक़र अपनी मौत को दावत देने यहाँ क्यों आयेगा...! मुझे तो लगता है कि तुम्हारे गुप्तचरों को ही किसी ने बहकाया होगा। मुझे तो भाई कत्तई यक़ीन नहीं होता...!'

'अगर हुज़ूर को यक़ीन नहीं होता तो मैदाने-जंग में ख़ुद चलकर देख लें...!'

अत्यधिक तनाव के कारण नवाब की श्रवण-शक्ति एक बार फिर ज़वाब दे गयी। बोला–'ऐं...! क्या कहा पाजामे तंग हैं...! चलो मान लिया पाजामे तंग हैं। लेकिन यह तो मेरा ख़ानदानी पाजामा है। तंग है तो तंग है...! ख़ैर छोड़ो...! तुम कहीं चलने की बात कर रहे थे...!'

'हुज़ूर मैंने कहा मैदाने-जंग में ख़ुद चलकर देख लें...!'

'बड़े पाजी हो यार जिब्राइल...! हमे वहाँ जाने की क्या ज़रूरत...? तुम जानते हो कि हम जिधर निकलते हैं वहाँ दूर-दूर तक कोई भी दुश्मन दिखायी नहीं देता। बस आँख उठाकर देखा नहीं कि दुश्मन भागा...!'

'बात तो सही है हुज़ूर...! लेकिन आप शायद दुश्मन की ताक़त का अंदाज़ा नही लगा पा रहे हैं...!'

'अंदाज़ा लगाना नवाब का काम नहीं है...! इसके लिये फ़ौजें हैं, फ़ौज के अफ़सर हैं, तुम हो...! मेरा क्या काम है वहाँ...? मैं बार-बार तुम्हें जंग के नुक़सान के बारे में समझाने की कोशिश कर रहा हूँ तो इसका यह मतलब थोड़े है कि मैं पूरी तरह से बेवकूफ़ हूँ...! नाहक मेरा समय ख़राब कर रहे हो...! गुस्ताख़ कहीं

के...! चले जाओ मेरी नज़रों के सामने से...! जाओ और दुश्मन को तबाह करके ही लौटना...!'–नवाब ने इस बार जिब्राइल ख़ान को थोड़े डांटने के अंदाज़ में खरी-खोटी सुनाई; ताकि वह जैसे भी हो वहाँ से चला जाय।

उधर गुरिल्लों की सेना दिन भर शाही फ़ौजों के आने की प्रतीक्षा करती रही; परन्तु फ़ौज की तो बात दूर, उनके सामने कोई शाही चिड़िया तक नहीं फटक सकी। गुरिल्लों ने इस असीम शान्ति का यह अर्थ लगाया कि नवाब में इतनी ताक़त ही नही है कि वह उनका सामना कर सके। इसलिये गुरिल्लों ने अपने अंदाज़ में आस-पास की रिआया को परेशान करना आरम्भ किया; ताकि इसी बहाने जनता भागकर नवाब के सामने पहुँचे और नवाब पर रहम सिंह को छोड़ने का कुछ दबाव बन सके। इससे अधिक न उनकी ज़रूरत और न ही उनकी ताक़त...! इस दबाव का नतीजा भी कुछ ऐसा ही रहा। रिआया गुरिल्लों के अत्याचारों से ऊब कर नवाब के दरबार में अपनी रक्षा की प्रार्थना के लिये आने लगी। लेकिन नवाब तक पहुँचना कभी इतना आसान कहाँ था भला...! हमेशा से ही नवाब के पास कोई पहुँच नहीं पाता था। सभी जिब्राइल खाँ के पास ही आते थे। रिआया की एक-एक आर्त्तपुकार जिब्राइल के लिये एक-एक डंक के समान थी। वह रिआया के दुखड़े सुन-सुन कर तिलमिला उठता था।

बहरहाल किसी तरह रात गुज़री। प्रात:काल जिब्राइल खाँ नवाब के पास भागते हुए पहुँचा और व्यथित स्वर में बोला–

'हुज़ूर...! गुरिल्लों ने रिआया को बुरी तरह तबाह कर दिया है। उन्हें लूटा है, घर जला दिये हैं और बहुतों को मौत के घाट उतार दिया है। रिआया नादान महल के बाहर जमा है। वह आपके पास दरख़्वास्त लेकर आयी है कि उनकी जान-माल की हिफाज़त का इंतज़ाम किया जाय; नहीं तो नवाबियत पर से रिआया का इक़बाल ख़त्म हो जायेगा।'

नवाब नींद से तो जाग गया था लेकिन उसका अभी नशे से जागना बाक़ी था। जिब्राइल की बात सुनकर वह लड़खड़ाती हुई ज़ुबान में बोला–'हद हो गयी बदतमीज़ी की...! रिआया दरख़्वास्त लेकर आयी है या तुम आये हो...?'

'मेरी अपनी कोई दरख़्वास्त नहीं है हुज़ूर...! रिआया का ही दु:ख हुज़ूर के सामने नज़्र करने आया हूँ।'

'तो फिर इसमें इक़बाल कहाँ से आ गया...!'

'इक़बाल हुज़ूर...! आपका इक़बाल...! बादशाह सलामत का भरोसा...!!'

'हूँ...! यह तो अच्छा याद दिलाया तुमने...! अच्छा ज़रा ठहरो...!!'–नवाब ने अपने दोनों नेत्रों को बड़े परिश्रम से खोलते हुये कहा।

'ठहरने का वक़्त निकल गया है हुज़ूर...! अब तो कुछ-न-कुछ करना ही पड़ेगा वरना दुश्मन....'

नवाब भूल गया था कि कल ही उसके सामने दुश्मन के रूप में गुरिल्लों का ज़िक्र किया जा चुका है। आज फिर से दुश्मन शब्द का उच्चारण सुनकर नवाब एक़दम से भड़क गया। बोला–

'जब देखो तब दुश्मन-दुश्मन-दुश्मन...!! सोते-जागते, उठते-बैठते, खांसते-पादते हर वक़्त केवल दुश्मन और दुश्मनी की बातें...!! जीना हराम कर रखा है तुमने...! कभी तो हँसी-ख़ुशी की बात करते...! अच्छा चलो बताओ कौन है यह दुश्मन...?'

'मैं तो हुज़ूर की ख़िदमत में कई बार अर्ज़ कर चुका हूँ कि गुरिल्लों की फ़ौज नादान महल की ओर बढ़ रही है...!'

'ओहो याद आया...! तो इसमें पूछने वाली कौन-सी बात है...? तुम्हें पहले ही उन्हें भगा देना चाहिए था...!'

'दुश्मन इतना कमज़ोर नहीं कि उसे इतनी आसानी से भगाया जा सके। और वे चारों तरफ़ से हमलावर हैं...! पता ही नहीं चल रहा कि वे किधर से हमला करेंगे और कितना हमला करेंगे...? सच तो यह है कि ये गुरिल्ले, रहम सिंह की फ़ौज का हिस्सा हैं। चूँकि रहम सिंह हमारी क़ैद में है इसलिये वे रिआया पर अत्याचार करके उसे हमारी क़ैद से छुड़ाने का दबाव बनाना चाहते हैं।...जहाँ तक उन्हें भगाने का सवाल है तो अस्ल बात यह कि वे आपके बग़ैर भागने वाले भी नहीं...!'

'क्या मतलब...?'

'मतलब यह कि हुज़ूर से तो बड़े-बड़े भूत-प्रेत भागते हैं...! फिर इन गुरिल्लों की क्या बिसात...! बस हुज़ूर को मैदाने-जंग तक तशरीफ़ ले चलने की ज़हमत गवारा करनी पड़ेगी...!'

'यह तुम क्या कह रहे हो...! मैदाने-जंग और मैं...! नामुमकिन...!!'

'इत्मीनान रखें...! हुज़ूर को मैदाने-जंग में किसी क़िस्म के ख़तरे का सामना नहीं करना पड़ेगा...!'

'तुम ख़तरे की बात कर रहे हो और यहाँ मैदाने-जंग का नाम लेने भर से मेरी रूह फ़ना हो रही है...!'

‘मगर बादशाह को तो कभी-कभी मैदाने-जंग में जाना ही पड़ता है...!’

‘मैं उन बादशाहों में नहीं हूँ जिनकी ज़िंदगी मैदान-जंग में दुश्मन से लड़ने के लिये बनी हो...! नवाब का काम ऐश करना है, जंग में अपनी जान देना नहीं...!’

‘हुज़ूर के ऐश का सारा इंतिज़ाम वहाँ भी रहेगा...!’

‘मुझे फुसलाओ मत जिब्राइल मियाँ...! मैं कोई दूध पीता बच्चा नहीं हूँ...! मैदाने-जंग में किस बात की ऐश...? वहाँ तो तलवारों की सनक कानों में पड़ेगी...!’

‘मुआफ़ी चाहता हूँ हुज़ूर...! तब तो आपने ऐश का अस्ल लुत्फ़ उठाया ही नहीं...!’

‘मतलब...?’

‘जहाँपनाह गुस्ताख़ी माफ़ हो...! मैदाने-जंग में जो ऐश का जो लुत्फ़ आता है वह नादान महल की इन बन्द दीवारों के बीच कभी नहीं मिल सकता...!’

‘तो तुम यह कहना चाहते हो कि वहाँ भी ऐश के सामान मौज़ूद रहते हैं...!’

‘बिलकुल हुज़ूर...! यहाँ क्या हैं; यहाँ से भी ज़्यादा...! एक दफ़ा चल कर तो देखिये...!’

‘अगर मैदाने-जंग में यहाँ से भी ज़्यादा ऐश के साजो-सामान उपलब्ध हैं तब तो मैं वहाँ ज़रूर चलूँगा। बोलो कब चलना है...?’

‘बस आप तैयार हो जाइये। मैं अभी थोड़ी देर में आपको लेने आ रहा हूँ...!’

जिब्राइल को वहाँ मे उठकर जाते देख नवाब ने कहा–‘देखना...! मुझे भूल न जाना...!’

‘अरे कैसी बातें करते हैं हुज़ूर...!’–जिब्राइल खाँ की दूर होती आवाज़ सुनाई दी।

34

नहीं इलाज़-ए-ग़म-ए-हिज्र-ए-यार क्या कीजे
तड़प रहा है दिल-ए-बे-क़रार किया कीजे।

–जिगर बरेलवी

इसके पहले कि जिब्राइल नवाब को युद्ध के मैदान में ले चलने के लिये वापस आता; अचानक से नवाब के हृदय में एक नयी ख़्वाहिश उमड़ने-घुमड़ने लगी। नवाब युद्ध के मैदान में जाने से पहले हुस्ना से दो-टूक मिलना चाहता था। उसके इस मिलन का मुख्य मक़सद शायद यह था कि वह हुस्ना के दिल में अपने प्रति मोहब्बत-ए-ज़फी पैदा करना चाहता था। अस्ल में उसने कहीं सुन रखा था कि हुस्न हमेशा ताक़त की पूजा करती है। आज वह शक्ति के रूप में चलकर हुस्न की मलिका के पास जाना चाहता था। इसके अलावा शायद वह हुस्ना के दिल रूपी दरिया में अपने जज़्बात का कंकड़ मारकर उसके दिल में अपने लिये प्यार पैदा करना चाहता था; जो वह लाख कोशिशों के बावजूद अभी तक नहीं कर पाया था।

जब नवाब की ऐसी इच्छा हो तो फिर उसे कौन रोक सकता था भला...! वह बख़्तरबन्द धारण कर अकेले ही नादान महल के अपने शयनकक्ष से निकलकर शीशमहल में स्थित हुस्ना के कक्ष की ओर चल निकला। पल भर में तो नवाब को इस रूप में शीशमहल में आता देख चारों ओर हाहाकार मच गया। तमाम बेगमें और कनीज़ें अपने-अपने कक्षों से झांककर नवाब को बरामदे में चहलक़दमी करते हुए देखकर हतप्रभ थीं और आपस में खुसुर-फुसुर भी कर रही थीं। क्योंकि उन्होंने अपने पूरे जीवन काल में कभी नवाब को इस वेशभूषा और इस अंदाज़ में शीशमहल में आते नहीं देखा था। हुस्ना की शागिर्दों ने नवाब को उसके कक्ष की ओर आता देखकर आनन-फ़ानन में इसकी ख़बर हुस्ना तक पहुँचाई। हुस्ना इस समय स्नान करके अपनी गीले बाल सुखा रही थी। जो हुस्ना नवाब को कभी देखना तक पसन्द

नहीं करती थी, आज न जाने ऐसा क्या हुआ कि जब उसने यह सुना कि 'नवाब उसके कक्ष की ओर आ रहे हैं'–वह अपने मुख्य कक्ष में आकर बैठ गयी। हुस्ना को शायद एहसास हो चला था कि धीरे-धीरे ही सही वह वक़्त अब क़रीब आ रहा है जिसके इंतज़ार में वह घाघरा स्टेट से चलकर यहाँ तक आयी थी और जिसका इंतज़ार वह हर पल अपने होश सम्हालने से ही कर रही है।

थोड़ी देर में नवाब ने हल्के दस्तक के साथ उसके कक्ष में प्रवेश किया। हुस्ना ने नवाब के स्वागत में झुककर आदाब बजाया। अपना इस्तक़बाल देखकर नवाब की जान में जान आयी। हुस्ना ने उससे बैठने का अनुरोध किया और उसके अनुरोध पर, सामने पलंग पर बैठते ही नवाब हुस्ना की ओर मुख़ातिब हो कर कहा–

'आज जीवन में पहली बार मैदाने-जंग में जा रहा हूँ हुस्ना...! तुमसे मिलने आया हूँ क्योंकि तुम्हें दिलो-जान से चाहता हूँ...! वैसे तो हमारी फ़तह यक़ीनी है; लेकिन ख़ुदा-न-खास्ता यदि मैं जंग से जीवित वापस न लौटा तो कम-से-कम तुम हमारी यादों में मरते दम तक ज़िंदा रहोगी...!'

हुस्ना को नवाब की यह मनोदशा देखकर मन-ही-मन हँसी आयी। वह जानती थी कि नवाब सभी के लिये केवल एक मसख़रा भर है। जंग तो छोड़िये...! वह चींटियों की लड़ाई में भी कभी विजय हासिल नहीं कर सकता। लेकिन न जाने क्यों हुस्ना भी यह नहीं चाहती थी कि नवाब ग़लती से भी मैदाने-जंग में अपनी गति को प्राप्त हो...! वह शायद अपनी आँखों के सामने नवाब को तड़पता हुआ और मरता हुआ देखना चाहती थी। उसके ज़ेहन में उसकी माँ रुख़्सार का वह चेहरा झाँक-झाँक जाता था जो उसके कोठे के उस्ताद ने हुस्ना को जवानी की दहलीज़ पर क़दम रखते समय उससे बयान किया था; और जिसे कभी इसी नवाब ने अपनी बेगम बनाने के बाद, किसी और के इश्क़ में मुब्तिला होने के बाद उसे सड़क पर मरता हुआ छोड़ दिया था। बहरहाल हुस्ना ने अपने आक्रोश को भीतर से संयत करते हुए नवाब से चुहुल करना चाहा–

'कैसी बातें करते हैं हुज़ूर...! आप तो बादशाह हैं...! आज तक किसी जंग में आपकी हार नहीं हुई। बल्कि आपके फ़ौजी इतने जांबाज़ हैं कि आपको मैदाने-जंग में जाने की ज़रूरत ही नहीं हुई। इस बार ऐसी कौन-सी मुश्किल आन पड़ी है जब नवाब को मैदाने-जंग में स्वयं हथियार उठाने जाना पड़ रहा है...!'

नवाब तनिक फ़लसफ़ियाना अंदाज़ में बोला–'जीवन में कई ऐसे वक़्त आते हैं हुस्ना, जब नवाब को स्वयं फ़ौज की कमान सम्हालनी पड़ती है। तुमसे विदा

लेने आया था ताकि तुम्हारी ख़ैर-सिगाली मेरे साथ रहे ओर मैं दुश्मन के दर्प को चूर कर सकूँ। अवसर लगे तो अपनी रियासत की हिफाज़त के लिये अपनी जान भी क़ुर्बान कर दूँ...!'

हुस्ना ने नवाब को ताड़-के-झाड़ पर चढ़ाने की ज़बरन कोशिश की–'कैसी बातें कर रहे हैं जहाँपनाह...! इस धरती पर ऐसा कोई दुश्मन नहीं जो आपको शिकस्त दे सके...!'

नवाब ने हुस्ना से अपने लिये सहानुभूति हासिल करने की मुद्रा में कहा–'बात तो सही है हुस्ना...! लेकिन जंग का कोई भरोसा नहीं...! हम तो वहाँ अपनी जान हथेली पर ही लेकर जा रहे...!'

हुस्ना नवाब से यह वायदा लेना चाहती थी कि उसे भले ही युद्ध के मैदान से भागना पड़े, लेकिन वहाँ अपनी रिआया की ख़ातिर अपने शरीर पर तनिक खरोंच नहीं आने देगा। हालाँकि उसने नवाब से अपनी बात सीधे तरीक़े से न कहकर अपने पेशेवर अंदाज़ में कुछ यूँ कहा–

'बेशक आप अपनी जान हथेली पर लेकर जा रहे हैं लेकिन अपनी जान की हिफाज़त करना हम सबकी ज़िम्मेदारी है। इस रियासत और इस शीशमहल को अभी आपकी बहुत ज़रूरत है। यह हुस्ना आपके आग़मन की राह तकेगी...!'

हुस्ना की यह अन्तिम पंक्ति नवाब के सीने में तीर की तरह जा चुभी। अगर उसने पहले से मैदाने-जंग में जाने का दिखावा न किया होता तो वह केवल हुस्ना की इस अकेली पंक्ति पर सौ-सौ बार मर जाने की इच्छा रखता था। लेकिन उसे जाना था क्योंकि उसे हुस्ना की ख़ातिर सकुशल लौटकर भी आना था। सो वह भारी मन से विदा लेकर वहाँ से चल निकला। वहाँ से निकलते समय उसकी चाल बिलकुल ही बदली हुई थी और उसके ज़िस्म में नामहदूद ताक़त का फ़ैलाव हो गया था। ऐसा लगता था मानों वह प्रसिद्द योद्धा चंगेज़ ख़ान की तरह पलक झपकते ही युद्ध के मैदान में दुश्मन की सेना को न केवल तहस-नहस कर डालेगा; बल्कि उनका अस्तित्व भी मिटा डालेगा।

जाते-जाते नवाब के मन में ढेर सारे ख़्वाब उमड़ घुमड़ रहे थे। जब वह मैदाने-जंग से विजय लेकर लौटेगा तब हुस्ना के साथ फिर महफ़िल सजेगी; फिर दरबार लगेगा...! फिर महल में शहनाइयाँ बजेंगी, दौलतखाने में नगाड़े बजेंगे...! फिर नाच-गानों से दरबार गौहर होगा, फिर शेरो-शायरी की महफ़िल जमेगी...! फिर मयखानों में जाम छलकेंगे...! फिर हँसी के ठहाकों से दीवारें गूंजेंगी...! रंग महल की सूनी-सूनी अंधेरी दीवारें चकाचौंध रोशनी से सराबोर होंगी...! जश्न होगा...!

वीरान दीवाने-आम और दीवाने-ख़ास में जयघोष होगा...! सबसे बढ़कर इस बार नादन महल में होने वाले हर जश्न में हुस्ना उसके साथ होगी...! किसी तवाइफ़ की मानिंद नहीं; बल्कि उसकी ख़ास बेगम बनकर...! कितना अद्‌भुत होगा सब कुछ...!!'

बहरहाल जिब्राइल ख़ान नवाब को ले जाने के लिये आ चुका था और बहुत देर से वह नवाब का इंतज़ार कर रहा था। नवाब का घोड़ा भी तैयार खड़ा था। बस उसके बैठने की देरी थी कि सारी फ़ौज मैदाने-जंग की ओर चल देती...! लेकिन इस बीच एक अज़ीबो-ग़रीब वाक़या हुआ। नवाब घोड़े पर सवार होने को था तभी उसका घोड़ा ज़मीन पर नीचे बैठ गया। वहाँ मौजूद कई घुड़सवार एक-दूसरे का मुँह देखने लगे। नवाब के ग़ुस्से को सभी जानते थे। सच्चाई तो यह थी कि यदि आज मौक़ा मैदाने-जंग में जाने के उत्साह का न होता तो बहुत संभव था कि पल भर में किसी को फाँसी की सजा सुना दी गयी होती। हालाँकि नवाब के चेहरे का भाव देखकर एकबारग़ी ऐसा लगा कि उसके दिमाग़ में उथल-पुथल शुरू हो चुकी है। लेकिन इसके पहले कि नवाब कुछ बोल पाता; जिब्राइल ने मौक़े की नज़ाकत देखकर कमान सम्हाल ली। उसने नवाब के कानों के तनिक नज़दीक जाकर तपाक से कहा–'हुज़ूर...! फ़तह मुबारक़...!'

नवाब ने सुना–'ज़िबह मुबारक़...!'

वह चीख़ा–'ओहो...! तो ज़नाब हमारा ज़िबह मुबारक़ करने के लिये हमें मैदाने-जंग में ले जा रहे थे...!'

जिब्राइल बोला–'अरे हुज़ूर कैसी बातें करते हैं...! ज़िबह और आपका...? मैंने तो फ़तह मुबारक़ कहा था आपसे...!'

नवाब को फिर भी कुछ समझ नहीं आया। उसने आश्चर्य और शंका के मिश्रित भाव से जिब्राइल की ओर देखते हुए उससे पूछा–'चलो फ़तह के मुबारक़बाद के लिये तुम्हारा बहुत शुक्रिया...! लेकिन घोड़े के बैठने को तुमने फ़तह क्यों कहा...? अभी तो सारी जंग फ़तह करना बाक़ी है...! क्या मेरी चुहुल कर रहे हो तुम...? या मैदाने-जंग में मेरी युद्धकला पर भरोसा नहीं है तुम्हें...?'

जिब्राइल ने स्वयं को बहुत सम्हालते हुए ज़वाब दिया–'जहाँपनाह...! गुस्ताख़ी मुआफ़ हो तो कुछ अर्ज़ करूँ...! मैं जंग के मैदान में तीन शगुन लगातार देखता चला आ रहा हूँ। हमारे दीन की किताबों में लिखा है कि जब फ़ौज मुक़ाबले के लिये तैयार हो और बादशाह का घोड़ा सवारी के वक़्त बैठ जाये तो फ़तह बादशाह की ही होगी। हज़रात...! दूसरी बात यह कि आज हवा का रुख देखें कि यह किस

क़दर बदल गया है...! बुज़ुर्गों ने लिखा है कि जब ऐसा हो तो समझा लो कि मुहिम अपनी है। तीसरी बात यह कि अगर आप आसमान की ओर देखें तो साफ़ दिखेगा कि तमाम गिद्ध, चील और कौवे हमारे लश्कर के साथ चल रहे हैं। बुज़ुर्गों ने इसे भी फ़तह की निशानी माना है।'

जिब्राइल का इतना कहना भर था कि नवाब के बाजुओं में जोश भर गया और उसे लगने लगा कि वह अभी पल भर ही में दुश्मन की सेना को नीस्त-नाबूद कर देगा। चूँकि घोड़ा ज़वाब दे गया था इसलिये अब नवाब को उस पर या किसी दूसरे घोड़े पर भी बैठाना नामुमकिन था। चुनांचे नवाब ने घोड़े के बजाय हाथी पर बैठने की इच्छा प्रगट की। फिर क्या...! आनन-फानन में एक विशाल हाथी बादशाह की सवारी के लिये सज़ा कर तैयार किया गया। बादशाह एक सीढ़ी के सहारे ऊपर चढ़ कर हौदे में आसीन हो गया। आगे-आगे बादशाह का हाथी चल रहा था और उसके पीछे फ़ौज युद्ध स्थल की ओर चलती चली जा रही थी। इस बीच थोड़ी-सी फ़ौज, जिसे जिब्राइल ने पहले ही शत्रु का सामना करने के लिये भेज दी थी; अपने बादशाह को आता हुआ देखकर उसके इस्तिक़बाल करने के लिये आगे बढ़ी। फ़ौज की इस छोटी-सी टुकड़ी को अपनी ओर आता हुआ देखकर नवाब के होश फ़ाख़्ता हो गये। वह एक़दम घबरा उठा। घबराहट के स्वर में उसने अपने पीछे आते हुए जिब्राइल से कहा–

'लाहौल बिला कुव्वत...! कहाँ ले आये मुझे...? दुश्मन की फ़ौज तो अपनी ओर तेज़ी से चली आ रही है...!'

'हुज़ूर...! यह दुश्मन की फ़ौज नहीं है। यह तो अपनी फ़ौज है जो हुज़ूर के इस्तिक़बाल के लिये आ रही है।'

'ओह...! मैं तो समझ बैठा था कि ये दुश्मन हैं। मगर इन्हें मेरी ओर आने की क्या ज़रूरत है...?'

'आपका इस्तिक़बाल करके अपने दिल की ख़ुशी ज़ाहिर करना चाहते हैं...!'

'यह भी कोई ख़ुशी ज़ाहिर करने का तरीक़ा है भला; जिससे दूसरे डर जायँ...!'

'हुज़ूर की जिन्दगी का यह पहला मौक़ा है; वरना इसमें डरने वाली कोई बात न थी...!'

नवाब ने जिब्राइल की बात का कोई उत्तर न दिया क्योंकि दोनों फ़ौज एक-दूसरे की ओर बढ़ने के कारण आपस में एकाकार हो रही थीं और 'बादशाह ज़िंदाबाद' के नारे लगने प्रारम्भ हो गये थे।

बहरहाल नवाब अपनी सेना लेकर आगे बढ़ता रहा और काफ़िले के चंद मील आगे चलने के बाद, एक खुले मैदान में विश्राम करने के लिये बने हुए तमाम डेरों के बीच स्थित एक ऊँचे और बड़े डेरे में ठहर गया। नवाब कभी जंग के लिये नादान महल से निकला हो, ऐसा वाक़या संज्ञान में नहीं आता। यहाँ भी वह केवल ऐश और तफ़रीह के लिये आया था। लेकिन अभी तक उसे ऐश के वे सामान देखने को नहीं मिले जिनका हवाला देकर उसे यहाँ तक ले आया गया था। केवल चंद कनीज़ें उसके आसपास बैठकर उसके बदन पर मालिश कर रही थीं। नवाब, जिब्राइल के इस फ़ीके मेहमान-नवाज़ी से कत्तई सन्तुष्ट न हुआ। उसने तत्काल जिब्राइल को तलब किया। बोला–

'यह क्या बेवकूफ़ी है यार...! तुम्हारे चक्कर में रंग़महल की रंगत को छोड़कर यहाँ खुले मैदान में अपना समय जाया कर रहा हूँ और तुम हो कि...! कहाँ हैं तुम्हारे ऐश के सामान...? जल्दी कोई महफ़िल-वहफिल सज़ाओ नहीं तो मैं नादान महल वापस चला जाऊँगा...!'

'हुज़ूर कहीं जाने की ज़रूरत नहीं है...! बस तैयारियाँ हो रहीं हैं...! चंद मिनटों में आपके डेरे में जश्न शुरू हो जायेगा...!'

'हाँ-हाँ ठीक है...! थोड़ा जल्दी कराओ...! मुझे सब्र नहीं हो रहा...!'

'हुज़ूर...! एक ख़ुशख़बरी यह भी है कि जॉर्ज बाक़र को हमारे जांबाज़ सिपाहियों ने पकड़ लिया है और वे उसे क़ैद करके नादान महल की ओर ले जा रहे हैं...!'

'वाह क्या ख़बर सुनाई तुमने...! अब तो मैदाने-जंग में ऐश कई गुना बढ़ जायेगा...!'

अभी नवाब और जिब्राइल की बीच यह वार्त्तालाप चल ही रहा था; इतनी देर में एक जासूस ने जिब्राइल के कान में आकर कुछ कहा और पल भर में ही जिब्राइल के चेहरे की रंगत बदल गयी। उसने लपककर नवाब के पास गया और बोला–

'हुज़ूर माफ़ कीजिये...! आपको वापस नादान महल जाना होगा...! आपकी महफ़िल वहीं सज़ाने का प्रबन्ध किया जा रहा है...!'

'मगर क्यों...?'

'...क्योंकि यहाँ आंधी आने वाली है...!'

'हमें क्या बेवकूफ़ समझ रखा है तुम लोगों ने...? जब चाहा दरबार में बैठने के लिये मना लिया और जब चाहा मैदाने-जंग में लेकर चले आये...! आसमान

बिलकुल साफ़ है; चील, कौवे और गिद्ध हमारे साथ चल रहे हैं और तुम कह रहे हो कि आंधी आने वाली है...! मैं चलकर आया था कि मैदाने-जंग में ऐश करेंगे...! यहाँ से लौटेंगे तो कम-से-कम हुस्ना को अपनी जाँबाज़ी के बारे में कुछ सुनाने भर को होगा। अब तुम कह रहे हो कि नादान महल वापस जाना होगा...! आख़िर माज़रा क्या है भाई...?'

जिब्राइल नवाब की बातें सुनता रहा। फिर वहाँ आसपास खड़ी कनीज़ों को हटने का इशारा करते हुए नवाब के कान के तनिक पास जाकर बोला–'जहाँपनाह...! ख़बर मिल रही है कि दीनपनाह पर दूसरे दुश्मन ने हमला कर दिया है...!'

नवाब भड़क गया। बोला–'गज़ब करते हो यार...! अभी एक दुश्मन से निबटने के लिये ऐश के सारे सामान धरे हुए हैं और तुमने दूसरे दुश्मन को बुला लिया...! यह भी कोई तरीक़ा है ऐश करने का...?'

'हुज़ूर दुश्मन बुलाये नहीं जाते...! बिना बताये निकल पड़ते हैं...!'

'कौन है यह नया दुश्मन...? ज़रा मुझे भी तो पता चले...!'

'जहाँपनाह...! न पूछें तो ही बेहतर होगा...!'

'क्यों न पूछें भाई...! अब दुश्मनों का हाल भी न पूछें तो किसका पूछें...?'

'हुज़ूर...! बताते हुए मेरे होंट काँप रहे हैं...! दुश्मन और कोई नहीं, ठगों का सरदार ज़ालिम खाँ है...!'

नवाब को और कुछ सुनाई देता हो या न देता हो; लेकिन ज़ालिम खाँ का नाम उसे सपने में भी सुनाई दे जाता था। ज़ालिम का नाम सुनते ही नवाब के हाथ-पाँव फूल गये; वह बेतहाशा हाँफने लगा और डेरे में अस्थायी रूप से बने अपने सिंहासन से नीचे लुढ़क गया। पास खड़े दरबारियों ने बड़ी मुश्किल से उसे ज़मीन से उठाकर सिंहासन पर बैठाया। हालाँकि इसे बैठना कहना भी इस शब्द के साथ बेमानी ही होता। अस्ल में नवाब सिंहासन पर ही लेटने का आदी हो गया था। सही मायनों में उसका सिंहासन पर लेटना ही उसका सिंहासन पर बैठना था। वह सिंहासन पर बैठकर भी लेटा हुआ दिखायी देता था और लेटे हुए अवस्था में ऐसा व्यवहार करता था मानों वह बैठा हुआ हो.! दरबारी उसके इस यौगिक क्रिया के अभ्यस्त थे। इसलिये उनकी सेहत पर इस बार से कोई फ़र्क़ नहीं पड़ता था कि नवाब लेटा हुआ है या बैठा हुआ है; सोया हुआ है या जगा हुआ है; थोड़े नशे में है या बहुत अधिक नशे में है; संगीत सुन रहा है या संगीत सुनाने वालों की ऐसी-तैसी कर रहा है...!

बहरहाल होश में आते ही नवाब जिब्राइल की ओर मुख़ातिब हो कर बोला–

'अरे...अरे...अरे...!! शाही मेहमान बिना बुलाये आते हैं क्या कभी...! उनको हमारी ओर से यह ख़बर भिजवा दो कि नादान महल आने का कत्तई कष्ट न करें। हम स्वयं चलकर उनके पास मिलने पहुँच जायेंगे। जो भी इनाम-इकराम होगा, वह सब लेकर आयेंगे। हम तो यहाँ यूँ ही ऐश के लिये निकले थे। इस वक़्त उनका यहाँ आना ठीक नहीं।' इतना कहते-कहते नवाब का गला रुँध गया और वह निरीह आँखों से जिब्राइल की ओर उम्मीद भरी निगाहों से देखने लगा कि वह उसे शायद ढाँढस बँधा सके...!

जिब्राइल थोड़ी देर तक शान्त रहा। फिर बोला–'बात तो आपकी सही है हुज़ूर...! मग़र आपको क्या लगता है कि ज़ालिम किसी की बात सुनेगा...? हुज़ूर...! गुस्ताखी मुआफ़ हो...! जब घर के भेदिये ही दुश्मन का साथ देने पर उतारू हो जायें तो फिर रियासत का अल्लाह ही मालिक है...!'

नवाब चौंका–'घर के भेदिये...?'

'जी हाँ हुज़ूर...! आपका बेहद ख़ास वज़ीर ख़लील ख़ाँ इस वक़्त ज़ालिम के सम्पर्क है...! वरना हमारी स्थिति इतनी भी बुरी न होती कि हम ज़ालिम की फ़ौज का मुक़ाबला न कर सकें...!'

'आँय...! ऐसा है क्या...? जल्दी कुछ करो जिब्राइल...! मुझे तो बड़ी चिंता हो रही है...!'

इतना कहकर नवाब तनिक हँसा और फिर अपने शरीर में बेतहाशा गुदगुदी करने लगा; जिसे देखकर वहाँ उपस्थित सभी वज़ीर और सैनिक भी अपने शरीर में गुदगुदी करने लगे। फिर इस क्रिया का विस्तार हुआ और बारी-बारी से एक-दूसरे के शरीर में गुदगुदी की जाने लगी। यह क्रिया तब तक चलती रही जब तक नवाब हँसते-हँसते निढाल हो कर वहीं लुढ़क न गया और उसके आँखों से आँसू नहीं निकलने लगे।

35

मुझे तो क़ैद-ए-मोहब्बत अज़ीज़ थी लेकिन
किसी ने मुझ को गिरफ़्तार कर के छोड़ दिया।

—शकील बदायूँनी

नवाब को अब हर हाल में मैदाने-जंग से वापस लौटना था। वह मैदाने-जंग से निकलकर सीधे हुस्ना के पास पहुँचना चाहता था। उसकी आँखों में हुस्ना की वह मुस्कुराती हुई तस्वीर तैरने लगी जो उसने विदा होते समय देखी थी; और उसके वे कोमल शब्द भी कि 'वह उसकी राह तकेगी।' उसके लिये हुस्ना के बिना अब एक पल भी रह पाना मुश्किल हो रहा था। वह हुस्ना से तो एकतरफ़ा प्रेम करता ही था; नादान महल से निकलते समय उसे शायद यह भ्रम भी हो चला था कि हुस्ना भी उससे मुहब्बत करने लगी है और वह अब उसके बिना एक पल भी नहीं रह सकती। जबकि वास्तविकता यह थी कि हुस्ना के बिना स्वयं उसका एक पल गुज़ारा होना मुमकिन न था।

अस्ल में नवाब शुरू से ही अपने आप में गिरफ़्तार, शदीद दर्जे की आत्ममुग्धता या नर्गिसिय्यत का शिकार था। उसकी ये नर्गिसिय्यत उसके रोज़मर्रा के हर अमल, हर अंदाज़ और हर रवैये में झलकती थी। यह कोई हैरतअंगेज़ बात नहीं, क्योंकि नर्गिसिय्यत इन्सानी फ़ितरत का एक फ़ितरी जज़्बा है। फ़र्क़ बस इतना है कि किसी में ये कम है तो किसी में ज़ियादा...! मगर जब यही नर्गिसिय्यत हद से तजावुज़ कर जाये, तो फिर तो यह शैतानी मर्ज़ बन जाती है। इश्क़ में भी दरअस्ल यही नर्गिसिय्यत अपना करिश्मा दिखाती है। इन्सान जब ख़ुद अपनी मोहब्बत में गिरफ़्तार होता है तो अपने ग़ुरूर और नर्गिसिय्यत की तासीर में यह तसव्वुर कर बैठता है कि जिस शय या जिस हस्ती पर उसका दिल आया है, वह भी उसी की तरफ़ झुकेगी। मगर ऐसा लाज़िमी नहीं। मुमकिन है कि सामने वाले की दुनिया किसी और की मोहब्बत में

मसरूफ़ हो...! मगर इन्सान का ये नर्गिसी 'मैं' इस हकीक़त को कबूल नहीं करता।

जब यह हकीक़त खुलती है, तो दिल की कैफ़ियत एक अजीब-ओ-ग़रीब तशवीश और तकलीफ़ का शिकार हो जाती है। इसका बयान लफ़्ज़ों में करना लगभग नामुमकिन है। अलबत्ता अगर सामने वाला शख़्स मोहब्बत में मुबस्सित हो कर अपने जज़्बात का इज़हार करे, तो इन्सान की नर्गिसिय्यत को एक तस्कीन मिलती है। फिर वह इस मोहब्बत को 'इश्क़' का नाम देकर उसका दावा करने लगता है। मगर हक़ीक़त यह है कि इश्क़ का यह दावा भी नर्गिसिय्यत के दायरे से बाहर नहीं। हम जिसे दूसरों से मोहब्बत समझते हैं, वह दरअस्ल अपने आप से मोहब्बत होती है। उनकी हँसी, उनके अंदाज़, उनका उठना-बैठना–सब हमें इसलिये भाता है कि यह सब हमें ख़ुशी अता करता है। उनकी ख़ुशी से हमारी ख़ुशी वाबस्ता हो जाती है। सच पूछिए तो ये महज़ एक सराब है। जब ये नर्गिसी मोहब्बत हद से बढ़ जाये, तो एक बेपनाह ख़तरनाक मर्ज़ बन जाती है। ऐसा मर्ज़ जो न इन्सान को चैन लेने देता है, न दूसरों को सुकून से जीने देता है। नवाब का क्या कहें...! वह इस वक़्त एक ऐसे ही मर्ज़ की गिरफ़्त में था।

ख़ैर...! ज़ालिम खाँ का नाम सुनकर नवाब युद्ध क्षेत्र से अकेले ही भागने लगा। हालाँकि जिब्राइल को आशंका थी कि नवाब अकेले नादान महल तक नहीं पहुँच सकेगा। सो उसने बड़ी मिन्नत करके नवाब को रोका और उसके साथ फ़ौजियों की एक टुकड़ी लगा दी ताकि वे नवाब को सकुशल नादान महल तक पहुँचा सकें। युद्धक्षेत्र से भागते समय नवाब ने उसी घोड़े की माँग की जिस पर उसने जंग के मैदान में निकलते वक़्त उसके बैठ जाने से सवारी करने से मना कर दिया था। आनन-फानन में उस घोड़े की तलाश पूरी हुई और इस बार नवाब को बहुत सम्हालकर उस पर बैठाया गया ताकि इस बार उसके साथ कोई नया हादसा न हो।

नवाब वहाँ से हवा के वेग से चल निकला और बहुत जल्दी नादान महल पहुँच गया। नादान महल में भी वह सीधे हुस्ना के पास पहुँचा। अस्ल में उसे हुस्ना से मिलने की जल्दी थी। वह हुस्ना से मिलकर यह जताना चाहता था कि वह कितना बड़ा लड़ाका है; और यह भी कि वह बिना किसी क्षति के युद्धक्षेत्र से जीवित वापस लौट आया। वह हुस्ना से अपने विजय की और अपने सकुशल वापसी की मनगढंत कहानियाँ सुनाना चाहता था और प्रकारांतर से उसके दिल में स्थायी मक़ाम बनाना चाहता था। बहरहाल ज्यों ही उसकी हुस्ना से मुलाक़ात हुई, उसने बिना पूछे ही हुस्ना का दामन पकड़ लिया और बोला–

'आओ बैठो हुस्ना...! मैं तुम्हें मैदान-ए-जंग की कहानियाँ सुनाना चाहता हूँ...!

हुस्ना भी कहाँ मानने वाली थी भला...! बोली–'ज़रूर सुनाइये आलमपनाह...! आपको लौटने में काफ़ी वक़्त लग गया...? सब ठीक-ठाक तो रहा...?'

नवाब की आवाज़ में हकलाहट थी। उसका गला सूख रहा था। फिर भी उसने अपने को सम्हालते हुए कहा–'ख़ुदा का शुक्र मनाओ कि मैं मैदान-ए-जंग से वापस तो लौट आया। इतिहास गवाह है कि कोई भी वहाँ से वापस आने के लिये नही जाता।'

हुस्ना को जैसे युद्ध के नतीजे का पूर्वाभास था। उसने सायास नवाब के अहं को थोड़ा और कुरेदा। कहा–'अरे हुज़ूर...! आप भी कैसी मनहूस बातें करते हैं...! योद्धा हमेशा ही जंग फ़तेह करके ही वापस आते हैं...! मैं काफ़ी देर से हुज़ूर का इंतज़ार कर रही हूँ। अगर आप थोड़ी देर में वापस न आते तो मैं स्वयं वहाँ आने वाली थी।'

'कहाँ...! मैदान-ए-जंग में...?'

'क्यों...? ख़वातीन मैदान-ए-जंग में नही जातीं...? क्या हुज़ूर मुझे कायर और बुज़दिल समझते हैं...?'

'अरे क्या कह रही हो तुम...! तुम बुज़दिल कैसे हो सकती हो...? तुम्हारी जिन्दादिली की शोहरत तो सारी सल्तनत भर में है। रिआया की ज़बान पर तुम्हारी रहमदिली की तारीफ़ सुनने को मिलती है।'

'अब बस भी कीजिये जहाँपनाह...! आपकी रहमदिली के आगे इस नाचीज़ की रहमदिली कुछ भी नहीं।' ज़रा मैदान-ए-जंग का तो हाल सुनाइए आलीजाह...!'

'मैदान-ए-जंग का हाल मत पूछो। ज़ालिम खाँ के आने की सूचना हुई थी। मगर वह तो मारे डर के आया ही नहीं...! और गुरिल्ले हमारी फौज़ से चारों और से घिर गये थे। बस इतना समझ लो कि उन्हें शिकस्त खानी पड़ी।'

'मैने तो पहले ही समझ लिया कि आपको ज़रूर फतह हासिल हुई है।'

'आंए...! यह कैसे समझ लिया तुमने...?'

'आपके महफूज़ तरीक़े से लौटने से...! और कैसे...? भला कौन ऐसा दुश्मन है जो क्षण भर भी आपके सामने टिक सकेगा।'

हुस्ना के मुँह से अपनी तारीफ़ सुनकर नवाब फूलकर कुप्पा हुआ जाता था। अपने को और अधिक वीर साबित करने के मक़सद से उसने हुस्ना की ओर देखकर कहा–

'बिलकुल सही कह रही हो हुस्ना...! ज़ालिम खाँ तो यह जानकर कि मैं भी मैदान-ए-जंग में आया हूँ, सामने ही नहीं आया। मेरे फ़ौजियों ने बताया कि वह मुझसे ख़ौफ़ खाक़र घाघरा नदी में डूब मरा।'

'तो यह कहिए न कि आपको ज़ालिम खाँ का सामना नहीं करना पड़ा...!' –हुस्ना ने तनिक चुटकी लेनी चाही।

'अरे दोनों एक ही बात है...! मेरे सामने आने की हिम्मत ही कहाँ थी उसमें...? मेरा जंग में पहुँच जाना ही उसके ख़ात्मे के लिये पर्याप्त था। अगर कहीं मैंने भूले से भी तलवार उठा ली होती तो फिर तो क़यामत ही आ जाती...!'

'तब तो अच्छा ही हुआ कि आपको हथियार उठाना नहीं पड़ा; नहीं तो हमें दोबारा मिलने के लिये क़यामत का मुँह देखना पड़ता...!'–हुस्ना ने कुटिल मुस्कान के साथ कहा।

'अरे तुम भी कैसी बातें करती हो...! क़यामत तो तब आती जब मैं तलवार लेकर गया होता...! मैंने तो अपनी तलवार यहीं छोड़ दी थी...! सोचा था कि यदि ज़रूरत पड़ी तो किसी वहीं किसी फ़ौजी से माँग लूँगा...!'

'जो कुछ हुआ अच्छा ही हुआ। सारे जहाँ में आपका जलवा यूँ ही क़ायम रहे...!'

'जलवा तो मेरा तब तक क़ायम रहेगा जब तक यह धरती क़ायमऽऽ...!'

नवाब अभी अपनी बात पूरी भी नहीं कर पाया था तभी अचानक से नादान महल के मुख्य द्वार पर ज़ोर की गर्जना और दहाड़ सुनाई देने लगी। नवाब ने अरसे बाद इस प्रकार की गर्जना सुनी थी। उसके माथे पर बल पड़ गये और वह सोचने लगा कि पिछली बार ऐसा निनादी स्वर कब उसके कानों में पड़ा था...! अचानक से उसे वह वाक़या याद आया जब एक बार ज़ालिम खाँ ने अपने लाव-लश्कर के साथ नादान महल पर धावा बोल दिया था और उसके परिवार सहित पूरे राजमहल को बंधक बना लिया था। उस वक़्त तो ज़ुल्म की ऐसी इंतिहा हुई थी कि उसे सोचकर नवाब आज भी सपने में भी उठकर बैठ जाता...!

फ़िलहाल नवाब के कानों में गर्जना का यह स्वर लगातार तेज़ होता जा रहा था। नवाब को यह समझते देर न लगी कि हो-न-हो ज़ालिम खाँ ने फिर नादान महल पर हमला किया है। पल भर के लिये उसे कुछ समझ नहीं आया कि इस हालत में वह क्या करे। वह दहाड़ मारकर रोना चाहता था लेकिन हुस्ना के सामने रोने से उसकी कमज़ोरी उजागर हो जाती; और वह वह ऐसा कदापि नहीं होने देना चाहता था। फिर नवाब कशीदगी के इन लम्हात में अपने चेहरे पर झूठी हँसी लाने का आदी था; और ऐसे मौक़ों पर या तो अपने शरीर में गुदगुदी कराता या किसी को पास में न पाकर स्वयं अपनी गुदगुदी करने लगता था। चूँकि इस वक़्त हुस्ना को छोड़कर उसके

पास कोई और दूसरा न था। इसलिये स्वयं के तनाव को संयत करने के लिये उसने अपने शरीर में गुदगुदी करना शुरू किया। एक तनावग्रस्त शासक के रुदन-ख़याल पर जबरन हँसी पैदा करने की कोशिश के अन्तर्संघर्ष में जैसी मन:स्थिति बन सकती थी, कुछ वैसी ही मन:स्थिति इस वक़्त नवाब की थी। उसके चेहरे पर विचित्र क़िस्म का विद्रूप था और मारे भय से उसका सारा शरीर थर-थर काँप रहा था।

हुस्ना हर पल उसके चेहरे की बदलते हुए रंगत को देख रही थी। इतने में नवाब के शरीर में विचित्र क़िस्म की हरक़त हुई। परेशानहाल नवाब हुस्ना को भी वहाँ से भागने का इशारा करते हुए उसके कक्ष से निकल कर बाहर की ओर भागा। दरअस्ल वह भागकर शीशमहल में बनी अन्धेरी बावलियों में छिप जाना चाहता था; लेकिन उससे यह न हो सका। फ़िलहाल वह शीहमहल के खुले बरामदे में दौड़ लगाने लगा। शीशमहल की सारी बेगमें, कनीज़ें और दासियाँ इस दृश्य को देखकर परेशान थीं। उन्होंने नवाब को पहले भी शीहमाहल में दौड़ लगाते देखा था; लेकिन इस क़दर बदहवास हो कर हाँफते हुए भागना, गिर पड़ना, फिर उठना, फिर गिरना और इस क़दर गिरना कि चोटिल हो जाना; चोटिल अंगों से रक्त बहकर निकलना; और फिर भी भागने की तीव्रता पर रत्ती भर भी प्रभाव न पड़ना—यह दृश्य शायद सबने पहली बार देखा था। इस दौड़ में उसके वस्त्र उघड़ते गये और वह लगभग नग्न हो गया। लेकिन उसे इसका एहसास न रहा।

फ़िलहाल जैसा कि नवाब को अंदेशा था, ज़ालिम खाँ अपने पूरे लाव-लश्कर के साथ नादान महल पर हमलावर था। उसके ठग साथी पहले दरबार की ओर गये और वहाँ नवाब को खोजने की कोशिश की। लेकिन वह वहाँ नहीं मिला। फिर उसे शीशमहल से घसीट कर दरबार में ले आया गया और सिंहासन के नीचे लिटा दिया गया। सिंहासन पर ज़ालिम खाँ स्वयं बैठा और बाक़ी कुर्सियों पर उसके साथी ठग बैठ गये...! नवाब के सारे वज़ीर, कारिंदे, साथी ख़्वाजासरा, तीसमारखाँ तलब किये गये और सभी को वहीं नीचे बैठा दिया गया। केवल ख़लील खाँ एक ओर खड़ा रहकर सारा तमाशा देखता रहा। ज़ालिम ने उसकी ओर एक नज़र देखा और मुस्कुरा कर रह गया। ख़लील ने भी उसकी मुस्कुराहट का ज़वाब मुस्कुराहट से ही दिया।

इस बीच, चूँकि खजांची सेहतबख़्श खाँ को पिछले खजांची का हश्र मालूम था; सो वह बिना किसी अतिरिक्त आदेश के ही दौड़कर ज़ालिम खाँ के पास आया; उसे ख़ज़ाने की चाभियाँ देने लगा और बिना पूछे ही उसे यह बताने लगा

कि 'किस-किस तिजोरी में क्या-क्या सामन रखा हुआ है, कहाँ कितनी अशर्फियाँ हैं और कितनी अशर्फियाँ किसके द्वारा रिश्वत में लूट ली गयीं हैं...!' लेकिन न जाने क्यों वह ज़ालिम खाँ, जिसकी आँखें अशर्फियों के नाम पर चमक जाया करती थीं; आज उनमें कोई हरक़त तक नहीं हो रही थी। नवाब और बाक़ी सभी दरबारियों को यह अंदाज़ा था कि शायद तिजोरी की चाभियाँ मिलने पर ज़ालिम खाँ नवाब को रिहा कर देगा। लेकिन ज़ालिम खाँ इस बार जिस ख़ज़ाने की तलाश में चलकर यहाँ आया था उसका इल्म शायद किसी को भी न था।

फ़िलहाल थोड़ी देर की चुप्पी के बाद ज़ालिम खाँ ने अपने पैर के पास रखी चाभियों के गुच्छे पर ज़ोर से लात मारी और वह गुच्छा हवा में उछलकर सीधे नवाब के मुँह पर जाकर गिरा। नवाब के नाक से ख़ून बहने लगा। उसने नवाब से पूछा–

'हुस्ना कहाँ है...?'

दरबार में सन्नाटा छाया रहा। किसी को कुछ बोलने की हिम्मत नहीं हुई। सच तो यह था कि रहम सिंह की गिरफ़्तारी के पहले ढेर सारे दरबारी यह भी नहीं जानते थे कि शीशमहल में हुस्ना नाम की कोई चिड़िया भी है। रफ़ूगर सहित कुछ ख़ास दरबारियों को छोड़कर बाक़ी सभी केवल इतना जानते थे कि घाघरा स्टेट से कोई ख़ूबसूरत तवाइफ़ आयी है जिस पर नवाब मर मिट रहे हैं। पिछली महफ़िल में भी सबने केवल उसका जल्वा-फ़रोश अंदाज़ भर देखा था; वह कौन है और कहाँ से आयी है, कुछ चुनिंदा दरबारियों को छोड़कर बाक़ियों को इसका इल्म भी न था। और अब आलम यह हुआ जाता था कि ज़ालिम उसको हासिल करने की नीयत से अपने पूरे लाव-लश्कर के साथ यहाँ आ पहुँचा था; और अब हुस्ना की अस्ल जलवागरी देखनी बाक़ी थी। बक़ौल मख़मूर जालंधरी–

जल्वा-फ़रोश-ए-ख़ास का अंदाज़-ए-आम देख
हर ज़र्रे के वजूद में उस का क़याम देख।
आयेगा पस्त तुझको नज़र फिर हर आस्ताँ
सज्दों में बैठ कर तू हसीं का मक़ाम देख।

ख़ैर...! जब रहम सिंह को सरेआम महफ़िल में गिरफ़्तार कर लिया गया; ठीक उस समय पूरी कहानी खुलकर सभी के सामने आ गयी थी। बावुजूद इसके, ज़ालिम के सवाल का ज़वाब केवल नवाब ही दे सकता था; क्योंकि नवाब की नज़र में हुस्ना केवल नवाब की अमानत थी। इसलिये ज़ालिम खाँ के इस सवाल के ज़वाब में सबकी नज़रें नवाब की ओर टिक गयीं थी।

थोड़ी देर तक दरबार में सन्नाटा छाया रहा। इस बार ज़ालिम के मुँह से दोबारा हुस्ना का नाम सुनते ही नवाब ने अपना सिर ऊपर की ओर उठाया और ज़ालिम की ओर देखकर आँसुओं की नमी और ग़ुस्से की तपिश से भरकर से कहा–

'हुस्ना का नाम अपनी ज़बान पर लाने की कोशिश भी मत करना ज़ालिम...! हुस्ना केवल नवाब नकबुल्ला की है और उसकी ही हो कर रहेगी...!'

नवाब का यह नया अंदाज़ देखकर ज़ालिम ज़ोर से चीख़ा–'वाह रे मेरे नकबुल्ला नवाब...! तुम्हारे मुँह से यह सुनकर थोड़ा भी अच्छा नहीं लग रहा। लगता है तुम्हें अपना पिछला सबक़ याद नहीं है...!'

नवाब बोलता रहा–'...याद है और ख़ूब याद है...! इसीलिये तो कह रहा हूँ कि हुस्ना को तुम तब तक हाथ नहीं लगा सकते जब तक हमारे इस जिस्म में जान बाक़ी है...!'

ज़ालिम खाँ चौंक गया। जिस नकबुल्ला नवाब की ज़बान उसके सामने बोलते वक़्त काँपती रहती थी, आज वह हुस्ना की ख़ातिर उससे ज़ुबान लड़ाने की हिमाक़त कर रहा था। ज़ालिम से न रहा गया। वह सिंहासन से उतर कर चहल-क़दमी करते हुए नवाब के तनिक नज़दीक आया और अपने जूते की नोंक से उसके शरीर को कुरेदते हुए बोला–

'...तो तुम्हें लगता है कि इस जिस्म में जान अभी भी बाक़ी है...! इसकी जान तो न जाने कब की निकाल चुका हूँ मैं...! बस साँसें चलती छोड़ दी थीं कि दीनपनाह के लोग यह न कहने लगें कि मैंने उनके नवाब को मार डाला। और तुम्हें यह भरम है कि तुम्हारे जिस्म में जान बाक़ी है...! जिस हुस्ना के लिये तुम अपनी जान क़ुर्बान करने की बात कह रहे हो न नवाब साहब...! वह हुस्ना केवल मुझे चाहती है...! जान छिड़कती है मुझ पर...!!'

नवाब ने तनिक रुआँसा हो कर रुँधे हुए गले से कहा–'यह कत्तई मुमकिन नहीं...! कत्तई नहीं...!'

'मुमकिन है मेरे नकबुल्ला नवाब...! जहाँ ज़ालिम है, वहाँ सब कुछ मुमकिन है...!! यक़ीन नहीं होता तो हुस्ना को यहीं बुला कर पूछ लेता हूँ...! तब तो तुम्हें भरोसा हो जायेगा...! फिर तो तुम्हारे जिस्म से रही-सही जान भी निकालनी पड़ेगी...! लेकिन तब तुम्हारी खाल का क्या करूँगा मैं...? इन्हें गिद्धों को नोचने के लिये उनके आगे डाल दूँगा...!'

इतना कहकर ज़ालिम ने ख़लील खाँ को इशारा किया और नवाब और उसके

साथियों को दरबार में ही बन्दी बनाकर रखने के आदेश दिये। इसी बीच ख़लील ने ज़ालिम ख़ाँ के तनिक नज़दीक जाकर कहा–

'सरदार...! केवल इस नादान महल में अकेले नवाब ही हुस्ना बाई के हुस्न की गिरफ़्त में नहीं है। घाघरा का राजा रहम सिंह और उसका दोस्त जॉर्ज बाक़र भी हुस्ना को हासिल करने नादान महल तक चलकर आये हैं और दोनों इस समय क़ैदखाने में क़ैद हैं...!'

इतना सुनते ही ज़ालिम के चेहरे पर हल्की मुस्कान दौड़ गयी। थोड़ी देर में यह मुस्कान हँसी में तब्दील हो गयी और अंत में इसने ठहाकों का रूप ले लिया। ज़ालिम के इन ठहाकों के साथ उसके साथी ठगों के ठहाकों के सस्वर पाठ ने दरबार का माहौल कुछ ऐसा कर दिया जैसे जंगल में पागल हाथियों का झुण्ड अपनी दहाड़ के साथ पूरे जंगल को रौंदने निकल पड़ा हो...! स्वयं नवाब भी ऐसे विपरीत मौक़ों पर हँसने का शौक़ रखता था। सो उसने भी ठगों के साथ हँसना शुरू किया और उसका साथ देने के लिये दरबारी भी ठहाका मारकर हँसने लगे। जिनकी हँसी नहीं फूटी, उनकी बाक़ायदा गुदगुदी की गयी। और नवाब के साथ सारे दरबारी भी हँसते-हँसते निढाल हो गये। नवाब ने अंत में रोना चालू किया था कि तभी ज़ालिम ख़ाँ ज़ोर से चिल्लाया और उसकी चीख़ के साथ ही पल भर में दरबार में सन्नाटा छा गया।

ज़ालिम ने ख़लील ख़ाँ को अब एक नया हुक़्म दिया कि 'आज की रात घाघरा स्टेट के बन्दी राजा रहम सिंह और उसके सहयोगी जॉर्ज बाक़र को भी नवाब के साथ दरबार में ही क़ैद करके रखा जाय। नवाब के ख़ास दरबारी सारी रात उसकी पहरेदारी करेंगे लेकिन एक क़ैदी की पहरेदारी के रूप में; नवाब के रूप में कत्तई नहीं...! और जो कोई भी नवाब का हुक़्म, उसे नवाब समझकर मानेगा; उसे कल सुबह नक्कारख़ाने में नवाब के साथ ही फाँसी की सज़ा सुनाई जायेगी।' आज रात दरबार की सुरक्षा और देख-रेख की सारी ज़िम्मेदारी ख़लील के कन्धों पर थी। ज़ालिम ख़ाँ के इस फ़रमान के बाद सभा मुल्तवी कर दी गयी। हालाँकि आज रात महल की दहशत कई गुना बढ़ गयी थी।

36

किसी का यूँ तो हुआ कौन उम्र भर फिर भी
ये हुस्न ओ इश्क़ तो धोका है सब मगर फिर भी।

–फ़िराक़ गोरखपुरी

नवाब को उसके दरबार में ही क़ैद कर लिया गया था। यह सब कुछ उसी नादान महल के भीतर घटित हो रहा था जहाँ अभी तक सिवाय नवाब के, किसी और का फ़रमान लागू नहीं होता था; और आज तक उसके इन सभी फ़रमानों पर बेहद सख़्ती से अमल होता आया था। लेकिन आज सभी दरबारी, सिपहसालार और अंगरक्षक नवाब का हुक़्म न मानकर, ज़ालिम खाँ का हुक़्म मानने के लिये मज़बूर हुए जाते थे। किसी नवाब के लिये इससे बड़ी सजा भला और क्या हो सकती थी...! लेकिन नवाब इसे कत्तई स्वीकार नहीं कर पा रहा था। क़ैद में होने के बावुजूद उसके तेवर और अंदाज़ अभी भी नवाबों वाले ही थे। वैसे भी नवाबों को ज़ंजीरों में जकड़ भर देने से उनके अंदाज़ नहीं बदला करते।

दिन भर की गहमा-गहमी और ज़ोर-आज़माइश के बीच किसी ने उसे पानी पीने तक के लिये भी न पूछा था। बाक़ी व्यसनों की तो बात ही कौन करे...! नवाब दिन-भर का भूखा-प्यासा था। उसने लेटे-लेटे ही वहाँ उपस्थित सैनिकों से इशारे से पीने के लिये पानी माँगा। थोड़ी देर में एक क़ैदी के इस्तेमाल किये जाने वाले बर्तन में पानी का बर्तन उसके आगे कर दिया गया। जिस नवाब के लिये शाही मर्तबान से शराब उड़ेलते-उड़ेलते दरबारियों की हाथें न थकतीं थीं; आज उन दरबारियों की यह ज़ुर्रत कि वे उसे क़ैदियों और ग़ुलामों के बर्तन में पानी देने लगे...! नवाब ने इसे देखा और देखते ही उसके आँखों से क्रोध की ज्वाला फूट पड़ी। उसने इस पानी को पीने से इनकार कर दिया और शाही बर्तन में पानी माँगा। थोड़ी देर तक वहाँ खड़े दरबारी इधर-उधर देखते रहे और एक-दूसरे को देखकर कुटिल मुस्कान

मुस्कुराते रहे। उनके बीच कोई हरक़त होता न देख, नवाब ने वहाँ चहलक़दमी कर रहे ख़लील ख़ाँ को टोका। बोला–

'तुम हमारे वज़ीर हो। लिहाज़ा मैं तुम्हें तत्काल दस्तरख़्वान सजाने का हुक़्म देता हूँ।'

ख़लील ने बेहद सधे हुए लफ़्ज़ों में नवाब का ज़वाब देते हुए कहा–'हुज़ूर मैं आपका नमक-ख़्वार हूँ; लेकिन आपने शायद ज़ालिम ख़ाँ को ठीक से सुना नहीं...! आज आप इस दरबार में सरदार ज़ालिम के क़ैदी हैं। हमें आपको केवल क़ैदियों वाली सहूलतें ही मुहैया कराने के लिये कहा गया है...!'

ख़लील का ज़वाब सुनकर नवाब तमतमा गया। बोला–'ज़ालिम ख़ाँ कौन होता है यह तय करने वाला...? इस रियासत का बादशाह मैं हूँ...! मेरे जीते-जी यहाँ केवल मेरी चलेगी, किसी ज़ालिम-वालिम की नहीं...!'

'यह सब तो आपको सरदार ज़ालिम के सामने ही कहना चाहिए था...! अगर उनका हुक़्म होता कि आपको शाही सहूलतें दी जायें तो हम वे भी करते...!'

नवाब आगबबूला हो गया और बिलकुल आपे से बाहर होते हुए बोला–'ख़लील मैं तुम्हारी सारी चालें समझता हूँ...! आज तुम ज़ालिम के हुक़्म का हवाला केवल इसलिये दे रहे हो क्योंकि तुम्हें भरम है कि वह तुम्हें इब्राहिम की तरह दरबार में अपना एजेंट बनाकर जायेगा। तो इतना समझ लो कि ऐसा कभी नहीं होने वाला...! जिस दिन ज़ालिम यहाँ से जायेगा वह तुम्हारा आख़िरी दिन होगा। इब्राहिम की जो दुर्दशा हुई; उससे कई गुनी ख़राब सूरत-ए-हाल तुम्हारी होगी।'

ख़लील का तेवर तनिक बदल गया। बोला–'मेरी चिंता छोड़िये नवाब साहब...! इस वक़्त आपको केवल अपनी चिंता करने की ज़रूरत है। हो-न-हो कल बुल्ला वंश का आख़िरी दिन हो...!'

ख़लील का ज़वाब सुनकर नवाब उस पर बरबस ही चिल्लाने लगा–'आख़िरी दिन तो तुम्हारा होगा...! मैं किसी को भी नहीं बख़्शूँगा...! किसी को भी नहीं...!!' इतना कहते-कहते नवाब बेतहाशा हाँफने लगा और अपने सामने रखे क़ैदियों के बर्तन वाले पानी को किसी प्यासे हुए कुत्ते के माफ़िक़ पीने लगा।

पानी पीने के बाद भी नवाब लगातार यह कहता रहा कि 'वह दीनपनाह रियासत का नवाब का है। जो उसका हुक़्म नहीं मानेगा वह उसका जानी-दुश्मन होगा और वह ऐसे हर दुश्मन का सर कलम करवा देगा।' हालाँकि न जाने क्यों आज पहली बार नवाब की इन धमकियों का फ़ौज के सिपाहियों और वहाँ मौजूद

ख़्वाजासराओं की सेहत पर कोई ख़ास फर्क नहीं पड़ता था। बल्कि नवाब को इस क़दर बेतहाशा चीख़ते-चिल्लाते और अपना बाल नोंचते हुए देखकर फ़ौज के सिपाही और ख़्वाजासरा उसका तरह-तरह से मज़ाक बना रहे थे। नवाब भी ज़ंजीरों में जकड़ा हुआ, बेहया बना दरबार में इधर-उधर चहलक़दमी करता रहा और वहाँ मौजूद हर किसी के मज़ाक का पात्र बनता रहा।

देर रात जब वह थककर एक़दम निढाल हो चुका, मन के क्रोध ने उसे तपा-तपाकर ख़ुद अपनी ही नज़रों में पस्त कर दिया; तब ख़लील खान एक बार फिर उसके सामने आया। ख़लील को देखकर नवाब फिर से बौखला गया और उसे तमाम शाही गालियाँ बकने लगा। इस बार ख़लील के तेवर पहले से थोड़े सख़्त थे। उसने नवाब के तनिक नज़दीक जाकर उससे कहा–

'मेरे प्यारे नकबुल्ला नवाब...! अगर तुम अपनी ज़बान बन्द न करोगे तो मैं तुम्हें अभी इसी वक़्त कोड़े मारने की सज़ा सुनाने में हरगिज़ गुरेज़ न करूँगा।'

यह सुनते ही नवाब अचानक से उछलकर खड़ा हो गया और भेड़िये की तरह गुर्राकर बोला–'बदमाश...! मैं तेरा ख़ून पी लूँगा।' इतना कहकर वह ख़लील की ओर झपटा। उसके ख़लील की तरफ़ झपटते ही सिपाहियों ने बढ़कर उसे पकड़ लिया। ख़लील की आँखें सुर्ख़ हो उठीं। एक गहरी, भारी आवाज़ में उसने कहा–'नवाब साहब...! अगर बाइज़्ज़त ज़िन्दा रहना चाहते हैं तो ख़ामोशी अख़्तियार करिए। ज़ुबान के साथ-साथ जान भी सलामत रहेगी। वरना मेरे एक इशारे पर सिपाही आपको यहाँ से उठा ले जायेंगे और नादान महल के पीछे वाली खाई में फेंक देंगे। और आप मुझसे बेहतर जानते हैं कि वहाँ से लौटकर आज तक कोई वापस नहीं आया।'

इतना कहते-कहते ख़लील का स्वर और भी कड़ा हो गया। और उसने अपनी कमर से कटार निकालकर नवाब की छाती पर अड़ा दिया। अपनी जान के डर से नवाब पागल हो कर चीख़ने लगा और निरंतर चीख़ता ही चला गया। फिर तनिक सुस्त हो कर वहीं लेट गया। ख़लील भी मारे ग़ुस्स्से से पसीना-पसीना हो गया था। वह अपने माथे से पसीना पोंछते हुए दरबार से बाहर निकल आया।

थोड़ी देर में नवाब के सामने रहम सिंह और जॉर्ज बाक़र दोनों एक क़ैदी के रूप में लाये गये। उन्हें देखते ही नवाब फिर आपे से बाहर हो गया और उन्हें भद्दी-भद्दी गालियाँ देने लगा। गालियों की बौछार रहम सिंह की ओर से भी हुई। और देखते-ही-देखते कुछ ही क्षणों में स्थिति इतनी संवेदनशील हो गयी कि अगर

दरबारी बीच-बचाव न करते तो ज़ंजीरों में क़ैद में होने के बावुजूद दोनों एक-दूसरे की जान ले सकते थे। थोड़ी देर में नवाब गालियाँ देते-देते थककर वहीं फर्श पर निढाल हो गया। उसके निढाल होने पर जॉर्ज बाक़र ने भी गालियों में अपने हाथ आजमाये। जॉर्ज बाक़र की आवाज़ सुनकर नवाब की तन्द्रा भंग हुई।

अभी यह सब कुछ चल ही रहा था कि इतने में ख़लील ने पुनः दरबार में प्रवेश किया और उसके इशारे पर वहाँ मौज़ूद अंगरक्षकों में से दो को छोड़कर, बाक़ी सारे दरबारी और सैनिक दरबार से बाहर जाने लगे। ख़लील खाँ का मक़सद शायद यह था कि अपने अंत समय के ठीक पहले नवाब और रहम सिंह, एक-दूसरे पर अपने-अपने दिल का ग़ुबार निकाल सकें। उन्हें फिर से इसका कभी मौक़ा मिले-न-मिले। ऐसा ही किया गया और ख़लील का अंदेशा बिलकुल सही साबित हुआ। दरबारियों और सैनिकों के बाहर जाते ही नवाब और रहम सिंह न केवल एक-दूसरे पर हमलावर हो गये; बल्कि दोनों ने एक-दूसरे के ज़ख्मों पर बाक़ायदा नमक छिड़कना भी शुरू किया। पहला हमला नवाब की ओर से हुआ। उसने तनिक अफ़सोस ज़ाहिर करते हुए कहा–

'रहम सिंह...! आज मुझे बहुत पछतावा है कि जिस दिन तुमने मेरे ताज में छेद बताया था उसी दिन मैंने तुम्हें फाँसी पर क्यों नहीं लटकवा दिया...!'

रहम सिंह भी कहाँ चुप रहने वाला था। बोला–'पछतावा तो मुझे भी है नवाब साहब कि मैंने आपके साथ इतनी वफ़ादारी निभायी और आपने केवल मेरी ज़बान फिसलने के कारण मुझे जान से मारने का हुक़्म दे दिया। अंत में देश निकाला दे दिया। अपनी वहशत का नतीजा देखिये...! आज आप अपने ही महल में क़ैद हैं।'

नवाब अपनी ताज़ा बेकदरी को बेहद फ़लसफ़ियाना अंदाज़ में ढँकने की कोशिश करने लगा–'इश्क़ में क़ैद होना और आज़ाद होना कोई बड़ी बात नहीं...! मैं अपनी इच्छा से क़ैद हुआ हूँ और अपनी इच्छा से ही आज़ाद होऊँगा...! तुम्हारे जैसे चोरों की तरह किसी की महफ़िल में घुसकर किसी और की माशूका पर नज़रें नहीं डालता...!'

'किसी और की माशूका...?'

'हाँ...! हुस्ना जीते-जी केवल मेरी है और मेरी ही रहेगी; किसी और की न तो है और न ही हो सकती है...! उसकी तरफ़ आँख उठाने वाले की मैं आँखें निकलवा लूँगा...!'

'बड़े ज़ज़्बाती हो रहे हैं नवाब साहब...! क्या आपको नहीं मालूम कि ज़ालिम

खाँ भी हुस्ना पर फ़िदा है...! और जिसे ज़ालिम खाँ चाहे, उसे अगर कोई और चाहने लगे तो उसके सामने सिवाय जन्नतनशीं होने के कोई और रास्ता नहीं...!'

'बहुत ज़ालिम देखे हैं मैंने...! सुबह का इंतज़ार करो...! न तुम रहोगे और न ही तुम्हारा ज़ालिम...! केवल मैं बचूँगा और मेरी हुस्ना बचेगी...! चाहें मुझे इसके लिये सबका क़त्ल ही क्यों न करना पड़े...!'

'ओहो...! क़त्ल तो ऐसी बता रहे हैं नवाब साहब, मानों सब कुछ आपकी मुट्ठी में है...! यह मत भूलिये कि आप और मैं दोनों यहाँ बन्दी हैं...! और एक बन्दी की हैसियत मुर्दे से अधिक कुछ भी नहीं...!'

'बन्दी मैं हूँ, मेरा दिल नहीं...! क़ैद में मैं हूँ, मेरा इश्क़ नहीं...! और जब तक मेरा दिल और मेरा इश्क़ आज़ाद है; तब तक कोई मुझे क़ैदी कहे, मुझे बर्दाश्त न होगा...!'

'किस इश्क़ की बात कर रहे हैं नवाब साहब...! क्या हुस्ना से इश्क़ की...?'

नवाब उसकी आँखों में झाँककर देखने लगा मानों रहम सिंह उसे चिढ़ाने की कोशिश कर रहा हो...! बावुजूद इसके उसने रहम सिंह के इस सवाल पर कहा कुछ भी नहीं...! केवल उसे देखता रहा। रहम सिंह का बोलना जारी रहा–

'क्या कहूँ मैं आपसे...! भरोसा आपको किसी पर नहीं...! और मैं जो बताने जा रहा हूँ उस पर भी शायद ही भरोसा हो...! लेकिन आपसे इतना ज़रूर कहना चाहूँगा कि हुस्ना से आपका यह इश्क़ आपकी ज़िंदगी का आख़िरी इश्क़ साबित होगा...! आप हुस्ना से इश्क़ में मुब्तिला होने की कोशिश करते रहे और उसने आपको यहाँ फँसा दिया। आपको शायद इस बात का इल्म नहीं कि हुस्ना आपसे अपनी माँ रुख़्सार की मौत का बदला लेने आयी है। मैंने उसकी मदद की क्योंकि एक तो मैं स्वयं हुस्ना को दिलो-जान से चाहता था; और उसकी तरह मैं भी अपनी जान की बाज़ी लगाकर आपकी जान लेना चाहता था। आप जानते हैं कि रहम सिंह सब कुछ बर्दाश्त कर सकता है लेकिन अपनी बेइज़्ज़ती कत्तई नहीं बर्दाश्त कर सकता। आपने मुझे फाँसी की सज़ा से माफ़ कर अच्छा नहीं किया। मैं उसी दिन से आपकी मौत की राह देख रहा हूँ। मैंने और हुस्ना ने आपस में यह तय किया था कि कुछ भी करके आपकी जान लेंगे। और हमने इसका मोहरा बनाया ज़ालिम खाँ को...! ज़ालिम भी हुस्ना को बहुत चाहने लगा था और वह आपके महल में हुस्ना को साथ ले जाने के लिये भी आया था। लेकिन हुस्ना ने उसके साथ जाने से मना कर दिया; क्योंकि उसे आपकी जान चाहिए थी। और आज की रात आपकी आख़िरी रात है। भरोसा न हो तो रफ़ूगर को बुला कर पूछ लीजिये...!'

रहम सिंह ने ज्यों ही रफ़ूगर का नाम लिया, वह केवल अपना नाम सुनकर बिना आवाज़ दिये ही दरबार में हाज़िर हो गया और 'दुहाई हो सरकार...!' की रट लगानी शुरू कर दी। इसके पहले कि नवाब उसे कुछ कह पाता वह दहाड़ मारकर रोने लगा। नवाब पहले तो यह सब कुछ देखकर बिलकुल सन्न रह गया। फिर वह एकाएक ज़ोर से चीख़ा। उसके चीख़ते ही रफ़ूगर चुप हो गया और थोड़ी देर की चुप्पी के बाद बिना कुछ पूछे ही अपनी सफ़ाई में कहने लगा–

'हुज़ूर मेरे साथ धोका हुआ है...! हुस्ना ने मुझे अपनी कसम देकर आपसे तब तक कुछ भी बताने से मना किया था जब तक वह स्वयं मुझसे न कहे...! उसने मुझे नवाब बनाने के सपने दिखाए थे। कहा था कि नवाब चंद दिनों के मेहमान हैं। मैं गुस्ताख़ उसकी बातों में आ गया। मुझे न मालूम था कि वह आपके ख़िलाफ़ कोई बड़ा षड्यंत्र रच रही है। मुझे माफ़ कर दें सरकार...! मुझसे बहुत बड़ी चूक हो गयी जो मैं उसकी बातों में आ गया...!'

नवाब यह सब कुछ जानकार बिलकुल सन्न रह गया और अपने साथ किये गये इस सामूहिक छल के विरोध में, बारी-बारी से सभी का नाम लेकर गालियाँ बकने लगा। उसे भरोसा न हो रहा था कि उसके पीठ पीछे इतना बड़ा षड़यंत्र चल रहा था और जासूसी की लाख़ कोशिशों के बावुजूद उसे इसकी भनक तक नहीं लग सकी। गालियाँ रहम सिंह के कानों से लगातार टकरा रही थीं; लेकिन न जाने क्यों रहम सिंह ने इस बार उसकी गालियों का उत्तर देना मुनासिब न समझा। उधर नवाब शान्त होने का नाम न ले रहा था। गालियाँ देते-देते वह चिल्लाने लगा था और अपने हाथ-पैर पटकने लगा था। ख़लील ने नवाब पर इस क़दर पागलपन का भूत सवार होते देख सिपाहियों को इशारा किया और सिपाहियों ने उसके हाथ-पैर पकड़ कर किसी बच्चे की माफ़िक़ उसे हवा में टांग लिया। नवाब किसी बिगड़ैल बच्चे की तरह सिपाहियों की बाँहों पर उठा हुआ बेबस अपने हाथ-पैर पटकता रहा। फिर उसे इसी अवस्था में दरबार के बग़ल में स्थित एक छोटे-से कमरे में पहुँचाया गया और वहाँ ले जाकर पलंग पर पटक दिया गया।

थोड़ी देर कमरे में सन्नाटा छाया रहा। नवाब में उठने की हिम्मत तक नहीं बची थी। दरअस्ल, शराब और अफ़ीम के परस्तार को यह दोनों चीज़ें एक तयशुदा फ़ासले पर मिलती रहनी चाहिए, वरना उसके वज़ूद का सारा तिलिस्म पल भर में रेत की मानिंद बिखर जाता है। जब उसके लहू में शराब की गर्मी और अफ़ीम की मीठी ख़ुमारियत दौड़ रही हो, तो उसका एतिमाद सातवें आसमान पर होता है।

उसकी आवाज़ में एक ख़ास गूँज होती है, जैसे शहंशाह कोई हुक्म फरमा रहा हो...! मगर अफ़सोस कि जैसे ही नशे की यह चादर सरकती है, उसकी दुनिया वीराने का मंज़र पेश करने लगती है। उसके चेहरे का नूर एक़दम बुझ जाता है। आँखें सुर्ख़ हो कर जैसे उसके गुनाहों का बयान करने लगती हैं, और हाथों की रगें उसकी बेचैनी की गवाही देती हैं। दिमाग़ जैसे भारी पत्थरों तले दब जाता है। वह ख़ुद को टूटे हुए आईने के मानिंद महसूस करता है–हर टुकड़ा दर्द की अलग कहानी सुनाता है। नवाब को शराब और अफ़ीम तो नहीं ही मिली थी; वह दिन भर की भूख-प्यास और निकम्मा अपमान सहते-सहते अपने मन-ही-मन में टूट चुका था। इसलिये वह चुप मारे अकड़ी हुई शरीर के साथ वहीं लेटा रहा। फिर न जाने कब वह गहरी नींद में चला गया।

कुछ देर बाद उसकी तन्द्रा तब भंग हुई जब कमरे में कुछ ख़ूबसूरत कनीज़ें एक तश्तरी में शराब और गजक लेकर आयीं। हुस्ना भी उनके साथ आयी थी। नवाब के इस नये आवभगत पर शायद ज़ालिम खाँ की मौन सहमति थी क्योंकि हुस्ना अपनी नग्न आँखों से नवाब को तड़पता हुआ देखना चाहती थी; और उसके पास इससे सुनहरा मौक़ा भला दूसरा क्या हो सकता था...! कनीज़ों ने तश्तरी पलंग के सामने रख दिया। नवाब उन्हें देखकर भी अपनी आँखें मींच और मुर्दे के मानिन्द पड़ा रहा। शायद उसमें उठने और आँखें खोलकर देखने की हिम्मत नहीं रह गयी थी। यह देखकर हुस्ना ने कनीज़ों से फुसफुसाहट भरे अंदाज़ से कहा–

'लगता है नवाब साहब आराम फ़रमा रहे हैं...! देखना इन्हें किसी क़िस्म की तकलीफ़ न होने पाये और दूसरा कोई भी हुज़ूर के आराम में ख़लल डालने के लिये यहाँ हरगिज़ न आने पाये। हुज़ूर जब जागें तो उनकी पूरी ख़ातिर की जाये।'

नवाब पलंग पर पड़े-पड़े ही अपनी अधखुली आँखों से यह सब कुछ देख-सुन रहा था और इस आवाज़ को पहचानने की कोशिश भी कर रहा था। लेकिन उसकी आँखें पूरी तरह से उसका साथ नहीं दे रही थीं। कई बार नवाब की तबीयत हुई कि वह आँखें खोलकर अपने ऊपर रहम करने वाली ख़ातून को देखे, पहचाने और उससे बातें करे; पर वह चाहकर भी ऐसा न कर सका। हुस्ना उसकी इस मनोदशा देख रही थी और ख़ुश हो रही थी। थोड़ी देर में जब वह वहाँ से निकलने को हुई तो उसने पास खड़ी एक कनीज़ के कान में धीरे से कुछ कहा और बाहर निकल गयी। हुस्ना की इस बेरहमी से असमय मर जाने की ज़िद रखने वाला नवाब केवल इसलिये ज़िंदा बच सका कि हुस्ना के साथ आयीं कनीज़ें, नवाब के साथ

मुस्कराहट की लड़ियों और चुम्बनों की बौछारों से पेश आने लगीं थीं। बक़ौल अब्दुल हमीद अदम–

बहुत से लोगों को ग़म ने जिला के मार दिया
जो बच रहे थे उन्हें मय पिला के मार दिया।
ये क्या अदा है कि जब उनकी बरहमी से हम
न मर सके तो हमें मुस्कुरा के मार दिया।

धीरे-धीरे स्थिति इतनी अनियंत्रित हो गयी थी कि सभी कनीज़ें आपस में नवाब के लिये अपनी जान तक क़ुर्बान कर देने की क़स्में खाने लगीं। अपने साथ इस तरह के बर्ताव को पाकर नवाब एक पल के लिये अपना सारा ग़म भूल गया था। वह सब कुछ भूलकर बहकने लगा था और शराब के नशे में बार-बार उन कनीज़ों से यह पूछने लगा था कि उन सबको लेकर आने वाली ख़ातून आख़िर कौन थी; और इतनी जल्दी क्यों चली गयी...? मगर वह उन कनीज़ों से सही उत्तर वह न पा सका।

37

चल साथ कि हसरत दिल-ए-मरहूम से निकले
आशिक़ का जनाज़ा है ज़रा धूम से निकले।

–फ़िदवी लाहौरी

नवाब सारी रात उस छोटे से कक्ष में करवटें बदलता रहा, जिसका इस्तेमाल कभी उसकी कनीज़ें कपड़े बदलने के लिये किया करती थीं। अपने ही महल में इतनी बेक़दरी उसके लिये मौत के समान थी। लेकिन वह एक ऐसे मुश्किल वक़्त में पड़ा था; जहाँ चाहकर भी कुछ न किया जा सकता था। उसके लिये तो ज़ालिम की मौजूदगी ही अपने आप में किसी मौत से कम न हुआ करती थी। फिर हुस्ना का षड़यंत्र उसके लिये कम जानलेवा न था। जिसके लिये उसने सब कुछ न्यौछावर कर दिया वह भला उसकी जान लेने के लिये ज़ालिम खाँ से समझौता कैसे कर लेगी; यह सोचकर ही उसकी रूह काँप जाती था।

ऐसे विकट समय में नींद किसे आती है भला...! आधी रात बीत जाने के बाद नवाब की आँखें कुछ क्षण के लिये ठहरीं और इतनी देर में ही वह किसी गहरे ख़्वाब में डूब गया। उसके ख़्वाब की रहगुज़र पर ज़लज़ले का खौफ़नाक रक़्स शुरू हुआ। ऐसा खौफ़नाक जलजला जहाँ किसी अथाह समुन्दर के बीचों-बीच दीनपनाह शहर और उसके मध्य उसका नादान महल स्थित है और नवाब समुन्दर के एक किनारे पर खड़ा है। समुन्दर के शेष हिस्से में आग की ऊँची-ऊँची लपटें उठ रहीं हैं। दीनपनाह की सरज़मीन चीख़ उठी है। उसकी फटती हुई दरारें ऐसी दिखायी पड़ती हैं जैसे किसी का सीन-ए-ज़मीं चाक कर दिया गया हो। नादान महल के तहख़ानों से डरावनी आवाज़ें गूँजती हुई बाहर आ रही हैं मानों यहाँ की धरती अपने दर्द का इज़हार कर रही हो...! इस ज़लज़ले के असर से महल की मीनारें झुकने लगीं हैं; और तभी अचानक से शहर की इमारतें रेज़ा-रेज़ा हो कर हवा में बिखर गयीं हैं।

नवाब इनके बीच अविचल और स्तब्ध खड़ा है। उसके चारों तरफ़ सिम्त गर्द-ओ-ग़ुबार का अथाह समुंदर दिखायी दे रहा है और समुंदर के उस पार एक अजीब मख़लूक-सी ख़ामोशी छाई हुई है। इस वक़्त आसमान रंग-ब-रंग के अजीब साये में घिरा दिखायी दे रहा है—सियाही में डूबा, जिसमें सुनहरी और बैंगनी लकीरें किसी आसमानी लिखावट की तरह झलक रही हैं। यह मंज़र कुछ ऐसा है जैसे क़यामत का जलवा हो...! इस सिम्त चीख़-ओ-पुकार और धरती के ख़त्म होते हुए ख़ौफ़नाक मंज़र के दरमियान नवाब एक अजनबी सुकून में है। ऐसा होता देखकर भी उसकी आँखों में न कोई ख़ौफ़ है और न ही कोई घबराहट...! अभी यह सब कुछ चल ही रहा है तभी अचानक से ऐसा लगता है जैसे सब कुछ थम-सा गया है...! ज़मीन की धड़कन जैसे रुक गयी है। आसमान पर घिरा ग़ुबार यकायक नज़रों से ओझल हो गया है। नादान महल की मीनारें फिर से खड़ी होने लगी है और शहर की इमारतें फिर से आपस में जुड़कर साफ़-सुथरी दिखायी देने लगी हैं।

उधर रहम सिंह भी सारी रात दरबार में ही पड़ा रहा; नींद उसे भी नहीं आ रही थी। उसे शायद इस बात का इल्म हो गया था कि अब तक ज़ालिम खाँ के सामने हुस्ना के आशिक़ के रूप में उसका परिचय दिया जा चुका होगा। इसलिये उसके मन में भी अपनी जान को लेकर भय समा गया था। वह यह बख़ूबी जानता था कि ज़ालिम खाँ एक ऐसा तलवारबाज़ है जिसे एक म्यान में दो तलवारें किसी भी दशा में पसन्द नहीं...! और यहाँ तो दो के बजाय तीन-तीन तलवारें एक ही म्यान में रहने की ज़िद पर अड़ी थीं। रहम सिंह की यह आशंका बिलकुल सही थी। अस्ल में सुलखान और उसके साथियों ने ज़ालिम खाँ को रात में ही यह बता दिया था कि उसके हुस्ना से इश्क़ को लेकर नवाब नकबुल्ला उतना बड़ा ख़तरा नहीं, जितना बड़ा रहम सिंह है या साबित हो सकता है। एक तो वह हुस्ना के प्रति उसका प्रेम अधिक एकनिष्ठ है; फिर हुस्ना घाघरा स्टेट की ही रहने वाली है; वह हमेशा से ही रहम सिंह की आय का बड़ा स्रोत है; उसका झुकाव भी रहम सिंह की ओर अपेक्षाकृत अधिक होगा ही...! ऐसी दशा में नवाब से अधिक रहम सिंह को ठिकाने पर लगाने पर विचार कर देना चाहिए।

ज़ालिम खाँ ऐसे मौक़ों पर ज़्यादा सोचता-समझता नहीं था। वह ठग था और अपने शिकार को ठिकाने लगाना उसका जातीय फ़र्ज़ था। उसने सुलखान को सुझाया कि नवाब और रहम सिंह का एक जैसा हश्र किया जाना चाहिए। चूँकि नवाब का हश्र तय किया जा चुका था इसलिये रहम सिंह के हश्र तय करने में ज़्यादा

मुश्किल न थी। तयशुदा हिक्मत-ए-अमली के मुताबिक़ सुबह लगभग चार बजे के आसपास ज़ालिम खाँ अपने साथियों के साथ दरबार में पहुँचा और वहाँ नवाब को उसके छोटे से कक्ष से निकालकर बाहर लाया गया। रहम सिंह कल रात से ही दरबार में मौजूद था। नवाब अपने विरूद्ध इस कार्यवाही का मक़सद अभी भी न समझ पाया था। नवाब और रहम सिंह को आमने-सामने किया गया और ज़ालिम खाँ की ओर से सबसे पहले नवाब से उसकी आख़िरी तमन्ना जानने की कोशिश की गयी। आख़िरी तमन्ना शब्द सुनकर पहले तो नवाब एक़दम से भड़क गया और कहने लगा कि 'इस रियासत में उसके अलावा किसी को किसी से आख़िरी तमन्ना पूछने का अधिकार नहीं है...! और यह भी कि 'आख़िरी तमन्ना केवल इन्सान के आख़िर वक़्त ही पर पूछी जानी चाहिए...!' उसे बड़ी मुश्किल से यह समझाया जा सका कि दरअस्ल इस वक़्त उसके सारे अख़्तियार ज़ालिम खाँ की मुट्ठी में क़ैद हैं और यह भी कि 'अब उसका आख़िरी वक़्त आ चुका है...!'

घंटों की मशक़्क़त के बाद कहीं जाकर नवाब को उसकी आख़िरी तमन्ना बताने के लिये राज़ी किया जा सका। लेकिन विपरीत परिस्थिति में भी, वह अपनी ज़ुबान से स्वयं कुछ न कहना चाहता था। आख़िर वह अभी भी नवाब था...! अगर किसी कारण से उसकी आख़िरी तमन्ना पूरी न की जा पाती तो इससे उसे जो मानसिक क्लेश पहुँचता; उसका ज़िम्मेदार कौन होता भला...? इस घायल मनोदशा में भी नवाब को सबसे ज़्यादा भरोसा अपने भोले-भाले पागलपन्थियों पर था। फिर क्या...! नवाब के अनुरोध पर क़ैदख़ाने से कुछ ख़ास पागलपन्थी नींद से जगाकर दरबार में बुलाये गये। नवाब ने भरे दरबार में उनसे जानना चाहा कि 'उसे हुस्ना या फाँसी में से क्या चुनना चाहिए...?' सभी पागलपन्थियों ने एकमत से नवाब के लिये फाँसी के फन्दे पर झूलने का इशारा किया। सामान्य दिनों में नवाब यदि चाहता तो पागलपन्थियों के इन इशारों का अपने दुभाषिये से मनमाफ़िक वज़ाहत करा सकता था, जैसा वह पहले करता आया था। लेकिन आज वह पागलपन्थियों के इस आदेश में तनिक भी संशोधन नहीं चाहता था। सो उसने पागलपन्थियों के अस्ल इशारे पर ज़ालिम को अपना फ़ैसला सुनाया कि 'हुस्ना को गँवा देने के बजाय वह फाँसी चढ़ना पसन्द करेगा...!'

चूँकि यह नवाब का अपना निजी फ़ैसला था इसलिये उसके इस फ़ैसले की ख़ूब क़द्र की गयी और उसे सकुशल नक्कारख़ाने पहुँचाने का निर्णय लिया गया। नवाब के साथ रहम सिंह को भी नक्कारख़ाने तक जाना था। हालाँकि उसके भविष्य

का निर्णय नक्कारख़ाने पहुँचने के बाद होना था। चूँकि नवाब ने स्वेच्छा से फाँसी चढ़ना तय किया था; इसलिये नक्कारख़ाने ले जाने के पहले उसे सरे-दरबार में किसी गुनहगार की तरह कसकर बेड़ियों में जकड़ा गया और तदनन्तर उसे शहर के मुख्य मार्गों से होते हुए नक्कारख़ाने ले जाया जाने लगा। आश्चर्य यह था कि आज ख़लील खाँ की अगुआयी में नवाब को उसके वही साथी ख़्वाजासरा नक्कारख़ाने तक ले जा रहे थे जो उसके दरबार में कभी दूसरों को नक्कारख़ाने तक भेजने या ले जाने के निर्णय में उसके हमेशा के साथी हुआ करते थे।

वक़्त भी इन्सान को न जाने क्या-क्या दिन दिखलाता है...! इन्सान तो इन्सान, स्वयं को ख़ुदा मानने वालों को भी वक़्त कभी नहीं बख़्शता। एक वक़्त था जब कभी नवाब और इन ख़्वाजासराओं के बीच कोई दीवार न थी। लेकिन एक वक़्त ऐसा भी आया कि गौहर के बेगम बनकर आने के बाद उन्हें पूरी तरह से दरबार से दरकिनार कर दिया गया और उन पर तमाम तरह की पाबन्दियाँ लगाईं गयीं। उनकी जो लानत-मलानत हुई सो अलग...! शायद इसीलिये आज ये तमाम ख़्वाजासरा नवाब को इस हालत में घसीटते हुए तनिक आह्लादित हो रहे थे, ख़ुशियाँ मना रहे थे। वे शायद नवाब से कहीं ज़्यादा इस बात को लेकर मुतमइन थे कि यह समय का चक्र है। कुछ भी स्थायी नहीं है-न इश्क़, न मोहब्बत, न सिंहासन, न दरबार, न कारिंदे, न वज़ीर...! और यहाँ तक कि न ज़िंदगी और न ही मौत...! वे शायद इस बात के लिये भी मुतमइन थे कि एक नवाब जायेगा तो उसकी जगह कोई दूसरा नवाब आयेगा। गद्दी ख़ाली न रहेगी। और जो भी नया नवाब आयेगा वह उनकी ज़रूर सुनेगा। उसे उनको सुनना ही होगा...!!

ख़ैर...! रिआया के तमाम शोर-शराबे के बीच नवाब की आख़िरी यात्रा लगातार अपनी मंज़िल की ओर बढ़ती जाती थी। नवाब की इस यात्रा में ज़ालिम खाँ सबसे आगे चल रहा था। बीच में बेड़ियों में जकड़ा हुआ नवाब; उसके ठीक पीछे रहम सिंह और जॉर्ज बाक़र भी बेड़ियों में जकड़े हुए...! और इनके पीछे ख़लील खाँ और उसके साथी ख़्वाजासरा...! हालाँकि कुछ ऐसे ख़्वाजासरा भी थे जो नवाब की इस यात्रा का हिस्सा न थे। मसलन लुकमान अली, रफ़ूगर, जिब्राइल आदि। वे नवाब की दुर्दशा देखकर सड़क के एक किनारे खड़े सुबक रहे थे। उधर मद्धिम क़दमों से चलते हुए नवाब की नज़रें ऊपर बिलकुल न उठती थीं। अपनी ही रिआया के सामने शानो-शौक़त से जीने वाला नवाब उनके ही सामने आज बेड़ियों में जकड़ा हुआ था और वह चाहकर भी कुछ न कर पा रहा था। उसके लिये इससे बड़ा दुर्भाग्य भला क्या होता...!

उधर नवाब को इस दशा में पाकर रिआया का उत्साह देखते ही बनता था। रिआया न केवल नवाब की दुर्दशा देखकर वरन ज़ालिम खाँ को देखकर उत्साहित होती जाती थी; और अतिउत्साह में लगातार 'बादशाह सलामत हाज़िर हों...!' के नारे लगा रही थी। सामान्य तौर पर अभी तक यह नारा केवल नवाब के सम्मान में उसके ख़ास दरबारियों द्वारा लगाया जाता रहा था। लेकिन आज यह उद्घोष नवाब के अपमान का और उसे दण्डित करने सम्बन्धी रिआया की ज़िद का प्रतीक जैसा बन गया था। ऐसा लगता था मानों दीनपनाह की रिआया यह चाहती थी कि जितनी जल्दी मुमक़िन हो, नवाब को नक्कारख़ाने पहुँचाया जाय और उसे ठीक उसी ज़ुल्म-ओ-सितम के साथ सरेआम फाँसी पर चढ़ाया जाय जैसे आज तक वह अपने रियासत के तमाम निर्दोषों और दोषी ठहरा दिये गये दुश्मनों को चढ़ाता आया था।

बहरहाल नवाब की अन्तिम यात्रा का काफ़िला धीरे-धीरे हो कर नक्कारख़ाने तक पहुँचा। चारों ओर भारी भीड़ जमा हो गयी थी। सभी नवाब का हश्र अपनी आँखों के सामने होते देखना चाहते थे। उनके मन में कौतूहल था कि अपने उत्कर्ष के दिनों में बात-बात पर कुत्ते-बिल्लियों तक को माफ़ न करने वाले और पलक झपकते उन्हें फाँसी की सज़ा सुनाने वाले नवाब का आज क्या हश्र होने जा रहा है...! कुछ लोग इसे तक़दीर और कुछ इसे उसके कर्मों की सजा मान रहे थे। जबकि बहुतेरे ऐसे थे जो उसके द्वारा रिआया पर ढाये गये ज़ुल्मों के एवज़ में रिआया द्वारा दिये गये अभिशाप मानने से भी नहीं चूक रहे थे। रिआया की आँखों में ढेरों सवाल थे, और नवाब के पास उनके किसी सवाल का कोई ज़वाब न था। बक़ौल मुनीर नियाज़ी उसकी मानसिक हालत कुछ यों हुई जाती थी के–

किसी को अपने अमल का हिसाब क्या देते
सवाल सारे ग़लत थे ज़वाब क्या देते।

38

मौत से क्यूँ इतनी वहशत जान क्यूँ इतनी अज़ीज़
मौत आने के लिये है जान जाने के लिये।

–अज्ञात

नवाब को नक्कारख़ाने के खुले मैदान में खड़ा कर दिया गया था। न जाने क्यों आज आसमान की ज़ानिब ज़र्द ग़ुबार छाया हुआ था और हवा में बेशुमार चीलें मंडरा रही थीं। उन्हें देखकर एकबारग़ी ऐसा लगता था जैसे चीलों का यह झुण्ड भी नवाब के अंत की गवाही देने और अपने हिस्से का शिकार करने आया हो...! नक्कारख़ाने के आसपास ख़ासी भीड़ जमा हो गयी थी और बेक़दरी भरे अंदाज़ में लगातार चिल्ला रही थी–'बादशाह सलामत हाज़िर हो...!' सभी नवाब का अंत देखने को ख़ासे उत्सुक थे; उस नवाब का अंत जिसने इसी नक्कारख़ाने से न जाने कितने मासूमों को फाँसी चढ़ाया होगा; न जाने कितनी माओं की कोख़ उजाड़ी होगी; न जाने कितनी विवाहिताओं को बेवज़ह वैधव्य का जीवन जीने को मज़बूर किया होगा; न जाने कितने बच्चों से उनके बाप का साया छीना होगा...! और उसने यह सब कुछ अपनी झक और पागलपन को तुष्ट करने के लिये किया। इसके पीछे न कोई वजह और न कोई दलील...! न कोई अपील न कोई सुनवाई...!! केवल एक शख़्स की ज़िद, उसकी झक, उसका पागलपन, उसका अहंकार और सब कुछ के बावुजूद ख़ुद को ख़ुदा मान लेने का उसका सबब...!!

हालाँकि इस वक़्त भी नवाब के चेहरे पर वही ठसक बरक़रार थी। वर्षों तक जिस इन्सान ने अपनी क्रूरता और पागलपन के बल पर ख़ुद को ख़ुदा समझा, उसकी आँखों में अब भी कोई पछतावा दिखायी न देता था। भीड़ का शोर वातावरण के सन्नाटे को रह-रह कर को चीरे दे रहा था। ऐसा लगता था जैसे सारी रिआया नवाब का हश्र देखने उमड़ आयी हो...! भीड़ के बीच से पहले कोई चिल्लाया–'याद करो

वह दिन जब तुम्हारे सिपहसालार हमारी बेटियों को उठाकर ले गये थे...!' फिर एक और आवाज़ आयी–'तुम्हारी ज़िद ने हमारे घरों को उजाड़ दिया नवाब...!' फिर तीसरी आवाज़ आयी–'हमें तुम्हारी मौत से कम कुछ भी स्वीकार नहीं...!' फिर चौथी आवाज़ आयी; और इस तरह एक के बाद एक अनगिनत आवाज़ें फ़ज़ां में गूँजने लगी थीं और आपस में गड्ड-मड्ड हो रही थीं। हर आरोप जब हवा में गूँजता तो पल भर के लिये ही सही, वह नवाब के कलेजे में एक कील ठोंकने की कोशिश करता। लेकिन नवाब तो नवाब ठहरा...! इतना सब कुछ होने के बावुजूद नवाब इस क़दर स्थिर खड़ा था जैसे अवाम की ये चीख़ें, उनके ये आरोप, उसके लिये महज़ हवा के झोंके भर हों...! इस वक़्त भी उसके होंटों पर एक कुटिल मुस्कान खेल रही थी मानों वह मन-ही-मन यह सोच रहा हो कि 'तुम सबने मिलकर मुझे यहाँ खड़ा तो कर दिया, लेकिन मेरी ज़िद्दी रूह को कत्तई नहीं झुका सकते...!'

बहरहाल फाँसी का तख़्त तैयार था और सारा नक्कारख़ाना नवाब की इस ऐतिहासिक फाँसी का गवाह बनने को खड़ा था। उधर जल्लाद भी अपनी तुरही बजा चुका था। फाँसी का रस्सा कसने की अन्तिम तैयारियाँ हो चुकी थीं। लेकिन तभी नवाब ने एक धीमे, मगर सधे हुए इशारे से ज़ालिम खाँ की ओर देखा। उसकी आँखों में एक आख़िरी गुज़ारिश झलक रही थी। ज़ालिम खाँ ने उस इशारे को समझा और सुलखान सिंह को उसके नज़दीक भेजा। सुलखान सिंह मद्धिम क़दमों से चलकर नवाब के पास पहुँचा। नवाब ने उससे गुज़ारिश की–'मैं इस दुनियाँ से जा रहा हूँ। लेकिन जाने से पहले, मैं आख़िरी बार हुस्ना को देखना चाहता हूँ। यह मेरी अन्तिम ख़्वाहिश है।'

सुलखान ने नवाब की बात सुनी और बिना कोई प्रतिक्रिया दिये ही ज़ालिम के पास लौट आया। फिर उसने धीमे स्वर में ज़ालिम को नवाब की यह इच्छा बतायी। नवाब की इस नयी ख़्वाहिश को सुनकर ज़ालिम खाँ का चेहरा और सख़्त हो गया। वह क्षण भर के लिये सोच में पड़ गया। उसके मन में अब भी नवाब के प्रति गहरी नफ़रत थी। उसने सोचा कि 'क्या इस क्रूर नवाब की आख़िरी इच्छा पूरी करना सही होगा?' उसने अपने ठग साथियों की ओर देखा मानों उनसे इस बात की तस्दीक करना चाहता हो...! तब सुलखान सिंह और अन्य ठग साथियों ने उसे याद दिलाया कि 'खसम-सभा के उसूलों के मुताबिक़, मरने वाले की आख़िरी ख़्वाहिश, बशर्ते वह उसकी मौत को टालने वाली न हो, ज़रूर पूरी की जानी चाहिए।' ज़ालिम ने गहरी साँस ली। अपनी तमाम सख़्ती के बावजूद, उसने आँखों से ही सहमति में अपना सिर हिलाया और हुस्ना को बुलाने का हुक़्म दिया।

नतीजतन थोड़ी देर में हुस्ना नक्कारख़ाने के मैदान में हाज़िर हुई। सारे दरबारी और सारी रिआया हुस्ना को देखकर अचंभित थे। जिन्होंने भी इसके पहले कभी रुख़्सार बेगम को देखा था, उन्हें हुस्ना को देखकर एकबारग़ी तो यह भ्रम-सा हो गया मानों रुख़्सार फिर से ज़िंदा हो उठी है...! यह सच था कि रुख़्सार ज़िंदा हुई थी; लेकिन इस बार हुस्ना के रूप में...! उस हुस्ना के रूप में, जिसे जन्म देने के ठीक बाद रुख़्सार ने इसी नकबुल्लाह नवाब के इश्क़ में तड़प-तड़प कर शहर की गलियों में अपनी जान दे दी थी...! लेकिन तब नवाब गौहर के इश्क़ में इस क़दर मुब्तिला हो चुका था कि उसे रुख़्सार की फ़िक्र भला क्या ही होती...!!

बहरहाल हुस्ना जब नक्कारख़ाने के खुले मैदान में दाख़िल हुई तो एक पल के लिये स्वयं नवाब को यह महसूस हुआ जैसे रुख़्सार उसकी ओर चली आ रही हो...! हुस्ना धीरे-धीरे चलती हुई आयी और ठीक उस स्थान पर कुछ दूरी पर खड़ी हो गयी जहाँ नवाब को फाँसी चढ़ाया जाना था। उसने ठहरकर नवाब की ओर ग़ौर से देखा जैसे कोई घायल शेरनी अपने शिकार को उसके ख़ात्मे से ठीक पहले देखती है...! नवाब ने भी उसकी ओर कातर नज़रों से देखा मानों कहना चाहता हो 'रुख़्सार के साथ जो कुछ हुआ उसके लिये मैं नहीं मेरे भीतर पैठी हवस ज़िम्मेदार थी। उसके वशीभूत हो कर ही मैंने औरत जात की कभी क़द्र नहीं की। अब तुमसे जन्नतुल फिरदौस में ही मुलाक़ात हो सकेगी। तब तक के लिये अल्लाह हाफ़िज़...!' हुस्ना ने नवाब की ओर देखा तो ज़रूर; और उसके मनोभावों को पढ़ने की भी कोशिश की लेकिन उसे नवाब की इस मनोदशा पर भी कोई ख़ास तरस न आया। दोनों की नज़रें कुछ क्षण तक एक दूसरे पर टिकी रहीं; फिर नवाब की नज़रें अपने-आप नीचे झुक गयीं। हुस्ना मद्धिम क़दमों से आगे की ओर बढ़ गयी।

लेकिन वह दूसरी ओर राजा रहम सिंह को बेड़ियों में जकड़ा हुआ देखकर ठिठक गयी। पल भर के लिये उसे समझ में नहीं आया कि आख़िर रहम सिंह को बेड़ियों में क्यों जकड़ा गया है और उसको किस कुसूर में फाँसी दी जाने की तैयारी की रही है...! हालाँकि वह ज़ालिम के ज़ालिमाना अंदाज़ को जानती थी इसलिये उसे यह समझते देर न लगी कि शायद राजा रहम सिंह का उससे इकतरफ़ा इश्क़ ही उसका सबसे बड़ा कसूर है...! और यह भी कि ज़ालिम अपने किसी भी क़िस्म के दुश्मन को अधमरा करके नहीं छोड़ता; चाहें वह जंग का दुश्मन हो या फिर इश्क़ का...!

हुस्ना आज एक विचित्र पशोपेश में थी। वह हर हाल नवाब को फाँसी चढ़ते देखना चाहती थी; रहम सिंह को किसी भी दशा में बंधन से मुक्त होते हुए देखना

चाहती थी और ज़ालिम को अपनी बाहों के बंधन में बँधते हुए देखना चाहती थी। नवाब का हश्र तो ख़ैर चंद मिनटों की बात थी। उसके सामने अस्ल संकट था कि वह रहम सिंह और ज़ालिम दोनों को बचा लेना चाहती थी–एक को उसकी प्रजा की ख़ातिर और दूसरे को स्वयं अपनी ख़ातिर...! लेकिन हालत कुछ ऐसे हुए जाते थे कि इस वक़्त नवाब नकबुल्ला, रहम सिंह और ज़ालिम खाँ तीनों एक-दूसरे के ख़ून के प्यासे थे। नवाब तो ख़ैर इस वक़्त क्या ही किसी की ख़ून का प्यासा हो पाता...! हाँ...! उसके भीतर का क्रोध उसे ज़रूर खाये जा रहा था। रहम सिंह से ज़ालिम की कोई पुरानी दुश्मनी नहीं थी। लेकिन उसने न जाने किस मनहूस समय में आज सुबह ही ज़ालिम से किसी क़ीमत पर हुस्ना को न हारने की बाज़ी लगा दी थी। और ज़ालिम था कि वह हर बाज़ी लगाकर हुस्ना को जीत लेना चाहता था। बल्कि जीत भी चुका था। उसके जितने भी प्रतिद्वंद्वी थे; सब अपने अंत समय की प्रतीक्षा में थे।

नवाब ने तो ज़ालिम के सामने हुस्ना के न हासिल होने की दशा में मर जाना स्वीकार किया था। और इस लिहाज़ से वह अपनी मृत्यु का वरण स्वयं कर रहा था। लेकिन वह रहम सिंह को फाँसी के तख़्त के लिये तैयार होते देखकर भावुक हो गयी। वह भागकर उसके तनिक नज़दीक गयी। उसने एकबारग़ी रहम सिंह की आँखों में झाँक कर देखा। रहम सिंह की आँखें पहले ही डबडबायी हुईं थीं। हुस्ना पहले तो उसकी ओर एकटक देखती रही; फिर न जाने क्या हुआ कि वह बुक्का फाड़कर रोने लगी। उसके रोते ही रहम सिंह की आँखें जो पहले ही छलकी हुई थीं, को भी उसके रुदन का सहारा मिल गया। दोनों गले मिले और आपस में लिपट कर रोने लगे। उस वक़्त उनकी आँसुओं की ऐसी अजस्र धार फूट पड़ी थी जो रोके से भी न रुकती थी। बक़ौल शहरयार–

आँख की ये एक हसरत थी कि बस पूरी हुई
आँसुओं में भीग जाने की हवस पूरी हुई।

बड़ी मुश्किल से हुस्ना अपने को नियंत्रित कर सकी। वह रहम सिंह को फाँसी के तख़्त पर खड़ा किये जाने की वज़ह जानना चाहती थी। ज़ालिम के साथी सुलखान सिंह ने जब उसे यह बताया कि 'सरदार ने उसे भी फाँसी देने का फ़ैसला किया है'–तो वह दंग रह गयी। उसने ज़ालिम से रहम सिंह को छोड़े जाने का अनुरोध किया। वह रहम सिंह के उसके प्रति एकतरफ़ा मोहब्बत की क़द्र करती थी। फिर वह यह कत्तई नहीं चाहती थी कि जिस घाघरा स्टेट का नमक वह खाती आयी थी; उसके राजा के ख़ात्मे में सहयोगी बनने का दाग़ उसके दामन पर लगे।

इस अवस्था में ज़ालिम के सामने नया धर्मसंकट आ खड़ा हुआ। अपनी ज़िद से स्वयं के लिये भी न पलटने वाला ज़ालिम हुस्ना की इस नयी शर्त्त के आगे मज़बूर था कि 'कैसे भी करके राजा रहम को छोड़ दिया जाय...!'

ज़ालिम कुछ देर तक सोचता रहा कि रहम सिंह को आज़ाद करना उसके हक़ में रहेगा या नहीं...! अस्ल में अपने एक दुश्मन को मारकर दूसरे को ज़िंदा रखना, हमेशा से ही उसकी शान और ईमान के ख़िलाफ़ हुआ करता था। ठगों का यही अंदाज़ था कि वे जिसे चाहते थे उसे हर दम पर पा लेते थे; और जिसे मिटाना चाहते थे उसकी सात पुस्तें भी दफ़्न करना जानते थे। आधे दुश्मन को ख़त्म कर देना और आधे को ज़िंदा बचाकर रखना उनकी फ़ितरत में न था। ज़ालिम ने बारी-बारी से एक-एक नज़र नवाब नकबुल्ला ओर रहम सिंह की ओर दौड़ाया और सबसे अंत में तनिक दूर खड़े ख़लील की ओर...! वह शायद ख़लील को पूरे दीनपनाह का नवाब बनाने की ज़ुबान दे चुका था। और ठग हमेशा अपनी ज़ुबान की ख़ातिर ही लड़ते आये थे। इसलिये रहम सिंह को फांसी की सज़ा से बरी करने के हुस्ना के प्रस्ताव पर, तनिक समय लेकर सोचते हुए ज़ालिम ने हुस्ना से कहा कि 'वह एक शर्त्त पर रहम सिंह को छोड़ सकता है कि वह आगे से घाघरा स्टेट का साहेब न रहेगा; दीनपनाह से लेकर घाघरा तक का अब शासन ख़लील खाँ के हाथों में होगा।' ज़ालिम की यह बात सुनकर वहाँ देर से खड़े ख़लील खाँ की आँखें चमक गयीं। उसे ऐसा लगा जैसे उसे मुकम्मल जहाँ मिल गया हो...!

लेकिन बात यहीं ख़त्म नहीं होने वाली थी। ज़ालिम दुश्मनी के खेल में पुराना था और इश्क़ के खेल में बिलकुल नया; हुस्ना इश्क़ के खेल में बहुत पुरानी थी और दुश्मनी के खेल में बिलकुल नयी...! ज़ालिम के लिये दुश्मनी और इश्क़ दोनों ही जंग के मैदान जैसे थे जिसमें जीत के अलावा हार की कोई गुंजाइश न थी; और हुस्ना के लिये इश्क़ सब कुछ हार जाने का सबब...! ज़ालिम हमेशा से केवल शर्तें जीतना जानता था और हुस्ना हमेशा से केवल शर्तें हारना...! हुस्ना ने भले ही ज़ालिम से पहले किसी से गहरे जुड़कर दिल न लगाया हो; लेकिन वह इश्क़ में शर्तों की अहमियत जानती थी। उसके लिये इश्क़ में शर्तों का मतलब सिवा ग़ुलामी के, और कुछ भी न था। लेकिन जिसके साथ इश्क़ किया उसकी ग़ुलामी...? इस इश्क़ का निर्वाह कैसे होगा भला...!! शर्तों की ग़ुलामी तो फिर भी स्वीकार की जा सकती है लेकिन उस रूह को कोई ग़ुलामी स्वीकार हो तो भी कैसे; जो हमेशा से अपनी शर्तों पर खुली हवा में साँस लेने की आदी है...!

पल भर में ही ज़ालिम की इन शर्तों ने हुस्ना को मानों जीवन का नया रास्ता दिखा दिया; उसे इश्क़ के भँवर से उबार लिया।

दरअस्ल जब एक औरत गहरे इश्क़ में, अपनी मुहब्बत की शर्तों पर हार जाती है तो उसकी मनोदशा उस बुझते हुए चिराग़ की तरह हो जाती है जो रोशनी देने के बावुजूद अपने वजूद को खोता चला जाता है। उसके दिल का हर ज़र्रा इश्क़ की तस्दीक़ करता है, मगर शर्तों के बोझ तले उसकी मोहब्बत दम तोड़ देती है। वह महसूस करती है कि उसकी मोहब्बत, जिसकी पाकीज़गी को उसने अपना सब कुछ मान लिया था, दुनिया की शर्तों के आगे हार गयी। उसकी आँखों में एक अजीब-सा सन्नाटा उतर आता है। वे आँखें जो कभी इश्क़ की उम्मीदों से चमकती थीं; अब ग़म की चादर में छिपी हुई नज़र आती हैं। उसकी ज़िन्दगी के हर सुर में अब शिकस्त का एक नया मर्सिया लिखा जाने लगता है। वह अपने दिल से सवाल करती है–'क्या मेरा इश्क़ वाकई इतना कमज़ोर था कि शर्तों के तराज़ू में तुल गया...? या यह मेरे नसीब की लिखावट थी जो मुझे मोहब्बत के दरिया में डुबा कर किनारे पर अकेला छोड़ गयी...!' दुनिया की नजरों में हुस्ना भले ही एक तवाइफ़ भर हो; मगर ऐसे विकट समय में, उसकी रूह उस इश्क़ की गवाह बन गयी थी, जो उसने ज़ालिम खाँ से बेपनाह किया।

पल भर में ही हुस्ना के हृदय में न जाने ऐसी कौन-सी किरण फूटी कि उसने नक्कारख़ाने के उसी मैदान में यह ऐलान किया कि वह एक किसी की हो कर नहीं रह सकती...! किसी से मोहब्बत करना एक बात है और उसका ही बन जाना बिलकुल दूसरी बात...! उसने यह तय कर लिया कि अगर मोहब्बत का यही हासिल है तो वह उसे अपने पाँवों की जंज़ीर कत्तई नहीं बनने देगी। और यह भी कि वह अगर ज़ालिम की नहीं हुई तो उसे किसी का होना पसन्द नहीं। वह हमेशा की तरह स्वतंत्र रहना चाहती है, जैसे वह अब तक रहती आयी थी। ओह जिसके लिये इतनी तड़प-इतनी पीड़ा...! उसका हासिल कुछ भी नहीं...!! उसकी आँखों में आँसू तो थे लेकिन उनमें कमज़ोरी नहीं, एक अजीब-सी ताक़त थी। किसी के लिये कितना मुश्किल होता होगा जब वह किसी की मोहब्बत में दोनों जहाँ हार जाने को तैयार हो और उसे शर्त्तिया जुदाई देखनी पड़े। बक़ौल फैज़ अहमद फैज़–

दोनों जहान तेरी मोहब्बत में हार के
वो जा रहा है कोई शब-ए-ग़म गुज़ार के।

ख़ैर...! हुस्ना का फ़ैसला अन्तिम था। सभी जानते थे कि यदि ज़ालिम को

समझाया नहीं जा सकता तो हुस्ना को भी मनाया नहीं जा सकता। देखते-ही-देखते ज़ालिम भी इश्क़ की जंग हार चुका था। इसलिये अब वह वहाँ से अपने ठग साथियों को लेकर वापस जंगल की ओर लौट जाना चाहता था। यह उसके जीवन की शायद पहली हार थी। सही मायनों में आज उसे अपनी यह हार क़ुबूल भी थी; और वह इस हार को सर-माथे पर लगा लेना चाहता था। उसके हृदय में तरह-तरह के भाव उमड़-घुमड़ रहे थे। मसलन 'अब वह सचमुच सब कुछ छोड़ देगा...! हुस्ना नहीं तो कुछ भी नहीं...! ठगों की ज़िम्मेदारी अब उसके बस की न होगी...! वह हुस्ना की यादों के भरोसे किसी संन्यासी की तरह अपना जीवन गुज़ार देगा...!'–आदि-आदि।

अभी उसके दिलो-दिमाग़ में यह सब कुछ चल ही रहा था कि इतने में एक विचित्र वाक़्या हुआ; जिसकी उम्मीद शायद नक्कारख़ाने में उपस्थित किसी भी शख़्स को न थी। हुआ यों कि नवाब नकबुल्ला ने अचानक से अपने क़रीब खड़े जल्लाद के कमर में खोंसे हुए खंज़र को खींचकर ज़ालिम खाँ की ओर उछाल दिया। यों तो नवाब कभी से भी कोई ख़ास निशानची न था। बल्कि सच पूछिए तो उसे युद्ध की कोई भी कला न आती थी। लेकिन इसे दुर्भाग्य कहिए या कुछ और; खंजर सीधा ज़ालिम के सीने में लगा और वह वहीं गिरकर तड़पने लगा।

हुस्ना ने यह जब दृश्य देखा तो उसकी चीख़ नक्कारख़ाने के शोर को भी चीरते हुए हवा में गूँज उठी। उसके घुटने ज़मीन पर टिक गये और उसकी आँखों से आँसुओं की झड़ी लग गयी। वह भागकर ज़ालिम के शरीर के पास पहुँची जो अब लगभग ठण्डा पड़ चुका था। उसने ज़ालिम को छूने की कोशिश की। उसकी कांपती हुई उँगलियाँ ख़ून में लथपथ ज़ालिम की कटार को थामने की कोशिश कर रही थीं, जैसे वह उसके बचे हुए वज़ूद को पकड़ लेना चाहती हो...!

उधर नवाब की यह गुस्ताख़ी देखकर ज़ालिम के साथी ठग नवाब की ओर दौड़े; मानों उसकी जान ही ले लेंगे...! नवाब भी इस वक़्त अपने नियंत्रण में न था। ठगों को अपनी ओर बढ़ता देख, वह जल्लाद के हाथ से रस्सी खींचकर जल्दी-जल्दी स्वयं पहनने लगा; ताकि इसके पहले कि उसे कोई मारे वह अपना ख़ात्मा स्वयं कर ले...! लेकिन जब नियति साथ न हो तो ख़ुद को ख़त्म करने की कोशिशें भी असफल रह जाती हैं। शायद इसीलिये बात-बात में दूसरों की जान लेने वाला, आज जब स्वयं अपनी जान लेने पर उतारू हुआ, तो न ले सका। जिसे वह अपनी निजी ताक़त समझकर राह चलते सभी को सबक़ सिखाने की कोशिशें करता रहता आया था; आज वह स्वयं को सबक़ सिखाने में सफल न हो सका।

अस्ल बात यह थी कि हुस्ना की चपलता ने ऐसा न होने दिया। हुआ यों हुस्ना ने झट से ज़ालिम सिंह के धड़ में खुँसी हुई कटार खींच ली और पलक झपकते ही नवाब के पास पहुँच गयी। फिर उसने कटार से एक ही झटके में नवाब का सिर उसके धड़ से अलग कर दिया। नवाब के धड़ से निकलने वाले ख़ून के फ़व्वारे लगातार उसके शरीर को भिगो रहे थे; लेकिन वह वहीं अविचल खड़ी रही। स्वयं हुस्ना ने भी कुछ देर पहले तक नवाब के इस अंत की कल्पना न की थी। लेकिन होनी को कौन रोक सकता था भला...! नवाब का सिर अलग तड़प रहा था और उसका धड़ अलग...! वातावरण में अचानक से 'हुस्ना जिन्दाबाद...!' और 'रुखसार बेगम अमर रहे...!' का उद्घोष सुनाई देने लगा था। सर से पाँव तक ख़ून से सनी हुई हुस्ना अपने कानों को दोनों हथेलियों के संरक्षण में लेकर, वहीं नीचे घुटनों के बल बैठ गयी थी। उसकी आँखें बन्द हो गयीं थीं और उसके सामने बचपन से लेकर अब तक का सारा दृश्य किसी चलचित्र की तरह घूम रहा था।

हालाँकि यह इस प्रेम कहानी का अन्तिम दृश्य न था। इस नक्कारख़ाने को अभी शायद एक और मौत का गवाह बनना बाक़ी था। जिस वक़्त यह सब कुछ चल रहा था ठीक उसी वक़्त ख़लील खाँ ने अपनी कटार रहम सिंह के पेट में भोंक दी। अस्ल में इस सारे घटनाक्रम के बीच, उसे शायद इस बात का पछतावा हो चला था कि रहम सिंह के कारण ही ज़ालिम खाँ को अपनी जान गँवानी पड़ी; हुस्ना के साथ सरदार ज़ालिम का मेल न हो सका...! और यह भी कि आज वह दीनपनाह का बादशाह बनते-बनते रह गया। यह सब कुछ इतने क्षणिक अन्तराल में हुआ कि किसी को कुछ समझ नहीं आ रहा था। जब ख़लील ख़ान ने रहम सिंह के पेट में कटार घोंपी, तो एक पल के लिये रहम सिंह ने अपनी आख़िरी साँस लेते हुए ख़लील की आँखों में देखा। उसकी निगाहों में ख़लील के लिये नफ़रत नहीं, बल्कि एक अजीब-सा अफ़सोस था मानों वह उससे पूछना चाहता हो कि 'क्या उसके इश्क़ की यही सज़ा थी...?'

ख़ैर इश्क़ के बारे में क्या ही कहें...! सच तो यह है कि इश्क़ की इस लड़ाई में तीनों प्रेमियों को कुछ भी हासिल न हो सका। एक-एक करके तीनों योद्धा, जंग के मैदान में आपस में लड़कर अपनी जान गँवा बैठे। अस्ल में सत्ता और प्रेम की लड़ाई में कभी कोई विजेता नहीं होता। सब कुछ ख़त्म हो जाता है; और जो रह जाता है, वह है–खोखली सत्ता और एक टूटी हुई आत्मा...! सत्ता का तो ख़ैर क्या ही कहें; लेकिन इश्क़ की इस लड़ाई में हुस्ना अब एक बुत बन चुकी थी–न प्रेमिका न कुछ

और; बस एक खोयी हुई आत्मा...! नक्कारख़ाने के मैदान में वह अपने आशिक़ों के लाशों के बीच घुटनों पर बैठी, अपने खोये हुए अस्तित्व को तलाश करती नज़र आ रही थी। इस वक़्त नक्कारख़ाने में एक विचित्र क़िस्म का मनहूसियत भरा सन्नाटा छा गया था।

कुछ समय के अन्तराल के बाद हुस्ना बिजली की गति से उठ खड़ी हुई; एक नज़र ख़लील और उसके साथियों की ओर देखा; फिर वहाँ से मद्धिम क़दमों से नक्कारख़ाने के बाहर की ओर चल निकली। सच तो यह था कि बाक़ियों की तरह उसे भी कुछ हासिल न हो सका था। सच तो यह भी था कि वह यहाँ कुछ हासिल करने आयी भी न थी। लेकिन इसमें संदेह नहीं कि जाते-जाते उसने सब कुछ गँवा दिया था। उसके पीछे मैदान में उसके तीन प्रेमियों की लाशें बिखरी पड़ी थीं। नक्कारख़ाने में नगाड़े का शोर जारी था; जो हुस्ना के कलेजे पर हथौड़े की तरह चोट करता प्रतीत होता था। कुछ ही देर में वह नक्कारख़ाने से लगभग बाहर निकल गयी थी। वह चलती चली जाती थी मानों उसके जीवन में घुप्प अन्धेरा छा गया हो और उसे आगे कोई राह न सूझ रही हो...!

हुस्ना के वहाँ से निकलते ही ठगों ने बेहद बुझे हुए मन से ज़ालिम खां का शव अपने कन्धों पर उठाया, उसे लेकर घोड़े पर बैठे और पलक झपकते ही जंगल की ओर निकल गये। वे शायद वहाँ जल्दी-से-जल्दी पहुँचकर ख़सम-सभा की बैठक करना चाहते थे और अपनी आगे की रणनीति तय करना चाहते थे। हुस्ना ज़ालिम को इस दशा में अपने से विदा होते हुए देख बेतहाशा फ़फ़क रही थी। थोड़ी देर में ही ठग उसकी आँखों से ओझल हो गये। हुस्ना का अब एक-एक क़दम चलना मुश्किल हो रहा था। वह दीनपनाह के गलियारों में राह चलते हुए ही चक्कर खा कर गिरी और वहीं बेहोश हो गयी।

बहरहाल इसी वक़्त नक्कारख़ाने में ख़लील खाँ की दीनपनाह के नये नवाब के रूप में ताजपोशी की तैयारी भी होने लगी थी। कुछ देर में ही ख़्वाजासराओं ने ख़लील को अपने कंधों पर बिठा लिया और मैदान में चारों तरफ़ घूमते हुए 'बादशाह सलामत हाज़िर हों...!' के नारे लगाने लगे। रिआया भी उनके सुर-में-सुर मिला कर इसका नारा बुलन्द करने लगी थी। संयोग देखिए...! आज ही दीनपनाह को उसका नया नवाब भी मिल गया था।

❑❑

शब्दावली

रुख़ (सं., पु.) : मुख, गाल, ओर, दिशा

रुख़-ए-रौशन : चमकता हुआ चेहरा

रुबायी (सं., स्त्री.) : उर्दू-फ़ारसी का छन्द विशेष जिसका मूल वरन एक तगण, एक यगण, एक सगण और एक मगण होता है और इसके पहले, दूसरे और चैथे पद में क़ाफ़िया होता है, कभी-कभी चारों ही सानुप्रास होते हैं, परन्तु अच्छा यही है कि चैथा सानुप्रास न हो, काव्य की एक शैली जिसमें चार पंक्तियों में बात पूरी हो जाती है।

रुस्वाई (सं., स्त्री.) : अपमानित होने की अवस्था या भाव, कलंकित होना

एक दम (वि.) : तत्काल, तुरन्त, अकस्मात, अचानक

एहतिजाज (सं., पु.) : विरोध, प्रतिवाद, आन्दोलन

एहसास (सं., पु.) : चेतना, संवेदन

एहसान फरामोश (वि.) : एहसान भूल जाने वाला

एहसान-मन्द (वि.) : जिस पर एहसान किया गया हो

ऐश-ओ-इशरत (सं., स्त्री.) : भोग-विलास

ऐन (सं., पु.) : आँख, नेत्र, चश्म, नैन

एलानात (सं., पु., बहु.) : घोषणा, उद्घोष, चेतावनियाँ

रू (सं., पु.) : चेहरा, मुँह

रूमानी (सं., पु.) : भावुकतामय प्रेम से परिपूर्ण, रूमान से संबद्ध

रूह (सं., स्त्री.) : आत्मा, प्राण

रूह परवाज़ कर जाना (मु.) : प्राण निकलना, दम निकलना, मर जाना

रूह फ़ना होना (मु.) : भय के कारण मरना, डर के मारे जान निकलना

रूह-परवर (वि.) : ईश्वर, जीवन प्रदान करने वाला, प्राणों को पालने और उनकी रक्षा करने वाला

यक़ीन (सं., पु., वि.) : विश्वास

याक़ूत (स., पु.) : एक प्रकार के लाल रंग का बहुमूल्य रत्न

यार (सं., पु., प्र.) : मित्र

याराना (सं., पु.) : मित्रता, दोस्त, प्रेमी प्रेमिका

यौम-ए-जम्हूरिया (सं., स्त्री.) : गणतंत्र दिवस

यौम-ए-आज़ादी (सं., स्त्री.) : स्वतंत्रता दिवस, गुलामी से मुक्ति का दिन

यगानगी (सं., स्त्री.) : यगाना होने की अवस्था या भाव, समीपता, अकेलापन

यलग़ार (सं., स्त्री.) : आक्रमण, चढ़ाई, धावा, शत्रु की सेना पर टूट पड़ना

ख़ुद्दार (वि.) : स्वाभिमानी, अपनी प्रतिष्ठा का ध्यान रखने वाला

ख़ुश-मिज़ाज (वि.) : हासप्रिय, विनोद-रसिक

ख़ुश-रंग (वि.) : अच्छे रंग वाला, सुन्दर

ख़ुश-वज़ा (वि.) : अच्छे वस्त्र धारण करने वाला

ख़बर-नामा : समाचार पत्र

ख़मरियात (सं., स्त्री., बहु.) : शराब से सम्बन्धित वस्तुएँ, वो शायरी जिसमे शराव और उससे सम्बन्धित वस्तुओं का वर्णन हो

ख़म्र (सं., स्त्री.) : वो शुद्ध मदिरा जिससे नशा हो जाये

ख़मियाजा (सं., पु.) : नतीजा, परिणाम, प्रतिफल

ख़ोशा (सं., पु.) : गुच्छा, अनाज की बाली

ख़ाना (सं., पु., प्र.) : घर, निकेतन

ख़ानसामाँ (सं., पु.) : रसोइया, बावर्ची, राजा या नवाबों के महल में रसोई का काम करने वाला, खाना बनाने वाला

ख़द (सं., पु.) : कपोल, गाल

ख़द-ओ-ख़ाल (सं., पु.) : शक्ल-सूरत, चेहरा-मोहरा, स्वरूप

ख़फ़गी (सं., स्त्री.) : नाराज होने या खफ़ा होने का भाव, क्रोध

ख़ुश नसीब (वि.) : जिसका भाग्य या नसीब अच्छा हो, भाग्यशाली, सौभाग्यशाली

ख़ुश-शक्ल (वि.) : सुन्दर, ख़ूबसूरत

ख़ुलासा (सं., पु., वि.) : साराँश

ख़ू (सं., स्त्री.) : स्वभाव, प्रकृति, आदत

ख़्वाहिश-मन्द (वि.) : इच्छुक, अभिलाषी, आकांक्षी

ख़्वाहर (सं., स्त्री.) : भगिनी, बहन

ख़बर (सं., स्त्री.) : समाचार

ख़राश (सं., स्त्री.) : खरोंच, छिलन

ख़ाक (सं., स्त्री.) : मिट्टी, मृत्तिका, धूल, राख

ख़ाक का पैवन्द करना (मु.) : दफ़्न करना, मिट्टी में मिलाना

ख़ाक सारी (सं., स्त्री.) : ख़ाकसार होने की अवस्था या भाव, बहुत अधिक विनम्रता, ग़रीबी

ख़ाक-सार (वि.) : बहुत अधिक विनीत या दीन, तुच्छ, विनम्र

ख़ारिज (वि.) : बहिष्कृत, निकलने वाला, निकला हुआ, रद किया हुआ

ख़ादिम (सं., पु.) : वो जो सेवा करता हो, नौकर, दास, सेवक

ख़ातिर करना (मु.) : आवभगत करना, सत्कार करना

ख़ावन्द/खाविन्द (सं., पु.) : पति, ख़सम, स्वामी

ख़ानक़ाह (सं., स्त्री.) : मुसलमान फ़क़ीरों, सूफ़ियों, साधुओं, अथवा धर्म–प्रचारकों एवं धर्मशिक्षकों के ठहरने या रहने का स्थान, विहार, मठ (खाना-गाह का अरबीकरण)

ख़ाना (सं., पु., प्र.) : घर, निवास स्थान, मकान

ख़ाला (सं., स्त्री.) : माँ की बहन, मौसी

ख़ुराक (सं., स्त्री.) : भोजन की मात्रा, भोजन की उतनी मात्रा जितनी एक बार अथवा एक दिन में खाई जाये, वो जो कुछ खाया जाये, भोजन, खाना

ख़ुश नसीब (वि.) : जिसका भाग्य या नसीब अच्छा हो, भाग्यशाली, सौभाग्यशाली

ख़ुश-मिज़ाज (वि.) : अच्छे स्वभाव वाला

ख़ुश-लिबास (सं., पु.) : उत्तम कपड़े पहनने वाला, अच्छी तरह से कपड़े पहने आदमी, अच्छा पहनने वाला

ख़ुश-आमदीद (वि.) : (स्वागत का वाक्य): शुभागमन, आपका आना शुभान्वित हो

ख़ुद-परस्त (वि.) : वो जो अपने-आप को ही सबसे बढ़कर समझता हो, हर बात में अपना गौरव और अपनी महत्तव जताने वाला, आत्मपूजक, अहंकारी

ख़ुर्द-बीन (सं., स्त्री.) : सूक्ष्मदर्शी

ख़ैर-मक़दम (पु.) : स्वागत, शुभागमन, स्वागत की वो रस्म या समारोह जो किसी व्यक्तित्व की आगमन पर अदा की जाती है

ख़ैर-अन्देश (वि.) : भलाई की बात सोचने वाला, शुभचिंतक

ख़ला (सं., पु.) : अन्तरिक्ष, पृथ्वी का आकर्षण शक्ति की परिधि से बाहर ख़ाली स्थान

ख़लाई (वि.) : अन्तरिक्ष से सम्बन्धित, अन्तरिक्ष का

खबीस (सं., पु.) : जिन्न, अंतःकुटिल

ख़रीद-फ़रोख़्त (सं., स्त्री.) : क्रय-विक्रय

ख़ातिर (सं., स्त्री.) : हृदय, मन, अभिवादन, शिष्टता

खालिस (वि.) : शुद्ध

ख़ुमार (सं., पु.) : नशे के उतार की अवस्था, जिसमें हलका सिरदर्द और हलकी ऐंठन होती है, शरीर में नशे की थकावट

ख़ुश क़िस्मत (वि.) : भाग्यवान, सौभाग्यशाली, जिसका भाग्य तेज़ हो

ख़ुश-ज़ौक (वि.) : जिसको काव्य का अच्छा ज्ञान हो, जो काव्य-मर्मज्ञ हो

ख़ुश-बख़्त (वि.) : भाग्यवान, अच्छे भाग्य वाला, जिसका भाग्य अच्छा हो

ख़ुश-मिज़ाज (वि.) : हासप्रिय, विनोद-रसिक, सुशील

ख़ुश-रंग (वि.) : अच्छे रंग वाला, सुन्दर वर्ण या रंग का

ख़ुश-नवीस (वि.) : सुलेखक, सुन्दर लिपि में लिखने वाला

ख़ुशगवार (वि.) : सुखद, जो चित्त के अनुकूल हो, जो मन को अच्छा लगे, मनोवांछित

खुर्दा (सं., पु.) : ख़ुदरा, परचून अर्थात थोक का उल्टा

खुर्दा-फ़रोश (सं., पु.) : फुटकर माल बेचने वाला, थोक विक्रेता का विलोम, फेरी वाला

खुत्बा-ए-सदारत (सं., पु.) : अध्यक्षीय भाषण

इफ़्तार (सं., पु.) : दिन-भर के रोज़े अर्थात उपवास के बाद संध्या को कुछ खा कर उसकी समाप्ति करना, रोज़ा खोलने के लिये कुछ खाना या पीना

इंक़िलाब (सं., पु.) : परिवर्तन, काया पलट

इंकिसारी (वि.) : नम्रता, विनय, खाकसारी

इबादतगाह (सं., स्त्री.) : पूजा करने का स्थान, मस्जिद, मन्दिर, गिर्जा इत्यादि

इबलाग़ (सं., पु.) : पहुँचाना, भेजना, पत्र या सूचना प्रेषण

इश्क-ए-मजाजी (सं., पु.) : सांसारिक प्रेम

इश्क-ए-हक़ीक़ी (सं., पु.) : दैवीय-प्रेम , ईश्वर-भक्ति

इश्क़-ए-इलाही (सं., पु.) : अल्लाह की मोहब्बत, आध्यात्मिक प्रेम

इक़बाल (सं., पु.) : भाग्य, धन, प्रताप

इक़बाल-ए-जुर्म (सं., पु.) : अपना अपराध स्वीकार करना

इक़रार (सं., पु.) : प्रतिज्ञा, अहद, वचन, वादा

इम्कान : सँभावना

इमाम (सं., पु.) : नमाज़ पढ़ाने वाला, जो नमाज़ में अग्रणी हो या संचालन कराए, मुसलमानों के धार्मिक कृत्य कराने वाला व्यक्ति

इख़्तियार (सं., पु.) : अधिकारक्षेत्र, अधिकार, सामथ्र्य, अनुमति

इख़्तिलाफ़ (सं., पु.) : असहमति

इक्तिदार (सं., पु.) : अधिकार, शक्ति, सत्ता, सरकार, शासन

इस्तिकबाल (सं., पु.) : अगवानी, स्वागत

इश्तिहार (सं., पु.) : प्रचार, प्रसार, विज्ञापन

इत्तिहाद (सं., पु.) : एकजुटता, एकता

इन्तिखाबात (सं., पु., बहु.) : चुनाव

इन्तिक़ाम (सं., पु.) : बदला, प्रतिशोध

इन्तिज़ामिया (सं., स्त्री.) : प्रशासन, इन्तिज़ाम से संबद्ध, प्रबन्ध एवं व्यवस्था करने वाली संस्था (सरकारी या ग़ैर-सरकारी)

इरशाद (सं., पु.) : कहना, बोलना, किसी की बात सुनने की फ़रमाइश

इस्लाह (सं., स्त्री.) : संशोधन, काव्य या लेख की त्रुटियों को सुधारना आप

इज़ार (सं., पु.) : गाल, कपोल, गाल और चेहरा

इज़ार-बन्द (सं., पु.) : नाड़ा, पाजामा बाँधने का फ़ीता, कमर बन्द

इनायत (सं., स्त्री.) : कृपा

इल्म (सं., पु.) : ज्ञान

इल्प-दोस्त (सं., पु.) : विद्या से प्रेम करने वाला, विद्वज्जनों की कद्र कर वाला

इल्ज़ाम (सं., पु.) : आरोप

ईजाद (सं., स्त्री.) : आविष्कार, खोज, किसी नयी वस्तु का बनाना, नव-निर्माण

बख़्श (सं., पु., प्र.) : अंश, खण्ड, उपहार

बख़्तयार (वि.) : जिसका भाग्य उसका मित्र हो, सौभाग्यशाली, क़िस्मत वाला

बख़्त (सं., पु.) : भाग्य, नसीब

बर्बाद (वि.) : ध्वस्त, तबाह, नष्ट

बर्क़ (सं., स्त्री.) : बिजली, विद्युत, आकाशीय बिजली, चमक-दमक

बर्क़-रफ़्तार (वि.) : आकाशीय बिजली की गति

बगिया (सं., पु., स्त्री.) : छोटा बाग़ विशेषतः फुलवारी

बहरिया (सं., स्त्री.) : जलसेना, युद्धक जहाजों का विभाग

बहर (सं., स्त्री.) : (छन्द): नज़्म के उन्नीस स्थापित आहंगों या वज्नों में से हर एक जो शेर का वज्न जानने और ठीक करने में काम देते हैं

बहरी (वि.) : सामुद्रिक

बहार (सं., स्त्री.) : वसन्त ऋतु, जाड़े के बाद का मौसम, नये फूल खिलने की ऋतु

बहाना-साज़ (वि.) : बहाने बनाने वाला अर्थात प्रेमिका

बहाल (वि.) : पहले जैसा, अपने पद पर दोबारा नियुक्त

बरपा (वि.) : उत्पात, उपद्रव

बरामदा (सं., पु.) : घर के बाहर बैठने आदि का सामने से खुला स्थान, ओसारा

बरादर-ए-निस्बती (सं., पु.) : बीवी का भाई, साला

बा-क़ायदा (वि.) : नियमानुसार

बा-वफ़ा (वि.) : निष्ठावान, स्वामिभक्त, आज्ञानुयायी

बा-अख़लाक़ (वि.) : अच्छे शील-स्वभाव वाला, शिष्ट

बा-असर (वि.) : प्रभावशाली व्यक्ति, जिसका प्रभाव हो

बा-अदब (वि.) : शिष्ट, सम्मानपूर्ण, अच्छे शिष्टाचार का

बारिश (सं., स्त्री.) : वर्षा ऋतु, वृष्टि, बरखा, बरसात

बाराँ (सं., पु.) : वर्षा, बरसात

बश्शाश (वि.) : मगन, आनन्दित, ताजा

बादा (स., पु.) : शराब

बादा-कश (वि.) : शराब पीने वाला, मदिरापान करने वाला

बादशाहत (सं., स्त्री.) : बादशाह का पद, राजत्व

बावर्ची (सं., पु.) : खाना पकाने वाला, रसोइया

बावर्ची-खाना (सं., पु.) : रसोई-घर, पाकशाला

बोस्तान (सं., पु.) : फूलों का बगीचा, शेख़ सादी की फ़ारसी कविताओं का संग्रह

बाज़-औक़ात (क्रि.-वि.) : किसी समय, किसी वक़्त, कभी-कभी

बाज़ू (सं., पु.) : भुजा, बाँह

बाजी (सं., स्त्री., वि.) : बड़ी बहन, आपा

बाग़ (सं., पु.) : वो स्थान जहाँ शोभा और मनी-विनोद आदि के लिये अनेक प्रकार के छोटे-बड़े पेड़ पौधे लगाए गये हों, उद्यान, उपवन

बाग़बान (सं., पु.) : माली, वो व्यक्ति जो बाग में पेड़-पौधे उगाता तथा शेपता हो और उनकी देखभाल तथा सेवा करता हो

बद-मआश (वि.) : जिसकी जीविका बुरे कामों से चले, बुरे चलन का, चोर, दुष्ट

बद-मिज़ाज (वि.) : चिड़चिड़े स्वभाव वाला

बद-दिमाग़ (वि.) : अहंकारी, ज़रा-सी बात पर बुरा मान जाने वाला, नाजुक दिमाग़

बद-दिल (वि.) : निराश, उदास, मलिनचित्त

बद-रंग (वि.) : उड़े हुए या बिगड़े हुए रंग का, जिसका रंग उड़ गया हो। या फीका

पड़ गया हो

बद-तमीज़ (वि.) : अशिष्ट, असभ्य, फूहड़, बदज़वान

बद-ज़बान (वि.) : अनुचित या दूषित बातें करने वाला, जो बुरी भाषा बोलता हो

बद-ज़ौक़ (वि.) : वो जो काव्य-रसिक न हो

बद-अन्देश (वि.) : बुरा सोचने वाला, दुश्चिंतक

बद-गुमानी (सं., स्त्री.) : कुधारणा, अविश्वासी, किसी के विषय में बुरा विचार

बदन (सं., पु.) : शरीर, काया, देह, तन

बुत (सं., पु.) : मूर्ति, प्रतिमा

बुत-ख़ाना (सं., पु.) : देवालय, मन्दिर, वो स्थान जहाँ पूजा के लिये मूर्तियाँ रखी हों,

बुत-परस्ती (सं., स्त्री.) : मूर्तिपूजा, मूर्तियों को पूजने की क्रिया

बुर्ज-ए-मीज़ान (सं., पु.) : तुला राशि, सातवाँ बुर्ज

बुलन्द (वि.) : ऊँचा, उच्च, विशाल

बुलन्द इक़बाल : वो जिसका पद अथवा प्रतिष्ठा उच्च हो

बुलन्दी (सं., स्त्री.) : बुलन्द होने की अवस्था या भाव, ऊँचाई

बै (सं., स्त्री.) : बेचना, बेचने का काम, बिक्री

बे-रुख़ी (वि., स्त्री.) : उदासीनता, अनिच्छा

बे-इल्म (वि.) : विद्याहीन, निरक्षर

बे-नियाज़ी (सं., स्त्री.) : बे-रुखी, उपेक्षा

बे-शर्म (वि.) : निर्लज्ज, बेहया, स्वाभिमानरहित

बे-सबब (वि.) : बिना कारण, अकारण

बे-वक़ूफ़ (सं., पु., वि.) : बुद्धिहीन, निर्बुद्धि, मूर्ख, नासमझ

बे-तकल्लुफ़ (वि.) : घनिष्ठ, अन्तरंग, निःसंकोच, बेखटके

बे-ज़बान (वि.) : जो किसी बात का विरोध या प्रतिक्रिया न करके चुपचाप उसे सह लेता हो

बे-गैरत (वि.) : निर्लज्ज, बेहया, अस्वाभिमानी बे-हया जिसे हया या लज्जा न हो, निर्लज्ज, लज्जा-शून्य

बेमानी (वि.) : निरर्थक, अर्थहीन

बेहोशी (सं., स्त्री.) : बेहोश होने की अवस्था या भाव

बेहूदा (वि.) : व्यर्थ, असभ्य, अशिष्ट, अश्लील

बेदार (वि.) : जागना, जाग्रत, सोने से उठा हुआ

बेदाद (सं., पु.) : ज़ुल्म, अन्याय, अधर्म, किसी कवि अथवा शायर का श्रोतागण द्वारा छूट होना

बेवफ़ा (वि.) : जिसमें वफ़ा न हो, दगाबाज, जो वादे का पक्का न हो

बेगाना (वि.) : जिससे आत्मीयता पूर्ण जान-पहचान, परिचय या सम्बन्ध हो, जो अपना न हो, अपरिचित

बेगानगी (सं., स्त्री.) : अपरिचय, बेगाना होने की अवस्था या परायापन, अनजानपन

क़याम (सं., पु.) : अस्थायी निवास, ठहरना, विश्राम

क़ायदा (सं., पु.) : नियम

क़ाफ़िया (सं., पु.) : तुकान्तक शब्द, कविता या पद्म में अन्तिम चरणों में मिलाया जाने वाला अनुप्रास

क़ौमी परचम (सं., पु.) : राष्ट्रीय ध्वज या झण्डा

क़ौल (सं., पु.) : वचन, बोल, सौगन्ध, एक राग का नाम भी हैं

क़ाज़ी (सं., पु.) : न्यायकर्ता, न्यायाधीश, निकाह पढ़ाने वाला

क़सीदा (सं., पु.) : पद्यात्मक प्रशंसा

क़द ऊँचा होना (मु.) : प्रतिष्ठा बढ़ना, महत्व बढ़ना

क़द-आवर (वि.) : बड़े डील-डौल वाला, लम्बा तगड़ा

क़दम (सं., पु.) : पाँव, पैर, पग

क़वायद (सं., पु., बहु.) : व्याकरण

क़फ़स (सं., पु.) : (परिन्दों का): पिंज़रा

क़ुर्बत (सं., स्त्री.) : निकटता, समीपता

क़त्ल-ओ-ग़ारत (सं., पु.) : हत्या और लूटमार, रक्तपात

क़ल्ब (सं., पु.) : हृदय, दिल, मन

क़लन्दर (सं., पु.) : एक प्रकार के फ़क़ीर जो मस्त और आज़ाद रहते हैं

कबीर (वि.) : बड़ा, महान, श्रेष्ठ

कबाब (सं., पु.) : तला हुआ, भुना हुआ, भुने या तले हुए मांस की बोटी या टिकिया अथवा सौंख पर सेंका गया मांस

कम-बख़्त (वि.) : भाग्यहीन, अभागा, हतभाग्य

कम-सुख़न (वि.) : कम बोलने वाला, जो बातचीत कम करे

कमीना (वि.) : नीच, दूसरों से अनुचित तथा निन्दनिय व्यवहार करने वाला, बहुत ही तुच्छ या हीन विचारों वाला

करम-फ़रमा (वि.) : दयालु

करम-फ़रमाई (सं., स्त्री.) : दयालुता

कश (स., पु.) : खींचने की क्रिया या भाव

काइनात (सं., स्त्री.) : ब्रह्माण्ड

काबीना (सं., पु.) : मन्त्रि मण्डल, मन्त्रि परिषद

कामयाब (वि.) : सफल, जिसका अभिप्राय या मनोरथ सिद्ध हो गया हो

काफ़िर (सं., पु.) : अधर्मी, प्रेमपात्र, नास्तिक, इनकार करने वाला

कातिब (सं., पु., वि.) : लिपिक, लेखों आदि की प्रतिलिपि करने वाला व्यक्ति

कशीदा-कारी (सं., स्त्री.) : कपड़े पर कढ़ाई करने की क्रिया, सुई-धागे से बेल-बूटे बनाना या काढ़ना

कार-साज़ (वि.) : काम बनाने वाला, उपाय निकालने वाला

कारोबार (सं., पु.) : व्यापार

कारवाँ (सं., पु.) : चलता हुआ क़ाफ़िला, देशान्तर जाने वाले यात्रियों व्यापारियों का दल

कोफ़्त (सं., स्त्री.) : घुटन, दिली ख़लिश, दुख, कष्ट

कोह (सं., पु.) : पर्वत, पहाड़, (सांकेतिक): बहुत अधिक, ढेर सारा

कस्म पुर्सी (सं., स्त्री.) : असहाय होना, ऐसा जीवन जिसमें कोई पूछने जाला न हो, वो स्थिति जब अपने भी पराए लगने लगें

कसरत (सं., स्त्री.) : बहुतायत, अधिकता, प्रचुरता

कसाफ़त (सं., स्त्री.) : गन्दगी, प्रदूषण

कद (सं., पु.) : शरीर की लम्बायी, डील

कुदरत (सं., स्त्री.) : प्रकृति

कुदूरत (सं., पु., स्त्री.) : गौल, मैलापन, गदलापन, गन्दगी

कुलाह (सं., पु.) : टोपी

कश्ती (सं., स्त्री.) : एक प्रकार की छिछली और लम्बी तश्तरी

कैफ़ियत (सं., स्त्री.) : हालत, दशा, स्थिति

कैद-ए-बा-मशककत (सं., स्त्री.) : कठोर कारावास, वो क़ैद जिसमें मेहनत ली जाये

कैद-ए-फ़रंग (सं., स्त्री.) : अंग्रेज़ों की कैद, क़ैद जो क्रूरता और निर्दयता के लिये प्रसिद्ध हो

मय (सं., स्त्री.) : मदिरा

मय-ख़्वार (स., पु.) : शराबी, मदिरापान करने वाला

मय-ख़ाना (स., पु.) : मधुशाला

मय-कश (वि.) : (पु.) : शराबी, मदिरापान करने वाला

मय-गुसार (वि.) : शराब पीने वाला, मदिरापान करने वाला

मयकदा (सं., पु., संयुक्त शब्द) : मधुशाला, मदिरालय

मख़मूर (वि.) : वो व्यक्ति जो नशे में हो

मख़्फ़ी (वि.) : गुप्त, छिपा हुआ

मंबा (सं., पु.) : ज़मीन में वो स्थान जहाँ से पानी निकलता है, स्त्रोत, चश्मा

मंसूख़ (वि.) : निरस्त, काटा हुआ, जो रद्द कर दिया गया हो

मंज़र (सं., पु.) : दृश्यावली, नज़ारा, दृश्य, सीन

मंज़र-नामा (सं., पु.) : पटकथा, परिदृश्य, किसी कहानी या नाटक आदि।

मक़बूल (वि.) : स्वीकारा हुआ, सर्वप्रिय, लोकप्रिय

मक्ता (सं., पु.) : समाप्ति बिन्दु, गजल या नज्म का आख़िरी शेर जिसमें शायर का उपनाम आता है

मकतब (सं., पु.) : छोटे बालकों के पढ़ने का स्थान, पाठशाला

मकतबा (सं., पु.) : पुस्तक घर, किताब ख़ाना, पुस्तक विक्रय स्थल, पुस्तकालय, प्रकाशन संस्था

मर्कज़ (सं., पु.) : केन्द्र

मर्कज़ी (सं., स्त्री.) : केन्द्रीय

मम्नून (वि.) : कृतकृत्य, वो जिस पर एहसान किया गया हो

मर्सिया (सं., पु.) : कर्बला के मैदान में शहीद होने वाले इमाम हुसैन और उनके साथियों की स्मृति में लिखा हुआ शोक-गीत, इमाम हुसैन की याद में पढ़ा जाने वाला महाकाव्य

मनिश (सं., स्त्री.) : स्वभाव, प्रकृति, गुण

मह (सं., पु.) : 'माह' का लघु, चन्द्र

मह-जबीन (सं., पु.) : चाँद समान चमकीले माथे वाला, सुन्दर, प्रेमिका

महबूब (सं., पु.) : प्रियतम, वो जिससे प्रेम किया जाये, जिसे चाहा जाये

महफ़िल-ए-समा (सं., स्त्री.) : क़व्वाली की एक सभा, ऐसी महफिल जिसमें आरिफ़ाना कलाम गाया जाये

महसूस (वि.) : इंद्रियों के द्वारा जिसका अनुभव किया जाये, स्पर्श ज्ञान, अनुभूत

महदूद (वि., लाक्षणिक) : जिसकी सीमा बाँध दी गयी हो, सीमाबद्ध, सीमित

मीर (सं., पु.) : नेतृत्व करने वाला

मीर-ए-कारवाँ (सं., पु.) : कारवाँ का अगुवा, यात्रियों के समूह का मार्गदर्शक

मीज़ान (सं., पु.) : तुला

मीना (सं., पु.) : शीशे की सुराही जिसमें शराब रखते हैं।

मरदूद (वि.) : निकाला हुआ, बहिष्कृत

मारूफ़ (वि.) : सुप्रसिद्ध, जिसको बहुत लोग जानते हों

माक़ूल (वि.) : उचित, तर्कसंगत, पर्याप्त

मशकूर (वि.) : आभारी

माहाना (सं., पु.) : मासिक

मार-ए-आस्तीन (सं., स्त्री.) : आस्तीन का साँप

मारका (सं., पु.) : लड़ाई, युद्ध, संग्राम

मादर-ए-वतन (सं., स्त्री.) : मातृभूमि, प्यारा वतन

मादरी ज़बान (सं., स्त्री.) : वह भाषा जो बालक माता की गोद में रहते हुए बोलना सीखता है, मातृभाषा

मातम (सं., पु.) : शोक में रोना-पीटना, मृतक का शोक, इमाम हुसैन की याद में सिर या सीना पीट कर रोना

मातम पुर्सी (सं., स्त्री.) : मृतक के सम्बन्धियों के यहाँ जा कर प्रकट की जाने वाली सहानुभूति, शोक व्यक्त करना

मातमी-लिबास (सं., पु.) : वो वस्त्र अथवा पहनावा जो शोक सभा में पहना जाता है

मौक़ा-ए-वारदात, घटना स्थल

मोहसिन (वि., पु.) : एहसान करने वाला

मोहलिक (वि.) : मार डालने वाला, जानलेवा

मोहतरम (वि.) : सम्मानित, महोदय

मौसम-ए-हिज्र : विरह का मौसम

मौसीक़ी (सं., स्त्री.) : संगीत, राग-विद्या, गान-विद्या, संगीतकला

मौसीक़ार (सं., पु.) : संगीतज्ञ, संगीतकार

मौज़ू : विषय, मुद्दा, प्रसंग, टॉपिक

मौजूद (वि.) : उपस्थित, अस्तित्व, प्रस्तुत ग़ैर-मौजूद अनुपस्थित, मौजूद या विद्यमान न होना

मौलाना (सं., पु.) : बहुत बड़ा विद्वान्, विशेषतः इस्लाम के सिद्धान्तों का पण्डित

मौलवी (सं., पु.) : पढ़ा-लिखा आदमी, शिक्षित, इस्लाम धर्म का विद्वान्

माज़ी (सं., पु.) : विगत, गुज़रा हुआ, अतीत, भूतकाल

मानी (सं., पु.) : अर्थ

माल (सं., पु.) : रुपया-पैसा

मालूब (वि.) : परास्त, विवश, बल पूर्वक दबाया हुआ, अधीन

मसरूर (वि.) : प्रसन्न, प्रफुल्ल, हर्षित, आनंदित, हर्ष और उल्लास में डूबा हुआ

मसहूर (वि.) : मन्त्रमुग्ध, जिस पर जादू किया गया हो

मसर्रत (सं., स्त्री.) : ख़ुशी की स्थिति जो किसी बात से पैदा हो जाये, आनन्द, हर्ष, उल्लास

मस्ती (सं., स्त्री.) : मस्त होने की अवस्था या भाव, मतवालापन

मस्नवी (सं., स्त्री.) : उर्दू पद्य की एक विधा, जिसमें कोई कहानी या उपदेश एक ही वृत्त में होता है और उसका हर शेर दूसरे शेर से रदीफ़ क़ाफ़िए में नहीं मिलता, और हर शेर के दोनों मिसरे सानुप्रास होते हैं।

मदहोशी (सं., स्त्री.) : बेसुधपन, निश्चेष्टता, उन्मत्तता

मदरसा (सं., पु.) : पाठशाला, विद्यालय, शिक्षा स्थल, स्कूल, इस्लाम धर्म का ज्ञान देने वाली शिक्षण संस्था

मर्दुम (सं., पु.) : मनुष्य, इन्सान, मानव

मुख़बिर (वि.) : भेदी, पुलिस का गुप्त सूत्र

मुख़ालिफ़ (सं., पु., वि.) : विरोधी

मुख़ालिफ़त (सं., स्त्री.) : विरोध, दुश्मनी, शत्रुता, वैमनस्य

मुंसिफ़ (वि.) : न्यायाधीश

मुंसिफ़ी (सं., स्त्री.) : न्याय के साथ निर्णय

मुंशी (सं., पु.) : लेखापाल, लेखा-जोखा रखने वाला

मुबाहिसा (सं., पु.) : वाद-विवाद, तर्क-वितर्क, परिचर्चा

मुबारक (वि.) : (विस्मयादिबोधक) : किसी को शुभ अवसर पर बधाई देने के लिये प्रयोग होता है।

मुबारकबाद (सं., स्त्री.) : (अव्यय) : बधाई हो, मंगलमय हो, कल्याण हो, ये वाक्य प्राय: ख़ुशी के अवसर पर एक-दूसरे से कहते हैं

मुक़द्दमा (सं., पु.) : मुक़दमा, मामला, दावा, केस, अदालत से न्याय माँगना

मुकद्दर (सं., पु.) : भाग्य, नसीब

मुकद्दस (सं., पु.) : पवित्र

मुकर्रर (वि.) : दोहराना, फिर, एक बार और

मुकालमा (सं., पु.) : संवाद

मुल्जिम (सं., पु., वि.) : आरोपी

मुहर्रिर (सं., पु.) : वकील के साथ काम करने वाला मुंशी

मुहज़्ज़ब (वि.) : सभ्य, संस्कारी, शिष्टाचारी

मुद्दई (सं., पु.) : दावा करने वाला, फ़रियादी, न्याय माँगने वाला

मुद्दत (सं., स्त्री.) : अवधि, काल, दीर्घ काल

मुद्दआ (सं., पु.) : आशय, उद्देश्य, अभिप्राय

मुरीद (सं., पु.) : किसी विशेष धर्मगुरु के प्रति बहुत अधिक विश्वास और श्रद्धा रखने वाला तथा उसका अनुयायी

मुराद (सं., स्त्री.) : मनोकामना, इच्छा, मन्नत

मुशायरा (सं., पु.) : उर्दू-फ़ारसी आदि के शायरों का वो सम्मेलन जिससे वे अपनी सल आदि पढ़कर सुनाते हैं, कवि सम्मेलन

मुशाहदा (स., पु.) : निरीक्षण, दर्शन, देखना, अनुभव

मुशाहदा-ए-हक (स., पु.) : ईश्वर को जानना और पहचानना

मुसन्निफ़ (सं., पु.) : लेखक

मुसद्दस (सं., पु.) : शायरी में छः पंक्तियों वाला काव्य

मुसाहिब (सं., पु.) : दरबारी, राजा का परामर्शदाता, किसी बड़े आदमी के पास उठने-बैठने वाला व्यक्ति

मुसाफ़िर (सं., पु.) : यात्री

मुसाफ़िर खाना (सं., पु.) : यात्रियों के रुकने का स्थान

मुसाफ़त (सं., स्त्री.) : दूरी

मुदीर (सं., पु.) : सम्पादक

मुदीर-ए-आला (सं., पु.) : प्रधान सम्पादक

मुदारात (सं., स्त्री.) : आवभगत, सत्कार

मुफ़लिस (वि.) : (पु .) : कंगाल, धनहीन, दरिद्र

मुतकब्बिर (वि.) : घमण्ड करने वाला, इतराने वाला, अहंकारी

मुतहर्रिक (वि.) : गतिशील, स्वरयुक्त, चलती हुई

मुश्तरक (वि.) : साझे का, मिला-जुला

मुतशक्किर (वि.) : आभारी

मुतशद्दिद (वि.) : कट्टर, कठोर, दूसरों पर अत्याचार करने वाला, क्रूर

मुजरिम (सं., पु., वि.) : अपराधी

मुजाहिद (वि.) : (पु.) : प्रयासरत, प्रयत्नशील, विधार्मियों से युद्ध करे वाला

मुजाविर (सं., पु.) : किसी मज़ार का रक्षक पवित्र स्थल का सेवक, दरगाह में झाड़ू लगाने वाला व्यक्ति

मुनकसिरुल-मिज़ाज (वि.पु.) : विनीतात्मा, विनम्र स्वभाव

मुनकसिर (वि.) : भग्न, टूटा हुआ, नम्र, विनीत

मुन्तज़िम (सं., पु.) : व्यवस्थापक

मुअल्लिम (वि.) : शिक्षक, अध्यापक, पढ़ाने वाला, शिक्षा देने वाला

मुआहदा (सं., पु.) : लिखित प्रतिज्ञापत्र, अनुबंध के दस्तावेज, अनुबंध, संधि पर सहमत होना

मुर्ग़ (सं., पु.) : पक्षी, उड़ने वाला जानवर (जो कुछ जस्सा भी रखता हो) :

मुर्ग़बान (वि.) : कुक्कुट पालन करने वाला, मुर्गियों का व्यापार करने वाल

मुर्ग़बानी (सं., पु.) : कुक्कुट पालन, मुर्गियों का व्यापार

मुल्क-बदर (वि.) : जिसे देश या किसी शहर या क्षेत्र आदि से निकाल दिया जाये, तड़ीपार, देश-निकाला

मुलाज़िम (सं., पु.) : कर्मचारी, नौकरी करने वाला, (वेतन या मज़दूरी पर): कार्यालय आदि में काम करने वाला

मुलाज़िमत (सं., स्त्री.) : नौकरी, चाकरी, सेवा, किसी की सेवा में रहने या होने का भाव

मुल्ला (सं., पु.) : बहुत बड़ा विद्वान, इस्लामी धर्म-शास्त्र का आचार्य या विद्वान

मतला (सं., पु.) : ग़जल का पहला शेर जिसके मिसरे सानुप्रास होते हैं, आकाश पर जहाँ सूरज चाँद उभरते हैं

मेहमान (सं., पु.) : अतिथि, आमन्त्रित जन

मेहमान-खाना (सं., पु.) : अतिथि-कक्ष, मुसाफ़िरखाना, मेहमान को ठहराने की जगह, वो पृथक मकान या घर का भाग जहाँ मेहमान ठहराए जायें

मेहमान-नवाज़ी (सं., स्त्री.) : आतिथ्य-सत्कार

मेहरबानी (सं., स्त्री.) : दया, अनुकंपा

मेहराब (सं., स्त्री.) : द्वार के ऊपर का अर्धमण्डलाकार बनाया हुआ भाग, डाट वाला गोल दरवाज़ा, अर्धचन्द्र के आकार की कोई चीज़ या दीवार

मैदान-ए-जंग (सं., पु.) : युद्धक्षेत्र, रणभूमि, लड़ाई का मैदान

मेज़बान (सं., पु.) : अतिथि-पूजक, दावत या भोज कराने वाला, आतिथेय, परिचायक

मज़ामीन (सं., पु., बहु.) : लेख-समूह, निबन्ध, शोधपत्र, विषय

मजमा (सं., पु.) : भीड़

मजलिस (सं., स्त्री.) : सभा, संगठन, इमाम हुसैन की याद में आयोजित होने वाला कार्यक्रम

मजनूँ (सं., पु.) : जिसे जुनून या उन्माद हुआ हो

मनहूस (वि.) : अशुभ, अनिष्ट, अकल्याण-कारी

मन्द (प्रत्य.) : वाला अर्थात रखने वाला, जैसे रू ज़रूरतमन्द, एहसानमन्द इत्यादि

मनफ़ी (वि.) : नष्ट किया हुआ, मिटाया हुआ, रद्द किया हुआ

मलामत करना (यौ., क्रि.) : बुरा भला कहना, डॉटना-डपटना

मलाहत (सं., स्त्री.) : नमकीन होना, नमकीनी, शोर होना, नुनखरापन

मलाल (सं., पु.) : मन में होने वाला दुख, कष्ट

मल्लाह (सं., पु.) : वो जो नदी में नाव खेकर अपनी जीविका अर्जित करता हो, नाव चलाने वाला, नाविक

ख़िर्का (सं., पु.) : गुदड़ी, फ़क़ीरों का पहनावा, पैवन्द लगा वस्त्र, झबला

ख़िदमत (सं., स्त्री.) : सेवा, नौकरी

ख़िदमतगार (सं., पु.) : किसी की छोटी-छोटी और व्यक्तिगत सेवा वाला सेवक, नौकर-चाकर

ख़िज़ाँ (सं., स्त्री.) : पतझड़ की ऋतु, फाल्गुन और चैत के दिन

ख़िलअत (सं., स्त्री.) : शासक की ओर से मिलने वाला सिला हुआ अंग वस्त्र, भेंट

खिदमत-गुज़ार (वि.) : सेवा करने वाला

खिलाफ़ (वि.) : विपरीत, विरोध

खिलाफ़त (सं., पु.) : ख़लीफा का पद या भाव

बिरयाँ (वि.) : भुना हुआ

बिरादर (सं., पु.) : भ्रातृ, भाई (जिनके माँ-बाप दोनों एक हों या भिन्न हों) :

बिरादर-ए-ख़ुर्द (सं., पु.) : छोटा भाई, अनुज

बिरादर-ज़ादी (सं., स्त्री.) : भतीजी, भाई की पुत्री या बेटी

बिरादर-जादा (सं., पु.) : भतीजा, भाई का पुत्र या बेटा

बिस्तर (सं., पु.) : बैठने, लेटने आदि के लिये बिछाया जाने वाला कपड़ा, बिछौना

क़िता (सं., पु.) : कविता का एक रूप, उर्दू-फ़ारसी कविता की एक विधा जिसमें ग़ज़ल की तरह ही क़ाफ़िए की पाबन्दी की जाती है और जिसमें कोई एक बात कही जाती है।

क़िल्लत (सं., स्त्री.) : अभाव किसी वस्तु के कम मात्रा में मिलने या की अवस्था या भाव

किब्र : बड़ी आयु का होना

किल्लत (सं., स्त्री.) : कमी, अभाव

मियाँ (सं., पु.) : स्त्री का पति, स्वामी

मिल्कियत (सं., स्त्री.) : भूमि पर स्वामित्व का अधिकार, स्वामित्व

मिसरा (सं., पु.) : शेर की एक पंक्ति अर्थात एक काव्यात्मक पंक्ति (उर्दू कविता में)

मिज़ाज (सं., पु.) : स्वभाव, किसी पदार्थ का वो मूल गुण जो सदा बना रहे, मूल प्रकृति

मिज़ाज पुर्सी (सं., स्त्री.) : रोगी को देखने और उसे दिलासा देने के लिये जाना, किसी का कुशल-मंगल पूछना

हिकमत (सं., स्त्री.) : सूझ-बूझ, बुद्धिमत्ता, विद्वता

हिमाक़त (सं., स्त्री.) : मूर्खता, बेवकूफ़ी, अज्ञानता

हिमाकत आमेज़ (वि.) : मूर्खता से भरा हुआ

हिस (सं., स्त्री.) : पाँच इंद्रियों में से एक, महसूस करने की शक्ति, संवेदन शक्ति

हिज्ब (सं., पु.) : दल, समूह, पार्टी

हिना (सं., स्त्री.) : मेहंदी, मेहंदी का गहरा लाल रंग (लगने के बाद)

पिसर (सं., पु.) : पुत्र, बेटा, लड़का

पिदर (पु.) : बाप, पिता

पिश्वाज़ (सं., स्त्री.) : अँगरखे की भाँति का घेरदार दामन का लिबास जिसका घेरा लहँगे की तरह का होता है।

रियासती (वि.) : राज्य-सम्बन्धी

रिसाला (सं., पु.) : पत्रिका

रिज़्क (सं., पु.) : आहार, जीविका, भोजन, खाना, रोज़ी, जीवन-वृति

रिन्द (स., पु.) : शराबी, मदिरापान करने वाला

रिन्द-ए-बला-नोश (स., पु.) : बहुत अधिक और हर प्रकार की शराब पीने पिलाने वाला

शिकायत (सं., स्त्री.) : परिवाद

शिकायत कर्ता (वि.) : शिकायत करने वाला

शिरकत (सं., स्त्री.) : एक साथ मिल कर किसी काम में प्रवृत्त होना, व्यापार में

हिस्सेदार बनना

सियह-बख़्त (वि.) : अभागा, बुरे भाग्य वाला

सियह-पोश (वि.) : वो व्यक्ति जिसने शोक या मातम मनाने के उद्देश्य से काले वस्त्र पहने हों

सियासियात (सं., स्त्री.) : राजनीति-विज्ञान

सियाह (वि.) : काला

सियाह-फ़ाम (वि.) : काले रंग का, काली रंगत वाला

सियासत (सं., स्त्री.) : राजनीति

सियासत-दाँ (वि.) : राजनेता, नेता

सिंफ़ (सं., स्त्री.) : विधा

सिंगार-दान (सं., पु.) : सौन्दर्य प्रसाधन बॉक्स

सिपह-सालार (सं., पु.) : सेना का प्रधान अधिकारी, सेनाध्यक्ष

सिपाह (सं., स्त्री.) : सिपाही, लेना

सिरहाना (सं., पु.) : सर रखने की जगह, तकिया, चारपायी में सर की ओर का भाग

सिलसिला (सं., पु.) : पीरान-ए-तरीक़त अर्थात सूफ़ियों के मुर्शिद की बैअत अर्थात पीर के समक्ष समर्पण के बाद एक के बाद दूसरे आने वाले उत्तराधिकारियों का क्रम

दिफ़ा (सं., पु.) : रक्षा, बचाव, प्रतिरक्षा

दिल-कश (वि.) : दिल को अपनी ओर खींचने वाला, चित्ताकर्षक

दिल-ओ-जान (वि.) : जी-जान, प्राण-मन

दिल-आज़ारी (सं., स्त्री.) : कष्ट देना, कोई ऐसी बात कहना या करना जिससे किसी का दिल दुःखे

दिल-आजार (वि.) : दिल दुःखाने वाला, कष्ट देने वाला, दुखदायी

दिलेरी (सं., स्त्री.) : वीरता, शूरता, हिम्मत

विसाल (सं., पु.) : (सूफ़ीवाद) : किसी ब्रह्मज्ञानी की मृत्यु क्योंकि ईश्वर से मानो उनका मिलन होता है, पुनीतात्मा की मृत्यु, धार्मिक गुरुओं की मृत्यु

विर्द (सं., पु.) : जाप, रट, क़ुरआन की कोई आयत या दुआ के वाक्य का वज़ीफ़े के रूप में पढ़ना

विचार (सं., पु.) : ख़याल, राय, सोच

विलायत : मिलना, वली होने की स्थिति, ख़ुदा से निकटता, ख़ुदा क पहुँच होने की अवस्था

चिलमन (सं., स्त्री.) : चिक, बाँस की फट्टियों आदि का पर्दा जो खिड़कियों,

दरवाज़ों आदि के आगे लटकाया जाता है

फ़िक्र-मन्द (वि.) : जिसे किसी बात का खटका हो, चिन्तित, चिन्ताग्रस्त

फ़िल-हाल (क्रि.वि.) : इस समय, तत्काल, अभी

फ़िल्म-साज़ (सं., पु.) : फ़िल्म निर्देशक

फिशाँ (वि., प्रत्य.) : छिड़कने वाला, बिखेरने वाला, फैलाने वाला मिटाने वाला

फितरत (सं., स्त्री.) : प्रकृति, स्वभाव

तिलिस्म (सं., पु.) : जादू, कोई अनोखी बात, माया, इन्द्रजाल

तिलाई (वि.) : स्वर्णिम, सोने का, सुनहरा

तिले-दानी (सं., स्त्री.) : सूई, पेचक, कैंची, आदि रखने का छोटा सा बिटवा या थैली

ज़ियाँ (सं., पु.) : हानि, अनिष्ट

ज़ियारत (सं., स्त्री.) : तीर्थ यात्रा, किसी पवित्र व्यक्ति या स्थान का दर्शन

ज़िक्र (सं., पु.) : चर्चा, बयान, ईश्वर को याद करना

ज़िन्दाबाद : चिरंजीवी हो, जीवित रहो

ज़िन्दान (सं., पु.) : क़ैदखाना, पिंज़रा, जेल

ज़िल्लत-ओ-रुस्वाई (सं., स्त्री.) : अपमानित होने की अवस्था या भाव तिरस्कार, अनादर

जिंस (सं., स्त्री.) : वर्ग, क़िस्म, लिंग, जाति, वस्तु, पदार्थ, चीज़

ज़िम्मेदार (वि.) : उत्तरदायी, ऐसा व्यक्ति जिसके ऊपर किसी कार्य या वस्तु की जवाबदेही हो

जिहाद (सं., पु.) : प्रयत्न, सुरक्षात्मक युद्ध

जिस्म (सं., पु.) : शरीर, काया, देह, बदन

जिन्दगानी (सं., स्त्र.) : जीवन अवस्था, आयु, जीवनकाल

जिल्द-साज़ (सं., पु.) : कारीगर, पुस्तक की जिल्द बाँधने वाला

जिल्लत (सं., स्त्री.) : अपमानित, अपमान, अनादर

निवाला (सं., पु.) : खाने का कौर, लुक्मा, ग्रास

निज़ाम (सं., पु.) : प्रबन्ध या व्यवस्था का क्रम

निज़ामत (सं., स्त्री.) : संचालन

निगह (सं., स्त्री.) : नजर, दृष्टि बोध, तकना

निगाह-ए-करम (सं., पु.) : कृपा की दृष्टि

निगार (सं ., पु., प्र.) : चित्र बनाने वाला, सजाने वाला

ग़िज़ा : आहार, खाद्य पदार्थ, पौष्टिक आहार, भोजन, खाना

गिरवी (वि.) : किसी से ऋण लेने के लिये किसी वस्तु को रेहन रखना, जो रेहन रखा गया हो

गिरेबान (सं., पु.) : कमीज़ या कुरते का गला, ग्रीवा, गला

लियाक़त (सं., स्त्री.) : लायक़ होने की अवस्था या भाव, योग्यता व्यक्तियों में होने वाला किसी तरह का गुण या योग्यता

लिबास (सं., पु.) : पहनावा, वस्त्र, पोशाक

लिबास-ए-फ़ाख़िरा (सं., स्त्री.) : अनमोल वस्त्र, गर्व करने लायक़ पहनावा

हया (सं., स्त्री.) : लज्जा, शर्म

हयात (सं., स्त्र.) : जीवन, ज़िन्दगी

हफ़्ता (सं., पु.) : विशेषत : एक सोमवार (या इतवार) : से दूसरे सोमवार (या इतवार) : तक का समय

हफ़्ता-वार (वि.) : साप्ताहिक

हक़्-दार (वि.) : हक़ या अधिकार रखने वाला, अधिकारी

हकीम (सं., पु.) : वैद्य, चिकित्सक, मीमांसक, जड़ी-बूटियों से तैयार की गयी औषधि से रोगी का इलाज़ करने वाला वैद्य

हम-क़दम (वि.) : बराबर साथ-साथ क़दम मिला कर चलने वाला, साथ-साथ चलने वाले

हम-मानी (वि.) : एक अर्थ वाले शब्द, पर्यायवाची, समानार्थक

हम-प्याला-ओ-हम-निवाला (वि.) : साथ खाने-पीने वाला, घनिष्ट मित्र, लंगोटिया यार, जिगरी दोस्त

हम-राही (वि.) : सहयात्री

हम-शक्ल (वि.) : एक जैसी शक्ल या सूरत वाला, एकरूप

हम-साया (सं, पु.) : पड़ोसी, बराबर में रहने वाला

हम-सफ़र (सं, पु., वि.) : सहगामी, रास्ते में साथ चलने या यात्रा करने वाला

हम-दम (वि.) : हर समय का साथी, मित्र, अत्यन्त घनिष्ठ मित्र, जीवन-साथी

हम-दर्दी (सं., स्त्री.) : सहानुभूति, किसी और के दुर्भाग्य के लिये दया और दुख की भावनाएँ

हम-वतन (वि.) : देशवासी, एक ही प्रदेश के रहने वाले, एक नगर के रहने वाले

हम-ज़बान (वि.) : एक भाषा बोलने वाले, एक स्वर से, एकमत

हम-ज़ुल्फ़ (सं., पु.) : दो सगी बहनों के पति, साली का पति, साढ़ू

हम-जमात (वि.) : सहपाठी

हम-नशीन (वि.) : साथ बैठने वाला, साथ में उठने-बैठने वाला

हम-नवा (वि.) : सहमत, एक राय, एकमत, समर्थक

हम्माल (सं., पु.) : भार उठाने वाला, श्रमिक, कुली, सामान ढोने वाला

हमदम (वि.) : हर समय का साथी, मित्र, अत्यन्त घनिष्ठ मित्र

हमनफ़स (वि.) : जीवन-साथी, साथी, संगी, मित्र, दोस्त, हर साँस का साथी

हमल (सं., पु.) : बोझ उठाना, गर्भ

हमला-आवर (वि.) : आक्रमण या प्रहार करने वाला, चढ़ाई करने वाला, आक्रमणकारी, आक्रमण करने की तत्पर

हरक (सं., स्त्री.) : हरकत, हिलना

हरकत (सं., स्त्री.) : गतिविधि, कार्यकलाप

हरम (सं., पु.) : वो जो आदर करने योग्य हो, काबा का परिसर, अंत:पुर अर्थात महिलाओं का कक्ष

हरीफ़ (सं., पु.) : प्रतिद्वन्द्वी, विरोधी, शत्रु

हराम (वि.) : (पु.) : जो इस्लाम धर्म शास्त्र में वर्जित या त्याज्य हो, निषिद्ध

हरफ़नमौला (वि.) : हर एक काम में दक्ष, सब कामों में कुशल, अनेक विधाएँ जानने वाला

हामिला (वि.) : (स्त्री) : गर्भवती स्त्री, बोझ उठाने वाली, बोझ बर्दाश्त करने वाली

हासिद (वि.) : ईर्ष्या करने वाला, जलने वाला

हाफ़िज़ा (सं., पु.) : स्मरण शक्ति, याददाश्त

हाज़िरी (सं., स्त्री.) : उपस्थिति

हश्शाश-बश्शाश (वि.) : बहुत ख़ुश, प्रसन्नचित, बाग़-बाग़

होश (सं., पु.) : बुद्धि, समझ, समझदारी, जागरूक होना

होशरुबा (वि.) : होश उड़ाने वाला, होश ले जाने वाला, (लाक्षणिक)

हौसला अफ़ज़ाई (सं., स्त्री.) : साहस बढ़ाना, हिम्मत दिलाना

हौलनाक (वि.) : वह जिसके देखने से दिल में भय पैदा हो, दिल में भय बैठाने वाला, भयंकर

हाल (सं., पु.) : दशा, अवस्था, स्थिति, परिस्थिति, वर्तमान युग

हालात (सं., पु., बहु.) : परिस्थितियाँ, स्थितियाँ, दशाएँ

हस्सास (वि.) : स्वाभिमानी, संवेदनशील

हसद (सं., पु.) : जलन, ईर्ष्या, द्वेष, कपट

हस्त (सं., पु.) : अस्तित्व, वजूद, उपस्थिति

हस्ती (सं., स्त्र.) : अस्तित्व, वास्तविकता, सामथ्र्य

हवास-बाख़्ता (वि.) : घबराया हुआ

हुब्ब-ए-वतन (सं., पु.) : देशप्रेम, स्वदेशप्रेम, देशभक्ति

हुकूमत (सं., स्त्री.) : शासन, सत्ता, राज, राज्य

हुस्न-ए-फ़ितरत : प्राकृतिक सौन्दर्य

हुज़्न (सं., पु.) : रोना, दुख व्यक्त करना, दुख

हुज्न-ओ-मलाल (सं., पु.) : रोना, दुख व्यक्त करना, मन में होने वाला दुख

हैरत-ज़दा (वि.) : चकित, विस्मित, निस्तब्ध, अचंभे में पड़ा हुआ

हैरतनाक (वि.) : आश्चर्यजनक, अद्भुत

हैअत (सं., स्त्री.) : संरचना, रूप, बनावट

हजामत (सं., स्त्री.) : बाल दाढ़ी आदि बनाने का काम, बाल बनाना, बाल बनवाना

हज्व (सं., स्त्री.) : निन्दा, तिरस्कार, अपमान, ऐसी कविता जिसमें किसी की निन्दा की जाये

हज्जाम (वि.) : (पु.) : नाई, हजामत बनाने वाला, बाल काटने वाला, बाल–दाढ़ी आदि बनाने वाला

हलूफ-बर्दारी (सं., स्त्री.) : शपथ-ग्रहण, शपथ लेने की प्रक्रिया, वो समारोह जिसमें किसी को शपथ दिलायी जाती है।

हल्क़ (सं., पु.) : गला, टेटुवा, मुँह का अन्दरूनी भाग

हलाक (वि.) : ध्वस्त या नष्ट किया हुआ, मारा हुआ

हलावत : माधुर्य, मिठास, शीरीनी

पंजा-आज़माई (सं., स्त्री.) : पंजा लड़ाने का कार्य, (लाक्षणिक) : मुकाबल

परिन्द (वि.) : उड़ने वाला (जानवर) : पक्षी

पीर-ए-मुग़ाँ (स., पु.) : अग्नि-पूजकों का धर्मगुरु, मदिरालय का बूढ़ा प्रबन्धक, मदिरालय का स्वामी

परी-ज़ाद (सं., पु.) : परियों की सन्तान, परियों का बच्चा, अत्याधिक-पुत्र

परस्त (वि., प्रत्य.) : पूजा करने वाला

परस्तार (सं., पु.) : उपासक, उपासना अथवा पूजा करने वाले

पा (सं., पु.) : पैर, पाँव

पा-ए-तख़्त (सं., पु.) : राजधानी, मुख्य नगर

पामाल (वि.) : पैरों से रौंदा या कुचला हुआ, पददलित, विनष्ट

पोशाक (सं., स्त्री.) : पहनावा

पाज़ेब (सं., स्त्री.) : पायल, पाँव का गहना

पान-दान (सं., पु.) : वो डिब्बा जिसमें पान की सामग्री कत्था, सुपारी आदि रखी जाती है

पुर-सुकून (वि.) : शान्तिमय

पुर्सा करना (यौ., क्रि.) : शोक प्रकट करना, मृतक के परिवार वालों से हाल-चाल लेना

पुश्त (सं., स्त्री.) : पीठ, पीछे, सहारा, पीढ़ी

पुश्तैनी (वि.) : पूर्वजों का, ख़ानदानी, पीढ़ी दर पीढ़ी का, जो कई पीढ़ियों से बराबर चला आ रहा हो

पैमाँ (सं., पु.) : प्रतिज्ञा, इक़रार

पैराहन (सं., पु.) : वस्त्र, कुर्ता

पेश करना (यौगिक क्रिया) : (किसी चीज़ को किसी के) : सामने रखना

पेशकश (सं., स्त्री.) : भेंट, पुरस्कार

पैवन्द (सं., पु.) : चेपी, प्रत्यारोपण, फटे वस्त्र पर लगा अन्य टुकड़ा

पनाह-गाह (सं., स्त्री.) : वो स्थान जहाँ सुरक्षित रहा जा सके, शरणस्थल

पलड़ा भारी होना (मु.) : किसी बात की अधिकता या वरीयता होना (किसी की तुलना में)

रंजिश (सं., स्त्री.) : मनमुटाव, वैमनस्य, किसी की ओर से मन में बैन हुआ दुःख

रंज (सं., पु.) : कष्ट, पीड़ा, शोक

रंज-ओ-अलम (सं., पु.) : शोक और दुख, बहुत अधिक शोक

रंज-ओ-ग़म (सं., पु.) : कष्ट और दुख, हर प्रकार के कष्ट

रंजीदा : शोकाकुल, उदास, जिसे दुख हो

रंग-रेज (सं., पु.) : वो जो कपड़े रँगने का व्यवसाय करता हो, कपड़ा रंगने का काम या पेशा करने वाला व्यक्ति

रश्क (सं., पु.) : ईर्ष्या, किसी को हानि पहुँचाए बिना उस जैसा बनने की भावना

रश्क-ए-क़मर (सं., पु.) : जिससे चाँद को भी जलन हो

रक्क़ासा (सं., स्त्री.) : नर्तकी, नृत्य करने वाली

रक़ीब (सं., पु.) : प्रेमिका का दूसरा प्रेमी

रक़ाबत (सं., स्त्री.) : प्रतिद्वन्द्विता विरोध, एक प्रेमिका के दो चाहने वाली

रक़्स (सं., पु.) : नृत्य, नाच, डांस

रक्क़ाबत (वि.) : प्रतिद्वंद्विता, एक महबूब के दो चाहने वालों की शत्रुता

रकाबी (सं., स्त्री.) : प्लेट, तश्तरी, मिट्‌टी, चीनी या किसी धातु का छोटा-बड़ा फैला हुआ बर्तन का

रह-नुमा (सं., पु.) : पथ-प्रदर्शक

रह-गुज़ार (सं., स्त्री.) : रास्ता

रहबर (सं., पु.) : मार्गदर्शक

रहज़न (सं., पु.) : क़ाफ़िलों को लूटने वाला, डाकू, लुटेरा

रहनुमा (वि.) : पथ-प्रदर्शक, नेतृत्व करने वाला

राय-शुमारी (सं., स्त्री.) : वोटों की गिनती, मतगणना

राब्ता (सं., पु.) : मेल-मिलाप, सम्बन्ध जोड़

रौशन (वि.) : उज्ज्वल, प्रकाशमान, प्रकाश, प्रकाशपूर्ण, प्रदीप्त, चमकदार

रौशन-ख़याल (वि.) : जिसके विचारों में विस्तार और स्वतंत्रता पायी जाये, जो विचारों और प्रतिक्रियाओं में सहिष्णु या उदार हो

रौशन-दान (सं., पु.) : झरोखा, कमरे में प्रकाश एवं हवा को आने देने के लिये दीवार में ऊपर की ओर बना खुला स्थान

रौशनाई (सं., स्त्री.) : लिखने वाली सियाही, इंक, मसि

रौनक़ (सं., स्त्री.) : चहल-पहल, चमक, सौन्दर्य, सजावट, भीड़-भाड़

रौग़न (सं., पु.) : रौशन, घी, घृत, तेल, चिकनाई, खाने का तेल

राज़-दान (सं., पु.) : विश्वासपात्र, रहस्यों को जानने वाला, जिस पर विश्वास किया जा सके

रदीफ़ (सं., स्त्री.) : ग़ज़लों आदि में प्रत्येक क़ाफ़िए के बाद बार-बार आने वाले शब्द जो बदलते नहीं

रफ़ीक़ (सं., पु.) : दोस्त, मित्र, साथ रहने वाला, संगी-साथी, मित्र, सहानुभूति रखने वाला

रफ़ीक़-ए-हयात (सं., पु.) : जीवन-साथी, अर्थात: पति, मियाँ-बीवी

रफ़ाक़त (सं., स्त्री.) : दोस्ती, मित्रता, संगत, सहकारिता, साथ

रफ़ूगर (सं., पु.) : कपड़े रफ़ू करने वाला

रेख़्ती (सं., स्त्री.) : वो काव्य जो महिलाओं की बोली में लिखा जाये, रेखता की वो विधा जिसमें स्त्रियों की भाषा में (स्त्रैण) कविता की जाती थी

रेख़्ता (सं., पु.) : उर्दू भाषा, उर्दू भाषा का आरम्भिक नाम

रेहन (सं., पु.) : गिरवी, वो ऋण जो कोई वस्तु ज़मानत के रूप में रखव कर लिया

जाये

रेज़गारी (सं., स्त्री.) : ख़ुदरा पैसे, सिक्के वाली मुद्रा, छोटे सिक्के, छुट्टे पैसे, चिल्लर

रज़ (सं., पु.) : अंगूर, अंगूर की बेल, दाक्षा

रज़्म (सं., स्त्री.) : लड़ाई का मैदान, युद्ध

रज़्ज़ाक़ (वि.) : रिज़्क़ अर्थात रोज़ी देने वाला, खाना खिलाने वाला, पेट भरने वाला, ईश्वर की एक विशेषता वाला नाम

शफ़्फ़ाफ़ (वि.) : पारदर्शक

शबाना (वि.) : रात से सम्बन्धित

शकर-रंजी (सं., स्त्री.) : अप्रसन्नता, नाराजगी, कुछ समय तक रहने वाला द्वेष

शक्ल (सं., स्त्री.) : चेहरा, स्वरूप, आकृति, रूप

शमशीर (सं., स्त्री.) : तलवार, वह हथियार जो शेर की पूँछ अथवा नल समान बीच में कुछ झुका हुआ हो

शम्अ (सं., स्त्री.) : मोमबत्ती

शहीद (सं., पु.) : अपने धर्म, देश, सदाचार या कर्तव्य-परायणता की रक्षा के निमित्त अपने प्राण देने वाला

शहर-आशोब (सं., पु.) : कविता की एक विधा जिसमें राज्य की कुव्यवस्था, शासक की हीनता और प्रजा की दुर्गति का वर्णन होता है

शहरयार (वि.) : (पु.) : शासक, नगर का अधिकारी या मेयर

शहानी पोशाक (सं., स्त्री.) : शादी का जोड़ा

शहज़ादी (सं., स्त्री.) : राजकुमारी, राजा की पुत्री, राजघराने की पुत्री

शहजादा (सं., पु.) : बादशाह या राजा का पुत्र, राजघराने का लड़क राजकुमार

शरीक-ए-हयात (वि.) : जीवन-साथी, पति, पत्नी

शरीर (वि.) : शरारती, दुष्ट, चिढ़ाने के लिये छेड़ने वाला, छेड़-छाड़ करने वाला

शरीफ़ (वि.) : ऊँचे घराने का व्यक्ति, भला आदमी, कुलीन एवं सज्जन व्यक्ति

शरीअत (सं., स्त्री.) : धर्मशास्त्र, धार्मिक क़ानून, ईश्वरीय क़ानून

शराब (स., पु.) : मदिरा

शराब-खाना (स., पु.) : मदिरालय

शरारत-आमेज (वि.) : शरारत से भरा हुआ, शरारत से भरपूर

शरफ़ (सं., पु.) : श्रेय, सौभाग्य, सम्मान, आदर

शायक़ीन (सं., पु.) : शौक़ीन, इच्छा रखने वाले (प्रायः खेल या फ़िल्म आदि के

लिये)

शायर (सं., पु.) : कवि

शामियाना (सं., पु.) : एक प्रकार का तम्बू जो बाँसों पर रस्सियों की सहायता से हाँगा जाता है, पण्डाल, मण्डप, तम्बू

शोख़ी (सं., स्त्री.) : चंचलता

शौहर (सं., पु.) : पति, जीवन-साथी, वह पुरुष जिससे किसी स्त्री का हुए विवाह हुआ हो

शोर-ओ-गुल (सं., पु.) : वावेला, चीख़-पुकार, ह हंगामा

शुब्ह (सं., पु.) : शंका

शुक्रिया (सं., पु.) : धन्यवाद

शुक्र (सं., पु.) : कृपा

शुक्र-गुज़ार (वि.) : कृतज्ञ

शुअरा (सं., पु., बहु.) : कविगण

शैख़ (सं., पु.) : अरब में क़बीले का सरदार, अमीर, वो जो इस्लाम धर्म का उपदेश देता है।

शैदा (सं, पु.) : मुग्ध

शैतान (सं., पु.) : बहुत दुष्ट व्यक्ति, उपद्रवी या शरारती व्यक्ति

शनास (वि., प्रत्य.) : पहचानने या परखने वाला

शनासा (वि.) : जान-पहचान वाला, जानने-पहचानने वाला

शनासाई (सं., स्त्री.) : जान-पहचान, परिचय

शगुफ्तगी (सं., स्त्री.) : आंनद, अभिराम

सय्याह (वि.) : सैलानी, पर्यटक

सय्याद (सं., पु., वि.) : शिकारी

सूफी (सं., पु.) : उदार विचारों वाले मुसलमानों का एक रहस्यवादी सम्प्रदाय जिसमें तपस्या और प्रेम को ईश्वर प्राप्ति का माध्यम माना जाता है

सत्र-पोशी (सं., स्त्री.) : गुप्तांगों को ढकने या छिपाने की क्रिया

सफ़्हा (सं., पु.) : पृष्ठ

सफ़्हात (सं., पु., बहु.) : पृष्ठ, पन्ना

सद्र-ए-मुशायरा (सं., पु.) : मुशायरे का अध्यक्ष

संजीदा (वि.) : गम्भीर, अनुभवी, गम्भीर और शान्त, सन्तुलित, सहिष्णु

संग-ए-मील (सं., पु.) : मील का पत्थर, वो पत्थर जो रास्ते में दूरी जानने के लिये

एक-एक मील पर लगा देते हैं

सबक़ (सं., पु.) : जितना एक दिन में गुरु से पढ़ा जाये, पुस्तक का वो भाग जो विद्यार्थी एक दिन में अपने गुरु से पढ़े

सब्ज़ (वि.) : हरा, ताज़ा

सब्ज़-क़दम (वि.) : जिसका आना अनिष्ट-कर हो, मनहूस क़दम, अशुभ-चरण

सब्ज़-चश्म : अक्खड़, उजड्ड, निष्ठुर, दयाहीन

सब्ज़ी-फ़रोश (वि.) : साग तरकारी या सब्जी बेचने वाला, कुंजड़ा

सब्ज़ा (स., पु.) : हरी घास, हरियाली, हरीतिमा

सहर (सं., स्त्री.) : प्रात:काल, भोर, सवेरा

सहरी (सं., स्त्री.) : रमज़ान के महीने में प्रात: काल से पहले के समय व्रत करने की प्रतिज्ञा के साथ खाना खाने की क्रिया

सहरा (सं., पु.) : वो कविता जो शादी के अवसर पर दूल्हे और उसके सम्बन्धियों को ख़ुश करने के लिये लिखते हैं और इसमें सेहरे की प्रशंसा, दूल्हे के चेहरे पर उसकी सजावट की शायराना उपमाएँ होती हैं

सहाब (सं., पु.) : बादल, घटा, अब

सहाफ़ी (सं., पु.) : पत्रकार, ख़बरें लिखने एवं पढ़ने वाला

सहाफ़त (सं., पु.) : पत्रकारिता, समाचार पत्र व्यवसाय, पत्रिका लेखन

सर-ए-बाज़ार (सं., पु.) : सार्वजनिक रूप से, बीच बाज़ार में, सबके सामने, खुल्लम-खुल्ला

सर-ए-राह (क्रि.-वि., पु.) : बीच सड़क पर

सर-पोश (सं., पु.) : थाल या तश्तरी ढकने का कपड़ा, ढकना

सर-चश्मा (सं., पु.) : जल-स्त्रोत, जलकुंड

सर-फ़रोशी (सं., स्त्री.) : बलिदान होना, जान की बाज़ी लगाना, कटाना सिर

सर-गोशी (सं., स्त्री.) : कानाफूसी, चुपके-चुपके बातें करना, सर को कान के पास ले जा कर कुछ कहना

सरकार (सं., स्त्री.) : शासन, हुकूमत, स्वामी

सरमाया (सं., पु.) : पूँजी, सम्पत्ति

सरमाया-दारी (सं., स्त्री.) : पूँजीवाद, रुपया लगाकर लाभ कमाना

सराए (सं., स्त्री.) : यात्रियों के ठहरने का स्थान

सराब : मृगतृष्णा, भ्रम

सरापा (सं., पु.) : हुलिया, सर से पैर तक

सरापा-निगारी (सं., स्त्री.) : सर से पाँव तक शरीर की प्रशंसा करना, शरीर के हर अंग की प्रशंसा में शेर कहना

साइद (सं., पु.) : कलाई, हाथ

साक़ी (सं., पु., स्त्री.) : मदिरा पिलाने वाला

सामईन (वि., बहु.) : श्रोतागणऽ

साबिक़ा : आगे आने वाला, किसी से पाला पड़ना

साक़िया (सं., पु.) : ऐ साक़ी, ऐ शराब पिलाने वाले, शराब पिलाने वाली स्त्री

साहिब-ए-सलामत (सं., स्त्री.) : शिष्टाचार, सलाम-दुआ, अल्प-परिचय वाला सम्बन्ध

साहिब-ए-ज़ौक़ (सं ., वि.) : सहृदय, रसानुभवी, जिसे साहित्य का प्रेम और उसके गुण-दोष की परख हो, काव्य-मर्मज्ञ

साहिर (सं., पु.) : जादूगर, वह व्यक्ति जो जादू दिखाता हो

साहिल (सं., पु.) : किनारा

साज़िन्दा (सं., पु.) : वादक, वाद्य यंत्र बजाने वाला, तबलची

साफ़ी (सं., स्त्री.) : सफ़ाई के काम में आने वाला कपड़ा।

सोहबत (सं., स्त्री.) : संगत, पास बैठना, मित्रता, साथ

सौदा (सं., पु.) : ख़रीदने-बेचने या लेन-देन की बातचीत या व्यवहार पागलपन

सौदा-सुलफ़ (सं., पु.) : बाजार से ख़रीदी जाने वाली वस्तुएँ, खाने-पीन की चीज़ें

सौदाई (सं., पु.) : विक्षिप्त, पागल, प्रेमी

सोगवार (वि.) : शोक मनाने वाला, शोक सन्तप्त, शोकग्रस्त

सदाबहार (वि.) : हमेशा हरा-भरा रहने वाला

सदफ़ (सं., स्त्री.) : सीप

सर्द (वि.) : शीतकालीन, ठण्डा, नीरस, उदासीन

सवाद (स., पु.) : कालिमा, अंधेरा

सुरूर (स., पु.) : किसी मादक पदार्थ का हलका और सुखद नशा

सुख़न (सं., पु.) : काव्य अथवा कविता

सुर्ख़ियाँ (सं., स्त्री., बहु.) : शीर्षक, समाचार की हेड-लाइन्स, लेख आदि का शीर्षक जिसे सुर्ख रंग से लिखा जाता है।

सफ़ (सं., स्त्री.) : पंक्ति, क़तार

सफ़-बन्दी (सं., स्त्री.) : पंक्तिबद्ध होना

सफ़-आरा (वि.) : युद्ध में सम्मुख आया हुआ दल, युद्ध के लिये तैयार, युद्ध में

लड़ने वाला

सफ़ीर (सं., पु.) : राजदूत, दूत

सफ़ीना (सं., पु.) : पानी का जहाज

सफ़र-ए-आख़िरत (सं., पु.) : संसार से प्रस्थान, परलोक यात्रा

सफ़री (सं., पु.) : यात्री

सफ़ेद (वि.) : श्वेत, धवल, दूधिया

सफ़ेद-पोशी (सं., स्त्री.) : इज्ज़तदारी का भ्रम, रख-रखाव

सुरमा-दानी (सं., स्त्री.) : सुरमा रखने की छोटी डिबिया

सेहतयाब (वि.) : सेहत पाने वाला, तंदरुस्त, स्वस्थ

सेहन (सं., पु.) : घर के बीच खुला भाग, आँगन

सैराब (वि.) : तृप्त, जिसकी प्यास बुझ गयी हो

सैद (सं., पु.) : वो पशु-पक्षी जिसे शिकार किया जाये

सज़ा-याब (वि.) : (संयुक्त) : दण्डित

सजा-याफ़्ता (वि.) : दण्ड प्राप्त

सज्जादा (सं., पु.) : पीरों, साधुओं, सन्तों, फ़क़ीरों आदि की गद्दी, कालीन

सनम (सं., पु.) : देवमूर्ति, प्रतिमा

सनम-खाना (सं., पु.) : मन्दिर, मूर्तिगृह

सन्दूक (सं., पु.) : चैकोर बक्स, लकड़ी या टिन की बड़ी पेटी जिसमें कपड़े आदि रखे जाते हैं

सन्दूक़चा (सं., पु.) : छोटा सन्दूक

सूबा (सं., पु.) : राज्य

सूफ़ियाना (वि.) : सूफ़ीवाद से सम्बन्धित

सूरत (सं., स्त्री.) : रूप, आकृति, शक्ल, उपाय

सूद (सं., पु.) : लाभ, नफ़ा

सलाम (वि.) : अभिवादन का एक मुसलमानी ढंग जिसमें दाहिने हाथ को उँगलियाँ जोड़ कर माथे तक ले जाया जाता है।

उम्मीद (सं., स्त्री.) : आशा जदा (वि., प्रत्य.) : मारा हुआ, आहत

उम्मीदवार (सं., पु., वि.) : प्रत्याशी

उमरा (सं., पु.) : धनवान लोग, अमीर या सरदार वर्ग के लोग, धनिक जन

उस्ताद (सं., पु.) : गुरू , वो जो किसी विषय में बहुत अधिक दक्ष या निपुण हो

उर्स (सं., पु.) : मुसलमानों में किसी सूफ़ी सन्त की निधन तिथि पर होने वाला

समारोह, मुसलमान पीर का वार्षिकोत्सव

उर्फ़ (सं., पु.) : उपनाम, पुकारने का नाम

उन्वान (सं., पु.) : शीर्षक

उगाल-दान (सं., पु.) : काँसे, पीतल आदि का एक प्रकार का पात्र जिसमें खखार, थूक आदि गिराया जाता है, पीकदान

उलमा (सं., पु., बहु.) : जानने वाले, विद्वान

उलूम (सं., पु., बहु.) : विद्याएँ, अनेक प्रकार के इल्म या शास्त्र, शास्त्र समूह

दम (सं., पु.) : साँस, जान, आत्मा, प्राण

दम निकलना (मु.) : मरना, साँस रुकना, समाप्त होना, परास्त होना

दम-ब-ख़ुद (वि.) : दम साधे, आश्चर्यचकित

दम-बख़्त : चाय अथवा चावलों का भाप में पकने के लिये धीमी आँच पर रखा जाना

दम-पुख्त (सं., पु.) : पतीली या देश की भाप रोक कर या मुँह बन्द कर के पकाया हुआ खाना, एक तरह का पुलाव

दमदार (वि.) : ज़ोरदार, शक्तिशाली, प्रबल

दकियानूसी (वि.) : नवीनता का विरोधी और पुरानी तथा अनद्यतन विचारधाराओं का समर्थक

दरिया-दिल (वि.) : दानी, जिसका हृदय नदी की तरह विशाल और उदार हो

दहशत-गर्द (सं., पु.) : आतंकवादी, दहशत (आतंक) फैलाने वाला व्यक्ति

दहशतगर्दी (सं., स्त्री.) : आतंकवाद, जन सामान्य में आतंक फैलाने (आतंकित करने) : का काम

दीद (सं., स्त्री.) : देखना

दीदा (सं.) : (पु.) : आँख, नेत्र, देखा हुआ

दीवान (सं., पु.) : फ़र्नीचर से सम्बन्धित एक लम्बा भिन्न माप का बिस्तर के समान बैठने का आसन

दीवान-खाना (सं., पु.) : बैठक, वो स्थान जो लोगों से मुलाक़ात के लिये आरक्षित हो

दीन (सं., पु.) : धर्म, आस्था

दरीचा (सं., पु.) : छोटा सा द्वार, खिड़की

दरवेश (सं., पु.) : साधु, फ़क़ीर, वे फ़क़ीर जो निरन्तर यात्रा में रहे

दरगाह (सं., स्त्री.) : किसी बुज़ुर्ग का मज़ार, किसी सन्त का मज़ार, किसी सिद्ध पुरुष का समाधि स्थल, खानकाह

दायरा (सं., पु.) : घेरा, वृत्त

दामन (सं., पु.) : गले में या वक्षः स्थल पर पहने हुए अंगरखे, कुर्ते आदि का कमर से नीचे का वो भाग जो झूलता या लटकता रहता है, आँचल पल्लू

दाख़िल (वि.) : भीतर आने वाला, प्रविष्ट, अन्दर पहुँचा हुआ

दास्तान (सं., स्त्री.) : कथा, मिथक, ऐसा विस्तृत विवरण या वृत्तान्त जिसमें किसी के जीवन के उतार-चढ़ाव की भी चर्चा हो, लम्बी-चैड़ी कथा, अनावश्यक रूप से फैला कर वर्णन की जाने वाली बातें

दास्तान-गोई (सं., स्त्री.) : दास्तान सुनाने की कला

दावा (सं., पु.) : न्यायालय आदि में स्वत्व अधिकार अथवा हक के लिये किया गया प्रतिवेदन

दावत (सं., स्त्री.) : प्रीतिभोज, भोज, बुलावा, भोजन के लिये आमन्त्रण

दावत-ए-आम : खाने की दावत, भोज का निमन्त्रण

दावे-दार (वि.) : (पु.) : दावा करने वाला, अपना अधिकार जताने वाला

दौर (सं., पु.) : चक्कर, फेरा, वो क्रम, व्यवस्था अथवा समय जिसमें उपस्थित व्यक्ति कोई काम एक-एक बार बारी-बारी से सम्पादित करे

दौर-ए-पैमाना (सं., पु.) : क्रमानुसार मदिरा एक व्यक्ति के बाद दूसरे व्यक्ति को देना

दौरा (सं., पु.) : चक्कर, अफ़सरों का गश्त

दौलत (सं., स्त्री.) : धन, सम्पत्ति

दालान (सं., पु.) : किसी भवन या मकान के अन्तर्गत वो लम्बी वास्तु रचना जिसके तीन ओर दीवारें, ऊपर छत और सामने वाला भाग बिलकुल खुला होता है

दस्त (सं., पु.) : हस्त, हाथ

दस्त-ए-शफ़क़त (सं., पु.) : उदारता का हाथ, छत्र-छाया, लालन-पालन

दस्तर-ख़्वान (सं., पु.) : भोजन लगाने के लिये बिछने वाला कपड़ा

दस्तरी (वि.) : एक छोटे कपड़े की झाड़न

दस्तार (सं., स्त्री.) : पगड़ी, टोपी, मंडासा, सरपेच

दस्तार बन्दी (सं., स्त्री.) : किसी सूफ़ी सन्त के उत्तराधिकार के सिलसिले में पगड़ी बाँधी जाती हैं, या खिर्का पहनाने की रस्म या समारोह

दस्तावेज़ (सं., स्त्री.) : अभिलेख

दर्स (सं., पु.) : पढ़ना, पठन, पढ़ाना, पाठन, शिक्षा, शिक्षण, सीखना

दर्स-गाह (सं., स्त्री.) : शैक्षणिक संस्थान, विद्यालय

दर्द (सं., पु.) : दुख, पीड़ा, कष्ट

दर्द-मन्दी (सं., स्त्री.) : सहानुभूति, दया और करुणा का भाव

दर्द-आमेज (वि.) : पीड़ा से भरा हुआ

दर्दनाक (वि.) : दर्द से भरा हुआ, कष्ट-जनक

दुख़्तर (सं., स्त्री.) : बेटी, लड़की, पुत्री

दुख़्तर-ए-रज़ (सं., स्त्री.) : अंगूर की बेटी, अर्थात् अंगूर की मदिरा

दुश्मन (सं., पु.) : शत्रु

दुश्मन-ए-दिल (वि.) : दिल का दुश्मन, प्रेमिका, दोस्त

दुश्मन-ए-जाँ (सं., पु.) : जान का दुश्मन, प्रेमिका, दोस्त

दुश्मनी (सं., स्त्री.) : शत्रुता

दैर (सं., पु.) : देव-मन्दिर, वो स्थान जहाँ लोग धार्मिक दृष्टि से पूजा, उपासना आदि करते हों

दैर-ओ-हरम (सं., पु.) : मन्दिर और मस्जिद

दर्ज़ी (सं., पु.) : कपड़ा सिलने वाला व्यक्ति

वक़्त (सं., पु.) : समय, काल

वक़्त-ए-रुख़्सत (सं., पु.) : विदा होने का समय, जाते समय, बिछड़ते हुए

वक़्ती(वि.) : अस्थायी, अन्तरिम, आकस्मिक

वक़्तन-फ़वक़्तन (क्रि.-वि.) : (वि.) : कभी-कभी, परिस्थिति के अनुसार

वकील (सं., पु.) : अधिवक़्ता, क़ानून की डिग्री ले कर अदालत में वकालत करने वाला, पक्ष रखने वाला

वकालत (सं., स्त्री.) : वकील का काम, किसी मुक़द्दमे में वादी या सफ़ाई। पक्ष की पैरवी करना, पक्ष रखना

वहमी (वि.) : जिसके मन में प्राय: कोई भ्रम बना रहता हो, भ्रमी

वा-अलैकुम-अस्सलाम : आप पर भी सलामती हो

वाइज़ (सं., पु.) : धर्मोपदेशक, प्रचारक, धार्मिक या नैतिक उपदेश देने वाला व्यक्ति

वाहियात (सं., स्त्री., वि., वस्तु) : जो निरर्थक या व्यर्थ हो, अनर्गल, अशिष्ट

वालिद (सं., पु.) : पिता, बाप

वालिद-ए-मोहतरम : पिताश्री

वालिदा (सं., स्त्री.) : माता, माँ

वालिदा-ए-मोहतरमा : पूज्य माता मादर (सं., स्त्री.), माता, माई

वारदात (सं., स्त्री.) : (बहुवचन) : दुर्घटना, घटित होने वाला

वाज़ेह (वि.) : स्पष्ट, साफ़

वुस्अत (सं., स्त्री.) : विस्तार, फैलाव, लम्बायी-चैड़ाई

वतनियत (सं., स्त्री.) : देशभक्ति, वतनपरस्ती

वज़ीर (सं., पु.) : मन्त्री

वज़ीर-ए-ख़ज़ाना (सं., पु.) : वित्त मन्त्री

वज़ीर-ए-ख़ारिजा (सं., पु.) : विदेश मन्त्री

वज़ीर-ए-मालियात (सं., पु.) : वित्त मन्त्री, मन्त्री जो सरकार की आय और व्यय का हिसाब रखता है

वज़ीर-ए-दिफ़ा (सं., पु.) : रक्षा मन्त्री

वज़ीर-ए-तिजारत (सं., पु.) : व्यापार मन्त्री

वज़ीर-ए-दाख़िला (सं., पु.) : गृह मन्त्री

वज़ीर-ए-तालीम (सं., पु.) : शिक्षा मन्त्री

वजीर-ए-आज़म (सं., पु.) : प्रधानमन्त्री

वली (सं., पु.) : वो मनुष्य जो ख़ुदा के क़रीब हो, संरक्षक, उत्तराधिकारी

चश्म (सं., स्त्री.) : आँख

चश्म-दीद (वि.) : प्रत्यक्षदर्शी

चश्मक (सं., स्त्री.) : विरोध, नोक-झोंक, छेड़-छाड़

चश्मा (सं., पु.) : पानी का स्त्रोत

चमन (सं., पु.) : फूल-पत्तों आदि से भरी हुई हरी क्यारी, फुलवारी, छोटा बगीचा

चहल-क़दमी (सं., स्त्री.) : धीरे-धीरे टहलना

चपक़ुलश (सं., स्त्री.) : नोक-झोंक, छेड़-छाड़

चराग़ (सं., पु.) : दीपक, लालटेन, बल्ब, लैम्प, चिमनी

चराग़-ए-सहर (वि.) : मृत्यु के निकट, नष्ट होने वाला, भोर का दीया जो बुझने वाला हो

चाक (सं., पु.) : फटा हुआ, कटा हुआ, चीरा हुआ

चारा (सं., पु.) : इलाज़, उपाय

चारा-गर (सं., पु.) : चिकित्सक, कठिनाई को आसान करने वाला, नीतिज्ञ

फ़रंगी (सं., स्त्री.) : अंग्रेज़, फ़रंगिस्तान का निवासी, यूरोप का निवासी

फ़रमोश (वि.) : भूल जाने वाला

फ़रमान (सं., पु.) : कोई आधिकारिक विशेषतः राजकीय आदेश, वो पत्र जिसमें उक्त आदेश लिखा हो

फ़रमाना (क्रि.) : कहना, बोलना

फ़रहत (सं., स्त्री.) : आनन्द, मन की प्रफुल्लता, सुख, हर्ष

फ़रार (सं., पु.) : भागा हुआ, जो अपराधी शासन की हिरासत से चकमा देकर भाग गया हो

फ़रेफ़्ता (सं., पु.) : मोहित

फ़रज़न्द (सं., पु.) : पुत्र, बेटा, लड़का, सन्तान

फ़ातिहा (सं., स्त्री.) : मृतकों की आत्मा की शान्ति के लिये, पवित्र कुरआन की प्रथम सूरत (अध्याय) : 'अल-हम्द' के साथ क़ुरआन की दूसरी सूरतों का पाठ या सभा का आयोजन

फ़ातिहा-ख़्वानी (सं., स्त्री.) : मुर्दे की आत्मा की शान्ति के लिये कुरआन की सूरत 'फ़ातिहा' को पढ़ने की क्रिया

फ़ातेह (सं., पु.) : विजयी, जीतने वाला, विजेता

फ़ौज (सं., स्त्री.) : सेना, बल, युद्धक सिपाहियों का जत्था

फ़ौजी (वि.) : सेना से सम्बन्धित, जैसेः सैन्य अफ़सर, सेना का जवान

फ़र्श-ए-राह (सं., पु.) : ज़मीन में बिछा हुआ, रास्ते में बिछी हुई, विनम्र

फ़साद (सं., पु.) : उपद्रव, ऊधम, उत्पात

फ़साद-जदा (वि.) : वह क्षेत्र या स्थान जहाँ दंगा या बलवा हो गया हो।

फ़सादी (वि.) : दंगाई, उपद्रवकर्ता, उत्पाती चैन

फ़स्ल (सं., स्त्री.) : खेत में खड़े अनाज के पौधे, पैदावार, उपज

फ़त्ह (सं., स्त्री.) : किसी काम में होने वाली महत्वपूर्ण सफलता, युद्ध में होने वाली जीत

फ़न (सं., पु.) : कला, शिल्प, गुण

फ़न्तासी (सं...स्त्री.) : कोरी कल्पना, दिवास्वप्न, मन की काल्पनिक आकांक्षा, मन की उड़ान

फ़ल्सफ़ियाना (वि.) : दार्शनिकों जैसा, दर्शन-शास्त्र से सम्बन्धित

तख़ल्लुस (सं., पु.) : किसी कवि या शायर का वो उपनाम जो उसकी कविता या ग़जल में लिखा जाता है।

तख़्त (सं., पु.) : राजसिंहासन, बादशाह के बैठने की मुनासिब चैकी मसनद या-ओ कुर्सी वग़ैरा, बैठने के लिये बना लकड़ी का चैका

तख़्त-नशीन (वि.) : तख़्त अर्थात सिंहासन पर बैठने वाला, बादशाह

तख़्ता-ए-दार (सं., पु.) : फाँसी का तख़्ता

तख़्ता-ए-सियाह (सं., पु.) : श्यामपट

तय्यारा (सं., पु.) : वायुयान, हवाई जहाज़

तफ़्तीश (सं., स्त्री.) : छानबीन, जाँच-पड़ताल

तंज़ (सं., पु.) : व्यंग्य, कटाक्ष, ताना, फब्ती

तबीब (सं., पु.) : यूनानी चिकित्सा पद्धति के अनुसार जड़ी-बूटियों, न आदि के द्वारा इलाज़ करने वाला चिकित्सक

तबाह कुन (वि.) : तहस-नहस करने वाला, नष्ट करने वाला

तब्दील (सं., स्त्री.) : बदले जाने या परिवर्तन का भाव

तब्दीली (सं., स्त्री.) : परिवर्तन, उथल-पुथल

तक़रीब (सं., स्त्री.) : समीप आना, उत्सव, आयोजन

तक़्सीम-कार (सं., पु.) : वितरक, अनेक दुकानों एवं कंपनियों को वस्तुओं की आपूर्ति करने वाला व्यक्ति अथवा कम्पनी

तकब्बुर (सं., पु.) : अहंकार, अभिमान, दर्प

तर्क (सं., पु.) : त्याग, परित्याग छोड़ना

तर्क-ए-दुनिया (सं., पु.) : सन्यास, सांसारिक मोह-माया से त्याग, से मोह भंग होना

तर्क-ए-तअल्लुक़ (सं., पु.) : रिश्ता नाता तोड़ लेना, मेल-जोल छोड़ देना

तमीज़ (सं., स्त्री.) : शिष्टाचार, अच्छा आचरण, अच्छे-चुरे या पाप-पुन्य की पहचान का गुण

तमाशबीन (सं., पु.) : देखने वाला, तमाशा देखने वाला

तब्सिरा-निगार (वि.) : समालोचक, समीक्षक

तज्ज़िया (सं., पु.) : किसी पदार्थ के सारे अवयव अलग-अलग कर के उनकी जाँच करना

तहनियत (सं., स्त्री.) : बधाई, शुभकामना, मुबारकबाद

तहरीक (सं., स्त्री.) : हिलाना-डुलाना, गति

तहरीक-ए-आज़ादी (सं., स्त्री.) : स्वतंत्रता आन्दोलन

तहरीर (सं., स्त्री.) : लिखना, लिखाई

तहत (सं., पु.) : अधीन

तहज़ीब (सं., स्त्री.) : संस्कृति, सभ्यता

तीखा (वि.) : जिसमें किसी प्रकार की उग्रता, तीव्रता या प्रखरता हो।

तीर-ए-नज़र : नज़र का तीर, दृष्टि के बाण

तीर-अन्दाजी (सं., स्त्री.) : तीर से लक्ष्य-भेद करने की क्रिया या भाव

तराश (सं., स्त्री.) : काटना, छाँटना

तराज़ू (सं., पु.) : तुला, भार मापने का यंत्र

तरन्नुम (सं., पु.) : लय में अथवा गाकर पढ़ना

ता मक़दूर (क्रि. वि.) : जहाँ तक सम्भव हो

ता-हयात (सं., स्त्र.) : जीवन भर, आजीवन, आजन्म

तालिब-ए-इल्म (सं., पु.) : विद्यार्थी

तारीख़-गोई (वि.) : वो व्यक्ति जिसे 'अबजद' के हिसाब से किसी घटना की तारीख निकालने का अभ्यास हो

तारीकी (सं., स्त्री.) : कालिमा, अन्धकार, अन्धेरा

तशरीफ़ (सं., स्त्री.) : बड़ों के लिये प्रयुक्त सम्मानसूचक संजा

तौबा (सं., स्त्री.) : पश्चाताप, पछतावा, ख़ुदा से क्षमा माँगना, पाप न करने की प्रतिज्ञा निम्नलिखित

तोहमत (सं., स्त्री.) : लांछन लगाना, झुटा आरोप

तोहफ़ा (सं., पु.) : भेंट, उपहार, गिफ़्ट, सौग़ात, पुरस्कार

तोशक (सं., स्त्री.) : पलंग पर बिछाने का रुईदार गद्दा

तोशा (सं., पु.) : सामान्यतः वो खाना जो यात्री के साथ हो

तोता-चश्मी (सं., स्त्री.) : दयाहीनता, धोखेबाजी

ताज़ीरात-ए-हिन्द (सं., स्त्री.) : भारतीय दण्ड संहिता

तालीम (सं., स्त्री.) : शिक्षा

तस्बीह (सं., स्त्री.) : सौ दानों की माला, जपमाला, माला

तस्वीर (सं., स्त्री.) : चित्र

तवक्कुल (सं., पु.) : सांसारिक साधनों का भरोसा हटा कर सारे काम ईश्वर की इच्छा पर छोड़ देना

तफ़रीह (सं., स्त्री.) : मन बहलाने के लिये इधर-उधर घूमना फिरना, सैर

तफ़रीह-गाह (सं., स्त्री.) : क्रीड़ा-स्थल, विनोद-स्थल

तुर्रम-ख़ाँ (वि., व्यंग्यात्मक) : अभिमानी, शेख़ी बघारने वाला, डींग मारने वाला

तेग-ए-आबदार (सं., स्त्री.) : तेज़ धार वाली तलवार, चमकती हुई तलवार

तेग़ (सं., स्त्री.) : तलवार, खड्ग

तज़्हीक (सं., स्त्री.) : उपहास, खिल्ली उड़ाना, अपमान

तर्ज़-ए-बयाँ (सं., पु.) : कविता लेखन की शैली

तन (सं., पु.) : देह, शरीर, जीव का स्थूल ढाँचा

तन-बदन (सं., पु.) : देह, शरीर, पूरा शरीर

तनाजुर (सं., पु.) : परिप्रेक्ष्य, परिदृश्य

तआम (सं., पु.) : खाना, खाद्य, भोजन

तअल्लुक (सं., पु.) : सम्बन्ध, सम्पर्क, लगाव

तअल्लुकात (सं., पु., बहु.) : सम्बन्ध-समूह, लगाव

तूफ़ान (सं., पु.) : पानी की बाढ़, बहुत ही तेज़ आँधी, बहुत ज़ोर की बारिश, आपदा

तल्ख (वि.) : कड़वा, कटु तुर्श (वि.) : खट्टा, तुर्श, नाख़ुश, नाराज

जखीरा-अन्दोजी (वि.) : काला-बाज़ारी अनाज आदि अथवा दूसरी बिकने वाली वस्तुओं को इस आशा से जमा करना कि जब मँहगी होंगी तब बेचेंगे

ज़रूरत-मन्द (वि.) : इच्छुक, अभावग्रस्त, दरिद्र

ज़क़न (सं., पु.) : ठुड्डी, ठोड़ी, चिबुक

ज़बान (सं., स्त्री.) : जीभ, जिह्वा, भाषा, बोली, मुँह के अन्दर का वह अंग जिसमें स्वाद की शक्ति होती है और वाणी का साधन है

ज़माँ (पु.) : काल, समय, संसार

ज़हमत (सं., स्त्री.) : विपत्ति, मुसीबत, कष्ट

ज़ीस्त (सं., स्त्री.) : जीवन, ज़िन्दगी

ज़र (सं., पु.) : सोना, धन

ज़र-दोज़ी (सं., स्त्री.) : कपड़ों पर सलमा-सितारों का काम या कशीदाकारी

ज़रीन (वि.) : सोने का बना हुआ, सोना चढ़ा हुआ, सुनहरा, स्वर्णमय

ज़राए (सं., पु., बहु.) : साधन, उद्गम

ज़रदार (वि.) : जिसके पास धन हो, धनवान

ज़ाइर (सं., पु.) : किसी पुनीत स्थान या पुण्यात्मा के दर्शन करने वाला

ज़ाइरीन (सं., पु., बहु.) : दर्शन-यात्रा या ज़ियारत करने वाले लोग

ज़ामिन (सं., पु., वि.) : वो व्यक्ति जो किसी दूसरे के कार्य करने का उत्तरदायित्व अपने ऊपर ले

ज़ाहिर (वि.) : (पु.) : सुस्पष्ट, खुला, प्रदर्शित, प्रकट संसार

ज़ाद (सं., पु., वि.) : किसी से उत्पन्न, किसी के द्वारा जन्मा हुआ, जैसे-परीजाद, आदमज़ाद

ज़ाफ़रानी (वि.) : केसर सम्बन्धी, केसर के रंग का, केसर से बना हुआ

ज़ौक-ए-सलीम (सं., पु.) : शुद्ध रसिकता, काव्य-मर्मज्ञता

ज़ौक़ (सं., पु.) : रसानुभव, रस, रुचि, आनन्द, रसिकता

ज़ौक़-ए-जमाल (सं., पु.) : सौन्दर्य को परखने की योग्यता

ज़ौक़-मन्द (वि.) : अच्छी परख रखने वाला

ज़ानू (सं., पु.) : घुटना, जाँघ

ज़दा (वि., प्रत्य.) : मारा हुआ, आहत, मारा हुआ, जैसे-'गमज़दा' गम का मारा हुआ

ज़र्द (क्रि.-वि.) : पीत, पीला, पीले रंग वाला

ज़ुल्फ़ (सं., स्त्री.) : केश, कनपटी के साथ वाले बाल, सुन्दर केश

जंगी (वि.) : जंग अर्थात युद्ध सम्बन्धी

जंगजू (वि.) : युद्ध करने की इच्छा रखने वाला, योद्धा

जम्बील (सं., स्त्री.) : झोला, थैला, पिटारा, टोकरी जो खजूर के पत्तों की बनी होती है

जम्हूरियत (सं., स्त्री.) : लोकतंत्र, गणतंत्र, जनतंत्र, प्रजातंत्र

जमा-दार (सं., पु.) : सफाई करने वाला कर्मचारी, सेना का एक छोटा अधिकारी

जमात (सं., स्त्री.) : कक्षा, दल

जमानत (सं., स्त्री.) : वो रकम अर्थात धन जो किसी की ज़िम्मेदारी लेते समय अधिकारी के पास जमा किया जाता है

जहाँ-आरा (वि.) : दुनिया को सजाने वाला / वाली

जहद (सं., स्त्री.) : प्रयत्न करना

जी (सं., पु.) : चित्त, मन, हृदय, विशेषतः इनका वो पक्ष या रूप जिसमें इच्छा, कामना, दुख-सुख, प्रवृत्ति, संकल्प-विकल्प, साहस आदि का अवस्थान होता है।

जीना (सं., पु.) : सोपान, सीढ़ी, इमारतों की पक्की सीढ़ियाँ

ज़र्रा-नवाज़ी (सं., स्त्री.) : छोटी सी वस्तु की कद्र होना अर्थात मूल्य जानना

जर्रा (सं., पु.) : कण

जर्राह (सं., पु.) : शस्त्र-चिकित्सक, शल्य-चिकित्सक (सर्जन)

जरस (सं., पु.) : घण्टा, घड़ियाल, वो घण्टा जो यात्रियों के दल के रहता है

जायका (सं., पु.) : स्वाद, रस, खान-पान का रस, काव्य-रस

जायज़ा (सं., पु.) : सर्वेक्षण, समीक्षा, जाँच-पड़ताल, देख कर अनुमान लगाना

जाँनशीन (सं., पु.) : उत्तराधिकारी, वारिस

जाइर (सं., पु.) : तीर्थयात्री, दर्शनार्थी, किसी पुनीत स्थान या पुण्यात्मा व्यक्ति के दर्शन करने वाला पुरुष

जाद (सं., पु., प्र.) : (क्रि.-वि.) : (वि.) : किसी से उत्पन्न, किसी के जन्मा हुआ

जैसे: परीजाद, आदमजाद

जाद-ए-सफ़र (सं., पु.) : पाथेय, सम्बल, रास्ते का भोजन, सफ़र-खर्च

जोश (सं., पु.) : उबाल, आँच या गरमी के कारण द्रव पदार्थ में आने वाला उफान

जौज (सं., पु.) : जीवन-साथी, पत्नी, पति

जौजा (सं., स्त्री.) : पत्नी, भार्या, अर्धांगिनी

जान (सं., पु., स्त्री.) : जीवन, मानवात्मा, जी, प्राण

जान-ए-मन (सं., स्त्री.) : मेरी जान, प्रिय

जान-ए-जहाँ (सं., पु.) : सारे संसार वासियों का प्राण, नायिका, ईश्वर

जानम (सं., स्त्री.) : मेरी जान

जानी दुश्मन (सं., पु.) : वो शत्रु जो मार डालने पर उतारू हो, प्राणों का शत्रु

जानाँ (सं., पु.) : प्रियतम, प्रेमिका, प्रेयसी

जुर्माना (सं., पु.) : अर्थ-दण्ड

जुर्म (सं., पु.) : अपराध

जुरअत (सं., स्त्री.) : शौर्य, वीरता, साहस

जुज़ (सं., पु.) : खण्ड, भाग, टुकड़ा

जुन्नार (सं., स्त्री.) : जनेऊ, यज्ञोपवीत, वो धागा या डोरी जो हिन्दू गले से बग़ल के नीचे तक डालते हैं

जुनूँ (सं., पु.) : दीवानगी, पागलपन, बावलापन

जुल्मत (सं., स्त्री.) : अंधकार, तम, अन्धेरा

जुल्फ़-ए-परेशाँ (सं., स्त्री.) : बिखरी हुई जुल्फ़, बिखरे हुए बाल

ज़ेर-ए-नाफ़ (सं., पु.) : नाभि से नीचे का भाग, जननांग

जेर-ए-जामा (सं., पु.) : अधोवस्त्र, अन्तर्वस्त्र

जज़्बा (सं., पु.) : भाव, भावना

जज़्बात (सं., पु., बहु.) : भावनाएँ, ख़यालात, विचार

जल्वा (सं., पु.) : दर्शन या झलक

जल्वा-फ़िगन (वि.) : दर्शन देने वाला, प्रकट, प्रकाशित, स्पष्ट

नख़्वत (सं., स्त्री.) : अपने आप पर गर्व करना, घमण्ड, अहंकार

नमक (सं., पु.) : खारे जल से बना क्षार पदार्थ, नोन, लवण

नमक हराम (वि.) : कृतघ्न

नमक हस्ब-ए-ज़ाइक़ा : नमक स्वादानुसार

नमक हलाल (वि.) : कृतज्ञ

नमक-ख़्वार (वि.) : स्वामिभक्त, जिसने किसी का नमक खाया हो

नर्गिसिय्यत (वि.) : आत्म-मुग्धता

नर्म-मिज़ाज (वि.) : कोमल स्वभाव, रहमदिल, दयालु

नीस्ती (सं., स्त्र.) : अस्तित्वहीनता, अनस्तित्व

नीलगूँ (वि.) : नीले रंग का, आसमानी

ना-ख़ुदा (सं., पु.) : कर्णधार, नाविक, मल्लाह

ना-इंसाफ़ी (सं., स्त्री.) : अन्याय

ना-माकूल (वि.) : अनुचित, नामुनासिब, बुद्धि में आ न सकने वाली ब अश्लील

ना-मुमकिन (वि.) : असम्भव

ना-सिपास (वि.) : अकृतज्ञ

ना-शुक्र (वि.) : अकृतज्ञ

ना-साज़ (वि.) : जिसकी शारीरिक स्थिति में शिथिलता हो, प्रतिकूल

ना-लायक (वि.) : जिसमें योग्यता का अभाव हो

नामा (वि.) : पत्र, चिट्ठी, ख़त

नामा-बर (सं., पु.) : डाकिया, चिट्ठी लाने वाला, पत्रवाहक, सन्देशवाहक

नाज़िम : संचालक

नशा (स., पु.) : मादकता, शराब व अन्य मादक पदार्थों के सेवन के बाद की स्थिति

नासेह (सं., पु.) : सदुपदेशक, प्रवचन या उपदेश देने वाला, अच्छी बातें समझाने वाला

नादार (वि.) : जिसके पास कुछ न हो

नाफ़ (सं., पु.) : नाभि

नशेमन (सं., पु.) : पक्षियों का घोंसला, निवास-स्थल, आवास, आराम की जगह

नौहा (सं., पु.) : उर्दू पद्य का एक प्रकार जिसमें कर्बला के शहीदों पर शोक प्रकट होता है, दुख भरा काव्य

नौशा (सं., पु.) : वर, दूल्हा

नाज़रीन (सं., पु.) : देखने वाले लोग, दर्शकगण

नान (सं., स्त्री.) : (उपसर्ग) : चपाती, रोटी, प्राय: गेहूँ के आटे से बनाई और पकाई हुई

नस्ख़ (सं., पु.) : मिटाना, रद्द करना

नसीब-ए-दुश्मनाँ (मु.) : शत्रुओं या दुर्जनों के लिये शुभ हो, जब किसी या सम्मानित व्यक्ति के यहाँ जाने पर उस व्यक्ति के नाम के स्थान दर वाक्य कहते हैं

नस्साख़ (सं., पु.) : वो जो किसी विचार, वस्तु, परम्परा अथवा व्यक्ति को बहुत जल्द निरस्त कर दे

नदीम (सं., पु.) : संगी, पास बैठने वाला, सखा, मित्र

नवीस (वि., प्रत्य.) : लिखने वाला

नवरतन (सं., पु.) : एक विशेष प्रकार का पकवान जिसमें विभिन्न प्रकार के खाद्य पदार्थ डाले जाते हैं।

नवाज़िश (सं., स्त्री.) : अनुकंपा

नवाज़ (क्रि.-वि., प्रत्य.) : कृपा या दया करने वाला

नफ़ा-नुक्सान (सं., पु.) : लाभ और हानि

नफ़स (सं., पु.) : श्वास, साँस लेना

नुक्स (सं., पु.) : त्रुटि

नुक़्ता-ए-नज़र (क्रि.-वि.) : दृष्टिकोण

नुक्सान (सं., पु.) : हानि, किसी काम या व्यापार में होने वाला घाटा

नुक्ता (सं., पु.) : बिन्दी, बिन्दु

नुक्ता-चीनी (सं., स्त्री.) : आलोचना, अवगुण ढूँढ़ना, दोष निकालना, छिद्रान्वेषण

नुहूसत (सं., स्त्री.) : नहस या मनहूस होने की अवस्था या भाव, खिन्नता, उदासीनता, अमंगल

नुत्क (सं., पु.) : बोलने की शक्ति, बात करने की ताक़त

नेक-ख़ू (वि.) : अच्छी आदतों वाला, शिष्ट

नेमत (सं., स्त्री.) : ईश्वर की कृपा, ईश्वरीय देन, वरदान आदि

नेमत-खाना (सं., पु.) : लकड़ी आदि का वो जालीदार सन्दूक खाना रखा जाता है

नज़्म (सं., स्त्री.) : कविता, काव्य

नज़ीर (सं., स्त्री.) : उदाहरण, मिसाल

नज़र (सं., स्त्री.) : नेत्र, आँख, किसी वस्तु को या किसी की ओर देखना, दृष्टि, देखना,

नज़र-ए-इनायत (सं., स्त्री.) : कृपा दृष्टि

नज़र-ए-करम (सं., पु.) : दया दृष्टि

नज़र-बन्दी (सं., स्त्री.) : क़ैद, कड़ी निगरानी, नजरबन्द रखने की क्रिया

नज़र-अन्दाज़ (स., पु.) : उपेक्षित, जिस पर ध्यान न दिया गया हो।

नज़्र (सं., स्त्री.) : अर्पित करना, भेंट

नूर-ए-ऐन (सं., पु.) : आँख की रौशनी, (सांकेतिक) : लड़का, सुपुत्र

नूर-ए-चश्म (सं., पु.) : आँख की रौशनी, (सांकेतिक) : लड़का, सुपुत्र

अज़ीम (वि.) : बहुत बड़ा, विशालकाय, महान

अय्यार (वि.) : बहुत अधिक चालाक, चतुर, जासूस

अफ़्साना-निगार (वि.) : कहानीकार, कहानी लिखने वाला

अफ़्ज़ा (वि., प्रत्य.) : बढ़ाने वाला

अंजाम (सं., पु.) : परिणाम

अंजुमन (सं., स्त्री.) : संगठन, सभा

अंजुमन-आरा (वि.) : सभा में उपस्थित, सभा में सुशोभित

अंगुश्त (सं., स्त्री.) : उँगली

अब्र (सं., पु.) : बादल, मेघ

अब्र-ए-करम (सं., पु.) : यश, कृपा, करुणा, बादल की तरह दानशीलता

अक़्ल-मन्द (वि.) : बुद्धिमान, मेधावी, तीक्ष्ण बुद्धि वाला, समझदार

अक़ल्लियत (सं., स्त्री.) : अल्पमत

अकरम : अत्यधिक कृपालु, बहुत उदार

अक्सरिय्यत (सं., स्त्री.) : बहुमत

अक्ल-दुश्मन (सं., पु.) : मूर्ख, बेवकूफ़

अमीर-जादे (सं., पु.) : अमीर का बेटा, कुलीन

अम्न (सं., पु.) : शान्ति, सुकून

अम्न-ओ-अमान (सं., पु.) : शान्ति और सुरक्षा, क़ानून और व्यवस्था, और सुकून

अहमक़ (वि.) : नासमझ, वो व्यक्ति जिसमें बुद्धि न हो या कम हो या बेवकूफ़ व्यक्ति

अहलिया (सं., स्त्री.) : पत्नी, भार्या, जोरू

अहद (सं., पु.) : युग, काल, समय, प्रतिज्ञा, वचन

अहल-ए-इल्म (सं., पु.) : पण्डित, साहित्यकार, विद्वान लोग

अहल-ए-सियासत (वि.) : राजनीति करने वाले अर्थात नेता

अहल-ए-ज़ौक़ (सं., पु.) : वो लोग जो साहित्यिक सूझ-बूझ रखते हैं, जिनको साहित्य से लगाव हो

आब (सं., पु.) : जल, चमक, आभा, सौन्दर्य

आब-ए-रवाँ (सं., पु.) : एक बहुत ही अच्छा और बारीक़ कपड़ा, उत्तम प्रकार का बारीक़ मलमल, बहता हुआ पानी

आब-ख़ोरा (सं., पु.) : कुल्हड़, पानी दूध आदि पीने का एक मिट्टी का बर्तन

आब-पाशी (सं., स्त्री.) : भूमि और खेती की सिंचाई

आब-ओ-हवा (सं., स्त्री.) : (किसी स्थान का) : स्वास्थ्य के दृष्टिकोण से किसी जगह का पानी और हवा, जलवायु

आबी (वि.) : पानी का रंग

आबशार (सं., पु.) : झरना, निर्झर

आबला-पा (वि.) : वह व्यक्ति जिसके पैरों में छाले पड़ गये हों

आक़ा (सं., पु.) : मालिक, स्वामी, पूजनीय व्यक्तित्व

आमद (सं., स्त्री.) : आगमन, आने की क्रिया

आमदनी (सं., स्त्री.) : आय, लाभ, कमाई

आमेज़िश (सं., स्त्री.) : मिलावट, मिश्रण

आमिरिय्यत (सं., स्त्री.) : साम्राज्यवाद, व्यक्तिगत शासन

आरिफ़ (सं., पु., वि.) : ध्यानी, ब्रह्मज्ञानी, अल्लाह वाला व्यक्ति, जिसने ईश्वर को पहचान लिया

आरिज़ (सं., पु.) : गाल, कपोल

आशियाँ (सं., पु.) : घोंसला, घर, नीड़, आश्रय

आशिक़ाना (वि. , पु.) : प्रेमियों जैसा

आतिश (सं., स्त्री.) : अग्नि, आग, ज्वाला

आतिश-बाज़ी (सं., स्त्री.) : आग का खेल, बारूद या गन्धक भर कर बनाए गये खिलौने, जैसे रू अनार, पटाखे इत्यादि

आतिश-फ़िशाँ (सं., पु., भूगर्भ) : ज्वालामुखी, वो पहाड़ जिसमें लावा भरा हो, लावा उगलने वाला पहाड़

आतिश-परस्त (स., पु.) : आग की पूजा करने वाला, अग्नि-पूजक, जरतुश्त का अनुयायी

आतिश-दान (सं., पु.) : चूल्हा, अँगीठी, भट्ठी

आलिम (वि.) : जानने वाला, बहुत शिक्षित, विद्वान

आह-ए-आतिश : वो आग जो वेदना से भरी हो

आपी (सं., स्त्री.) : बड़ी बहन

आरा (स., पु., बहु., प्रत्य.) : सँवारने वाला, सजाने वाला, जैसे, जहाँ-आरा-संसार को सजाने या सँवारने वाला अथवा वाली

आरास्तन (क्रि.) : सँवारना

आराज़ी (सं., स्त्री., बहु.) : पृथ्वी, भूमण्डल, क्षेत्र

आरज़ू-मन्द (वि.) : अभिलाषा करने वाला, इच्छा या कामना रखने वाला

आरजी (वि.) : जो वास्तविक या सैद्धान्तिक न हो, सामयिक, क्षणिक, अस्थायी, थोड़ी देर का

आशूरा (सं., पु.) : मोहर्रम की दसवीं तारीख़, इस्लाम में इस दिन को पवित्र माना जाता है, और इसी दिन इमाम हुसैन की शहादत हुई थी और इस्लाम में प्राय: इमाम हुसैन की शहादत से सम्बन्ध है।

आसमानी (वि.) : आसमान जैसा हलका नीला

आस्तीन (सं., स्त्री.) : कुर्ते या कोट का वो भाग जो बाँहों को छुपाता है, आवरण

आदाब (सं., पु., बहु.) : नमस्कार, संस्कार, सलाम, इज्ज़त करना

आवेज़ (सं., पु., प्र.) : लटका हुआ

आफ़त-ज़दा (वि.) : विपत्ति का मारा हुआ, संकटग्रस्त

औक़ात (सं., पु., बहु.) : वक़्त, समय, काल

आज़ाद ख़याल (वि.) : मुक्त विचारों वाला, उदार, स्वतंत्रचेता, स्वछन्दमना

आजार (सं., पु., प्रत्य.) : तकलीफ़, दुख

आश्ना (वि.) : मित्र, साथी, दोस्त

आश्नाई (सं., स्त्री.) : जान-पहचान, आशना होने की अवस्था या भाव

अशआर (सं., पु.) : शेर का बहुवचन

आलम (सं., पु.) : विश्व, संसार, दुनिया, दशा, स्थिति

आलमी (वि.) : लौकिक, सांसारिक, अन्तर्राष्ट्रीय आलिम (वि.) : बहुत शिक्षित, विद्वान, ज्ञाता, जानने वाला

अस्त्र (सं., पु.) : समय, युग, काल, सूर्यास्त से पहले का समय

अस्त्र-ए-हाज़िर (सं., पु.) : आधुनिक काल, नवीन काल, वर्तमान काल

अस्त्राना (सं., पु.) : संध्या के समय दिया जाने वाला निमन्त्रण या पार्टी जिसमें चाय, बिस्कुट, फल आदि होते हैं।

अस्बाब (सं., पु.) : सामान अथवा सामग्री

असासा (सं., पु.) : सम्पत्ति, धन-दौलत

अर्सा (सं., पु.) : अवधि, अन्तर

असदुल्लाह (सं., पु.) : अल्लाह का शेर, शेर-ए-ख़ुदा, हजरत अली की उपाधि

अस्वद (वि.) : काला, बहुत काला

अस्लहा (सं., पु.) : अस्त्र-शस्त्र, हथियार

अद्ल (सं., पु.) : न्याय

अदब (सं., पु.) : साहित्य, शिष्टाचार बड़ों का आदर-सम्मान, उनके प्रति विनीत व्यवहार

अदलिया (सं., स्त्री.) : न्यायतंत्र, न्याय विभाग जिसमें मजिस्ट्रेट, न्यायाधीश और न्यायालय शामिल हैं।

अदा-कारी (सं., स्त्री.) : अभिनय

अदाकार (सं., पु.) : अभिनेता

अदावत निकालना (मु.) : शत्रुता निकालना

अदालत (सं., स्त्री.) : न्यायालय

अदू (सं., पु.) : शत्रु

अवाम (स., स्त्री.) : जनता, सर्व-साधारण, आम लोग

अफ़सर शाही (सं., स्त्री.) : नौकरशाही

अफ़सोस (सं., पु.) : शोक, खेद, दुख

अफ़सोसनाक (वि.) : खेदयुक्त, शोक-जनक, अफ़सोस से भरा हुआ

अफ़सुर्दा (वि.) : उदास, बुझा हुआ, खिन्न

अर्ज़ी (वि., सं., स्त्री.) : प्रार्थनापत्र, भूमि सम्बन्धी, भौमिक, ज़मीन का

अज़मत (सं., स्त्री.) : आदर, सम्मान

अज़ीज़ (वि.) : जिससे प्रेम या स्नेह हो, प्रिय

अज़ीज़-दारी (सं., स्त्री.) : रिश्तेदारी, सगापन, प्रिय होना

अज़ा (सं., स्त्री.) : मृत्युशोक, मातम, सोग

अर्ज़ (सं., पु.) : प्रस्तुत करना, चैड़ाई, अनुरोध

अर्जांनी (सं., स्त्री.) : सस्ता होना, मन्दी, भाव गिर जाना

अजल (सं., पु.) : अनादिकाल, वो समय जिसकी शुरुआत न हो

अन्दोह (सं., पु.) : दुख, चिन्ता, कष्ट

अन्दोहनाक (वि.) : दुख में डूबी हुई बात, शोकपूर्ण, विषादपूर्ण

अन्देश (वि., प्रत्य.) : चिन्ता या ध्यान सूचक, विचारशील, सोचने वाला

अन्देशा (सं., पु.) : अविश्वास, आशंका, भय, खतरा

अल्फ़ (वि.) : (संख्यात्मक) : एक हजार, सहस्त्र, अल्फ़-लैला का अर्थ है एक हजार रातें

अलम बर्दार (सं., पु.) : सेना के आगे झण्डा ले कर चलने वाला, वह जो आंदोलन आदि में आगे रहता है, ध्वजवाहक (विशेषत: सैनिक के सन्दर्भ में)

अलम : परचम, झण्डा, ध्वज, पताका

अलमनाक (वि.) : खेद-जनक, कष्टप्रद

अलमिया (सं., पु.) : दुखान्त, त्रासदी, वो काव्य अथवा कहानी जिसका अन्त शोकमय हो

अलामत (सं., स्त्री.) : चिह्न, वो वस्तु जो किसी अन्य चीज़ के अस्तित की ओर इशारा करती हो

अल्फाज़ (सं., पु., बहु.) : शब्द, शब्दसमूह, अर्थपूर्ण ध्वनियाँ जो बोली और लिखी जायें

अल्लामा (वि.) : महाज्ञानी, महापण्डित, महान विद्वान और बहुत बड़ा साक्षर व्यक्ति, बहुत लिखा-पढ़ा मनुष्य, बहुत बड़ा विद्वान, बुद्धिमान या विद्वान, विवेकवान, बहुत जानने वाला

ग़द्र (सं., पु.) : क्रान्ति, सैन्य-द्रोह

ग़म (सं., पु.) : दुख, चिन्ता, सदमा

ग़म-ए-दौराँ (सं., पु.) : संसार के दुख, जीवन के कष्ट

ग़म-ए-जानाँ (सं., पु.) : प्रेमिका से बिछड़ जाने का दुख

ग़म-गुसार (वि.) : दुख-दर्द का बाँटने वाला, सहानुभूति प्रकट करने वाला

ग़मख़्वार (वि.) : सहानुभूति करने वाला, दुख-दर्द बाँटने वाला

ग़मज़दा (वि.) : सन्तप्त, दुखित, शोकग्रस्त

ग़मगीन (वि.) : जिसे गहरा दुख हो, दुख में डूबा हुआ, दुखी, शोक सन्तप्त

ग़रीब खाना (सं., पु.) : घर

ग़रारा (सं., पु.) : ढीले या बड़े पाइंचों वाला पाजामा

ग़ुबार-ए-कारवाँ (सं., पु.) : क़ाफ़िले या गिरोह के चलने से उड़ने क धूल जो पीछे उड़ती हुई दिखायी देती है

ग़ुर्बा (सं., पु., बहु.) : ग़रीब लोग, दरिद्र और दीन लोग

ग़ुल (सं., पु.) : कोलाहल, शोर शराबा

ग़ुलाम (सं., पु.) : दास, बन्धुवा, ख़रीदा हुआ नौकर, पराधीन

ग़ैर-मुहज़्ज़ब (सं., पु.) : अशिष्ट, दुःशील, उजड्ड

ग़ैरत-मन्द (वि.) : लज्जा वाला, स्वाभिमानी, लज्जाशील

ग़ज़ल (सं., स्त्री.) : उर्दू कविता की एक विधा

गाव-तकिया (सं., पु.) : एक प्रकार का लम्बा, गोल तथा मोटा तकिया जिसके सहारे लोग गद्दी पर बैठते हैं

गोयाई (सं., स्त्री.) : बोलचाल, वाचन-शक्ति वाग्मिता

गौहर (सं., पु.) : मोती

गोश (सं., पु.) : कान, श्रवण, कर्ण

गर्द-आलूद (वि.) : धूल में अटा हुआ, धूलि-धूसर धल मिला हुआ

गुरूर (सं., पु.) : घमण्ड, अहंकार, अभिमान

गुंचा (सं., पु.) : कली, कोंपल

गुबार-आलूद (वि.) : धूल में भरा हुआ, धूलि-धूसर, जिस पर धूल पड़ी हो

गुमान-ए-ग़ालिब (सं., पु.) : ऐसा विचार जो विश्वास के निकट हो, लगभग दृढ़ विश्वास

गुस्ल खाना (सं., पु.) : नहाने का स्थान, स्नानगृह

गुज़ार (पु., प्रत्य.) : करने वाला, जैसे-खिदमतगुजार, ख़िदमत करने वाला

गुल (सं., पु.) : पुष्प, फूल

गुल-ए-इज़ार (वि.) : गुलाब जैसे सुकुमार और कोमल गालों वाल (वाली) फूल जैसे गालों वाला

गुल-रू (वि.) : फूल जैसे चेहरे वाली (लाक्षणिक) : प्रेमिका

गुल-बदन (वि.) : सुन्दर, कोमल, फूल जैसे कोमल और मृदुल वाला

गुल-पोशी (सं., स्त्री.) : फूलों से ढका होना

गुल-दान (सं., पु.) : फूलों का गुच्छा रखने का पात्र, फूलदान

गुल-फ़रोश (वि.) : फूल बेचने वाला, फूलों का व्यापार करने वाला, माली

गुल-ज़ार (सं., पु.) : बाग़, उद्यान, वाटिका

गुल-अन्दाम (वि.) : फूल-जैसा कोमल, मृदुल, सुकुमार और शरीरवाला (वाली) :, पुष्पांगी सुगंधित

गुलसिताँ (सं., पु.) : वाटिका, बाग़, शेख़ सादी द्वारा रचित फ़ारसी का प्रसिद्ध ग्रन्थ

गुलशन (सं., पु.) : वो जगह जहाँ बहुत से फूल खिलते हैं

गुलाल (सं., पु.) : एक प्रकार की लाल बुकनी या चूर्ण जिसे हिन्दू लोग होली के दिनों में एक-दूसरे के चेहरों पर मलते हैं अथवा क्रमक्रमे आदि मैं भरकर फेंकते और उड़ाते हैं।

गुलचीं (सं., पु.) : माली, मालाकार, बाग़बान

गुलफ़ाम (वि.) : जिसका रंग गुलाब जैसा हो, फूलों के समान रंग वाला अर्थात् परम सुन्दर

गुलज़ार (सं., पु.) : वाटिका, वो स्थान जहाँ ख़ूब चहल-पहल और रौनक हो

गुलू (सं., पु.) : कंठ, गला, गर्दन

गुलू-बन्द (सं., पु.) : मफ़लर, गले में पहनने का एक गहना

ग़ैर-संजीदा (वि.) : हँसी मज़ाक़ वाला, चंचल

गेसू (सं., पु.) : बालों की लट, सिर के बाल, अलक, केश

लंगर (सं., पु.) : बोझ, जहाज को ठहराने वाला भारी लोहा

लब (सं., पु.) : ओंठ, होंट ओष्ठ

लब-ए-साहिल (क्रि., वि.) : समुद्र का तट

लब-ए-दरिया (सं., पु.) : नदी का किनारा, समुद्र तट

लब-ओ-लहजा (सं., पु.) : उच्चारण, बात करने का तरीक़ा

लबादा (सं., पु.) : अंगरखे की तरह का एक प्रकार का भारी और लम्बा पहनावा, ऊपर से नीचे तक बदन को ढाँकने वाला वस्त्र, अन्य वस्त्रों के ऊपर पहना जाने वाला भारी और लम्बा पहनावा, चोगा, रूईदार चोग़ा

लश्कर (सं., पु.) : असंगठित सेना, सेना, प्राणियों या मनुष्यों का बहुत बड़ा दल या समूह

लश्कर-कशी (सं., स्त्री.) : चढ़ाई, धावा, आक्रमण

लम्हा (सं., पु.) : क्षण पल, घड़ी, आँख झपकने की अवधि

लम्हात (सं., पु., बहु.) : लम्हे, बहुत से क्षण, पल

ला-इल्म (वि.) : अपरिचित, ना-वाक़िफ़, अशिक्षित, बेपढ़ा-लिखा

ला-मज़हब (वि.) : जिसका कोई धर्म न हो, नास्तिक, धर्मविमुख

ला-दवा (वि.) : जिसका उपचार न हो सके, असाध्य, निरुपचार

ला-जवाब (वि.) : जो जवाब या उत्तर न दे सकता हो, जो जवाब न दे सके, निरुत्तर

लायक़ (वि.) : योग्य, क़ाबिल, उपयुक्त, अनुकूल

लाज़िम (वि.) : आवश्यक, ज़रूरी, अनिवार्य

लाचार (वि.) : जिसके पास कोई चारा या उपाय न हो, निरुपाय

लज़ीज़ (वि.) : स्वादिष्ट, जो स्वाद में बहुत अच्छा हो

❑❑